Roy Jacobsen, né en 1954, est l'un des auteurs les plus appréciés par la critique et le public norvégiens. Il a été traduit dans une quinzaine de pays. Ses romans traduits en français sont publiés aux Éditions Gallimard : *Les bûcherons, Le prodige* (prix des Libraires norvégiens 2009), *Les invisibles* et *Mer blanche.*

I

1

Le poisson apparut en premier. L'homme n'est qu'un invité tenace de la mer. Le contremaître entra et demanda aux filles si certaines d'entre elles savaient découper le poisson, car un banc de morues que l'on n'attendait pas venait d'arriver. Ingrid leva la tête du tonneau de harengs et posa le regard sur le quai où des flocons de neige dansants disparaissaient dans la charpente noire, elle s'essuya les mains sur son tablier, suivit l'homme dans l'atelier de salage et se plaça à côté du banc de découpe et d'un bac de poissons nettoyés. Ils se dévisagèrent. D'un mouvement de la tête, il désigna le couteau sur la table, qui ressemblait à une petite hache.

Elle prit une morue d'une aune dans le bac et la déposa sur le banc, coupa le collier, souleva l'opercule des branchies et découpa l'arête centrale de la tête au ventre, pratiquant l'incision jusqu'à la nageoire caudale, elle trancha l'arête centrale au niveau de l'anus, coupa l'arête également du côté droit et l'enleva comme si elle ouvrait d'un coup une fermeture éclair rouillée, et elle se retrouva avec l'arête dans la main gauche, immobile ; le poisson avait l'air d'une aile blanche sur le banc ensanglanté, prêt à être lavé et mis dans la saumure, prêt à être salé, mis à sécher, nettoyé, empilé et vendu en tant que cet or d'un blanc ivoire qui avait maintenu en vie ces côtes affamées depuis huit cents ans, depuis la première fois qu'il avait surgi dans un manuscrit.

« Fais voir le dos. »

Ingrid retourna le squelette dans sa main droite afin de cacher la coupure qu'elle s'était faite entre le pouce et l'index.

« Tout propre. »

Elle ajouta qu'elle pourrait rester tant qu'il y aurait du poisson, on ne savait jamais, à l'automne…

« Oui, mais il faut que tu te trouves des gants. »

Ingrid regarda son sang qui se mêlait à celui du poisson, pour former une goutte qui tomba à l'instant où le contremaître lui tourna le dos pour entrer dans son bureau avec ses semelles en caoutchouc qui gargouillaient.

Ingrid rêvait de partir, de regagner Barrøy, mais nul ne peut vivre seul sur une île, et il n'y avait personne là-bas, pas un homme ni une bête, Barrøy était vide et déserte, elle n'avait même pas été visible depuis la fin octobre, et elle ne pouvait pas non plus rester sur la Grande Île.

Elle découpa du poisson dix heures par jour, tenant le même rythme que deux saleuses. Au bout d'une semaine, elle ne pouvait plus s'endormir dans le grenier glacé de la tonnellerie, où elle était couchée avec Nelly et deux filles de l'intérieur du pays venues ici à cause de la guerre. Elles firent comme si elles ne pleuraient pas chaque soir, elles vidaient le hareng, le découpaient, le salaient dans des tonneaux, ajoutaient de la saumure et buvaient de l'ersatz de café, elles salaient, dormaient, se débarbouillaient un soir sur deux à l'eau froide, se lavaient les cheveux une fois par semaine, également dans une eau froide et couleur rouille sous un ciel d'écailles de hareng étincelantes, et Ingrid découpait la morue comme un homme.

Au milieu de la deuxième semaine, une des saleuses disparut et Nelly dut venir travailler avec elle. Il y eut une tempête le jour suivant et les bateaux cherchèrent refuge dans les îles. Ils n'accostèrent pas non plus le lendemain et, le troisième matin, quand ils purent enfin échapper à l'emprise de la neige, ils n'avaient même pas un gardon à bord.

Pourtant, ils étaient nombreux à les attendre, un pays entier les attendait, prêt à accueillir des hommes qui rentrent en vie, une fois encore. Puis il y eut davantage de mauvais temps, avec l'obligation de rester au port et de remiser le matériel, avec des prises inutilisables, tout juste bonnes à faire du guano, peut-être, cela dépendait de tant de choses, surtout des prix dans un autre monde que le leur ; on garda le rebut, on le mit à sécher, et l'histoire étrange de l'automne se termina.

Ingrid et Nelly trièrent le poisson salé, enlevant le mauvais et veillant à ce que celui qui était au fond de la saumure précédente se retrouve sur le dessus de la nouvelle. Le hareng prit fin à son tour et les deux filles qui venaient d'ailleurs furent congédiées, elles reçurent leur maigre salaire, s'ôtèrent mutuellement les écailles de leur visage, elles se lavèrent à l'eau froide, se séchèrent, se peignèrent, veillant à ce que leurs barrettes soient bien mises comme il faut, puis elles partirent par le vapeur en riant, avec des vêtements que personne ne leur avait vus.

Par ce même bateau arriva une lettre de la tante d'Ingrid, Barbro, qui était hospitalisée. La lettre était rédigée par une infirmière qui écrivait comme un médecin ; Ingrid fut capable de la déchiffrer, mais elle n'en comprit pas le contenu. Sa tante ne pouvait pas rentrer dans le Nord car sa fracture du col du fémur refusait de guérir, et il n'y avait pas de transports… Mais elle serait rentrée à temps pour Noël. C'était écrit deux fois. Barbro avait cinquante-neuf ans et Ingrid trente-cinq, ce soir-là, elle s'endormit tôt et ne rêva pas.

Elle se réveilla tôt également, resta au lit à écouter le vent qui grattait le toit d'ardoises et la mer qui sifflait et soufflait entre les piliers du quai et sous la respiration de Nelly, Nelly dormait comme une personne, le bruit du sommeil de Nelly, nuit après nuit, était la seule chose normale dans cet endroit, et ce jour-là, il était insupportable.

Ingrid se leva, se lava dans le seau en zinc, fit sa valise, ne mangea pas, ne prépara pas de café, prit ses vêtements de travail puants, passa derrière l'usine de conserve où les Allemands faisaient brûler des ordures dans un tonneau, elle y jeta ses vêtements, regarda les flammes jusqu'à ce que du monde arrive sur le quai. Il neigeait un peu.

Elle remonta à l'étage, prépara une sorte de café, en remplit une tasse qu'elle posa sur la chaise à côté du chevet de Nelly, qui ressemblait à une belle morte, elle attendit que le reflet sur le mur de l'usine lui indique que le contremaître était arrivé lui aussi, que l'aube allait poindre dans la nuit, puis elle se releva, descendit avec sa valise et demanda son solde.

Le contremaître posa son crayon usé d'un air stupéfait, il dit à la fois qu'elle devançait sa demande et qu'il ne pouvait pas se passer d'elle, des prises allaient être débarquées ce soir, elle était indispensable et superflue, l'escroquerie habituelle et compliquée du travail salarié, or Ingrid venait d'une île avec le ciel comme toit et comme murs, elle répéta donc qu'elle voulait son argent *maintenant*, elle attendit patiemment que tous les tiroirs soient ouverts et refermés, que les papiers soient bien déplacés et reposés, qu'il y ait les soupirs ambigus sur sa fiche horaire et le décompte minutieux des billets froissés, comme si c'était une insulte de demander son salaire, comme si, le jour de la paie, c'était le maître qu'il fallait plaindre et non l'esclave.

Ingrid emprunta le chemin verglacé jusqu'à la boutique, attendit que Margot ouvre, prit les produits dont elle avait besoin, y compris du café et de la margarine, elle paya avec des tickets et de l'argent, emprunta la carriole de Margot et roula ses courses jusqu'à la barque qui était restée sous le quai pendant tout l'automne.

Elle en vida la neige avec l'écope, chargea les courses et sa valise, elle remonta, reprit le chemin avec la carriole et croisa deux soldats allemands qui fumaient à l'abri de l'atelier de salage, ils avaient dû rester à l'observer pendant tout ce temps.

Elle redescendit l'escalier, remonta à bord, défit l'amarre et se mit aux avirons. Un des soldats vint sur le quai et lui cria quelques mots, agitant la main qui tenait la cigarette, un œil rouge dans l'hiver. Elle reposa les avirons, l'air étonné. Il répéta des paroles qu'elle n'entendit pas, la neige tomba plus dru encore, le bateau glissa sur l'eau et le soldat disparut.

Ingrid rama jusqu'à l'îlot tout en longueur de Gråholmen, suivit les rochers à un aviron de distance jusqu'à ce qu'ils disparaissent, il n'y avait aucune visibilité, la mer était lourde et calme.

Elle prit un cap à partir de la marque sur le dernier rocher, se guidant avec l'angle formé par le sillage sur la houle, et parvint à Oterholmen au bout d'une grosse demi-heure. Elle le passa à bâbord alors qu'elle aurait dû l'avoir à tribord. Elle ajusta son cap, poursuivit avec un nouvel angle entre les vagues et le sillage sinueux et toucha Barrøy une demi-heure après qu'Oterholmen eut disparu.

Elle porta les provisions à terre, ouvrit les portes du hangar à bateaux, remonta la barque avec le treuil que son père avait installé jadis dans son enfance, elle redressa le dos et regarda autour d'elle, elle regarda les maisons là-haut sur la masse grise du dos voûté de l'île, visibles à quinze ou vingt milles par temps dégagé et qui, en cet instant, n'étaient que quelques petites caisses noires sous une mince couche de lait, sans lumière, sans la moindre trace dans la neige.

Elle mit le joug sur ses épaules, y accrocha les courses et grimpa. Les caisses se firent bâtisses et maisons, entourées d'arbres qui ressemblaient à des doigts calcinés. Elle entra, passa d'une pièce à l'autre, alluma les lampes et le feu tant dans la cuisine que dans la grande pièce. Elle ne pouvait pas rester là non plus. Elle redescendit au hangar, vérifia qu'il était bien fermé, mit les tréteaux à l'abri, comme si elle ne l'avait pas fait en arrivant. Môle de galets et grille de madriers dans la mer verte, Oterholmen se montra pour redisparaître. Pas un bateau. Pas un oiseau. Elle se retourna, braqua le regard sur les maisons, l'une d'elles avait deux yeux jaunes, puis elle monta pour la deuxième fois, et il y eut donc trois séries de traces de pas.

2

Il faisait bon désormais dans la cuisine. Ingrid ôta son manteau, moulut le café et mit la bouilloire à chauffer, rangea les courses dans le garde-manger, alla chercher plus de combustible. Le café était prêt. Elle enleva le reste de ses vêtements d'extérieur et but le café en s'installant sur son fauteuil près de la fenêtre, jeta des coups d'œil vers les ombres à l'ouest, Moltholmen, Skogsholmen, les Lundeskjærene, et l'horizon endormi quelque part, au loin, dans ce jour qui ne donnerait rien. Elle ne mangea toujours pas. Elle chercha par où elle allait commencer, sous le poêle ou sous la table, dans le coin du garde-manger ?

Elle se leva, approcha la caisse de tourbe et commença à déchirer les journaux, elle fit des boules de papier qu'elle empila sur le plancher comme une lanterne de neige. Elles partirent dans toutes les directions. Elle les entassa à nouveau. C'était un journal qu'elle tenait du temps où Barrøy était une communauté, avec des gens, des bêtes et un phare, avec des tempêtes et de l'entêtement, avec du travail, des étés, des hivers et de la richesse, elle soutint les boules avec de petits bouts de bois et de tourbe afin de faire un feu, une idée que personne n'avait jamais eue, incendier une maison sur une île ; sur Barrøy, il y avait des ruines à l'est, mais ce n'était pas le résultat d'un incendie, et il ne faisait soudain aucun doute que ceux qui avaient quitté Karvika l'avaient fait de leur plein gré et non à cause d'une catastrophe ; ils en avaient eu assez, c'est tout, ils s'étaient regardés dans le miroir, avaient fait leurs valises et ils étaient partis. C'était une pensée insupportable.

Elle prit une lampe et monta dans la Salle Nord, puis elle entra dans la Salle Sud, jeta un regard dans la chambre de Barbro qui donnait à l'est, dans sa chambre avec le lit, le pot, la table de chevet et les dessins jaunis qu'elle avait faits à l'école et qu'elle n'avait pas vus depuis qu'elle était venue prendre des pommes de terre au mois de septembre ; la maison avait rapetissé, les portes étaient plus basses, les fenêtres plus étroites ; l'odeur des gens s'était incrustée dans les murs comme celle de la peinture, aujourd'hui, ce n'était qu'un parfum de terre lourde et humide ; elle passa le bout du doigt sur les perles de condensation et s'assit sur le lit de ses parents, dans lequel sa mère était morte.

« Laisse Lars reprendre Barrøy » avaient été ses dernières paroles. « Et pars, tu es jeune et intelligente, tourne le dos à la mer, retiens la leçon, ne fais pas comme moi… »

Ingrid dit non.

« Tu n'es pas assez forte.

— Si », répondit Ingrid à sa mère mourante.

Et, le printemps suivant, Lars ne rentra pas des Lofoten, il avait trouvé l'amour, disait-il dans sa lettre, et il resta sur place avec bateau, équipement et équipage, une année après l'autre, même quand la guerre éclata. Ingrid et Barbro furent de plus en plus seules au fil de chaque soleil qui se levait et de chaque tempête qui s'abattait, de chaque bête qu'elles tuaient et de chaque sac de duvet ramassé qu'elles ne vendaient pas, une femme jeune et une femme entre deux âges sur une île qui attendaient des lettres de Lars, rédigées d'une écriture soignée et régulière et qui, un beau jour, furent ornées de quelques fioritures vertes, la signature de Hans, le fils de Lars âgé de trois ans, les trois plus longues années de la vie d'Ingrid. Aujourd'hui, la guerre avait quatre ans et Hans avait un frère, Martin, et avec lui arrivèrent d'autres fioritures destinées à une tante et une grand-mère qui ne répondaient pas, parce que l'une était trop fière et l'autre ne savait pas écrire.

Ingrid entra dans la Salle Nord et décida d'y dormir, car il y avait une trappe dans le plancher qui donnait dans la cuisine, et permettait à la chaleur de monter. Elle secoua les couettes et prépara le lit, puis redescendit et but le café tiède tout en relisant la lettre de Barbro, qu'elle froissa et ajouta à la pile par terre.

Mais elle n'alluma pas le feu.

Elle alla dans la grande pièce pour charger le poêle et vit que la porte de la chambre du grand-père était entrouverte. Elle posa la main sur la poignée pour la fermer, mais elle avait déjà fermé cette porte il y a peu. Or elle était ouverte à nouveau, il n'y avait pas un bruit dans la maison, ni de courant d'air.

Elle entendit un bruit sec, très lointain, un coup de tonnerre prolongé dans les entrailles du monde, elle retourna à la cuisine, elle y resta, comme paralysée, bien trop longtemps, avant de ressortir et d'ouvrir brusquement la porte de la chambre, furieuse contre elle-même de ne pas l'avoir fait sur-le-champ, car la personne avait donc pu disparaître à nouveau.

Mais il n'y avait aucune odeur, ni de pas traînant, ni de murmures, ni de bruit de chat, juste le même sifflement atténué, à l'intérieur comme au-dehors. Elle décrocha la lampe du mur de la grande pièce, alla dans tous les coins, armée d'un marteau, et vérifia qu'il n'y avait personne, ni dans le lit ni sous celui-ci, ni dans le placard ni dans le coffre qu'elle ouvrit et referma avant de s'asseoir sur le couvercle, avec le silence sans fin qui lui sifflait si fort dans les oreilles qu'il lui fallut crier.

Puis le silence fut total.

Elle s'habilla et sortit dans la neige qui tombait doucement, resta plantée là à contempler les maisons, la grange, les quais et le hangar près de la mer, soudain étonnée par tout ce qui l'avait retenue sur l'île, ce qui, en vérité, n'était rien du tout. Bientôt, la neige allait se muer en pluie et, si le vent ne tournait pas, l'île allait être marron comme la gale, et la mer, grise.

Ingrid descendit au sud à travers les jardins, évitant les portes et escaladant les clôtures comme lorsqu'elle était enfant. Mais elle n'était pas une enfant. Elle continua jusqu'à la pointe sud et resta là à examiner longuement les restes du phare qu'elle et Barbro avaient fait sauter avec les derniers bâtons de dynamite de son père quand la guerre avait éclaté, morceaux de verre de couleurs claires et vives, algues et goémon comme autant de cheveux noirs enroulés autour de poutrelles rouillées et tordues, le réservoir de paraffine ressemblait à une rose calcinée. Elle s'assit sur le tronc d'arbre qu'ils avaient trouvé un jour sur le rivage, ils l'avaient immobilisé avec des pieux et des chevilles pour que la mer ne le leur reprenne pas, ce géant énorme et d'une blancheur de squelette, ils avaient cru qu'un jour peut-être il vaudrait une fortune, en trente ans, il avait fait office de banc pour des gens qui ne s'asseyaient jamais.

Et elle n'était plus une enfant.

Elle attendit jusqu'à se mettre à frissonner, remonta au nord en suivant les rochers à l'ouest, sans voir de traces et sans entendre autre chose que les lamentations désolées de la mer, passa le rocher avec le nouveau quai et les trois remises, il y en avait au moins une de trop ; elle se rendit compte que si elle avait réveillé Nelly ce matin, si elle s'était permis d'entendre une voix et de voir son sourire, elle aurait continué à l'usine, à ôter l'arête centrale de morues mortes, tandis que les pensées ne cessaient d'aller et venir dans son esprit.

Dans la nouvelle remise, Ingrid noua ses cheveux mouillés puis les laissa retomber, répéta plusieurs fois son geste en se demandant pourquoi elle n'avait toujours pas faim. Elle découvrit un trou à la manche de son pull sans pouvoir se souvenir où elle l'avait fait. Les aiguilles à filet étaient rangées par taille dans une boîte en longueur posée sur le banc. Elle prit la plus grande, la tripota un instant, vit les marques de dents laissées par Lars qui mordait tout quand il était petit. Elle avait encore du sang de poisson séché dans les replis des ongles. Elle avait troué le pull ce matin, en s'accrochant à un clou alors qu'elle descendait l'escalier avec sa valise. Sur l'étagère au-dessus de l'établi, il y avait des bobines de ligne de toutes les dimensions, des couteaux, des pierres à aiguiser, des hameçons, des bouchons… et des navettes. Les navettes de Barbro.

Ingrid approcha le tabouret et s'assit devant le crochet en fer sous la fenêtre, tira du fil dans une navette et se mit à mailler un filet. Une heure plus tard, elle avait un filet de trois brasses de haut sur quinze de long. Ses mains étaient douces et fines dans l'air froid. Elle avait une faim de loup, elle sortit dans la nuit, elle s'était trompée sur le temps, la pluie était devenue neige, légère et sèche comme de la suie, et elle n'avait plus peur.

3

Ingrid dîna, dormit et, à son réveil, elle n'avait toujours pas peur. Elle mangea lentement, s'habilla lentement, sortit dans la frêle lumière de novembre et mit la prame à l'eau. Le vent avait tourné une fois encore et soufflait du suroît. Elle contourna la pointe dans des creux de plusieurs mètres, continua vers le sud par la passe jusqu'au piton que Lars avait fixé, y attacha l'extrémité d'une ligne sans descendre du bateau – et sans le briser non plus –, elle rama avec les vagues, traversa la passe jusqu'à Moltholmen, là où son cousin avait également fixé un piton et où il y avait un palan. Elle fit passer la ligne dans le trou de la poulie, là encore sans descendre du bateau – et sans le briser non plus –, puis elle se dirigea vers Barrøy. Elle avait estimé qu'il devait y avoir quatre-vingts, quatre-vingt-dix brasses, il y en avait plutôt cent cinquante, la ligne était trop courte.

Elle se mit à pleurer, attacha un flotteur à l'extrémité de la ligne et le lâcha dans l'eau, elle rama avec la mer, repartit au nord jusqu'au nouveau quai, prit une ligne supplémentaire. La mer avait grossi. Elle ressortit en bataillant avec les avirons et retrouva le flotteur, rallongea la ligne et regagna le mouillage de Barrøy avec un bout de la ligne, trempée, brûlante, épuisée et furieuse, mais elle avait désormais une ligne à travers la passe et pouvait poser un filet ou deux, elle pouvait pêcher sans prendre le bateau, par tous les temps, jusqu'à l'arrivée des grosses gelées, peut-être même plus tard.

Elle se laissa dériver vers le nord, remonta le bateau, nota que la mer descendait, elle fut un instant stupéfaite car elle avait cru que la marée montait, mais elle n'avait toujours pas peur.

Elle gagna la maison, s'endormit sur la banquette à côté du poêle et se réveilla alors que la nuit était tombée. Elle avait froid, des courbatures, elle se leva et fit du feu, prépara à manger et se demanda si elle devait poser des filets dans l'obscurité, chassa cette idée et ouvrit un des cahiers qu'elle avait apportés, il n'y avait rien dedans.

Elle s'habilla, descendit à la nouvelle remise et prit deux filets, alla au mouillage de la passe sud et posa le premier dans la houle noire, le tirant comme une toile d'araignée silencieuse, elle accrocha le second et tira, une chaîne de deux filets ce n'est pas difficile à déplacer, elle les sortit de quinze brasses de plus, bloqua le tout et rentra.

Elle dormit longtemps et nue dans le lit de

ses parents dans la Salle Nord, se leva un matin de plus, releva les filets et put faire cuire de la morue fraîche, elle ressortit et mit à l'eau un filet de plus. Trois. Elle pouvait aller jusqu'à quatre ou cinq. Il lui restait du poisson séché de l'hiver dernier, elle avait une resserre remplie de pommes de terre, elle avait du lieu séché et un demi-tonneau de harengs. Elle avait des confitures, de la farine, du café, de la mélasse, des pois cassés, du beurre du commerce et du sucre. Désormais, elle avait également du poisson frais. Le tas de papier journal n'était plus sur le plancher, mais rangé dans la caisse avec le bois pour allumer les feux sous le poêle. Deux avions apparurent dans un trou entre les nuages, elle entendit des tirs sur le Fort au nord de la Grande Île, et le trou se referma.

Le lendemain, elle prit huit morues et un lieu noir. Elle mangea encore du poisson frais, du foie et sala le reste, elle demeura dans la chaleur de sa cuisine, regarda autour d'elle, jusqu'à ce que l'envie d'aller dans le grenier de la grange où l'on conservait les sacs de duvet lui passe par la tête. Une étiquette était accrochée au premier sac, indiquant Barrøy, 1 kilo, 1939. Elle l'ouvrit et plongea la main dans un été. Elle le referma et ouvrit le deuxième. L'étiquette disait 1937. Encore un été. Elle se dit qu'elle devrait aller au village pour se procurer un chat.

Elle retourna à la maison, mit l'eau à chauffer, se lava et se frotta les ongles au point de presque les fendre, se lava les cheveux, elle les noua puis les laissa retomber le long du corps, l'eau chaude dégoulina sur son ventre, ses hanches et ses cuisses avant de se perdre dans la bassine. Elle s'habilla, s'assit à la table de cuisine et ouvrit le même cahier. Il n'y avait toujours rien dedans. Mais, au moins, elle pouvait dormir comme Nelly.

Elle se coucha et pensa au chat. Barbro allait venir bientôt. Elle pensa à Barbro. Et à Suzanne.

Suzanne avait été comme une fille pour Ingrid. Mais elle les avait quittés, elle et Barrøy, quand elle avait tout juste quatorze ans, et elle était partie de son plein gré.

Ingrid se leva, descendit dans la salle de séjour et trouva les lettres dans la commode que son père avait achetée un jour sur un coup de folie. L'écriture soignée de Suzanne, à la capitale, où elle avait commencé par être domestique chez une famille aisée, puis téléphoniste dans un central de taille substantielle au nom imposant. Ingrid lut lentement, se balançant au rythme des mots, elle acquiesça, hocha la tête et rangea les lettres ; elle revit Suzanne le jour où elle avait quitté l'île, vêtue des plus beaux habits qu'ils avaient réussi à lui trouver, tendue et bouillonnante, fragile comme du verre, elle n'était pas uniquement partie avec toute sa superbe, mais aussi avec toutes les économies de l'île, et ce n'était pas un beau spectacle.

Ingrid souffla la lampe et monta à l'étage, elle dormit comme Nelly après avoir pensé à

Barbro et s'être dit qu'elle devait récupérer l'horloge mise en gage chez Margot, la pendule aux chiffres romains et aux aiguilles décorées ; même un îlien a besoin d'une délimitation silencieuse entre les deux jours qui s'écoulent, entre les deux moments où l'on remonte une horloge.

4

Alors qu'Ingrid était sur l'île depuis longtemps, au point que l'idée même d'une horloge s'était envolée, un phoque se prit dans le filet le plus éloigné.

Elle le ramena à terre et constata qu'il était mort. C'était un petit phoque, peut-être un bébé. Elle le laissa là pour que les aigles de mer le mangent. Mais il avait détruit de grands bouts du matériel, qu'elle emporta avec elle afin de le réparer, puis elle aperçut un deuxième phoque, couché dans la neige, bougeant à peine les nageoires. Elle s'approcha. Il la regarda avec un œil noir et un œil blanc. Ils avaient déjà eu des phoques sur l'île, mais ils étaient craintifs et plongeaient dans l'eau dès que quelqu'un venait. Celui-ci semblait lent et malade, et n'était pas plus gros que le phoque mort.

Ingrid déposa le filet, prit une pierre et tua le phoque. Deux aigles s'envolèrent de Moltholmen et vinrent vers elle. Elle leva un bras, ils remontèrent en battant leurs ailes immenses et retournèrent sur l'îlot, se posèrent, donnant des coups de bec en la regardant. L'un avait une tête presque blanche, l'autre était plus marron et plus petit.

Ingrid se demanda si elle devait dépecer le phoque, mais elle ne savait pas comment faire, et son père avait dit qu'il fallait se méfier de la viande de phoque, il pouvait y avoir des trichines.

Elle voulut repartir, mais au moment où elle souleva le filet, elle aperçut un vêtement marron sous la neige, on aurait dit de la bure. Elle ramassa une veste élimée et une poignée de laine de bois s'en détacha. Un pantalon avec une demi-jambe était accroché à la veste par une ficelle. Elle n'avait jamais vu des habits pareils. Elle les emporta au séchoir à poissons, les suspendit comme de la lessive, alla à la remise et accrocha les filets entre les crochets, en ôta le goémon et les herbes, puis elle considéra qu'elle avait assez de filets pour laisser ceux-là à sécher, c'était plus facile de les raccommoder quand ils étaient secs.

Elle se demanda si elle devait poser d'autres filets, mais elle se dit qu'elle pouvait manger du poisson salé pendant quelques jours, et se dirigea vers la maison sous une neige légère. Il y avait désormais un homme là-bas, sur le séchoir, il la regardait, un unijambiste. Derrière lui, les deux aigles étaient en train de déchiqueter un des phoques. On aurait dit que l'homme les observait, eux aussi, il était impossible de dire de quel côté il regardait, il n'avait pas de tête.

Ingrid entra dans la maison, prépara le repas, mangea, récura le plancher de la cuisine, de l'appentis et du couloir, nettoya l'escalier qui montait à l'étage, elle trouva de la laine et ravauda le trou dans son pull, elle vit alors que le trou n'avait pas été fait par un clou à l'usine, mais par le couteau qui ressemblait à une petite hache. Demain, elle allait préparer du pain, des crêpes et des galettes de pommes de terre, ce serait un jour de cuisine, un jour où elle emplirait la maison d'odeurs de vie, et de travail d'une dureté étourdissante.

Elle alla à la grange, trouva un sac de laine et se mit à la nettoyer et à la carder. Elle apporta le rouet dans la cuisine et passa le reste de la journée à filer. Le rythme. Il n'y avait plus de gouttes de condensation sur les murs intérieurs. Cela ne sentait plus la terre humide. Elle avait cessé de faire du feu dans la grande pièce. Il y avait le calendrier suspendu à un clou de la salle à manger, le chat qu'elle aurait bientôt, la pendule dont elle n'avait plus besoin, le fil qui courait entre ses doigts rendus lisses par la lanoline, et, chaque fois qu'elle jetait un coup d'œil par la fenêtre, l'étranger sur le séchoir, là-bas, la regardait aussi.

Elle se demanda si elle devait s'habituer à l'avoir là, comme un épouvantail, ou déchirer les guenilles et les jeter à la mer, les enterrer, les brûler…

Avant la tombée de la nuit, elle s'habilla pour aller les voir, les toucher, comme clouées par le gel. Deux taches noires dans la neige du rivage, là où s'étaient trouvés les phoques. Aucune trace des aigles. Mais elle entendit des bruits, d'autres oiseaux, des nuages ondoyants de poussière cosmique l'accompagnèrent dans la remise, où elle constata que les filets étaient secs et qu'elle pouvait commencer à les réparer. Le bruit des oiseaux l'accompagna sur le chemin du retour, mais il faisait nuit, et l'homme sur le séchoir était invisible.

5

Vivre sur une île, c'est chercher. Ingrid avait cherché depuis sa naissance, elle avait cherché des baies, des œufs, du duvet, du poisson, des moules, des plombs, des ardoises, des moutons, des fleurs, des planches, des ramilles… Les yeux d'un îlien cherchent, que sa main ou sa tête soit occupée, avec ces coups d'œil incessants sur les îles et la mer qui s'accrochent au moindre changement, qui notent le signe le plus insignifiant, qui voient le printemps avant qu'il n'arrive et la neige avant qu'elle ne peigne ses touches blanches dans les crevasses et les creux, ils découvrent les bêtes avant qu'elles ne meurent et les enfants avant qu'ils ne tombent, ils voient les poissons invisibles dans la mer sous les nuées d'ailes blanches, la vue est le cœur battant de celui qui vit sur une île.

Mais quand Ingrid sortit dans le matin et vit que le temps ne lui permettrait pas non plus d'aller au village ce jour-là, elle eut le sentiment de chercher quelque chose d'introuvable, et ce quels que soient ses efforts à scruter, cela ressemblait à l'impression de faire une erreur avant de la commettre ; et les mêmes nuages déchirés glissaient dans le ciel et lâchaient ici et là des grains obliques sur la mer infatigable, il n'y avait pas un soupçon de vie en vue.

Elle descendit par le sud vers les rives de l'est, elle ne trouva ni phoques ni vêtements, elle fut envahie par une inquiétude croissante qui lui ordonna de parler tout haut car, tôt ou tard, un homme doit entendre une voix, ne fût-ce que la sienne, tous les îliens le savent, alors elle dit qu'elle devait vraiment finir par se procurer ce chat, elle sursauta en entendant le bruit étranger, elle reprit sa phrase jusqu'à ce qu'elle en devienne banale et rassurante, mais une nouvelle crainte s'insinua en elle, le sentiment de s'être perdue sur sa propre île, ou de se trouver sur une autre île, ou pire encore : le sentiment de ne pas être seule sur cette île qui était la sienne.

Elle avait noté à quelle vitesse les aigles avaient dépecé les phoques, elle avait vu le sang dans la neige recouvert par une neige fraîche, et un souvenir ténu lui revint. Elle pressa l'allure, traversa une bande d'algues amoncelées, elle tomba sur d'autres vêtements, usés, marrons et mouillés, avec ces touffes de laine de bois semblables à la bourre d'une poupée, mais usés d'une manière différente, comme s'ils avaient appartenu à d'autres personnes, avec d'autres habitudes et d'autres existences. Elle les étendit sur la neige, trois tenues complètes, un caban et une veste, elle chercha à les réunir, tels qu'ils l'avaient été, elle obtint une grande personne et deux plus petites, et il lui resta un vêtement en trop, la moitié de quelqu'un, et c'étaient tous des hommes.

Elle les entassa dans le filet qu'elle portait toujours avec elle, dans l'intention de les brûler au nord de l'île. Mais ils étaient mouillés, et on ne pouvait pas non plus les enterrer dans le sol gelé, elle les accrocha donc à côté de l'homme déjà suspendu sur le séchoir, puis elle décida de refaire le tour complet de l'île.

Dans la crique où elle avait trouvé les premiers vêtements, elle aperçut à nouveau les aigles, le géant à la tête blanche et le plus petit, le marron, perchés sur un rocher dans la mer, battant des ailes, en train de donner des coups de bec et de griffes comme s'ils se disputaient une proie.

Mais il n'y avait pas de rocher à cet endroit, c'étaient des eaux dégagées dans tout le secteur, cent brasses de profondeur, et le rocher bougeait dans les vagues.

Elle courut sur la pointe, voulut faire demi-tour et chercher la longue-vue, mais elle trébucha sur une pierre et découvrit un autre rocher là où il ne devait pas y en avoir, un rocher qui se déplaçait lui aussi, qui disparaissait pour réapparaître comme un bois flottant, un dos de baleine. Et au-dessus d'eux volaient des nuées gloussantes d'oiseaux en furie, qui repliaient et dépliaient les ailes, plongeaient, piquaient et se battaient dans un tourbillon de plumes et de bruits, pour disparaître d'un coup dans une violente averse de neige.

Ingrid se mit la main sur les yeux et cria à haute voix. La nausée monta et son cœur s'emballa, elle fut obligée de se mettre à quatre pattes, le souffle coupé, car elle avait compris ce qu'elle venait de voir.

Elle se frotta le visage avec de la neige et courut vers la maison, elle trouva d'autres vêtements, deux tenues complètes et un pantalon, un manteau gris et abîmé... Elle les traîna avec elle à travers les jardins, les accrocha sur le séchoir, entra dans la maison et alluma toutes les lampes, y compris dans la grande pièce.

Elle alluma les deux poêles, resta debout dans ses affaires qui dégoulinaient, elle regarda fixement une armée sans tête, là-bas, sur le séchoir, qui lui faisait des signes dans un vent silencieux, l'un n'avait qu'une jambe, l'autre n'avait qu'un bras, un buste, deux vestes saluaient gaiement, il manquait aussi un bras à l'une d'elles... Elle se rendit compte qu'elle les avait ramassés car il s'agissait d'effets personnels, quand bien même ils étaient usés jusqu'à la corde et sans valeur, avec ces touffes de laine de bois.

Ingrid descendit à la remise des Suédois et prit la longue-vue, un lourd cylindre extensible recouvert d'une sorte de similicuir noir, avec des anneaux en cuivre et deux petites vis, elle se souvint vaguement que son père ne s'en servait jamais car elle faussait la vision, elle se dit qu'elle n'en avait pas besoin non plus, elle savait bien ce qu'elle avait vu.

Elle reposa la longue-vue comme si celle-ci lui brûlait les mains, elle ramenda deux filets secs jusqu'à avoir froid aux doigts, elle les tira derrière elle dans la neige, passa la ligne dans l'œillet du premier et vit le flotteur glisser dans les vagues, elle attacha les lests ronds en ardoise en veillant à ne pas les casser contre le rocher, attacha le filet suivant et tira les deux, les quinze brasses habituelles, quand son regard quitta la ligne, la mer et Moltholmen, et c'est là qu'elle vit le premier corps.

La ligne lui échappa des mains, elle se jeta à l'eau et la rattrapa, regagna la terre en pataugeant, posa les mains sur les genoux, redressa le dos, regarda fixement la passe, voyant toujours ce qu'elle avait vu, ce qu'elle avait déjà vu la veille – et malgré cela elle avait dormi comme Nelly.

Elle tapa dans ses mains avec ses moufles et vit l'homme qui gisait à moitié sur le rocher, les jambes baignant dans la mer, comme si quelqu'un l'avait amarré au piton.

Mais la mer descendait, et il serait bientôt au sec, jusqu'à ce que la prochaine marée haute ne l'emporte, et que les armées de harpies criardes ne piquent pour déchiqueter la silhouette marron.

Ingrid alla au nord vers le hangar à bateaux et se dit qu'elle s'était rendue deux fois dans la grange, une fois pour vérifier le duvet et une autre pour chercher de la laine ; là aussi, elle avait vu quelque chose sans comprendre ce que cela signifiait, et elle était sortie de la maison d'innombrables fois, mais elle n'était pas allée dans le jardin des baies, à l'arrière, on n'y allait jamais en hiver, car qui aurait l'idée de faire le tour de sa propre maison ?

Elle passa en courant à côté du séchoir à poissons, traversa la tourbière, hésita avant d'ouvrir la porte, elle entra et resta figée un instant dans sa propre maison, elle fila d'une pièce à l'autre avec le sang qui lui cognait dans les oreilles, elle s'immobilisa et ressortit en vitesse, fit le tour de la maison et aperçut les traces à peine visibles sous la neige fraîche, comme si quelqu'un avait traîné un sac à travers le jardin et sur la passerelle de la grange.

Elle monta et constata que les portes étaient fermées avec le verrou tiré à l'intérieur, elle fit le tour du bâtiment, entra dans l'étable, elle se rappela qu'elle avait vu des gouttes d'eau dans l'escalier et qu'elle s'était dit qu'elles provenaient d'une fuite dans le toit, elle grimpa dans le grenier à foin et, dans la faible lumière, elle distingua deux jambes qui dépassaient sous des vieilles peaux de mouton. Elle écarta les peaux et vit un homme entre deux âges, chauve, avec des poils de barbe bleu-noir dans un visage émacié et blanchâtre, un homme mort. Mais quelqu'un lui avait fermé les yeux et joint les mains sur sa poitrine, on aurait dit qu'il priait.

Elle s'avança davantage et découvrit un deuxième homme, sous deux sacs de duvet et une vieille couverture de cheval. Elle la retira et vit qu'il était habillé des mêmes guenilles marron, garnies des mêmes touffes de laine de bois qui sortaient des manches et des trous, et par-dessus cela, il portait un uniforme avec des galons et des ailes, un uniforme allemand, lui aussi il était émacié, chauve et maigre, mais il n'avait pas de barbe, il était trop jeune, et il était en vie.

6

Ingrid s'agenouilla et secoua l'homme. Il ne réagit pas. Une déchirure dans la jambe de son pantalon laissait voir une blessure profonde en haut de la cuisse droite, les bords de la plaie avaient gonflé, formant d'épaisses lèvres bleues. Elle appuya dessus avec les doigts, vit du sang couler et entendit un faible gémissement. Une des mains donnait l'impression d'avoir été brûlée sur un feu, mais elle conservait la majeure partie de ses doigts, la deuxième était noire également, et n'avait plus d'ongles.

Ingrid fit couler quelques gouttes de l'uniforme, les goûta, ce n'était pas de l'eau de mer, il devait donc y avoir un bateau étranger sur l'île, probablement au seul endroit où elle n'avait pas cherché, près des ruines de Karvika, elle avait peur de ces ruines, elles lui avaient toujours inspiré de la crainte.

Elle mit l'homme en position assise, s'accroupit, referma les bras sur sa poitrine, nota qu'il était étonnamment léger et le tira jusqu'à la porte de la grange, ouvrit le verrou, traîna l'homme à travers le jardin, dans la cuisine, le déposa sur la banquette et l'enveloppa de couvertures.

Elle prit la louche dans le seau et humecta ses lèvres crevassées. Il remua la tête et gémit. Elle glissa un oreiller sous sa tête, prit un entonnoir, l'enfonça dans la bouche jusqu'à ce qu'il vomisse, il ouvrit ses paupières roussies en essayant de se défendre avec ses mains.

Elle tint la louche devant le regard dément.

Il acquiesça, but quelques gouttes, toussa, il leva ses mains blessées comme pour les étudier, pour les montrer, à Ingrid ou à Dieu, tandis que les larmes coulaient des orbites noires, glissaient sur le crâne en flots noirs de suie qui ne trouvaient aucun obstacle sur le visage lisse et jeune, et l'on aurait dit qu'il n'avait jamais été un être humain et qu'il ne le serait jamais.

Elle saisit la main sans ongles, elle resta un moment à la tenir, regardant fixement la pièce, elle sentit un tremblement, une supplique, comme s'il se préparait à mourir. Elle se mit à secouer ce corps désarticulé, cria « non, non », prit la louche et lui fit avaler encore un peu d'eau, entraînant des spasmes qui s'atténuèrent et le muèrent en un bébé plaintif, et la puanteur qui se répandit dans la cuisine chaude était insupportable.

Elle se leva, entra dans le garde-manger et resta plantée devant les étagères de conserves et de confitures, prit un pot de gelée de groseille, en renversa le contenu dans une tasse qu'elle mélangea avec de l'eau chaude, elle respira par la bouche et le força à avaler cette légère soupe rouge. Il toussa, cracha, il dut déglutir pour ne pas s'étouffer, il avala gloutonnement quelques gorgées pour les recracher, il avala quelques petites portions, elle put les compter, et il les garda avant de s'évanouir.

Ingrid reposa la tasse sur la table, s'essuya le visage sur son pull, entendit deux reniflements qui étaient les siens, elle parla aux murs, dit à haute voix que ce n'était pas vrai, elle s'assura qu'il respirait, ressortit dans la neige et se mit à regarder fixement dans l'obscurité.

Pour se rendre compte qu'il n'y avait pas d'échappatoire.

Elle descendit au débarcadère et mit à l'eau la prame, contourna la pointe nord où elle eut la neige de face, resta sous les hauteurs de Barrøy, se fraya un chemin à travers les paquets d'écume au sud de la série de filets, où le vent lui hurla dessus, apportant aussi le bruit des oiseaux de Moltholmen.

Avec un effort, elle traversa la passe et sauta à terre, le bateau resta là, cognant contre les cailloux. Elle noua l'amarre autour de son poignet, saisit un aviron et se débattit au milieu de l'essaim criard. Le mort apparut, le visage tel un trou bleu-noir, le ventre ouvert jusqu'à la colonne vertébrale comme une morue vidée, les mains n'étaient que des moignons rognés et les pieds ressemblaient à du bois de charpente calciné. Elle balança l'aviron dans le bateau, dégagea le cadavre du piton, le fit tomber dans les algues mais ne parvint pas à le hisser à bord. Elle passa l'amarre autour d'une cuisse, sauta à bord et tira le corps sous des nuées d'oiseaux qui plongeaient encore plus follement dans son sillage. Mais, là, elle avait vent arrière et elle avança vite, une fois à l'abri du nouveau quai, elle put défaire l'amarre à la poupe, monter sur le quai et l'attacher au crochet du treuil, elle sortit l'homme de l'eau, il resta suspendu là comme à un gibet.

L'aigle à la tête blanche, tel un animal domestique, demeura à côté d'elle, elle lui décocha un coup de pied, il bougea en dodelinant, elle lui donna un autre coup de pied, cria et lâcha la manivelle, elle la rattrapa, la bloqua, saisit le montant d'une claie et l'agita vers l'énorme oiseau qui s'écarta mollement. Elle regagna le treuil en courant, hissa l'homme sur le revêtement en pierre du quai, ouvrit les portes de la remise, le traîna à l'intérieur et découvrit qu'une des jambes de son pantalon était vide.

Elle ferma les portes, cria sur la nuée d'oiseaux qui s'était posée sur le quai, le treuil et le toit, monta dans la prame et regagna le hangar à bateaux pour découvrir qu'elle pleurait, et elle comprit qu'elle n'avait pas cessé de pleurer depuis qu'elle avait quitté la maison.

Elle s'essuya avec son pull trempé, remonta à la maison, rentra à nouveau dans la puanteur qui envahissait sa cuisine comme une intense odeur de friture, et elle vit que la tasse avec la gelée de groseille était vide.

Elle ôta son pull, noua un foulard sur son visage, écarta les couvertures et se mit à déshabiller l'homme.

Sous l'uniforme, les mêmes guenilles marron, les touffes de laine de bois, et une masse grise indéfinissable qui ressemblait à du papier en train de se décomposer. Elle lui ôta cela comme de la peau pelée sur un dos bronzé, étoffe, peau, suie, moisissure, et jeta le tout dans le poêle, ce qui faillit étouffer les flammes. Elle ajouta du bois et la température monta tandis qu'il criait d'une voix qui n'était pas celle d'un être humain.

Puis elle fut obligée de vomir avant de pouvoir poursuivre sa tâche.

Et quand il fut nu sous ses yeux, noir, rose, jaune et bleu-vert comme une carte du monde carbonisée, elle versa de l'eau tiède dans un plat et se mit à laver les parties de son corps qui ne présentaient pas de blessure ; il gémit et essaya de la chasser. Elle dut s'asseoir sur lui et lui enlever quelque chose qu'elle n'arriva pas à déterminer, sous-vêtement ou peau brûlée. Il s'évanouit à nouveau, il gisait là, inerte, mais il respirait.

Elle alla jusqu'au bout, jeta les restes des guenilles dans le poêle, monta dans la Salle Sud, prit une couette et un nouveau tapis, elle plaça le tapis sous lui et le couvrit de la couette, elle ouvrit les fenêtres et les portes, mit à bouillir de l'eau dans toutes les casseroles, chauffant plus fort que les jours où l'on faisait le pain, sans cesser de vérifier que son sommeil n'était pas celui de la mort.

Elle déchira ses propres vêtements et les brûla également, elle se lava frénétiquement, enfila des vêtements secs, et la puanteur était toujours aussi répugnante.

Elle retira la couette et se mit à le laver une nouvelle fois, elle frotta la peau fine qui, par endroits, était lisse et blanche comme le ventre d'une morue, elle se munit de talc, de crème pour les brûlures, de fil et d'une aiguille, elle passa l'aiguille sur la flamme d'une bougie et commença à coudre la plaie béante sur sa cuisse. Des spasmes secouèrent le corps maigrelet, mais son pouls était régulier et il poussa des gémissements jusqu'à ce qu'elle repose l'aiguille et bande la blessure.

Elle ferma les fenêtres, passa dans la grande pièce et se regarda dans le miroir au-dessus de la commode, pinça ses lèvres rêches et méconnaissables, elle retourna s'asseoir à côté de lui, elle le regarda, puis elle fixa ses mains à elle, gonflées par le froid et l'humidité, mais qui ne tremblaient pas, et quand elle rouvrit les yeux, elle était allongée par terre en position fœtale à côté d'un poêle froid dans une cuisine sans lumière, dehors, il n'y avait pas un bruit.

Elle roula sur le dos et resta à écouter la respiration paisible et régulière sur la banquette, derrière les carreaux, il faisait nuit noire.

Elle se leva comme si elle était une étrangère, lui retira la couette, elle le contempla, le recouvrit, alluma le poêle, s'habilla et sortit pour trouver le bateau qu'ils avaient dû utiliser, elle le trouva où elle savait le trouver, sur une légère avancée de terre à Karvika, une embarcation ovale d'un blanc sale, faite de planches et de cylindres métalliques, plus un radeau qu'un bateau, on le voyait sans doute de l'île principale avec des jumelles, en tout cas de jour et par temps clair. Là, il faisait nuit mais le ciel était dégagé, elle ne pouvait donc pas le brûler, et elle ne parvint pas non plus à le tirer pour le cacher derrière la butte.

Elle s'assit.

Il n'y avait pas de vent. Ni d'oiseaux. Elle se leva et découvrit les bouchons de vidange des réservoirs qu'elle parvint à dévisser, elle poussa l'embarcation dans la mer et la remplit de pierres, appuya avec les pieds, elle se remplit d'eau et coula comme une ombre blanche, et seules les étoiles se reflétaient sur la surface, elle avait oublié ses moufles et ne pouvait plus remuer les doigts.

De retour à la maison, elle se dévêtit une fois encore et examina la moindre tache sur sa peau comme si elle cherchait des poux, elle frotta jusqu'à ce que sa peau vire au rouge et la brûle, jusqu'à ce qu'elle ait chaud et froid en même temps, elle entra dans la grande pièce, se regarda dans le miroir et vit qu'elle avait le visage sec et le reste du corps mouillé.

Elle s'essuya, fit cuire des pommes de terre et du poisson, longtemps, elle les écrasa pour en faire une purée qu'elle mélangea avec du foie de poisson, puis elle s'assit pour le nourrir.

Il dormait.

Elle posa la main sur la blessure.

Il ouvrit ses paupières brûlées et la dévisagea avec des pupilles qui ressemblaient à des méduses dans une mer noire. Elle lui montra la cuillère, il fit oui de la tête et ouvrit les lèvres, elle lui glissa une bouchée qu'il réussit à avaler. Elle lui donna une cuillerée de plus, puis une autre, puis de la gelée de groseille chaude, il toussa et but, mangea encore et s'évanouit au milieu d'une bouchée qu'elle dut essuyer, elle posa ensuite la main sur son front, puis sur son cou afin de sentir son pouls et voir s'il avait de la fièvre, elle la laissa posée là si longtemps que l'on aurait dit une caresse, puis elle la retira, la regarda fixement et lui effleura la joue deux fois car elle ne pouvait s'en empêcher. Puis elle mangea le reste du plat et monta se coucher tout habillée.

7

Ingrid eut l'impression de sentir de l'eau. Quelque chose lui coulait dans les oreilles et emplissait ses pensées, avec des mots. Elle sentit le poids du duvet et la chaleur de son propre corps, ses mains ne lui faisaient plus mal, elles n'étaient même plus rouges, sa gorge était sèche, elle ne dit rien, et le flot des mots étrangers continua de monter par la trappe du plancher.

Elle se leva, enfila ses pantoufles, elle descendit mais n'entra pas dans la cuisine, à la place, elle mit un pull pour aller chercher du bois. Le ciel était gris, il neigeait légèrement et paisiblement, il n'y avait pas un bateau en mer, mais sans cesse le bruit des oiseaux et les cris qui venaient de l'intérieur d'elle-même.

Elle rentra et, en sentant la puanteur, elle comprit qu'elle devait le laver une nouvelle fois, elle prit son temps pour allumer le poêle pendant qu'il la regardait à travers le voile de la fièvre, et répétait ces mots étrangers d'une voix étonnamment profonde pour un homme aussi jeune, en tout cas, c'étaient les bruits d'un être humain.

Quand elle osa enfin le regarder en face, il tendit la main qui n'avait plus d'ongles et cacha l'autre. Elle la tint jusqu'à ce que ses paupières se referment. Puis elle le lava comme un homme doit être lavé, cela prit du temps, elle pleura, mangea, elle attendit ; dehors, c'était le silence, la neige était de plus en plus dense et, lui, il dormit calmement.

Et quand il ne fut plus possible de repousser la chose, elle noua trois foulards sur son visage, elle se rendit au sud de l'île avec un couteau à gaine et l'une des vieilles voiles à corne de son père, elle suivit les bruits et trouva le premier près du tronc d'arbre russe, il n'était guère plus un homme que celui qu'elle avait trouvé à Moltholmen. Elle chassa les oiseaux, découpa un morceau de la voile et en recouvrit le corps, elle posa des pierres sur les coins, et elle se demanda ce qu'elle ferait si elle trouvait une femme.

Elle trouva le deuxième sur la pointe d'où elle avait observé les rochers qui bougeaient. Elle le recouvrit également d'un morceau de voile. Le troisième était juste au sud de la ligne dont elle se servait pour les filets. Elle le couvrit aussi avec un bout de voile et des pierres, contourna la ligne sans regarder dans l'eau et trouva le quatrième devant la remise des Suédois. Ingrid avait lu des textes sur les terres de mission quand elle allait à l'école et elle avait rêvé de sauver des gens, là, elle sauvait des morts, des enveloppes vidées de leur contenu par les oiseaux et les vers. Elle se demanda ce qui les faisait dériver jusqu'ici, il avait dû se produire un naufrage, une catastrophe, le jour où elle était dans la chambre du grand-père avec les oreilles pleines d'un bruit qu'elle n'avait encore jamais entendu, mais qui lui avait causé une angoisse étrange, car elle savait quand même ce qu'il signifiait.

Elle alla au hangar à bateaux et sortit la prame, ramassa les restes des corps dans un sac à filets et les tira sur le quai, elle les souleva avec le treuil au milieu d'un ouragan d'oiseaux, les traîna vers la remise et les couvrit d'un vieux filet en chanvre, elle se demanda ce qui allait se passer s'il y avait une longue période de temps doux, et ce qu'elle ferait si elle trouvait une femme.

Elle remonta à la maison mais évita une nouvelle fois la cuisine, prit le vieux fusil Krag de son père et emporta aussi un des tapis du grand-père, s'installa soigneusement sur le pré devant la maison et visa le toit d'ardoise de la nouvelle remise qui était noir d'oiseaux, elle tira coup sur coup, elle rechargea et pointa le canon de l'arme sur le géant à tête blanche perché sur le faîte du toit. Une aile noire disparut dans les airs, un essaim de mouettes, de corbeaux et de corneilles s'envola dans le ciel gris, revint brusquement pour piquer à nouveau. Ingrid continua à recharger et à tirer. Un des petits aigles disparut à son tour, suivi de deux corbeaux et d'un goéland marin ; il lui revint à l'esprit que le vent soufflait de l'ouest et que l'on pouvait entendre les détonations dans le village, et aussi qu'elle avait abîmé le précieux toit d'ardoise, elle continua jusqu'à l'épuisement des munitions, se leva et secoua la neige du tapis.

Elle pénétra dans la cuisine, le trouva nu, sur ses jambes maigres et branlantes, il s'appuya au bord de la table avec la main qui n'avait plus d'ongles et cacha l'autre derrière son dos, comme si elle était la marque de l'infamie, puis il la regarda d'un air épouvanté.

Elle lui montra le fusil, le posa dans un coin et se rendit compte que les foulards lui cachaient encore le visage, elle les ôta et lui dit de s'asseoir et de lui montrer sa main brûlée.

Il ne sembla pas comprendre.

Elle le poussa sur la banquette et saisit la main qui n'était pas une main, mais un pied noir avec cinq orteils sans ongles. Elle nettoya les restes de suie sur le tapis avec un chiffon qu'elle jeta ensuite dans le poêle, elle prit la crème et l'en enduisit, puis elle fit un pansement avec de la gaze pendant qu'il pleurait sans bruit en regardant par la fenêtre.

Elle déclara que si elle ne se trompait pas, ils auraient un vent d'est, et elle pourrait aller à terre et apprendre ce qui s'était passé, demander de l'aide... Il répéta le mot étranger, comme un écho de celui du matin, et elle eut l'impression que cela ressemblait à « maman ».

Elle croisa son regard, pointa le doigt sur elle-même et dit « Ingrid ». Il acquiesça et baissa les yeux sur la main bandée. Elle attendit qu'il relève la tête, pointa le doigt sur lui et lui demanda son nom. Il posa le pansement blanc sur sa poitrine et dit « Alexander ». Ingrid fit oui de la tête, dit « Alexander », sourit et répéta « Ingrid », « Ingrid » et « Alexander », comme pour confirmer quelque chose d'irréfutable, elle se releva et mélangea de la gelée de groseille avec de l'eau chaude, posa la tasse devant lui, elle le regarda la tenir en équilibre entre ses moignons, il but puis s'essuya la bouche sur le bandage et répéta « Ingrid » avec le plus grand sérieux, ainsi que l'autre mot qui, d'après elle, devait vouloir dire « maman ».

« Alexander », dit Ingrid.

Elle lui dit que ses deux mains allaient guérir, en tout cas, il pourrait s'en resservir.

Il regarda devant lui, sans comprendre.

Elle répéta ses paroles. Il acquiesça et regarda le carreau qui ressemblait à une fine pellicule de glace. Elle fit cuire du poisson et des pommes de terre, et elle le nourrit quand il fit signe de ne plus pouvoir tenir la cuillère. Puis elle mangea à son tour, sortit le moulin à café, le coinça entre ses genoux et vit pour la première fois un vague sourire sur le visage de l'homme – l'odeur du précieux café dans une cuisine, et le bruit d'un moulin. Ingrid n'avait jamais vu de dents aussi blanches, et elle songea à l'uniforme qu'elle avait aperçu sur les guenilles. Elle se mit à lui poser plusieurs questions qu'il ne comprit pas.

Elle insista pour le faire parler, il marmonna quelques mots, qui n'avaient pas l'air allemands. Elle lui demanda d'où il venait, son âge et obtint d'autres mots en guise de réponse, des mots qui se répétaient, et elle en conclut qu'ils devaient signifier «je ne comprends pas».

Bien des raisons pouvaient expliquer qu'il porte un uniforme allemand. Comme quoi, par exemple?

Ingrid se leva, versa le café dans la bouilloire, attendit que le marc se soulève comme une bulle de gaz dans un marais noir pour éclater enfin, elle souleva la bouilloire et la reposa brutalement deux fois sur les anneaux du fourneau, elle remplit deux tasses mais n'en posa pas devant lui. Elle porta sa tasse à ses lèvres, but quelques gorgées et ne le lâcha pas des yeux en lui demandant s'il voulait du café. Elle l'entendit répondre:

«Da, spasiba.»

Elle prit la tasse et lui redemanda s'il voulait du café, il secoua la tête d'un air agacé en répétant ces deux mots-là, il ajouta une autre phrase, qui n'avait pas l'air allemande non plus.

Elle lui donna la tasse.

Il posa les pansements blancs sur la table et renversa la tasse. Elle s'excusa, essuya et remplit la tasse à nouveau, se faufila derrière la banquette, derrière lui, si bien qu'il dut s'appuyer contre elle, et elle porta la tasse à ses lèvres. Il tourna la tête et la regarda avec étonnement, puis il aspira quelques gouttes de café, elle sentit le poids d'un homme et aucun relent de la puanteur épouvantable. Ils restèrent là, au rythme des respirations hachées, comme si elle n'avait jamais été une femme, et pour la première fois elle se laissa envahir par la certitude écrasante qu'il existait une autre île.

8

Il souffla un vent d'est et le ciel se dégagea. Mais Ingrid n'alla pas au village en bateau. Elle fit le tour de l'île avec le couteau à gaine et la vieille voile à corne de son père, elle suivit les nuées d'oiseaux et trouva plusieurs ballots anonymes, des enveloppes maltraitées et visqueuses qui avaient été jadis pleines de vie et de passions, une masse bleu cobalt dans des orbites grandes ouvertes de la taille d'un poing, une pâte spongieuse couleur levure et des os verdis par la mer et le sel, des chairs pourries, avec des algues et des anguilles.

Elle les recouvrit, déposant des pierres sur les coins des toiles, elle fit le détour par le nord de l'île, alla chercher la prame, ramena les corps jusqu'au nouveau quai pour les hisser à terre, sans se demander si elle libérait l'île des monstres des eaux ou si la mort avait des exigences auxquelles il fallait céder, tout simplement.

Elle avait emporté le fusil et, à intervalles réguliers, elle abandonnait les avirons pour tirer des coups de feu qui faisaient exploser la nuée d'oiseaux, ces derniers grimpaient dans le ciel comme de la suie avant de redégringoler et de les envelopper, elle, le bateau et sa traîne, dans une multitude impénétrable de cris et d'ailes – en tout cas, le vent entraînait les détonations en pleine mer.

Elle rentra, se déshabilla et brûla ses vêtements, elle se lava longuement et sans honte sous le regard noir qui la veille, déjà – ou était-ce le jour d'avant –, l'avait transpercée comme nul autre, un regard dont elle ne se fatiguerait jamais, elle le savait, et qui lui donnait de la force. Elle ne s'était jamais sentie aussi forte.

Elle prépara le repas, ils mangèrent, elle assise sur une chaise, désirant retrouver la banquette et le corps d'Alexander. Elle fit du café, ils burent chacun leur tasse en silence, puis elle dut se lever et monter au grenier pour prendre des vêtements, les vieux habits de son père qu'elle essaya sur lui, ses doigts à elle passèrent sur le corps de l'homme et il ressembla tour à tour à un apprenti pêcheur, un matelot, un capitaine, un paysan et un défricheur.

Ils riaient doucement, il pointait le doigt sur lui et disait « Alexander », puis sur elle en disant « Ingrid », il ne se lassait jamais de ces mots, et elle non plus. Puis elle l'habilla, lui coupa les ongles des orteils, elle prit les pieds d'une blancheur marmoréenne et les lava lentement, chacun parlant sa langue et en comprenant chaque mot.

Avant la tombée de la nuit, elle fit un nouveau tour avec le fusil et les bouts de voile, elle trouva ce qu'elle trouva, rentra, mit au feu une autre série de vêtements, se déshabilla devant lui et frotta la moindre tache de son corps. Elle se lava les cheveux, puis le corps, se rinça plusieurs fois, elle se brossa et se fit des nattes, lui, il ne dit pas un mot et ne la quitta pas des yeux ; quand ils eurent mangé, elle lui demanda de se lever et de faire quelques pas, s'il le pouvait.

Il se leva et se dirigea vers la fenêtre en vacillant, puis vers le garde-manger, se retourna en faisant des grimaces qui n'étaient pas dénuées d'un rire silencieux, il baissa les yeux sur ses pieds nus. Il alla à la porte, revint à la fenêtre et regarda fixement son reflet dans le miroir, recula soudain, la regarda avec inquiétude, elle se leva, prit la main bandée et elle le mena dans l'entrée, puis dans l'escalier, pour le conduire dans la Salle Nord et se coucher avec lui pour le reste de ses jours.

9

Ingrid installa une cachette dans le réduit derrière la porte qui se fondait dans la boiserie de la Salle Sud. On aurait dit un nid d'eider. Et comme il pouvait désormais marcher d'un pas ferme, elle le fit sortir avec elle, de nuit, elle l'attendit pendant qu'il était aux toilettes, écoutant ses paroles par la porte ouverte. Ils descendirent vers le sud de l'île en passant par les jardins, sans dire un mot, mais elle l'entendit pleurer. Elle désigna le ciel et l'aurore boréale, ces cascades démentes d'arcs-en-ciel à la mauvaise saison, elle dit les noms de montagnes d'un noir d'encre sur la terre ferme, elle lui apprit l'eau, le vent, la neige, l'herbe qui n'était pas là, le goémon, le bateau, le poisson, le chat…

Un soir, elle l'emmena à la grange, souleva la couverture de cheval qui cachait le mort et lui demanda qui c'était. Elle avait posé l'uniforme sur le corps.

Il ne regarda pas la momie rabougrie, mais

marmonna deux fois « Alexander ». Elle le dévisagea avec stupéfaction.

Il ajouta : « Sacha. »

Elle tira sur l'uniforme et lui demanda s'ils étaient amis et portaient le même nom. Il opina du chef avec vivacité et trembla pour imiter le froid, et elle se dit qu'il avait dû voler l'uniforme pour se tenir chaud, elle comprit alors que ces touffes de laine de bois signifiaient aussi la chaleur, et qu'elles indiquaient également qu'il était slave. Elle lui demanda s'il était russe, et il dit « Da », mais elle dut répéter trois fois la question. Elle lui demanda s'il était un soldat, et il répondit à la fois oui et non, elle ne s'était jamais sentie aussi belle et elle cessa de poser des questions.

Elle l'emmena avec elle à l'arrière de la prame, où il avait l'air d'un marin d'eau douce paniqué tandis qu'elle ramait entre l'île et Moltholmen. Elle détacha la ligne des deux côtés, ils traînèrent les filets dans un sillage argenté, les remontèrent et les tirèrent dans la remise sans regarder ce qu'ils contenaient. Mais, cette fois-ci, il n'y avait pas d'oiseaux. Et elle essaya de le consoler.

Ils rentrèrent, se dévêtirent l'un l'autre, se lavèrent mutuellement, et ils dormirent dans la Salle Nord comme mari et femme. Ingrid ne songea même pas à son enfance, à ses parents, à Barbro, à Suzanne, à Lars, à tout ce qu'elle regrettait, à ce qu'elle avait perturbé et détruit, et elle avait presque le sentiment qu'il ne lui manquait rien.

Elle marmonna en l'air que, le lendemain, elle irait au village pour faire des courses, se procurer un chat et savoir ce qui s'était passé.

Elle sentit le bras d'Alexander qui acquiesçait.

Elle lui demanda s'il avait bien compris et décida que oui.

Elle dit « chat » et miaula. Il dit « koshka » et elle sentit son sourire au bout des doigts. Elle lui ordonna de se terrer dans le réduit qu'elle avait aménagé et de ne pas sortir quoi qu'il puisse entendre, qu'il s'agisse de cris ou de coups de feu, de faire le mort du moment où elle fermait la porte à celui où elle la rouvrait, cela prendrait quelques heures, au pire, une demi-journée. Il dit « spasiba », « chat » et « cachette ».

Ingrid croyait être prête quand elle hissa la voile et partit sous une neige dense, pleine d'espoir de libérer Barrøy de ses dépouilles et de ses soupçons, un espoir que seules les forces d'occupation étaient en mesure d'exaucer, si elle jouait bien ses cartes.

Comme toujours, elle s'amarra sous l'usine, monta au village et nota qu'il régnait un silence inhabituel et que quelque chose d'essentiel avait été enlevé d'une main de fer, les gardes, les camions, les chevaux, il y avait là un vide causé par quelque chose qu'elle ne pouvait identifier.

À la boutique, Margot lui apprit que des avions anglais avaient coulé un transport de troupes allemand à une vingtaine de kilomètres au sud, il y avait des centaines de tués, peut-être des milliers.

Ingrid fit :

« Ah bon ? »

Oui, Margot tenait l'information de son fils qui faisait des livraisons au Fort, au nord de l'île.

« Beaucoup de soldats ? demanda Ingrid.

— C'est ce qu'ils disent.

— Des Allemands ? »

Margot dit oui et son expression changea, elle dévisagea Ingrid qui n'était pas préparée. Ingrid demanda si le cantonnement derrière l'école était abandonné. Margot lui expliqua que la plupart des soldats avaient déménagé au Fort, là où se trouvaient la radio, le camp de prisonniers et les batteries d'artillerie. Mais le commandant était là aujourd'hui.

Ingrid cligna des yeux et regarda autour d'elle, et elle eut l'idée de demander si Jenny et Hanna avaient encore des chats.

Margot dit qu'elles n'avaient que ça, la mère et la fille avec qui Ingrid avait salé du hareng depuis qu'elle était petite, et qui vivaient dans une petite maison grise au nord de l'usine de conserves.

Mais elle marqua une nouvelle pause dans sa mission incertaine en sortant de la boutique, puis elle prit le chemin vers le cantonnement derrière l'école, où elle fut stoppée par un seul garde en uniforme. Elle dit qu'elle devait parler à l'officier de garde. Il se tortilla et déclara dans un mauvais norvégien que ce n'était pas possible.

Ingrid dit « Tote Tote » en montrant deux fois ses doigts.

Il alluma une cigarette, se colla presque contre elle, fit quelques gestes menaçants et lui posa une série de questions insistantes dont elle ne comprit pas un mot.

Elle répéta « Tote Tote » et refit le même geste avec ses mains.

Il soupira et jeta un regard en biais à un baraquement à l'autre bout de la place, il dit « Venez », et la poussa dans un bureau dont la chaleur était telle qu'elle faillit lui couper le souffle. Un officier chauve entre deux âges était retranché derrière un bureau imposant, c'était un homme à la moustache blonde, avec une cicatrice rose qui lui barrait le visage et de grands yeux candides, un homme qui était sur le point d'enfoncer une cuillère bien trop grande dans un œuf à la coque tout en parlant avec animation dans un combiné téléphonique.

Il leva les yeux vers elle et lui indiqua une chaise d'un air agacé.

Ingrid s'assit et regarda avec fascination cette cuillère qui ressemblait à une balise dépassant de la main poilue, tandis que l'officier continuait à parler sans interruption au téléphone, et que le soldat en profitait pour disparaître.

L'officier finit par raccrocher et passa la cuillère dans son autre main. Ingrid répéta « Tote

Tote » en montrant les doigts, elle dit où elle habitait et qu'elle avait besoin d'aide. Il sembla comprendre de quoi elle parlait, secoua la tête comme pour chasser une pensée funeste et dit : « Jawohl, vous avez été touchée par une catastrophe, eine riesige Katastrophe. Die Leichen sind überall auf den Inseln. »

Ingrid eut à nouveau l'impression de chercher quelque chose qui n'existait pas, elle sentit un frisson sur sa peau et demanda si elle avait la permission de partir. Il battit des paupières :

« Selbstverständlich, ich hab' Sie nicht eingeladen. »

Elle sortit dans le froid et se dirigea vers le bateau mais, à la hauteur de l'usine de conserves, elle fit un long détour par le nord et entra dans la cuisine chaude et grise de Hanna et Jenny, elle leur dit bonjour et qu'elle avait appris qu'elles avaient des chatons.

Hanna répondit que oui et la pria de s'asseoir – et lui dit :

« Repose-toi, Ingrid, tu n'as pas l'air bien ? »

Ingrid demanda en riant de quoi elle avait l'air, et elle se rendit compte qu'elle ne pouvait rien dire ici non plus, comme si elle n'avait pas confiance en elles, des gens qu'elle connaissait depuis toujours, comme s'ils venaient d'une autre île. Hanna baissa les yeux sur son tricot et demanda si elle ne se sentait pas seule, là-bas, sur Barrøy.

Ingrid répondit que si, et c'était pour ça qu'elle voulait un chat.

Ne pouvait-elle pas rester un moment chez elles, jusqu'au retour de Barbro ?

Cette fois-ci, Hanna la regardait droit dans les yeux.

Ingrid dit qu'il n'était pas certain que Barbro rentre à la maison.

Hanna la regarda d'un air dubitatif et cria pour être entendue dans la pièce à côté.

Elles entendirent la voix de Jenny et le bruit des portes. C'était une maison récurée et propre, le poêle tirait bien, cela grésillait sous la lessiveuse. Hanna dit qu'elles avaient gardé ce chaton car il avait comme un damier sur le dos. Ingrid avait-elle faim ?

Ingrid répondit qu'elle n'avait pas l'habitude d'ôter la nourriture de la bouche des gens.

Jenny apporta le chaton dans un panier qu'elle avait recouvert d'un bout de filet à harengs, il pouvait ainsi passer une patte entre les mailles, Ingrid la prit entre ses doigts et demanda comment il s'appelait.

« Comme tu veux », dit Jenny, qui se mit à l'observer à son tour. Ingrid n'avait-elle pas envie de rester quelques jours ?

Ingrid sourit, déclina et partit, elle retourna en vitesse à la boutique, comme s'il y avait un espoir, ou au moins quelqu'un, en tout cas, elle avait besoin de faire des courses, et cela suffisait. Elle songea qu'elle voulait également récupérer l'horloge mise en gage, si Margot acceptait des tickets au lieu d'argent liquide, en attendant ?

Margot lui demanda ce qu'elle pourrait bien faire avec des tickets.

« Mais t'as qu'à la reprendre, l'est fichue. »

Elle alla chercher l'horloge dans la réserve, l'emballa dans un sac en toile, enroula les poids dans une serviette, posa l'ensemble dans la caisse avec les provisions et Ingrid sortit avec un sentiment de soulagement double – qui ressemblait à de la nausée –, elle descendit au quai et monta dans le canot ; elle cala le panier du chat avec deux lests sur le banc de nage arrière, comme un trône, afin de l'avoir sous les yeux pendant le retour. Le vent soufflait encore du suroît, elle fut obligée de ramer, avec les vagues de travers au début, puis de face, la mer n'avait jamais été aussi vaste, et les jours aussi courts. Elle rama trop vite, elle se retrouva fatiguée et en sueur, elle rama plus vite encore et les paquets de mer se déversèrent dans le bateau. Elle dut écoper à l'abri d'Oterholmen, et elle repartit vers le nord. Là encore, elle rama trop vite et le chat cria sous l'écume, elle trouva le débarcadère de Barrøy après avoir navigué sur des vagues qui rapetissaient à mesure que l'île approchait, et puis ce fut la nuit.

Elle remonta à la maison en courant avec le panier, alluma les lampes dans la cuisine et dans la grande pièce, elle alluma le poêle avant de grimper à l'étage, elle retint son souffle et ouvrit la porte du réduit, tenant le chat devant elle comme un bouclier.

Il tomba comme une masse dans la lumière soudaine. Ingrid resta debout sans rien dire. Il prit le chat et dit « koshka », il sourit et frotta son nez contre le petit museau.

Ingrid lui demanda s'il était allemand. « Deutsch ? »

Il ne comprit pas.

Elle cria que c'était un transport de troupes allemand qui avait été bombardé, elle nota qu'il avait enlevé le bandage d'une main, il avait dû se servir de ses dents, la peau était en train de revenir, les ongles ressemblaient à de minuscules coquillages roses.

Elle cria quelque chose qu'elle ne comprit pas elle-même, redescendit pour rentrer le canot, porta la caisse de provisions, elle s'installa dans la cuisine pour mailler une bande de filet avec des mains frénétiques, l'accrocha à l'ouverture dans le plafond. Le chat grimpa quelques pieds et resta accroché par une griffe, il lâcha prise, resta à miauler en tapotant avec sa patte tandis qu'Alexander adressait un sourire interrogateur à Ingrid. S'appelait-il Alexander ?

Elle monta dans la salle et laissa tomber le filet, le chat y mit ses griffes, elle le souleva, il regarda autour de lui dans la Salle Nord, elle le redescendit dans la cuisine, remonta et répéta l'exercice, Alexander applaudit sans bruit quand le chat finit par comprendre qu'il disposait d'une échelle.

Ingrid déclara qu'il s'appellerait Koshka.

Il la corrigea, prononça deux fois le mot et dit « oui, oui » quand elle le dit correctement.

Mais elle ne sourit pas.

Elle lui demanda s'il était allemand ou russe.

Il la prit dans ses bras, elle revit l'œuf bien trop petit et la grosse cuillère, et elle se mit à crier et à lui donner des coups de poing. Il la renversa sur la banquette, s'assit sur elle et parla une langue qui ne ressemblait toujours pas à l'allemand. Puis il commença à chanter une berceuse qui n'avait pas non plus l'air allemande, il s'allongea à côté d'elle, lui souffla dans l'oreille jusqu'à ce que leurs respirations se mêlent, et ils ne dirent rien.

Ingrid plongea ses doigts dans les cheveux courts et noirs, renifla sans sentir d'autre odeur que celle du savon, l'embrassa et lui dit d'aller chercher du bois, elle n'avait pas la force, elle était morte – comprenait-il ce qu'elle disait, morte ?

Il sourit et enfila une veste, sortit pour revenir avec du bois et de la tourbe, comme s'il vivait là, il alluma le feu comme s'il habitait là, quel que soit son nom, il resta à la regarder, exemple tellement resplendissant de beau jeune homme qu'elle dut détourner les yeux.

Puis il dit quelque chose qu'elle perçut comme une question, et elle acquiesça.

Il se mit à préparer à manger, fredonna la même berceuse en préparant une pâte qu'il roula en ronds de la taille d'une assiette, avant d'y mélanger des morceaux de poisson froid et du beurre, il les replia sur une plaque comme des biscuits et les enfourna.

Il se coucha à côté d'elle et la laissa faire de lui ce qu'elle voulait tandis qu'une odeur étrangère envahissait la pièce. Ils mangèrent en silence, montèrent à l'étage et s'allongèrent ensemble jusqu'à ce que le premier vacarme de la tempête se fracasse contre le mur sud.

À travers les larmes, Ingrid dit qu'ils n'avaient pas besoin de se lever, personne ne viendrait.

Ils restèrent couchés tout le jour suivant, puis la nuit d'après, ils écoutèrent le vent, se levèrent, mangèrent et jouèrent avec le chat ; la tempête les obligea à crier ce qu'il faut seulement murmurer.

Quand la tempête se calma, elle lui demanda s'il savait réparer une horloge.

Il dit oui et lui demanda si elle avait des outils.

Elle lui dit qu'elle les lui avait déjà montrés. Il ne se rappelait pas ?

Il l'interrogea du regard.

Elle répéta « outils », et lui expliqua où ils se trouvaient. Il secoua vivement la tête et sourit, se drapa dans la couette, descendit et ne remonta pas.

Alors Ingrid descendit à son tour pour voir ce qu'il fabriquait. Il était nu dans la cuisine, la couette à ses pieds, il accrocha la pendule à un clou du mur ouest, remonta les poids suspendus à leurs chaînes, ils restèrent tous les deux sans bruit jusqu'à parvenir à entendre le tic-tac au milieu du vent qui mollissait. Les aiguilles indiquaient neuf heures moins le quart, mais c'était la nuit. Il se tourna, comme s'il lui demandait à quelle heure il fallait les mettre. Ingrid dit qu'elles étaient bien comme ça. Puis ils remontèrent, et personne ne vint.

10

Il existe bien des façons de ramer, mais Alexander n'en connaissait aucune. Il s'escrimait avec les avirons, les lanières et les dames de nage, tandis qu'Ingrid était assise à l'avant sur une peau de mouton et se moquait de lui. Elle lui indiqua les rochers, les écueils et les îles qu'ils pouvaient discerner dans le noir, et lui donna des explications. Il essaya de mieux faire, il voulait des félicitations, comme un enfant, et elle le félicita, elle se dit qu'il était un enfant, et qu'il était plus beau chaque jour qui passait, et que c'en était insupportable.

Elle lui demanda de traverser la passe jusqu'à Gjesøya, d'y aller par le sud jusqu'au côté de l'île qui donnait sur l'océan, là où les vagues étaient toujours plus fortes. Ses doigts à lui étaient trop courts et les avirons battaient dans les creux. Ils échangèrent de place et Ingrid leur fit contourner l'île jusqu'à une crevasse dans la montagne qui formait un port naturel, elle s'amarra à un pieu en bois et dit qu'elle allait lui montrer quelque chose.

Ils se frayèrent un chemin à travers le goémon couvert de neige qui craquait sous leurs pas, avancèrent dans le creux de l'île, là où les gens de Barrøy avaient jadis défriché la terre, et jusqu'à une grange qu'ils surnommaient le baldaquin. Ingrid ouvrit la porte et lui dit d'entrer. Ils s'assirent dans du vieux foin poussiéreux et ils écoutèrent la mer. Elle lui dit que le temps allait se calmer et que, tôt ou tard, des gens viendraient à Barrøy ; ici, ce serait alors sa cachette, un mot qu'il comprit, ici, c'est une autre île, dit-elle, ils viendront avec des chiens, et ça aussi, il le comprit.

Il posa une main sur la cuisse d'Ingrid et se mit à parler d'une voix différente, d'un ton qui ressemblait à celui des confidences ou des réprimandes ; il s'énerva, agita les mains, la serra dans ses bras, voulut illustrer quelque chose, et Ingrid fut heureuse de n'avoir pas la langue pour lui demander son âge.

Elle saisit la main blessée, la tint contre son visage et le laissa parler. Cette fois-ci, il semblait davantage chercher à la persuader et, là encore, elle fut heureuse de ne pas comprendre, il était sur le point de recouvrer ses forces, de retrouver ce qu'il avait oublié, ce qu'il croyait disparu, et une faiblesse nouvelle effleura Ingrid, le début de ténèbres qu'elle savait intolérables, une vie sans lui.

Elle l'obligea à ramer pour le retour et s'assit de façon à pouvoir pleurer sans qu'il la voie. Il le vit quand même, reposa les avirons et resta immobile. Puis il posa les mains sur les épaules d'Ingrid. Elle appuya les joues contre ses moufles, mais ne se retourna pas. Et elle n'ajouta plus un mot. Ils dérivèrent. Puis il reprit les avirons.

Ils ressortirent le soir suivant. Elle lui apprit à pêcher au cordeau, à ramener le poisson, à le saigner, le vider, elle le força à gagner le creux du côté de l'île qui donnait sur l'océan, elle lui montra que les moufles mouillées sont chaudes, que l'on peut lancer la prame sur les brisants pour qu'elle soit recrachée en jouant avec les avirons. Elle lui dit que c'était à lui de décider s'il voulait se geler ou se blesser ; désormais, elle pouvait plonger les doigts dans son épaisse chevelure d'un noir de geai. Et cette nuit-là, elle ne put dormir, tandis que lui, il dormit paisiblement, comme Nelly, et cela l'inquiéta davantage encore.

Elle se leva, regarda dehors et vit une mer d'huile dans toutes les directions.

Elle se mit à préparer un paquet avec des couettes, des tapis et des vêtements, à remplir le coffre de nourriture comme si elle équipait un homme pour une campagne de pêche aux Lofoten, elle réveilla Alexander et lui murmura de s'habiller.

Il la dévisagea, plein de questions.

Elle prit les avirons, leur fit traverser la passe,

gigantesque dont nul n'avait jamais vu l'équivalent. La pomme de pin d'Ingrid devint une coquille d'escargot dont le professeur se moqua. Mais les pommes de pin de tous les enfants eurent toutes des airs de coquilles d'escargot ou de coquillages plus ou moins grands. Ingrid se leva et se coucha avec la ferme intention de faire écrire quelques lignes à Alexander avant qu'il ne disparaisse, car il allait disparaître, il le fallait, c'était prévu, et peu importait qu'elle puisse les lire ou non, un jour, elle comprendrait.

11

Ils en étaient à cette époque de l'année où le vivant veut mourir, où les hommes et les bêtes se replient sur eux, et se font plus petits qu'ils ne le sont déjà, où la nature est muette et ne fait d'autre bruit que celui de la mer, et où aucune prière n'aboutit à rien.

Ingrid avait enlevé les guenilles du séchoir à poissons et les avait empilées sur des caisses dans le hangar à bateaux, et elle se retrouvait avec une touffe de laine de bois dans la main, à cette frontière entre le gel et la chaleur, entre l'été et l'hiver, entre la vie et la mort, quand elle entendit les battements d'un moteur qui n'étaient pas ceux de son cœur et trouva une paix qui, dans son esprit, l'avait désertée pour de bon.

Elle monta à la maison, s'ébouriffa les cheveux, se passa de la suie sur la figure, noua un foulard supplémentaire sur la tête, elle sortit avec une caisse de tourbe et aperçut le vieux bateau de transport de l'usine contourner la pointe et s'approcher du nouveau quai.

Elle posa la caisse de tourbe, descendit lentement, ses yeux cherchèrent des traces dans la neige, ils n'en trouvèrent aucune, elle arriva au quai et, au bastingage du bateau, elle vit l'officier avec l'œuf et la cuillère qui levait les yeux vers elle. Le capitaine lança les amarres. Ingrid passa les anneaux sur les bollards. Derrière l'officier, il y avait quatre soldats en uniforme, et derrière eux encore, il y avait Henriksen, l'officier d'administration qui n'était déjà pas grand-chose avant la guerre et qui ne s'était pas retrouvé grandi d'avoir dû y participer, mais il n'y avait pas de chien.

L'officier descendit sur le quai, la cicatrice rouge au-dessus de la racine du nez devint encore plus rouge, ses yeux candides l'étaient toujours autant, il dit qu'il s'appelait Hargel, lieutenant Hargel, il se mit à faire les cent pas pendant qu'Ingrid ouvrait les portes de la remise et laissait la lumière d'hiver se poser sur les cadavres. Hargel jeta un coup d'œil à l'intérieur et dit « Mein Gott », il se retourna, cria un ordre aux soldats qui descendirent à terre l'un après l'autre, avec des masques de protection sur la bouche, deux brancards, et se mirent à transporter les corps.

Ingrid leur montra comment fonctionnait le treuil.

Ils descendirent les morts sur le bateau et les déposèrent sur des palettes dans la cale et sur le pont, puis les aspergèrent d'une poudre blanche. Ils hissèrent un fût métallique de cette même poudre, ils en pulvérisèrent le sol de la remise, puis le quai et le treuil, et l'on aurait cru qu'une neige plus blanche s'était déposée sur la couche précédente.

L'officier dit quelques mots à Ingrid, elle comprit qu'elle devait attendre plusieurs jours avant de rincer, il mima le geste avec ses gants et fit des bruits de crachotements. Elle remarqua que cela gouttait du toit sur lequel elle avait tiré, et elle sut qu'elle attendrait le printemps ou l'été, si jamais elle remettait les pieds là-dedans, elle se tourna vers Henriksen et lui parla du cadavre dans la grange.

Henriksen, l'officier et deux soldats l'accompagnèrent.

Ingrid avait recouvert le cadavre avec l'uniforme et la couverture de cheval. Hargel demanda de la lumière. Ingrid retira les boulons et ouvrit la trappe par laquelle ils passaient le foin. Les soldats tirèrent le corps sur le plancher afin de l'examiner. Hargel les écarta et s'agenouilla comme un médecin. Ingrid détourna la tête et entendit les mots « Frost, ertrunken, Gewalt… »

L'avait-elle trouvé là ? demanda Henriksen.

« Oui.

— Alors, il devait bien être en vie ?

— Oui », dit Ingrid, mais il était mort quand elle l'avait découvert.

Il demanda pourquoi elle n'avait prévenu personne.

Elle dit qu'elle avait prévenu et se tourna vers Hargel qui s'était relevé, et elle dit en norvégien qu'elle ne pensait pas que l'homme était allemand, car il portait les mêmes guenilles que les autres, l'uniforme était simplement posé sur lui, comme une couverture.

Henriksen traduisit et Hargel la tira à la lumière, il l'observa attentivement et dit quelque chose qui sonna comme une menace quand Henriksen le traduisit.

« Il ne *portait* pas d'uniforme, répéta-t-elle.

— Pourquoi n'as-tu rien signalé ? » reprit-il.

Ingrid lui demanda s'il était dur d'oreille.

Henriksen rougit, Hargel les observa tour à tour d'un air intéressé. Ingrid déclara avec ce même calme étonnant que le mauvais temps l'avait empêchée de prévenir plus tôt.

Les soldats déposèrent le corps sur le brancard et l'emportèrent. Les autres sortirent devant le bâtiment, Hargel avait encore l'uniforme dans les mains, il n'arrivait pas à s'en défaire, il en retourna les poches, trouva des bouts de papier décomposés, étudia les galons, prit une paire de lunettes qui n'avait plus qu'un verre, regarda à travers.

Ingrid demanda s'ils voulaient un café.

Hargel répondit « non », sèchem[...] manda à Ingrid si elle savait le [...] officier.

« Non. »

N'avait-elle donc pa[...] colonel ?

« Non. »

Il ajouta encore une phrase et Henriksen demanda à Ingrid à quoi elle disait non.

Ingrid dit qu'elle n'y connaissait rien aux grades allemands.

Hargel sembla hésiter et il lui demanda si elle avait des armes.

Ingrid fit oui de la tête, elle alla chercher le Krag, le harpon et le fusil de chasse. Hargel les examina et dit qu'il était interdit d'avoir des armes, il les tendit au soldat qui était remonté du bateau.

Ingrid déclara qu'ils avaient toujours eu des armes, ici, ils chassaient les aigles, les marsouins, les visons…

Hargel lui demanda si elle savait s'en servir.

« Oui.

— Et celui-là aussi ? dit-il en désignant le harpon.

— Oui. »

Il hocha la tête et dit quelque chose à Henriksen, qui dit à Ingrid qu'elle devait également donner ce qu'elle avait comme munitions.

« Assez pour faire une guerre entière », tradui- t Henriksen quand elle ressortit avec deux es et des projectiles pour le harpon.

m ensuivit une longue explication en alle- riks Ingrid fut frappée par l'allure de Hen- titub paraissait vieux, voûté, essoufflé et qu'il ombre pâlichonne de l'autorité signifie lle se demanda si cela pouvait hose.

Hargel s'approcha d'elle, ôta un gant, cracha sur un doigt grassouillet qu'il passa sur la joue d'Ingrid, puis il regarda la suie.

« Die Frauen haben Angst », murmura-t-il d'un ton philosophe en frottant le doigt sur son uniforme. « Eine Beleidigung. »

Il se remit à parler à Henriksen, et Ingrid saisit les mots « Feuer » et « Radio » et, sans attendre, elle dit qu'elle n'avait pas de radio, elle se mit presque au garde-à-vous, et Hargel lui demanda si elle vivait seule sur l'île.

« Oui, ma tante est à l'hôpital, les hommes sont aux Lofoten.

— Il n'y a que toi ?

— Oui.

— Mais vous vivez de quoi ? » demanda-t-il en désignant les enclos et les jardins blancs, au sud de l'île.

Ingrid ne comprit pas la question.

Il lui demanda s'ils avaient vécu ici pendant toute la guerre.

Ingrid répondit qu'ils avaient toujours vécu là.

Il contempla les bâtiments et dit une phrase qui comprenait les mots « schreckliche Armut ».

Henriksen sourit en entendant parler de misère épouvantable.

Ingrid dit qu'elle voulait leur montrer quelque chose dans le hangar à bateaux, elle les suivit. Elle leur demanda s'ils allaient également emporter les vêtements empilés là.

« Ce sont des tenues de prisonniers », dit Henriksen.

Ingrid tendit l'oreille.

Hargel lui demanda où elle les avait trouvés.

Elle indiqua où elle avait trouvé chaque vêtement, mais quand ses paroles furent traduites, elles n'éveillèrent aucun intérêt. Hargel ressortit du hangar, marcha le long du rivage, pensa à quelque chose et cria quelques mots. Henriksen se tourna vers Ingrid et lui dit qu'elle pouvait garder le harpon, mais ils devaient emporter le Krag et le fusil de chasse, ainsi que les munitions.

Ingrid acquiesça et demanda s'il y avait eu des prisonniers à bord du bateau. Henriksen lui demanda si elle était bête. Le soldat revint et lui donna deux feuilles de papier. La première avec «Verordnungen für Zivilisten in der Besatzungzone», elle n'avait jamais vu la deuxième. Elle les plia et accompagna les hommes sur le quai, voulut ôter les amarres, mais elle fut interrompue dans son geste par un «Warte». Hargel était sur le pont, au milieu des cadavres, et il lui cria:

«Haben Sie keine Tiere?

— Nein.»

Il fit oui de la tête.

«Und wie viele Boote?

— Quatre», répondit Ingrid.

Il acquiesça à nouveau et fit un signe avec un doigt. Elle souleva l'extrémité de l'amarre et resta dans cette position de garde-à-vous jusqu'au moment où ils sortirent de la passe et se dirigèrent vers le village, elle se demanda pourquoi elle n'avait pas transporté le cadavre de la grange avec les autres de la remise, pourquoi elle n'avait pas brûlé l'uniforme, pourquoi ils ne lui avaient pas demandé si elle avait trouvé un bateau, ou si elle en avait cherché un, car personne n'aurait pu arriver vivant sur l'île sans un bateau. Elle se remémora la conversation, elle réfléchit aux traces qu'elle ne trouvait toujours pas dans la neige, elle se demanda si elle avait entendu « Gewalt » ou « *keine* Gewalt », « ertrunken » ou « nicht ertrunken », et elle finit par comprendre qu'ils reviendraient, même s'ils ne l'avaient pas dit, et c'était lié au silence de Henriksen.

Ce soir-là, elle n'osa pas aller à Gjesøya, le temps était trop calme et la nuit trop claire. Elle resta dans la Salle Sud avec la longue-vue, elle observa les îles, se dit que l'on ne voyait plus rien, qu'elle pouvait prendre le bateau, mais elle ne bougea pas, et s'endormit.

12

Ils avaient laissé le fût avec la poudre blanche. Ingrid en remplit un seau qu'elle répandit sur le plancher de la grange. Quand ce fut presque marée basse, elle alla à Karvika et regarda fixement dans l'eau, à l'endroit où l'embarcation avait coulé. Elle ne vit rien, elle attendit les basses eaux et ne vit toujours rien.

Mais il faisait encore trop clair pour prendre le bateau.

Elle prit les guenilles du hangar à bateaux, les apporta à la pointe nord, les brûla et jeta les cendres à la mer. Le temps meilleur se maintint. Elle se trouvait dans une longue-vue. Quelqu'un l'observait. Une fois la nuit tombée, elle sortit la prame, malgré tout, et elle se mit à ramer à une allure endiablée en restant à l'abri de Barrøy, elle s'amarra dans le creux de Gjesøya, courut dans le pré où elle tomba sur deux traces, de fines pellicules de glace dans des trous noirs et humides qui lui sautaient à la figure, les deux s'éloignaient de la grange, filaient au nord à travers champs, d'un côté il y avait des traces de pas très nettes, de l'autre, on aurait dit quelque chose qui traînait.

Elle les suivit au pas de course, et elle comprit qu'il avait paniqué, qu'il avait essayé de fuir à la nage mais n'avait pas réussi, et qu'il avait survécu, malgré tout.

Elle s'arrêta net, retourna en courant à la grange et poussa la porte.

On aurait dit qu'il dormait, mais il ne se réveilla pas quand elle le secoua, il était trempé jusqu'aux os, avec de la glace sur ses vêtements. Elle entendit sa respiration, des râles, elle sentit la fièvre, il dit quelques mots en se tortillant, bougea un bras, mais n'ouvrit pas les yeux.

Ingrid hurla, l'extirpa du tapis qu'elle posa dehors dans la neige, elle le tira par les pieds, le couvrit de la couette et le traîna à travers le creux mais ne parvint pas à le hisser dans le bateau. Elle le dégagea du tapis qu'elle posa à l'arrière du bateau avec la couette, le mit en position assise, le prit sur son dos, elle se leva et retomba avec lui dans la prame, et elle sentit un coup à l'arrière du crâne.

Elle le recouvrit, prit les avirons, il lui fallut une éternité avant de s'amarrer au quai des Suédois, elle le sortit du bateau et parvint à le tirer jusqu'à la maison avant de s'évanouir.

Quand elle se réveilla, il la toisait. Elle se dit qu'elle avait déjà vécu ça. Elle sentit qu'elle était brûlante, dangereusement brûlante. Il marmonna quelques mots, ses yeux humides semblaient sur le point de s'éteindre.

Ingrid se releva, lui ôta ses vêtements et l'essuya sans ménagement, une peur terrible s'échappa du corps épuisé. Elle monta à l'étage pour y prendre le cahier de dessin et les crayons, elle les lui fourra dans les mains, le caressa de la paume de la main et le frappa de ses poings, elle le traita d'idiot incapable d'attendre, d'enfant qui ne savait pas se retenir et qui n'avait pas confiance en elle… Elle remonta chercher une couette à toute vitesse, continua à frotter et à le battre jusqu'à disparaître elle-même, et c'est là qu'on la trouva trois jours plus tard.

II

1

Au moment où elle ouvrit les yeux dans la chambre blanche, Ingrid sut qu'il lui fallait regagner Barrøy pour recouvrer la raison. Pour retrouver son homme. Pour retrouver l'enfance et la vie, tout ce qui se trouvait sur Barrøy, une île vide et déserte au milieu de la mer, et pourtant l'idée paraissait si étrange que quelqu'un avait dû la lui suggérer par la ruse.

Ce n'était pas la première fois qu'elle ouvrait les yeux dans la chambre blanche, elle l'avait déjà fait une semaine plus tôt, elle était allée à la fenêtre et avait contemplé une pelouse couverte de neige qui ressemblait à un drap fraîchement repassé, entourée d'arbres alignés comme des soldats en rangs, avec un sapin parfait au milieu, qui ressemblait à une dent noire, attendant d'être décoré, car c'était Noël à l'hôpital et au-dehors.

Elle avait parlé à des médecins, à des infirmières et à un vieux monsieur qui venait chaque jour dans sa chambre pour laver le sol, ce dont il avait honte et qu'il faisait uniquement parce que sa femme était malade et qu'ils avaient besoin de l'argent. Il s'asseyait toujours sur l'unique chaise, il regardait le même sapin tout en disant que ce travail de bonne femme était facile, car les fous de l'hôpital étaient plus gentils que ses camarades de travail au port – ils étaient sur son dos parce qu'il était trop vieux pour porter un sac de café de la cale d'un bateau jusqu'à l'entrepôt, en passant par la planche branlante. Ça, c'était avant sa chute.

Ingrid savait qu'elle n'était pas folle puisqu'elle comprenait que, *lui*, il l'était, même si elle était une patiente, comme lui. Il était usé, voûté et presque chauve, et il ne venait pas dans la chambre pour faire le ménage, mais pour se planquer, et il avait choisi Ingrid.

Elle se leva du lit et voulut poser la main sur l'épaule de l'homme, car il avait des mains énormes, comme celles de son grand-père. Mais le bruit de la mer refusait de disparaître, il ne serait plus jamais clair, le bruit tremblait derrière ses paupières ; il avait déjà réussi à saisir le bout de ses doigts afin de les tenir, comme un enfant s'agrippe à la main d'un adulte, elle trouva cela à la fois répugnant et beau, c'était un être humain, et elle ne pouvait pas lui faire confiance.

Ingrid ouvrit les yeux dans la chambre blanche et se souvint qu'ils avaient dit qu'elle était déshydratée, et qu'elle ne savait pas ce que cela voulait dire, qu'elle était affamée, qu'elle avait été battue, qu'elle avait subi quelque chose qu'elle devait oublier, quelque chose qui reviendrait la hanter, si bien qu'elle devait apprendre à le supporter, ils ne savaient pas comment faire, ici, à l'hôpital, car oublier et se souvenir étaient les deux faces de la même chose, et c'était pour ça qu'elle était là.

On lui donna à manger et des médicaments, elle serra des tuyaux en caoutchouc, cligna des yeux quand ils lui demandèrent si elle comprenait leurs questions, récita les noms de ses parents et de ses grands-parents, dit « aïe » quand on lui fit des piqûres, fit oui de la tête quand on lui donna des coups de petit marteau à réflexes sous la rotule... De la fenêtre, elle vit un fil électrique se faufiler sur la neige, tel un serpent noir, il allait de l'immeuble où elle se trouvait jusqu'au sapin conique, elle put compter vingt-trois lumières dans le jour d'hiver gris, le seul sapin de Noël dans la ville avec une guirlande électrique au sommet duquel brillait une étoile qui s'éteignit soudain.

Ils lui dirent de manger plus, et elle mangea.

Ils lui demandèrent de marcher dans les couloirs en levant les genoux, car elle n'était pas un vieillard et n'avait pas besoin de traîner les pieds comme ça. Elle prit les escaliers, parla à des gens qu'elle avait vus la veille, frissonnant dans ses vêtements légers. Elle regagna sa chambre sans l'aide de personne, s'allongea, dormit, reçut la visite du vieux monsieur qui voulait rester dans sa chambre, elle resta muette et pensive comme une momie.

« Tiens ! s'écria-t-il soudain en regardant par la fenêtre. Tout va péter ! »

Il se leva, s'enfuit en criant, disparaissant comme une avalanche dans le couloir. Ingrid se glissa hors du lit, enfila ses pantoufles et, de la fenêtre, elle vit deux hommes qui portaient une échelle, ils la placèrent contre le sapin, un des hommes tint l'échelle en équilibre tandis que l'autre grimpa et changea l'ampoule de l'étoile, quand cette dernière s'alluma, l'ensemble des deux hommes et de l'échelle ressemblait à une lettre qui n'était pas celle d'Ingrid, et l'angoisse la traversa alors comme un piston.

Elle dit au médecin qu'elle ne voulait plus que le vieux monsieur vienne dans sa chambre, il ressemblait à son grand-père. Le docteur dit qu'il était inoffensif, tant pour lui-même que pour les autres.

« Il me fait peur.

— Pourquoi ?

— Il est mort. »

Le médecin lui demanda quand son grand-père était mort, et comment.

Ingrid le lui raconta, il l'écouta un moment jusqu'à ce que sa voix se brise et ne forme qu'une bouillie de mots ; le malaise disparut, il le vit à sa tête, et elle put le voir à l'attitude du docteur, ce n'était pas plus grave que ça.

Mais il ne se leva pas pour la laisser seule,

comme il faisait toujours dans ces moments où les choses s'éclaircissaient, il resta à se tortiller sur sa chaise, mal à l'aise parce que, selon ses dires, il avait quelque chose à avouer.

Ingrid le regarda avec intérêt.

Il n'avait pas cru son histoire de cadavres, personne n'avait entendu parler de ce naufrage, il avait donc pensé que c'était un fantasme, ou quelque chose qu'il appelait « psychose », ou dans le meilleur des cas c'étaient des cauchemars. Mais, la veille, il avait lu des vieux journaux, et il était tombé sur ceci, une dépêche du *Norsk Telegrambyrå.*

Il sortit une page déchirée et la posa sur les genoux d'Ingrid. Elle lut : « Des soldats allemands naufragés mitraillés par des avions britanniques près de Rosøya le 27 novembre… Le *Rigel*, un navire allemand, a coulé et les survivants déclarent que les avions anglais ont tiré sur les canots de sauvetage et sur les rescapés à terre… Cela prouve que les aviateurs britanniques tirent délibérément sur les naufragés allemands. »

La dépêche ne faisait pas plus de six ou sept centimètres de haut sur trois de large, elle datait du 7 décembre, cela remontait à trois semaines, et elle ne disait rien ni sur le nombre de victimes ni sur des Russes – car Ingrid avait bien parlé de Russes ?

Elle se représenta les courants, les vents, et toutes les îles et les écueils entre Rosøy et Barrøy.

« C'est loin, ça fait beaucoup de milles…

— Quoi ? »

Elle ne répondit pas.

Il n'y avait que cette dépêche, dit-il, il avait cherché partout, mais il considérait cependant que cela indiquait que ce qu'elle avait vu et vécu était un fait.

Ingrid le dévisagea longuement.

Il lui demanda si elle comprenait.

Elle demanda si elle était seule quand on l'avait retrouvée.

Il dit que oui, mais il paraissait mal à l'aise et soucieux de la voir replonger dans ses pensées. Elle voulut savoir combien il y avait de bateaux à Barrøy quand on l'avait retrouvée, mais elle saisit que ce n'était pas un homme des îles. Il répondit aussitôt que, dans son dossier médical, il était indiqué que c'étaient l'officier d'administration Henriksen et un certain lieutenant Hargel qui l'avaient trouvée, lors d'une inspection de routine.

Elle demanda à voir son dossier.

Il dit non, se mit à le tambouriner du bout des doigts tout en contemplant avec elle le sapin de Noël sur lequel brillaient à nouveau vingt-trois ampoules et une étoile, puis il ouvrit le dossier d'Ingrid et marmonna qu'elle pouvait bien le lire, elle n'avait pas de problème comme cela avait été le cas avec sa mère, il l'avait soignée, elle aussi ; tout laissait à penser qu'Ingrid avait été frappée par la guerre, comme tant de monde, comme les personnes évacuées du Finnmark, par exemple, là où les Allemands mettaient le feu à

2

Ils dirent qu'elle était forte et qu'elle montrait des signes de guérison, et ils semblaient le penser vraiment, tant le personnel que les autres patients, ces derniers croyaient d'ailleurs qu'elle était une employée.

Le médecin qui ne souriait jamais continua à avoir des entretiens amicaux avec elle, il se mit à la traiter de femme remarquable, une formule qu'Ingrid lui demanda d'expliquer. Il eut l'air penaud, marmonna une phrase embrouillée, alors elle choisit de mettre surtout l'accent sur femme, ce qui la fit sourire, ce dont elle n'avait pas l'habitude, elle réfléchit et baissa la tête comme si elle était gênée, comme si un souvenir lui était revenu en mémoire, une ombre diffuse, ou comme si ce n'était que pour ramasser le crayon qui lui avait échappé de la main quand elle avait souri.

Il lui demanda ce qu'elle avait écrit.

Ingrid avait écrit une lettre et voulut la lui donner. Il secoua la tête et dit qu'elle pourrait bientôt retourner à une vie qui n'avait rien à voir avec l'hôpital, puis il prit quand même le courrier; c'était une lettre destinée à Suzanne qui, jadis, avait été comme une fille pour elle, mais qui l'avait abandonnée.

Il lui demanda si elle pouvait lui prêter le crayon.

Elle le lui donna.

Il fit quelques remarques, relut la lettre et il dit à Ingrid qu'elle était trop sévère avec les gens qu'elle aimait, toujours sans sourire, il y avait quelques fautes d'orthographe qu'il s'était permis de corriger.

Ingrid sourit et dit qu'elle ne faisait pas de fautes, elle n'en avait pas fait depuis l'école. Il reprit la feuille, la regarda, poussa des petits grognements d'acquiescement, répéta qu'elle était une femme remarquable et ajouta – pendant qu'elle gommait ses remarques – qu'elle était intelligente, mais d'une intelligence plus intuitive que réfléchie, et que cela le troublait.

Ingrid se mit à rire et lui demanda si ce n'était pas lui qui était fou.

Il ne souriait toujours pas, il ne bougea pas de son siège, car il y avait un autre sujet qu'il voulait aborder avec elle : il avait reçu une somme d'argent qu'il devait lui remettre, et une lettre du pasteur de son village, un certain Johannes Malmberget. Il n'avait pas voulu le lui donner plus tôt, de peur de la troubler au milieu de tout cela, mais il semblait que le pasteur avait emprunté de l'argent au père d'Ingrid et, aujourd'hui, il demandait pardon, tant d'années après la mort de son père, il avait espéré que plus personne ne se souvenait de cette affaire, mais il voulait réparer. C'était ce qu'il disait.

Le médecin dit qu'il trouvait cela odieux.

« Odieux ? »

Il lui expliqua le sens du mot odieux et Ingrid ferma les yeux. Le vieux pasteur du village qui avait disparu au début de la guerre, avec sa jeune épouse et leurs deux enfants presque adultes, une figure confuse et mystérieuse qui s'était également immiscée dans la vie d'Ingrid, d'une manière cruciale. Elle le vit redisparaître, comme autrefois, et elle dit qu'elle avait besoin de savoir combien de personnes étaient mortes avec le bateau.

« Tu sautes du coq à l'âne, dit le médecin. Quel bateau ?

— Le *Rigel.*

— Oui… Non, ils ne communiquent jamais les pertes. »

Et puis, cela faisait partie des choses qu'elle devait oublier.

Il se leva, posa une main sur le chevet et répéta qu'elle ne devait pas être aussi sévère dans sa lettre si elle voulait que Suzanne revienne. En outre, elle devait permettre au vieil Ingvaldsen de venir s'asseoir dans la chambre, car si *elle*, elle allait poursuivre son chemin, lui, le vieux, il n'irait nulle part, et il ne se souviendrait jamais de rien, et c'était tout aussi bien.

Ingrid demanda au médecin ce qui lui était arrivé.

« Pose-lui la question », répondit-il.

Ingrid le dévisagea. Il dit :

« Il a perdu sa femme, ses trois fils et un frère quand la ville a été bombardée, c'est lui qui les a sortis des ruines, et depuis, il est là. »

Ingrid se dit que c'était une explication, mais qu'il devait y avoir autre chose, non pas parce que cette explication ne suffisait pas, mais parce qu'il y avait toujours autre chose, sinon, ce n'était rien, et elle ne parvint pas à le formuler même si elle voyait clairement ces ombres qui allaient et venaient en elle. Elle remercia le docteur de lui avoir raconté tout cela, le vieux monsieur pourrait continuer à venir, ce vieux monsieur qui ressemblait à son grand-père, avec les mêmes mains énormes, des mains qui ne disparaissaient pas.

Ingrid ouvrit les yeux dans la chambre blanche, de la fenêtre, elle vit les vingt-trois ampoules et l'étoile être avalées par une journée noire, pour s'éteindre tout à fait, si lentement qu'elle se demanda si elles avaient vraiment disparu, elle pouvait encore les voir, on était au mois de janvier.

La pluie fouetta les vitres, la neige disparut et un hurlement sans fin retentit dans les aérateurs. Elle dut s'extraire du lit et se mettre sur la pointe des pieds pour fermer le clapet, à cet instant, Ingvaldsen poussa la porte et entra avec un sparadrap sur son crâne rasé, il s'assit sur la chaise près de la fenêtre et contempla les lumières qui n'étaient plus là. Ingrid s'approcha de lui et lui arracha le sparadrap en lui disant qu'il n'en avait pas besoin, il n'était pas blessé, c'étaient ses pensées qui étaient détraquées, ses nerfs. Il eut un sourire malicieux et dit qu'il ne le savait que trop bien, mais les autres, là, les braves gens, ils ne lui refusaient pas un petit sparadrap.

Ingrid recolla le sparadrap et lui demanda s'il était bien à sa place.

« Oui, oui, dit-il après avoir vérifié du bout des doigts, il colla à nouveau le visage contre la vitre, posa les mains de chaque côté et regarda fixement la pluie qui tombait.

— Y a rien à voir, dit Ingrid.

— Si. Je vois quelque chose.

— Et quoi donc ?

— Toi-même. »

Ingrid lui tourna le dos et s'assit sur le bord du lit, elle se pencha en arrière, son buste glissa vers le sol de l'autre côté, elle se redressa, tendit le bras et tira sur le cordon de la sonnette, elle resta allongée dans la même position jusqu'à l'arrivée d'une des infirmières, celle-ci s'appelait Eva Sofie, et, d'une voix qui l'étonna elle-même, Ingrid lui demanda s'ils pouvaient avoir un café.

« C'est pas un restaurant, ici », dit Eva Sofie d'un ton maussade. Elle était sur le point de ressortir, mais elle aperçut le plateau du petit déjeuner sur la table de chevet, elle le prit et, en partant, elle dit à Ingrid qu'elle n'avait qu'à aller demander un café à la salle de garde.

Ingrid la remercia, toujours sans se lever, et, toujours avec cette voix étrange, elle dit que l'on était le 7 janvier. Eva Sofie s'arrêta, eut un sourire renfrogné, tint le plateau en équilibre sur la main gauche et fit une croix sur une feuille avec un tableau pour les heures et les jours, et des détails qu'Ingrid ne devait pas oublier, cette vie qui lui disait non seulement qui elle avait été, mais aussi qui elle était, afin de pouvoir se supporter elle-même. On aurait dit un mots-croisés entièrement complété.

Eva Sofie marmonna « oui, oui » et « bien », laissa retomber le crayon accroché à une petite cordelette et sortit avec Ingrid sur ses talons.

À la salle de garde, on donna deux tasses de café à Ingrid, elle parla et se montra aimable avec les quatre personnes qui se trouvaient là, elle les connaissait par leurs noms, elle eut presque envie de danser dans le couloir avec une tasse dans chaque main, elle tourna le dos à la porte de la chambre 27, la poussa avec le derrière et, l'instant suivant, elle vit un reflet rouge sur le mur en face, elle fut projetée contre ce même mur dans une déflagration énorme et une tempête de verre brisé.

3

Ingrid ouvrit les yeux dans une nouvelle chambre tout aussi blanche mais, cette fois-ci, elle était couchée sur le ventre, elle avait mal au dos et au cou à cause des éclats de verre que l'on avait dû retirer avec des pincettes. Puis ils l'avaient recousue avec de nombreux petits points de croix noirs qu'elle put voir dans deux miroirs qu'ils lui présentèrent, mais c'était le même médecin qui parlait.

Il lui demanda si elle l'entendait, elle cligna des yeux pour dire oui.

Il passa en revue les détails les plus fous, dont Ingrid se souvenait très bien, et qui étaient presque insupportables ; il lui dit ensuite qu'un chasse-neige avait percuté une bombe qui n'avait pas encore explosé, un reste du jour où les bombes avaient plu sur la ville. Une des ailes de l'hôpital était détruite, il y avait deux morts et onze blessés.

Ingrid cria dans l'oreiller :

« Il n'y avait pas de neige ! »

Il s'assit sur une chaise juste en face d'elle, elle pouvait le voir en levant la tête. Il lui parla doucement, comme à un enfant, d'un ton inhabituellement approbateur, et expliqua qu'ils ne comptaient pas passer le chasse-neige, ils devaient juste déplacer l'engin, les égratignures dans son cou et son dos allaient guérir.

Elle enfonça le visage dans l'étoffe blanche et raide, pure et adorée, et lui demanda des nouvelles d'Ingvaldsen, elle comprit au silence du docteur qu'il faisait partie des morts, et elle referma les yeux.

La chaise s'approcha un peu plus, les mains du médecin lui tenaient la tête, l'obligeant à la relever.

Il observa les yeux d'Ingrid en même temps qu'elle observa les siens, avec la plus grande évidence, elle se souvint qu'il s'appelait Falc Johannesen mais il voulait qu'on l'appelle seulement Falc, Erik Falc, parce qu'il avait un frère également médecin avec lequel il ne voulait surtout pas être confondu, car, comme il l'avait confié à Ingrid un jour où il avait presque souri, son frère était un collabo.

Puis il lui murmura qu'elle allait bientôt se souvenir d'encore plus de choses.

Elle voulut protester, mais se réveilla par terre, à côté de la banquette dans la cuisine de Barrøy, elle vit la main d'Alexander se balancer vers son visage avant de le caresser – comme une question.

Elle la saisit et se leva, eut une sensation de raideur et d'éloignement dans chacune de ses

cellules, ils montèrent se coucher dans la Salle Nord, et ils écoutèrent le souffle de l'autre. Ils dormirent, se réveillèrent sans fièvre, ils restèrent couchés et il n'y avait plus rien à dire, ni confidences, ni réprimandes, ni suppliques, ils furent comme une assemblée muette et soudée en cette avant-dernière journée.

Elle se leva et prépara le repas, ils mangèrent, se recouchèrent, et ils dormirent.

Elle lui demanda pourquoi il ne pouvait pas rester tranquille dans la grange de Gjesøya. Leurs corps s'échauffèrent, ils restèrent l'un contre l'autre pendant que les heures s'écoulaient, en sachant ce qui allait arriver. Il se glissa hors du lit, s'habilla, descendit, prépara à manger, il lui cria par la trappe du plancher qu'elle devait se lever et s'habiller, impossible de se tromper sur le sens de ses paroles.

Elle fit tout lentement afin de ne pas rater un seul geste, comment elle se vêtit, boutonna ses vêtements, noua un ruban, ramena ses cheveux vers l'avant pour les diviser en trois mèches qui pouvaient être tressées par des doigts qui savent ce qu'ils font dans le noir, elle embrassa la tresse qui ressemblait à un balai et la rejeta derrière son dos d'un mouvement qui était tout à fait elle.

En descendant, elle le trouva en train de regarder fixement les papiers donnés par le soldat allemand quand ils lui avaient confisqué ses armes, on aurait dit qu'il comprenait ce qu'il lisait, et qu'il réfléchissait en la voyant arriver.

Elle lui demanda aussitôt :

« Deutsch ? »

Il secoua la tête, il était bien plus probable de trouver un Russe qui parle allemand dans un pays occupé par les Allemands qu'un Allemand qui parle russe dans le même pays, elle le lui dit à voix haute et, une fois encore, il parut comprendre chaque mot.

Quand ils eurent fini de manger, Ingrid voulut vaquer à ses occupations, les occupations de celle qu'elle avait été, il la retint et il dit « Leningrad », « Académie » et « ingénieur », il l'avait déjà dit et, cette fois-ci, elle crut à ces mots, elle fut convaincue. Elle s'assit et posa entre eux le cahier de dessin de l'école, avec des pommes de pin qui ressemblaient à des coquillages, avec des fleurs, des bateaux et des montagnes, il écrivit 22, cela pouvait être son âge ou l'année de sa naissance, cela revenait au même, et même s'ils ne pouvaient plus refaire le chemin, elle lui demanda d'écrire encore.

Il souleva le crayon de la main gauche et le tint comme une fléchette qui vise sa cible, posa la pointe sur la feuille et il écrivit des signes qu'elle ne pouvait ni déchiffrer ni prononcer, une ligne lente, puis une autre – comme on écrit sa langue maternelle, songea-t-elle –, et il posa le crayon, telle une barre transversale sous ces lignes, ou comme pour les effacer.

Elle retourna le cahier et se rendit compte que chaque ligne commençait par les mêmes signes, dans le même ordre, elle nota qu'il avait rédigé trois lignes brèves qui faisaient plus que se ressembler, elles étaient identiques, et elle lui demanda ce que cela voulait dire.

Il éclata de rire et écarta le cahier.

Ingrid resta à le regarder pour finir par tourner la tête vers la fenêtre. Elle dit que c'était légèrement nuageux et qu'il n'y avait pas de vent, c'était *ça*, le signal, et pas la manière dont il avait posé le crayon, et il le comprit.

Ils montèrent à l'étage et se couchèrent immobiles l'un à côté de l'autre.

Ils se levèrent, s'habillèrent, le sac était prêt, elle lui avait donné ce qu'elle avait comme argent et tickets de rationnement, ainsi qu'un couteau et une boussole ; elle lui avait expliqué qu'il devait tenir compte de la dérive, lire la direction et le rythme des vagues, il en avait pour quatre, cinq heures pour atteindre le continent, maintenant qu'il savait à la fois ramer et naviguer à la voile, il n'y avait pas de vent cette nuit, il serait obligé de ramer.

Elle dit aussi qu'elle lui avait appris tout cela avec l'espoir qu'il aurait l'intelligence de disparaître pendant qu'elle dormait, mais que c'était bien qu'il ne l'ait pas compris, ni choisi de le faire. Elle écrivit quelque chose dans le cahier de dessin, arracha la page qu'elle plia et fourra dans la poche de la veste de son père, il ressemblait ainsi à un loup de mer ; il était écrit ce qu'il fallait pour obtenir l'aide des gens bien, qui comprendraient, il pourrait traverser à pied un pays et un continent, un jour, il arriverait à la porte de la maison de son enfance et montrerait à sa mère qu'il était encore en vie. Sinon, il aurait dû tout faire seul, voler l'argent d'Ingrid, un des bateaux et s'enfuir pendant qu'elle dormait, car les adieux, elle n'y arrivait pas.

Lui non plus d'ailleurs – ils sortent en silence, descendent au hangar à bateaux, mettent à l'eau le canot à quatre avirons, le sourire d'Alexander est un coin blanc dans la nuit; sur une île, le temps se resserre sur lui-même et s'arrête, ils n'ont pas les mots, là, le canot flotte, la pleine lune est énorme, et Ingrid doit montrer une fois encore le coup de hache dans le dos haché du continent, à peine visible sous le fil de fer barbelé électrifié de Cassiopée, avant qu'il ne disparaisse dans la brume grise, tant de degrés à la boussole, les courants, la houle qui change de direction près de la terre.

Il fait oui de la tête.

Il ne leur est pas possible de se prendre dans les bras l'un de l'autre, il monte à bord, s'installe sur le banc de nage, un aviron dans chaque main abîmée, il attache les lanières qu'elle lui a appris à fixer autour des poignets, et il se met à ramer, s'arrête et crie quelque chose, recommence à ramer. Ingrid n'a aucune voix et elle est invisible, le vent s'est retiré dans une coquille et y reste toute la nuit, rien ne se passe, et il ne s'est rien passé.

Le médecin qui déteste son propre nom a déjà vu bien des larmes, en vérité il n'a quasiment vu que cela depuis son diplôme en malheurs – quand l'a-t-il passé, déjà ? Il a perdu le compte des années, même un médecin a le droit d'oublier, lui aussi, il attend le temps qu'il faut pour qu'Ingrid puisse le regarder avec des yeux secs, elle qui croyait s'être vidée de ses larmes il y a longtemps.

Elle dit qu'elle aurait aimé que ce soit elle à la fenêtre, et non Ingvaldsen, le jour où la bombe a explosé, le jour sans neige.

Erik Falc ne croit ni aux contes, ni en Dieu ni à la providence, et il le lui dit, mais elle doit prendre cela comme un signe, le signe qu'elle est encore en vie et qu'elle va le rester, toute vie a un sens, le simple fait de vivre a un sens, voilà à peu près le discours qu'il réussit à tenir. Elle trouve que c'est bien dit, mais aussi complètement absurde, et elle le regarde avec un mépris qui n'est pas le sien, et d'une voix qui n'est pas non plus la sienne et dont elle ne supporte pas le son, elle lui demande si elle avait essayé de se suicider quand ils l'avaient trouvée sur l'île, Henriksen et l'autre officier, comment s'appelait-il, Hargel ?

Erik Falc la regarde d'un air stupéfait et répond qu'il ne sait pas, de fait, ajoute-t-il, cela ne l'aurait pas étonné.

Elle lui demande ce qui ne l'aurait pas étonné.

Qu'elle ait essayé de se suicider.

Elle lui demande ce que cela veut dire.

« Tu te moques de moi, dit-il.

— Non.

— Mais tu ne recommenceras pas », conclut-il. À l'entendre, c'est plus une garantie qu'un espoir vain, et Ingrid lui demande si cela veut dire que les deux hommes lui ont *sauvé la vie*?

Il dit qu'il ne peut pas le savoir, et elle peut enfin lui poser la question cruciale : ont-ils trouvé le cahier de dessin sur la table de sa cuisine ?

Là, il ne comprend plus rien.

Ingrid ferme les yeux et plonge dans les jours noirs ; elle a une idée claire de ce qui s'est passé depuis le jour où elle est arrivée à l'hôpital, elle le connaît par cœur, le mots-croisés complexe sur le mur dans la chambre précédente, les chiffres vides des jours, mais elle ne se rappelle pas si elle a réussi à cacher le cahier de dessin avec les mots en russe, les trois strophes de trois lignes, lui, il se trouve quelque part dans les deux ou trois jours en trop.

Elle compte et recompte, mais ils ont disparu et restent perdus. Ils doivent être sur Barrøy, il faut qu'elle retourne les chercher. Le Dr Erik Falc dit que c'est précisément ce dont ils n'ont pas cessé de parler. Ingrid essaie de pousser un soupir de soulagement, ou de se préparer à quelque chose qui s'approche, mais il lui demande pourquoi elle ne l'a pas suivi, le Russe, pourquoi ne l'a-t-elle pas aidé quand il a quitté l'île ?

Elle sent une toile d'araignée se tendre sur son visage, et elle répond que s'ils avaient trouvé Barrøy désertée, ils auraient eu des soupçons.

Il dit que cela ne peut pas être la raison.

Elle baisse les yeux et dit : « Non, et c'est ça le pire.

— Tu ne lui faisais pas confiance ?

— Non », dit Ingrid, qui sent qu'elle peut se cacher à nouveau, qu'elle ne sait pas encore la différence entre ce dont il faut se souvenir et ce qu'il faut oublier.

Il pose la main sur son épaule, regarde longuement Ingrid, il sort de la chambre et revient avant la fin de sa garde et dit :

« On va t'enlever les dernières agrafes demain. Tu pourras partir vendredi, je t'ai réservé une place sur un transport de réfugiés. »

4

Eva Sofie retire les points de suture et tient les deux miroirs pour qu'Ingrid puisse voir son dos, de petites croix rouge vif sur la peau blanche, et la nuque rasée qu'elles dissimulent avec difficulté grâce à une nouvelle tresse ou plus exactement deux nattes qu'elles attachent ensemble, puis Eva Sofie dit à Ingrid qu'elle devrait commencer à porter un soutien-gorge, en tout cas quand elle est avec des hommes, comme pour ce voyage vers le sud, elle a vu ces bateaux, ils n'ont pas l'air formidables.

C'est le passage quotidien dans la salle de douches qui a mis cette idée dans la tête d'Eva Sofie : chaque matin, Ingrid et deux femmes âgées soignées dans le service, Ada et Signy, qui ont toutes les deux de longs cheveux gris qui ressemblent à de la paille, descendent trois étages dans le bâtiment, elles doivent ensuite se déshabiller dans un vestiaire froid et blanc qui résonne, et se tenir entre des tuyaux qui serpentent dans une pièce carrelée, et elles sont aspergées de tous les côtés par de l'eau trop chaude. L'eau leur tombe aussi sur la tête, comme de la pluie. Eva Sofie appelle ça une douche, elle insiste sur l'importance de se doucher quatre minutes, elles doivent tourner sur elles-mêmes comme des ballerines, même si l'eau arrive de tous les côtés, si bien qu'elles pourraient ne pas bouger, tandis qu'Eva Sofie manie un robinet rouge et un bleu, elle règle l'eau comme un chauffeur avec deux volants, elle veille à ce qu'elles se savonnent et se rincent comme il faut l'entre-jambe, les aisselles et les cheveux, puis qu'elles s'essuient avec des serviettes propres et rêches qui brûlent et abîment la peau. Ada et Signy sont plus gênées qu'Ingrid, et ça aide, elles ne s'habituent ni au vestiaire froid ni à l'eau brûlante, mais elles sont ensemble dans la pièce, elles rigolent et ricanent comme des gamines.

Et Ingrid, qui croyait être quelqu'un de propre, n'a pas senti sa propre odeur depuis que son île a été frappée par la mort, l'eau qui gicle et jaillit pique et caresse à la fois, elle la pousse à lever les bras au-dessus de la tête, à écarter les doigts sous cette espèce de lustre métallique d'où tombent les jets comme d'un nuage ; elle tourne sur elle-même, elle pirouette bien plus qu'Eva Sofie ne le souhaite vraiment, alors Eva Sofie tourne à fond le robinet rouge et, au bout de quatre minutes, Ingrid fuit l'eau glacée en poussant un cri qui n'est pas dénué de plaisir.

C'est pendant la douche qu'Eva Sofie a eu

cette idée que les seins d'Ingrid étaient plus gros que les siens.

Ingrid n'a rien contre la proposition d'Eva Sofie, même s'il y a toujours eu un manque d'intimité et de confiance entre elles, car Eva Sofie voit la guerre comme une insulte personnelle et ne parvient pas à masquer le fait qu'elle a souffert, elle a perdu un fiancé et sa formation de secrétaire est tombée à l'eau à cause de cet enfer. Et tout le monde peut voir l'homme qu'Eva Sofie a perdu au front, dans le Nord, durant la première phase de la guerre, car elle a une photo de lui dans la poche de son uniforme, avec sa montre et un crayon qui a des marques de dents et de rouge à lèvres, elle n'hésite pas à la montrer à qui le souhaite, et à ceux qui l'ont déjà vue : la photo granuleuse d'un jeune homme si loin dans un pré qu'il pourrait aussi bien rire ou pleurer, personne ne verrait la différence. Il avait dix ans de plus qu'Eva Sofie, tandis qu'Eva Sofie a un an de plus qu'Ingrid, elle n'a pas d'enfant, ça aussi, elle ne manque pas de le mentionner, elle le fait sans cesse, pour mettre en avant une tragédie personnelle due à la guerre.

Quand Eva Sofie n'est pas de garde – elle l'est presque tout le temps –, elle est chez elle dans sa maison à moitié reconstruite après le bombardement, elle prépare des gâteaux, avec de la farine tamisée, du sucre, et des petits morceaux de noix hachées qu'elle a récupérées ou volées à la cuisine de l'hôpital, elle apporte les gâteaux au travail et elle les distribue avec la même mine que lorsqu'elle fait des piqûres. Les patients l'aiment autant qu'ils la craignent, mais le personnel s'y est habitué. Et ses gâteaux sont bons, avec ces noix et ce sucre qui font penser à des cristaux de neige brûlés.

Elle apporta le soutien-gorge qui se révéla trop petit, pas assez pour qu'Eva Sofie puisse confirmer son jugement sur la différence de taille de leur poitrine, mais suffisamment pour qu'Ingrid ne puisse pas l'enfiler tout de suite : les cicatrices dans le dos lui faisaient encore mal ; elles le rangèrent dans une petite valise bleue qu'Eva Sofie avait également apportée, avec des garnitures en cuivre aux huit coins, et une sangle marron clair.

Elle lui donna aussi une tunique en bure grisâtre du type que les patients devaient porter quand ils étaient transférés d'une aile à l'autre, plusieurs tabliers dont Ingrid ne pensait pas avoir l'utilité mais qu'elle accepta malgré tout, un pull, quatre paires de chaussettes, cinq foulards, un suroît et des sous-vêtements dont Eva Sofie disait ne plus avoir besoin mais qui paraissaient pourtant tout neufs, et elle pleura quand Ingrid s'habilla le vendredi matin, elle portait un attirail qui ne lui allait pas, les autres étaient du même avis, à l'exception d'Ada et Signy, qui étaient venues lui dire au revoir. Ingrid demanda à Eva Sofie :

« Qu'est-ce qui te fait rire ?

— Je ne sais pas », dit Eva Sofie en lui donnant une boîte en métal avec des dessins sur le couvercle représentant un sapin de Noël et des chevaux à bascule, elle contenait des gâteaux et n'allait pas dans la valise, Ingrid dut la porter sous le bras.

5

Ils parcoururent la première partie du trajet dans une sorte de croisement entre un bus et un camion, c'était la première fois qu'Ingrid montait dans un véhicule à moteur, sauf si elle avait été transportée par le même véhicule à l'aller – une question qu'elle se posait maintenant –, en compagnie de trois autres femmes dont elle n'a gardé aucun souvenir, pas plus que des vêtements qu'elle portait ce jour-là.

La ville était détruite et brûlée, elle avait tellement de mal à se remettre debout, on aurait dit un paysage de montagne sous un demi-mètre de neige. Ils avancèrent difficilement dans ce qui avait été jadis la grand-rue, Ingrid, deux infirmières et le Dr Erik Falc qui devait récupérer un patient au bateau qu'Ingrid devait prendre, et elle savait qu'il n'avait pas pour habitude de faire cette démarche.

Il portait la valise d'Ingrid, maintenait son chapeau et se plaignait du temps, tandis qu'Ingrid levait le nez vers la neige sèche pour la sentir. Sur la tête, elle portait deux foulards et le suroît que lui avait donné Eva Sofie, aux pieds, elle avait des bottes cloutées avec assez de place pour trois paires de chaussettes.

Ils étaient sur le quai à guetter le bateau, près des docks fumants, quand Erik déclara soudain qu'ils allaient d'abord être photographiés.

Ingrid le regarda, ils étaient tous les deux rouge vif à cause du froid, on ne voyait pas grand-chose sur son visage, et les deux infirmières regardaient chacune de leur côté.

« Dans cette tenue ? » demanda Ingrid en montrant ses vêtements.

Il fit oui de la tête et dit qu'il y avait un photographe, là-bas, au coin, il les attendait. Il voulait avoir un souvenir.

« De moi ? » demanda Ingrid.

Il ne fut pas capable de dire oui.

Ils laissèrent les infirmières, passèrent une porte à la vitre couverte de buée, ils entrèrent dans un local exigu et peint en vert, où un comptoir avec un vase vide occupait un mur et où un poêle ronflant en occupait un autre. Un rideau derrière le comptoir fut écarté, un jeune homme aux cheveux peignés en arrière, avec des élastiques rouges autour des manches de sa chemise, entra et serra la main du médecin, mais pas celle de la dame, à qui il adressa un signe de la tête discret.

Il les plaça devant un verger en fleurs au coucher du soleil punaisé sur le grand mur. Il leur demanda de poser la main sur le dossier d'un fauteuil tapissé, aux accoudoirs et aux pieds sculptés. Ils devaient garder entre eux une distance équivalente à la largeur du dos du fauteuil.

Ingrid ôta le suroît, les foulards et la tunique en bure, fit tomber la glace de ses nattes pendant que le photographe se préparait derrière le trépied ; alors qu'elle levait le menton pour se concentrer, Erik Falc se baissa sur le dossier du fauteuil et lui murmura à l'oreille qu'elle avait de la chance, car elle avait connu l'amour, et pas lui.

Ingrid sentit le souffle du docteur et le regarda au moment où le flash les frappa ; Erik Falc s'était retourné vers l'appareil, il fallait reprendre la photo.

Ils regardèrent fixement dans la direction requise tandis que la neige dégoulinait de leurs vêtements, elle tombait sur le plancher, dans le verger, ils entendirent les gouttes avant d'être assourdis par un flash supplémentaire, le troisième flash les aveugla pour de bon, le photographe se redressa, se mordit la lèvre inférieure et déclara :

« On en prendra bien une de plus ? »

Erik Falc acquiesça. Ingrid Barrøy ne pensait à rien. Ils fixèrent à nouveau l'objectif et attendirent le dernier flash, ils ne se regardèrent pas quand le photographe tapa une fois dans ses petites mains blanches en disant « bravo », ils ne se regardèrent toujours pas en enfilant leurs manteaux pour ressortir.

Erik remercia le photographe et dit quelques

mots au sujet du paiement et de la livraison, mais quand ils ressortirent dans l'averse de neige libératrice, il se montra soudain bavard, il dit haut et fort que le capitaine du bateau qui allait la reconduire vers le sud était un véritable dur à cuire, depuis près de six mois, il avait transporté des réfugiés du Finnmark dans différentes communes le long de la côte, Ingrid devait s'attendre à des conditions de voyage difficiles, et le temps était déjà épouvantable. Il marmonna aussi qu'il espérait qu'elle lui donnerait signe de vie une fois rentrée, toujours sans faute d'orthographe, ajouta-t-il avec ce qui aurait pu ressembler à un sourire.

Ingrid fit oui de la tête. Il lui redemanda si quelqu'un l'attendait.

Et Ingrid répéta :

« Oui, oui. »

Le bateau n'avait pas l'air d'un baleinier de soixante pieds, mais d'un camp flottant de gens petits et grands, emmitouflés dans tant de couches de vêtements qu'ils pouvaient à peine bouger, au milieu de valises, de malles et de caisses, de meubles, de sacs et de matelas. À l'avant, une perche de séchoir était montée sur l'affût du canon et couverte d'une bâche fixée au bastingage, ce qui formait le dos d'une tente qui, à en juger par le nombre de bottes, devait abriter une dizaine de personnes. Il y eut tout un tapage autour d'un soldat allemand qui frappa plusieurs fois un homme au visage, l'homme finit par tomber sur le pont en hurlant.

Le capitaine sortit en courant de la timonerie, on devinait qu'il songeait à flanquer une rouste au soldat, mais il se retint ; l'Allemand ne nota pas sa présence, il se baissa rapidement, il remit sur ses pieds l'homme qui criait, le poussa sur le filet qui servait à décharger des objets, hurla quelques mots en allemand au capitaine, qui lui tourna le dos avec un mépris manifeste, et qui aperçut Erik Falc et les autres sur le quai.

C'était un homme d'une petite quarantaine d'années, à l'épaisse chevelure noire avec des mèches grises et une barbe tout aussi épaisse couleur chocolat, un homme tête nue dans le froid glacial, qui ignorait l'Allemand et interrogea le médecin du regard en écartant les mains.

Erik Falc perçut son geste et acquiesça discrètement.

Le capitaine haussa les épaules, s'approcha du treuil et baissa le crochet de la grue. Le soldat saisit les quatre coins du filet et les accrocha, l'homme qui gigotait fut déposé sur le quai, les infirmières le sortirent du filet et lui passèrent une tunique semblable à celle que portait Ingrid. Il avait les bras ballants et des coupures à la tête, il saignait du nez. Erik Falc inspecta les blessures et lui posa quelques questions. L'homme secoua la tête. Les infirmières l'accompagnèrent au camion. L'instant suivant, le soldat allemand apparut sur le quai, il brossa la neige de son uniforme et donna au médecin des papiers enroulés, laissa libre cours à sa colère et se dirigea vers l'entrepôt le plus proche, là où il y avait un cantonnement.

« Au moins, il n'y aura pas de garde à bord, marmonna Erik Falc, le nez dans les papiers. C'est déjà quelque chose. »

Ingrid ne l'entendit pas.

Elle s'était agenouillée pour regarder l'échelle empruntée par le soldat, mais c'était marée basse, il y avait quatre mètres jusqu'au pont, de la glace sur les barreaux, et un enfant qui criait :

« Elle y arrivera pas ! Elle y arrivera pas… »

Ingrid se releva, elle posa la valise et la boîte de gâteaux dans le filet qui se trouvait encore sur le quai, elle se plaça à côté, souleva les coins malgré les protestations vaines et inaudibles d'Erik Falc, les fixa au crochet et cria au capitaine de la descendre à bord.

Il lui demanda en criant si elle était sérieuse.

« Oui ! »

Il sourit, posa les mains sur les manettes, Erik Falc vit le filet se refermer sur sa patiente guérie qui coinça ses doigts dans les mailles du haut, elle fut soulevée au-dessus du bateau comme un tas de marchandises, puis descendue lentement sur le pont sous les hourras d'une bande d'enfants qui s'attroupèrent autour d'elle et l'aidèrent à sortir du filet – et Ingrid se souvint qu'elle avait dissimulé le cahier de dessin dans la cachette du réduit de la Salle Sud, sous des couettes et des tapis, et qu'elle était seule à ce moment-là.

Elle se souvint aussi d'autre chose : elle se souvint qu'elle était sur un quai comme celui-là, un jour de son enfance, elle voyait son père rentrer dans la barque pontée de son oncle, il était sur le pont, il lui souriait, il tendait les bras et disait : « Allez, saute ! » Elle avait trois, quatre ou cinq ans... Son père était trois mètres plus bas, elle sautait toujours, et il la rattrapait toujours.

Les doigts d'Ingrid étaient raides de froid. Elle brossa la neige de sa tunique et demanda au capitaine s'il avait des moufles. Il réfléchit et disparut dans la timonerie, baissa une vitre et lui lança deux grosses moufles en laine, lourdes et poussiéreuses, raidies par le sang de poisson et les vidures, mais sèches et chaudes. Elle les enfila, en tendit une en l'air pour faire au revoir à Erik Falc, là-bas, sur le quai, il l'observait avec ce regard qu'elle avait croisé tant de fois à son réveil depuis qu'elle avait commencé à se confier à lui, comme elle ne l'avait jamais fait avec personne, mais nul n'est parfait.

Erik Falc leva péniblement le gant gauche à la hauteur de sa hanche, il fit presque un au revoir, leva les yeux vers l'ouverture dans la jetée, à l'autre bout du port fébrile, posa l'autre gant sur son chapeau, se retourna et disparut dans une giboulée de neige qui tombait comme du sucre glace sur le bateau et les gens, tandis que le capitaine cria aux garçons qui avaient tiré les amarres qu'ils ne devaient pas les laisser en tas sur le pont, il fallait les enrouler soigneusement, il en avait vraiment assez de le leur redire encore, c'était à croire qu'ils n'avaient jamais pris la mer, ces morveux.

6

Le *Salthammer* était un bateau qui servait à la fois pour la chasse à la baleine et la pêche sur les bancs, Ingrid trouva une place sur deux peaux de renne à l'entrée de la réserve où l'on gardait les appâts et le matériel de pêche, à côté d'une jeune maman qui pleurait à chaque respiration, et de quatre enfants qui ne pleuraient pas. Les dalots étaient obstrués par des chiffons, des sacs et de vieux vêtements, il y avait du givre dessus, ainsi que sur la cloison extérieure, tandis que celle du côté de la cuisine donnait un peu de chaleur. Tout au fond, il y avait Ante, deux ans, et Mikkel, quatre ans, puis les deux fillettes, Ellen et Sara, cinq et huit ans, couchées tête-bêche elles aussi, puis Anja, la maman qui pleurait, et Ingrid occupait la place du mari, l'homme qui avait été débarqué quand elle était montée à bord.

Cela faisait une semaine que la famille était à bord du bateau. Avant, ils avaient passé trois mois dans une hutte de terre sur le plateau du

Finnmarksvidda mais, vers Noël, ils n'en pouvaient plus et ils étaient allés à une garnison allemande, certains d'être abattus. Au lieu de ça, ils avaient été mis dans un camion et conduits trois cents kilomètres plus loin, à Hammerfest, qui venait d'être brûlée, et là, ils avaient embarqué sur le *Salthammer.* Aucun d'eux n'avait ôté ses vêtements depuis un mois avant d'arriver à Risøyhamn, il y avait trois jours de cela, où ils avaient pu se laver à un cantonnement militaire.

Ingrid demanda s'il y avait des douches.

Anja fit oui de la tête.

C'était là que son mari avait fait sa première crise, « les enfants se débrouillent toujours », dit-elle de son accent rocailleux où l'on marquait chaque syllabe, « le plus dur, c'est pour nous, les adultes ». Il y avait également eu une séance d'épouillage à Risøyhamn, et des repas chauds. Elle dit que c'était bizarre que les poux ne crèvent pas de froid en même temps que les gens, elle se remit à pleurer, elle consola Mikkel qui avait fait passer trois doigts dans un trou de sa moufle pour les sucer, il souriait à Ingrid.

Ingrid sentit une mauvaise odeur et demanda à Anja si elle le changeait. Anja répondit que ce n'était pas Mikkel, il était propre, mais Ante, qui chiait deux fois par jour, elle ajouta qu'elle n'avait pas de changes – et elle n'osait pas demander de l'aide à bord, d'ailleurs les autres ne voulaient rien avoir à faire avec eux.

Ingrid dit qu'elle allait déshabiller l'enfant.

Anja dit qu'il faisait trop froid.

Ingrid répondit qu'elle le ferait quand même.

Le derrière du garçon était rouge vif, il avait des excréments séchés sur le ventre et dos, il les regarda avec de grands yeux noirs, sans rien dire. Ingrid demanda à Anja si elle avait utilisé les chiffons qui servaient à boucher les dalots. Anja dit oui. Ingrid dit qu'ils avaient du sel. Anja ne comprit pas.

« Du sel », répéta-t-elle, puis elle lui demanda de rhabiller Ante, en attendant.

Elle se leva, s'avança sur le pont, ouvrit la porte de la timonerie et demanda au capitaine s'ils avaient des couches à bord. Il se retourna et la regarda d'un air étonné.

« Oui, oui. Va voir dans la cabine. »

Ingrid marcha sur le pont qui tanguait, puis elle descendit trois marches dans la cabine noire, remplie de buée et qui puait le vomi, occupée par des mères et des nourrissons, et par cinq orphelins âgés de trois à huit ans. Elle demanda si quelqu'un avait des couches. Personne ne répondit. Elle reposa la question et personne ne répondit. Ingrid dit qu'elle avait besoin de couches. Une jeune maman se redressa sur sa couchette, à tribord, passa le visage dans la lumière et lui demanda pour qui elle se prenait.

Au bord des larmes, Ingrid ne bougea pas jusqu'à ce que quelqu'un lui donne une couche. Elle demanda où ils trouvaient de l'eau chaude. Il y eut des rires. Une voix lui cria « à la cuisine ».

Elle ressortit sur le pont, alla à la cuisine, là aussi, ça grouillait d'enfants, sur le plancher et sur des bancs, deux ici, deux là, et deux grands garçons qui se levèrent, comme s'ils avaient l'intention de la saluer. Une grosse vieille femme vêtue de noir était coincée entre la cloison et la table vissée au sol, elle dormait, la bouche ouverte et sans dents. Fixée sur le poêle ronflant, une énorme cafetière crachait de la vapeur blanche par son bec en forme de col de cygne.

Ingrid demanda si c'était de l'eau.

Un des garçons lui dit que non, c'était du café. Ingrid dit qu'elle avait besoin d'eau chaude. Il regarda son camarade qui se pencha sur un robinet vissé sur un petit évier, il remplit une bouilloire qu'il cala à côté de la cafetière.

Ingrid attendit. Elle leur demanda d'où ils venaient. Mehamn. Honningsvåg. Komagfjord. Tappeluft. Gamvik. Havøysund. Snefjord. Gjesvær. Rolvsøy. Skarsvåg… La couverture de la vieille dame glissa sur le plancher, le garçon qui avait posé la bouilloire sur le poêle la ramassa, la secoua une fois et en recouvrit la vieille dame.

Ingrid lui demanda qui c'était.

« C'est Jadviga, notre voisine. Elle est russe. »

L'eau était chaude.

Ingrid tint la bouilloire en équilibre en marchant sur le pont, qui était de plus en plus secoué, entra dans la réserve et dit à Anja de retirer des chiffons du dalot. Anja la dévisagea et dit :

« Il y a du sel. »

Ingrid rit et dit qu'elle devait le faire quand même.

Elle retira un sac en toile marron et la mer s'engouffra. Ingrid lui dit de mettre une des peaux de renne dans le dalot, elle prit le sac, le trempa dans la bouilloire et nettoya l'enfant qui braillait dans le froid, elle ouvrit sa valise bleue et sortit le soutien-gorge d'Eva Sofie. Anja cessa presque de pleurer et Sara demanda ce que c'était. Ingrid le reposa et prit un des tabliers, mordit l'ourlet et le déchira en deux morceaux, elle les plia cinq fois et les posa l'un sur l'autre sur le derrière du garçon, puis elle noua la couche autour. Anja la rajusta, lui enfila ses vieux vêtements et remit l'enfant sous la peau – et Ingrid se souvint d'une mouche qui s'était réveillée sur le rebord de la fenêtre, qui avait bourdonné légèrement avant de se mettre sur le dos, de battre l'air avec ses six pattes toutes fines, et qui était morte ; elle l'avait prise entre ses doigts, elle avait ouvert la fenêtre et l'avait jetée dehors, c'était juste avant qu'ils ne reviennent, Henriksen et le lieutenant Hargel, rien qu'eux deux, elle avait aperçu leur bateau dans un banc de brume, elle les avait entendus crier, deux hommes bredouillant dans un doris qui s'approchait doucement de l'île. Mais pourquoi avait-elle « des bleus » ?

Anja posa la main sur son bras.

Ingrid lui demanda si les enfants avaient le pied marin.

Anja dit que oui, même s'ils n'avaient jamais *vu* la mer avant de monter à bord du *Salthammer.* Ingrid ouvrit la boîte de gâteaux et leur en donna un chacun, leur dit que c'étaient des biscuits de Noël aux amandes. Ils les regardèrent longuement, les mangèrent vite et en voulurent d'autres. Elle leur répondit qu'ils devraient attendre, elle demanda à Sara de surveiller la boîte, se leva et sortit à l'instant où une vague la frappa à la hanche.

Le ciel s'était dégagé, le vent forcissait à mesure qu'ils s'éloignaient de la terre, un vent fort et mordant de nord-ouest qu'ils avaient par-derrière, et pourtant il y avait encore des hommes sur le pont qui battaient des bras pour se réchauffer, qui fumaient et pestaient. Ingrid entra dans la timonerie, le capitaine tendait l'oreille vers le plafond, il le désigna en apercevant Ingrid, il lui demanda aussitôt si elle l'entendait aussi, ce bruit, ce bruit de verre brisé ?

Ingrid dit que oui.

« Merde et merde, cria-t-il. De la glace. »

Devant eux, la mer s'étendait à perte de vue. Le bateau bascula vers l'avant, fut ensuite aspiré à l'arrière, les bruits métalliques se firent de plus en plus intenses, avec des objets et des outils qui dégringolèrent dans la passerelle, le rythme inégal des machines ; il jura et demanda à Ingrid si elle était déjà montée sur un bateau.

Elle dit oui.

« Oui, je l'ai bien vu. »

Sans attendre, il lui confia le gouvernail, se pencha contre la vitre et désigna le secteur vert d'un phare au loin, à l'ouest, il lui demanda trois fois si elle voyait le secteur vert, et il voulait entendre un oui net et tranché. Ingrid lui répondit une sorte de hoquet, et il se précipita à l'extérieur.

Il revint quelques minutes plus tard, tout essoufflé, il regarda en direction du phare d'un air satisfait, se moucha, prit le gouvernail et se mit à se plaindre qu'il n'avait que des paysans à bord, là, ils allaient devoir casser la glace dès que les paquets de mer tomberaient sur l'arrière, « tiens », dit-il en désignant la vitre derrière eux, on aurait dit des ardoises fines et grises.

Ingrid lui demanda s'il avait des aides à bord.

« Oui, dit-il, mon neveu, Ole, il est bien », mais il était dans la salle des machines, et il surveillait les grands garçons qui restaient là, parce qu'il y faisait chaud. Ils devaient tous être confiés aux autorités d'approvisionnement de la commune d'Ingrid qui les répartiraient ensuite dans les fermes qui avaient de la place, c'était une grosse opération, car ils récupéraient la population de toute une province. Il enfonça la tête dans ses larges épaules et dit que, heureusement, l'hiver avait été bon…

« On s'est pas présentés, fit-il. Magnus Mannvik. De Reine.

— Ingrid », marmonna-t-elle en disant qu'elle avait de la famille à Reine, elle donna leurs noms, mais elle avait vu quelque chose qu'elle n'aimait pas, les gestes et les paroles hachées d'un homme en manque de sommeil et aux yeux rougis, et elle lui demanda s'il ne dormait jamais.

Il éclata de rire et dit qu'ils étaient montés à Risøyhamn.

Une vague violente fit plonger le pont devant eux dans un abîme, ils heurtèrent le creux de la vague et remontèrent sous des hurlements étouffés. Il jura quand ils retombèrent dans la déferlante suivante, il confia le gouvernail à Ingrid, poussa la porte et disparut à nouveau.

Ingrid le vit avancer d'un pas assuré sur ce pont impossible, passer comme une araignée d'un malheureux à l'autre tout en leur criant dessus et en agitant les bras, il remit deux choses sur pied et les traîna plus ou moins avec lui à l'arrière, hors de sa vue.

Ingrid essaya de retrouver le rythme des barques pontées de son oncle et de son père, mais ça, c'était un tout autre navire, un gros bateau, les conditions étaient infernales, le gouvernail lui échappait, l'hélice brassait de l'air et le moteur poussait un hurlement hystérique. Elle fut projetée contre la cloison, tourna le gouvernail dans la mauvaise direction, l'hélice mordit l'eau à nouveau, le bateau se cabra au moment où la porte fut ouverte une nouvelle fois.

« Bon, ils cassent la glace comme des perdus. »

Il l'écarta, posa la main sur le levier de commande du moteur et trouva le regard d'Ingrid, il attendit qu'elle se soit redressée, il lui dit calmement de poser la main droite sur la sienne. Elle secoua la tête et sentit les doigts froids du capitaine sous les siens à l'instant où l'étrave piqua dans un nouvel abîme, il tira le levier vers lui, le moteur ralentit avant que l'hélice ne sorte de l'eau, il repoussa le levier en avant dès qu'elle eut prise à nouveau, il répéta la manœuvre pour les trois vagues suivantes et l'interrogea des yeux. Elle acquiesça machinalement, elle voulut dire oui, mais, à la place, elle dit :

« Je peux pas rentrer chez moi.

— *Quoi ?* »

Il la regarda.

« Je peux pas rentrer chez moi ! »

Elle se retourna, sortit et s'accrocha à l'arceau à la porte, avec les pieds qui pendaient au-dessus du pont. Une vague la frappa, sa robe se retrouva perpendiculaire à la crête de la vague, le moteur poussa un nouveau cri, et ils basculèrent. Ingrid se laissa retomber et heurta le pont qui remontait, elle se retrouva assise, se cramponna à la marche du bas et entendit une voix dans le tourbillon, quelque part au-dessus d'elle :

« Descends aux machines et dis à Ole de monter. »

Elle voulut lui demander où se trouvaient les machines, mais la porte de la timonerie s'était déjà refermée. Elle se mit à genoux, fut balancée contre le bastingage puis renvoyée contre la timonerie, s'accrocha à une poignée, l'abaissa et un souffle chaud lui frappa la figure. Elle cria dans le noir, un visage apparut, un garçon avec un grand sourire :

« Ça va ? »

Ingrid lui cria qu'il devait aller à la timonerie, et elle se concentra sur la prochaine vague. Le choc fut long et fit trembler la coque ; le pont grimpa, s'arrêta et tomba. Elle marcha prudemment vers l'arrière entre six silhouettes qui cassaient la glace sur le pont avec des maillets, elle ouvrit la porte de la réserve et vit le visage terrifié d'Anja, elle rampa à l'intérieur et serra les filles dans ses bras, Anja se cramponnait aux garçons.

« Tu es trempée », dit Sara.

Un nouveau coup secoua la coque, le bruit imprévisible s'arrêta, le *Salthammer* oscilla sur le dos d'une vague, la réserve se retrouva à l'horizontale vers bâbord pour se redresser lentement, un sommeil de plomb s'étendit sur le bateau, grinçant et reconnaissable comme une sorte de gémissement. Anja la regardait d'un air paniqué.

« Qu'est-ce qui se passe ? »

Ingrid secoua la tête. La porte fut ouverte et Magnus passa la tête.

« On a fait demi-tour, on va à Arnøy, c'est un bon port. »

Il jeta un coup d'œil aux enfants, comme pour les compter, puis il redisparut. Anja interrogea à nouveau Ingrid du regard. Ingrid dit que tout irait bien, elle ferma les yeux et plongea le nez dans les cheveux de Sara, une odeur à la fois douceâtre et rance, la serra encore plus fort contre elle et elle entendit Anja qui répétait à Mikkel que tout allait bien se passer. Et il n'y eut plus que les bruits, les machines et un roulis lent et lointain – et Ingrid qui ne pouvait pas rentrer chez elle.

7

À Arnøy, il y avait une école avec deux salles de classe, un bureau pour l'instituteur et une cuisine si petite qu'elle ressemblait à un débarras. Il y avait une maison de prière, cinq usines de pêche, une couronne de baraquements de pêcheurs et de hangars à bateaux, ainsi qu'une rangée de petites fermes autour d'un port paisible, où toute la flottille avait de la neige sur les bastingages et le toit de la timonerie, et des moustaches de glace verte sur la ligne de flottaison.

Ingrid dormit avec Anja et les enfants dans le bureau de l'école, ils restèrent sur le plancher la première nuit, la deuxième, ils dormirent sur les peaux de renne séchées, ils eurent des couvertures pour ces deux nuits, ils n'eurent pas froid et ils dormirent longtemps.

Ce n'était pas la première fois que le *Salthammer* s'arrêtait là, la population locale apporta du bois et à manger, ils purent se laver, et comme le temps ne s'améliorait pas, ils purent laver leurs vêtements dans une buanderie attenante à l'usine la plus grande. Deux femmes âgées apportèrent une brouette chargée de vieux vêtements, de chaussettes, de couches et de couvertures et vingt pelotes de laine grise, et elles refusèrent tout argent. On leur donna aussi du talc pour Ante. Et des aiguilles à tricoter. Ingrid apprit à tricoter à Sara pendant qu'Ellen les observait. Les pleurs d'Anja s'étaient mués en des reniflements réguliers, et elle dit qu'elle n'avait pas pu regarder quand son mari avait quitté le bateau. Ingrid avait-elle vu ce qui s'était passé ?

« Oui, dit Ingrid. Il est bien où il est, maintenant. »

Elle comptait les mailles et expliquait comment faire, Anja lui parla des poux, de la pulvérisation et du traitement brutal qui leur avait été réservé à Risøyhamn, elle était laestadienne et considérait les poux comme une honte. Ingrid ne savait pas ce qu'était une laestadienne et dit que c'était bien qu'ils soient débarrassés de cette horreur.

Anja déclara :

« Mais justement, nous n'avions pas de poux. »

Ingrid parla du tricot avec Sara, la félicita, elle s'habilla et dit que Mikkel pouvait l'accompagner pour chercher du bois, elle avait besoin d'air, de vent. Ils remontèrent le chemin jusqu'à un hangar où un chargement de bouleaux était empilé contre la palissade, et elle croisa Magnus qui avait assez dormi et la gueule de bois, et il répéta ce qu'il lui avait déjà dit deux fois :

« Tu devrais dormir avec moi, et pas avec ces saletés de Lapons. »

Ingrid pressa le pas.

Il leur cria quelque chose. Elle ne l'entendit pas, cet homme qui pratiquait le marché noir avant de se mettre à l'évacuation des réfugiés, un homme qui se vantait de vendre de la margarine sans tickets de rationnement, ou de transporter dix fois plus de poissons aux grossistes de Trondheim que ce qui était indiqué sur ses papiers, un homme que la guerre laissait indifférent, ou qui en avait fait son gagne-pain – elle s'arrêta et regarda autour d'elle dans ce village glacial : personne dehors, mais une île vivante, avec de la fumée qui sortait de toutes les cheminées, la flottille de pêche amarrée, le ciel haut et mordant comme une coupole de verre bleu, le même ciel qui se déversait sur Barrøy, et Ingrid ne savait pas où elle était.

Mikkel s'arrêta et l'interrogea des yeux ; lui et ses sœurs avaient récolté des bleus lors de la dure traversée du fjord. Ingrid lui demanda si c'était lourd. Il fit oui de la tête.

« Tu es costaud. »

Elle ajusta les bûches qu'il portait pour qu'elles soient en équilibre et lui demanda si son papa lui manquait.

Sur le coup, il ne sembla pas comprendre ce qu'elle voulait dire. Puis il dit oui. Ingrid dit qu'il le retrouverait bientôt. Mikkel dit oui également. Ingrid fut contente de l'entendre. Elle lui demanda si la bosse bleue sur son front lui faisait mal. Il dit que non. Elle lui dit que ça passerait bientôt, et ils continuèrent à marcher dans le froid brutal.

Ingrid était assise sur une peau de renne, adossée au mur, elle regardait Ellen et Ante qui s'ébattaient sur le plancher récuré comme de jeunes eiders venant d'éclore. Anja fit cuire du porc salé qu'Ingrid avait acheté à un forgeron avec un peu de l'argent qu'Erik Falc lui avait donné, la mystérieuse dette du vieux pasteur Malmberget.

Anja avait coupé la viande en dés. Puis elle avait coupé des dés de pommes de terre et de carottes qu'elle avait fait mijoter longtemps. Puis elle trempa du pain sans levain dans la marmite, elle goûta, contempla le groupe d'enfants avec la première esquisse de sourire qu'Ingrid notait sur le visage creusé, une femme de cet âge marqué par la guerre, un âge indéfinissable qui allait de vingt-cinq à soixante ans, comme si non seulement son mari et la vie l'avaient abandonnée, mais aussi les saisons, et pourtant elle avait *quelque chose* qu'Ingrid n'avait pas, une clarté simple et impitoyable, un malheur tangible, visible et palpable, et non pas seulement un essaim d'ombres étranges qui ne collaient pas entre elles.

Ingrid entendit les mots d'Erik Falc qui lui disait qu'elle avait connu l'amour quand il était là, qu'elle l'avait saisi, mais la vérité était qu'elle n'avait rien saisi du tout, elle avait été elle-même quand c'était arrivé, quelqu'un qu'elle n'était plus – et elle n'avait pas eu ses règles depuis deux mois.

C'était sur *ça* qu'elle aurait dû interroger Eva Sofie, si elle pouvait se fier aux journées passées à l'hôpital, telles qu'elles s'alignaient sur la feuille à côté de la fenêtre, elle les aurait scrutées heure après heure, elle les aurait répétées et étudiées, et pas ce qui était arrivé à Barrøy et qui était perdu – elle aurait étudié son corps, *après* son admission à l'hôpital.

Elle se leva et posa le doigt sur le bureau du maître, sous toutes les cartes du monde, sur les lamelles des stores, avec la cordelette qui dansait autour de la tête. Anja leva les yeux vers elle.

Ingrid soutint son regard.

« Je ne peux pas rentrer chez moi. »

Anja se leva et lui prit le bras. Ingrid répéta sa phrase, se dégagea, elle alla à la cuisine et y resta, tremblante, elle prit six cuillères à soupe dans le tiroir et retourna s'asseoir au milieu des enfants, plongea une cuillère dans la marmite et la tourna sans réfléchir, elle souleva sa cuillerée, souffla dessus jusqu'à ce que la température ait suffisamment baissé pour pouvoir la glisser entre les lèvres d'Ante, elle avait mis l'enfant sur ses genoux sans même y faire attention. Il ouvrit la bouche, il goûta la nourriture et en réclama plus, il était le seul à ne pas avoir de bleus, il était tout à fait propre et il souriait. Ingrid replongea la cuillère et nota que sa main ne tremblait plus, elle eut l'impression qu'Ante l'avait remarqué également, qu'elle ne tremblait plus et qu'elle avait poussé un soupir de soulagement, et ils se sourirent.

8

Le ciel était dégagé et il n'y avait pas de vent le matin où ils devaient continuer leur route vers le sud. Un soleil invisible déposait des reflets cuivrés sur la neige des montagnes de l'intérieur des terres. À bord, c'était comme une fête sans cérémonie, des préparatifs discrets, perdus et pleins d'espoirs, le début d'une nouvelle vie, la plus fragile de toutes.

Le forgeron qui avait vendu le porc à Ingrid pour un prix élevé monta à bord pour les aider à colmater les dalots de la réserve, il étendit les peaux de renne séchées sur le plancher et leur donna également trois tapis qui n'étaient pas neufs, mais plus épais que ceux qu'ils avaient auparavant. Anja lui serra la main pour le remercier, Ingrid lui dit qu'il avait déjà été payé.

Magnus arriva, il marmonna que sa réserve à appâts ressemblait à un boudoir et que si le temps se maintenait, il y aurait de la place pour les grands garçons qui étaient descendus dans les machines. Est-ce que le forgeron avait d'autres tapis ?

L'homme baissa les yeux, ne répondit pas et partit.

Magnus secoua la tête et demanda à Ingrid si elle voulait un café.

« Nous avons du café ! »

Ingrid répondit qu'elles prendraient volontiers un café, et elle commença à établir une sorte de retranchement contre la cloison avec la valise bleue, le sac de laine grise et la boîte de gâteaux qu'elle avait remplie avec du pain sans levain, également acheté au forgeron. Celui-ci revint avec la moitié d'un filet à harengs, vieux, mais sec et embaumant le goudron.

Elle lui demanda ce qu'il comptait faire avec ce filet.

« C'est un bon filet », dit-il en défaisant ce qu'elles avaient arrangé, il déplia le filet sur le plancher, le replia en trois épaisseurs, reposa les peaux et les tapis, puis il remit en place la valise d'Ingrid et la boîte de gâteaux.

Ingrid le remercia et dit qu'elles avaient besoin de tapis, et de peaux.

Magnus apporta deux tasses de café sales, il en donna une à Anja et l'autre à Ingrid, jeta un coup d'œil dans la réserve à appâts, il sembla sur le point de répéter que ça ressemblait à un boudoir, mais il se contenta de secouer la tête, puis il courut sur le pont et cria quelques mots dans la salle des machines.

Son neveu Ole et les trois jeunes sortirent et

se mirent en rang devant lui, comme s'ils étaient face à un pasteur. Le forgeron éclata de rire en voyant autant de suie et d'huile, il leur souhaita bon voyage et redescendit à terre.

Ingrid nota que l'aîné, un garçon d'environ seize ans, regardait fixement la mer de son œil gauche, qui était rouge. Elle comprit qu'il était aveugle de cet œil et lui demanda comment c'était arrivé. Il baissa l'œil droit et dit qu'ils venaient de Hammerfest, de Skarsvåg en fait, comme si c'était là une explication en soi ; les deux autres garçons étaient ses frères, Sverre et Helmer. Ingrid répéta sa question, et il mentionna une braise lors de l'incendie de la ville, leurs parents étaient morts.

Elle lui demanda comment il s'appelait.

« Arne. »

Arne était grand et dégingandé, il avait de larges épaules osseuses qui pointaient en avant comme un joug, ses cheveux couleur goudron étaient gras et longs comme ceux d'une fille, de la morve verte coulait d'une de ses narines. Ingrid supposa que c'était sans doute lié à l'incendie et lui demanda s'il avait vu un médecin. Il dit non et regarda le pont de son œil vivant et la regarda, elle, de son œil mort. Elle se déplaça involontairement, comme pour l'obliger à la redécouvrir, elle désigna un sac de marin et un tas de draps couverts de taches de cambouis posés sur le pont et leur demanda si c'était tout ce qu'ils avaient.

« Oui. »

Elle leur dit qu'ils pouvaient s'installer dans la réserve à appâts, près de la porte, elle échangea un regard avec Anja qui posa sa tasse de café sur le bastingage et se mit à répartir les enfants sur les peaux de renne, comme pour les confisquer.

Ingrid posa ensuite les yeux sur Ole, qui n'avait toujours pas bougé, et elle lui demanda si, *eux*, ils avaient des couvertures. Il haussa les épaules. Ingrid demanda aux frères d'attendre, elle alla trouver Magnus qui était entouré d'un groupe d'hommes sur le pont avant, et elle lui demanda s'il avait des couvertures, *lui*. Agacé, il répondit que non, haussa les épaules et afficha à nouveau cet air inexpressif qui signifiait que non seulement il cherchait une idée, mais qu'il allait en trouver une.

« Essaie donc avec le salaud de forgeron. On t'attend. »

Ingrid descendit à terre et courut vers le village, elle rattrapa le monsieur et lui demanda s'il pouvait lui vendre plusieurs couvertures, des tapis, des peaux de mouton…

« Vendre ? dit-il lentement, en la dévisageant.

— Oui, vendre. Nous en avons *besoin*.

— T'es riche, toi.

— Non.

— Combien ? »

Elle lui offrit le même prix que la dernière fois par couverture et par peau. Il hésita. Elle ajouta une demi-couronne, par peau. Il sourit, fit demi-tour et se dépêcha. Ingrid retourna lentement au bateau, elle monta à bord et retrouva les frères à l'arrière. Elle réussit seulement à leur soutirer que les deux aînés avaient travaillé comme menuisiers avec leur père. Elle leur demanda leur âge. Sverre avait douze ans et Helmer dix ans. Ingrid n'avait plus de questions à leur poser. Si, elle leur demanda s'il ne faisait pas trop chaud dans la salle des machines.

« Si.

— Et il n'y avait pas trop de bruit ? »

Ils se dévisagèrent, comme s'ils conféraient en silence sur ce qu'ils pourraient bien dire, et se mirent d'accord sur un non très clair. Ingrid versa le marc de café dans l'eau, le vit s'enfoncer et dériver comme des fourmis sur le fond vert, elle jeta un coup d'œil dans les tasses, ne trouva rien à ajouter, elle les emporta dans la cuisine où elle trouva les mêmes garçons en train de veiller sur la vieille Jadviga, laquelle semblait hésiter entre dormir plus longtemps et se réveiller. Ingrid demanda s'il y avait de l'eau.

« Oui, de l'eau propre, il y en a autant que tu veux. »

Elle rinça les tasses sous le robinet, chercha un torchon qui n'était pas à sa place, posa les tasses dans une bassine et leur demanda d'où ils venaient.

« Mehamn.

— Ça a brûlé, là aussi ?

— Oui. »

Ingrid se demanda s'ils étaient frères, où se trouvaient leurs parents, quel était leur métier, comme si elle était venue sur terre pour effectuer une sorte de recensement des gens chassés de leur propre pays, parce que plus rien ne tenait debout *en elle*, mais avant même d'envisager des réponses – ils n'avaient pas l'air de frères, plutôt d'amis, plus proches que des membres d'une même famille –, elle vit par le hublot que le forgeron était arrivé sur le quai. Elle se précipita sur le pont.

« T'as qu'à les lancer à bord, dit Magnus, toujours entouré du même groupe, et tous les regards se braquèrent sur le nouveau venu, avec les bouffées de cigarette qui montaient dans l'air clair et froid.

— Et l'argent ? cria le forgeron.

— Il arrive. »

Il hésita, lança sur le pont trois peaux de mouton mitées, libérant un nuage de poussière, deux tapis qui avaient l'air neufs et trois couvertures en laine grise qui s'entassèrent comme des voiles molles. Magnus attendit que la dernière ait bien atterri, il fit un signe au garçon qui ne lâchait jamais Ole et qui se trouvait tout à l'avant. Le garçon tira sèchement sur l'amarre, si bien que le nœud se détacha du bollard sur le quai. Un autre garçon, perché sur le toit de la réserve à appâts, répéta le même tour avec l'amarre de l'arrière. Magnus défit lui-même l'embossure et jeta un coup d'œil à Ole dans la timonerie. Ingrid comprit qu'elle allait rater quelque chose. Ole poussa le levier et mit les gaz à fond, le *Salthammer* partit sur le bord et Ingrid faillit tomber à la renverse et, telle une charrue, le bateau fendit les eaux lisses comme un miroir du bassin du port, divisant en deux l'endroit avec un sillage bouillonnant.

Magnus fit un signe de la main au forgeron, qui ne bougea pas d'un cil. Les hommes éclatèrent de rire. Ingrid se pencha pour ramasser les peaux et les couvertures.

« T'as besoin d'aide, ma petite ? » lui cria Magnus à l'oreille.

La petite troupe rit encore plus fort, avec ses bouffées de cigarette et ses regards honteux. Magnus leva la main et pointa un doigt noir sur celui qui avait la gueule grande ouverte et lui dit de ramasser les peaux et d'aider Ingrid.

« Tout de suite. »

9

Il faisait nuit lorsqu'ils accostèrent à l'Usine. Anja et ses enfants dormaient, ainsi que les deux plus jeunes frères Skarsvåg, Sverre et Helmer. Mais Ingrid et Arne furent réveillés quand le moteur s'arrêta, ils montèrent sur le pont dans une nuit bleu acier, sans vent et sous une légère chute de neige. Au bastingage, Magnus et un des hommes fumaient, un peu plus loin, sur le pont avant, Ole et son camarade discutaient à voix basse dans le silence.

Magnus lui tendit la tasse qu'il avait à la main. Elle la souleva et but le café tiède. Il se mit à rire.

« C'est chez toi ? »

Ingrid acquiesça, comme si elle se trouvait derrière un mur en verre. La plateforme sous le quai, le petit quai où elle s'amarrait quand elle venait faire les courses ou travailler à l'Usine, l'escalier qui passait par le trou dans le quai, la neige qui tombait sur ses cheveux, ses épaules et ses mains nues, sur ses vêtements, sur le bord de la tasse, la neige qui devenait des gouttes qu'elle sirota avant de s'arrêter car Magnus l'observait d'un regard que l'on ne pouvait pas éviter.

« Alors, tu ne veux pas rentrer chez toi ? »

Elle se recroquevilla sur elle-même, lui rendit la tasse et brossa la neige sur ses cheveux et ses épaules, elle n'avait ni foulard ni suroît, mais deux nattes qu'elle avait nouées derrière la tête, imitant ainsi Eva Sofie, afin de masquer la cicatrice, des gouttes tombaient de ses sourcils, elle avait froid et se sentait fiévreuse. Elle baissa les yeux qui se posèrent sur des feuilles de papier qu'il tenait roulées dans sa main, elle lui demanda ce que c'était. Il lui demanda de deviner. Elle dit :

« Tu ne dors jamais ? »

Il lui donna les papiers.

On aurait dit des rôles d'équipages, mais ces feuilles indiquaient les noms des évacués et l'endroit où ils allaient être placés, les fermes, les maisons et les hangars à bateaux auxquels les autorités d'approvisionnement avaient eu accès pour s'assurer qu'il y avait de la place.

Son regard s'arrêta sur deux lignes, car elle cherchait la première et fut étonnée par la seconde : Anja et ses enfants devaient s'installer au presbytère, qui était vide, avec deux mères de nourrissons qui étaient dans la cabine et deux hommes dont les noms ne lui disaient rien. La surprise venait de la signature, car c'était le nom de Henriksen, qui n'apparaissait pas en qualité d'officier d'administration, mais comme responsable des autorités d'approvisionnement, et

Ingrid comprit qu'il ne pouvait pas s'agir d'une promotion. Magnus l'observa d'un air intéressé.

Elle dit sans détour que cet homme avait collaboré avec les Allemands.

« Il est p'têt malin.

— Quoi ?

— De piger que ça sent mauvais pour les Allemands. »

Elle réfléchit.

« Et tu en penses quoi, *toi* ? »

Il ramena la tête en arrière et éclata de rire.

« Moi, je suis communiste. Les Russes vont gagner ! »

Ingrid voulut rire également, mais se dit que sa bouche était trop ouverte, elle la ferma, baissa les yeux pendant les secondes nécessaires puis se tourna vers Arne, elle eut l'impression que l'apathie dans son œil mort était en train de contaminer l'œil valide, il ne lui restait donc plus qu'à se retourner vers Magnus. Elle lui demanda où les frères devaient aller.

Il lui demanda leur nom.

Arne murmura « Isaksen, de Skarsvåg », mais ils avaient habité un moment à Hammerfest. Magnus pointa un nom sur la feuille, Ingrid lut que les trois Isaksen Skarsvåg devaient aller à une ferme sur la Grande Île, Molandsvika. Elle dit :

« Ils sont gentils. »

On aurait cru qu'Arne pensait avoir causé suffisamment de problèmes, et il voulut s'éloigner. Ingrid le retint et lui dit doucement :

« Je *crois* qu'ils sont gentils, ils sont vieux. »

L'œil droit l'interrogea, en passant. Elle éprouvait un début de colère résignée et elle fut obligée de regarder à nouveau Magnus, un homme qui se tenait droit même à trois heures du matin, elle inspira et lui rendit la feuille, elle dit qu'elle savait où habitait Henriksen – elle pourrait lui montrer le chemin ?

Il dit non, ils attendraient, ils laisseraient les gens dormir. Il entra dans la cuisine et en ressortit avec deux nouvelles tasses de café, il lui en donna une et tendit l'autre à Arne. Le garçon le remercia en s'inclinant, but une gorgée qui était trop chaude, tint la tasse entre ses deux grosses mains et retourna en vitesse à la réserve à appâts.

Ingrid songea à le suivre mais décida de s'infliger un moment de silence avec un homme. Ils attendirent. Ingrid dit qu'elle devait rejoindre les enfants. Il haussa les épaules. Elle lui demanda s'il avait entendu parler du naufrage un peu plus au sud, un transport de troupes ?

Il dit que non.

Ingrid dit qu'elle trouvait ça bizarre, il avait bien une radio ?

Il la regarda d'un air surpris.

« Alors comme ça, j'ai une radio ?

— Oui, dit-elle, je l'ai vue dans la timonerie. »

Il balaya sa remarque d'un rire et lui demanda pourquoi elle s'intéressait à ce naufrage, car c'était un secret militaire.

D'après elle, il y avait autre chose.

Il lui demanda quoi et, en même temps, il se

tourna vers Ole qui discutait encore avec son camarade sur le pont avant, il lui cria quelque chose qu'Ingrid n'entendit pas. Elle n'entendit pas non plus la réponse d'Ole, les trois hommes rirent entre eux, et elle eut à nouveau le sentiment d'avoir raté quelque chose, et d'être perdue.

10

Les premiers bateaux de pêche arrivèrent de la mer et se placèrent devant l'Usine, moteurs au ralenti, car Magnus refusa de déplacer le *Salthammer*. Quand Henriksen finit par faire son apparition, et quand il découvrit le remue-ménage, il s'excusa pour son retard et se montra maladroit et servile. Magnus demanda au responsable s'il avait bien dormi et le pria de justifier de son identité avant de réitérer son refus de déplacer son bateau pour permettre aux pêcheurs d'avoir accès aux grues.

« Nous avons besoin du petit quai. »

Henriksen et ses hommes descendirent l'escalier et montèrent à bord, puis ils montrèrent leurs listes de noms qui correspondaient à ceux que Magnus avait sur les siennes. Henriksen se radoucit en apercevant Ingrid.

« C'est toi ? »

Ingrid ne dit rien. Elle secoua la tête et continua de parlementer avec Magnus qui avait dit à Ole de faire monter les réfugiés sur le pont, avec toutes leurs affaires, on aurait dit une grand-messe muette sous la neige. Henriksen fit l'appel de noms qu'il prononça avec peine, distribua des instructions et des réprimandes, et de temps en temps une clef, il exigea des signatures en essayant de dire quelques mots drôles quand il les obtenait, ce qu'il cessa en comprenant que ses blagues ne passaient pas.

On entendit quelques reniflements de la part de femmes qui se disaient au revoir, on les aida à monter sur le quai avec leurs enfants, leurs matelas, leurs caisses et leurs valises, où deux voitures et cinq carrioles à cheval étaient rassemblées pour les conduire vers leurs nouveaux foyers.

Les hommes ne reniflaient pas, l'un après l'autre, ils serrèrent la main de Magnus, avec ce silence sincère et honteux que l'on parvient à peine à garder lorsque l'on doit remercier quelqu'un pour une chose fondamentale, la vie, par exemple.

Ingrid voulait également remercier Anja et les enfants car, sans eux, elle ne serait pas venue ici, ce qui ne méritait pas de remerciements en soi ; elle fut prise de panique, saisit les clefs de Henriksen, elle héla Anja et salua les deux hommes qui s'étaient placés à côté de Henriksen.

Henriksen lui demanda pourquoi elle se mêlait de tout ça, et il se mit à étudier la famille puis deux feuilles de papier, car quelque chose n'allait pas, on ne pouvait pas mélanger des Finlandais et des Lapons avec des Norvégiens.

Anja cria qu'elle n'était pas une nomade, mais une paysanne. Henriksen rigola une nouvelle fois, cherchant des soutiens autour de lui. Magnus ne rit pas. Il dit :

« Ils ont déjà été bien mélangés comme ça, après tout ce voyage. »

Ingrid, Anja et les enfants montèrent avec les hommes, les mères de nourrissons et deux orphelines de race pure qui tiraient ensemble un sac de jute ; ils marchèrent à côté de la boutique, Margot et deux autres personnes qui étaient sorties dehors, dans l'hiver, les regardèrent passer. Margot découvrit Ingrid et lui fit un bonjour de la main. Ingrid répondit à son salut. Elle ne vit ni soldats ni véhicules militaires, le cantonnement était aussi abandonné que le presbytère.

« Vous allez habiter dans une belle maison », déclara-t-elle d'un ton fébrile en ouvrant la porte, puis elle dit aux deux hommes d'aller chercher du bois et du charbon, et de faire du feu dans tous les poêles, elle passa d'une pièce à l'autre avec la troupe couverte de neige sur ses talons, elle leur montra en détail tout ce dont elle se souvenait sans que cela lui fasse mal.

Elle vit également les nourrissons pour la première fois ; durant le voyage, les mères avaient simplement eu l'air d'être enceintes, mais à mesure que la température monta dans leur nouveau foyer, les bébés furent dégagés de leurs vêtements informes, ils avaient des regards clairs et de petites têtes roses sans cheveux.

Les deux mamans s'installèrent chacune dans leur chambre à l'étage, là où dormaient jadis deux par deux des enfants des îles qui venaient préparer leur confirmation. Ingrid savait également où trouver un berceau dans le grenier. Elle montra la chambre du pasteur à Anja, sa jeune épouse ne dormait pas avec lui, il avait pourtant le lit le plus large. Elle mit les deux orphelines dans la chambre de la femme du pasteur, là aussi, le lit était grand ; elle leur montra les couettes, les armoires et les tiroirs, et elle leur demanda si elles avaient autre chose que le sac de jute qu'elles portaient ensemble.

Elles dirent non.

Elle leur demanda si elles étaient sœurs.

L'une dit non, l'autre hésita.

Mikkel eut la chambre qu'Ingrid avait occupée quand elle était venue pour sa confirmation. Un des hommes s'octroya le cabinet de travail du pasteur, la pièce que l'on appelait la bibliothèque, où il y avait un canapé anglais en cuir. Le deuxième homme prit l'aile de la maison où l'on logeait les invités. Il restait encore deux chambres libres. Ingrid réfléchit, elle alla chercher Sara et Ellen et leur dit qu'elles pouvaient avoir chacune leur chambre. Elles se regardèrent. Sara dit :

« On veut rester ensemble. »

Ingrid acquiesça, elle appela la petite troupe dans une chambre, leur dit de s'asseoir sur les lits, puis leur expliqua que lorsqu'ils iraient à la boutique avec les tickets et l'argent qu'ils venaient de recevoir des autorités d'approvisionnement, plus ce qu'elle allait leur donner, Margot leur dirait que les tickets et l'argent ne servaient à rien puisqu'elle n'avait pas de margarine. Mais Margot avait de la margarine, il ne fallait pas la croire, elle préférait vendre sans tickets et plus cher. Sauf quand il ne lui en restait plus et, dans ce cas, elle avait déjà tout vendu à ceux qui payaient en liquide, ou à ceux qui payaient plus cher.

Anja ne comprit rien à ce qu'elle racontait.

En revanche, la maman d'un des bébés saisit très bien.

Ingrid répéta que, lorsqu'ils feraient les courses, que ce soit pour acheter du sucre, de la farine ou de l'huile de lampe, ils ne devaient pas se laisser faire, ils devaient marchander avec ou sans tickets, ils devaient tout essayer, surtout l'argent comptant. Et quand ils achèteraient du poisson à l'Usine, ils devraient donner un peu plus que ce que demandait le contremaître, même quand il n'insinuait rien, et surtout, ils devraient payer en liquide, comme ça, on leur donnerait plus de poisson la prochaine fois, ou alors ils devraient acheter directement aux pêcheurs. Et n'oubliez pas que le hareng est très bon marché, il est presque gratuit, même s'il n'y en a pas beaucoup en ce moment…

Ingrid parlait avec agitation, elle regarda Sara d'un air soucieux et lui dit qu'elle devait aller à l'école, tout de suite. Sara fit oui de la tête. Anja lui demanda si elle ne lui faisait pas confiance.

Ingrid ignora la question et demanda leur âge aux deux orphelines. L'une avait six ans, l'autre ne répondit pas, mais elle avait l'air plus âgée.

« Toi aussi, tu dois aller à l'école. »

Elle ne réagit pas. Ingrid songea à lui demander comment elle s'appelait, mais la maman d'un des nourrissons intervint et dit qu'elle les connaissait, elle veillerait à ce qu'elles aillent à l'école, la plus grande s'appelait Nelvy, l'autre s'appelait Gunvor, elles venaient toutes les deux d'un village à côté du lac de Bjørnevatn, mais elles n'étaient pas descendues dans la mine.

Ingrid demanda ce que cela voulait dire.

La maman expliqua que la population de Kirkenes s'était cachée dans une mine quand la ville avait été détruite, mais de nombreuses personnes, parmi lesquelles les familles de Nelvy et Gunvor, avaient été emmenées sur la côte ouest en bateau, et tout le monde n'était pas arrivé à bon port ; elle ne savait pas pourquoi, Nelvy et Gunvor ne disaient jamais rien…

« Et toi, t'enlèves ton bonnet ! cria-t-elle soudain. Je le supporte plus ! »

Ingrid, interloquée, regarda la femme puis le bonnet que Nelvy serrait à deux mains sur sa tête.

« Qu'est-ce qu'il y a ? »

C'est à cet instant qu'un des hommes en eut assez, c'était un homme d'une bonne soixantaine d'années, aux joues creusées et aux poils de barbe blancs, avec une bouche bien trop grande pour trop peu de dents, il tremblait ;

il commença par se racler légèrement la gorge, tendit la main, dit « fais pas chier », arracha le bonnet de la fillette et le balança dans un coin. Elle hurla, elle avait la gale et pas de cheveux sur sa tête anguleuse. Ingrid la vit bondir du lit pour reprendre son bonnet, elle attendit qu'elle l'ait remis puis lui dit qu'elle allait l'accompagner.

« On aura du travail ? dit le vieil homme. On a besoin d'avoir du travail. »

Ingrid le regarda.

« Sinon, on va devenir fous. »

La maman qui avait parlé de la mine leur tourna le dos et se mit à allaiter. Les enfants sortirent l'un après l'autre. Anja déshabilla Ante. Ingrid tenait fermement le poignet de Nelvy et demanda à l'homme s'il était malade, puisqu'il tremblait. Il haussa les épaules. Elle dit qu'elle allait demander sur le quai, il y avait toujours quelque chose à faire, sur le quai, ou à l'Usine.

Il dit qu'il était menuisier.

Ingrid lui répondit qu'il savait donc ce que c'était de travailler dur, elle se leva et descendit à la buanderie, avec Nelvy à ses basques. Il y avait l'eau courante et deux grandes cuves en pierre vissées au mur. Il y avait également un poêle. Ingrid remplit une bassine et la mit sur le poêle, et elle dit qu'elle était le chef ; Nelvy avait le choix : être lavée avec ou sans son bonnet. Nelvy se mit à pleurer et décida malgré la pression d'Ingrid d'être lavée avec son bonnet.

Une fois l'eau chauffée, Ingrid la fit se pencher au-dessus de la bassine, versa deux louches d'eau sur le bonnet, reposa la louche, lui enleva le bonnet, la serra comme dans un étau pendant qu'elle versait encore plus d'eau et lui frottait la tête avec du savon noir.

Nelvy se débattit en criant, mais elle se montra de plus en plus docile à mesure qu'Ingrid l'arrosait. Elle la savonna à nouveau et la rinça pour la troisième fois. Elle ne trouva pas de poux et la fillette ne semblait pas avoir la gale non plus, juste ces bosses étranges sur le crâne.

Elle lui enveloppa la tête dans une serviette, mit le bonnet dans la bassine et le lava également au savon noir sur une planche, Nelvy resta assise sur la cuve à l'observer, les mains tenant la serviette comme un turban, ses doigts étaient longs et maigres.

Ingrid lui dit qu'ils feraient sécher le bonnet sur le poêle de la cuisine, cela irait vite. En attendant, elle en aurait un autre. Elle la traîna dans une des chambres d'enfants où il y avait une commode avec des vêtements, et elle trouva un bonnet bleu. Celui de Nelvy était rouge. Elle en voulait un rouge. Ingrid fouilla dans les tiroirs et en trouva un gris. Nelvy accepta à contrecœur, elle voulait le porter par-dessus la serviette. Ingrid acquiesça et dit que ça irait bien. Gunvor apparut sur le seuil et déclara que ça avait l'air bizarre. Nelvy ne sembla pas le prendre mal. Ingrid saisit les doigts maigres de l'enfant et les observa, avec une admiration mêlée d'étonnement, Nelvy finit par retirer sa main avec un sourire gêné, et elle lui demanda comment elle s'appelait.

Ingrid dit son nom et qu'elle habitait sur l'île de Barrøy, puis elle demanda à Nelvy comment elle s'appelait, en plus de Nelvy. La fillette dit qu'elle s'appelait Arvola.

Ingrid lui demanda pourquoi elle ne l'avait pas dit plus tôt, car il n'y avait rien à son nom sur la liste des autorités d'approvisionnement. Nelvy dit qu'elle ne le savait pas. Elle demanda où se trouvait Barrøy.

« Par là », dit Ingrid en désignant le mur, au-dessus d'un des lits, où était accroché un tableau qui représentait un berger en chemise avec un bâton et trois chèvres, que Nelvy se mit à regarder.

Ingrid dit qu'elle devait inspecter le garde-manger et elle laissa Nelvy. Elle contrôla des confitures et des conserves, puis elle s'assit sur l'étagère du bas, là où la femme du pasteur rangeait ses casseroles en cuivre et les seaux de gruau et de farine, et elle dut avouer qu'elle n'avait plus d'excuses. En outre, elle était épuisée, au bord des larmes, elle regarda fixement des boîtes à pain et des passoires de toutes les tailles, elle pensa aux doigts de Nelvy, à sa valise bleue, à la boîte de gâteaux et au sac de pelotes de laine qui se trouvait encore à bord du *Salthammer*, et au chemin qui restait à faire.

Elle frissonna, ressortit, ferma la porte et donna la clef à la mère du nourrisson qui comprenait ce qu'était le marché noir, et lui demanda son nom.

« Johanna... »

Johanna Matea Hætta avait dix-neuf ans, elle venait des forêts de pin de Tverrelvdalen, et elle se retrouva gardienne des clefs et du garde-manger d'un presbytère aisé au bord de la mer ; elle sortit une ficelle de sa jupe, attacha les clefs autour de son cou et se mit à allaiter sans dire un mot sous les yeux d'Ingrid qui dut détourner le regard.

Elle fit une sorte de bise à Ellen et Sara, leur dit de jouer avec Nelvy et Gunvor, elle exhorta une nouvelle fois Nelvy à aller à l'école, elle entendit Anja lui demander ce qui n'allait pas, elle se dépêcha de sortir dans la neige avec le sentiment crispant d'être allée trop loin, cela se traduisait par un tremblement dans ses genoux.

Margot lui donna toute la margarine et tout le sucre qu'elle voulait – elle dit aussi qu'Ingrid avait l'air étonnamment en forme. Elle paya avec des tickets et de l'argent. Mais elle ne répondit pas aux questions sur sa santé, elle ressortit rapidement et roula sa carriole de courses à toute allure, freina quand le feu de la tête du mât et la vigie du *Salthammer* apparurent au-dessus du toit de l'Usine, elle s'avança prudemment sur la neige et la glace, raide et vigilante, avec le poids considérable de la carriole dans le dos.

Ils avaient tiré l'arrière du bateau contre le quai ; devant l'Usine, un pêcheur local était en train de décharger ses prises tandis que deux autres attendaient encore, des regards se posèrent sur elle, on la reconnut, quelques mains saluèrent, quelques cris, elle fit bonjour à son tour et descendit avec précaution les douze marches qui menaient au petit quai, puis elle se mit à crier sur le pont vide du *Salthammer* qu'elle venait leur dire au revoir.

Aucune réaction.

Elle cria encore, entendit des rires étouffés quelque part au-dessus d'elle et découvrit Magnus à la fenêtre de la timonerie, sa barbe brune, ses cheveux, ses yeux qui regardaient en l'air. Le pont avait été lavé, la bâche qui couvrait le canon avait été enlevée, la perche de séchoir avait disparu, et le moteur démarra.

Ingrid leur souhaita un bon voyage de retour vers le Nord.

Il répondit quelque chose qu'elle ne saisit pas. Elle cria :

« Quoi ? »

Ses paroles couvrirent le vacarme :

« Tes affaires. »

La valise et la boîte de gâteaux dans la réserve. Elle baissa les yeux sur sa caisse de courses, la souleva prestement sur le bateau, sauta à son tour et courut à l'avant à l'instant où Ole défit les amarres de l'avant, Magnus mit les gaz et la proue se cabra. Imperturbable, Ole passa à l'arrière, y défit les amarres, tout se répète, songea Ingrid, mais c'était son choix, cela facilitait les choses, enfin, il n'était plus possible de revenir en arrière, mais elle ne ressentit aucun soulagement.

Ingrid se hissa sur les deux marches qui montaient à la timonerie et dit qu'elle allait le guider.

« Y a des dangers ?

— Non. »

Elle ajouta :

« Si. Un peu. »

Il dit :

« Tu ne veux pas rentrer chez toi ?

— Non. »

Puis en regardant fixement les eaux familières, elle dit qu'il pourrait venir avec elle sur l'île et coucher chez elle cette nuit, mais il devait d'abord se laver. Il resta longuement silencieux, puis demanda :

« Où ça ?

— Dans la bassine ! »

Il rit sans bruit et ils n'ajoutèrent rien.

Il leur fit contourner Oterholmen par le nord-ouest et se fraya un chemin à travers une armada d'eiders entre la pointe nord et le port, marmonna quelques mots admiratifs au sujet du quai, cette montagne de pierres roses taillées, construite autrefois par des mains étrangères, lors de l'enfance d'Ingrid, alors que c'était aussi la guerre. Elle dit que oui, c'était un beau quai.

Ils confièrent le bateau à Ole et à son camarade qui avait abandonné l'existence de réfugié pour embarquer pour de bon sur le *Salthammer*. Les hommes dirent quelques mots qu'Ingrid n'entendit pas. Ils montèrent vers les maisons plongées dans l'obscurité, elle devant, avec la valise et la boîte de gâteaux, le regard vissé dans la neige épaisse, comme pour chercher une fois encore des traces de pas qui n'étaient pas là, lui, avec les courses et les pelotes de laine, ils entrèrent dans la cuisine froide et inanimée, et, là encore, elle réussit à ne rien voir.

Elle alluma la lumière, lui le poêle ; elle cligna des yeux et ne trouva rien à craindre. Quand il n'eut plus rien à faire de ses dix doigts, elle se planta devant lui, la gêne les envahit tous les deux, elle se mit à le déshabiller même s'il ne faisait pas encore chaud dans la cuisine, elle ignora quelques plaisanteries forcées sur la bassine en zinc qui avait servi à des générations de gens de Barrøy, elle le lava sans un mot tout en pensant à Nelvy, et à l'eau, à l'eau qui coule, goutte et apaise, à l'eau froide, chaude et lisse, l'eau qui trempe, le sel... Elle pensa au savon qui ne moussait pas, elle pensa à la puanteur et à la merde, elle renifla prudemment et ne sentit plus la moindre odeur d'homme.

Il demanda :

« Pourquoi tu fais tout ça ? »

Elle se déshabilla le haut du corps et lui montra son dos, lui demanda ce qu'il pensait des cicatrices. Il dit que ça avait l'air de guérir correctement. Elle changea l'eau, lui parla de Nelvy, de ses doigts, elle se mit aussi à lui parler de l'eau, comme mue par une forme sublime de purification, un rituel qu'il fallait répéter pour qu'il ait de l'effet, lui, il était enveloppé dans une couverture, assis dans le fauteuil à bascule et il répéta sa question :

« Pourquoi tu fais tout ça ?

— Il le faut. »

Elle l'emmena dans la Salle Sud, coucha avec

lui sans rien dire, si ce n'est répéter la réponse à sa question, et elle trouva que cela faisait de lui quelqu'un de bien de la poser une troisième fois.

Quand il s'endormit, elle se leva, descendit à la cuisine, se lava à nouveau, sans réfléchir cette fois, elle remonta à la Salle Nord et se coucha dans le lit froid, elle s'endormit, se réveilla une fois la nuit passée avec une nouvelle journée d'hiver qui cognait contre les vitres blanches. Le *Salthammer* avait quitté Barrøy. Ingrid se demanda où le chat Koshka était passé, se dit que les aigles l'avaient mangé, c'était en tout cas une pensée supportable. Puis elle se rendormit.

III

1

À la fin de l'été où Ingrid Barrøy eut dix ans, son père emmena toute la famille sur Nesholmen pour acheter du foin. Nesholmen était si proche du continent que l'on aurait pu croire que ce n'était pas une île. Ils firent comme s'ils étaient en vacances, leur mère dit que c'était un pique-nique et dut expliquer le sens de ce mot, et ce fut un jour rouge sur le calendrier qui n'en comptait que des noirs.

« Mais où va-t-on trouver la place pour le foin ?

— On prendra deux bateaux. »

Cela avait été l'été le plus pluvieux de mémoire d'homme. Mais, à la fin août, une chaleur étouffante était tombée sur la terre et sur l'eau, capable d'amollir les pensées et de troubler la vue. De la vapeur flottait sur les champs noirs, les oiseaux se taisaient, le paysage laissait échapper des soupirs inaudibles et la mer était lisse comme un plancher que l'on vient de repeindre.

Sa mère avait été enjouée et bavarde, elle

avait rempli le coffre de marin de son père de victuailles, de lait et de vêtements dont ils espéraient ne pas avoir besoin. Ils étaient montés dans le canot à quatre avirons, avaient remorqué la prame, ramant à tour de rôle, ils étaient parfois debout dans le bateau, à rigoler et à faire les fous, durant les heures nécessaires à gagner Nesholmen, là où Hans Barrøy avait parlementé pour acheter le foin de l'année précédente à un vieux couple qui avait cessé l'élevage, mais qui fauchait encore.

Le paysan leur demande s'ils veulent un café.

Ils le boivent dans l'herbe. Ils mangent et discutent tandis qu'Ingrid et Lars jouent avec le chien de la ferme. Ils chargent le foin dans la prame et l'attachent.

Mais ils n'appellent pas les enfants quand ils ont terminé, ils s'allongent, les coudes dans le sable, ils contemplent la mer – ils observent Barrøy, ils paressent.

Hans Barrøy se rappelle qu'il a une bouteille, les hommes boivent en premier, puis les femmes. Ils se déshabillent pour se baigner, c'est plus facile pour les enfants d'être nus, le grand-père Martin est bien plus lent, il est le seul à ne pas savoir nager, il se déshabille et reste à terre comme un poisson tout blanc, il se lève, s'approche doucement des vagues qui viennent le lécher, il avance de quelques pas, il maudit les insectes qu'il ne parvient pas à écraser dans son dos avec ses grosses mains brunes, les autres ont fini de se baigner, il va se rhabiller avec eux, et ils ne bougent pas.

Le couple de la ferme a vu ce qu'ils font, ils viennent les rejoindre, eux aussi ont apporté une bouteille.

C'est un dessin d'enfant, le vert est vert, le bleu est bleu, seul un oursin est rouge, mais c'est le jaune qui se grave le plus profondément dans la mémoire, le jaune, et le sable blanc. Nesholmen est peut-être un peu plus grande que Barrøy, elle peut compter deux ou trois familles, mais en vérité c'est une île comme les autres ; les gens de Barrøy sont avec leurs semblables, ce n'est pas une journée mais une aventure qui se dissipe aussi, et il leur faut rentrer.

C'est Hans qui rame, avec les coups d'avirons légers d'un homme content. Il porte une veste noire avec une chaîne de montre sans montre, une casquette de capitaine que son frère lui interdit d'arborer aux Lofoten. Puis Barbro et Maria rament un moment. Elles ont leurs belles robes du dimanche, une jaune, une bleue, comme toujours, elles ont leur pull tricoté sur les épaules, les avirons sont comme des cuillères silencieuses qui s'enfoncent dans une sauce épaisse. Les ombres tout en longueur des bateaux glissent sur celles des montagnes, la remorque clapote doucement entre eux, si doucement que les voix portent du canot à la prame où il y a les enfants et le vieux Martin qui s'est endormi dans le foin : c'est Hans Barrøy qui dit à Maria qu'ils devraient avoir un fils, eux aussi, une invite espiègle d'un homme ivre à une belle femme. Maria dit qu'ils ont déjà Lars, et Ingrid remarque que Barbro regarde le plancher de l'embarcation en souriant. Elle note aussi que Lars n'écoute pas, il dort dans le creux du bras de son grand-père, et elle se dit qu'elle devrait le tuer.

Elle se lève brusquement, les voix baissent dans le canot, sa mère se retourne vers elle et lui demande si elle a froid. Ingrid dit non. Elles se sourient dans une lumière qui tire encore plus sur le bleu.

2

La lumière des feux danse dans la mer et ressemble à des tourbillons berçants, des images floues et tremblotantes, et la première crainte ressentie par Ingrid venait d'elle-même, un venin personnel qu'elle a réussi à dissimuler – jusqu'au moment où elle s'est allongée sur le dos dans le lit de ses parents, dans la Salle Sud, avec les deux mains sur le visage, débordante de cette angoisse active ; à côté d'elle, la porte du réduit est grande ouverte, la couette et le tapis ont été écartés et il n'y a pas de cahier de dessin.

Elle se redresse, contemple la porte et se rallonge.

Elle a coupé du bois avec une hache émoussée car elle ne peut pas à la fois aiguiser et faire tourner la meule toute seule, elle a fait du pain, le lait lui manque, elle a nettoyé des pièces où personne ne vit, elle a constaté que les pommes de terre de semence dans la cave ont survécu au gel. Elle a déblayé la neige entre les maisons même si elle n'a pas de bétail. Elle a fait le tour de l'île comme les aiguilles sur un cadran sans trouver ni changements ni ce qu'elle doit saisir pour se rétablir.

Elle referme la porte du réduit et reste debout dans la chambre. Puis elle passe dans la pièce voisine, soulève des objets, les soupèse, le pot de chambre, la cuvette, un tableau représentant un agneau, elle prend un napperon brodé, tire un tiroir et le repousse si lentement qu'il se bloque. Elle regarde par la fenêtre jusqu'à ce que tout ne soit que pluie, elle descend au garde-manger, ramasse trois bocaux de confiture qui ont explosé à cause du gel, enlève le verre des fruits qu'elle jette, prend les morceaux de verre, elle sait où elle va les enterrer au printemps, elle va à l'étable, s'assoit dans l'escalier où, un jour, elle a vu de l'eau sans comprendre ce que cela voulait dire.

Un bateau avec deux hommes, et leurs rires.

Le bateau était un doris, les hommes étaient Henriksen et le lieutenant Hargel: Henriksen se leva en ayant du mal à conserver l'équilibre, il jeta l'amarre mais rata sa cible, sous les rires grossiers et méchants de Hargel; Ingrid s'avança dans l'eau et les tira vers les rondins, Henriksen tomba tête la première; elle le vit tomber, l'entendit pester, un corps qui heurte le coqueron d'un bateau, d'autres rires creux, lointains, et même à l'intérieur…

Ils étaient revenus pour examiner quelque chose, ils étaient revenus pour l'interroger à cause d'un soupçon, ils étaient revenus pour lui faire cracher la vérité, par des coups, s'il le fallait, et ils étaient revenus pour autre chose dont elle ne se souvient pas.

Elle se lève de l'escalier de l'étable, rentre à la maison, prend des vêtements, met la prame à l'eau et va à Moltholmen, du côté qui donne sur l'océan, elle y fait quelque chose tandis qu'il ne se passe toujours rien en elle, elle doit avoir confiance et croire que la lettre de remontrances qu'elle a écrite à Suzanne va faire son effet, cette lettre qu'elle aurait dû envoyer à Lars, car elle ne doit pas rester seule, sauf de temps en temps – la ligne glisse sur le plat-bord et disparaît dans la mer, remonte à la secousse suivante, un éventail de gouttes se dépose sur les moufles, le banc de nage et le bastingage, mais elles ne se transforment pas en glace.

Elle les regarde fixement. Et découvre qu'elle n'a pas chaud à cause du travail, mais parce que le vent a tourné, il a tourné depuis un moment, d'ailleurs, avant que la neige ne soit mouillée, avant même qu'elle ne descende au hangar à bateaux, et au sud une tour se détache sur le ciel.

Elle rame à en faire jaillir l'écume et met la prame à l'abri, elle bloque les portes, ramène les poissons et les nettoie à la cuisine, trie les foies et les œufs, elle fait cuire le tout, elle mange jusqu'à ce que le vacarme de la tempête devienne insupportable.

Elle se couche dans la cuisine avec une couette sur la tête, elle sent la maison qui vibre, elle est frappée à la tempe par une matraque en caoutchouc qui ressemble à un serpent noir, la matraque est relevée et la frappe sur l'autre joue, des éclairs blancs, un silence prolongé qui se mue en un bruissement lointain d'eau qui coule, mais ce n'est pas de l'eau, c'est de l'urine, la sienne, l'odeur chaude d'elle-même, et les narines qui s'emplissent de sang…

Ils avaient trouvé le cahier à dessin.

La pluie fouettait les murs et le toit. Elle se leva, vomit, se recoucha et dormit dans la cuisine jusqu'à ce que l'île soit une cuirasse luisante de glace marron. Elle se leva, sortit dans les dernières rafales de vent, vit que ça se dégageait au-dessus des montagnes à l'est, elle vit l'œil pourri du soleil sur l'horizon au sud, elle était au bout du chemin, et si jamais Suzanne devait venir, c'était le moment. Mais les jours passèrent, et les nuits disparurent sans laisser de trace, et ce fut Barbro qui arriva.

3

Ce furent Adolf, de Malvika, et son fils Daniel qui amenèrent Barbro dans leur bateau. Ils apportaient également un sac de farine, un bidon de lait et une agnelle. Ingrid les avait vus venir depuis plus d'une heure et n'y avait pas accordé d'importance, elle n'attendait rien.

Là, elle vit sa tante enjamber le plat-bord puis patauger vers la rive, s'agenouiller et embrasser l'île en poussant de hauts cris. Elle entendit les rires de Daniel, elle vit Adolf pousser l'agnelle par-dessus bord. Barbro s'avança et la ramena à terre, où elle s'ébroua comme un chien. Ingrid rit sans rire vraiment, elle redressa le dos et les regarda droit dans les yeux, ils la regardèrent aussi, comme s'ils la reconnaissaient, elle dit que c'était bien de les revoir. Quelle était la date du jour ?

Ils dirent que c'était la deuxième semaine de février.

« Mercredi. »

Ingrid apprit que Barbro avait acheté l'agnelle

avec son argent, ainsi que la farine et le lait, mais ils voulaient récupérer leur bidon.

Elles le portèrent entre elles et en versèrent le contenu dans un des bidons de Barrøy, Barbro se mit à chanter, à faire de grands gestes des bras, à pleurer, à louer le ciel, à se comporter comme une telle idiote qu'Ingrid fut obligée de détourner les yeux.

Elle leur demanda s'ils avaient faim.

Le père et le fils dirent que non, ils avaient apporté un en-cas, mais Adolf voulait bien échanger quelques mots avec elle, et il sembla rassembler ses forces avant de réussir à déclarer qu'il avait le canot d'Ingrid chez lui, dans son hangar à bateaux, et il se demandait si elle voulait le récupérer, et surtout *quand* elle voulait le reprendre.

Ingrid plissa les yeux et dit qu'elle n'en savait rien. Qu'en pensait-il ?

« J'ai pensé que c'était p'têt pas encore pour maintenant », dit Adolf.

Ingrid ne bougea pas.

Adolf de Malvika avait été le point d'ancrage de l'île sur le continent pendant toutes ces années, il opina du chef, ajouta qu'il avait dit ce qu'il avait à dire, non, il sortit alors de la poche de sa veste une feuille pliée qu'il tendit à Ingrid. Ingrid lut sa propre écriture, le mot dans lequel elle demandait à tous les braves gens d'aider cet homme qui ne devait pas mourir, voilà comment elle s'était exprimée.

Elle ramena la tresse dans son dos, il n'y en

avait plus qu'une désormais, et elle observa le vieux monsieur comme s'il s'était introduit sur son île par effraction. Il détourna les yeux sur son fils, l'air embarrassé, et dit qu'il voulait juste qu'elle soit au courant.

« Au courant de quoi ?

— Que tout va bien se passer. »

Il s'inclina une dernière fois, remonta dans son bateau et marmonna quelques mots à son fils au sujet de la voile. Ingrid les poussa, attendit qu'ils aient hissé la voile, que la voile se gonfle de vent et qu'Adolf soit bien installé à l'arrière, avec la barre coincée sous le bras. Daniel lui fit un signe de la main.

Barbro conduisit l'agnelle à l'étable et Ingrid porta le sac de farine. Elles rangèrent le bidon de lait dans le garde-manger, Barbro pleura de joie et raconta combien cela avait été épouvantable à l'hôpital – la nourriture, les infirmières, les draps… Ingrid s'assit dans le fauteuil à bascule et écouta les bruits que faisait un autre être humain, elle sentit l'absence de Koshka, le chat, elle regarda le papier dans sa main et se demanda pourquoi il l'avait laissé à la première bonne personne qu'il avait croisée.

Parce qu'il ne pouvait pas le lire ? Parce qu'il ne lui faisait pas confiance ? Quelles autres raisons pouvait-il y avoir ?

Barbro se débattit avec les anneaux du fourneau, actionna la pompe à eau, jeta les vidures de poissons qui se trouvaient dans une bassine dans le garde-manger – et demanda à Ingrid si elle était bête au point de nettoyer le poisson là-dedans.

Elle se mit à préparer à manger. Ingrid replia la feuille et dit qu'ils n'avaient pas de foin pour l'agnelle.

Barbro dit qu'elle pourrait brouter l'herbe de l'année passée une fois que la neige aurait disparu, ils n'avaient pas fauché l'été dernier, elles pouvaient préparer du fourrage de disette avec des algues et des têtes de poisson, elle pouvait aussi brouter des laminaires, elles pouvaient *acheter* du foin.

Et puis, il leur restait quelques brins dans la grange de Gjesøya, ajouta Ingrid, Barbro fit une pause dans sa grande mémoire, une ride soucieuse apparut entre ses sourcils et elle dit :

« T'as changé.

— Oui ?

— T'es bien jolie. »

Ingrid faillit répondre qu'elle l'avait toujours été, mais sa tante resta plantée là, avec ce vieux mouvement de la hanche, et l'observa comme si elle était surprise. Elle vint tout contre elle, prit la tresse et l'étudia, la relâcha puis retourna aux casseroles en reprenant ce chantonnement agaçant. Quant à Ingrid, elle fut prise de fureur en songeant à l'endroit où elle avait caché le cahier de dessin : elle l'avait sorti du débarras dès qu'elle avait aperçu les hommes dans le bateau, prise de panique, elle avait couru dans la maison pour trouver une cachette moins sûre, comme une idiote. Sous le matelas du lit du grand-père. Mais Barbro était face à elle, le seau de pommes de terre pendouillant au bout de son doigt, toujours avec ce sourire crispant.

Ingrid lui arracha le seau et sortit sous la pluie, ouvrit la porte de la réserve, s'agenouilla pour que la lumière puisse passer, elle ramassa les pommes de terre comme si c'étaient des œufs dans un nid d'eider, elle les entassa en cercles, les compta. Elle était sûre de son coup avant de rentrer à la maison, elle posa le seau près de l'évier, alla dans la chambre du grand-père, écarta les draps et vit que le cahier de dessin était bien là.

Elle le serra contra sa poitrine, l'ouvrit, elle vit les pommes de pin et les coquillages des jours d'école, la poésie russe constituée de trois strophes illisibles de trois lignes chacune, elle resta à se balancer sur place sans que les mots n'en deviennent plus compréhensibles pour autant, puis elle remonta à l'étage et déposa le cahier sous les draps du débarras, à sa place, dans la Salle Nord.

Quand elle redescendit, Barbro l'attendait au pied de l'escalier, les mains sur les hanches, et elle lui demanda :

« Qui est le père ? »

Ingrid l'écarta, passa dans la cuisine et répéta plusieurs fois – on aurait dit qu'elle bégayait – que ça ne regardait pas Barbro, que le Diable lui-même était le père, elle se retourna et confessa à contrecœur qu'il s'agissait d'un baleinier de Reine, Barbro ne bougea pas, on aurait dit qu'elle cherchait une raison de douter des paroles d'Ingrid.

Elle lui demanda comment il s'appelait.

Ingrid ne répondit pas. Barbro acquiesça, « bon, bon », se retourna, souleva un morceau de poisson de l'eau, attendit qu'Ingrid vienne à ses côtés pour qu'elles puissent admirer l'arc-en-ciel dans la chair blanche et s'accordent à trouver l'équilibre invisible entre poisson bouillu et poisson fichu. Barbro lui demanda où elle l'avait pêché. Ingrid dit que c'était à Skogsholmen, mais elle ne se souvenait pas bien.

« À la ligne, à la main ?

— Oui... »

Barbro la regarda.

Ingrid lui dit qu'elles pouvaient jeter le foie et ajouter de la margarine, maintenant qu'elles avaient double ration et que Barbro était rentrée avec ses tickets de rationnement, elles pouvaient bien fêter ça ?

Barbro dit qu'elle voulait le foie, elle n'en avait pas eu depuis une éternité, et qu'elles devaient dîner dans les assiettes en porcelaine, et boire du jus de groseille.

Ingrid dit qu'il n'y avait plus de jus de groseille.

Barbro dit que ce n'était pas possible avec tout le jus et les confitures préparés cet été.

Ingrid répondit que le gel avait fait éclater les bouteilles pendant son absence.

Barbro lui demanda où elle était allée.

Ingrid dit qu'elle avait travaillé à l'Usine.

Barbro se tourna, la dévisagea et lui demanda s'il n'y avait eu personne sur l'île pendant tout l'automne. Ingrid dit que non, et elle sentit que le cahier de dessin avait retrouvé sa place, c'était un soulagement, mais aussi le début d'une ombre nouvelle.

Elle sortit et contempla longuement la pluie.

À son retour, sa tante avait mis la table.

Ingrid se sécha et elles mangèrent sans dire un mot, sauf Barbro qui fit des compliments sur la nourriture, elle chanta avant et après le repas. Ingrid ne fit aucun commentaire sur ses chansons.

Elles s'habillèrent ensuite, prirent un pieu et une corde avec un anneau en fer, elles menèrent l'agnelle au pré le plus proche, enfoncèrent le pieu dans le sol et y passèrent la corde, elles restèrent là jusqu'à ce que la bête commence à brouter les brins marron. Puis elles rentrèrent.

Elles rangèrent la maison et ressortirent pour déplacer le pieu. Barbro dit que ce n'était pas nécessaire d'attacher l'agnelle, elle ne pouvait aller nulle part.

Ingrid dit qu'elle n'allait pas sauter dans l'eau, cette fois-ci.

Cela les fit rire toutes les deux.

À la nuit tombée, elles allèrent chercher l'agnelle pour la ramener à l'étable, et elles lui donnèrent une poignée de paille sèche. Elles n'avaient jamais eu d'agnelle aussi importante, et si elle n'avait pas été une bête, elles l'auraient gardée avec elles dans la maison.

4

En février, la mer est turquoise et les îles sont blanches comme les montagnes. Le ciel est dur comme la glace et Ingrid ne va pas au village en bateau, à la place, elle va à Stangholmen où le très vieux Thomas lui vend le foin qu'elle veut. Elle s'assoit sur le bord du lit de sa femme, Inga, qui est épuisée, ils parlent le dialecte des îles et boivent de l'ersatz de café.

Inga voit bien l'état d'Ingrid, elle aussi, mais ne demande pas si l'enfant a un père. Ingrid lui demande comment elle s'en est aperçue, car ça ne se voit pas du tout. Inga sourit. Elle lui dit que des cadavres se sont également échoués sur Stangholmen, et qu'ils ont été récupérés par les Allemands et le bateau de transport. Mais elle ne sait rien sur la catastrophe, elle non plus, il n'en a jamais été question dans le journal que Thomas rapporte de temps en temps.

Ingrid charge le foin sur la prame et rentre chez elle.

Elle revient la semaine suivante. Inga s'est

remise et dit que le Diable ne l'a pas eue cette fois-ci. Ils aident Ingrid à charger le foin sur le bateau, et ils ne posent toujours pas de question sur le père de l'enfant. Mais une fois que Thomas est retourné dans la maison, Ingrid demande à Inga dans quelle mesure un enfant peut naître avant terme ? Inga lui répond que c'est une drôle de question, mais deux de ses enfants sont nés trop tôt, dans un cas, c'étaient même deux mois complets trop tôt, si elle avait bien compté.

« Et elle a survécu. »

Et février passe sans qu'Ingrid n'aille à l'Usine, c'est Barbro qui s'y rend.

Ingrid reste longtemps avec la brebis ce jour-là, elle suppose que sa tante va apporter de la nourriture pour le bétail, en espérant aussi que ça va améliorer le rendement – de temps en temps, il faut bien que quelque chose marche. Et quand Barbro rentre dans l'après-midi, elle scrute son visage, sans y lire grand-chose, sauf que sa tante a discuté avec Margot, ce qui ne change pas – et est-ce que Margot avait des histoires à raconter ? demande Ingrid.

« Qu'est-ce qui pourrait y avoir comme histoires ? » répond Barbro, avec indifférence.

Ingrid lui demande si elle a parlé avec d'autres personnes. Barbro dit que oui, avec l'officier d'administration.

« Lui, le Henriksen ? »

Barbro fait sa cachottière, et elle a toujours l'air très bête quand elle a des secrets. Ingrid lui dit que Henriksen n'est plus l'officier d'administration.

Barbro est d'accord avec elle.

Ingrid lui demande si elle a vu des soldats, des camions militaires ?

Là, Barbro n'a plus l'air bête.

« Les Allemands sont au Fort », dit-elle en lui expliquant que Barrøy doit accueillir des réfugiés du Finnmark. C'est de ça que lui a parlé Henriksen. Il va venir un de ces jours pour obtenir la signature d'Ingrid, car c'est l'île d'Ingrid.

Ingrid lui dit qu'elles doivent être d'accord toutes les deux, et lui demande si elle n'a pas réussi à récupérer un chat chez Jenny et Hanna. Barbro dit qu'elle a oublié.

Ingrid lui dit qu'elle oublie beaucoup de choses par les temps qui courent, c'est sûrement l'âge, elle sort pour avoir quelque chose à faire, elle pourrait ranger dans la remise des Suédois, elle y trouve tant de restes de vies qui ne sont plus que cela lui pèse de les porter dans la neige jusqu'au vieux hangar des Lofoten, lequel est resté fermé si longtemps que, là aussi, il n'y a que des restes de ce qui n'est plus. Et au fil de la journée, il y en a encore plus. Mais un ordre nouveau a été établi dans la remise.

Elle revient à la maison, s'assoit dans la cuisine et regarde Barbro préparer à manger. Après le dîner, Barbro se met à mailler des filets. Ingrid s'endort dans le fauteuil à bascule et elle est réveillée par le bruit que fait sa tante en s'occupant du poêle. Barbro lui dit de continuer à dormir, dans son état. Ingrid compte combien de rangées sa tante a fabriquées, elle monte à l'étage et se couche sans parvenir à s'endormir.

Henriksen ne vint pas comme la dernière fois, avec le bateau de transport et une troupe de soldats, il vint seul, dans le vieux rafiot qu'était sa barque à moteur, il s'amarra au nouveau quai et parvint tout juste à grimper à terre.

Ingrid et Barbro étaient à la fenêtre de la cuisine et le virent se frayer un chemin à travers les congères de neige. Barbro voulut sortir l'aider, mais Ingrid la retint, elle le laissa monter jusqu'à l'auvent et frapper à la porte, puis elle lui dit d'entrer du ton le plus bas possible.

Il entra, ôta son bonnet de fourrure et ses moufles, referma la porte et regarda fixement devant lui de ses yeux qui ressemblaient à des furoncles dans un visage rougeaud et bouffi, on aurait dit qu'il s'était écroulé depuis la dernière fois et Ingrid faillit lui proposer de s'asseoir.

Ce fut Barbro qui lui offrit un siège et lui demanda s'il voulait un café.

Il s'assit sur la chaise la plus proche, souffla un oui et ne jeta pas un coup d'œil à Ingrid.

Elle lui demanda pourquoi il venait seul puisqu'ils étaient trois hommes dans le comité des autorités d'approvisionnement.

Il sembla considérer que c'était là une question bien vaine, il regarda la neige par la fenêtre et ne dit rien jusqu'au moment où le silence devint insupportable, il redressa son corps raidi et il murmura à peine qu'ils avaient décidé que les gens de Barrøy devaient accueillir la famille lapone. La mère et les quatre enfants logés dans le presbytère, ils abîmaient les meubles, cassaient les verres et la vaisselle, et le comité ne pouvait pas en assumer la responsabilité, de nouveaux réfugiés devaient débarquer la semaine prochaine, cette fichue guerre ne s'arrêtait jamais.

Ingrid éclata d'un rire inquiet et dit que la famille Hætta devait rester où elle était. Barbro avait la cafetière à la main, elle se retourna et regarda Ingrid d'un air stupéfait :

« Ils peuvent venir ici ?

— Non, ils ne peuvent pas venir ! s'écria Ingrid, hors d'elle.

— Et pourquoi pas ?

— On n'a pas d'argent ! On n'a pas à manger ! »

Barbro secoua la tête et posa des tasses qu'elle remplit, elle marmonna des mots incompréhensibles tout en allant reposer la cafetière sur le fourneau.

« Les gamines doivent aller à l'école », dit Ingrid d'un ton penaud.

Henriksen souffla sur son café, chercha du sucre des yeux, se résigna, renversa du café dans sa soucoupe et se mit à le boire bruyamment, il s'essuya la bouche du revers de la main et dit que c'était le comité qui décidait, et qu'Ingrid était obligée de s'exécuter.

« Non », dit Ingrid.

Pour la première fois, il la regarda droit dans

les yeux mais il resta plongé dans ses pensées au lieu d'exploser, et Ingrid ne sut dire si elle voyait les excuses honteuses d'un coupable dans ce regard purulent, ou si elle y voyait seulement l'âge ou la guerre, comme si Henriksen lui aussi était touché par la guerre.

« Nous pouvons prendre les garçons de Hammerfest, dit-elle. Ou ceux de Skarsvåg, ceux qui sont à Molandsvika. »

Il eut l'air encore plus surpris.

« Ils peuvent aller en mer, ajouta-t-elle. Ils peuvent pêcher, travailler.

— Il faut qu'ils aillent à l'école. »

Ingrid se tut.

Henriksen but son café avec l'air de celui qui a remporté une grande victoire, il se pencha en avant en soupirant, prit un document froissé et le posa sur la table entre eux. Ingrid reconnut le formulaire et elle lut que le comité avait trouvé que Barrøy constituait un lieu d'accueil temporaire convenable pour des personnes évacuées, pour un nombre compris entre cinq et huit personnes. Pendant ce temps-là, elle se demandait comment elle parviendrait à lui faire dire – sans lui poser de question – ce qu'il s'était passé quand il était venu avec Hargel avant Noël, et ce qu'ils lui avaient fait exactement.

Henriksen concéda que ce n'était peut-être pas très facile pour les trois garçons à Molandsvika, mais pour qui était-ce facile en ce moment ?

Ingrid lui demanda ce qui était donc difficile en ce moment.

Il hurla qu'il ne l'avait jamais comprise, et la traita de grosse conne.

Ingrid demanda où se trouvait le lieutenant, Hargel.

Henriksen répondit à la question – au Fort, dans Nordøya –, avant de demander à quoi rimait cette question.

Ingrid lui dit de décamper vite fait.

Barbro reposa brutalement la cafetière sur le fourneau. Henriksen se leva en secouant la tête si fort que l'on aurait cru qu'il voulait s'en débarrasser, ramassa son bonnet et ses moufles et passa la porte sous les jurons. Ingrid lui cria dessus jusqu'à ce qu'il passe devant la fenêtre, elles virent le dos noir descendre à travers la neige, lourd et fatigué. Bien longtemps après, elles entendirent au loin des bruits de moteur, quelques battements durs et isolés qui disparurent à leur tour.

Barbro fit asseoir Ingrid dans le fauteuil à bascule et lui demanda si elle était devenue *complètement* cinglée. Ingrid sentit un frisson sur l'avant-bras et se mit à raconter ce qui s'était passé pendant l'hiver, cela paraissait encore plus épouvantable à chaque mot qui lui venait aux lèvres, en même temps, c'était différent, comme si cela concernait quelqu'un d'autre, comme si elle commençait à se parler à elle-même, ce qu'un îlien doit faire s'il ne veut pas sombrer, puis sa voix s'éteignit pour ne devenir qu'un long silence – et les deux ou trois jours *avant* que les hommes ne viennent avaient également disparu, eux aussi, du soir où *il* était parti jusqu'au moment où *ils* l'avaient trouvée ; elle ne savait pas *quand* la nuit était tombée sur elle, si elle venait de lui ou d'elle, ou du manque de ce qui ne pouvait disparaître.

Quelque chose passa sur le visage de Barbro, quelque chose qu'Ingrid n'avait jamais vu, mais elle devina que cela avait toujours dû être là puisqu'elle n'était pas surprise de le découvrir, comme si Barbro avait ses secrets, elle aussi, et qu'elle était capable de les garder. Elle posa la main sur le bras de sa tante, qui la chassa. Ce soir-là, Ingrid alla à l'étable et resta longtemps avec la brebis.

5

Le lendemain, dès le petit matin, Barbro se rendit au village en bateau, sans dire le moindre mot, et elle revint dans l'après-midi avec des courses, elle semblait égale à elle-même, et elle dit gaiement que, dans deux jours, elles devaient accompagner le fils de Margot au Fort, pour chercher une balance romaine.

Ingrid n'avait jamais rien entendu de pareil.

« Une *balance romaine* ? »

Oui, Barbro n'en savait pas plus. Margot devait tuer une bête et récupérer la grosse balance qu'elle avait prêtée aux Allemands…

« Tuer une bête ? *Maintenant* ? s'écria Ingrid, hors d'elle.

— Oui, elle a pas de *foin*, elle », cria Barbro, d'un ton têtu. Et puis, Ingrid n'avait-elle pas déjà prévu de faire quelque chose ? Elle devait bien faire le pain, n'est-ce pas ?

Ingrid sortit, elle songea à prendre le bateau, à aller reparler avec Inga sur Stangholmen, ou à poser des filets, mais elle vomit soudain, elle regarda son vomi en se demandant ce qu'elle avait mangé, elle le fouilla du bout des doigts, comme si elle cherchait là un souvenir perdu, puis elle se sentit bête, elle rentra se laver et se mit à rouler la pâte à pain en ronds uniformes tandis que les larmes coulaient, et ni elle ni Barbro ne dirent un mot.

« Tu pourras m'emmener ? demanda Barbro avant de se coucher.

— Oui, oui », dit Ingrid.

Elles se levèrent avant l'aube, donnèrent à la brebis la ration de fourrage d'une vache et partirent. Markus, le fils de Margot, n'était pas assez vieux pour conduire un petit camion mais il le faisait quand même, il transportait des caques de harengs, des sacs de farine, des produits de première nécessité et des gens jusqu'au cantonnement sur la Grande Île.

Ingrid et Barbro s'assirent sur le plateau avec Jenny et trois autres femmes qui venaient faire des réclamations ; l'une d'elles avait à se plaindre du comité de Henriksen, une autre voulait que les Allemands rendent le bateau qu'ils avaient réquisitionné pour que son mari puisse sortir pêcher au printemps. Ingrid n'avait pas bien compris ce que Jenny voulait faire, elle était muette, entre les mains de Barbro.

Une armée de silhouettes aux yeux vides et vêtues d'une tenue marron sortit par la porte du camp au moment où elles arrivèrent, des prisonniers de guerre russes qui allaient travailler sur des routes. Cinq demi-cylindres de tôle ondulée s'étendaient en dessous des marais comme autant de sillons gigantesques sous la neige virginale qui avait fondu sur les toits. Devant le télégraphe, une jeep verte avec des croix rouges sur le radiateur et les portes vomissait une fumée grise dans le froid.

Markus attendit que la colonne soit passée, il descendit et se mit à discuter avec un soldat en uniforme. Ils parlèrent, désignèrent la porte et, visiblement, ils tombèrent d'accord. Markus revint et cria aux femmes qu'elles devaient descendre et le suivre.

Elles descendirent en file indienne vers un gros cube de glace qui se révéla être un bunker en béton, Markus s'arrêta devant une porte qui n'était pas peinte, il frappa deux fois et attendit qu'un soldat sorte la tête et lui demande en mauvais norvégien ce qu'ils voulaient. Markus mentionna la balance, la balance romaine, on la lui avait promise aujourd'hui, mais il ne parla pas des femmes.

Jenny cria qu'elles voulaient parler avec Hargel, c'était un brave type.

Le soldat réfléchit et ouvrit.

À l'intérieur, l'électricité était fournie par un groupe électrogène au diesel bruyant, il faisait si sombre que les yeux eurent besoin de temps pour s'adapter, passant de la neige à la chaleur artificielle et jaunâtre. Deux portes étaient ouvertes à chaque extrémité, une file de prisonniers entra d'un côté en se baissant, ils passèrent à côté d'une table sur laquelle il y avait une machine à écrire, des pistolets et des mitraillettes et des casques, un téléphone et des piles de papiers en désordre. À côté, il y avait la plus grosse balance de l'île ainsi que le lieutenant Albert Emil Hargel, et un soldat de la Croix-Rouge. Quatre prisonniers s'entassaient sur le plateau de la balance, les genoux pointus remontés sous le menton. Hargel mania le poids sur le bras, trouva l'équilibre et cria :

« Zweihundertvierzig Kilo ! »

Le soldat de la Croix-Rouge nota le chiffre, on l'entendit le diviser par quatre, il reçut un « Ja, ungefähr » de la part du lieutenant qui, l'instant d'après, aperçut Markus et lui fit signe d'approcher.

« Russes, gras », dit-il avec un grand sourire, ramenant le poids vers la gauche, si bien que le plateau descendit vers le sol. Les prisonniers disparurent par l'autre porte d'un pas mal assuré. On en appela quatre autres qui se tassèrent sur le plateau. Hargel répéta l'opération.

« Zweihundertzweiundzwanzig. »

Il se pencha en avant et dit quelques mots au soldat, lequel acquiesça et se tourna vers Jenny, qui était la première de la file, et il lui demanda ce qu'elles voulaient.

Celle qui voulait récupérer le bateau de son mari formula sa demande d'une voix tellement criarde qu'Ingrid dut détourner la tête. Le soldat sourit faiblement et traduisit.

Hargel dit, en gardant le dos tourné :

« Ja ja, nehmen Sie ruhig das Boot. »

Puis il sembla penser à quelque chose qui l'agaçait, il se retourna et découvrit Ingrid.

« Ah, die Inselbewohnerin, geht es Ihnen besser ? »

L'interprète demanda à Ingrid si elle allait mieux, elle dit deux fois qu'elle allait bien et demanda à l'interprète – sans regarder Hargel – s'ils en savaient plus sur le cadavre trouvé dans sa grange.

L'interprète ne comprit pas, elle répéta sa question en butant sur les mots, Hargel écouta avec intérêt. L'interprète trancha en faveur d'une traduction. Il lui fallut du temps pour la dire. Hargel comprit où il voulait en venir, il secoua la tête et déclara :

« Ne ne, auch Russe. »

Il marmonna autre chose, l'interprète traduisit qu'il s'agissait d'un prisonnier russe, pas d'un officier allemand, et Ingrid sentit qu'elle approchait, pas assez, elle ne bougea pas et demanda tout bas s'il y avait des Allemands à bord.

« An bord – wo ?

— Sur le *Rigel*?

— Ja sicher, viele.

— Vi file ? demanda Ingrid.

— Woher soll ich das wissen ? *Viele !* Reicht das Ihnen nicht ? »

Ingrid se redressa et demanda pourquoi ils l'avaient battue. L'interprète répondit brusquement de son propre chef que ça valait la peine de mort de cacher des survivants du *Rigel*, qu'il s'agisse de déserteurs, de Russes ou de Norvégiens.

« Des déserteurs ? »

Barbro s'avança d'un pas et cria :

« Elle veut savoir si vous l'avez sautée, elle ? »

Un soupir de surprise monta des personnes présentes, l'interprète rougit et lui dit de fermer sa gueule. Barbro ne bougea pas. Elle répéta sa phrase, l'interprète répéta son ordre en grondant tandis que Hargel les observa tour à tour sans comprendre. L'interprète se tourna vers lui et se mit à lui chuchoter à l'oreille, comme s'il s'agissait d'un secret. Le visage de Hargel s'éclaira et il se tourna vers Ingrid.

« Ah, Sie sind schwanger ? Meinen herzlichen Glückwunsch. »

Ingrid resta plantée là, désarçonnée. Puis elle se mit à rire. Le sourire de Hargel se mua en un air soucieux, il croisa les mains sur sa poitrine et demanda s'il y avait autre chose.

Ingrid dit que non.

Il acquiesça et ajouta, d'un ton résigné :

« Hübsche Frau, warum immer in den verdammten Lumpen ? »

L'interprète marmonna :

« Pas important. »

Puis, à la cantonade :

« Soyez bref, ici, c'est une garnison, pas un tribunal. Vous, là ? »

La femme qui voulait se plaindre de Henriksen cria que le comité avait rempli sa maison avec des réfugiés pour lesquels elle n'avait pas la place et pas assez à manger, elle avait déjà à charge trois enfants et sa mère âgée, d'autant que son mari était à la pêche aux Lofoten.

La voix profonde et gutturale de Hargel :

« Du meine Güte. »

Ingrid vit quatre et quatre prisonniers muets et émaciés se tasser sur une balance qui servait à peser la viande afin de prouver qu'ils n'étaient pas morts, elle entendit un chiffre allemand de tant de kilos, divisé par quatre, elle sentit l'odeur de paille chaude, de sueur, de diesel, d'étable et de hareng pourri. L'hiver prenait toute la place d'une poutre entre les portes ouvertes. Un peu d'argent fut distribué, la balance fut portée par deux prisonniers sous l'averse de neige et déposée sur le plateau du camion. Ingrid grimpa à son tour, se tassa à côté de Barbro, le dos contre la cabine, et elle posa ses moufles sur son ventre invisible.

Ingrid était déjà venue ici, avec son père, avec une charrette et un cheval qui leur avaient été prêtés, elle sur le cheval et lui sur la charrette. La voix de son père : pouvait-elle voir derrière le prochain tournant si le chemin était praticable ?

Elle était sa vigie, avec les doigts enfoncés dans la crinière blanche et raide, le grincement des cahots et le claquement des lanières sur le derrière du cheval, un été qui se termina par de la fumée blanche quand Barbro lui cria à l'oreille qu'il faisait un froid du Diable.

Ingrid se vit descendre au débarcadère, vers

le doris, à travers un voile de neige sèche, tenue comme une bête que l'on mène à l'abattoir par Hargel et Henriksen, sanglotante et tremblante, avec une couverture de laine sur les épaules, conduite dans ce jour de décembre jusqu'à l'Usine, on appela Jenny, le lendemain on la mit à bord du vapeur, elle fut prise en main par une autre femme ; la chaleur humide de la cabine enfumée, la première rencontre avec le Dr Erik Falc Johannesen qui inclinait la tête d'une manière étrange et qui ne lui témoigna aucun intérêt tant qu'elle n'eut pas enfilé trois épaisseurs de vêtements, et tant qu'elle refusa de parler.

Pourquoi ne voulait-elle pas parler ?

Ingrid se demanda si c'étaient ses propres vêtements.

Puis elle vit que la femme qui l'accompagnait était Eva Sofie, laquelle avait fait le voyage pour prendre deux autres patients : Eva lui avait tenu la main dans le salon du vapeur, avait dormi avec elle dans la cabine, lui avait donné des boulettes de poisson avec de la sauce blanche et du curry, des pommes de terre farineuses et du chou rouge, des sandwiches, l'odeur d'oignon frit, les machines qui faisaient vibrer le moindre rivet de la coque… Eva Sofie avait connu Ingrid pendant cinq semaines, Ingrid l'avait connue, elle, pendant trois.

Elle voulut se lever sur le plateau, mais Barbro la retint – Ingrid entendit Hargel et Henriksen se disputer pour savoir s'il fallait l'épargner puisqu'elle refusait de parler, Hargel avait fini par être furieux, il avait frappé Henriksen à la pommette avec la matraque noire, c'était Hargel qui l'avait sauvée.

Ingrid demanda à Jenny pourquoi elle ne lui avait pas donné de bons vêtements avant de la faire monter à bord du vapeur, avant Noël. Jenny sourit :

« C'était pas possible de te faire enlever tes habits, tu te souviens pas ? »

Si. Ingrid s'en souvenait, mais :

« C'étaient les miens ?

— Oui...

— J'avais l'air comment ?

— Pas bien, ils t'avaient flanqué une raclée... »

Eva Sofie lui fit descendre la passerelle verglacée dans la ville inconnue, la fit monter dans la voiture qui la conduisit à l'hôpital où elle fut enregistrée sous son vrai nom qu'elle donna elle-même, en compagnie des deux autres patientes qu'elle ne voyait toujours pas, on les conduisit à la douche chaude, on les mit dans des draps blancs, les deux vieilles dames aux mêmes cheveux gris, c'étaient Ada et Signy, elles aussi, elles avaient été frappées par la guerre.

6

Devant la boutique, elles virent Markus et deux commis porter la balance à l'intérieur. Les autres femmes leur dirent au revoir et partirent chacune de leur côté. Ingrid regarda autour d'elle. Barbro l'observa, dans l'expectative. Ingrid dit :

« Il faut que j'écrive une lettre.

— Ah bon ? »

Elles montèrent la côte jusqu'au presbytère, elles firent tomber la neige de leurs vêtements dans l'entrée, quand la porte de la cuisine s'ouvrit, Sara sortit la tête, reconnut Ingrid et repartit à toute vitesse en criant.

La cuisine était dans un état épouvantable, Ingrid dit « Oh mon Dieu ! », Barbro « Que le Diable m'emporte », Anja fut heureuse de les voir, serra Ingrid dans ses bras et leva les yeux vers elle, comme pour s'assurer qu'elle était d'une humeur tranquille.

Ingrid se dégagea et demanda où était Mikkel, qui s'était réfugié sous la table et refusait de sortir, et Ante, qu'elle aperçut par la porte dans la grande pièce, assis par terre, avec un bout de tasse en porcelaine dans la bouche. Nelvy et Gunvor étaient assises chacune sur leur chaise, elles mangeaient les restes du repas avec leurs doigts, Nelvy avait son vieux bonnet rouge baissé sur les oreilles avec de petites mèches brunes qui dépassaient par deux trous.

Ingrid leur demanda pourquoi elles n'étaient pas à l'école et apprit que l'instituteur était malade. Elle fit les gros yeux à Anja, qui haussa les épaules. Barbro se pencha, regarda Mikkel et lui demanda ce qu'il faisait sous la table. Il se cacha la figure avec les mains. Ellen accourut à son tour et voulut s'asseoir sur les genoux d'Ingrid qui s'était installée sur le coffre à bois, et lui demanda si elle avait des gâteaux.

« Vous avez déjà à manger », dit Ingrid en désignant les assiettes sur la table. Elle reposa Ellen par terre et lui dit de lui tenir compagnie pendant qu'elle écrivait une lettre, elle entra dans le cabinet de travail du pasteur, le lit était fait sur le canapé en cuir. Elle demanda qui dormait là. Sara arriva et dit qu'elles dormaient là toutes les deux, il faisait trop froid dans la chambre.

Ingrid leur demanda si elles pouvaient faire du café. Elles se dévisagèrent. Ingrid leur dit d'aller demander à leur maman de faire du café. Elles détalèrent en courant. Ingrid s'assit au bureau du pasteur, trouva du papier, une plume et de l'encre, elle écrivit « Chère Eva Sofie », et lui dit qu'elle était bien rentrée chez elle, qu'elle se trouvait dans un état où elle pouvait la remercier pour tout ce dont elle se souvenait enfin, pour la nourriture à bord du vapeur, pour les feuilles sur le mur et sa patience rigoureuse – et elle lui demanda si elle avait bien voyagé avec Ada et Signy.

Elle devait les saluer de sa part.

Et le Dr Erik Falc.

Ingrid ne les oublierait pas, elle n'oubliait plus maintenant, mais il y avait toujours cette question des vêtements. Étaient-ce les siens, étaient-ils déchirés quand Eva Sofie s'était occupée d'elle. Et puis, si elle devinait bien que Hargel n'était pas un agresseur, les yeux enflammés de Henriksen étaient toujours là.

Elle mit la lettre dans une enveloppe, colla des timbres, alla à la cuisine où elle but son café debout tout en parlant à Barbro du temps et du foin qu'elles avaient donné à la brebis.

Elles décidèrent de passer la nuit au presbytère et Ingrid descendit chez Margot avec la lettre.

Elles préparèrent le dîner, lavèrent toutes les pièces l'une après l'autre avec Anja, Johanna Matea et la mère de l'autre nourrisson. Les deux hommes étaient partis, ils dormaient à l'Usine. Ingrid demanda à Johanna Matea pourquoi elle ne chauffait pas dans la chambre des filles. Johanna Matea répondit qu'elle avait reçu l'ordre de Henriksen d'économiser le bois. Ingrid dit que la réserve était pleine de bois et que personne n'avait touché au coffre à charbon de tout l'hiver, elle devait chauffer toutes les pièces.

Johanna Matea eut l'air d'hésiter.

Ingrid lui dit que si elle ne faisait pas ce qu'elle disait, elle lui reprendrait les clefs et la mettrait à la porte. Johanna Matea dit « oui, oui », mais les filles devraient porter le charbon et allumer le poêle toutes seules, et est-ce qu'Ingrid voulait bien jeter un coup d'œil à son petit garçon, il avait une éruption.

Ingrid vit un garçon d'un peu plus de six mois, bien nourri et aux joues rouges, elle lui prit le pouls, constata qu'il n'avait pas de fièvre et le mit dans les bras de Barbro. Barbro lui pinça la joue, il ouvrit les yeux et cria, et elle dit que s'il y avait quelque chose qui clochait chez lui, c'était parce qu'il était trop gros.

Les enfants se mirent à rire.

Johanna Matea ne rit pas. Ingrid réussit à lui demander si Henriksen venait souvent. Johanna Matea ne répondit pas, d'une manière qui indiquait qu'il venait souvent. Ingrid lui demanda s'il l'importunait. Johanna Matea regarda autour d'elle et ne dit toujours rien de précis. Ingrid lui dit de ne pas se laisser faire. Johanna Matea dit que c'était facile pour Ingrid de dire ça. Non, dit Ingrid, c'était un vieux salaud, et elle ne lui devait rien du tout, et elle devait fermer les portes à clef la nuit. Johanna Matea dit que c'était interdit de fermer à clef. Ingrid répéta sa menace, si elle ne faisait pas comme elle disait, elle la flanquerait à la porte. Johanna Matea sembla sur le point de se mettre à pleurer, mais elle se reprit et elle tourna le dos à Ingrid, trouvant soudain quelque chose à faire.

Ingrid emmena Nelvy avec elle dans la salle de séjour et lui demanda si elle pouvait lui palper la tête. On aurait pu croire que Nelvy s'attendait à une demande de ce genre, et elle ôta son bonnet sans sourciller. Ingrid toucha les bosses étonnantes sous les cheveux qui avaient repoussé dru, et qui les rendaient encore plus invisibles, elle dit que Nelvy avait une jolie tête et n'avait plus besoin de porter de bonnet, en tout cas, pas à l'intérieur. Nelvy demanda pourquoi elle n'avait pas une tête ronde comme les autres enfants. Ingrid lui dit qu'elle ne savait pas, mais qu'une tête pouvait être bosselée n'importe comment, du moment que l'on laissait pousser les cheveux, du moment que l'on veillait à les garder propres, afin qu'ils ne pourrissent pas et qu'ils ne tombent pas sous un bonnet tout sale.

Nelvy réfléchit.

Ingrid lui demanda si elle avait mal.

Nelvy dit que non.

Ingrid sortit un brin de laine, fit un nœud à une mèche et dit à Nelvy de se regarder dans le grand miroir de l'entrée. Nelvy alla se regarder dans la glace et revint. Ingrid lui demanda ce qu'elle pensait. Nelvy dit qu'elle se trouvait jolie.

Elles retournèrent à la cuisine et Ingrid demanda à Barbro de chanter. Barbro fit la timide et dit qu'elle ne le lui demandait jamais. Ingrid la regarda avec surprise. Non, Barbro ne voulait pas chanter. Mais Sara insista, et les autres acquiescèrent. Barbro leur tourna le dos et se mit à chanter, et personne ne sut quoi faire quand la chanson se termina. Johanna Matea regarda à la ronde en écarquillant les yeux et dit qu'il fallait applaudir. Barbro attrapa un torchon en grognant qu'elles ne devaient pas dire de bêtises. Elles applaudirent malgré tout, Barbro rougit et Nelvy ne remit plus son bonnet.

Elles défirent les draps et les couvertures dans le cabinet de travail, récurèrent les chambres où les deux hommes avaient dormi, et elles dormirent au presbytère cette nuit-là.

Le lendemain matin, Ingrid alla à l'école avec les enfants, apprit que l'instituteur était réellement malade, elle rentra gaiement, puis elle dit à Johanna Matea qu'elle viendrait les voir chaque semaine, au même instant, elle comprit que quelque chose clochait, quelque chose qu'elle ne pouvait pas voir mais sentir, quelque chose qui ressemblait à ce qui s'était passé sur Barrøy cet hiver, et elle demanda si Nelvy avait envie de venir avec elle sur l'île.

Anja et Johanna Matea trouvèrent que c'était une drôle de question. Est-ce qu'Ingrid avait la permission du comité ?

Nelvy dit oui.

Il y eut un peu de disputes au sujet du contenu du sac qu'elle partageait avec Gunvor, mais Ingrid dit qu'il y avait assez de vêtements là-bas, des beaux habits également, elle avait juste besoin d'avoir de quoi lui tenir chaud pendant la traversée. Nelvy demanda si Gunvor pouvait venir aussi. Ingrid dit que oui. Mais Gunvor dit qu'elle préférait rester avec Sara, et cela ne sembla pas trop chagriner Nelvy.

Ingrid se demanda si elle devait l'emmener avec elle faire les courses. Nelvy trancha elle-même le sujet en lui prenant la main et en ne la lâchant pas, même quand elles furent au comptoir, face à Margot. Margot qui, après avoir préparé les achats, se mit à chuchoter et à faire des grimaces, si bien qu'Ingrid lui demanda de parler plus fort.

Margot continua de grimacer et lui demanda de l'accompagner dans la réserve. Ingrid prit la main de Nelvy et la mit dans celle de Barbro, elle suivit Margot au milieu des étagères et, là, Margot lui confia qu'elle devait se débarrasser au plus vite de son argent – cet argent qu'elle avait reçu du pasteur Malmberget, comme Margot semblait le savoir, pour une raison qui la dépassait. Il allait bientôt se passer quelque chose, son fils en mettait sa main au feu, car non seulement il faisait des livraisons au Fort, mais aussi à la radio, et si tout s'effondre, l'argent ne vaudra plus rien.

Ingrid hésita.

Margot bomba le torse, grogna qu'Ingrid avait fait des problèmes au cours de ces dernières années, mais qu'elle était point bête.

Ingrid songea que, là, soit elle se faisait avoir, soit on lui donnait un bon conseil immérité, pour une raison inconnue, mais qu'il n'était pas urgent de découvrir. Elle fit demi-tour, sortit de la boutique avec les paroles de Margot qui résonnaient à ses oreilles :

« Y vont tout rafler, et oublie pas qu'c'est moué qui te l'a dit ! »

Elles montèrent dans la prame, partirent sous la neige qui tombait sans être accompagnée de vent, se rappelèrent qu'elles avaient oublié le chat, une fois de plus – et elles rirent, car elles avaient Nelvy. Une fois arrivées, elles donnèrent à manger à la brebis, installèrent Nelvy dans la chambre d'Ingrid, elles lui montrèrent les nouveaux habits et les affaires qu'elles lui donnaient, tout l'après-midi y passa et, à la tombée de la nuit, elles mouillèrent deux longueurs de filet.

7

Mars est le mois de l'année dont on a le moins l'utilité. Les gens voient le soleil se lever et se font trahir par la lumière qui ne fait que rendre l'hiver encore plus manifeste. Avril est tout aussi sournois, et encore plus illusoire. La pie huîtrière vient malgré tout faire son tapage, il y a des bruits dans le ciel et sur les îlots, on peut enlever une épaisseur de foulard et de chaussettes ; la grosse brebis traîne dans les prés, grignote de vieux brins d'herbe tandis que les averses de neige continuent à s'abattre juste au moment où l'espoir menace de faire poindre un sourire ou deux dans l'esprit des gens ; elles pestent, elles ont encore plus froid qu'en janvier, mais elles enlèvent quand même un fichu, elles *exhortent* le printemps à venir.

Il y a aussi des poissons sur les séchoirs, là où, cet hiver, c'étaient les tenues de prisonniers qui étaient accrochées. Ce sont les trois frères de Skarsvåg qui les ont mis là et Ingrid remarque que cette vision normale se superpose à l'ancienne sans pour autant l'effacer, ça aussi, c'est une horloge, c'est le temps qui va de l'avant et dans son sens à elle.

Les frères viennent début mars et sont logés dans la remise des Suédois. Ils ont leur propre poêle, prennent tous les repas dans la maison principale, on leur donne des vêtements des hommes de l'île qui ne sont plus là. Et même s'ils ont grandi au bord d'une mer plus sauvage que celle qui est le domaine d'Ingrid et de Barbro, c'est un mélange de menuisiers et d'enfants, et ils ont besoin de temps pour savoir comment manier les bateaux, le matériel de pêche, et comprendre tout ce qui sépare Barrøy de ce qu'ils connaissent. Ils tiennent la mer, ils apprennent vite et n'ont jamais froid.

Au début, Ingrid les accompagne, leur dit où mouiller les filets et la ligne, Barbro leur apprend à mailler et à appâter. Et Arne, le grand frère à l'œil mort, s'y entend à arracher aux plus jeunes ce qu'ils ont comme forces, il leur dit que s'ils tiennent le coup, il les ramènera avec lui à Hammerfest.

Tant Sverre que Helmer considèrent que chez eux, c'est Skarsvåg. Hammerfest, ce n'est que la tombe de leurs parents.

« Oui, mais vous vous souvenez encore de Skarsvåg ?

— Bien sûr.

— Mais suffisamment bien ? »

Arne leur rafraîchit la mémoire, sur les voisins, les proches et les montagnes escarpées et noires qui ont un pied vert en été. Mais il a encore l'impression de ne pas être entendu, il jette un coup d'œil à Ingrid qui dit qu'ils peuvent rester à Barrøy aussi longtemps qu'ils le souhaitent; elle va suivre le conseil de Margot et dépenser le reste de son argent pour acheter une pile de planches entassées depuis des années à l'abri, à côté de l'Usine, et qui devaient être utilisées pour construire une extension de la conserverie, extension qui ne verra jamais le jour, si elle a bien compris le contremaître. Il a déjà dit non deux fois à sa demande, mais elle sait que, un beau jour, il dira oui, et ce jour approche – elle veut reconstruire les maisons de Karvika, elle veut transformer les ruines en foyers, elle veut chasser les peurs et les superstitions, elle veut enfin écrire cette lettre à son cousin Lars qui aurait dû être écrite il y a si longtemps qu'elle en a oublié d'où vient sa réticence, cette sorte d'oubli que même Erik Falc semble apprécier, Ingrid commence à oser, ce qui veut dire aussi abandonner certaines choses.

Un jour de beau temps, elle et Arne vont chercher le canot à quatre avirons chez Adolf à Malvika et, sur le chemin du retour, Arne lui redemande si lui et ses frères seront payés pour leur travail à Barrøy, à Molandsvika, ils ne touchaient pas cinq øre, et recevaient à peine assez à manger.

Ingrid calcule qu'il lui a fallu presque un mois pour poser cette question. Elle rit et dit qu'ils seront tous payés un jour, il faudra vendre le poisson le plus tôt possible cette année, en espérant que ce sera au bon moment, car elle est allée dans la réserve de Margot, et elle a vu que ses étagères sont pleines à ras bord, les marchandises ont une valeur bien plus forte que l'argent par les temps qui courent.

Arne et ses frères recevront ce qu'ils méritent.

Ensuite, il faudra ramasser les œufs et les vendre également, ainsi que le duvet, mais comme toujours, le duvet ne se vendra que dans un an ou dans dix, de préférence à l'instant où l'on en obtient autant que ce qu'il vaut. Le père d'Ingrid savait le prix d'une couette de duvet, Ingrid le connaît à son tour et, sur cette terre, il n'y a jamais eu aussi peu de concordance entre ce que coûte un objet et ce que perçoivent ceux qui l'ont fabriqué.

Arne comprend cela.

Ingrid lui demande quels sont ses projets.

Arne rame avec vigueur, il ne veut pas entrer dans les détails, il y a quelque chose d'évasif chez lui, mais une chose est sûre, ils retourneront dans le Finnmark.

Son œil n'est plus un fanal rouge, mais un morceau de verre dépoli qu'Ingrid a appris à déchiffrer. Elle lui dit qu'il ne reste rien au Finnmark. Il répond que s'il se passe ce qu'elle prédit avec l'argent, cela voudra dire que la guerre sera bientôt finie, et il faudra bien reconstruire ce qui n'existe plus aujourd'hui.

Ingrid dit que cette histoire de fin de la guerre, c'est surtout un espoir.

« Oui, oui », dit Arne qui continue de ramer dur, et Ingrid a l'idée de lui demander la date de son anniversaire, et de celle de ses frères. Il lui demande pourquoi elle veut le savoir. Pour rien, dit Ingrid.

Avant de toucher Barrøy, elle parvient également à demander à Arne s'il serait prêt à reconstruire les maisons de Karvika, après tout, il est menuisier, et elle ajoute qu'il sera payé pour ça aussi.

Il demande :

« Avec de l'argent qui ne vaut rien ? »

Ingrid rit.

Mais elle ne rit pas souvent ce printemps-là, et jamais bien fort, car avec Nelvy, elles ont gagné un être silencieux et mystérieux dans la maison. Elle reste finalement plus d'une semaine, elle est muette et ambiguë même lorsqu'elle tient la main d'Ingrid, elle répond non quand on lui demande si Gunvor lui manque. Ingrid n'a pas la force de la renvoyer au presbytère quand l'école reprend, pour les mêmes raisons inexplicables qui l'ont fait l'emmener à Barrøy.

Les cheveux de Nelvy repoussent, épais et beaux. Ingrid les lave, les brosse, fait de petites tresses. Elle ne porte plus de bonnet, mais un foulard. Ses lèvres sont fines, ses dents blanches et régulières d'une jolie manière, elle a deux marques bleues autour des ailes du nez qui deviennent de plus en plus nettes chaque jour, même si Ingrid fait de son mieux pour ne pas les voir.

Barbro dit que la gamine a quelque chose de bizarre.

Ingrid dit qu'elle est comme elle est ; en son for intérieur, elle se dit « elle est exactement comme *moi*, tu ne le vois donc pas, espèce de vieille idiote ».

Elles placent les aiguilles de l'horloge réparée comme bon leur chante, par exemple à trois heures, elles lisent dans les vieux livres de classe d'Ingrid jusqu'à quatre heures, elles écrivent des lettres de l'alphabet jusqu'à cinq heures, puis elles dessinent des coquillages, d'après Ingrid, il n'y a rien de plus beau sur l'île, elles en ramassent également, même s'ils n'ont aucune valeur, oui, rien n'a moins de valeur sur l'île, et Nelvy trouve aussi que c'est un mystère.

Elle mange un peu moins que ce qu'elles avaient prévu, mais elle dit qu'elle aime la cuisine de Barbro, elle répare des nichoirs d'eiders avec Ingrid et elle commence à nettoyer le poisson que les gars du Finnmark débarquent, vident et mettent à sécher. Mais elle s'en sort mieux quand on l'aide. Et même si elle fait des progrès avec les chiffres, les lettres et les mots, Ingrid trouve qu'elle répond à trop de questions – se souvient-elle de ses parents, par exemple, ou du voyage de Kirkenes à Hammerfest – en disant qu'elle veut aller se coucher, même si c'est le milieu de la journée. Ingrid remarque que c'est une forme de paresse qui ne la met pas en colère, mais qui la fatigue, à un moment où il n'y a pas de place pour plus de fatigue, car même si Ingrid supporte toujours mieux les souvenirs qui reviennent, elle reçoit une lettre d'Eva Sofie qui lui dit que ses vêtements étaient intacts quand elle était arrivée, c'est du moins son impression, car qui se souvient d'une chose pareille, et ce n'est pas la réponse pleine de certitude qu'Ingrid aurait souhaitée, et les marques bleues autour des narines de Nelvy sont de plus en plus nettes à mesure qu'avance ce printemps qui ne vient pas.

Ingrid se demande si elle doit la faire dormir avec elle dans la Salle Nord, afin de veiller sur elle toute la journée, ou si elle doit l'emmener chez le médecin, mais elle repousse sa décision.

Les eiders s'aventurent sur la terre, les goélands pondent leurs premiers œufs qu'elles testent dans des seaux remplis d'eau et rangent en arcs de cercle dans des demi-tonneaux, puis c'est au tour des mouettes plus petites de venir. Nelvy aime bien ce travail, l'œuf chaud dans la main, Ingrid est toujours obligée de prendre la tête de Nelvy dans ses mains, de palper les bosses et de voir si elles ne vont pas disparaître.

Un jour, Nelvy dit que ses parents sont morts.

Ingrid ne sait pas quoi répondre, elle lui demande comment elle peut bien le savoir, et Nelvy esquive un faible sourire. Elles construisent trois nouveaux nichoirs pour les eiders avec des ardoises qu'elles ramassent sur la rive, à l'ouest, elles les nettoient, deux font les murs et une troisième forme le toit. Puis elles les recouvrent de tourbe et les remplissent d'herbe sèche de l'année passée et, le lendemain matin, elles trouvent Nelvy morte dans son lit.

Ingrid s'allonge à côté d'elle, elle reste jusqu'à avoir froid, elle ne remarque pas que Barbro veut la tirer de là, elle crie que ça pue, la petite s'est vidée.

Ingrid a déjà connu ça, le fait qu'il n'est pas possible de vivre quand quelqu'un meurt. Dans la soirée, elle chasse les autres, descend Nelvy et la lave dans la cuisine, elle lave ce corps blanc de fillette, sans bosses, elle l'habille de ses propres beaux vêtements d'enfant. Arne et ses frères fabriquent un cercueil pendant la nuit, Nelvy repose sur deux tréteaux dans le hangar à bateaux jusqu'à ce qu'ils l'enterrent à côté des grands-parents d'Ingrid, dans le cimetière au bord de la mer, même s'il n'y a pas de pasteur au village ; un vieux capitaine du Finnmark officie.

Il s'appelle Lukas Wara, il parle sous un soleil dur qui, pour une raison inconnue, brille ce jour-là, il parle de la beauté de la grâce et de la malédiction de la vie, même sa toux est pieuse.

Elles envisagent d'écrire Nelvy Barrøy sur la croix car il s'avère qu'Arvola n'est pas le nom de Nelvy, mais celui de Gunvor, Nelvy n'a pas de nom de famille dans les papiers de Henriksen. Elles n'ont pas non plus de date de naissance, alors elles omettent aussi celle de sa mort, et il est seulement écrit : Ici repose Nelvy en terre étrangère, et l'année.

C'est la guerre qui a tué Nelvy, elle aussi, cela ne fait pas le moindre doute, et c'est plus un sérieux abyssal que les larmes qui marquent ceux qui font cercle autour du cercueil, sauf Helmer, qui pleure comme un être humain, lui qui se moquait de Nelvy parce qu'elle ne savait pas vider le poisson. Mais c'est peut-être aussi parce qu'ils avaient le même âge et qu'ils venaient du même pays, un pays qui n'existe plus, et le capitaine Wara l'évoque aussi en quelques mots ; il vient de la ville de Vadsø, sur la rive du Varangerfjorden, où les Finlandais et les Norvégiens ont vécu côte à côte depuis des centaines d'années, lui-même a des ancêtres dans les deux peuples, il ajoute qu'il ne connaît qu'un seul mot de grec, les gens sont surpris car ils attendaient un mot de finnois, en revanche, c'est le mot le plus important, car il s'agit d'angelos, qui veut dire ange, et il conclut en disant que le triste souvenir du pays perdu va suivre Nelvy dans la tombe et jusqu'au ciel. Les autres consolent Helmer qui se cache derrière ses frères et ne veut pas être consolé. Arne dit qu'il faut le laisser tranquille, et ils rentrent ensuite à Barrøy dans deux bateaux.

8

La mort de Nelvy est ce type de mort qui fait que les vivants n'arrivent pas à repartir de l'avant, eux qui *croyaient* aller de l'avant, une mort profonde et personnelle, différente de tout ce à quoi ils peuvent la comparer. Elles se lèvent tard et errent sans rien faire. Elles négligent les repas, car Barbro est affectée elle aussi, elles mangent des miettes et des restes comme ils se présentent et, pour une fois, elles ont perdu l'espoir, l'espoir du printemps et de la paix.

C'est à ce moment-là qu'Ingrid découvre le sommeil, le corps qui est allongé entre les draps avec une nouvelle vie tandis qu'elle rêve de quelque chose de supportable, tandis qu'elle voit des images et des souvenirs étincelants, et une plaisanterie dont elle peut rire dans son sommeil. Puis elle se réveille et elle est tout aussi folle qu'avant, elle s'assied sur le pot et se recouche pour faire les mêmes rêves tolérables, au point qu'il peut apparaître une forme d'amour entre le sommeil et la mort.

Lorsque Barbro se ressaisit et lui demande s'ils ont l'intention de se laisser couler, là tous autant qu'ils sont, Ingrid lui tourne le dos avec mépris et se rendort, elle reste imperturbable jusqu'au matin où Sverre déboule dans sa chambre et, le visage tout rouge et excité, lui dit que la brebis a eu trois agneaux, qui sont tous en vie, et qu'il n'y a pas un bélier.

Les yeux fermés, Ingrid lui dit qu'il est un bon garçon mais, là, il faut qu'il sorte, car elle va se lever et elle est toute nue. Il est toujours aussi rouge et il ne sort pas. Ingrid se lève, s'habille lentement, elle descend avec Sverre sur les talons, il ne ressemble pas à ses frères, il est bavard et enjoué, comme s'il devait éclairer l'aîné et le petit, il ne leur ressemble pas physiquement non plus, il est blond tandis qu'ils ont les cheveux noirs.

Ingrid inspecte les agneaux, elle parle avec Barbro des pis et du lait de la brebis, puis elle descend au sud de l'île avec un bourdonnement dans les oreilles, sous un soleil qui ne chauffe pas, elle voit qu'il y a des nids dans les trois nichoirs à eiders de Nelvy, d'ailleurs il y a des nids dans tous les autres, c'est un printemps riche.

Elle rentre et demande à Barbro si elles ont jamais eu des nids dans tous les nichoirs. Barbro ne se rappelle pas, elle ne fait pas non plus d'effort pour se souvenir, Ingrid dit qu'elle, en tout cas, ne se souvient pas de ça.

Elle mange un peu plus que la dernière fois,

elle dit à Sverre qu'il va la conduire à Stangholmen, et qu'il ne va pas accompagner ses frères en mer. Arne dit qu'ils ne sont pas sortis depuis plus d'une semaine. Ingrid déclare qu'il est grand temps de se remettre au travail. Le visage de Sverre s'illumine. Cependant, Ingrid ne s'installe pas à côté de lui sur le banc de nage, mais à l'arrière, les mains sur le ventre, elle a toujours les oreilles qui bourdonnent, elle est aveuglée par le soleil et la mer luisante qu'ils ont attendus si longtemps qu'ils les ont oubliés.

Elle demande à Sverre s'il veut rentrer dans le Finnmark, lui aussi.

Il a douze ans, et il dit que oui.

À Stangholmen, elle achète à Thomas et Inga les deux brebis qui leur restent, et aussi les quatre agneaux qu'ils viennent d'avoir, ainsi que deux rouleaux de fil de fer afin de construire des claies pour sécher le foin, et leur charrue, qui est presque neuve. Elle leur dit qu'ils devraient dépenser tout leur argent, tout de suite. Thomas lui dit qu'il le sait, lui aussi, il a vu la réserve de Margot ; leur fils Atle va bientôt venir les chercher, et ils passeront le restant de leurs jours sur le continent, dans un endroit dont Ingrid n'a jamais entendu parler, mais il est content d'avoir pu lui serrer la main avant de partir.

Ingrid serre également la main à Inga.

Sverre rame pour le retour, Ingrid, au milieu de son bourdonnement d'oreille, se demande si elle ne va pas se déshabiller entièrement sur cette mer d'huile et s'allonger au fond du bateau, cette pensée est comme un coup de poing car à l'instant où elle fait un dernier signe de la main au vieux couple, elle comprend aussi que son Russe est mort, Alexander, le jeune ingénieur de Leningrad, il a été tué, et elle ne le reverra jamais.

Une des brebis sursaute en entendant son cri et veut sauter à l'eau, mais Ingrid l'attrape par la toison et lui tient la tête entre ses genoux, et elle se force à ne pas prononcer des mots dont elle aurait honte. Sverre n'entend rien, il rame bien. Une fois rentrée, Ingrid se demande comment elle a encore enduré cette journée-là.

Quand les frères reviennent de la pêche, elle examine leurs prises, elle écoute Arne qui a besoin de quatre nouveaux filets, elle leur dit de demander à Barbro d'en préparer, elle a assez de fil pour ça, et une fois qu'ils auront vidé le poisson, il faudra qu'ils aillent chercher la charrue à Stangholmen, elle et Sverre n'avaient pas assez de place dans le bateau. Puis elle monte se coucher, avec le même bourdonnement qui résonne encore dans ses oreilles, et elle rêve de quelque chose de supportable, à la fois mince et grand, d'un sourire fou dans un visage qu'elle croit reconnaître, mais ce n'est pas tout le temps le même visage, il s'estompe et revient, et le sommeil n'est alors plus une cachette.

Pourtant, elle ne se lève pas.

Elle reste là à moisir dans un état de veille jusqu'au moment où, un matin, une silhouette qu'elle ne reconnaît pas est assise sur le bord de son lit, c'est Suzanne, le soleil est tellement doré sur les croisillons de la fenêtre au nordet que ce doit être le soir, mais c'est peut-être le matin, et elle est peut-être couchée dans le mauvais coin de la maison, elle se redresse et regarde autour d'elle.

Suzanne est jeune et d'une beauté manifeste, sans que l'on puisse précisément mettre le doigt sur ce qui fait sa beauté, ni expliquer de manière intelligente pourquoi elle attire tous les regards, car elle a toujours été belle. Aujourd'hui, elle a l'air épuisée et soucieuse, elle a des boucles permanentées dans ses cheveux couleur chanvre et brillants, du rouge sur ses lèvres et sur une incisive qui dépasse légèrement devant les autres, elle porte une robe blanche sur laquelle sont brodées des fleurs jaunes et des petites branches de pin vertes. Ingrid lui sourit :

« Tu es rentrée ? »

Oui, Suzanne est rentrée, elle dit :

« Hitler est mort. »

Et il y a une autre personne étrangère dans la chambre, un garçon de sept, peut-être huit ans, avec de beaux habits de voyage et des chaussures basses luisantes comme celles d'un enfant qui fait sa confirmation, il a des cheveux blonds peignés et la même expression perplexe que sa mère.

« C'est Fredrik », dit Suzanne.

Ingrid sourit à Fredrik et lui demande :

« Alors, comment il va, ce garçon ? »

Fredrik interroge sa maman du regard, mais Suzanne ne se donne pas la peine d'expliquer. Ingrid entend des coups de marteau au loin, elle cligne des yeux vers la fenêtre et demande ce que sont ces bruits.

« Les gars construisent des maisons », dit Suzanne en contemplant la pièce où elle a grandi durant ces années où Ingrid s'exerçait à être une mère pour elle, et Suzanne à être une fille.

« Le bois a été livré ?

— Oui, il est là, en tout cas, ils travaillent à Karvika – quel drôle d'endroit. »

Suzanne hausse les yeux au ciel, et Ingrid se lève. Cette fois-ci, elle n'est pas nue comme le jour où Sverre l'a réveillée, et où c'était nécessaire. Elle passe une robe sur sa chemise et a l'air infiniment plus terne que Suzanne lorsqu'elles descendent à la cuisine, sur laquelle Barbro règne à nouveau sans partage. Son visage s'éclaire et elle dit que Suzanne n'arrête pas de lui faire la bise et de la pincer, d'ailleurs, elle recommence.

Ingrid n'a pas droit à la bise, elle.

Suzanne a travaillé comme standardiste, elle est capable d'imiter les accents régionaux, les défauts de prononciation et les voix, et elle déclare :

« Ça se comprend qu'Ingrid a été obligée de garder le lit tant la situation est préoccupante par ici. »

Elle utilise des mots comme enchanteur, se procurer et pain complet mais, inspirée par le milieu, elle est également capable de s'exprimer normalement, et Barbro sert le café dans des tasses en porcelaine polonaise que Suzanne reconnaît avec un sanglot, elle tient la sienne à la lumière avec une ride soucieuse qui s'invite sur son beau front, et elle marmonne quelque chose qu'elles ne comprennent pas.

Ingrid dit que c'est sa mère, Zezenie, qui leur a donné le service quand Suzanne est venue sur l'île avec son frère Felix. Mais Suzanne ne s'en souvient pas, elle repose la tasse, se relève, dit qu'elle a apporté quelques cadeaux, et elle ouvre une valise qu'Ingrid n'avait pas remarquée. Quatre kilos de café apparaissent sur la table, puis quelque chose qu'elle appelle un lèche-plat et deux fers à repasser, dont un électrique, dans son souvenir, il n'y avait pas de fer à repasser sur Barrøy, alors qu'il n'y a que des bonnes femmes, ha, ha, ha.

Ingrid dit que même sur la Grande Île il n'y a pas l'électricité, mais le câble est joli, il fait penser à une échelle de coupée. Suzanne dit qu'elles peuvent le retirer avec une pince et poser le fer sur le fourneau comme un vieux fer – et il y en a donc un pour chacune, un pour Barbro, un pour Ingrid. En tout cas, le lèche-plat fait sensation, une fois que Suzanne leur a montré comment il fonctionne.

Mais au milieu de toute cette bonne humeur, il lui faut passer sur la figure une main avec du vernis rouge sur les ongles, et elle dit à Ingrid qu'elle veut voir l'île par ce beau temps, elle attendait tellement ce moment, elle avait une telle nostalgie de l'île. Et Fredrik peut bien rester avec tante Barbro en attendant ?

Ingrid et Barbro échangent des regards, le garçon mange des biscuits avec du beurre que les citadins ont apportés. Et elles sont à peine sorties devant la maison que Suzanne éclate en sanglots bruyants :

« Comme c'est horrible ici ! »

Ingrid la dévisage, bouche bée.

« Comme c'est dégueulasse, dit-elle, du fond du cœur. Je ne me souvenais pas que c'était *aussi* atroce… »

Mais Ingrid a toujours vu l'île comme un grand royaume, c'est un choc pour ses yeux grands ouverts, qui vient soit des mots stupéfiants de Suzanne ou de quelque chose en elle, aussi soudain que violent. Elle tourne le dos à Suzanne et à son vernis à ongles, et elle monte sur la butte qui donne sur Karvika, elle voit Arne, Helmer et Sverre qui mettent en place la dernière poutre d'assise dans la maison principale. Ils portent tous des bleus de travail, les bleus de son père et de son cousin qui ont été ravaudés et rapiécés, ils ont utilisé les trous existants dans les pierres du soubassement, après les avoir disjointes et remises en place, de sorte que tout est d'aplomb et solide, mais ils ont mis des chevilles neuves, et Arne l'interroge du regard quand elle arrive, imité par ses frères. Ingrid voit que l'herbe a été piétinée autour des futures maisons, qu'il y a des chemins et des sentes, elle voit que le terrain a été étrenné et domestiqué par des gens, elle voit que l'endroit a déjà l'air habité, alors elle se baisse, serre la poutre dans ses deux mains, elle la tire de toutes ses forces, mais elle ne bouge pas.

9

Et Barrøy n'est bientôt plus aussi atroce que ça, Suzanne redevient elle-même au réveil, après une nuit de sommeil dans la Salle Sud, tandis que Fredrik dort dans la vieille chambre d'enfant d'Ingrid, dans le lit où quelqu'un est mort il y a peu, mais personne ne le dit.

Dans sa malle, Suzanne a également des vêtements plus adaptés à Barrøy, à la mer et à sa mine soucieuse que rien n'explique encore pour le moment. Elle est une vivante au milieu des morts, une personne double – une citadine qui parle beau et qui, l'instant suivant, s'exprime simplement et inspecte le chantier de Karvika avec la terminologie locale ; elle sait nettoyer le poisson, ravauder les filets et tondre les moutons, ce qui aurait dû être fait depuis longtemps ; là, elles entassent la laine dans des sacs, elles parlent à voix basse, comme en plaisantant, de la somme qu'elles peuvent escompter en tirer, une somme peut-être bien maigre, sans parler de la monnaie dans laquelle se présentera cette somme, et elles se demandent si elles ne feraient pas mieux de garder la laine.

Suzanne considère qu'elle vaut cher, là, d'où elle se trouve, elle renifle ses doigts, elle lève les yeux et verse une larme que les autres ignorent. Elles rient également sous cape quand elle négocie avec son incapable de fils, Fredrik, le garçon de la ville qui n'est bon à rien, à qui il faut expliquer ce qu'est un poisson, un bateau, la mer et un eider, toutes choses qui, en définitive, ne l'intéressent pas. Il demande sans cesse si on ne va pas faire des choses qui sont inconnues aux autres, et il frémit sans la moindre honte, comme s'il jouait la comédie, quand sa maman l'oblige à vider les prises de la journée que les frères Skarsvåg viennent de débarquer, en même temps, elle les engueule parce qu'ils n'ont pas nettoyé les poissons en mer, et ils font de grands sourires, comme s'ils n'avaient rien entendu.

Ils jettent les prises dans le panier qu'ils hissent sur le quai, ce n'est pas une petite pêche, ils grimpent l'échelle et ils admirent Fredrik qui manie le couteau d'une manière minable, bien aidé par les instructions résignées de sa mère. Ingrid dit à Suzanne qu'il est aussi empoté que son frère quand il était arrivé sur l'île, le Felix, mais tu t'en souviens pas ?

Non, Suzanne ne s'en souvient pas.

« C'est vrai, comment tu t'en souviendrais, dit Ingrid en riant, t'avais trois ans, et tu savais même pas marcher.

— Je ne me souviens pas de ça non plus », répond Suzanne qui pointe le doigt sur la poitrine de Helmer et lui dit que, dorénavant, c'est son travail d'apprendre ce qu'il faut à son fils.

Helmer lève les yeux vers Arne. Arne fait oui de la tête. Helmer se saisit du couteau et attrape une morue de trois bons kilos, enfonce l'index gauche dans l'œil, pince avec le pouce sous le maxillaire, et il ouvre le ventre d'un blanc éclatant, il montre à Fredrik comment le saigner, comme ça, là, le sang peut couler, c'est ça que l'on doit faire en mer, pas le nettoyage, il enfonce la pointe du couteau à environ un pouce au-dessous de la gorge et le fait glisser à plat jusqu'à l'anus, les entrailles jaillissent et restent suspendues comme un fil, il coupe l'os à la hauteur des ouïes et brise la nuque contre le bord du banc, il fait deux incisions de plus, arrache la tête et la jette sur le côté et il tient le poisson en l'air comme un drapeau, il enfonce deux doigts en haut de l'incision et tire sur les entrailles d'un coup sec, il demande à Ingrid si elle veut le foie, elle dit que non, il est mauvais, c'est le printemps, et Helmer explique à Fredrik que le poisson que l'on va mettre à sécher, comme celui-ci, ne doit pas être ouvert jusqu'à la gorge, il le pose sur le banc à côté d'un poisson de même taille et déjà nettoyé, il plonge la main dans le tas de ficelles, il attache les deux poissons en passant leur queue dans une boucle et en les retournant rapidement trois fois, puis il les tient en l'air, et Ingrid dit qu'ils auraient dû arrêter de faire sécher le poisson il y a longtemps, il fait trop chaud, mais ils ne peuvent pas les découper comme ça.

« T'as oublié de les laver », dit Suzanne.

Helmer rougit, lance les poissons dans le baquet d'eau de rinçage, il les fait tourner dans l'eau rouge et les ressort sous les rires de tous. Fredrik rit aussi, et il interroge sa maman du regard, qui déclare :

« C'est ton tour maintenant. Et apprends-lui aussi à couper les langues. Ce soir, on aura des langues frites. »

Mais personne ne sait comment faire.

Pour la première fois depuis l'hiver, Ingrid entre dans la nouvelle remise, elle voit le ciel blanc à travers les trous dans le toit d'ardoises, elle note qu'il n'y a pas de traces sur le sol en pierre, si ce n'est celle de l'eau propre, elle trouve la caisse de piques et la rapporte pour que Suzanne montre aux quatre garçons comment on coupe la langue de morue.

Ingrid pousse un petit rire, elle est impressionnée.

« Elle sait couper, elle. »

Ils essaient à tour de rôle, ils enfoncent la tête de la morue sur la pique, augmentent l'ouverture et imitent l'incision circulaire que Suzanne leur a montrée, et les langues s'empilent. Ils y parviennent chacun à leur façon, même Fredrik, qui a droit à des conseils supplémentaires de sa mère parce qu'il hésite à enfoncer les doigts dans les yeux de la morue, ce qui fait qu'il n'a pas assez de prise sur les têtes, mais il obtient plus de félicitations qu'il ne le mérite, car il s'attache à bien faire au lieu de faire vite, et non à faire les deux à la fois, comme les gars du Finnmark.

Ingrid les regarde jusqu'au moment où ils ont terminé, et où ils vont commencer à mettre le poisson à sécher. Elle a fait un tour dans la remise comme s'il y avait là une bombe qui n'a pas explosé, elle a regardé à l'intérieur, et elle n'a senti que l'odeur de poisson, de mer et de goudron, l'odeur de goémon pourri, une odeur de pourriture qui a sa place ici, et son regard est tout le temps resté vide, blanc et indifférent.

Elle demande à Arne s'il peut réparer le toit, ils ont assez d'ardoises, et une échelle de couvreur, là-bas, dans l'herbe, où elle ne devrait d'ailleurs pas traîner, elle a été arrachée de son support par le vent, et Ingrid soulève la caisse de langues tandis que Barbro crie en direction du séchoir :

« T'vas les crocher su'l'étendage ! »

Il faut traduire à Fredrik. Ingrid rentre avec la voix de sa tante dans les oreilles :

« Mets-les avec les crochets ! »

Ce qui n'arrange pas les choses mais, en tout cas, cela fait rire, et Ingrid se sent si forte après cette visite réussie à la nouvelle remise qu'elle peut réfléchir à certains côtés de Nelvy qui ne la lâchent pas, comme le fait que personne n'a vécu ni n'est mort comme elle. Et, tandis qu'elle va préparer le dîner dans la cuisine – des langues de morue frites et des pommes de terre –, à la fin de cette journée presque insupportable, il lui vient à l'esprit qu'elle ne connaissait rien de la vie de Nelvy, juste sa mort, et que pour *cette raison-là*, elle ne disparaîtra jamais, elle reviendra sans cesse, comme un choc, comme une colère impitoyable et comme une chose encore plus importante qui est liée aux ténèbres intérieures d'Ingrid. Mais, là, dans la cuisine, elle est seule et invisible, même Barbro est dehors, elle entend la voix de sa tante par la fenêtre ouverte afin de laisser sortir la fumée et entrer le printemps, elle passe les langues dans la farine blanche, les fait cuire dans la margarine, et elle les entasse les unes sur les autres dans un plat, elles forment une spirale parfaite vers le centre, et les pommes de terre sont également prêtes à ce moment-là.

10

Barrøy est une terre du silence, les adultes n'expliquent pas aux jeunes ce qu'ils doivent faire, ils leur montrent et les jeunes imitent ; les gars du Finnmark sont aussi doués que les gens de Barrøy, un peuple de peu de mots avec un grand savoir et une grande sagesse dans les mains et dans les pieds, tandis que Fredrik demande *pourquoi* il doit taper avec un marteau sur une barre à mine, une question qui n'a pas de réponse, c'est une chose à faire, c'est tout – comme ça. On ne peut quasiment rien faire avec des lettres.

Le bruit court que Fredrik a pris des leçons de piano, ce qui constitue un signe supplémentaire d'inadaptation, mais Barbro dit que le piano, c'est joli, elle a entendu du piano à l'hôpital et puis, à l'église, il y a bien un orgue, avec des touches, et parce que c'est quelque chose que l'on fait avec les mains, Fredrik s'en sort mieux qu'il ne le mérite. Mais dès le lendemain, il accourt à la cuisine, trempé, et se jette dans les bras de sa mère.

« Mais qu'est-ce qu'il y a ? demande Suzanne.

— Il m'a frappé, hurle son fils.

— Qui ça, *il* ?

— Lui, lui ! »

Il tend le bras à l'aveuglette en direction des gars du Finnmark qui l'ont suivi et qui font face comme une bande de coupables, c'est Helmer qui l'a frappé, lui qui est chargé de former Fredrik, mais ses frères l'ont aidé à le flanquer à l'eau, eux aussi, « on n'avait pas le choix », marmonne Arne.

Suzanne a envie de se jeter sur eux, mais Ingrid intervient et demande pourquoi.

Même Fredrik ne veut pas le dire, et les larmes n'empêchent pas son œil de gonfler, il vire au bleu. Cependant, Suzanne ne lâche pas, et Arne finit par avouer que Fredrik a jeté ses outils dans la mer parce que c'est un feignant qui ne veut pas travailler.

Fredrik crie qu'ils lui ont *échappé* des mains, le marteau et les deux pitons, ou peut-être y en avait-il trois. Les garçons gardent le silence comme trois soldats face à un tribunal jusqu'à ce que Suzanne toise son fils, qui a fini par maîtriser ses reniflements et regarde sa mère avec inquiétude, il attend le verdict, et elle déclare :

« Tu sais nager. »

Barbro pouffe de rire au-dessus de la vaisselle, les autres ne cillent pas.

« Mais je sais pas *plonger* !

— Si, tu le peux.

— C'est froid !

— C'est quoi ces bêtises, si tu as jeté les outils dans la mer, tu vas les récupérer dans la mer. Viens par ici ! »

Elle le traîne dehors avec elle. Les autres suivent, y compris Barbro et son rire qui ne s'éteint pas, ils montent la butte et descendent à Karvika. Helmer désigne la mer devant un rocher qui dépasse et qui va former un des éléments du nouveau débarcadère. Fredrik supplie sa mère du regard. Mais le soleil brille et aucune grâce n'est accordée. Il traîne les pieds dans la bande de goémon, mais il a à peine trempé les orteils dans l'eau qu'il piaille que c'est froid, froid…

Arne soupire profondément et regarde Ingrid. Ingrid acquiesce. Il ôte vivement ses bottes, se déshabille le haut du corps, il écarte Fredrik et plonge, et il disparaît, longtemps.

Ils le voient au-dessous d'eux, il leur fait l'effet d'un oiseau qui se débat dans l'eau verte, puis il disparaît complètement. Il ressurgit enfin, avec le marteau mais sans les pitons, il se hisse sur le rocher rugueux, au milieu des branches de goémon, il ne peut pas parler, il a les lèvres bleues, il tremble et n'est que tendons et muscles, tel un dessin anatomique parfait de Léonard de Vinci comme on en trouve dans chaque salle de classe le long de la côte. Ingrid a apporté une couverture qu'elle jette sur Arne, elle lui dit d'enlever aussi son pantalon, et elle dit à ses frères de lui taper dessus.

C'est à la fois un jeu et une bagarre, avec des

petits et des grands coups de poing jusqu'à ce qu'Arne retrouve la parole et leur dise d'aller se faire voir. Ils le regardent s'essuyer, il est nu sous la couverture. Puis, comme un train, ils le suivent sur ce chemin que les gars du Finnmark ont tracé par leurs pas jusqu'à Karvika, là où les autres ne viennent encore que très rarement, ils ont du mal à se faire à cette idée, même si ça commence, l'idée selon laquelle il va peut-être sortir quelque chose de bien de cette malédiction, et ils entendent tous très bien que Suzanne traite son fils d'idiot.

Ingrid s'arrête et la regarde. Suzanne baisse les yeux :

« Non, c'est vrai. »

Elle repart en traînant le gamin. Tout le monde entend le mot suivant :

« Poltron. »

Mais ils ne savent pas ce que cela veut dire.

Le même soir, Arne vient trouver Ingrid qui est en train de s'occuper des moutons dans le pré tout au sud, et il lui dit qu'il y a un bateau, là, au fond de l'eau, à Karvika.

Ingrid l'observe. Puis elle lui demande pourquoi il lui raconte ça maintenant, et sans que les autres l'entendent. Il hausse les épaules.

« Tu vois bien », lui dit-elle.

Arne répond que oui, il n'y a pas de problème avec l'œil qui lui reste, il a trouvé le marteau, mais pas les pitons. Ingrid dit que ce n'est pas grave, elle lui dit de s'asseoir dans l'herbe mais elle va rester debout, au cas où quelqu'un les verrait des habitations.

Il obtempère.

Elle lui explique de quel genre de bateau il s'agit, d'où il venait, ce qu'il transportait, et elle peut le lui dire sans que sa vue ne se brouille, comme lors des moments heureux à l'hôpital, ou comme lorsqu'elle l'avait raconté à Barbro, et de toutes ces choses importantes elle n'oublie que l'amour, l'amour qui n'est pas un mot à elle mais celui du médecin, et pour finir elle dit à Arne qu'il ne doit en parler à personne, personne ne doit être au courant.

Il fait oui de la tête, il a l'air de comprendre qu'elle tait quelque chose, et aussi d'accepter de se voir confier un demi-secret. Mais son œil laisse également entendre à Ingrid qu'il est sur le point de lui demander si elle a été mariée, ou si elle a un homme, car son ventre est gros maintenant, comme si cela avait quelque chose à voir avec le bateau coulé à Karvika, alors Ingrid lui tourne le dos et remonte à la maison.

11

Il s'est passé quelque chose dans l'île au moment où Arne est sorti comme un faune de la mer glacée, comme un tic-tac dans un mécanisme d'horlogerie plus important que celui de la pendule accrochée dans la maison, et qui n'est jamais à l'heure : la dernière averse de neige tombe sur des pousses vertes et disparaît au bout de quelques minutes, les bateaux enduits de goudron se retrouvent le ventre à l'air et il faut les protéger du soleil avec des bâches, le printemps n'arrive pas seulement en douce et sur la pointe des pieds, soudain, il s'abat sur eux en les prenant à la gorge, impitoyable, comme un été.

L'ossature d'un des murs est terminée, le champ est labouré par la nouvelle charrue tirée par Arne et Barbro pendant que les autres plantent les pommes de terre pour la récolte d'automne, le dos penché sur une terre marron et fumante, on mange et on prend le café dehors.

Fredrik fait de son mieux, ce qui n'est toujours pas assez, Ingrid surveille les eiders et les moutons, elle inspecte le poisson séché d'un air inquiet, à la recherche d'asticots et de ravages ; Suzanne n'hésite pas à flirter avec Arne, elle lui demande pourquoi il n'a qu'un œil, si c'est pour mieux la voir dans sa nouvelle robe, elle lui demande aussi s'il ne serait pas bientôt temps de lui couper les cheveux, ils sont si longs, il a l'air d'une fille.

Ingrid, qui a plus de retenue, est obligée de s'éloigner, mais pas trop, et de son poste sur la colline au-dessus de la crique elle peut continuer à suivre la conversation, Arne est perché sur l'échelle posée contre un nouveau mur, Suzanne est en dessous de lui, en train de crier dans ce beau temps, et Ingrid voit pour la première fois un sourire sur le visage du grand frère Skarsvåg qui, d'après ce qu'il a dit lui-même, va fêter ses dix-sept ans la semaine suivante ; Ingrid trouve que ces jours-là sont importants, tout le monde a le droit à son anniversaire, et elle a noté la date sur le calendrier. Suzanne vient d'avoir vingt-deux ans et Fredrik en a presque sept, mais d'après sa maman, il sait déjà lire.

Mais alors qu'ils profitent tous merveilleusement du printemps, chacun à sa manière, un coup violent résonne dans le ciel, une corne de brume sortie des Nombres ; une montagne noir et blanc se détache du continent et s'avance lentement dans le fjord lisse comme un miroir, on dirait que ça vient de l'Usine, mais c'est le vapeur côtier qui, quel que soit le temps, passe toujours par le côté intérieur de la Grande Île, là on croirait qu'il s'est égaré, et il arbore des drapeaux norvégiens non seulement sur les mâts, les cheminées, à la proue et à la poupe, mais qui flottent au vent sur le moindre hauban, on dirait un véritable arbre de Noël, et il continue à gronder au point que les moutons et les oiseaux se taisent et viennent rejoindre les gens sur les rochers, ils regardent fixement ce monstre de bateau qui frôle Barrøy comme nulle autre créature ne l'a jamais osé. Les gens se pressent au bastingage, ils saluent avec leurs chapeaux et leurs bonnets, ils agitent coudes et genoux comme s'ils se moquaient des indigènes, quelle folie sur ce bateau, une magnifique beuverie flottante célébrée par des gens qui ont perdu la tête, on est le 10 mai.

Les gens de Barrøy restent raides et bouche bée, cette vision leur laisse un vide terrible quand elle finit par s'estomper, même s'ils ne saisissent pas ce qu'ils viennent de voir, ils ne répondent pas aux saluts avant qu'il ne soit trop tard, et ils continuent, jusqu'à se sentir très bêtes. Mais ils ont été témoins d'une apparition, cela ne fait aucun doute, et c'est quelque chose qui rehausse le moral d'une île entière, qui les agite et les fait parler. Ingrid file chercher la longue-vue qui a troublé tant de regards, elle observe ce bateau monstrueux s'enfoncer à l'horizon pour devenir un point noir sous une lune pâle.

Et c'est ainsi que Barrøy n'est plus muette et renfermée, ils se mettent tous à bavarder sur quelque chose qu'ils n'ont pas compris, et

Barbro s'écrie que c'est bien le moment de tuer un mouton et de manger de la viande.

Ils poussent un hourra avant qu'Ingrid n'ait le temps de se ressaisir, et elle cède, le mouton est tué et découpé, et ils continuent à babiller pendant le repas dans la grande pièce, comme si l'hiver et la guerre étaient terminés tous les deux, avec tout ce que cela pouvait impliquer comme possibilités et comme changements un peu partout.

Ils sont contents et repus, ils attendent que Suzanne serve ce qu'elle appelle un dessert mais qu'eux considèrent être une soupe, car c'est bien une soupe, rouge, avec du sagou et des raisins secs, le regard d'Ingrid passe sur les murs et se pose sur le tableau représentant un voilier que son père avait rapporté un jour, et elle fond en larmes, des larmes qui ne sont accompagnées ni de reniflements ni du moindre bruit, juste un torrent de larmes silencieuses. Personne n'y comprend rien, même pas Ingrid elle-même, et Arne déclare qu'Ingrid est à nouveau en train de penser à Nelvy.

Suzanne pose la soupière sur la table et demande qui est Nelvy, et personne ne répond.

Elle repose la question, sert la soupe et distribue les assiettes autour de la table. Ingrid se lève et pose une main sur l'épaule d'Arne, comme s'il était son fils, elle sort dans un crachin qui s'est mis soudain à tomber, elle s'assied dans le Jardin des Gorges avec la première brebis, à laquelle elle a donné le nom de Lea, une femme de la Bible éclipsée par sa sœur mais qui eut plus d'enfants que cette dernière, elle reste là, le visage enfoui dans la laine mouillée, puis elle finit par rentrer, elle se sèche, s'assied avec les autres qui sont encore en train de discuter sur la signification à donner à ce bateau, les rires ne sont même pas forcés.

Mais Ingrid ne parvient pas à chasser les paroles d'Arne, quand il a dit qu'elle pensait à Nelvy, car c'était vrai, mais elle pensait avant tout à l'ingénieur de Leningrad, et là, elle se dit qu'il doit être en vie, c'était ça qui l'avait si profondément bouleversée, en même temps que la vie en elle, elle sent les coups de pied et, dorénavant, elle ne versera plus une larme.

12

Ingrid demande à Arne de la conduire en bateau à l'Usine, après des hésitations. Elle est assise sur le banc de nage arrière, elle se tient le ventre. C'est un déplacement étrange, car les gens de Barrøy ne vont jamais nulle part sans raison, et ceux qui restent sur l'île et celui qui rame ignorent le pourquoi de cette traversée. Ils ont emmené Fredrik avec eux, car Arne ne veut pas qu'il traîne avec ses frères, il n'a pas le mal de mer, mais il refuse de ramer.

À l'Usine, on leur apprend que la guerre est vraiment finie et que, oui, il y aura de nouvelles pièces et de nouveaux billets ; le monde est en train de renaître de ses cendres, une fois encore. Le contremaître est nouveau, lui aussi, un jeune homme de l'intérieur des terres aux cheveux ébouriffés et en bataille, avec des yeux bien trop grands – à moins que son visage ne soit trop petit –, il leur dit d'apporter tout ce qu'ils ont, les œufs, le poisson, le duvet, il est plus que jamais essentiel de faire tourner la machine.

Et les prix ?

Il y a certaines choses qui ne changent jamais.

Les Allemands ont fait leurs bagages, et les Anglais libérateurs ont balancé à la mer les canons et tout le matériel lourd pour que les Norvégiens en achètent de nouveau à l'Angleterre une fois qu'ils auront retrouvé leurs esprits. Du reste, on ne les voit pas non plus, les Britanniques. En revanche, les Norvégiens, hommes, femmes et enfants, sont sortis en masse de leurs maisons, et ils ont l'air tout blancs et propres sous le soleil. Il y a une vente aux enchères dans l'ancien cantonnement, on y vend ce qui reste des Allemands, des armoires puantes, des meubles de bureau usés aux tiroirs remplis de boules antimite, de copeaux de taille-crayons et de tampons au motif d'aigle, des lampes, des fauteuils et des vêtements qui ne peuvent servir à rien. On récupère les pneus des affûts des canons du Fort, on peut les découper en morceaux idoines pour en faire des semelles. Et puis, il y a les chevaux, ces mêmes chevaux que les Allemands ont réquisitionnés quand ils sont arrivés, ils ont cinq ans de plus, ils sont usés par les horreurs de la guerre, là, sous leurs licous. Mais leurs anciens maîtres les reconnaissent, ils ont même des noms norvégiens qui les tirent lentement de leur hébétude à mesure qu'on les appelle et qu'on les achète, par raison sentimentale ou par nécessité.

Ingrid porte une robe donnée par Suzanne et qui lui va bien, qui ne la rend pas étrangère, ni à ses yeux ni à ceux des autres, et elle se demande elle aussi si elle ne va pas acheter un cheval avec de l'argent qu'elle n'a pas, mais elle est perturbée par ce vacarme civil : c'est une foire paisible, tous ces visages connus aux expressions prudentes, nouvelles et tendues. Anja a quitté le presbytère avec les quatre enfants et Gunvor, elle a emménagé dans la grande maison d'un patron pêcheur du village, un homme qu'Ingrid connaît depuis l'école et qui n'a pas réussi à se marier, mais qui semble bien parti pour, il a un chapeau à large bord sur la tête, il tient la main d'Anja et il a distribué des sachets marron de sucreries à toute la bande. Anja murmure à Ingrid que son mari ne se rétablira pas, elle l'a par écrit, là.

Ingrid se retrouve avec une lettre entre les mains, elle reconnaît l'écriture du Dr Erik Falc, quelque chose lui revient à l'esprit pour s'évanouir aussitôt, les enfants n'ont plus l'air gênés, ils lui serrent la main, ils ont l'air bien habillés et bien nourris, ce sont des enfants de la paix, pleins d'espièglerie, et à l'instant où elle veut poser à Gunvor une question au sujet de Nelvy, Arne la dévisage, il est presque son gardien, tandis que Fredrik ne parvient pas à détacher le regard des chevaux, Ingrid prend une décision qui l'a taraudée depuis qu'elle a eu l'étrange pressentiment que l'ingénieur était en vie.

Elle quitte le tumulte et remonte le chemin blanc dans le vallon, au-dessus du presbytère, suivie par les deux garçons, elle entre dans une maison peinte en rouge appartenant à un homme qui a jadis été le chef du village, un homme grand et fort.

Personne ne répond quand elle frappe, mais un toussotement tout au fond de sa mémoire lui fait ouvrir la porte et découvrir une maison en désordre, une maison sans femme, et un homme penché sur la table de cuisine au milieu des assiettes et des tasses sales, portant une tenue dans laquelle il pouvait jadis se montrer, on a l'impression qu'il est prêt pour son enterrement et, d'un ton aussi résigné que lorsqu'il l'a vue arriver avec le *Salthammer* cet hiver, il lui marmonne :

« Ah, c'est toi. »

Son air épuisé la tranquillise suffisamment pour s'asseoir, tandis que Fredrik et Arne restent debout et cherchent des objets sur lesquels ils pourraient poser les yeux. Elle demande à Henriksen s'il a encore les papiers de son activité en tant que responsable du comité des autorités d'approvisionnement.

Il répond sèchement non, il continue à la regarder jusqu'à ce que tout espoir s'envole, il tente maladroitement de se mettre debout et désigne une commode cachée sous les manteaux et les bleus de travail. Ingrid se lève, écarte les vêtements et tire un premier tiroir, entend un non agacé, ouvre le deuxième et voit une sorte de fichier classé en cinq rangées, ultimes restes d'un certain ordre.

Il lui dit qu'elle n'a qu'à chercher, il s'en fiche.

Elle feuillette le fichier par ordre alphabétique, trouve une fiche qui ressemble à une carte postale sans timbre, avec le nom Jadviga, de Mehamn, écrit d'une main tremblante. Aucune information sur son nom de famille, sur sa date de naissance, son lieu de naissance, sur ses domiciles précédents, il est seulement mentionné sa situation d'évacuée et qu'elle est logée chez Abelsen à Finnvika, avec deux garçons qu'Ingrid se souvient avoir vus dans la cuisine du *Salthammer*, et aussi le capitaine Lukas Wara, qui s'est chargé de l'enterrement de Nelvy. Ils sont tous les quatre sur la même fiche, seuls les garçons ont une date de naissance, ils sont adolescents et ne sont pas frères.

Ingrid sait qu'Abelsen habite tout à fait dans le sud de la Grande Île, mais elle demande quand même, pour entendre une dernière fois cette voix qui ne signifie plus rien. Henriksen dit « merde alors », et Ingrid, qui le voudrait mort et cassé depuis plus de six mois, constate qu'il l'est déjà, il souffre tellement qu'il pourrait inspirer de la pitié, elle cache la fiche sous sa robe et sort en vitesse.

Il les hèle, dit qu'il lui a sauvé la vie, elle doit témoigner en sa faveur…

Ingrid redescend au village, elle évite la vente aux enchères, entre dans la boutique, Margot n'est pas là, mais un de ses commis lui dit que Markus à la voiture est parti – c'est devenu le surnom de son fils au cours de l'année écoulée –, à l'entendre, on dirait qu'il est parti pour toujours, et si Ingrid veut être conduite là-bas, il faut qu'elle prenne le camion de ramassage du lait, qui est en fait un tracteur. Ingrid ne dit toujours pas à Arne ce qu'elle compte faire, et il ne demande rien, Fredrik s'en moque, il demande si elle peut lui acheter des sucreries, il y a des bonbons acidulés et du chocolat dans les bonbonnes en verre, là, sur le comptoir.

Ingrid dit non.

Elle s'arrête et lui demande s'il a déjà mangé du chocolat.

Il répond que oui, plein de fois.

Elle lui demande quand.

Il a l'air de chercher une réponse qui pourrait satisfaire Ingrid, et Ingrid abandonne le sujet.

Jakob Abelsen, de Finnvika, est un vieux monsieur, il est veuf, il a pêché avec le grand-père et le père d'Ingrid, il se souvient si bien d'eux et des bancs de pêche qu'il ne peut pas s'empêcher d'en parler dès qu'il l'aperçoit. Avec lui, dans la ferme bien tenue – avec ses six occupants –, il y a une bonne entre deux âges qui semble bien avoir l'intention de devenir la maîtresse de maison, si elle ne l'est pas déjà. Les deux garçons du Finnmark sont en train de planter des pommes de terre dans un champ qui vient d'être labouré, on a placé Jadviga dans un fauteuil à bascule, au soleil d'une fenêtre de la grande pièce, elle dort paisiblement, la bouche ouverte, elle est réveillée par la bonne qui pose la main sur ses genoux et lui dit qu'il y a de la visite, et qui demande s'ils veulent un café.

Ingrid dit que oui.

Jadviga prend son temps pour émerger et le café est posé sur la table avant qu'Ingrid ait eu le temps de sortir la feuille de papier et de la déposer sur les genoux de la vieille dame, cette feuille arrachée du cahier de dessin avec trois lignes identiques à la suite. Jadviga la tient loin de ses yeux, elle plisse les yeux, elle sourit, avec tout un réseau de rides blanches.

« Ça dit je t'aime. »

Elle passe un ongle abîmé sur les lignes et ajoute :

« Neuf fois.

— La même chose ? demande Ingrid. *Neuf fois ?* »

Jadviga compte et dit oui, neuf fois, elle saisit la tasse, en regarde le contenu et la porte lentement à ses lèvres.

Ingrid demande :

« Y a rien d'autre, un nom, une adresse ?

— Non. »

La fenêtre a été lavée, elle est claire comme de l'eau, et on voit loin, un drap blanc lui obstrue la vue, les prés sont verdoyants et ondulent sous le vent d'été, derrière eux, c'est la même mer qui se déploie et disparaît au moment où il écrit neuf fois les lignes identiques, sans lui dire ce qu'elle a vraiment envie de savoir, et, en plus, avec un sourire doux.

Un autre drap bouche la vision d'Ingrid, ses

doigts tremblent quand elle replie la feuille et l'agite en direction de la fenêtre, comme s'il y avait quelqu'un dehors. Jadviga boit son café et la regarde calmement.

Ingrid pose la main sur le genou de Jadviga, la remercie, elle sort dans la chaleur de l'été, elle est obligée de faire un tour de la maison, passe à côté d'une meule à aiguiser, d'un tas de bois et d'une réserve de tourbe, une pelle est plantée dans le sol avec le manche fendu, dehors, il y a non seulement Arne, Fredrik et les deux garçons qui sont en train de rire, mais il y a aussi le vieil Abelsen, la pipe à la bouche, qui écoute le capitaine Lukas Wara, qui est lancé dans une grande tirade, il veut rentrer chez lui.

Ingrid s'approche rapidement et dit que les autorités – y compris les nouvelles – leur ont interdit de rentrer, elle a vu la notification affichée à la boutique. Wara pousse un grognement de colère et déclare qu'il s'en contrefiche, il va rentrer chez lui, à pied s'il le faut, d'ailleurs, il n'y a pas plus de deux mille kilomètres.

Les autres rient. Mais le capitaine a enfin reçu une lettre digne de foi, et un tiers de sa ville s'en est sorti, dont sa petite étable, il pourra y dormir pendant qu'il reconstruit sa maison, c'est l'été, il fait jour tout le temps.

Jakob rit doucement et enlève la pipe de sa bouche.

« Bah, tu ferais mieux de rester ici, t'es trop vieux.

— Je ne veux pas être coincé !

— Ah ? Il y a quelque chose qui cloche avec la tambouille ?

— C'est quoi toutes ces disputes ? demande la bonne qui est sortie sur l'escalier.

— Il aura rien à manger ! » s'écrie Jakob.

Elle lui crie quelque chose qu'il n'entend pas, et rentre en claquant la porte. Jakob fait disparaître son sourire et dit à Wara qu'il n'a nulle part où aller.

On croirait que le capitaine va s'effondrer, et il répète que c'est une honte de traîner sur les terres d'un autre quand on a les siennes.

« Ah, va au Diable, lui dit Jakob avant de se tourner vers les garçons. Vous avez pas des patates à planter ? »

Ingrid dit qu'ils doivent rentrer. Jakob les accompagne sur la route et continue de parler de la mer et des années aux Lofoten, des souvenirs qui n'ont pas leur place en elle. Elle ne trouve pas non plus la force de l'interroger sur le naufrage, comme s'il n'y avait pas de place pour ça non plus, et quand ils s'assoient dans la remorque derrière le tracteur, Fredrik se met à parler également, comme si la paix l'avait affecté lui aussi, il demande où se trouve le Finnmark, et Skarsvåg.

Arne répond, Fredrik pose des questions sur les incendies et la guerre. Non, il ne reste que des cendres, Fredrik s'échauffe tandis qu'Arne se renfrogne de plus en plus à mesure qu'il débite ses réponses. Ils descendent vers l'Usine, mais Ingrid a oublié de faire les courses, si bien qu'ils remontent faire des achats, à crédit, et quand ils redescendent pour la deuxième fois, Arne dit qu'ils n'auront bientôt plus de matériaux pour la construction de la nouvelle maison.

Ingrid s'attendait à autre chose, et elle dit qu'elle le sait bien.

Trois murs, dit Arne. L'un d'eux avec des panneaux et des fermes. Elle avait envisagé quoi, elle ?

Elle répète qu'elle ne sait pas, cela dépend de lui.

Il lui demande ce qu'elle veut dire.

« Vous voulez rentrer, n'est-ce pas ? »

Il dit que c'est ce qu'*il* veut, *lui*, bien sûr, mais il a l'impression que c'est *elle* qui décide. Et Ingrid se tait.

Pendant la traversée, Fredrik continue de parler, il parle de son père que ni lui ni Suzanne n'ont évoqué ; de toute évidence, il est vivant et il fait des affaires, il vend des trucs que Fredrik ne saurait expliquer, mais il apparaît qu'il est rarement là, voire jamais.

Arne demande pourquoi.

Fredrik répond que son papa est occupé. Arne réplique :

« Ça veut dire quoi ? »

Fredrik dit qu'il a des trucs importants à suivre. Arne n'est pas plus avancé et Fredrik commence à défendre ce père absent qui a eu des problèmes, au point qu'un beau-père a fait son apparition, ce dernier est allemand et s'appelle

Armin, mais on ne le voit pas beaucoup, lui non plus.

« Armin ? » dit Arne.

Fredrik se tortille sur le banc de nage, il ne sait pas comment s'en sortir, même si Ingrid dit qu'Armin est sûrement quelqu'un de gentil.

Fredrik supplie Arne du regard, Arne qui tire sur les avirons à s'en faire craquer le dos et qui demande si le pianiste n'a pas bientôt l'intention d'apprendre à ramer.

Si, si, Fredrik dit qu'il sait ramer.

Il s'installe à côté d'Arne, et ils rament de manière inégale et sans dire un mot sous le crachin qui s'est mis à tomber soudain sur la mer mauvaise, Ingrid surveille ce qui se passe entre eux tout en comptant l'argent et en triant les souvenirs afin d'éviter ce qui est sur le point de l'envahir.

Après avoir rangé le bateau dans le hangar, Arne dit à Fredrik que l'on a survécu une journée de plus, il pose les affaires dans une caisse, la soulève sur ses épaules et monte vers les maisons.

Ingrid prend Fredrik par la main et lui dit qu'il va se plaire sur Barrøy, mais il ne doit plus penser à ses papas, et il ne doit plus en parler. Fredrik dit que oui, Barrøy est une belle île. Ingrid ajoute que la paix n'est pas très différente de la guerre, elle monte directement dans la Salle Nord, elle sort la feuille avec les neuf lignes car elle veut la brûler.

Mais alors, que fait-elle donc dans la Salle Nord, où il n'y a pas de poêle ?

Elle se trouve dans la Salle Nord parce qu'elle a besoin d'être seule quand elle relit la feuille, et elle ne redescend pas ce jour-là, elle reste sous la couette, à nouveau, elle sait qu'il est mort, elle le sent dans son corps, une immense paralysie à côté d'une plus petite, une corde en acier qui vibre dans tout son être.

Puis elle se relève, va à la fenêtre, regarde au nord, au-dessus des prés et de la mer, en direction d'Oterholmen, elle se dit soudain qu'il doit être vivant, malgré tout, il est mort ou en vie, il ne *peut* pas mourir, cela change en fonction de l'endroit où elle se trouve dans cette chambre qu'elle arpente toute la soirée, cette chambre qu'elle ne quittera plus, elle le sait, même s'il y gèle en hiver. Suzanne dormira dans la Salle Sud.

13

Avec la paix, le pasteur Johannes Malmberget revient également. Personne ne sait où il était passé mais, d'une certaine façon, il fait tellement partie du village que personne ne lui pose de questions, et il est tellement vieux qu'il ne lui reste que sa voix.

En revanche, celle-ci se met à tonner une fois que ses deux fils les plus jeunes l'ont porté jusqu'à l'autel et placé dans un fauteuil derrière un micro relié à un haut-parleur allemand abandonné. L'assistance trouve que cela ressemble à un discours de Radio Londres interdite et elle est sur le point d'applaudir. Et, une fois encore, il insiste sur cette question qui l'a troublé depuis toujours et qui a été un élément fidèle de chacun des sermons qu'il a rédigés : l'homme est-il grand ou petit ?

Pour la première fois, les fidèles comprennent aussi ce qu'il veut dire, car il est arrivé à une conclusion : l'homme est grand.

Pendant un instant, ils se demandent si la

guerre ne l'a pas rendu tout à fait banal, mais il appuie sa réponse sur des mots tels que retenu au port et persévérant, grain de sable et tenace, ce qui ne peut disparaître, ce qui contient à la fois la résurrection du Christ et son ascension, alors que l'on n'est ni à Pâques ni à la Pentecôte, mais le premier dimanche après la Saint-Jean ; ses comparaisons rebattues sur le sel et l'archipel et les îles apparaissent soudain fraîches et brillantes, et comme taillées dans le roc.

Il déclare, dans un finale grandiose, que la plupart des personnes présentes sont au fait de ce qui s'est passé sur les différents fronts dans le monde entier ; et, dans cette perspective, on doit s'estimer bien lotis dans notre extrémité grise et absurde, ce n'est peut-être pas évident, mais ayez la gentillesse de méditer là-dessus un instant, et voyez si cela ne vous évoque pas des paroles de sagesse, pas les miennes, mais celles du Seigneur.

Un murmure enthousiaste monte dans l'église bien remplie, presque tous les survivants sont revenus. Ingrid retrouve Nelly qui a passé l'hiver à Havstein, ainsi que sa famille, des anciens camarades de classe, Jenny et Hanna qui ont des chats, sans oublier Anja, qui a quitté le patron pêcheur avec ses enfants, elle a un billet pour le Nord à bord du vapeur qui fait la côte, elle ne rentre pas chez elle, elle doit se rendre dans un camp de rassemblement et retrouver son mari, qui s'est donc rétabli. Elle semble un peu fragile mais n'a plus cet air indistinct d'une victime de guerre entre vingt et soixante ans, elle fait bien les vingt-neuf ans indiqués sur la fiche de Henriksen, et Ingrid lui dit qu'elle ne les oubliera pas, eux non plus ne doivent pas l'oublier, il faudra s'écrire.

Anja lui demande comment elle va, elle ?

Ingrid la regarde et répond qu'elle ne sait pas, pas encore, et pose la main sur la tête de Sara.

Ingrid a demandé au pasteur de pouvoir lui parler. Ses fils le portent dans l'église, le déposent dans un side-car allemand qu'ils ont acheté aux enchères et le roulent entre les tombes du cimetière, pour que l'entretien soit aussi discret qu'Ingrid le souhaite.

Elle confie à Johannes Malmberget qu'elle attend un enfant, comme s'il ne l'avait pas remarqué dans sa robe estivale et légère, et il ne devrait pas y avoir de problème avec cet enfant, le pasteur est le premier à le garantir.

Il joint le geste à la parole, d'un mouvement de la main, lui non plus, il ne pose pas de question sur le père. Pour plus de sûreté, Ingrid dit qu'il était résistant, qu'il se cachait dans les îles.

« Il est en vie ? » demande Johannes Malmberget.

Ingrid fait oui de la tête. Le pasteur a des doutes, il y a tant d'enfants sans père par ici, on n'est pas à la campagne où le paysan est solidement coincé toute l'année avec femme et enfants, Ingrid doit se réjouir de ce don, une vie nouvelle, a-t-elle réfléchi à un prénom pour cet enfant ?

« Alexander. »

Le pasteur dit que ce n'est pas un nom que l'on donne souvent dans le coin. Ingrid acquiesce.

« Et si c'est une fille ?

— Kaja.

— Ah, ta grand-mère s'appelait comme ça. »

Il promet de rester en vie jusqu'au baptême de l'enfant.

Et puis, il a quelque chose à régler, lui aussi, il plonge une main tremblante à l'intérieur de sa veste et ressort un portefeuille qu'il tend à Ingrid. Elle recule. Il lui dit de le prendre. Mais elle n'a plus dix-neuf ans, et elle mentionne la lettre qu'il lui a envoyée à l'hôpital, cette lettre odieuse avec de l'argent dont elle n'a pas oublié l'importance, elle dit qu'elle veut enfin une explication au sujet de la relation étrange qu'il y avait entre son père et lui, et la conversation s'arrête.

Johannes Malmberget n'a pas non plus envie d'appeler à l'aide, ils regardent tous les deux les tombes voisines, les noms familiers et inconnus sur les pierres et les croix, les fleurs, les prés verdoyants qui descendent vers la mer, l'herbe est déjà haute, les joues d'Ingrid ont rougi, mais elle répète sa question.

Sans la regarder, il lui dit que, dans sa vie passée, il a emprunté de l'argent à la banque du village, la petite caisse d'épargne malmenée, afin d'aider un de ses nombreux fils qui n'avait pas très bonne réputation, il est mort aujourd'hui, et Barrøy était la garantie, il versait quelques øre à son père pour ça, c'était sans hypothèque.

« Une garantie d'*emprunt*?
— Oui, d'une certaine façon. »

Mais, monsieur le pasteur a des biens, n'est-ce pas ? demande Ingrid.

Oui, il a des biens, mais… Ils étaient hypothéqués, eux aussi. À l'hôpital, elle a reçu la moitié de ce qu'il lui devait, et le reste maintenant. Est-ce qu'elle comprend ?

Ingrid dit que non, mais qu'elle peut accepter l'argent, comme un prêt.

« Un prêt ? demande-t-il.
— Oui.
— C'est *ton* argent.
— En argent d'aujourd'hui ? »

Il a un petit rire sans joie et lui demande si elle espère qu'il va mourir bientôt.

Ingrid lui demande si c'était ça qu'il espérait au sujet de son père, le pasteur a l'air à la fois innocent et furieux, et il marmonne que c'est du bon argent, assez bon en tout cas pour servir à la boutique de Margot, d'ailleurs, le fils de cette dernière est revenu, fêté comme patriote et résistant.

Ingrid range le portefeuille sous son gilet en laine, elle est sur le point de dire que cet argent tombe à point nommé, mais non, il n'arrive pas au bon moment, il arrive trop tard, et l'autre fois aussi, il arrivait trop tard.

Johannes Malmberget jette un coup d'œil en direction des gens qui se sont rassemblés devant l'église en petits groupes vêtus de noir, les voix basses dans le temple vont s'élever à mesure qu'elles s'en éloignent, pour finir par se muer en rires frivoles dès que la distance sera assez grande. Il lève un bras afin d'appeler ses fils, mais ils ne le voient pas. Ingrid est obligée de les héler et ils arrivent en trottinant tandis que le vieil homme déclare que c'était beau d'entendre Barbro aujourd'hui – quelle voix.

« Mais elle ne connaît toujours pas les paroles ?

— Non.

— Bien, bien. »

Ingrid s'empresse de rejoindre les autres qui se demandaient ce qu'elle avait à faire avec le pasteur. Elle ne le comprend pas encore elle-même, elle glisse quelques mots au sujet du baptême.

Mais, le soir même, de retour à Barrøy, elle emmène Barbro avec elle dans le sud de l'île, à travers les prés, et elle lui parle de l'argent, elle l'a compté désormais, c'est exactement la même somme qu'elle a reçue à l'hôpital, elle s'en est servie pour acheter les matériaux pour reconstruire Karvika, les moutons, de la nourriture et une charrue, et bien d'autres choses encore, elle ne précise pas le montant, à la place, elle demande à sa tante si elle pense que Suzanne est revenue pour se cacher.

La question prend Barbro au dépourvu.

Ingrid lui demande si Fredrik lui a parlé de son père, car il est tout le temps dans ses jupes. Ou bien a-t-il parlé d'un beau-père, d'un oncle ?

Barbro dit non, et murmure que Suzanne n'a rien dit non plus.

Ingrid déclare qu'il est allemand.

Barbro lui demande qui est allemand.

Le beau-père.

Barbro ne comprend toujours pas.

« Elle avait quatorze ans quand elle est partie, dit-elle en restant dans le vague.

— C'est la *paix* maintenant, dit Ingrid d'une voix assurée.

— Oui, c'est bien vrai », réplique Barbro d'un ton emporté, et elle demande si ça veut dire que l'on va aussi reconstruire cette idiotie de phare, là-bas.

Ingrid lève les yeux au ciel et, pour la calmer, elle dit que ce serait le moment d'écrire la lettre.

« Quelle lettre ?

— À Lars, on va se retrouver tout seuls cet hiver, trois bonnes femmes et un gamin qui devra aller à l'école. »

Barbro dit que les gars du Finnmark sont là mais, l'instant suivant, elle prend cet air niais qui met Ingrid sur ses gardes.

Ingrid dit qu'elles vont peut-être réussir à garder les gars jusqu'aux foins, si elles ont de la chance. Et elle demande à quoi pense Barbro.

Barbro est obligée de lâcher le morceau : la lettre a déjà été écrite.

« *Quoi ?* »

Oui, par Suzanne. Barbro l'a supervisée, elle a même dicté quelques mots, et elle a été postée, elle a été envoyée non pas à Lars, mais à Felix, ils ont pêché ensemble pendant tant d'années, alors s'il y a quelqu'un qui peut convaincre Lars de revenir, c'est Felix. Arne l'a postée il y a plusieurs semaines de ça.

« Arne a fait quoi ? »

Barbro se retourne, elle écarte les bras, elle marche sur les trèfles et les renoncules mouillés et crie qu'elle en a marre des jérémiades d'Ingrid, ses poings se balancent comme des gourdins au même rythme que ses cuisses quand elle s'éloigne à grands pas avec de l'herbe jusqu'aux genoux.

Ingrid attend qu'elle ait disparu par la porte sous l'auvent, elle inspire et se dirige à pas lents vers l'ouest, vers les rochers, elle continue vers le nord, passe à côté du piton, les filets ne sont plus là, elle arrive à la remise des Suédois, les frères Skarsvåg ont monté un crochet en fer sur un pieu et ils montrent à Fredrik comment attacher des pierres sur les lignes, pour faire des plombs.

Ingrid a l'impression de débouler au milieu de quelque chose, il y a le visage bouffi de Fredrik et son regard naïf qui n'a toujours pas trouvé sa place ici, il y a Helmer et Sverre qui se retiennent, les coudes sur les genoux, se triturant les doigts. Fredrik tient une pierre dans ses petites mains, il essaie de mettre la ligne à sa place sur le plomb, lui aussi, il l'interroge du regard.

Ingrid emmène Arne avec elle derrière la remise et elle met deux doigts dans la poche de sa chemise qui vient d'être lavée, elle la tire, comme pour l'attirer vers elle, puis le repousse, et elle lui demande s'ils peuvent rester sur Barrøy jusqu'aux foins.

Il la regarde de son œil valide, il tend la main, lui aussi, le bout de ses doigts glisse sur le bras d'Ingrid, il fait frais en soirée, la rosée brille sur les poils et sur la peau, il dit qu'il ne sait pas ce que veulent les frères, cela fait longtemps qu'ils n'ont pas parlé du Finnmark, ils ont commencé à l'oublier, ils ne sont pas assez grands.

Ingrid lui demande ce qu'il veut, *lui,* elle a besoin d'une réponse claire tout de suite.

Il retire sa main et dit qu'il ne sait pas.

Ingrid dit que si, il le sait.

Il dit que oui.

Elle lui tourne le dos, s'éloigne de quelques pas, elle se retourne et lui dit qu'il peut la rejoindre à la Salle Nord cette nuit, mais elle ne se donne même pas la peine de vérifier qu'il a bien compris. Elle appelle Fredrik, ils remontent ensemble à la maison, elle dit à Barbro que c'est bien d'avoir écrit cette lettre à Felix, si seulement il pouvait convaincre Lars, et elle donne une gifle à Suzanne. Suzanne demande pourquoi, mais on dirait qu'elle se demande si elle n'est pas méritée. Ingrid prend de l'eau et monte sans manger et sans se laver, et elle se couche, elle frémit comme cet hiver, le froid est pareil, la chaleur n'est pas la même.

Arne monte l'escalier en douce, pieds nus, il la rejoint quand la nuit est le plus noire et quand tout le monde dort. Elle lui dit de faire attention, de venir derrière elle pour ne pas blesser le bébé. Il est brusque et plein d'ardeur, et ça ne dure pas longtemps. Elle lui dit qu'il ne peut pas dormir là, pas dans cette chambre, elle lui dit qu'elle espère qu'ils vont rester jusqu'aux foins, et aussi jusqu'à la récolte de la tourbe sur les îles. Il dit quelque chose mais elle ne l'entend pas, on dirait des sanglots, et elle ne se retourne pas. Il pose les mains sur son ventre, elles sont chaudes et dures, comme une coquille brisée autour d'un œuf gigantesque. Il disparaît aussi silencieusement qu'il est venu, et là, elle regrette ses mains, mais elle s'endort aussitôt et ne rêve de rien.

14

Il n'y a pas de fenaison normale cet été-là, la terre est restée en jachère pendant les deux années qui se sont écoulées depuis que Barbro et Ingrid ont fauché pour la dernière fois, et cette fois-ci les foins sont très peu hauts comparés aux années précédentes, quand elles étaient seules mais tentaient de maintenir la tradition du temps des hommes, en employant des travailleurs de Havstein qui ne montraient pas le même dévouement.

La faucheuse ne sert pas et rouille entre les enclos en pierre, la faux se prend dans les touffes et les vieilles herbes, ils pestent plus qu'ils ne fauchent et doivent couper l'herbe au milieu de la tige. Ingrid ne supporte pas cela, elle va même jusqu'à vendre du duvet à un moment de l'année où il ne faut pas le vendre, c'est à l'encontre de la tradition, mais elle ne peut pas toucher à l'argent du pasteur, car elle ne sait pas ce qu'il signifie.

Elle ne vend pas seulement les deux kilos des

eiders de l'année mais aussi un des vieux sacs de la grange. Puis elle va voir Adolf, l'indestructible, qui fait transporter non pas un cheval mais *deux*. Ce n'est pas lui qui s'en charge mais son fils, Daniel, qui sait y faire pour dire aux gens de Barrøy que leur île est un bateau en perdition, le malheur incarné… En voyant l'herbe guillotinée qui gît sur les claies à sécher le foin, qui s'envole au moindre souffle de vent et qu'il faut ramasser à nouveau, il déclare qu'ils ne peuvent pas labourer tous les enclos, les jardins, mais il peut apporter une sorte de herse, et un rouleau muni de dents de fer qui broie les vieilles merdes dont il faudra ramasser le plus gros à la main, en même temps que les pierres, et il faudra mettre la merde des gens dans un trou, environ là-bas, dans le creux du terrain, et espérer qu'il finira par pousser un arbre, un jour, ha, ha, ha.

Dès que le foin a été rentré, dès que les claies ont été démontées, ils se lancent dans ce qui n'a jamais été fait sur Barrøy. Et Daniel ne voit pas seulement ce qui existe, il voit aussi ce qui peut arriver, c'est un homme gai, irrespectueux et prévoyant de vingt-cinq ans qui travaille quasiment toute la journée pour un bon salaire qu'Ingrid lui a promis en secret. Mais lorsqu'il veut faire appel à trois jeunes gens de Havstein qu'il connaît, Ingrid lui dit de plutôt essayer de faire venir les deux garçons évacués qui sont chez Abelsen, à Finnvika, ce dernier sera sûrement content de se débarrasser d'eux maintenant que sa moisson a été rentrée, elle se souvient de la manière dont son père décrivait Jakob, un type bien, mais radin.

Daniel y va en bateau et revient, ils disent qu'ils ne veulent pas venir sans Jadviga. Ingrid dit qu'ils peuvent venir tous les trois. Daniel demande ce qu'ils doivent faire de Lukas Wara, le vieux capitaine. Ingrid rit et dit qu'il a trouvé sa place chez Jakob, mais il est le bienvenu lui aussi, s'il le veut.

Daniel retraverse le fjord et revient avec les deux jeunes gens et Jadviga qu'ils montent à la maison sur un brancard fait de montant de claies, ils l'installent dans le fauteuil à bascule de la cuisine, elle regarde autour d'elle et déclare que c'est une belle maison – et ils n'auraient pas un café ?

Quant à Lukas Wara, il a effectivement trouvé sa place chez Abelsen, il s'est également blessé au pied, ce qui ne le rend pas moins querelleur.

Les deux gars s'appellent Benjamin et Jørgen, ils ont seize et dix-sept ans et déclarent qu'ils ne pourront pas rester longtemps sur Barrøy car ils ont appris que leurs parents et leurs frères et sœurs s'en sont bien sortis, ils se trouvent dans un camp près de Harstad en attendant que les autorités leur permettent de rentrer chez eux, et ils veulent les rejoindre dans le camp.

Daniel dit qu'Ingrid leur trouvera un moyen de transport vers le Nord, ils seront également payés pour leur travail. Seraient-ils prêts à décaler leur voyage d'un mois ?

Ils réfléchissent. Arne dit :

« Et nous, alors ?

— Vous aussi », dit Ingrid et elle ajoute, alors qu'elle ne le sait pas, que le *Barrøy II*, la barque pontée, va revenir des Lofoten d'ici quelques semaines, et on pourra les emmener au port côtier le plus proche.

Ils se dévisagent, ils regardent Daniel, ils acquiescent, mais aucun d'eux ne dit un oui audible.

Benjamin et Jørgen ont des habits et des outils usés que Jakob leur a donnés, Jadviga peut mettre les vieux vêtements de Barbro, et elle dort dans le lit du vieux Martin, dans la chambre à côté de la grande pièce, et elle peut y aller toute seule. Elle passe ses journées dans le fauteuil à bascule, dans la cuisine, en compagnie de Barbro ; entre ses petits sommes, elle surprend cette dernière en lui racontant de petits souvenirs absurdes d'un monde dont personne n'a jamais entendu parler, et elle demande à Barbro combien elle a d'enfants.

« Un. »

Jadviga en a cinq. Elle lève la main et montre ses cinq doigts. Barbro lui demande où ils sont.

Jadviga ferme les yeux.

Au début de septembre, trois des neuf jardins ne se présentent pas seulement comme des terres nouvellement labourées, on dirait qu'ils ont été faits avec amour. Ils conduisent les moutons sur Gjesøya, ils aménagent un jardin de plus tandis que Barbro prépare à manger pour toute l'équipe ; Ingrid confie de plus en plus de responsabilités à Daniel et Arne, elle cueille des baies, prépare des confitures et des jus, elle calcule que la moisson à venir va être satisfaisante pour tant et tant de moutons, elle additionne chargements de foin et bêtes, en particulier la vache qui leur manque, et elle arrive à la conclusion que ça devrait peut-être suffire, ce *peut-être* qui est le mantra dans la foi quotidienne du paysan pêcheur.

Comme aucun bateau n'apparaît à l'horizon quand le quatrième jardin est terminé, elle accepte la proposition de Daniel de préparer un jardin de plus, il se plaît sur Barrøy, Ingrid se dit que cela a peut-être quelque chose à voir avec Suzanne, elle aussi, elle est pliée avec force dans les champs avec les garçons, elle arrache les touffes d'herbe et ramasse les pierres sans se plaindre, et ils vont transporter le fumier qu'ils ont derrière l'étable, il y en a beaucoup, d'ailleurs, il n'y a rien d'autre, dit Daniel en riant.

Ingrid a fini par apprendre de la bouche de Suzanne quelle relation elle avait avec ses deux hommes : le premier était un nazi norvégien et le second – Armin – un sous-officier allemand qui a été fusillé par les siens parce qu'il volait des tickets de rationnement et de la nourriture pour les lui donner, à elle et à Fredrik, il les volait notamment dans un dépôt dont il avait la responsabilité. Elle n'était pas mariée avec eux.

Ingrid lui demande si c'est toute la vérité.

Suzanne grimace, on dirait que pour elle, cette vérité suffit dans un coin aussi perdu et sans loi.

Ingrid lui demande pourquoi elle n'a pas parlé de Fredrik dans ses lettres. Suzanne déclare qu'il ne valait pas la peine d'en parler, son père ne voulait rien savoir sur lui. Après cela, Ingrid n'ajoute plus rien. Si, elle demande à Suzanne sous quel nom elle s'est déclarée ces dernières années, Tommesen ou Barrøy.

« Tommesen », dit Suzanne.

Ingrid lui dit qu'elle devrait peut-être arrêter et se mettre à utiliser le nom de Barrøy, en tout cas, c'est ce qu'*elle* a fait quand elle a inscrit Fredrik à l'école.

« Ah oui, l'école… »

Suzanne acquiesce doucement.

Ingrid ajoute qu'elle devra dormir avec Fredrik à Havstein durant la première semaine d'école, elle peut habiter chez Nelly, dont elle se souvient certainement. Ingrid a arrangé ça également.

« Elle bégaye ?

— Oui, elle bégaye. »

Mais ce n'est pas cela que Suzanne aurait dû dire, cette idée lui a subitement parasité l'esprit, et elle demande pourquoi elle doit rester avec Fredrik à Havstein.

Ingrid n'a pas besoin de répondre sur ce point, car si Fredrik réalise presque la moitié du travail d'un ouvrier à la ferme, et même si cela fait longtemps qu'il ne jette plus ses outils à la mer, il est comme il est.

Alors la mère et le fils partent avec la prame par un matin cristallin, sous le soleil et sous une brume invisible qui font trembler et vibrer les îles, ils arrivent seulement avec deux semaines de retard, ça aussi, c'est une tradition chez les gens de Barrøy.

Et c'est pendant que Suzanne et Fredrik sont à Havstein qu'Ingrid est obligée de s'agenouiller, elle est arrivée à terme, ce ne sont pas les comptes et les calculs qui ont manqué, et c'est très tôt, selon ce que l'on compte. Elle ne supporte pas non plus que les autres la regardent, elle pose doucement dans l'herbe le seau de baies à moitié plein, elle descend en titubant au hangar à bateaux, elle met à l'eau le canot avec le treuil, parvient à se hisser à bord, elle prend les avirons, elle a l'intention de ramer, mais elle s'éloigne à peine de dix, douze brasses avant d'être forcée de se mettre au fond du bateau, ses cris font venir les autres.

Toute la troupe arrive en courant, elle les distingue par-dessus le plat-bord que l'on vient de repeindre, l'un après l'autre, ils viennent se placer entre le hangar et le niveau des hautes eaux, ils regardent fixement Ingrid et le bateau, il n'y a jamais eu autant de jeunes qui ne sont pas de Barrøy, ils sont sept. Ingrid voit leurs têtes, leurs tailles différentes, la couleur et la longueur de leurs cheveux à travers un brouillard vert, pendant que sa respiration bat en elle comme un piston. Et, au milieu des jeunes, il y a Barbro, la bouche ouverte, le bras en l'air comme pour faire un salut inutile, le ciel est gris ce jour-là, la mer blanche comme une étendue couverte de neige.

C'est un accouchement difficile, brutal, mais bref. Ingrid fait ce que lui a dit Barbro, elle s'agenouille entre les bancs de nage. Et, une fois encore, c'est Arne qui doit se mettre à l'eau. Il monte dans le bateau mais il ne supporte pas de voir le sang humain dans l'espace où il a saigné tant de milliers de poissons, il ne supporte pas de voir le visage livide d'Ingrid, alors il ferme son œil et ramène le bateau, il saute à terre et court vers le sud avec les regards étonnés de ses frères posés sur lui. Puis ils se mettent à courir derrière lui, suivis par Benjamin et Jørgen.

Barbro et Daniel sortent Ingrid et l'enfant du bateau et les portent à la maison. Barbro réussit à couper le cordon, à le nouer et à arrêter le saignement. Ingrid reste consciente tout le temps, l'enfant est en vie, il faut qu'elle le regarde dans les yeux.

Barbro comprend ce qu'elle essaie de faire et elle dit que les yeux des nouveau-nés n'ont pas encore leur vraie couleur, cette couleur, leur couleur, elle ne vient que plus tard, et elle sait de quoi elle parle. Ingrid note qu'elle n'est plus dans les griffes des larmes, et elle peut attendre, c'est une fille, elle s'appellera Kaja, elle reconnaît les traits manifestes, c'est le Russe, et les yeux sans couleur des milliers d'innocents tués sur le *Rigel*, le bateau esclave que tout le monde a oublié, le père de Kaja a été tué lui aussi, Ingrid le comprend maintenant, Kaja est la fille du *Rigel*.

15

Dieu n'éprouve pas autant d'amour pour les gens de la côte que pour ceux de l'intérieur des terres et des villes ; Il les oublie totalement pendant de longues périodes, et eux aussi L'oublient ; ils récitent peut-être quelques versets avant le repas et soupirent un peu au moment du café, mais lorsqu'Il se montre généreux, ils n'hésitent pas un instant et savent où adresser leurs remerciements. Ce n'est pas qu'Ingrid joigne les mains et adresse des louanges au ciel, mais elle sait, comme un cri dans les ténèbres aveugles, que si l'année épouvantable qui s'est écoulée n'avait pas le moindre sens, elle en a un aujourd'hui, un éclair d'espoir tombé d'un ciel limpide, et elle ne lâche pas l'enfant des yeux, elle ne rate pas un bruit ou un mouvement, qu'elle dorme ou qu'elle soit éveillée, il n'y a aucune différence entre les heures de la journée, la lumière est aussi forte dans le moindre recoin, même si l'automne approche.

Barbro se demande ce qu'elle était allée faire

dans le canot, quand le moment était venu. Ingrid se pose la question, elle aussi. Barbro lui montre comment allaiter et attacher la couche pour qu'elle tienne mieux. Ingrid la laisse diriger, et Jadviga acquiesce, c'est bien comme ça. Barbro est grande. Elle a commencé à chanter dans la journée, Jadviga l'a encouragée, c'est à cause de l'herbe et de l'enfant qui vont grandir dans les cinq jardins noirs au cours des années à venir, à cause du fils qui va bientôt rentrer, mais c'est aussi parce que Ingrid n'est plus la moitié d'elle-même, et peu importe que l'enfant crie, surtout la nuit, ce sont les hurlements du lendemain qui leur déchirent les oreilles.

Daniel est payé, il partage la somme entre lui et les autres selon un calcul qui lui vaut nettement plus d'argent qu'aux autres, il repart avec les chevaux et les outils sur le nouveau bateau de transport, pour l'utiliser, Ingrid a dépensé le reste de ce qu'elle avait touché pour le duvet. Celui qui part et ceux qui restent se font des signes de la main et la tristesse de l'au revoir n'empêche pas qu'une certaine paix provisoire s'abatte sur l'île, une paix qui est seulement rompue par le mal du pays persistant des gars du Finnmark, en particulier chez Arne, par quelques averses passagères et par un aigle qui se pose sur une pierre à côté des moutons.

C'est aussi le moment d'être juste avec soi-même.

Elles prennent la clef – Ingrid a l'enfant serré

contre elle, tenu par un grand châle à fleurs qui lui vient de sa mère, Barbro en robe du dimanche qu'elle porte même les jours les plus modestes. Elles ouvrent le hangar des Lofoten, sortent au grand jour les trois coffres de marin et les contemplent avec des regards critiques, si vieux, si usés que la peinture qui les couvrait jadis n'est plus que poussière répandue le long de la côte.

L'un d'eux appartenait au père d'Ingrid, le deuxième à son grand-père et le troisième à son arrière-grand-père, sur ce dernier il y a les mêmes initiales que sur celui de son père, HB, pour Hans Barrøy, et une année, 1831. C'est aussi le plus gros et le plus solide, car l'homme a disparu en mer si jeune que son fils ne savait pas encore manier les avirons.

Elles demandent à Arne et aux frères de le porter jusqu'à la maison, dans la grande pièce. Benjamin et Jørgen portent celui sur lequel il est indiqué Martin Barrøy, 1864. Arne demande à quoi ça sert, ces deux coffres de marin posés à la place habituelle de la table, on leur a demandé de la pousser contre le mur de la chambre, les chaises forment comme un cercle de spectateurs muets, on est fin septembre.

Puis le hareng revient et tout s'arrête une fois encore.

Ingrid décide qu'ils vont saler eux-mêmes le poisson au lieu de se retrouver à le vider à l'Usine, dans les chaînes du travail salarié. Arne et Benjamin disent qu'ils sont bien d'accord.

Ils vont à l'Usine avec deux bateaux, ils achètent des tonneaux et du sel, ils font noter tout cela par le nouveau contremaître à l'allure curieuse et à qui Ingrid a vendu le duvet, elle discute le prix pour le faire baisser le plus possible, ils ont besoin de demi-caques, le treuil sur Barrøy ne peut pas soulever davantage. Le même après-midi, suivant les instructions d'Ingrid, ils barrent la passe entre Moltholmen et l'un des écueils des Lundeskjærene, ils posent également des filets à l'ouest en partant de l'autre écueil, cela forme une sorte d'entonnoir, ou la moitié d'une senne fixée à terre, comme on a toujours fait par ici.

Et même s'ils voient des oiseaux qui passent comme des trombes au-dessus de la mer tant à l'ouest qu'au nord, et près des écueils, ils ne prennent rien avant une bonne semaine. Mais, au moment de la nouvelle lune, les filets se déchirent, ils sont obligés de les tirer derrière les bateaux et ils perdent la moitié des prises. Mais ils sauvent treize demi-barriques. C'est du gros hareng d'hiver, et Ingrid décide qu'il faudra couper les têtes des poissons au lieu de les vider.

Fredrik Barrøy est rentré de l'école, on le met à porter l'eau et à préparer la saumure dont on remplit les caques quand elles sont couchées sur le côté, quand Arne a percé un trou au milieu d'une douelle. Ingrid se dit qu'ils devraient avoir une pompe sur le quai, car ils sont obligés de porter ou de hisser des seaux d'eau de mer pour les baquets qui servent au rinçage, c'est comme toujours, Barrøy a tout et il manque quelque chose d'essentiel.

Elle porte encore Kaja sur le ventre quand elle travaille, il faudra bientôt la mettre sur le dos, l'enfant crie seulement quand elle la pose à côté d'elle, Kaja aime le mouvement.

Ils rachètent du sel et d'autres barriques, ils font d'autres prises ; un après-midi où Suzanne et Ingrid sont sur le quai, chacune avec son tablier, en train de découper les harengs et de les saler dans les caques, en couches soigneusement organisées, elles entendent des bruits immanquables au nord, elles voient un baleinier blanc avec la rayure noire caractéristique glisser au-dessus d'Oterholmen, avant que la barque n'apparaisse également, ce n'est pas le *Barrøy II*, qu'elles attendent depuis que la lettre a été postée, mais le *Salthammer*.

Et ça, Ingrid est la seule à le voir.

Elles se lavent, restent côte à côte sur le quai, Ingrid a les mains sous la jupe pour les réchauffer contre le bébé qui glousse et la regarde avec les yeux du *Rigel*.

Suzanne aperçoit une silhouette connue qui se tient prête à l'avant avec la haussière, elle se met à sauter en tous sens et à crier tandis qu'Ingrid ne bouge pas un cil quand Lars lance la haussière sur le quai, Helmer place le nœud sur le bollard et Jørgen attrape l'amarre à l'arrière.

« Ah, c'est vous », dit-elle en baissant les yeux sur le bateau.

Lars descend sur le pont sans rien dire, un homme dans la force de l'âge, mais avec des cheveux qui ont un soupçon de gris bien marqué, le corps encore plus solide comme le bois et râblé que dans le souvenir d'Ingrid, mais aussi souple et vif. Il se place devant la timonerie où l'on baisse une vitre, Magnus Mannvik sort la tête et lance un regard bref à Ingrid, laquelle le salue d'un petit mouvement de la tête, il écoute Lars et redisparaît à l'intérieur, les machines s'arrêtent.

Lars prend son manteau à l'avant et crie dans la cabine. Deux petites filles portant des robes, des vestes et des bas identiques en sortent d'un bond, elles ont les mêmes cheveux et la même taille, elles font le même mouvement quand, sur un signe de Lars, elles lèvent la tête vers Ingrid et Suzanne, qui leur fait un bonjour de la main en souriant. Derrière elles apparaît une femme tout en noir, un peu plus grande que Lars, avec des cheveux noirs, et un foulard jaune et blanc qui a l'air d'être de la soie dans la lumière automnale. Deux jeunes garçons sortent de la réserve à appâts, Ingrid en reconnaît un, il s'agit d'Ole, ils sont accompagnés d'un garçon de huit ou neuf ans et qui doit être Hans, le fils de Lars, elle lève la main et fait bonjour, mais il ne répond pas, et Suzanne crie :

« Il est où, Felix ?

— En mer, répond Lars. Il pêche, à la ligne de fond. »

Il soulève un des panneaux d'écoutille, Magnus

– qui est descendu sur le pont – vient l'aider pour soulever le deuxième. Ingrid les entend discuter pour savoir quelle grue ils vont employer, et un petit éclat de rire. Magnus redémarre les machines, et une autre femme et un enfant sortent de la cabine, elle porte une jupe rouge, une veste épaisse en bure avec un col encore plus rouge, et un foulard également. Les deux femmes regardent autour d'elles. La femme en noir vient se mêler de ce que Lars est en train de faire avec la grue, elle veille à ce qu'un secrétaire passe dans l'écoutille sans encombre, il reste suspendu dans les airs par la sangle, Lars le soulève jusqu'à la hauteur du palan du mât de charge avant de le faire passer au-dessus du quai. Suzanne hurle :

« En mer ? Où ça ? »

Lars lui répond « le banc Tor Iversen » sans quitter des yeux le secrétaire qui descend doucement jusqu'aux pieds d'Ingrid et dont la beauté se mesure à celle du meuble que son père avait acheté un jour où il avait perdu la tête, elle comprend qu'ils ont l'intention de rester.

Elle détache les sangles, les fait glisser sous le secrétaire pour qu'elles puissent suivre le crochet que Lars fait redescendre dans la cale ; une quantité impressionnante de caisses, de sacs, de lits, de matelas, de chaises et de tables sont hissés cérémonieusement, en bon ordre, pour être répartis sur le quai en pierre, et pour former l'ameublement de deux salons, six chambres et deux cuisines, tandis qu'un grain ne fait que passer, et la femme en noir, qui vient de monter sur le quai, jette une bâche sur le secrétaire, elle se présente, Hanna, fait une révérence et dit qu'elle est la femme de Felix.

Ingrid découvre que, à l'instar des femmes du Finnmark, elle a un nouveau-né invisible sous sa robe, un garçon d'à peine un mois, c'est leur troisième enfant, Oskar. Suzanne met un doigt dans la bouche du bébé, puis elle se rend compte que les jumelles sont les filles de Felix, ses nièces. Elle s'agenouille, les aide à monter sur le quai, les complimente pour leurs belles robes et leurs boucles en prenant l'accent de la capitale, les prend par la main, leur demande comment elles s'appellent, elle dit son nom, hèle Fredrik qui, comme si de rien n'était, descend sur la rive pour remplir deux seaux d'eau, il manque de la saumure dans encore au moins trois caques.

Hanna ressemble à une des tantes d'Ingrid qui était venue vivre chez eux quand la situation avait été critique, une femme très sérieuse et profondément religieuse que l'on peut lire à livre ouvert, mais d'une force qui ne tiendra que jusqu'au jour où ses hommes disparaîtront, Ingrid le voit tout de suite, et cela la tranquillise.

Elles apprennent que Felix viendra avec le *Barrøy II* bien avant Noël, car juste après le Nouvel An, il leur faudra repartir pour une nouvelle saison dans les Lofoten.

Ingrid se tourne vers Magnus, qui est monté sur le quai, lui aussi, elle lui laisse entrevoir le bébé, il peut donc voir qu'il n'y a plus rien à ajouter sur le sujet.

Il est poli et agréable, il dit quelques mots qui la font rougir d'une manière agaçante. Elle se tourne vers l'autre femme qui dit qu'elle s'appelle Selma et qu'elle est la femme de Lars, elle est aussi petite que lui, mais fluette, douce et au teint clair, avec des cascades de cheveux blond-jaune et tout ébouriffés. Selma lui tend la main et dit aux deux garçons de faire pareil, Hans a neuf ans et Martin cinq ans, et Ingrid dit que, enfin, il y a à nouveau un Hans et un Martin sur Barrøy, et il s'en faut d'un rien pour que sa résolution de ne pas verser une larme ne s'en aille à vau-l'eau.

Barbro, en revanche, n'a pas cessé de pleurer, elle a laissé tomber sa fournée de pain dès que les bruits du *Salthammer* sont parvenus à son ouïe fine dans la cuisine, elle est restée là, muette, avec de la farine dans les cheveux et sur la figure, et sur les bras aussi, depuis que l'on a déchargé le secrétaire, elle a les yeux braqués sur son fils qui dirige la grue et qui ne la voit pas, elle est obligée de crier son nom à travers les larmes. Un fauteuil monstrueux couleur rouille oscille au-dessus de sa tête et atterrit comme un chat à côté d'une table de salle à manger, et Lars lui dit :

« T'as pas honte, maman. »

Barbro n'a pas vu son fils depuis neuf ans, elle attend patiemment que le baleinier soit vidé, et il y a aussi toute une quantité de choses intéressantes, de la farine, du sucre, trois sacs de carottes ainsi que deux seaux de saucisses qu'Ingrid n'a pas vues depuis que la guerre a commencé, sans oublier un cochon découpé et salé, dans un tonneau.

Lars monte enfin sur le quai et Barbro peut venir à côté de lui, elle l'entend qui s'adresse à Ingrid d'un ton agacé, il n'avait pas l'intention d'en parler mais, dans sa lettre, elle disait qu'une maison toute neuve les attendrait et, lui, ce qu'il voit, c'est une charpente avec un toit, là-bas, à Karvika, et la moitié d'un hangar à bateaux.

Ingrid retrouve l'ambiguïté qui caractérise la relation avec son cousin, la menace et la sécurité, mais elle rit et dit que ce n'est pas elle qui a écrit la lettre.

« Ah ?

— C'est Suzanne. Et ta mère.

— C'est pas ce qu'a dit Felix.

— La maison lui manque sûrement. »

Lars se laisse tomber dans le fauteuil dans lequel il semble disparaître, se rend compte qu'il est petit et se relève d'un bond. Magnus prend sa place, il est bien plus adapté au siège, et il dit qu'il n'y a qu'à entreposer les meubles dans la remise de pêche en attendant de terminer les maisons ; il plaisante, mais Hanna et Selma échangent des regards et l'une des jumelles demande à sa mère où ils vont habiter.

« Chez nous », dit Ingrid qui se tourne vers Arne et lui dit de rassembler les enfants et de la suivre.

Une fois à la maison, elle sort du four trois pains carbonisés, racle la croûte brûlée, les pose à l'envers sur la table, ouvre la fenêtre et dit à Jørgen d'aller chercher la brouette. Ils sortent les deux coffres et les descendent au quai en deux tours. Il y a des vêtements, des couverts et des ustensiles de ménage dans le coffre des frères Skarsvåg et seulement des vêtements dans celui qu'elle envoie avec Benjamin et Jørgen. Ils reçoivent aussi un tapis chacun, les huit vieilles peaux de mouton qui restaient dans la grange, quelques couvertures, des draps, les habits qu'ils ont sur le dos ainsi que les nouvelles bottes, dont les semelles sont faites avec des bouts de pneus des affûts de canon allemands.

Elle crie à Ole de renvoyer le palan pour charger.

Toujours assis dans son fauteuil, Magnus lui demande ce qu'elle fabrique, il y a de l'eau-de-vie sur une des tables, avec un cercle de petits verres, les autres se sont assis, comme s'ils attendaient d'être servis. Ingrid déclare qu'il va repartir avec six passagers à conduire au nord.

« Qui ça ? demande Magnus en se levant.

— Tu les connais », dit-elle.

Il pose un regard très dubitatif sur le groupe de jeunes voyageurs, sourit en découvrant Jørgen, il lui serre la main, Benjamin a droit à un signe de tête et les trois frères n'en bénéficient que d'un seul.

« Je descends au sud.

— Tu les déposeras en ville, dit Ingrid. Ils vont au nord. »

Il pose les mains sur ses hanches, contemple la mer, se mord la lèvre inférieure, baisse les yeux sur Ole qui l'interroge du regard et finit par recevoir un petit signe de la tête. Ole s'installe aux manettes et redépose de quoi faire des chargements sur le quai.

« Tu m'as traitée de grosse dondon la dernière fois », dit Ingrid tandis qu'ils regardent le coffre de l'arrière-grand-père trouver sa place dans la cale.

« Oui, mais j'le pensais pas », dit Magnus.

Ils rient.

Avec ses fils, Lars a allumé un feu sur le quai entre les pierres sur lesquelles est normalement posé le baquet de rinçage, il fait beau, il prend la masse dont se servait Arne pour les caques de harengs et il ouvre le fond d'un des tonneaux de saucisses et le pose directement sur le feu ; Ingrid se souvient qu'il avait l'habitude d'allumer des feux à cet endroit précis quand il était jeune, quand il trouvait qu'il faisait trop froid pour travailler dehors, mais continuait quand même. Là, il pousse ses fils devant Barbro et leur dit de dire bonjour à leur grand-mère, puis il se tourne brusquement vers la bouteille, ôte le bouchon, remplit un verre qu'il tend à Ingrid.

Ingrid le prend et le vide, elle dit également presque oui à la question implicite de Lars, à savoir si c'est lui maintenant le maître de Barrøy. Il remplit un autre verre et le donne à sa mère, qui a les mains qui tremblent, elle en renverse un peu et le repose, à la place, elle pose la main sur la tête de chacun de ses petits-enfants et elle demande à son fils à qui appartient ce fauteuil épouvantable.

« Il est pour toi, maman », dit Lars, le dos tourné, tout en continuant à servir l'eau-de-vie.

Ingrid monte à la maison avec les deux nouvelles venues, elle leur montre où elles vont dormir, Hanna et le bébé et les petites filles dans la Salle Sud, Selma dans la chambre du grand-père, ses fils et Lars dormiront dans la remise des Suédois qui vient d'être libérée, et Suzanne est reléguée avec Fredrik dans l'ancienne chambre d'Ingrid.

Ils tranchent les six pains que Barbro a faits, ils les déposent dans une caisse en bois avec le beurre qui vient d'arriver, de la confiture et du fromage frais sucré, et Selma lui demande qui est la vieille dame qui dort dans le fauteuil à bascule.

« C'est Jadviga », répond Ingrid.

La nuit est arrivée et la pluie tombe dru. Les portes de la remise sont grandes ouvertes, les flammes du feu montent haut, la lumière vacillante éclaire le groupe qui a rentré les meubles et qui est assis autour de deux tables garnies de nappes, comme au restaurant, ils mangent, ils boivent, ils discutent, on dirait une salle des fêtes avec quatre chambres, deux salons réunis et deux cuisines : Barbro trône à une extrémité de la table avec un petit-fils sous chaque bras, elle ne sait pas quoi leur dire, elle met des saucisses dans leurs assiettes, ils les mangent avec leurs doigts, elle beurre leurs tartines et se demande si elle va leur demander s'ils aiment aussi le fromage frais sucré.

Magnus et Lars sont assis à l'autre bout de la table avec Ole et son camarade, ils parlent de la pêche à la baleine, Lars se demande si ça pourrait être quelque chose pour lui, la pêche à la baleine sous le soleil de minuit dans le Vestfjord et la mer de Barents, comme ça, il ne resterait pas à rien faire pendant tout l'été. Magnus lui dit qu'il a des terres dont il faut s'occuper, Lars répond que les femmes peuvent s'en charger, elles l'ont toujours fait.

Les gens du Finnmark sont attablés sur un des côtés, ils se sont installés sur différentes couchettes du *Salthammer*, et ils se demandent s'ils ne vont pas rester ensemble une fois arrivés dans le Nord, ce n'est pas la première fois qu'ils en parlent, il n'y a pas loin de Mehamn à Skarsvåg, mais Jørgen et Benjamin sont attendus par leur famille, ils vont également essayer de retrouver les enfants perdus de Jadviga, et la conversation se perd dans un silence qu'il n'est pas facile de rompre.

En face, il y a Suzanne qui est assise entre les enfants de ses tantes, elle parle, les sert et leur pose des questions sur leur papa. De chaque côté, il y a Selma et Hanna qui mangent avec leurs couteaux et leurs fourchettes, elles boivent du lait, mais Selma boit aussi de l'eau-de-vie, Fredrik ne reste assis nulle part, il tourne autour de la table, il se tient au dos d'une chaise et écoute les conversations, puis il repart, écoute à nouveau, jusqu'au moment où Lars s'exclame :

« Mais c'est quoi, ça ? »

Des gouttes tombent dans son verre.

« Une fuite ? »

Tout le monde lève les yeux. Arne se penche au-dessus de la table et dit qu'il a réparé le toit, mais il n'avait plus d'ardoises. Il en manque *une*.

Et, en levant la tête, ils voient une semelle noire au plafond, et les gouttes qui en tombent. Lars se lève et agite les bras, tout le monde se lève et déplace les tables d'un mètre plus au nord et se rassied, Lars place le tonneau de saucisses vide par terre, on entend les gouttes sur le fer-blanc, puis sur l'eau, puis elles finissent par ne plus faire de bruit, et Fredrik demande :

« Elle est où, Ingrid ? »

Ingrid est la seule qui n'est pas là. Elle est dans la Salle Nord, et elle allaite. Lorsque Kaja s'endort, elle la couche sur l'autre côté, si bien que la maigre lumière de la nuit qui entre par les carreaux mouillés éclaire son visage, le temps peut s'arrêter et tout se figer, et Ingrid peut essayer d'oublier Nelvy.

16

Barbro et Hanna firent du pain le jour où les gens du Finnmark devaient partir. À cette date, le *Salthammer* avait effectué deux voyages à l'Usine, avec des caques de harengs, et rapporté du bois de construction que Lars avait payé comptant avec l'argent obtenu par la vente de sa maison à Reine. Et un chargement de charbon, car Ingrid n'avait pas réussi à récolter de la tourbe pendant l'été. Magnus Mannvik connaissait Barrøy désormais, surtout les travaux à Karvika, dont il faisait l'éloge, mais il ne connaissait pas Ingrid, celle-ci vivait sa propre vie.

À l'heure du départ, il lui serra la main et la remercia pour ceci et pour cela. On aurait cru qu'il avait l'intention de la traiter de grosse dondon une fois de plus, avec un grand sourire, mais l'occasion ne se présenta pas. Jadviga fut hissée à bord dans le fauteuil énorme et placé sur l'écoutille. Barbro ne voulait pas de ce fauteuil. Magnus baissa la vitre du côté bâbord de la timonerie, passa la tête et dit :

« Oui, oui, il fait bien beau. »

Il démarra les machines, et le *Salthammer* s'éloigna.

Personne ne fit au revoir à bord, sauf Jadviga qui secoua la main. À terre, tout le monde salua, à l'exception de Fredrik ; lui, il pleurait, et le nouveau Hans Barrøy se moqua de lui en riant, il fut grondé par Selma et Suzanne, il chercha l'appui de son père. Lars lui dit de faire tout de suite en sorte d'être l'ami de Fredrik, car ils iraient à l'école ensemble, et en plus ils devaient construire une maison.

Son fils eut un rire mauvais et dit des mots que les autres auraient préféré ne pas entendre, il reçut une gifle cuisante et se mit à pleurer à son tour. Fredrik rit à travers ses larmes.

Puis ils remontèrent.

Lars à côté d'Ingrid. Il dit que tout ça ne présageait rien de bon.

Ingrid lui dit qu'ils finiraient par être amis.

Lars déclara qu'il ne pensait pas à Fredrik, mais aux gars du Finnmark.

Ingrid réfléchit à cela, avec le sentiment habituel d'avoir raté quelque chose que Lars n'avait pas laissé passer. Elle lui demanda ce qu'il pensait du travail effectué dans les jardins, car il n'avait encore rien dit. Il dit que c'était impressionnant, et qu'il fallait avoir une vache l'année prochaine. Elle lui demanda s'il ne faudrait pas plutôt en avoir deux. Il répondit qu'il faudrait voir.

Avec Lars de retour sur Barrøy, le bateau de ramassage du lait recommença à desservir l'île, même s'ils ne produisaient pas de lait. Il apportait les courses et des matériaux de construction, il emportait des caques pleines et en apportait des vides, c'étaient des caques entières désormais, et les prises furent bonnes pendant tout le mois. Le bateau apporta aussi des télégrammes de Felix et, un jour de la fin novembre, il apporta trois lettres pour Ingrid.

Il faisait un temps épouvantable ce jour-là, elle, Kaja et les lettres furent trempées avant de pouvoir regagner la maison et de se réfugier dans la grande pièce.

Eva Sofie lui disait qu'elle était fiancée avec un des chauffeurs de l'hôpital, dont Ingrid se souvenait peut-être, c'était lui qui l'avait transportée. Eva Sofie attendait un heureux événement, comme elle disait, elle devait accoucher au printemps, comme elle disait également, et le chauffeur était tout occupé à arranger sa maison. Mais elle n'avait pas confiance dans cette paix, elle pensait souvent à Ingrid et cela ne la tranquillisait pas du tout...

Ingrid essaya de rire et mit la lettre à sécher sur le poêle.

Erik Falc Johannesen pensait lui aussi à Ingrid, même si sa lettre comprenait surtout des rapports sur l'activité de l'hôpital dans ces temps nouveaux. Il l'appelait « mon enfant de la nature » à deux reprises, et écrivait qu'il regrettait de ne pas avoir réussi à l'apprivoiser, une formulation insidieuse et ambiguë qui gêna Ingrid dans sa solitude ; elle relut la lettre, ressentit le même embarras et la mit au feu.

Mais elle garda la photo jointe au courrier, cette photo d'Ingrid et Erik Falc côte à côte, derrière un fauteuil rococo, dans un verger en fleurs, et qui regardaient fixement un point placé au-dessus de la racine de ses cheveux à elle. Il n'était pas difficile de les reconnaître, même s'ils n'étaient pas ressemblants.

Elle l'apporta à la cuisine et la montra aux autres. Suzanne essuya l'eau qu'il y avait dessus du revers de la main et l'étudia de près, elle dit que l'homme avait l'air chic – c'était qui ? Selma dit qu'Ingrid avait l'air jeune. Hanna trouvait qu'elle avait l'air apeurée, et Barbro demanda qui était la dame sur la photo, et elle ne connaissait pas non plus le monsieur.

Ingrid mit également la photo à sécher et se dit que, un jour, elle devrait emmener Kaja en ville pour la faire prendre en photo, pour un portrait de la maman avec sa fille, et peut-être en envoyer un exemplaire à quelqu'un, mais cela ne pressait pas puisque l'enfant devenait encore plus jolie à mesure que les jours passaient. Elle demanda à Hanna combien elle pensait que cela coûtait.

« Ça coûte cher », dit Hanna.

La troisième lettre était d'Arne.

Ingrid est assise sur l'escalier par un soir singulier. Ce qu'il y a de singulier, c'est que l'on est au milieu de la journée, et non en soirée. Elle voit accoster le bateau de ramassage du lait, Fredrik et Hans en descendent, ils rentrent de l'école, on est samedi. Mais elle ne descend pas les accueillir comme d'habitude, il suffit de les voir faire la course pour arriver en premier à la maison. Elle voit également une silhouette près du hangar à bateaux, c'est Lars.

Elle demande aux garçons comment ça s'est passé à l'école mais n'entend pas leur réponse, elle descend rejoindre Lars qui a amené les moutons dans le hangar à bateaux. Elle lui demande pourquoi.

Il la regarde, regarde le bébé, caresse la joue de Kaja, comme si cela avait quelque chose à voir avec elle.

Ingrid glisse la main derrière l'enfant et sort la lettre d'Arne qu'elle tend à Lars. Il la lit et déclare :

« Tu leur as donné de l'argent ? »

Ingrid dit que oui, elle a mis le portefeuille du pasteur Malmberget dans un des casiers du coffre qu'ils ont emporté, le coffre de Hans Barrøy, celui de 1831, Arne la remercie abondamment, bien plus que nécessaire. Lars dit :

« Qu'est-ce que j'avais dit ? »

Ingrid hausse les épaules et ne répond pas.

La lettre raconte que les frères sont rentrés chez eux et que tout était en ruine, et qu'il faisait nuit noire, comme prévu, puis ils ont habité dans un baraquement à Honningsvåg, puis dans un autre baraquement à Hammerfest, ils sont désormais à Tromsø, dans une pension tenue par des bonnes sœurs, grâce à la générosité des sœurs et à l'argent d'Ingrid, et ils ne savent pas ce qu'ils vont faire en attendant le printemps et la lumière du jour.

Lars agite la lettre et dit :

« Tu en penses quoi ? »

Ingrid dit :

« Tu auras besoin de gens pour préparer les appâts cet hiver. »

Lars la regarde longuement.

« Nous en avons déjà.

— Tu peux les changer.

— Le gringalet qui n'a qu'un œil ? »

Là encore, Ingrid comprend qu'elle ne doit pas répondre. Lars dit :

« Ils s'y connaissent en appâts ? »

Ingrid dit :

« Ils connaissent la mer.

— On pêche en pleine mer.

— Arne connaît la mer, les petits gars savent appâter. »

Lars réfléchit et, sans ciller, il dit qu'elle peut écrire aux frères pour leur dire de venir aux Lofoten et de se présenter à la pêcherie de Conrad Hartvigsen à Reine, et de dire qu'ils vont habiter au baraquement de Lars Barrøy pendant Noël, jusqu'à ce qu'il arrive avec Felix, début janvier.

Ingrid baisse la tête sur Kaja qui cligne des yeux et qui a de longs cils noirs, Ingrid ne trouve pas la force de dire merci à Lars, son regard erre dans le hangar à bateaux, et elle répète sa question, pourquoi a-t-il donc amené les moutons ici ?

Lars dit :

« T'es aveugle ou quoi ? »

Il lui tourne le dos et sort dans la nuit, il part vers le sud, il prend le nouveau sentier en direction de Karvika, le sentier est devenu un chemin, et Lars est pressé.

Ingrid court derrière lui mais elle est arrêtée par une main invisible, elle regarde alentour, contemple l'île entière d'un seul coup d'œil, là-haut, la porte de la maison s'ouvre en grand, les garçons ressortent, tous les trois, avec une tartine à la main. Ils aperçoivent Lars et se précipitent pour lui couper la route, la fumée monte de la cheminée en petites bouffées paresseuses, Barbro sort à son tour et jette des regards dubitatifs au nord et au sud, elle va à la corde à linge et se met à prendre les vêtements accrochés là, si noirs dans le silence immense, la fenêtre de la cuisine est ouverte, le visage de Hanna apparaît, ses lèvres crient quelque chose à Barbro, Barbro se retourne et lui répond, on dirait une question, deux questions, Ingrid voit tout cela, presque endormie, elle voit que la première tempête de l'hiver se prépare.

DU MÊME AUTEUR

Aux Éditions Gallimard

LES BÛCHERONS, 2011

LE PRODIGE, 2014, prix des Libraires norvégiens 2009

LES INVISIBLES, 2017 (Folio nº 6610)

MER BLANCHE, 2019 (Folio nº 6909)

Composition Entrelignes
Impression Novoprint
à Barcelone , le 25 janvier 2021
Dépôt légal : janvier 2015

ISBN 978-2-07-288276-0./Imprimé en Espagne.

Vom gleichen Autor erschienen außerdem
als Heyne-Taschenbücher

Letzte Station Camp 7 · Band 01/839
Kein Vaterland · Band 01/901
Faustrecht · Band 01/937
Gott schläft in Masuren · Band 01/981
Held im Turm · Band 01/998
Mit diesen meinen Händen · Band 01/5028
Kameraden · Band 01/5056
Die Wölfe · Band 01/5111
Aufstand der Soldaten · Band 01/5133
Fabrik der Offiziere · Band 01/5163
Wir nannten ihn Galgenstrick · Band 01/5287
Aufruhr in einer kleinen Stadt · Band 01/5335
Kultura 5 und der rote Morgen · Band 01/5403
Die Nächte der langen Messer · Band 01/5479
Eine Falle aus Papier · Band 01/5808
Bedenkliche Begegnung · Band 01/5971
08/15 in der Partei · Band 01/6042
Geld – Geld – Geld · Band 01/6092
Die gefährliche Wahrheit · Band 01/6205
Ausverkauf der Helden · Band 01/6251

HANS HELLMUT KIRST

DER UNHEIMLICHE FREUND

Roman

ERSTAUSGABE

WILHELM HEYNE VERLAG
MÜNCHEN

HEYNE-BUCH Nr. 01/5525
im Wilhelm Heyne Verlag, München

7. Auflage

Genehmigte, ungekürzte Taschenbuchausgabe

Printed in Germany 1985
Umschlagfoto: Bavaria-Verlag, Gauting
Umschlaggestaltung: Atelier Heinrichs, München
Gesamtherstellung: Ebner Ulm

ISBN 3-453-00936-3

Dies ist die Geschichte eines Menschen, der den Versuch wagte, letzte Konsequenzen aus den zu vermutenden fürchterlichen Erkenntnissen seines Lebens zu ziehen.

Das geschah alles innerhalb einer kurzen Zeitspanne: in den Frühlingstagen des vergangenen Jahres – und zwar mit vernichtender Folgerichtigkeit. Dazu gehörte auch die totale Zerstörung seines eigenen Daseins. Ihr voraus ging jedoch, was dieser Mensch für unvermeidlich hielt: die Erledigung etlicher Lebewesen – welche er als fragwürdige Existenzen ansah.

Dieser Mann vollzog damit das, wovon vielleicht gar nicht wenige gelegentlich wenigstens zu träumen versuchen, das jedoch kaum jemals wagen – und wenn, dann nur mit bebender, schweißnasser, angstvoller Mutwilligkeit: eine denkbar vollkommene Gerechtigkeit zu erzwingen! Dieser Mann war entschlossen dazu, Richter und Henker zugleich zu sein.

I

Schreiben
des Journalisten Frank Schwarz
an den Polizeipräsidenten
persönlich.

Sehr geehrter Herr Präsident!

Ich bedauere es, Sie auf einen Vorgang aufmerksam machen zu müssen, der mir jedoch von erheblicher Bedeutung erscheinen will. Dabei geht es um eine von Ihrem Amt der Öffentlichkeit zugeleitete Nachricht, welche vermutlich als ein Irrtum, wenn nicht gar als eine bewußte Irreführung bezeichnet werden könnte. Was jedoch Ihnen persönlich, Herr Präsident, wohl kaum angelastet werden darf; also hiermit auch nicht beabsichtigt ist.

Dabei handelt es sich um folgendes: Nach Verlautbarungen Ihres Amtes – einer Pressemitteilung vom 15. Mai dieses Jahres – wird offenbar für erwiesen gehalten, daß Richard Holden, Rechtsanwalt in dieser Stadt, Selbstmord begangen hat. Das jedoch ist eine Behauptung, die zu bestreiten ich mich gezwungen sehe. Und zwar aufgrund mir inzwischen zugegangener Unterlagen – sowie eigener Erfahrungen und Recherchen.

Angesichts des mir vorliegenden Materials, verehrter Herr Präsident, drängt sich mir die zwingende Vermutung auf, daß es sich hierbei gar nicht um einen Selbstmord gehandelt hat, sondern um einen bewußt geplanten und zielstrebig durchgeführten Mord! Und vielleicht sogar nicht nur um einen einzigen Mord in diesem Zusammenhang.

Als Täter – und das sage ich mit gebotenem Vorbehalt – könnte einer ihrer maßgeblichen Beamten, verehrter Herr Polizeipräsident, in Frage kommen. Und zwar der Kriminalhauptkommissar Karl Hubert, wobei mir bekannt ist, daß es sich bei Rechtsanwalt Holden, dem angeblichen Selbstmörder, und Kriminalhauptkommissar Hubert, dessen mögli-

chem Mörder, um sehr enge Freunde gehandelt haben könnte – angeblich bereits seit ihrer Jugend.

Was dann diese Vorgänge – die Sie gewiß nachprüfen lassen werden, verehrter Herr Präsident – geradezu als dunkle, dramatische Auseinandersetzung erscheinen ließe. Ich bitte nochmals um Verständnis dafür, daß ich mich gezwungen sehe, Sie mit derartigen Konstellationen zu belästigen; oder gar zu belasten. Rechnen Sie jedoch jederzeit mit meiner uneingeschränkten Bereitschaft zur Mitarbeit.

In hochachtungsvoller Erwartung!
Ihr Frank Schwarz

»Was hat denn das zu bedeuten?« wollte unverzüglich der Polizeipräsident wissen; und zwar von seinem Pressereferenten, dem er dieses Schreiben vorgelegt hatte. »Was könnte das zu bedeuten haben – wissen Sie es, oder haben Sie wenigstens eine Ahnung?«

Der ›Präsident‹ war nur einer von etlichen Dutzend anderen in den immer zahlreicher werdenden Millionenstädten des westlichen Europa. Die Menschen darin schienen wie planlos, angstvoll, zutiefst verstört herumzuwimmeln. Autos röhrten und stanken; vierundzwanzig Stunden täglich, pausenlos. Radioapparate stießen Schreitöne aus, Fernseher verflimmerten Bilder, Menschen brüllten sich an. Eine Welt ohne jede Stille.

Eine in Stahlrahmen gepreßte Welt, durch dickgläserne Wände getrennt, von Betonblöcken zerteilt, mit denen verglichen Gefängnismauern wie japanische Papierwände anmuteten. Eine fürchterlich erscheinende Unübersichtlichkeit war die Folge – besonders Polizeibeamte bekamen sie zu spüren. Denn in diesen Bienenwaben des Gewinnstrebens war offensichtlich so gut wie nichts mehr klar erkennbar, eindeutig zu bestimmen, voneinander deutlich zu trennen.

Nicht nur, daß es immer schwieriger wurde, gleich auf den ersten Blick, zwischen weiblichen und männlichen Wesen zu unterscheiden. Hinzu kam, daß sogar weibliche Wesen neuerdings polizeidienstgefährdende Undeutlichkeiten bis Undeutbarkeiten aufwiesen.

So konnte es sich etwa bei einer in Hauptbahnhofsnähe registriert werden sollenden Frau ebenso um eine abkassierungsbereit herumwimmelnde Strichnutte handeln, wie auch lediglich um eine sich vielfach publizistisch aufgeklärt fühlende, nach Erfüllung ihres Sexualsolls gierende Hausfrau. Denkbar aber auch, daß dabei ein politbewußtes, provozierendes, protestbereites Emanzipationsexemplar zum Vorschein kam.

Aber das lediglich ein Beispiel unter zahllosen anderen dieser – nicht nur aus der Sicht von Polizisten – wie aus allen Fugen geraten zu sein scheinenden Welt: Gesellschaftliche Verbindlichkeiten wurden abgeschafft, sittliche Bindungen lösten sich auf, Gesichter schienen ihre Konturen zu verlieren. Gespräche wurden zum Geschwätz, marktschreierische Klamauktypen posierten als Lebenspflichtersatz. Es gab wohl einfach nichts mehr, was an Lebensverschmutzung nicht denkbar, vorstellbar, möglich geworden war.

Zustände, die dem Polizeipräsidenten, wie allen anderen auch, hinreichend bekannt waren – rundherum im westlichen Europa; ob nun in Amsterdam, Glasgow, Marseille, Mailand oder München. Tagtäglich fluteten Brandungswellen menschlicher Abfallprodukte auf sie zu, die sie dann in klärende Kanäle zu leiten versuchten, also in die Bereiche ihrer Kriminalfachleute und -experten – in der immer geringer werdenden Hoffnung, daß diese nicht daran erstickten. Doch diese permanenten Dschungeldurchquerer der Großstadt schienen tatsächlich so gut wie unermüdlich zu sein – offenbar existiert nichts, was ihnen nicht zuzutrauen, zuzumuten war!

Was jedoch den jeweiligen Polizeipräsidenten nicht davor bewahrte, gelegentlich selbst in diese massige Menschenabfallproduktion eingreifen zu müssen. Und eben das schien diesmal – bei dem Schreiben des Journalisten Frank Schwarz – so gut wie unvermeidlich zu sein.

Zunächst gab sich der Präsident kühl-fischgesichtig gelassen, souverän-entschlossen auch, nicht ohne zugleich betont-angedeutete Überlegenheit. Fast streng wollte er von seinem Pressereferenten wissen: »Was versucht denn dieser Schwarz hier mit uns zu veranstalten? Will der etwa kräftig mitmischen? Wobei? Und – warum?«

»Vermutlich aus purem Geltungsbedürfnis!« Sein Pressereferent demonstrierte pudelhafte Freundlichkeit; was ja an sich durchaus für ihn sprach. »Dieser Frank Schwarz gehört eindeutig zu jenen Journalisten, die vorgeben, nichts wie Aufklärung zu betreiben; das jedoch nur, um damit Zeilenhonorare und Sondervergütungen herauszuschinden. Für einen knalligen Artikel geht der angeblich glatt über Leichen.«

Der Polizeipräsident ließ sich, wie nachdenklich schweigend, erhebliche Zeit, um seinen Pressereferenten, den er sich ja nicht ausgesucht hatte, ein wenig näher zu betrachten. Auch dem war wohl ein gewisser ›Erfolgszwang‹ zuzugestehen, wie anderen seiner Beamten. Doch sie hatten damit fertigzuwerden – wie er ja auch.

»Soweit ich informiert bin«, gab daher der Polizeipräsident zu bedenken, mit leicht dunkel getönter Warnung, »handelt es sich bei Herrn Schwarz um einen festangestellten Mitarbeiter der *Tageszeitung* – eines zwar nicht sonderlich hoch angesehenen Publikationsorgans, jedoch örtlich von einigem Einfluß. Worauf wohl zu achten wäre.«

»Dieser Frank Schwarz«, erklärte nun der Pressereferent, mit plötzlich hervorsprudelndem, fast speichelndem Eifer, »ist ein erklärter Schmutzaufwühler! Selbst einige seiner Kollegen halten ihn, wie mir vertraulich berichtet wurde, für ein überaus anmaßendes Arschloch.«

»Danke. Diese Erklärung, glaube ich, reicht für mich.« Eine Feststellung, die der Polizeipräsident keinesfalls verweisend traf, eher leicht erheitert, zumal ihm der wohl entscheidende Grund für diese Gegnerschaft sehr schnell wieder einfiel:

Der Journalist Frank Schwarz hatte in einem seiner Artikel – vor etwa einem Jahr – die angeblich höchst mangelhafte Mitteilungsbereitschaft des Polizeipräsidiums, also jene des dortigen Pressereferenten, ziemlich heftig angegriffen. Was dieser ihm wohl nicht verzeihen konnte; vermutlich auch nicht wollte. Unangenehme Feindschaften vermochten so zu entstehen.

»Sie dürfen sich entfernen«, sagte der Präsident. Und wenn dies auch ziemlich entgegenkommend klang, so wohl nur deshalb, weil damit ein Hinweis auf verpflichtende Zusammenarbeit gegeben wurde – sicherlich in berechtigter Erwartung. »Wobei ich Sie gewiß nicht erst um völlige Diskretion bei diesem wohl nicht ganz unheiklen Vorgang ersuchen muß.«

»Selbstverständlich nicht, Herr Präsident!« versicherte der Pressereferent so feierlich, als gedenke er eine Art Amtseid abzulegen. »Doch ich hoffe sehr, weiter über diesen Vorgang informiert zu werden – um dann, ganz in Ihrem Sinne, die Damen und Herren von der Presse bedienen zu können.«

»Können Sie – sollen Sie auch. Stets höchst taktvoll und entgegenkommend höflich – wie das in unserem Bereich immer üblich ist. Doch zunächst bitte kein Wort über diesen Schwarz-Vorgang. Zumal anzunehmen ist, daß der sich als ein voreilig losgelassener Versuchsballon entpuppen könnte.«

»Doch was – wenn nicht?«

»Das muß sich erst noch herausstellen! Wobei dann ganz selbstverständlich sein wird, daß wir niemals irgend etwas verschleiern werden – das wollen und müssen wir auch nicht. Ist das klar?«

»Vollkommen, Herr Präsident.«

»Gut! Dann bitten Sie also zunächst einmal den Herrn Kriminaldirektor zu mir. Zwecks weiterer Klärung dieser Angelegenheit.«

»Ein ganz dicker Hund«, versicherte der unverzüglich erscheinende Kriminaldirektor, und das mit starker, leicht aufwiehernd klingender Stimme. Diese Stimme paßte durchaus zu seinem wuchtigen, doch keinesfalls verfettet wirkenden Körper – er erinnerte tatsächlich an ein stattliches, gepflegtes Vollblutpferd. »Den«, forderte er, »sollten wir möglichst schnell und gründlich begraben!« Also diesen, seiner hier wohl recht maßgeblichen Ansicht nach, ganz dicken Hund.

»Sie sind also, Herr Kollege, wie stets voll informiert«, stellte der Polizeipräsident fest – ohne die geringste Überraschung;

zumindest zeigte er sie nicht. Er wußte, daß sich sein Kriminaldirektor auf keine Unterredung einließ, auf die er sich nicht vorbereitet hatte; wobei er vermutlich diesmal, schnell und scharf zupackend, den Pressereferenten ausgequetscht hatte.

Der Präsident gestand sich ein – leise über sich lächelnd –, daß er sich da einen Fehler geleistet hätte: Er hätte eben seinen Kriminaldirektor nicht durch den Pressereferenten zu sich bitten lassen sollen, sondern über sein Büro. So aber hatte sich dieser zweite Mann in seinem Amt, der wie jeder Zweite möglichst bald der Erste werden wollte, bereits auf dieses Gespräch eingestellt.

Der Kriminaldirektor ließ sich, die Akten unter dem Arm, unaufgefordert auf einem Stuhl dicht beim Präsidentenschreibtisch nieder. Das war jedoch nicht etwa eine Art Anmaßung, sondern lediglich eine hier übliche Selbstverständlichkeit. Die beiden maßgeblichsten Mitarbeiter des Präsidenten – Polizeichef und Kriminaldirektor – besaßen das Privileg, jederzeit, also auch unangemeldet, mit ihm konferieren zu dürfen. Zwei Stühle, in seiner unmittelbaren Nähe, standen stets für sie reserviert.

In einem davon hatte sich der schwergewichtige Pferdemensch also krachend niedergelassen. Er prustete kurz vor sich hin, bevor er ungefragt seine Stellungnahme von sich gab. »Dabei, erstens, dieses Schwarz-Schreiben: purer Mist! Sodann, zweitens, der Verfasser dieses Schreibens: ein völlig skrupelloser Zeilenschinder, also durchaus ernst zu nehmen! Womit ich sagen will: Der von diesem Schwarz hier angekarrte pure Mist könnte sich dennoch als unheilzeugender Dünger erweisen. Wobei schließlich, vorerst drittens, auf unseren Pressereferenten hinzuweisen ist: nicht ganz untüchtig, aber nicht clever genug, um mit entschlossenen Krawalljournalisten fertigzuwerden.«

Der Polizeipräsident nickte, nun gleichfalls pferdeartig – was ihn irritierte, als er das erkannte. Schließlich wollte er ein Fuchs sein. Fast hastig ausweichend verlangte er dann zu wissen: »Und was ist mit dem in diesem Schreiben direkt genannten Kriminalhauptkommissar Hubert – einem Ihnen unmittelbar unterstellten Beamten?«

»Dazu, Herr Präsident, wäre wohl lediglich folgendes zu sagen: Erstens – dieser Journalist Schwarz gefällt sich als Verfechter zeitströmungsbedingter Aufweichungsversuche in juristisch-polizeilichen Bereichen, und da er regelrecht darauf programmiert zu sein scheint – das hier nunmehr zweitens –, sucht er beharrlich nach erkennbaren Zielobjekten, wobei sich ihm unser Hubert anzubieten scheint. Denn – und das nun drittens – zwischen Schwarz und Hubert bestehen, seit geraumer Zeit schon, gewisse Rivalitäten; etwa Aufklärungs- und Verfolgungsmethoden betreffend. Wenn die nun in eine gefährliche Feindschaft auszuarten drohen – mich vermag das nicht sonderlich zu überraschen.«

Der Präsident schien tief in seinen Sessel hineinzurutschen – es hatte den Anschein, als versuche er sich kleiner zu machen, als er das schon rein körperlich war. Sein Kriminaldirektor kannte diese Methode, wobei seine Augen auffunkelten. Ohne eine weitere Aufforderung abzuwarten, praktizierte er weiter seine permanente rennpferdartige Überrennungstaktik:

»Kriminalhauptkommissar Hubert ist, mit Ausnahme von Keller, der wohl beste Beamte, den wir jemals hatten – was Ihnen vermutlich nicht entgangen sein dürfte, Herr Präsident. Als Chef der Mordkommission eins bekommt Hubert, so gut wie automatisch, alle irgendwie kompliziert oder gar heikel erscheinenden Kapitalverbrechen zugewiesen. Mithin also viehische Abschlachtungen, brutale Massenmorde, dreckigste Zerstümmelungen, feinste Luxusendergebnisse. Aber auch stark politisch angehauchte Vorgänge.«

»Ein Mann also, der allen irgendwie denkbaren Belastungen gewachsen zu sein scheint. Aber auch dem, was hier nun möglicherweise auf ihn zukommen könnte?«

»Allem!« versicherte wie absegnend der Kriminaldirektor. »Und ich darf Ihnen nun mitteilen, Herr Präsident, was ich eigentlich erst beim nächsten Jahresbericht, mit Stolz, Ihnen zu eröffnen gedachte – betreffend unsere Aufklärungsquote bei Kapitalverbrechen. Diese ist an sich schon erfreulich hoch: Über neunzig Prozent der diesbezüglichen Täter wurden überführt.«

»Was stets starken, berechtigten Eindruck auf die Öffentlichkeit gemacht hat! Nur weiter so!«

»Doch noch weit erstaunlichere Erfolge zu erzielen, Herr Präsident, ist unserem Hubert gelungen. Denn dessen Aufklärungsquote ist gleich hundert Prozent! Und das bereits schon seit fast drei Jahren. Einhundert Prozent! Dem entgeht also keiner.«

Der Polizeipräsident schien sich offenbar nicht sonderlich wohl in seiner Fuchsfellhaut zu fühlen, die er sich zugelegt hatte. Denn er glaubte zu erkennen: Ein etwa neunzigprozentiger Erfolg war gut; ein fünfundneunzigprozentiger gewiß noch besser; aber könnte nicht ein hundertprozentiger des Guten möglicherweise zuviel sein? »Bei diesem Hubert handelt es sich also, Ihrer Ansicht nach, um ein einzigartiges kriminalistisches Genie?«

»Hubert steht wohl nicht ganz allein mit seinen bewundernswerten Erfolgen da – nicht in der westlichen Welt. Gleichfalls hundertprozentige Aufklärungsquoten können vermutlich auch noch zwei andere Chefs von Mordkommissionen aufweisen – Maxwell Brown in Manchester und Patrik Soliman in Boston. Diese beiden schaffen so was jedoch erst seit ein bis zwei Jahren.«

»Verstehe.« Der Polizeipräsident rutschte nun wieder in seinem Sessel hoch. »Hubert ist also Ihr Mann! Den haben Sie sich großgezogen, seine Erfolge sind schließlich auch die Ihren – und nicht zuletzt auch die meinen! Akzeptiert. Doch das schafft dieses Schreiben des Journalisten Schwarz nicht aus unserer Welt. Wie steht es denn mit seiner Behauptung, Kriminalhauptkommissar Hubert und Rechtsanwalt Holden sollen engste Freunde gewesen sein?«

»Das stimmt.«

»Aber doch wohl nicht die geäußerte, wahrlich ungeheuerliche Vermutung: Der eine könnte am Tod des anderen schuldig – also möglicherweise sogar zu dessen Mörder geworden sein.«

»Das stimmt nicht.«

»Sind Sie da sicher?«

»Absolut!« Diese Versicherung gab das unentwegt kraftstrotzende Vollblutpferd dieses Amtes mit fast lautstark-schwurbereiter Unbeirrbarkeit von sich. »Nicht das geringste Anzeichen existiert dafür, daß es sich um irgend etwas anderes gehandelt haben könnte, als eben um einen einwandfreien Selbstmord.«

»Ist das auch die Ansicht Ihres, also wohl unseres hundertprozentigen Herrn Hubert? Wie hat er sich zu diesem Vorgang gestellt?«

»Erstens: Selbstmordvorgänge gehören nicht zu seinem Zuständigkeitsbereich; wäre das der Fall gewesen, hätte ich ihm diesen Vorgang selbstverständlich entzogen. Denn seine als äußerst innig zu bezeichnende Freundschaft mit dem Selbstmordopfer Holden war sozusagen amtsbekannt. Zweitens: Das Untersuchungsergebnis des dabei angesetzten Todesermittlungsbeamten – unseres allerbesten, also das von Keller – darf als absolut einwandfrei angesehen werden. Drittens schließlich: Selbst Hubert, der verständlicherweise äußerst erregt auf diesen Vorgang reagierte, mußte den endgültigen Befund, eben den eines Keller, als völlig unerschütterlich akzeptieren.«

»Der reagierte also, sagten Sie – äußerst erregt?«

»Weil er seinen liebsten, vielleicht sogar einzigen Freund verloren hatte!« Der Kriminaldirektor prustete kurz unwillig auf – womit er vermutlich andeuten wollte: Auch Beamte sind nun mal Menschen!

»So was muß man verstehen! So lange ich unseren Hubert kenne, habe ich ihn stets nur eisern beherrscht gesehen, felsenhaft unerschütterlich – mochte auf den auch zukommen, was immer. Doch als ich ihm persönlich von diesem Selbstmord berichtete – was ich wohl ihm, und auch mir, schuldig war –, wendete er sich ab; wohl um Tränen in seinen Augen nicht sehen zu lassen. Und ich gestehe, in diesem wohl äußerst seltenen Augenblick einer Gefühlsregung dieses Mannes ein großes, anhaltendes Mitgefühl empfunden zu haben.«

»Verständlicherweise – gewiß!« versicherte der Polizeipräsident unverzüglich; dabei bemüht, auch seine Beamtenmenschlichkeit zu demonstrieren. Das jedoch nicht allzu lange. »Ich würde mir nun gerne, um mich möglichst vollständig zu informieren, die hier im Amt gewiß vorliegende Akte betreffend den Tod des Rechtsanwaltes Holden ein wenig näher ansehen. Können Sie mir die besorgen?«

»Habe ich bereits.« Der Kriminaldirektor schob dem Präsidenten aus seiner mitgebrachten Unterlagensammlung ein vergleichsweise dünnes Aktenstück zu.

»Erstellt, wie gesagt, von Keller, dem besten Todesermittlungsbeamten, den es gibt.« Also dem Mann mit dem Hund; die nun beide unendlich alt waren, aber auch entsprechend weise anmuteten. Sie vermochten einfach nicht aufzuhören, sich mit denkbar letzten menschlichen Möglichkeiten konfrontieren zu lassen.

»Und die Recherchen eines Keller werden nicht nur, wie gesagt, von Hubert vorbehaltlos respektiert, auch Rechtsmediziner sind dagegen so gut wie machtlos. Selbst ein noch so geltungsgierig-hektischer Schmutzfink wie dieser Schwarz kann gegen einen Keller – und dessen einzigartig einfühlsamen Hund Anton – nicht anstinken, also nichts gegen sie ausrichten. Das zumindest steht fest. Und das ist wahrlich nicht wenig.«

Der Polizeipräsident verbrachte einige Stunden der vor ihm liegenden Nacht mit diesem Aktenstück; allein in seinem Reihenhaus, Vorstadt-West. Wobei er sich zunehmend unbehaglicher fühlte – und das nicht zuletzt, weil sich seine Frau zur selben Zeit, vermutlich ebenfalls zutiefst unzufrieden, auf irgendeiner Party langweilte. Wobei noch hinzukam, daß seine derzeitige Freundin, wie oftmals angedroht, irgendwo nach einer vielversprechenden ehelichen Verbindung Ausschau hielt.

Mit so was vermochte er sich aber in dieser Selbstbefriedigungswelt abzufinden. Jedoch niemals mit dem, was möglicherweise den nun endlich erreichten Höhepunkt seiner Laufbahn bedrohen und gefährden könnte – wie etwa der Brief des Journalisten Schwarz und dieses Aktenstück. Er brütete über der Akte mit immer müder werdenden Augen.

Was er zu erkennen glaubte: ein klar und übersichtlich recherchierter Vorgang; völlig unmißverständlich anmutender Bericht über einen Selbstmord. Dabei die üblichen Formulare, der zusammenfassende Befund, zusätzliche Aktennotizen. Und dazu eine Anlage: Abschiedsbrief. Offenbar nichts, was hier irgendwie fragwürdig zu sein schien.

Aufgefundener Toter identifiziert als Holden, Richard, 48 Jahre alt, Rechtsanwalt, 185 Zentimeter groß, blondes Haar, hohe Stirn, blaue Augen, schmales Gesicht – und so weiter jede amtlich registrierte Einzelheit; von einer Narbe am linken Zeigefinger bis hin zur Farbe, der Größe und dem Material der Socken.

Fundort dieser Leiche war die Wohnung des seit zehn Jahren geschiedenen Toten: das Apartment 403 im Exelsior-Center. Todesursache: Einnahme einer tödlichen Dosis von Schlaftabletten; am selben Tag gekauft. Von innen verschlossene Wohnungstür; abgestelltes Telefon, ausgeschaltetes Licht; bis auf eine Nachttischlampe. Tatzeit: die späten Abendstunden des 1. Mai.

Der Polizeipräsident betrachtete nunmehr diesen Abschiedsbrief. Er war auf einem privaten Briefbogen von mittlerer Qualität geschrieben worden, auf dem sich lediglich, oben links, die gedruckten Initialen RH befanden. Keine Adresse, keine Anrede, keine Unterschrift. Der Inhalt, aus zierlichen, dabei jedoch wie zitternd hingesetzten Schriftzeichen, einwandfrei als die Richard Holdens zu identifizieren, lautete:

Ich kann nicht mehr. Ich will nicht mehr. Diese Welt hat für mich jede Schönheit verloren. Und ohne sie ist alles sinnlos geworden.

Aus den dann auftauchenden sumpfdunklen, wuchernd zu blühen drohenden Mitternachtsgedanken erlöste den einsam in seinem Reihenhaus sitzenden Polizeipräsidenten ein von ihm dringlich angeforderter später Besucher.

Bei diesem uralt wirkenden Mann, der kaum noch Schlaf zu benötigen schien, handelte es sich um Kommissar Keller, den Todesermittlungsbeamten, den nahezu ehrfürchtig respektierten, sogenannten ›großen, alten Mann‹ des Präsidiums. Und wie stets in den letzten zwölf Jahren erschien er gemeinsam mit seinem Hund; einem kleineren Wesen scheinbar unbestimmbarer Rasse; wobei es sich jedoch um einen Pudel von edelstem Stammbaum handelte – was ihm allerdings niemand ansah. Er drohte seinem Herrn immer ähnlicher zu werden; beide wirkten wie zwei wundersame murmeltierhafte graudunkle Zwerge, die sich in eine Großstadt verirrt hatten.

Der Polizeipräsident öffnete ihnen die Tür seines Hauses weit und ergriff – nahezu mit der Verehrung eines Sohnes dem stets respektierten Vater gegenüber – die Hand dieses Mannes. Auch nickte er einladend dessen Hund zu. Beide ließen sich dann auf dem ihnen bekannten Sofa im Arbeitszimmer nieder. Und von dort aus blickten sie den Reihenhausbesitzer-Polizeipräsidenten nicht ohne neugieriges Wohlwollen an. Sie hörten!

Der Polizeipräsident wies auf die ihm vorliegende Akte und wollte sie Keller reichen. Der winkte ab. »Bekannt!«

Worauf der Präsident unverzüglich versicherte: »Ich beabsichtige nicht, das Geringste gegen Ihre Ermittlungen einzuwenden, verehrter Herr Kollege Keller! Ich fühle mich lediglich versucht zu fragen: Ist denn das, was hier vor mir liegt, schon alles?«

»Das ist alles«, sagte sein Gast unendlich nachsichtig. »Alles im Hinblick auf diesen einen einzigen Vorgang – diesen Selbstmord. Wobei allerdings zu bedenken ist: Es sind einige wenige Mosaiksteine, eine Art Momentaufnahme, also die Ablichtung eines Augenblicks. Mehr nicht.«

»Und was, verehrter Herr Kollege Keller, könnte sich möglicherweise dahinter verbergen, also dazu geführt haben?«

Der ›große alte Mann‹ zog nun seinen Hund, wie um ihn zu beschützen, noch ein wenig enger an sich; was dieser mit wohligem Aufschnaufen quittierte. »Erwarten Sie bitte, Herr Präsident«, sagte Keller dann nicht unbesorgt, »von mir keinerlei Weissagungen! Polizeiarbeit basiert allein auf Tatsachenermittlungen. Nach Motiven, nach internen, zumeist seelisch bedingten möglichen Zusammenhängen haben wir nicht zu forschen. So was sollten wir getrost den Psychologen, Psychoanalytikern und sonstigen dichterischen Elementen überlassen.«

Der Polizeipräsident nickte; dann reichte er vielsagend-wortlos Keller das Schreiben des Journalisten Frank Schwarz. Keller überflog es lediglich, in einer knappen Minute. Danach lächelte er – doch galt dieses Lächeln wohl seinem Hund.

»Hubert also«, sagte jetzt dieser Todesermittlungsbeamte versonnen, wie von sehr fernen, doch sich nicht löschen lassenden Feuerrauchgedanken erfüllt. »Welch ein unheimlicher Vorgang!«

Der Präsident reagierte jetzt nahezu ergeben. Er versuchte nicht mehr auszuweichen. »Was – und das nun ganz offen, Herr Keller, hier unter vier Augen – trauen Sie Hubert zu? Sie sind vermutlich der einzige im Amt, der ihn ziemlich genau kennt.«

»Nein, ich kenne Hubert nicht. Ich könnte, gemeinplatzwillig ausweichend, sagen: Wer kennt denn wen wirklich? In der Tat habe ich nahezu zwanzig Jahre mit Hubert gemeinsam im Präsidium verbracht. Und eine wohl nicht unerhebliche Zeitspanne davon, etwa fünf Jahre, ist er einer meiner Schüler gewesen – und zwar mit weitem Abstand der beste. Bei ihm handelt es sich unbezweifelbar um eine der ganz großen Begabungen in unserem kriminalistischen Metier.«

»Scheint mir auch so! Aber könnte nicht vielleicht gerade diese mögliche Vollkommenheit zu einer Gefahr werden, zu einer maßlosen Selbstüberschätzung verführen, die dann zwangsläufig wie zerstörerisch wirkt; nicht nur für ihn? Das frage ich Sie.«

»Verlangen Sie bitte nicht, daß ich Ihnen das beantworten kann.« Keller wies damit die Frage des Präsidenten dumpfdunkel warnend ab. »Doch falls es Sie interessiert, ob unser Hubert tatsächlich mit Holden befreundet gewesen ist – und das auf überaus innigste Weise, wie etwa ich mit meinem Hund –, so kann ich das nur bestätigen. Ich habe wohl noch niemals vorher zwei Lebewesen gesehen, und das auch kaum jemals für möglich gehalten, die sich so liebten wie diese beiden.«

»Etwa auch – physisch?« Der Präsident fragte mit einiger Behutsamkeit; was bei Keller in diesem Punkt durchaus angebracht schien.

Doch Keller lachte nur auf, wenn auch mühsam belustigt.

»Derartige Vermutungen, Herr Präsident, sollten Sie schnellstens wieder vergessen! Beide waren nicht nur erklärte Freunde, vielmehr auch unverkennbare Männer! Manchmal hatte ich den zwingenden Eindruck: Sie sind wie Brüder, wie geistige Zwillinge, wie zwei Seiten einer Medaille. Und was sich daraus auch immer ergeben haben könnte – eines zumindest darf wohl als absolut unbezweifelbar gelten: Keiner von ihnen würde vermutlich jemals auch nur den Gedanken erwogen haben, den anderen zu töten! Keinesfalls – direkt.«

»Sagten Sie soeben, Herr Kollege – oder sollte ich mich verhört haben –, keinesfalls direkt? Könnte das möglicherweise heißen: indirekt jedoch – durchaus?«

Der alte Keller, Seite an Seite mit seinem geliebten, ebenso greisenhaft wirkenden Hund, hatte in seinem Dasein fürchterlichste Zurschaustellungen aushalten müssen. So gut wie alles, was dieses Leben auszubrüten, auszustoßen vermochte: Menschen, die gurgelnd aus Abflußröhren zu quellen schienen, die sich ungehört zwischen Betonwänden zu Tode schrien, im Alkohol ertranken, an ihren Süchten aus Sehnsucht und Gier erstickten.

»Unmöglich in unserem Metier ist schließlich nichts. Mütter bringen ihre Kinder um und Kinder ihre Eltern; ein Mann kann seine Frau erschlagen, und das sogar angeblich aus purer Liebe. Nicht wenige Männer werden umgebracht, weil sie ihren Frauen im Weg waren, die sich angeblich mißverstanden oder seelisch mißhandelt fühlten. Und selbstverständlich sind stets auch Leichen registrierbar, die von guten Brüdern und lieben Freunden geliefert wurden. Zärtlichste Liebe und tödlicher Haß scheinen nicht selten blutigste Geschwister zu sein.«

Der Präsident holte mehrmals tief Atem, wie ein Läufer, der nach einem möglichst nahen Ziel Ausschau hielt. »Könnte so etwas auch hier der Fall gewesen sein?«

Worauf dieser uralte Mann sagte: »Bei allen diesen Brüder-, Mütter-, Kinder- und Vatermorden dominiert etwas ganz Entscheidendes: der Verlust ihrer Gemeinschaft; Gemeinsamkeit. Wozu dann zumeist noch eine gewisse Direktheit, Dumpfheit, um nicht zu sagen Primitivität, hinzukommt; auch krasser Egoismus, verletzter dummdreister Stolz, infantile Unfähigkeit, auf einen anderen Menschen eingehen zu können.«

»Aber so was glauben Sie hier ausschließen zu können?«

»Ich schließe niemals und nirgendwo irgend etwas aus, Herr Präsident! Doch ein Hubert, nehme ich an, ist intelligent, auch erfahren und selbstbewußt genug, um so etwas nicht einmal in Erwägung zu ziehen. Gehen Sie getrost davon aus!«

»Und ein Journalist wie dieser Schwarz, verehrter Herr Kollege Keller, wird das hinnehmen?«

»Das, Herr Präsident, ist Ihre Angelegenheit. Im Grunde wohl nichts als eine Frage möglichst geschickter Formulierungen – und das gehört bekanntermaßen zu Ihren persönlichen Spezialitäten. Das für mich jetzt sehr dringlich Erscheinende mutet wesentlich lapidarer an: Mein geliebter Hund sehnt sich sichtlich nach dem nächsten erreichbaren Baum. Er muß also dringend mal.«

Noch in derselben Nacht entwarf der Polizeipräsident, mit großen, steilen Buchstaben, ein Schreiben an den Journalisten Frank Schwarz.

Das geschah nach einem Telefongespräch mit seiner Frau, die ihm mitgeteilt hatte, sie werde wohl erst sehr spät, wenn überhaupt, ›nach Hause‹ kommen; er möge also nicht auf sie warten. Danach hatte er mehrmals versucht, seine Freundin anzurufen – doch die meldete sich nicht. Sie war wohl, wie neuerdings fast immer, unterwegs; sich von ihm wegbewegend.

Dennoch zwang er sich eine ihm unbedingt notwendig erscheinende Konzentration auf für dieses Schreiben an den Journalisten Frank Schwarz. Es mußte ebenso entgegenkommend-verbindlich wie aber auch amtlich-abgesichert unverbindlich formuliert werden. Etwa eiertanzartig so:

. . . habe ich Ihnen wohl für Ihre Aufrichtigkeit und Ihr Vertrauen zu danken . . . dürfen Sie mithin versichert sein, daß ich stets bemüht sein werde . . . muß ich aber dennoch sehr auf Ihr Verständnis hoffen . . .

... wobei ich Ihnen mitzuteilen habe, daß keinerlei Anzeichen existieren, die Ihre Vermutungen zu bestätigen scheinen. Was mich jedoch nicht davon abhalten wird, alle die von Ihnen angedeuteten Details gründlich nachprüfen zu lassen. Über die sich dann daraus ergebenden Resultate gedenke ich Sie schnellstens zu unterrichten ...

... scheint jedoch dabei festzustehen, daß es sich bei dem Tod des Rechtsanwaltes Richard Holden so gut wie völlig zweifelsfrei um einen Selbstmord gehandelt hat. Eine diesbezügliche Akteneinsicht werde ich Ihnen jederzeit, wenn Sie das wünschen, ermöglichen.

Nachdem der Polizeipräsident das Schreiben entworfen hatte, schloß er, wie unendlich erschöpft, seine Augen. Er hatte einen nahezu vierzehnstündigen Arbeitstag hinter sich gebracht und wohl einen von ähnlicher Ausdehnung vor sich. Er hatte das Gefühl, als wären dicht-dicke Wolldecken über ihn getürmt worden.

Dabei blickte er müde blinzelnd auf jenes Sofa, auf dem er in dieser Nacht jene beiden bannenden Greisengestalten erblickt hatte: den Weisen seines Amtes und dessen wundersam instinktsicheren Hund. Und es war ihm, als säßen sie immer noch dort und blickten ihn an – mit sanfter Verständnisbereitschaft, dennoch fordernd. Was jedoch – fordernd?

Der Polizeipräsident versuchte intensiv darüber nachzudenken. Er preßte seine Hände an die Schläfen und starrte wie unendlich angestrengt vor sich hin. Er versuchte alle Gespräche zu rekonstruieren, die er in den vergangenen Stunden geführt hatte – die angefüllt gewesen waren von tönenden Unverbindlichkeiten, nichtssagenden Phrasen, einem sich absichernden Amtsgeschwätz.

Bis auf eine Bemerkung, die Keller gemacht hatte im Hinblick auf Hubert und Holden, dieses wohl keinesfalls gewöhnliche Freundespaar. Was hatte Keller gesagt – über den Tod eines sogar von Hubert geliebten Menschen? Der Polizeipräsident erinnerte sich jetzt ganz genau daran.

»Welch ein unheimlicher Vorgang!« hatte Keller gesagt.

2

»Nun jault die wieder! Sie läßt also, wie man so sagt, ihren Gefühlen freien Lauf; wie eine zeugungsgeile Hündin beim Pinkeln. Und das neuerdings nahezu stundenlang; fast täglich vor und nach Mitternacht. Die ist wie versessen darauf, Unterleibsverlangen in Wortgebilde zu verwandeln, hält ihre Geschlechtsgier für gedankenträchtig. Das solltest du dir anhören!«

»Will ich aber nicht«, sagte der Freund mit sanft angedeutetem Tadel, »und du solltest dir so etwas auch nicht anhören. Es ist nicht für deine Ohren bestimmt.«

»Ach was, Mensch!« rief Karl Hubert mit munterer Robustheit, die nicht ohne gewollte Provokation war. »Diese Type von nebenan stöhnt sich durch die Gegend – soll ich mir meine Ohren verstopfen? Die ist wie ein voll aufgedrehter Lautsprecher!«

»Höre trotzdem nicht hin!«

»Aber sie ist doch gar nicht zu überhören – ein exakter Bestandteil dieser enthemmten Welt aufgeputschter Geschlechtsvorzeiger. Diese Leute strecken ihre Hintern aus sämtlichen Fenstern und Türen, entblößen sie in Lokalen und sogar mitten auf den Straßen. Soll ich da immer nur wegsehen? Sie stinken vor sich hin, also mich an! Muß ich mir unentwegt die Nase zuhalten?«

»Es gibt andere, schönere Dinge«, empfahl ihm sein Freund Richard Holden mit nachsichtigem Lächeln. »Schau auf dieses Bild! Es wird dich ablenken.«

Sie befanden sich im Wohnzimmer des Kriminalhauptkommissars Hubert – Europastraße 13, oberster, also sechster Stock. Karge Gemütlichkeit umgab sie. Die Tapeten muteten an, als bestünden sie aus aufgeklebten, einstmals erlegten Zebrafellen; fast alle Möbel waren aus klobigem, eichenartig gebeiztem Holz; auf dem Fußboden lagen dickwollige schaffellweißliche Teppiche. Auf dem Mitteltisch, gleichfalls massiv aus Holzplanken gezimmert, befand sich ein aufgeschlagenes Buch.

Der Freund – Richard Holden, der Rechtsanwalt – hatte es als Geschenk mitgebracht: Malereien des Spaniers Velazquez, 1599 bis 1660. Worauf Holden nun zeigte, war jenes grandiose Gemälde, das im Prado in Madrid hängt und ›Las Meninas‹ genannt wird – was auf portugiesisch ›Mädchen‹ oder ›Jungfrauen‹ bedeutet.

»Diese einzigartige Darstellung, mein Lieber, sollte dich abzulenken vermögen. Sie zeigt doch eine ganz andere Welt auf als jene, die dich neuerdings wie magisch anzuziehen scheint.«

»Es bestätigt sie!« stellte Karl Hubert völlig unbeirrbar fest.

Der Freund verlor dennoch nichts von seiner in langen Jahren bewahrten Nachsichtigkeit diesem immer unruhiger werdenden Menschen gegenüber. Ihn hatte er von Kindheit an geliebt; und dazu war er immer noch entschlossen. »Beachte bitte, daß Velazquez es sogar vermochte, die Spiegelungen des Lichtes, das Geflirr der Luft einzufangen. Und ist etwas Rührenderes, Herzbewegenderes vorstellbar als dieses unsagbar wundersame Kind – die Infantin Margarethe?«

»Ach, Mensch – kleine Kinder und junge Hunde haben schon immer vermocht, willig empfindsame Gemütstrottel anzurühren. Doch diese Geschöpfe bleiben nicht ewig klein und jung! Und dominierend auf diesem Bild ist für mich nicht das schöne Königskind, sondern vielmehr die nicht nur so danebenstehende monströse Zwergin – sie allein ist der wahre Mittelpunkt! Ein unförmiger Körper, ein deformiertes, verquollenes Gesicht, mit Augen voll unendlicher, hoffnungslos verlebter Traurigkeit. Ein armseliger Mensch – frühzeitig am Ende seiner Bestimmung angelangt. Erledigt, verloren, ausgelöscht! Wie eben wohl, letzten Endes, alle Menschen.«

»Du übersiehst dabei wohl, Karl, daß Velazquez diese groteske Zwergin offenbar nur gemalt hat, um die Schönheit des Kindes nur noch leuchtender in Erscheinung treten zu lassen.«

»Falsch gesehen, Richard! Vielmehr ist es das arme Ungeheuer Mensch auf diesem Bild, das zwingend deutlich macht, was diesem ahnungslos spielenden Kind noch in seinem Leben bevorsteht!« Karl Hubert grinste koboldhaft. »Also – selbst damit kannst du mich nicht ablenken. Ich begebe mich erneut auf Horchposten – kommst du mit?«

Holden schüttelte den Kopf; mit bedauerndem Tadel, aber auch nicht ohne mäßige Belustigung über so viel lauschbereite Beharrlichkeit. Er war geneigt, diese ihm fatal erscheinende Neugier seines Freundes für eine Art schleichende Berufskrankheit schwergeprüfter Polizeimenschen zu halten. »Ich jedenfalls werde eine Schallplatte auflegen, wenn du erlaubst – eine von Haydns Londoner Sinfonien.«

»Aber bitte möglichst mit gedämpfer Lautstärke! Damit ich auch mitbekomme, was dieses vermaßte Medienprodukt da so alles an Triebhaftigkeit in ihr Telefon keucht.«

Karl Hubert verließ also das Wohnzimmer und trabte durch einen schmalen Gang zu seiner kleinen Küche, seinem ›Horchposten‹. Dieser Raum befand sich, bei dem L-förmig angelegten Großgebäude, über dem Hinterhof. Und von dort aus wurden ihm geradezu verschwenderische Einblicke ermöglicht – in fast zwei Dutzend wabenartige Wohneinheiten hinein, die sich wie total geöffnete Schaukästen darboten. Er brauchte nur sein Küchenfenster zu öffnen.

Er wohnte hier bereits seit zwei Jahren. Doch die Idee, dieses Küchenfenster als einen jagdgerechten Hochstand zu verwenden, war ihm erst vor wenigen Wochen gekommen. Damals hatte er, spätabends und abgelenkt durch ein nichtssagend blödes Telefongespräch, ein Omelett anbraten lassen. Der dabei entstandene fürchterliche Gestank forderte rasche Frischluftzufuhr. Also öffnete er das Küchenfenster weit und lehnte sich hinaus.

Und dabei erblickte er, ein Stockwerk tiefer, also nur wenige Meter von sich entfernt, ein Kind. Es hockte hinter unverhüllten Glasscheiben in einem völlig unmöbliert erscheinenden Raum auf dem Fußboden. Und es starrte, wie unendlich gebannt, völlig bewegungslos vor sich hin. Mit endloser Ausdauer.

Damit hatte alles begonnen. Diese starrende Verlorenheit eines wie völlig hilflos anmutenden, sehr sanft wirkenden Kindes vermochte Karl Hubert tief zu bewegen. Würgend heiße Wellen des Mitleids drohten ihn zu überfluten. Bis er erkennen mußte: Dieses Kind starrte gar nicht wie gebannt in die mögliche Leere seines Lebens – es blickte vielmehr auf einen Fernsehapparat.

Zu diesem Kind – zunächst war unklar, ob Mädchen oder Junge, aber es mußte etwa fünf Jahre alt sein – gehörte auch so etwas wie eine Mutter. Sie lebte von ihrem Mann getrennt, der Buchhalter war – vermutlich auch in intimsten Bereichen. Also sehnte sie sich gierig nach ›Erfüllung‹ durch betäubende Männlichkeit. Was bei ihr alsbald zu erheblichem Andrang führte. Ein so aufmerksamer, kriminalistisch geschulter Beobachter wie Hubert vermochte, bei einmal geweckrem Interesse, innerhalb von etwa vier Wochen mindestens fünf sehr verschiedenartige Geschlechtspartner bei dieser Person zu registrieren.

Unter ihnen, offensichtlich besonders bevorzugt, ein Sparkassenangestellter in leitender Position; er stand der Filiale gleich an der Ecke vor. Er war, wie sie, Anfang Dreißig, wohl auch als recht leistungsfähig vorstellbar – in so gut wie jeder Lebenslage. Und wie sie war auch er verheiratet und angeblich stolzer Vater von zwei Jungen.

Nur eben, daß seine Frau zur Zeit mit den Kindern zu ihrer Mutter ›aufs Land‹ gefahren war, um sich zu erholen; von ihm, was verständlich war. Also schob seine Geschlechtsgespielin ihr fernsehgebanntes Kind, wohl in der Erwartung von verkehrsreichen Nächten, ziemlich oft ab zu Verwandten oder Bekannten, die gewiß auch einen Fernsehapparat besaßen.

Doch eben dieser leitende Sparkasseneroberer trachtete neuerdings offenbar danach, sich ihr zu entziehen. Womit er zum Objekt ihrer allnächtlichen, immer dringlicher verlangenden Telefongespräche geworden war. Und Hubert hörte mit, wenn auch nur zum Teil; was jedoch völlig genügte. Für ihn jedenfalls.

Karl Hubert hockte also dicht beim geöffneten Küchenfenster in dem dunklen Raum. Er rauchte eine Zigarre und schien nahezu genußvoll vor sich hinzulauschen. Dabei vernahm er die angenehm gedämpfte Schallplattenmusik aus dem Wohnzimmer, wo Richard Holden, der Freund, wie angekündigt Haydn spielte. Und zugleich hörte er die Stimme der Frau, die nur wenige Meter von ihm entfernt ihre entfesselten Unterleibsgefühle mit steigender Heftigkeit in ihr Telefon hineinwinselte, -keuchte, -speichelte; wie dem ersehnten Höhepunkt eines Geschlechtsaktes entgegen.

Die klimatischen Gegebenheiten dafür durften als äußerst günstig bezeichnet werden. Denn die ersten Frühlingstage dieses Jahres waren durchflutet von früher Sonne, die selbst noch in den Nächten nachzuglühen schien. Hinzu kam wohl noch die überhitzte Leidenschaftlichkeit dieser Person – gefördert durch die nicht abgestellte Zentralheizung, was zu weiteren erhöhten Temperaturen führte. Also hatte sie ihre Balkonfenstertüren weit geöffnet, was mühelos vollen Einblick gewährte. Und dort lag sie nun, im Schein einer zu grellen Nachttischlampe, recht mäßig bekleidet, auf ihrem Bett wie auf einer Bühne.

Was Hubert vernahm, war eine Art Hörspielmonolog in Pornoformat, also eine jener Darbietungen, die neuerdings für ›modern‹, für ›aufgeklärt‹ gehalten wurden: die Verbreitung letzter Deutlichkeiten.

Beginnend zunächst mit vergleichsweise noch verhalten-verlockenden Gemeinplatzformulierungen dieser brutal-verblödenden Brunstbranche. Etwa: ». . . hast du mich geschafft. Wie kein anderer sonst. Dich liebe ich!« Und dann die höchst entgegenkommende Folgerung daraus: »Verlange von mir, was auch immer!«

Und was auch immer – sie werde es tun, versicherte sie! Huberts Gesicht, von der aufglühenden Zigarre wie magisch beleuchtet, schien faunhaft zu grinsen. Doch dabei empfand er eine unendliche Trauer, eine zutiefst wuchernde Verächtlichkeit auch – zum Zeugen dafür werden zu müssen, wie sich Menschen in eine quallenartige Masse von Gefühlsbrei zu verwandeln vermochten. Würgende Empörung beherrschte ihn.

Und diese steigerte sich noch, als er dann das vernahm, was wohl untrennbar zu dieser publizistisch und filmisch erfolgreich ›befreiten‹ Umwelt gehörte: die alsbald erfolgenden detaillierten

Angebote – erst heiser geflüstert, dann geilgierig hervorgestoßen; allerletzte Bereitwilligkeiten.

Karl Hubert jedenfalls verspürte bei dieser Darbietung fast ein leise aufkommendes Verlangen, diesen leitenden Sparkassenmenschen bei so viel intensiver Heimsuchung zu bedauern. Zumal gleichzeitig die von seinem Freund Holden im Wohnzimmer produzierte Haydn-Musik tonschleierleicht auf ihn zuschwebte, ihn nahezu sanft zu stimmen drohte. Doch dann horchte er auf.

Denn was er jetzt vernahm, hatte er zwar bei diesen mehr mittelmäßigen vulkanischen Geschlechtsausbrüchen miteinkalkuliert, aber eben doch nicht mit dieser schnell hervorspuckenden Heftigkeit kommen sehen – die letzte Variante einer bedrohlichen Erpressung. Die grellhektische Stimme bekam jetzt wild flackernde Untertöne – wie etwa eine Kerze flackert, bevor sie von ihrem öligen Talg erstickt wird. Sie kündigte ihren Selbstmord an!

Das geschah offenbar, nachdem der von ihr telefonisch bearbeitete Geschlechtspartner den Versuch gewagt hatte, diese ihn entnervenden Vorgänge schroff abbrechen zu wollen. Denn plötzlich keuchte sie, sprudelnd, bebend, gurgelnd wie eine Ertrinkende: »Das aber muß ich dir noch sagen! Ich liebe dich! Ich kann ohne dich nicht leben! Wenn du mich verläßt, bringe ich mich um – noch heute nacht! Sage mir, daß du mich liebst – sage es mir . . .«

Na also, resümierte Karl Hubert – das war es denn wohl. Ein an sich gar nicht so seltener erpresserischer Vorgang, der aber meistens, den Kriminalstatistiken zufolge, ohne tödliche Konsequenzen blieb. Doch diese Frau, völlig versessen darauf, sich an einem männlichen Geschlechtsteil sozusagen wie an einen Strohhalm zu klammern, um nicht an ihrem eigenen Verlangen ersticken zu müssen, hatte sich hier nun geradezu rettungslos in eine Art sexuellen Erfolgszwang hineingesteigert.

Hubert warf den Rest seiner Zigarre in das Spülbecken. Er lehnte sich weit aus seinem Küchenfenster hinaus und betrachtete den fast greifbar nah erscheinenden, gut beleuchteten

Schauplatz dieser Vorgänge. Und er registrierte: Die mäßig bekleidete Frau mit dem naßroterregten Fiebergesicht griff jetzt nach zwei bereitstehenden Tablettenröhren, leerte diese vor sich aus – und stellte ein Wasserglas bereit.

Und dann würgte sie diese Handvoll Tabletten – von Hubert aufmerksam beobachtet – in sich hinein.

Karl Hubert begab sich wieder in sein Wohnzimmer. Er wirkte leicht ermüdet, als habe er soeben eine qualvolle, doch wohl notwendige Erkenntnis hinter sich gebracht. Bei seinem Anblick hob Richard Holden, der Rechtsanwalt, nahezu beschwörend beide Hände, womit er wohl andeuten wollte: Störe mich bitte nicht – nicht bei dieser einzigartigen Musik. Höre zu!

Karl Hubert nickte durchaus zustimmend – er schien sogar bemüht, entgegenkommend zu lächeln – und ließ sich sackhaft schwer in einen Sessel fallen.

Nachdem die letzten Takte der Haydn-Sinfonie verklungen waren, traten Sekunden der Stille ein – wie beglückt nachgenießend. Dann sagte Richard Holden: »Seine Musik will mir vorkommen wie Märchen, Schauspiel und Naturdrama zugleich! Er spricht zu seinen Zuhörern, mit ihnen, ganz direkt; er fordert von ihnen ein Bekenntnis zu seiner Welt, die voll blühender strahlender Schönheit ist! Doch auch nicht ohne Traurigkeit – über das Unvermögen der Menschen, letzte schöpferische Herrlichkeiten zu begreifen.«

Karl Hubert nickte wieder. »Wobei deine Welt so gut wie immer voll herrlicher Harmonien zu sein scheint – nur beneide ich dich nicht darum. Und zur gleichen Zeit unternimmt ein weibliches Wesen, nur wenige Meter von uns entfernt, den Versuch, sich umzubringen.«

Karl Hubert sah den Freund auf diese Bemerkung mit schnellem, heftigem Schrecken reagieren; das hatte er erwartet und – wie er sich eingestand – er gönnte es ihm. Denn Richard Holdens Wesen war von geradezu herausfordernd sanften, bemüht menschenfreundlichen Ambitionen beherrscht, wenn nicht gar geprägt; das war schon immer so gewesen.

Sie waren wie Feuer und Wasser, Erde und Himmel, Mond und Sonne! Und dem entsprachen sie offensichtlich auch rein äußerlich. Karl Hubert wirkte klein, doch kraftvoll, bulldoggenhaft sprungbereit. Richard Holden dagegen war groß, schlank und feingliedrig und hatte dabei den Blick eines treuherzigen Pferdes.

Der eine, Hubert, bevorzugte möglichst eisklar kalte Formulierungen, war bis in den letzten Nerv voller Mißtrauen, blickte ständig skeptisch prüfend um sich. Während der andere dieses seltsamen Zweigespanns, also Holden, gerne in weltumarmenden Wortgebilden schwelgte, nichts wie leben und leben lassen wollte und sich dabei noch, wie zu allem Überfluß, als Anwalt der Armen, Unterdrückten, Verfolgten gefiel.

Es schien, als ob in dieser Beziehung ein erklärt Sehnsuchtsvoller sicheren Halt bei einem radikalen Realisten suchte. Oder eben umgekehrt. Ihre Liebe lebte von der Erkenntnis, daß sie einander brauchten. Jeder für sich allein war wohl nur halb so viel wert – wenn nicht gar, als einzelner, verloren.

Wozu auch heftige, äußerst schroffe, gelegentlich mit plötzlicher Schärfe gestellte Fragen gehörten – wie etwa jetzt, als Richard Holden erregt-unwillig wissen wollte: »Was hast du da soeben angedeutet, Karl? Sollte tatsächlich diese Frau, die du da belauscht hast – aus welchen Beweggründen auch immer, ich will es nicht wissen – damit gedroht haben, sich umzubringen?«

»Du hast nicht genau genug zugehört, Richard.« Hubert pflegte auf derartig schnell hervorbrechende Konfrontationsversuche seines Freundes mit Ironie zu reagieren, die oftmals nicht ohne verletzende Schärfe war. »Du vermagst offenbar nicht mehr scharf genug zu denken. Du scheinst dich in einer verdächtig sanft-sentimentalen Stimmung zu befinden. Etwa irgendeiner Frau wegen?«

»Bitte, lenke nicht von meiner Frage ab!«

»Deine Fragestellung jedenfalls mutete reichlich oberflächlich an. Denn die Tatsache, die ich dir mitteilte, war eindeutig diese: Sie hat nicht nur mit einem Selbstmord gedroht – sie versucht ihn.«

Holden zeigte sich nun anklagend empört und entsetzt zugleich – zumal der Verdacht des Freundes, eine Frau lenke ihn ab, tatsächlich zutraf. Um so eifriger fiel sein Bemühen aus, sich als Menschenanwalt zu betätigen. »Du hast also herausgefunden, daß diese Frau einen Selbstmordversuch unternimmt – und du hast nichts getan, sie davor zu bewahren?«

»Wovor ich mich in erster Linie zu bewahren habe, sind deine immer ausgeprägter anmutenden sentimentalen Anwandlungen. Darunter leidet deine Logik, die du als Rechtsanwalt dringend benötigst. Mann Gottes, Richard, was hätte ich denn tun sollen? Etwa ihr zurufen: Machen Sie das nicht, Sie werden es bereuen! Hätte ich ihretwegen einen Arzt mit Unfallwagen alarmieren sollen, sozusagen im voraus? Solltest du etwa der Ansicht sein, daß ich hier Schicksal zu spielen habe?«

»Ja, Karl! Wenn es darum geht, ein Menschenleben zu retten, dann ja!«

»Was für ein Menschenleben denn? Diese Person ist im Grunde doch nichts anderes als eine beständig läufige Hündin, die alles zerstört, was nicht gerade in ihre derzeitig gewünschte Lebenslage hineinpaßt. Das kann ein Mann sein; ihr Mann. Oder eben ein anderer – ein sogenannter Familienvater, den sie seelisch fertigmacht. Oder ihr Kind, das an ihrem Sauleben moralisch zerbrechen muß. Ach was, Mensch – wenn dieses Dasein endlich von einer derartig schleimeitrigen Wucherung befreit werden kann, so mutet das doch als ein geradezu humaner Vorgang an.«

»Ich weiß – ich weiß.« Richard Holden war jetzt sicher, daß er bewußt herausgefordert werden sollte. »Du bist ein Fachmann für kriminelle Vorgänge! Das ist erwiesen. Schließlich kenne ich auch deine ausführlichen Aufzeichnungen, die du für das Bundeskriminalamt erstellt hast – eben zum Thema ›Suicid‹. Und dieser deiner gewiß äußerst fachmännischen Arbeit lagen, soweit ich mich richtig erinnere, folgende Erkenntnisse zugrunde: Ein Großteil derartiger Selbstmordankündigungen sind lediglich Drohungen – ein weit geringerer Teil führt zu vorgetäuschten Versuchen – und nur höchst selten ist die Tat.«

»Na bestens, Richard! Du hast mich ziemlich richtig zitiert.« Karl Hubert blinzelte düster vor sich hin. »Glaube also getrost an die Statistik, das angebliche Gesetz der Serie: Von hundert potentiellen Selbstmördern bringen sich lediglich zwei oder drei tatsächlich um. Eine Erkenntnis, die dich garantiert besser schlafen lassen wird. Was ich dir gönne.«

»Soll ich noch eine Schallplatte auflegen, Karl – wieder Haydn?«

»Nein!« wehrte Hubert nun fast schroff ab. »Du scheinst mir heute nicht entschieden genug in Anwaltsverfassung zu sein. Du weichst einem Streitgespräch mit mir aus, du versuchst mich in geradezu verdächtiger Weise nur allzu bereitwillig zu verstehen. Was steckt dahinter? Also wohl doch – eine Frau?«

»Nun – ja«, bekannte jetzt Richard Holden, nicht ohne zu erröten. »Endlich glaube ich einen Menschen, ein einzigartiges weibliches Wesen kennengelernt zu haben, das mir unsagbar vielversprechend erscheinen will.«

»Na, wie schön, Richard – für dich!« versicherte Karl Hubert fast eilig, mit etwas zäh-lederner Herzlichkeit. Doch er sagte nicht, wozu es ihn drängte: also wohl ein Wesen wie deine einstige Frau, die dich schmählich verließ, um bald darauf zu krepieren – noch in Schönheit, aber ohne Würde. Was wohl genau das war, was sie verdient hatte und bekommen mußte.

Hubert sagte lediglich: »Dann solltest du dich wohl nach Hause begeben, um von deiner neuerlichen Dame ausgedehnt und ungestört träumen zu können. Laß mich ruhig allein. Ich glaube, daß ich hier noch einiges zu tun habe – gewiß in unserem Sinne, nämlich dem der von uns stets erstrebten, denkbar vollkommensten Gerechtigkeit.«

»Der haben wir uns schon als Kinder verschworen.«

Hubert schien noch einen Hinweis für notwendig zu halten: »Dabei könnte es immerhin sein, mein lieber Freund, daß jeder von uns nicht unbedingt genau das gleiche darunter versteht – auch nicht verstehen muß. Doch bei eventuellen Differenzen wird sich gewiß einer dem anderen anzugleichen bemüht sein.« Und dann sagte er, fast schroff: »Zunächst jedoch: gute Nacht!«

Als ihn Richard Holden, der Freund und Anwalt, in dieser Nacht verlassen hatte, entwickelte Karl Hubert, der Kriminalist, fast übergangslos eine überaus zielstrebig anmutende Geschäftigkeit. Wobei es sich um Vorgänge handelte, die wie exakt durchdacht, genau geplant wirkten. Nicht der geringste Fehlgriff war erkennbar, wohl auch nicht zu vermuten.

Karl Hubert zog aus der unteren linken Schublade seines Schreibtisches einen Bauplan hervor. Diesen breitete er vor sich aus. Er zeigte den Grundriß des L-förmig gebauten Hauses mit zwei Eingangstüren, in dessen oberstem Stockwerk er wohnte.

Auf diesen wohl nur für ihn völlig übersichtlichen Wohnungswabenplan knallte er sodann, aus derselben Schublade hervorgezogen, einen rasselnden, faustgroßen Ring von Schlüsselformationen. Es war die nahezu vollständige Sammlung von zur Zeit brauchbar verwendungsfähigen Nachschlüsseln, die er sich, wie vorausschauend, vom Einbruchsdezernat des Polizeipräsidiums ausgeborgt hatte.

Und mit diesen so gut wie jede Einbruchsmöglichkeit garantierenden Werkzeugen in der geballten linken Hand, begab sich Karl Hubert zum Fahrstuhl. Er hatte sich Gummischuhe angezogen, mit glatten Sohlen, die keine Spuren hinterließen; zumindest kaum auswertbare. Er ließ sich abwärtsgleiten – bis zum Seitenausgang des Hauses hin. Und von dort aus schritt er, gemächlich wie ein müder Heimkehrer, zur Haupttür.

Kein Mensch störte ihn dabei, kein Liebespaar in einer Hausecke, nicht einmal ein Hund. Schon gar nicht die wie blindwütig auf der angrenzenden Hauptstraße vorbeirasenden Autos, deren Insassen lediglich wie gebannt den nächsten Verkehrsampeln entgegenzustarren schienen. Und wenn auch in diesem mietwuchernden Ameisenbau so an die einhundert Menschen zu existieren versuchten – die schliefen nun bereits; miteinander, nebeneinander, zumeist jedoch in schweißfeuchter, brütender Einsamkeit. Nicht einer von ihnen begegnete ihm.

Er gelangte dann, gleich einem gleichgültig dahintrottenden Nachtwanderer, vor jene Wohnungstür, hinter der sich – bauplangemäß – die sich ihrem Selbstmord entgegenstöhnende Person aufhielt. Hubert kniete nieder, um das Türschloß zu betrachten – was lässig sachgemäß geschah. Dann suchte er, mit frappierend sicheren Griffen, nach dem passenden Schlüssel – er fand ihn in wenigen Sekunden.

Danach betrat er, gleich einem unbeirrbar unaufhaltsamen Jäger, der sein Wild aufgespürt hat, die Wohnung. Wesentliche Einzelheiten davon waren ihm bereits bekannt – er hatte sie von seinem Küchenfenster aus registriert: eine glattkalte, starrgläserne, von verletzend scharfen Stahlrahmen begrenzte Wohnwelt – dennoch eine wohl für äußerst modisch gehaltene. Darin verfilzt wirkende Hocker, ein schaffelliger Teppich auf dem Fußboden; und im Schlafzimmer ein Bett von wohl für französisch gehaltenen Ausmaßen.

Und auf dem Bett lag diese Person. Jetzt wie verkrümmt, kaum noch keuchend, mit weit geöffneten, grellweiß verdrehten Augen, die jedoch nichts mehr zu erkennen vermochten. Sie hatte einen Hintern, als wäre er, was ja wohl auch zutraf, der erklärte Mittelpunkt ihrer Welt. Er war weit hochgereckt.

Hubert ließ sich nicht ablenken; er betrachtete ihr Gesicht mit fast bemüht erscheinender Nachsicht. Er registrierte die scharfen Kerben an den Mundwinkeln, das dichte Netz von Falten um die Augen und tiefer, schlaffer noch, unter dem Kinn, am Hals. Die Haut der Frau war bleichgrau, wie feuchtgewordenes Pergament.

Selbst jetzt durfte Huberts stets erklärte Sachlichkeit als völlig unbezweifelbar gelten. Er registrierte alles absolut unbeeindruckt. Die Frau hatte eine stattliche Menge Betäubungsmittel geschluckt; für einen Selbstmord schien das durchaus auszureichen. Sie würde es nicht überleben – falls nicht noch irgend etwas dazwischenkam.

Beispielsweise, daß sie noch einmal zu sich kam und nach dem Telefonhörer griff, um sich der Endgültigkeit zu entziehen. Neben ihrem Telefon lag ein Zettel mit einer Nummer, die Karl Hubert kannte: Es war die des nächstgelegenen Krankenhauses.

Daraus ergaben sich für ihn folgende zwingende Forderungen: Das Telefon mußte aus ihrem unmittelbaren Greifbereich entfernt werden. Was er unverzüglich tat. Er entdeckte eine zweite Anschlußstelle im schmalen Korridor dieser Wohnung. Dort schaltete er den Apparat an das Fernsprechnetz – wobei er den Hörer abhob und ihn zur Seite legte. Er wählte die 0-Nummer. Worauf pausenlos das Besetztzeichen ertönte.

Nun konnte sie ungehindert sterben.

In den Mittagsstunden des nächsten Tages trafen sich die Freunde, wie schon oft, im Restaurant ›Waldgarten‹ beim Westpark. Dort pflegten sie ein Schinkenbrot zu verspeisen oder eine Bratwurst. Dazu trank Hubert gewöhnlich ein kleines Glas Bier, während Holden Mineralwasser bevorzugte. Danach folgte ein gemeinsamer Spaziergang – wie in erstrebter Harmonie mit der Natur.

Beide hatten an so einem Tag bereits etliche intensive Arbeitsstunden hinter sich gebracht, Hubert zumeist im Polizeipräsidium, Holden vorwiegend in irgendeinem Gerichtssaal. Nebeneinander, wie unendlich vertraut, dahinschlendernd, pflegten sie sich dann davon zu erzählen. Der auf waldartigen Wegen ausgestreute Kies knirschte dabei melodisch unter ihren Füßen.

»Ich hoffe«, sagte Karl Hubert ermunternd, aber auch behutsam ablenkend, »du hast einen erfolgreichen Vormittag verbracht.«

Richard Holden nickte bereitwillig zustimmend. »Du erinnerst dich an diese beiden alten Menschen, die ihr Haus, in dem sie seit mehr als drei Jahrzehnten leben, verlassen sollten – es war zum Abbruch vorgesehen. Es ist mir gelungen, eine Gerichtsentscheidung zu erreichen, nach der diese armen alten, liebenswerten Menschen darin wohnen bleiben dürfen – bis auf weiteres.«

Karl Hubert lachte auf – fast provozierend verächtlich. Das geschah neuerdings immer öfter; sobald er glaubte, die sich beständig ausprägende Schwäche seines Freundes aufdecken zu müssen: Holdens zunehmend heftiger werdender Hang zu einer Art menschenfreundlicher Volksfürsorge.

»Ich jedenfalls«, sagte er – im Grunde nicht weniger heftig

hingebungsvoll, nur als Verbrechensbekämpfer –, »habe mich mit nahezu völlig entgegengesetzten Erkenntnissen beschäftigen müssen. Diese sogenannten armen alten, von dir summarisch als liebenswert bezeichneten Menschen können sich auch als bösartige und ungemein heimtückische Wesen entpuppen.«

»Du scheinst in letzter Zeit zu immer härteren, erbarmungsloseren Urteilen zu kommen«, meinte Richard Holden nicht ohne Besorgnis. »Verkenne doch nicht, daß auch zu diesem krebsartig wuchernden Altern eine schwere, belastende Kette von würgenden Enttäuschungen mit dazugehört; erzeugt in betäubender Einsamkeit!«

»Die dann zu einer hektischen Vernichtungswut führen kann – gegenüber sogenannten Andersartigen, also nur jüngeren Menschen. Bei dem Mordfall, den ich heute vormittag abgeschlossen habe, hat es sich um den Tod eines Kindes gehandelt.«

»Kinder sind immer gefährdet!« stimmte Richard Holden unverzüglich zu. »Auch ihnen gehört mein Mitgefühl!«

»Na – wie schön«, meinte Karl Hubert mit sanfter Ironie. »Nur eben, daß auch das nichts als ein gefälliger Gemeinplatz ist. Vor einem knappen Jahr habe ich einen lieblich-blonden, treuherzig blickenden Knaben zu dem Geständnis gebracht, er habe seine Großeltern umgebracht! Nur weil die schlecht rochen. Sie stanken ihn an! Sie stanken nach lauwarmem penetrantem Schweiß! Nach Pisse, sagte der Knabe, um ganz genau zu sein. Was durchaus einen Mord auslösen kann; erfahrungsgemäß genügen manchmal bereits wesentlich geringere Beweggründe.«

»In welch einer fürchterlichen Welt mußt du leben!« stellte der Freund fest. »Ich fühle mich immer mehr versucht, dich zu bedauern.«

»Mußt du nicht, Richard! Auch nicht in jenem Fall, den ich heute abgeschlossen habe. Ein Mädchen, neun Jahre alt, sie hat bei ihren Großeltern gelebt. Die Mutter war einem Verkehrsunfall zum Opfer gefallen und ihr Vater verschwunden, vermutlich Richtung Amerika. Die Großeltern behaupten, das Kind überaus geliebt zu haben. Und zwar so sehr, daß sie es umgebracht haben – aus reiner Fürsorge!«

»Du versuchst neuerdings grundsätzlich jede mögliche Gefühlsregung anzuzweifeln. Was du da so herausfordernd spöttisch als Liebe bezeichnest – es gibt sie tatsächlich.«

»Nun – unmöglich ist ja schließlich nichts. Doch diesmal sah das ganz einfach so aus: Das Mädchen wurde erwürgt in einer Toilette gefunden, neben dem WC liegend, das es offenbar gerade benutzt hatte, denn in der Schüssel . . .«

»Müssen diese Deutlichkeiten unbedingt sein, Karl?«

»Sie müssen sein, Richard, unbedingt! Denn so was gehört nun mal zum Leben oder eben zum Tod. Jedenfalls geriet dann ein dortiger Untermieter in den Verdacht, sich diese fürchterliche Sauerei geleistet zu haben. Doch ich fand heraus, daß die Tat die dieses Kind angeblich so sehr geliebt habende Großmutter begangen hatte.«

»War sie geistesgestört?«

»So könnte man das auch nennen. Es war krankhafte Eifersucht; und ich bezweifle, daß man derartige Regungen überhaupt als Normalzustand bezeichnen kann. Diese alte, ehrwürdige Großmutter jedenfalls hatte herausgefunden, daß sich ihr guter, lieber Mann, also der Großvater, zu diesem Kind mächtig hingezogen fühlte; mit sehr handgreiflichen Bekundungen seiner Liebe. Worauf die nette alte Dame das ihr anvertraute Mädchen, so wörtlich im Schlußprotokoll, zur ›kleinen, schäbigen Schlampe‹ erklärte, ihr also jede Daseinsberechtigung absprach. Eine Erkenntnis, die dann zu diesem würgenden Zugriff führte.«

Erwartungsgemäß schwieg Richard Holden, spürbar bestürzt von diesen Eröffnungen; auch über die Wortgebilde, die sein Freund dafür gebraucht hatte. Er blickte zu den alten Parkbäumen hoch, die ein erstes, schwächliches Blattgrün zeigten – sie vermochten noch nicht den Himmel über diesen schmalen Wegen zu verdecken, der in frühlingshaften Blaufarben leuchtete.

Er schien um ein anderes, ablenkendes Thema bemüht. »Was ist denn bitte mit jener Person geschehen, die da in der letzten Nacht mit Selbstmord gedroht hat?«

»Sie hat nicht nur damit gedroht; sie hat es getan!« Karl Huberts Antwort kam so rasch, als habe er während ihres ausgedehnten Spaziergangs nur auf diese Frage gewartet. »Ein endlich so gegen sieben Uhr früh anrollender Krankenwagen konnte wohl nur noch ein bereits leichenfertiges Produkt abtransportieren.«

»Das – ist fürchterlich!«

»Nennen wir es Schicksal. Sie hat es gewollt! Oder eben – herausgefordert.«

Abermals blickte Richard Holden zu den Bäumen hoch, unter denen sie gingen. Sie wirkten uralt, massig verknorrt, dickrindig; sie waren mit bizarren Ästen versehen, die sich zunächst himmelwärts zu recken schienen, dann jedoch, wie von soviel Kühnheit erschreckt, sich wieder erdwärts-abwärts fallen ließen, um abzubrechen – überwältigt vom Alter und dem Sterben.

»Sie mußte also sterben«, sagte Holden, und es hörte sich wie schicksalsergeben an. »Und du hast nichts dagegen tun können? Nichts – gegen ihre gewiß entsetzlichen Qualen?«

»Du irrst dich, zumindest in dieser Hinsicht, mein Freund. So ein Selbstmord, etwa durch eine Überdosis Schlaftabletten oder Betäubungsmittel erzeugt, ist keinesfalls ein scheußlicher, erbrechend-quälender Vorgang – das wird er erst nach den Eingriffen der Ärzte. Vielmehr handelt es sich dabei um einen wundersam betäubenden, schwebend-erlösenden Rausch.«

»Woher weißt du das denn so genau, Karl?«

»Das weiß jeder Fachmann – aufgrund intensiver Befragungen von überlebenden Selbstmördern, anhand rechtsmedizinischer Befunde, basierend auf diversen Versuchsreihen. Das allerdings sind Tatsachen, die selbstverständlich niemals publik gemacht werden und auch nicht publik gemacht werden dürfen, wenn wir nicht ganze Legionen von bereitwilligen Selbstzerstörern mobilisieren wollen. Diese Menschen dämmern dahin – wie einem großen, endlich erlösenden Schlaf entgegen; einem wohl traumlos dunklen, vielleicht auch purpurrot getönten Schlaf. Erst das Erwachen daraus macht alles fürchterlich.«

»Dennoch!« stieß Richard Holden mühsam hervor. »Wenn jemand stirbt, sterben muß« – er ersparte Hubert den Hinweis auf die ›Vorsehung‹ oder ›Gottes Ratschluß‹ –, »dann ist das wohl hinzunehmen! Wenn sich aber jemand selbst umbringt, dann handelt er verantwortungslos – da er schließlich nicht allein auf dieser Welt ist. Das ist wohl niemand. Mit ihm, neben ihm existieren noch andere Menschen. Und die läßt er allein!«

»Was nicht immer unbedingt ein Nachteil sein muß, Richard – sondern manchmal sogar eine Art erlösende Erleichterung sein kann. Wie vermutlich auch in diesem Fall.«

»Dem du offenbar recht gründlich nachgespürt hast.«

»Ich mache eben keine halben Sachen. In diesem Fall ergab sich folgendes: Die Person hatte keine Eltern mehr, sie waren frühzeitig gestorben – möglicherweise ihretwegen. Sie galt als nymphoman, bereits in der Schule, war also ein beständig herumhurendes Wesen.«

»Aber sie hatte ein Kind.«

»Deswegen war sie noch lange nicht das, was man unter einer Mutter versteht. Sie hat das Kind offenbar als Bezahlungsobjekt, das ihren Unterhalt garantierte, mit in Kauf genommen. Doch das Kind liebt seinen Vater, der es auch liebt – und zu ihm kommt es jetzt. So etwas wird dich doch gewiß erfreuen – mein lieber Traumwelttänzer.«

»Und was ist mit den anderen Männern – im Leben dieser Frau?«

Karl Hubert zeigte sich nun grimmig belustigt. »Die würden vermutlich bei ihrem Begräbnis eine stattliche Versammlung ergeben – falls sie kommen sollten. Aber sie werden nicht kommen.«

»Du meinst also – niemand hat sie wirklich geliebt?«

»Warum sollte das irgendeiner? Sie hat schließlich unter ›Liebe‹ nichts anderes als Geschlechtsverkehr verstanden; einen möglichst kräftigen und ausgedehnten noch dazu! Was Männern manchmal sehr zu gefallen vermag – aber auf die Dauer für eine enge, anhaltende oder eben innige Verbindung nicht ausreicht; den meisten nicht. Die Person hat also wohl weit mehr Zerstörungen angerichtet als Beglückungen zuteil werden lassen – auf sie kann man verzichten.«

»Willst du damit tatsächlich sagen, der Tod ist kein Verlust?«

»Er ist ein Segen! Selbst das kann der Tod sein – zur rechten Zeit, beim richtigen Objekt. Meistens kommt er mir leider nicht sonderlich fleißig vor, oder auch nur halbwegs geschickt in seiner Auswahl. In dieser Welt wimmelt es doch nur so von potentiellen Kandidaten für ihn. Allein in meiner Luxusmietkaserne wittere ich mindestens noch zwei davon. Sie alle sind Stücke einer riesigen Rinderherde, die von medizinischen Geschäftsleuten und sonstigen organisierten Lebensverlängerern gewinnträchtig an den Schlachthöfen Gottes vorbeimanövriert werden.«

Derartigen Ansichten seines Freundes – die dieser bei jeder sich bietenden Gelegenheit in immer neuen Bildern vorzubringen pflegte – vermochte sich Richard Holden nicht anzuschließen, doch sie beunruhigten ihn zutiefst. »Vermutlich, Karl, willst du mit allen derartigen Behauptungen in erster Linie eines deutlich machen: den Verlust der wohl wesentlichsten Harmonie zwischen den Menschen – der Liebe.«

Karl Hubert wies mit freudiger Grimasse auf die nächste Parkbank. »Womit wir nun also wohl bei deinem eigentlichen Thema angelangt sind. Es bewegt dich offenbar überaus; eben deshalb interessiert es mich zwangsläufig auch ganz ungemein. Also erzähle mir nun mal von jener Frau, die du neulich kennengelernt hast – und die dich spürbar intensiv beschäftigt. Ich höre!«

»Dazu ist wohl nicht allzuviel zu sagen«, meinte nun Richard Holden, zwar ein wenig zögernd, jedoch ohne ausweichen zu wollen. Er hatte sich, dicht neben dem Freund, auf die Parkbank gesetzt. »Was willst du wissen?«

»Einfach alles«, forderte Karl Hubert energievoll freundschaftlich. »Es gibt nichts, was mich nicht interessiert, sofern es dich betrifft – und so was Gefühlsbetontes, versteht sich, ganz besonders.«

Der nahezu menschenleer wirkende Park zog sich kilometerweit im Westen durch die Stadt hin. Er wollte nicht wenigen wie eine monströse Landverschwendung anmuten – das eben in einer Zeit, da zahlreiche menschliche Planungswesen wohl nur noch in Bauplätzen zu denken vermochten, an gezielte Verwertung, an Erfolge, die sich auf Bankkonten nachweisen ließen. »Hast du was, dann bist du wer!« So lautete der von Millionen Fernsehapparaten höchst wirksam hervorgeflimmerte Werbeslogan dieser Tage.

Und tatsächlich würde dieser Westpark die Massenmitmenschen, falls sie ihn gesehen hätten, peinlich zweckentfremdet angemutet haben. Eine Schafherde betätigte sich dort als behaglich malmende Mähmaschine; sie mampfte das erste Frühlingswiesengrün teppichglatt. Nur wenige Hunde spazierten fast artig von Baum zu Baum, dabei wohl sorgsam Auswahl treffend. Außerdem knapp ein Dutzend menschliche Wesen, die ausnahmslos verdächtig geruhsam wirkten. Die Freunde hatten das stets genossen.

»Eine Frau also?« fragte Karl Hubert beharrlich ermunternd. »Welche denn diesmal?«

»Eine überaus liebenswerte Person – will mir scheinen. Und zwar eine, die ich bereits seit mehr als zehn Jahren kenne, die ich aber bisher wohl übersehen, sagen wir: nicht richtig gesehen habe! Eine Freundin meiner Frau.«

Karl Hubert nickte vor sich hin. Die Fakten lagerten wieder einmal wie abrufbereit in seinem exzellent funktionierenden Gedächtnis: Richards Frau hatte seinen Freund damals, vor zehn Jahren, verlassen und die Scheidung von ihm verlangt; mit irgendeinem Immobilienmillionär im Hintergrund. Und mit dem lebte sie dann; erst in einer Villa bei Frankfurt und dann in einer im Tessin. Doch sie lebte nicht mehr allzu lange. Sie brachte sich um – in ihrer Luxushöhle bei Lugano; zufällig zu einer Zeit, als er, Karl Hubert, dort einen kurzen Urlaub verbrachte.

»Wenn dieses weibliche Wesen, Richard, eine Freundin deiner ehemaligen Frau gewesen ist, dann hat sie wohl auch zu deren Welt gehört; sie muß also mit ihr einige, wenn nicht gar erhebliche Gemeinsamkeiten aufweisen!« Das waren bedächtige, gleichsam hervortropfende Wortgebilde. »Sollte sie dich etwa – an deine Frau erinnern? Ist es das?«

»Nein, Karl – das ist es nicht, gewiß nicht!« Richard wehrte sich fast hastig gegen diese ihn offenbar peinlich berührende Vermutung. Wobei er dann erstmals jenen Namen aussprach, dessen Trägerin beide noch höchst intensiv beschäftigen sollte: »Susanne – ist so ganz anders. Das jedoch hatte ich damals nicht erkannt.«

Hubert überhörte nicht die geringste, auch noch so verborgene Andeutung. »Damals also, meinst du, ist sie dir wesentlich anders erschienen, als sie das jetzt tut?«

»So ungefähr. Ich habe damals Susanne Sommer tatsächlich für ein ähnliches Wesen gehalten wie meine Frau.«

»Also«, ergänzte Karl Hubert unverzüglich robust zupackend, »für zwar überaus attraktiv, doch ebenso eitel wie egoistisch, geschlechtsgeschäftig und auch hierbei zweckberechnend. Denn die Ausmaße der Gunstbezeigungen dieser Frau entsprachen vermutlich voll der Höhe der dafür investierten Geldmittel! Und du hast dich nahezu ruiniert.«

»Kann sein«, gab Richard Holden mühsam zu, womit er, zwar äußerst zögernd, eine jener Lektionen bestätigte, die ihm sein dynamischer Freund beigebracht hatte. »Meine Frau war möglicherweise so – Susanne Sommer jedenfalls ist anders; ganz anders! Das schon rein äußerlich. Denn meine Frau war, wie du weißt, hellblond, wirkte stets ein wenig kindlich, wollte wohl auch so wirken; sie gab sich verspielt. Susanne ist dunkel, von zartem Wesen, überaus schutzbedürftig, entsprechend anschmiegsam.«

»Anschmiegsam also. Und dabei – wie weit gehend?«

»Aber nein, nein! Nicht das, was du denkst. Wir haben uns neulich ganz zufällig getroffen; mitten in der Stadt, im Einkaufszentrum beim Hauptbahnhof. Danach gingen wir Kaffee trinken. Ein paar Tage später erlaubte ich mir dann, sie zum Essen einzuladen in ein französisches Lokal. Danach brachte ich sie nach Hause – genauer: bis vor die Haustür.«

»Und dann – das übliche?«

»Nun ja – ich durfte sie küssen; doch wohl mehr freundschaftlich. Wenn auch auf den Mund. Sie bedankte sich damit, wie sie versicherte, für einen sehr schönen Abend, den auch ich, offengestanden, sehr genossen hatte.«

»Was ich dir ja auch gönne!« versicherte Karl Hubert prompt. »Aber selbst dabei solltest du niemals die Erfahrungen vergessen, die du mit deiner ersten Frau machen mußtest. Auch damals begann das alles – und ich erinnere mich noch sehr gut daran – wie ein frühlingshafter, schwebender Rausch. Und was ist dann daraus geworden!«

»Ich würde dich gern mit Susanne bekannt machen, Karl«, erbot sich Richard Holden – als erhoffe er sich dadurch jede Lösung möglicher Mißverständnisse. »Essen wir doch demnächst gemeinsam – im ›Bistro‹ beispielsweise. Sie wird dir gefallen, da bin ich ganz sicher.«

»Das muß sie nicht«, erklärte Hubert abwehrend. Er pflegte niemals nur auf einen vagen Verdacht hin sich mit irgendeinem Fall zu beschäftigen. Nicht bevor handfeste Fakten ihn dazu zwangen.

»Diese Susanne Sommer ist allein deine Angelegenheit – mache das denkbar Beste daraus – soweit diese Dame das zuläßt. Falls jedoch irgendwelche Komplikationen eintreten sollten – was wohl niemals ganz auszuschließen ist –, kannst du mit mir rechnen. Hundertprozentig.«

3

Das Begräbnis jener Selbstmörderin – Europastraße 11/13 – fand auf dem Nordfriedhof statt. Dieser Vorgang konnte, da ärztlich als ›möglicher Unfall durch irrtümliche Überdosierung verordneter Medikamente‹ deklariert, fast mühelos zu einem christlichen Begräbnis umfunktioniert werden. Und wenn es auch in kleinster Kirchhofformation stattfand, so reichte das dennoch aus für eine gewisse Würde und Feierlichkeit.

Der Frühlingshimmel umglänzte diese Darbietung mild; er erschien nahezu nachsichtig. Goldgelbe Sträucher waren erblüht und leuchteten wie sanfte Sonnenfeuer. Die Blätter der Birken begannen sich in lichtem Grün zu entfalten, und der Rasen wurde wieder zu einem Teppich. Die Natur jedenfalls trauerte nicht mit – was wie ein kleiner Schönheitsfehler anmutete.

Außer dem aussegnenden Geistlichen mit kleinerem Gefolge hatten sich hier nur wenige Menschen eingefunden. Dicht an der Grube, doch wie über sie starr hinwegsehend, stand der Vater mit seinem wiedergewonnenen Kind – beide jetzt aneinandergelehnt, wie endlich innig vereint. Dann Hand in Hand – tränenlos.

Kein anderer Mann aus dem Intimleben dieser Frau war erschienen – nicht einmal der Sparkassenmensch. Lediglich ein weibliches Wesen hinter Vater und Sohn, plump-dicklich, mit glattem Rundgesicht, produzierte schnaufende Rührung. Das war die Reinemachefrau und gelegentliche Vertraute der nunmehr Toten, welche auch als Arbeitgeberin von einiger verschwenderischer Großzügigkeit gewesen war – als solche wurde sie nun betrauert. Übertrieben ehrlich.

»Nichts ist hier normal!« glaubte dabei der eine der zwei Männer feststellen zu können, die auf diesem Friedhof wie im Abseits standen – wohl um zu demonstrieren, sie wären keine Teilnehmer, lediglich Beobachter. Allerdings aus sehr verschiedenartigen Beweggründen; was jedoch nur einer von ihnen wußte.

»Das liegt am Wetter«, meinte nun dieser eine, nämlich Hubert, mit milder gelassener Ironie. »Sie, mein Lieber«, womit er den Journalisten Schwarz ansprach, »sind doch hier in unserer Stadt schon seit einigen Jahren tätig – seit zehn, wenn ich mich nicht irre. Allerdings noch immer ohne sich richtig bei uns auszukennen. Der Frühling in unserer Gegend kann von verwirrender Unruhe sein.«

Womit ein Vorgang angesprochen wurde, den man hier ›Föhn‹ nannte. Diese zerstörerisch anmutende Naturerscheinung gab es, wenn auch unter anderen Namen, jedoch mit gleicher, zumindest ähnlicher Wirkung, ebenso im südlichen Deutschland, im nördlichen Italien, in den Gebirgstälern Österreichs und der Schweiz sowie in Teilen des südlichen Frankreich.

Eine Erscheinung, die dann auch, was als erwiesen gelten dürfte, zu einer gewissen weitzeugenden Enthemmung sich anbahnender krimineller Vorgänge führte. Selbst die härtesten Richter in jenen Randwetterzonen des westlichen Europa fühlten sich dann versucht, ›mildernde Umstände‹ anzuerkennen, sogar bei schweren Verbrechen – eben weil heftige körperliche oder eben seelische Störungen angenommen werden konnten.

Entsprechend wirkte nun auch hier, auf diesem Friedhof, der mühsam amtierende Geistliche erheblich geschwächt – seine Stimme klang matt, sein Gesicht glänzte feucht. Die ineinander verkrampften Hände von Vater und Sohn schienen zu zittern. Und die Reinemachefrau stieß würgende Laute aus; was sich dennoch höchst beileidsbekundend anhörte.

Auch die beiden Männer im Hintergrund wirkten nicht unbeeindruckt. Der eine von ihnen, Karl Hubert, denkbar konventionell gekleidet, wie ›von der Stange‹ irgendeines Warenhauses, betupfte sich die Stirn mit einem Papiertaschentuch; das er dann hinter einen Grabhügel warf. Der andere, der Journalist Frank Schwarz, von fast glänzendem Modebewußtsein beherrscht, lockerte seinen breiten Kragen, knöpfte sein Seidenhemd bis zur

Brust auf, wo eine vermutlich goldene Kette sichtbar wurde, an der ein wohl gleichfalls goldenes Kreuz hing.

Und Frank Schwarz flüsterte nun verlangend auf Karl Hubert ein. »Dies scheint ein Vorgang zu sein, der Sie sichtlich interessiert, wenn nicht gar spürbar befriedigt. Warum eigentlich? Soweit ich Sie kenne, Herr Hubert, haben Sie sich allein auf letzte menschliche Möglichkeiten spezialisiert – sozusagen auf die letzten Exkremente dieses Daseins. Auch – hier?«

»Kommen Sie mir doch nicht mit derartigen gesuchten Spitzfindigkeiten, Menschenskind!« Hubert gab sich ungeniert erheitert, ohne Rücksicht auf den Ort, an dem sie sich befanden. »Sie spüren mir unentwegt nach! Vermutlich sehen Sie in mir eines jener abgerichteten Schweine, die auf das Erschnüffeln von Trüffeln spezialisiert sind.«

»Ich werde mich davor hüten, Herr Hubert, einen derartigen Vergleich auch nur anzudeuten. Doch immerhin – was könnte denn wohl für einen aufmerksamen, einflußreichen Polizeireporter wie mich selbstverständlicher sein, als immer wieder mal nach dem hier maßgeblichen Mordspezialisten Ausschau zu halten. Er ist wie eine Signalflagge, nach der man sich richten muß.«

»Um dabei zu erkennen, ob Ihre ausgeprägten Fäkalienfantasien bei mir auf Wohlwollen stoßen – was dann für Sie höchst wirksam verwertbar wäre.« Hubert schnaufte leicht unwillig auf. Er schien sich allein auf diese Friedhofsszene konzentrieren zu wollen, die sich nun auflöste wie ein früher Nebel.

Der Geistliche sprach dem Vater und dem Kind sein gewiß theologisch gut formuliertes Beileid aus. Dann nickte er, durchaus anerkennend, der heftig trauernden Reinemachefrau zu. Wonach sie sich nacheinander, hintereinander, wie entenartig daherwackelnd, entfernten. Der amtliche Totengräber – Stundenlohn derzeit DM vierundzwanzig – konnte ungestört abschließend in Erscheinung treten. Er spuckte sich eifrig in die Hände.

Karl Hubert ließ sich auf einer nahen Bank nieder, bei irgendeinem Familiengrab. Frank Schwarz nahm unaufgefordert neben ihm Platz.

»Nehmen wir also an, Herr Hubert, Ihre Vermutung stimmt – ich spüre Ihnen nach. So was geschieht jedoch nicht nur, um über Sie an die von Ihnen aufzuklärenden Fälle heranzukommen – vielmehr auch, um mich Ihnen sozusagen anzubieten. Als eine Art Mitarbeiter.«

Huberts Heiterkeit drohte sichtlich zuzunehmen – er schien sich nun eher in einer Kneipe als auf einem Friedhof zu befinden. »Ich soll Ihnen also Hinweise zukommen lassen, Sie mit Informationen versorgen, Ihnen Material zuleiten? Und dafür gedenken Sie mich dann, in Ihrem Käseweltblatt, immer lieb und nett zu behandeln – was?«

»Keinesfalls nur das, Herr Hauptkommissar!« Frank Schwarz blickte nun geradezu jugendlich revolutionär. »Ich bin schließlich nicht irgendwer! Vielmehr in meinem speziellen Bereich in dieser Stadt – wie Sie in dem Ihren hier ja auch – die absolute Nummer eins. Und so viel Einfluß könnten wir zielstrebig summieren. So etwa wäre ich bereit, Sie gewissermaßen in den höchsten Zeitungshimmel zu heben! Was halten Sie davon?«

»Nichts«, erklärte ihm Karl Hubert; wobei es schien, als wehre er mit einer kurzen Handbewegung eine frühe lästige Fliege ab. »Denn nun muß ich mich wohl fragen, Herr Schwarz, und das leider nicht zum erstenmal: Was halten Sie denn eigentlich von mir?«

Das Männermagazingesicht des Journalisten setzte zu einem vermutlich jovial gedachten Lächeln an. Dabei betrachtete er die Grabstatue eines pausbackigen Engels, der nun wohl schon seit Jahren erhebliche Anstrengungen machte, die möglicherweise in seinem Korb befindlichen Blumen über einen Zementhügel zu streuen. »Was ich Ihnen allein zutraue, Herr Hubert, ist dies: ein ganz klares Gefühl für Realitäten. Sie werden, da bin ich ziemlich sicher, kaum Wert darauf legen, mich zu Ihrem erklärten Gegner zu machen.«

»Und warum nicht?«

»Nun – etwa Ihres offensichtlich so überaus geliebten Freundes Richard Holden wegen nicht! Der ist ein ungewöhnlicher Mensch; nicht zuletzt, weil er sich in Ihrem Bannkreis befindet.

Von ihm weiß ich eine ganze Menge – auch von seiner einstmaligen Frau; sogar von deren Tod. Könnte uns das nicht ein wenig näher zusammenführen?«

Diese Frage blieb zunächst unbeantwortet. Die heiter-ironischen Anwandlungen von Karl Hubert schienen schlagartig erstorben zu sein. Er blickte düster auf die Blumen, die über Gräbern lagen – sie verwelkten schnell. Sie müßten weggeräumt werden.

»Ich glaube, ich durchschaue Sie, Schwarz«, sagte dann der unscheinbare Mann mit den dunkel lauernden Augen. »Sie wollen über mich an Richard Holden herankommen. Für Holden empfinden Sie offenbar ein ganz besonderes Interesse – wobei es sich um eine Art späte Abrechnung handeln könnte. Und das wohl wesentlichste auslösende Element dafür kenne ich.«

»Wirklich? Sind sie sicher?«

»Sie haben damals, kaum daß Sie hier waren, eine ganz erhebliche Anteilnahme bezeugt – an der Frau meines Freundes. Und zwar bereits vor deren Ehe. Aber auch während und nach dieser Ehe. Das jedoch vergeblich.«

»Vergeblich will ich gar nicht mal sagen«, meinte Frank Schwarz; sein Lächeln war allerbeste Schönheitsreklame – er zeigte strahlende Zähne. »Jedoch, letzten Endes, zugegeben, nicht ganz mit dem erhofften Erfolg. Mir mangelte es eben an Vermögen; an finanziellem. Ich bin da sehr ehrlich. Jedenfalls glaube ich zu wissen, daß Sie stets der Ansicht waren, diese Frau war Ihres Freundes Holden nicht würdig.«

»Würdig?« Karl Hubert wurde nun wieder ein wenig munterer. Das nicht zuletzt, weil er eine Grabplatte entdeckt hatte, in welcher sehr tief, mit bereits abblätternden Goldfarben, und das nach wenigen Jahren, die Worte eingemeißelt waren: Treu bis in den Tod! »Welch ein Wort – in diesem Zusammenhang! Ich bitte Sie, wer ist denn schon würdig – in irgendwelchen Betten?«

Frank Schwarz schwieg – er mußte nachdenken, sich über eine möglichst verwertbare Deutung derartiger Formulierungen klarwerden. Er lehnte sich zurück, wie um damit Abstand gewinnen zu können. Karl Hubert schien vor sich hinzublinzeln.

Plötzlich wollte Hubert wissen: »Kennen Sie eigentlich eine gewisse Susanne Sommer?«

»Sollte ich sie kennen?«

»Sie kennen sie also nicht!« stellte Hubert mäßig triumphierend fest, mit schnell wieder aufschimmernder Ironie. »Und Sie wollen mir einreden, daß Sie einiges, wenn nicht gar alles, über Holden und dessen ehemalige Frau wissen? Ohne dabei erkannt zu haben, daß es sich bei dieser Susanne Sommer um eine der intimsten Freundinnen jener Person gehandelt hat?«

»Warum, Herr Hubert«, wollte nun Frank Schwarz schnell zuschnappend wissen, »machen Sie mich derartig intensiv auf diese Susanne Sommer aufmerksam?«

»Versuchen Sie es doch herauszufinden!« ermunterte ihn Hubert.

»Um Sie dann über Einzelheiten zu informieren, die mir dabei bekannt werden sollten? Ist es das?«

»Daran, Herr Schwarz, wäre ich durchaus interessiert. Falls es Ihnen gelingt, geschickt genug vorzugehen. Liefern Sie also unauffällig eventuelle Resultate.«

»Und dann könnte das eintreten, was ich Ihnen vorgeschlagen habe: der Anfang jener von mir erhofften intensiven Zusammenarbeit?«

»Das ist durchaus möglich.«

»Dann ist das so gut wie abgemacht, Herr Hubert!« Es klang wie der Abschluß bei einem Viehverkauf. »Sie werden es nicht zu bereuen haben!«

»Sie hoffentlich auch nicht.« Hubert schien freundlich zu scherzen. Dieser Friedhofshandel war wahrlich nicht frei von wuchernder Heiterkeit.

»Worauf ich nun gerne«, reagierte Frank Schwarz sportwagenflott, »um eine Art Vorschuß für unseren vielversprechenden Pakt bitten würde, wenn Sie erlauben. Etwa Details betreffend dieser hier soeben begrabenen Leiche. Ließe sich das machen?«

»Das, Herr Schwarz, läßt sich machen. Zumal ich mir vorstellen kann, worauf Sie dabei scharf sind: auf eine magenwärmende, die Verdauung fördernde Frühstücksstory, die sich mit balkendicken Buchstaben auf der ersten Seite Ihres Blattes aufmachen läßt.«

»Sie durchschauen mich!« Nunmehr war es der Journalist, der Grund zur Heiterkeit zu haben glaubte. »Genau darauf kommt es mir an! Und was, meinen Sie, wäre aus diesem Fall herauszuholen?«

»Einiges. Etwa mit den Schlagworten: Miethaustragödie – Frau und Mutter in den Tod getrieben durch Vereinsamung und unerfüllte Liebe – Ehemann hatte sie und ihr Kind verlassen – eines von vielen Frauenschicksalen in dieser Zeit! Und so weiter und so fort.«

»Das«, stimmte Frank Schwarz unverzüglich zu, »würde garantiert hinhauen. Und dazu könnten Sie mir Einzelheiten liefern?«

»Einige durchaus. Bei der dabei üblichen amtlichen Absicherung: ohne Angabe der Quelle. Und eben in der Hoffnung, daß Sie mir dann auch das liefern werden, was ich haben will.«

»Wir sind voll im Geschäft!« versicherte Frank Schwarz. Er war weitgehend ahnungslos, auf was – besser: mit wem – er sich da eingelassen hatte.

Karl Hubert ließ sich nach seinem Friedhofsbesuch von einem schnellen, wenn auch nicht sonderlich komfortablen Dienstwagen zu seiner Mietskaserne, Europastraße 11/13, bringen. Hier erblickte er das Mädchen Irene – Irene Winter. Sie hielt sich unmittelbar vor dem linken Hauseingang auf; leicht auf ihr Fahrrad gelehnt. Und es schien, als habe sie auf ihn gewartet, ihm aufgelauert.

Das stimmte jedoch nicht ganz. Irene Winter wartete und lauerte offenbar immer. Möglicherweise auf irgendeine Art Wunder – etwa auf einen Blitzschlag aus heiterem Himmel, der sie erglühend zu beglücken vermochte; auf einen tropisch-traumhaft warmen Regen, der sie endlich wohlig erschauern ließe. Also erhoffte sie wohl das, wozu sie zahlreiche, einschlägige Illustrierte beharrlich eingestimmt hatten: den Mann! Irgendeinen Kerl.

Das zu erkennen fiel Hubert nicht sonderlich schwer; zumal offenbar auch er zu den sie anziehenden Objekten gehörte; unter vermutlich zahlreichen anderen, wohl ziemlich willkürlich erwählten. Denn Irene Winter war zeitgemäße fünfzehn Jahre alt – mit nicht zu übersehendem Busen, auch bereits auffallend prallem Hinterteil, das sie wirksam zu schwenken verstand. Zu allem Überfluß hatte sie sich auch schon die entsprechenden Blicke zugelegt.

»Die Luft aus meinem Fahrradreifen entweicht immer!« rief sie ihm zu. »Was kann man dagegen tun?«

»In solchen Fällen«, erklärte er ihr, nicht völlig frei von Neugier auf ihre weiteren Reaktionen, »gibt es etwa drei Möglichkeiten. Erstens: aufpumpen. Zweitens: einen eventuell beschädigten Schlauch flicken. Oder eben drittens: den Schlauch durch einen neuen zu ersetzen!«

»Aber ich«, klagte sie ihn verlockend an, »kann das nicht! Würden Sie mir dabei behilflich sein – etwa im Keller, oder in Ihrer Wohnung?«

»Weder die eine noch die andere Räumlichkeit sind dafür geeignet!« Karl Hubert betrachtete sie abwartend, ohne das geringste Entgegenkommen. »Dafür benötigen Sie eine entsprechende Reparaturwerkstatt, Mädchen – oder eben einen geeigneten Mechaniker.«

Karl Hubert kannte sich aus. Er hatte so gut wie alle Stationen kriminalistischer Möglichkeiten hinter sich gebracht. Er hielt es also nicht für ausgeschlossen, daß eben auch diese nette, niedliche, nymphenhafte Irene im Grunde ihres Wesens nichts als ein prädestiniertes Geschlechtstier war. Und damit ein wie unvermeidliches Opfer ihrer Zeit – eine der zahllosen, enthemmten, fleißig-erkrankten Geschlechtsvorzeigerinnen; berechnende Unterleibswillige; um damit Gewinn zu machen, zumindest Lustgewinn.

»Hauen Sie ab, Mädchen!« rief er ihr zu, was durchaus ermunternd gedacht war. »Machen Sie Ihre Schularbeiten; so was lenkt ab, wenn man es gründlich genug tut! Und ich kenne niemanden in Ihrem Alter, der so was nicht dringender nötig hätte, als sich frühzeitig irgendwelche Kerle aufzureißen. Dafür, Mädchen, ist immer noch Zeit! Je länger Sie Ihre Schenkel zusammenkneifen, um so besser!«

»Aber so«, fauchte sie ihn an, »darf man doch mit mir nicht reden!«

»Nur so!« erklärte ihr Karl Hubert. »Denn das ist vermutlich die einzige Sprache, die Sie noch verstehen – nehme ich an. Und wenn Sie selbst die nicht mehr verstehen, mein schönes Kind, könnte es zu spät sein. Hauen Sie also endlich ab, Mädchen!«

Eine Besonderheit, die sich bei den beiden Freunden im Verlauf der Jahre herausgebildet hatte, waren ihre wöchentlichen ›Buchberichte‹. Beide waren eifrige Leser; sie pflegten literarische und fachliche Werke, die ihnen als bemerkenswert erschienen, untereinander aufzuteilen – in sieben Tagen bewältigte jeder von ihnen etwa drei davon.

Und darüber berichteten sie einander dann: Inhalt – formale Gestaltung – Wertung im allgemeinen, im Detail. Das geschah diesmal in der Wohnung von Karl Hubert. Sehr schnell wurde dabei der amerikanische Schriftsteller John Steinbeck zum Streitpunkt.

»An seiner einst so überzeugend erklärten Humanität«, glaubte Richard Holden feststellen zu können, »beginne ich nunmehr zu zweifeln. Und zwar aufgrund einer Sammlung von Aufsätzen, Mutmaßungen und Betrachtungen, die soeben in Amerika erschienen sind. Was dabei zum Vorschein gekommen ist, kann wohl nur noch als krasser Nationalismus, als eingemauerte konservative Denkweise bezeichnet werden. Denn sogar ein Steinbeck glaubt selbst im Vietnam-Krieg amerikanischen Heroismus erblicken zu können.«

»Nichts als ein Irrtum, Richard, der sich immer wieder einstellt. Sehr junge Menschen, zu denen schließlich auch Steinbeck einst gehört hat, gefallen sich zumeist als Weltveränderer, Weltverbesserer, Weltgewissensträger! Bis dann auch sie endlich einsehen müssen: Eine derartig kraß geforderte Veränderung ist lediglich ein nahezu infantiler, geradezu zweitrangiger

Wunschtraum; allein auf den abgewogenen Versuch kommt es schließlich an, wahre Werte sorgsam zu erhalten – die dann wie ein Sprungbrett für weitere Möglichkeiten sein könnten.«

Was Karl Hubert damit meinte, erfuhr der Freund zunächst nicht. Denn die Türglocke der Wohnung wurde heftig in Bewegung gesetzt. Hubert öffnete – einladend weit. Und herein schritt Herr Winter, der Vater von Irene.

»Ich beabsichtige nicht zu stören!« versicherte er, dennoch sich vordrängend. »So was liegt nicht in meiner Natur.«

»Sie können uns gar nicht stören!« behauptete Karl Hubert, mit nahezu verdächtig großzügiger Geste. »Gesellen Sie sich getrost zu uns. Was dürfen wir Ihnen anbieten – ein Glas Bier, eine Tasse Kaffee oder einen Cognac?«

»Nun – sagen wir: eine Tasse Cognac! Wenn Sie so liebenswürdig sein wollen.«

Karl Hubert nickte, wie stets einstimmungsbereit. Wobei er seinem Freund Richard Holden mit ungenierter Deutlichkeit erklärte: »Dies ist Herr Winter, ein Fernlastfahrer; er wohnt in diesem Haus. Und er ist der Vater einer überaus vielversprechenden Tochter namens Irene – vielversprechend in jeder wohl erdenklichen Hinsicht.«

»Jawohl!« bestätigte Herr Winter mit breitgewichtiger Überzeugungskraft – er wog an die zwei Zentner, wirkte dementsprechend; wenn auch nur rein äußerlich. »Und eben als der Vater meiner Irene bin ich hier!«

Eine Bekundung, die Holden, dem Rechtsanwalt, ein wenig bedrohlich vorkommen wollte. Also beeilte er sich, eine gewisse freundliche Atmosphäre zu erzeugen: »Ich glaube, Ihr Fräulein Tochter zu kennen – sie ist doch sicher dieses blonde, geradezu attraktiv zu nennende Mädchen mit dem Fahrrad!«

»Sie sagen es!« bestätigte Fernlastfahrer Winter nicht ohne Stolz. Um dann unverzüglich hinzuzufügen: »Aber sie ist noch ein Kind!«

Hubert lachte auf, zwar nur kurz, doch deutlich erheitert. »Ein Kind – Ihre Irene? Sind Sie sicher?«

»Absolut! Schließlich ist meine liebe Kleine erst fünfzehn!«

»Na – und? Ganz abgesehen davon, daß Ihre liebe Kleine in einem Monat als sechzehn Jahre alt registriert werden kann – was für den Gesetzgeber ein bemerkenswertes Alter ist, denn damit hört praktisch jede mögliche Kindlichkeit völlig auf. Doch was besagt das schon? Ich kenne eine ausgewachsene zwölfjährige Mutter und voll aktive vierzehnjährige Huren.«

Vater Winter schnappte sichtlich nach Luft – er schnaufte gleich einem Bergsteiger, der sich dem Gipfel schon nahe glaubte; bei nur noch mühsam erfolgender Herztätigkeit. »Aber ich bitte Sie, Herr Hubert – was sollten denn derartige Andeutungen mit meiner Irene zu tun haben?«

»Sicherlich nicht das geringste!« beeilte sich Richard Holden, ganz Anwalt, zu versichern. »Mein Freund hat da lediglich einige seiner kriminalistischen Erfahrungen angedeutet – die nicht gleich auf Ihre bezaubernde Irene zutreffen müssen.«

»Na – genau das meine ich auch«, behauptete der fernlastfahrende Vater Winter erleichtert. »Und ich weiß, daß sich meine Irene, zu Ihnen, Herr Hubert, überaus hingezogen fühlt – das hat sie mir gestanden. Eben weil Sie, wie ja auch ich, eine Art Vaterfigur sind!«

»Auch das noch!« Hubert lachte auf.

»Ich jedenfalls empfinde«, versicherte Rechtsanwalt Holden wundersam ausgleichswillig, »Herrn Winters Gedankengänge als gewiß sehr ehrenwert gemeint. Denn seine Irene hat lediglich versucht, sich einem ihr väterlich erscheinenden Wesen anzuvertrauen. Und hätte sie sich dabei einen besseren Gesprächspartner als Herrn Hubert dafür aussuchen können?«

»Das allerdings meine ich auch!« gab nun der Winter-Vater bereitwillig zu. »Denn so ist sie! Wie ein junges Füllen, sage ich immer; ein wenig unbändig, aber eben Klasse!« Fehlte nur noch, daß der ausgesprochen hätte, was er wohl dachte: Kunststück – bei diesem Vater!

»Also gut.« Hubert reagierte nahezu herausfordernd begierig. »Nun weiß ich wenigstens, was Sie von Ihrer Tochter halten. Doch für was halten Sie mich? Bin ich denn nicht etwa ein Mann in den sogenannten besten Lebensjahren – kaum mehr als vierzig, gutbürgerlich, vergleichsweise angesehen? Doch eben aus diesem Altersbereich kommen, statistisch einwandfrei nachweisbar, der Großteil aller Mißbraucher, Beschmutzer, oder eben Vergewaltiger jener nach den bestehenden Gesetzen als nicht vollreif bezeichneten weiblichen Wesen.«

»Wozu Sie jedoch, Herr Hubert, garantiert nicht gehören!«

»Dieser Ansicht«, versicherte Holden schnell, »kann ich nur zustimmen – vorbehaltlos!«

Und zu seinem Freund sagte er, nicht unbesorgt, auch behutsam warnend: »Laß doch, wenn es irgendwie geht, dieses schöne Kind leben – ohne deine fürchterlichen Theorien.«

»Das sind keine Theorien! Es handelt sich vielmehr um eine knallharte, sozusagen hautnahe Praxis. Das müssen Väter wissen! Und wie kommen Sie denn auf die Idee, Herr Winter, daß ich, im Hinblick auf Ihre Tochter, irgendwie vertrauenswürdig sein könnte?«

»Eben weil ich weiß, Herr Hubert, wer Sie sind! Das weiß ich von einem Freund, einem meiner allerbesten – der ist mit mir verschwägert und außerdem Polizeibeamter. Und der hat mich gefragt: Ahnst du eigentlich, wer da in deinem Hause wohnt? Eben der Hubert. Und der ist ein ganz großer Mann; die Nummer eins – im Polizeipräsidium!«

»Was tatsächlich zutrifft!« bestätigte Holden. Er versuchte, wohltuend warme Verständnisbrausen zu betätigen, diese voll aufzudrehen. »Womit wohl, hoffe ich, alle möglichen Mißverständnisse beseitigt sind.«

»Sind sie aber nicht!« Huberts Unbeirrbarkeit, sich und seine Umgebung seinen möglichst letzten Wahrheiten auszuliefern, drohte immer zwanghafter zu werden. »Was besagt denn schon, was einer in der sogenannten Öffentlichkeit darstellt, welches Amt er bekleidet, welches angebliche Ansehen er dabei genießt? Als ich noch bei der Sittenpolizei tätig war, habe ich einen für höchst honorig gehaltenen Chefarzt aufs Kreuz gelegt, der seine Patientinnen, die zum Teil noch halbbetäubt waren, recht fleißig mißbrauchte. Dazu habe ich diverse Polizeibeamte kennenlernen müssen, die sich als Massagepuff-Manager freudig betätigten. Dann auch einen Geistlichen, der die ihm anvertrauten Konfirmationskinder reihenweise umzulegen versuchte.«

»Na, scheußlich, ungemein scheußlich!« rief Vater Winter überaus angewidert aus. »Sind wir denn ausgeliefert?«

»Das ist man – wenn man nichts als ein sich selbst wohlgefälliger ahnungsloser Idiot ist! Wofür ich Sie aber nicht halte, Herr Winter. Unverkennbar lieben Sie Ihre Tochter; was gewiß nicht wenig ist, aber eben nicht alles.« Hubert gab sich suggestiv sicher. »Jedenfalls habe ich Ihrer Irene, wohl ziemlich unmißverständlich, dazu geraten, Ihre Schenkel möglichst eng zusammenzuklemmen; ungefähr mit diesen Worten. Darauf sollten Sie achten – also ihr dabei helfen.«

»Aber wie denn – wie? Falls Sie recht haben!«

»Das, Herr Winter, ist Ihre Angelegenheit! Bei diesem Ihrem Kind will sie mir allerdings als äußerst dringend vorkommen. Denken Sie darüber nach – nachdem Sie hier Ihren Cognac ausgetrunken haben. Doch sonderlich viel Zeit haben Sie dafür wohl nicht mehr!«

»Weißt du, Karl, wie du mir neuerdings sehr oft vorkommst?« fragte Richard Holden den Freund fast unmittelbar nachdem sie der fernlastfahrende Winter-Vater verlassen hatte. »Wie eine Art antiker Spezialgott.«

»Es gab damals, soweit ich unterrichtet bin, keinen für das Polizeiwesen!«

»Doch immerhin einige, die zuständig für Rache waren! Und Wortgebilde wie rächen, rechten, Recht und Gerechtigkeit haben da einen fatalen Anklang.«

Hubert schüttelte den Kopf, wie verwundert. »Du hast eben Rechtsanwaltsanwandlungen – und zwar jene von der sentimentalen Sorte! Du siehst überall Klienten, die vor einem permanenten Mißbrauch der Gesetze geschützt werden müssen.«

»Ich frage mich lediglich«, gab Holden verständniswillig zu, »was mit deinen Kriminal-Gewalttheorien ein so biederer, braver Mann wie der Winter und seine nette Tochter Irene zu tun haben?«

»Was ich immer sage: Zu der denkbar blöden Ahnungslosigkeit diverser Klienten kommt zumeist dann noch die dumme Verbohrtheit so mancher Rechtsberater hinzu. Dann erst blühen die Prozesse wie Unkraut, das alsbald jedes Unglück wild überwuchert.«

»Ich nehme nicht an«, sagte Holden ein wenig steif, »daß du mich damit gemeint haben könntest.«

»Selbstverständlich nicht!« bestätigte ihm Hubert mit nahezu vergnüglichem Augenzwinkern. »Denn schließlich kennst du eines meiner Lieblingsthemen im Bereich der Kriminalistik – die sogenannte Victimologie.«

Holden wußte genau, wovon sein Freund sprach: von der Mitschuld der Opfer – an jener Tat, die an ihnen begangen worden war. Und wenn auch Karl Hubert aufgrund seiner enormen Erfahrungen ein Buch zu diesem Thema zu schreiben beabsichtigte, so gedachte er doch wohl niemals so weit zu gehen, dabei eine der wohl eindeutig überspitzten literarischen Formulierungen der zwanziger Jahre zu übernehmen, die da gelautet hatte: Nicht der Mörder – der Ermordete ist schuldig! Bei einem Hubert waren Mörder niemals schuldlos.

Huberts Theorien zu diesem Thema – Holden in vielen, jedoch eben nicht allen Einzelheiten bekannt – begannen vergleichsweise äußerst harmlos: Eine alte Frau etwa, die ihr Geld offen herumliegen läßt, ermuntert damit Diebe. Oder: Dünne Türen, ungesicherte Räume, unbewachte Warenlager locken Einbrecher an. Dann auch: Trottel mit dicken vorgezeigten Brieftaschen ziehen Raubüberfälle wie magnetisch an.

»Aber derartige Ansichten, Karl, lassen sich doch wohl kaum auf Vater Winter und seine Irene übertragen? Oder vermutest du so was tatsächlich?«

»Vermutungen, Richard – und das solltest du inzwischen erkannt haben, zumindest bei mir – sind für einen Kriminalisten kaum mehr als geistige Onanie; in aller Öffentlichkeit. Ein erklärter Fachmann jedenfalls – und ich nehme an, du hältst mich für einen solchen – schöpft sozusagen nur dann Verdacht, wenn er für einen solchen auch Beweise zu finden vermag. Sonst ist sein Verdacht nichts als ein feuchter, warmer Wind!«

»Wenn ich dich richtig verstehe, Karl, dann scheinst du also wesentlich mehr zu wissen, als du mir bisher eröffnet hast – in diesem Fall.«

»Könnte sein, Richard! Zunächst mal dieser Winter, den du für brav und bieder zu halten scheinst. Von wegen! Der ist ein Armleuchter!« Eine Bezeichnung, mit der er ›Arschloch‹ meinte und die nur auf den feinfühligen Freund zugeschnitten war. »Ein Armleuchter also – ein ziemlich großer, nicht ungefährlicher! Nicht zuletzt sein ausgeprägtes Fernfahrerselbstbewußtsein macht ihn dazu. Ich habe ihn mit einem Doppellaster durch die Gegend brausen gesehen! Und zwar nach dem Motto: Weg frei – jetzt komm' ich!«

»Eine doch wohl nicht seltene Zeiterscheinung – nicht wahr?«

»Natürlich! Doch eben damit fängt hier so gut wie alles an. Denn das Auto, die Motorisierung, mein Lieber, ermöglicht einen Großteil des modernen Verbrechens. Kriminelle werden damit bewegungsfähiger; sie können schneller operieren, sich besser verflüchtigen, weit mehr transportieren. Doch das nur nebenbei. Worauf ich in diesem Fall hinauswill, ist lediglich dies: So ein Auto vermag Charaktere zu verwandeln, beeinflußt sie mit schnell zunehmender Stärke. Da glauben sich dann endlich elendigste Zugpferde des Daseins wie edelste Mustangs in freier Wildbahn vorkommen zu können, verhinderte Rennfahrer und Panzerwagenbeweger zu sein.«

»Nun ja, Karl – dieser Effekt ist bekannt. Er kommt und schwindet, ist mehr oder weniger stark ausgeprägt. So was muß man hinnehmen.«

»Einfach hinnehmen – bei diesen Tausenden und aber Tausenden von Verkehrstoten! Da sind Mörder am Werk! Massenhaft Mörder! Aber die will kaum jemand wahrhaben – möglicherweise könnte die sogenannte Volkswirtschaft darunter leiden; dieses verlogene Vaterland der fleißigen Profitmacher!«

»Bitte, Karl, versuche nicht anklägerisch abzuschweifen! Du wolltest mir lediglich deine Ansichten über Herrn Winter mitteilen.«

»Dieser Mann ist also Fernlastfahrer – sie werden ›Kapitäne der Landstraße‹ genannt; und so, also wie ein Kapitän, kommt der sich auch vor. Was im Grunde nichts als eine lächerliche Selbsttäuschung ist, ähnlich jener der armen Frontschweine, oder eben Befreiungskämpfer, auch Weltanschauungs- und Glaubensverteidiger, denen man nur einreden muß, sie wären die geborenen Helden! Dann vollbringen sie garantiert gigantische Anstrengungen allerletzter Dummheit – nur um sich bestätigt zu fühlen! Eben bis hin zu Mord und Selbstmord.«

»Womit du wohl«, versuchte Holden gedanklich zu vereinfachen, »damit sagen willst: Dieser ebenso selbstbewußt wie selbstherrlich anmutende Winter vermag also nicht mehr die wahren Realitäten zu erkennen, so wie du sie siehst.«

»Exakt erkannt, Mensch!« bestätigte Karl Hubert, fast erfreut über so viel brauchbar einsichtsvolles Denkvermögen bei seinem Freund. »Dieser Winter ist, im Grunde, nichts als ein bornierter Idiot – völlig beherrscht von den vier dominierenden F unserer Zeit.«

Das war ein Buchstabe, dessen knallige zeitgemäße Bedeutung er nicht näher zu erklären brauchte. Holden wußte, was dieses vierfache F für Hubert bedeutete: Fernsehen, Fußball, Flaschenbier und Ficken. Wobei in diesem Fall wohl noch ein weiteres, ein fünftes F hinzukam: Fernlastfahren.

»Warum, Karl, bist du so sicher, das alles ganz genau zu wissen?«

»Nun – weil ich denken, aber auch sehen kann. Und diese Irene ist alles andere als ein verschleiertes Rätsel. Wenn ich etwa eine Art frühzeitiger Lustgreis wäre, dabei einsam zu verblöden drohte, jeder erdenklichen Gelegenheit einer Befriedigung entgegengierend – dann würde ich sie ziemlich mühelos abschleppen und umlegen! Doch ich bin in dieser Hinsicht wie du weißt, glücklicherweise voll normal beansprucht.«

»Was ich dir gönne – von Herzen!« Das stimmte jedoch nicht ganz, und beide wußten es. Denn das von Karl Hubert derzeit so gut wie regelmäßig frequentierte weibliche Wesen, eine Inspektorin aus dem Bereich des Sittendezernates, war in Richard Holdens Augen nicht fraulich-feinfühlig genug, nicht ausreichend zärtlich-anschmiegsam – eben keine Susanne Sommer. Um abzulenken, sagte Holden: »Durch dich ist also Irene nicht gefährdet – was eigentlich fast schon zu bedauern ist. Durch wen dann?«

»Dafür kommen hier außer mir mindestens noch drei andere in Frage.«

»Woher weißt du das?«

»Bei diesen mindestens drei anderen handelt es sich um folgende: Erstens: ein Jüngling aus unserem Haus – ein pubertäres Nullprodukt, das frühen Erfahrungen entgegengeilt; wohl kein sonderlich brauchbares Objekt für Irene, nicht einmal bei Notzuständen. Zweitens: jener Sparkassenangestellte, der am Selbstmord jener Frau nicht ganz unbeteiligt ist – den könnte sie vermutlich für einen verlockend prächtigen Sexualakrobaten halten. Wobei sie nicht zu ahnen vermag, daß die eigentliche schwerste Gefahr bereits auf sie zuzukommen scheint.«

»Das dritte Objekt also, außer dir – und wer ist das?«

»Das weiß ich noch nicht – nicht mit exakt recherchierter Genauigkeit. Es handelt sich dabei wohl um einen Mann in unserem Alter, von Beruf Mechaniker, Feinmechaniker, Datenverarbeitung vermutlich. Er ist vierfacher Vater; frühzeitig mit einer Frau verheiratet, die nun bereits, wohl nicht zuletzt durch ihn, wie seine Mutter aussieht. Er wohnt sieben Häuser von hier entfernt, in einem ähnlichen Bürgerkasernengebäude wie diesem; in einer Nebenstraße.«

»Und mit dem, glaubst du, gibt sich Irene ab?«

»Sie kennt ihn noch gar nicht. Aber eben dafür wird er bald sorgen – dessen bin ich sicher.«

Richard Holdens nicht unbesorgte Skepsis nahm erheblich an Heftigkeit zu. »Mein Gott, Karl – woher glaubst du das bloß alles zu wissen; mit dieser fast tödlich anmutenden Sicherheit?«

»Du kennst einige meiner Eigenarten. Ich lasse mich beispielsweise fast niemals direkt von meiner Dienststelle nach Hause fahren; ich steige vorher aus, um dann noch einige hundert Meter spazierenzugehen; wobei ich Menschen betrachte, auf der Straße, hinter den Glasscheiben der Geschäftshöhlen und Getränketankstellen. Als ich dabei, vor etwa zwei Wochen, mein Dienstfahrzeug beim Platz der Freiheit verließ, traf ich beim Nachhauseweg auf Irene.«

»Aha! Zufällig?«

»Schenke dir derartige Fantasieausbrüche! Ich sah sie dastehen; sie glotzte verlangend in eine dieser modischen Trödlerbuden, Boutiquen genannt, hinein; Pseudoindien diesmal – Hängekleider, Seidenersatzhemden, Kunststoffledertaschen. Sie kam dann, auf meine Anregung, mit mir – ganz einfach, weil ich sie vor diesem Modemist zu bewahren, also sie aufzuklären gedachte; was sie sehr zu erheitern schien. Sie wirkte durchaus niedlich, wenn sie lachte, aber auch reichlich albern; was jedoch gewisse Typen erfahrungsgemäß durchaus heftig anzuziehen vermag. Als wir dann durch diese Nebenstraßen schlenderten – geschah es!«

»Geschah – was?« fragte Richard Holden, leicht verwirrt.

»Erst roch ich ihn! Und dann sah ich ihn beim Hauseingang stehen. Er starrte auf Irene, wie auf einen Christbaum voller sexueller Wunderkerzen. Und das vermutlich nicht zum erstenmal. Offenbar kannte er ihre Wege, hatte vielfach auf sie gelauert! Mich übersah er dabei – er hielt mir für nebensächlich.«

Die Verwirrung Richard Holdens nahm noch erheblich zu. »Habe ich dich da richtig verstanden? Sagtest du tatsächlich, zuerst hast du ihn – gerochen?«

»Genau das, was diese Vokabel im ursprünglichsten Sinne bedeutet, will ich damit gesagt haben. Einen Geruch wahrnehmen, ein Reagieren des entsprechenden Sinnesorgans. Also sich beriechen – wie das Tiere tun, deren Instinkt noch vergleichsweise sicher intakt geblieben ist. Ein Zustand aber auch, der gelegentlich sogar noch Menschen zugetraut werden kann, etwa in der Liebe und in der Kriminalistik.«

»Und du glaubst diese Fähigkeit zu besitzen?«

Karl Huberts verständnisvoll gedachtes Lächeln wirkte nun frostkalt – es schien ein Lächeln über sich selbst zu sein. Er öffnete eine weitere Flasche Bier, seine dritte an diesem Abend, füllte sein Glas nahezu zeremoniell geduldig. »Du weißt, Richard, daß ich schon immer einen stark ausgeprägten Geruchssinn besessen habe.«

Das konnte Richard Holden nur bestätigen, es war schon während ihrer gemeinsamen Jugendzeit zu erkennen gewesen: Karl Hubert haßte verqualmte Räume; den Gestank der Verwesung, auch bei Blumen; körperliche Ausdünstungen; die penetranten Abgase der Autos; die atembeklemmenden Gerüche von Müllhalden. »Und das, Karl, hat sich bei dir inzwischen noch verstärkt?«

»Manchmal bis zur Unerträglichkeit!« gestand Hubert ein. »Es konnte vorkommen, daß ich das zwingende, fast zwanghafte Bedürfnis verspürte, mich aus dieser verwesenden Welt hinauszustürzen – auf eine noch atmende Wiese hin, wo ich mich dann hinlegte; einem See entgegen, der noch halbwegs sauber anmutete; in einen Wald hinein, der noch nicht voller Abfall war, in dem selbst jetzt noch Tiere lebten, die sich nicht als beständige Ausrottungsobjekte vorkommen mußten. Und unter ihnen, wie mit ihnen, versuchte ich dann frei zu atmen – und dort, nur dort, konnte ich es.«

»Ich glaube dich zu verstehen.«

Sein Freund war, auf Hubert sehr beglückende Weise, voll mitfühlender Verständnisbereitschaft. Die Freude darüber setzte sich dann schnell in bereitwilliges Mitteilungsbedürfnis um. »Was sich dann daraus ergab, ganz real und mir deutlich bewußt – willst du das wissen? Nun, vor fast genau einem Jahr an einem ähnlichen glashart und kalt strahlenden Frühlingstag forschte ich einem scheinbar recht komplizierten und vermutlich auch ziemlich heiklen Mordfall nach, der bis in letzte Außenbezirke des Sexualverbrechens hineinreichte.«

Holden kannte des Freundes ›Fälle‹ in allen Einzelheiten, wie der ja auch die seinen kannte; ihre Erfolge genossen sie gemeinsam. »Du meinst dabei vermutlich den S-Bahn-Mörder, der bevorzugt auf der Linie Sechs operierte – stets kurz vor Mitternacht. Ein dann von dir frappierend schnell gelöster Fall.«

»Zunächst jedoch kam ich damals nicht recht vorwärts. Ich

führte fast dreißig Vernehmungen persönlich durch – meine Beamten die restlichen einhundert. Ich war völlig übermüdet, als mir dann, am fünften Sechzehnstundentag, einer der zahlreichen verdächtigen S-Bahn-Reisenden vorgeführt wurde – von dem ich mir nicht viel versprach. Während ich ihn verhörte, war ich kurz davor, einzuschlafen – jedenfalls schloß ich die Augen.«

»Was vermutlich bedeutet, Karl, daß du, da du völlig übermüdet warst, einige deiner Sinnesorgane so gut wie abgeschaltet hattest. Du hörtest ihm also nicht mehr zu, du wolltest ihn auch nicht sehen – wobei dann aber ein weiteres sehr stark ausgeprägtes Wahrnehmungsvermögen, eben dein Geruchssinn, dominierend in Erscheinung trat. War es so?«

»Genau so, Richard.« Hubert betrachtete seinen nun endlich wiedergewonnenen Freund wie ein willkommenes Geschenk. »Als ich nicht mehr hinhörte und die Augen schloß – da roch ich ihn. Seine Angst!«

»Wie kannst du Angst riechen, Karl?«

»Auf sehr verschiedenartige Weise, Richard! Es existieren viele Ängste in dieser Welt! Etwa jene vor einem Verlust; an Liebe, an Finanzen oder an Vertrauen. Oder eben jene in meinem Bereich dominierende Angst vor der Entdeckung; die gleichbedeutend sein kann mit Strafe, Bestrafung. Dabei sind die seltsamsten Zwischentöne denkbar – doch ein gewisser Grundgeruch beherrscht sie alle: der von Ausscheidungen, Absonderungen des menschlichen Organismus! Also Schweiß, Urin und Kot!«

»Und das war bei diesem Mann für dich erkennbar?«

»Erspürbar, Richard! Denn dieser Mensch, bereits bei mir so gut wie außerhalb jeden Verdachtes, begann plötzlich, ohne den geringsten erkennbaren Grund, vor sich hin zu stinken. Und eben dadurch wurde ich geradezu zwingend auf ihn aufmerksam. Mit eindeutigem Erfolg, wie du weißt – er war tatsächlich der Täter, also der sogenannte U-Bahn-Mörder!«

»Welch ein seltsamer Sinneseffekt, Karl! Und der hat sich dann bei dir fortgesetzt – also bestätigt?«

»Wieder und immer wieder, Richard! Kaum noch ein Irrtum

ist dabei möglich. Ein Zustand jedoch, der zu seltsamsten Erlebnissen führen kann.«

Holden lauschte dieser Aussage nach. »Ich weiß nun nicht recht«, gestand er dann, »ob ich dich deshalb bedauern oder beneiden soll. Möglich wäre wohl beides. Wie weit reicht denn diese von dir entdeckte Fähigkeit, Karl?«

»Sie ist nicht das, was man beständig präsent nennen könnte. Ich versuche auch, sie nicht beherrschend werden zu lassen, denn ein einziges, wenn auch überaus geschärftes Organ vermag noch lange nicht die ganze Fülle dieses Daseins ausschöpfend deutlich werden zu lassen. Erinnerst du dich noch an den uralten Hund unserer Jugend, den wir beide so geliebt haben?«

Selbstverständlich erinnerte sich Richard an diesen Sebastian, einen mittelgroßen Pudel. Als sie ihn kennenlernten, hatte er ein für Hunde bereits biblisches Alter erreicht: nahezu vierzehn Jahre! Er konnte wohl nur noch mühsam sehen, bestimmt nichts mehr hören – doch sein Geruchssinn war ihm auf wunderbarste Weise erhalten geblieben. Er witterte die Freunde, wenn sie sich ihm näherten, meterweit; um sich dann ihnen entgegenzustürzen.

Aber dann erinnerte sich Richard Holden auch an einen nunmehr wie wetterleuchtend sein Gedächtnis erhellenden Vorgang. Als dieser wundersame Pudel Sebastian, einer schweren Erkältung wegen, zu sterben drohte – wobei er jedoch glücklicherweise überlebte –, hatte sich Karl Hubert zu diesem Tier gelegt, es zärtlich umarmt und ihm zugeflüstert: »Du, mein lieber Kleiner, wirst niemals vergessen werden – nicht solange ich lebe! Denn ich werde dann für dich leben, für dich sehen, für dich riechen!«

»Mein Gott, Karl«, stimmte Richard, nahezu beschwingtfreudig, sehr weit entgegenkommend zu, »was ist denn in diesem Leben nicht möglich? Aber das auch, erlaube mir diese Frage, im Hinblick auf Irene, deren Vater und diesen Menschen im Hauseingang in der Nebenstraße?«

»Warum denn nicht?« Hubert fühlte sich voll verstanden, war somit also bereit, nun selbst allerletzte Erkenntnisse freizulegen.

»Es hat nicht sonderlich viel dazugehört, dabei Witterung aufzunehmen. So etwa riecht der mittelbürgerliche, protzbereite Vater Winter nach einem immer noch viel zu bleihaltigen Benzin; auch nach in triefendem Fett brodelnden Bratkartoffeln und schweißigen Socken. Während seine Tochter Irene den Geruch frühzeitiger Verwesung verbreitet; offenbar wechselt sie bei ihren Perioden die dafür notwendigen Einlagen nicht rechtzeitig genug.«

»Und dieser Mann beim Hauseingang?«

»Der verströmte eine Ausdünstung, wie sie wohl nur von heftig ausfließendem Sperma erzeugt wird. So was kann dir fast jeder auch nur halbwegs erfahrene Sittenpolizist bestätigen. Dumpf-geil, penetrant-klebrig, süß-säuerlich-breiartig!«

»Ein an sich also wohl dennoch alltäglicher Vorgang, Karl.«

»An sich schon, Richard – durchaus. Doch eben notorische Geilheit, dazu enthemmte Berechnung, vermag keine Liebe zu erzeugen, kann aber überaus gefährlich werden, zerstörerisch wirken, zu einer letzten Vernichtung führen. Und das weißt du, nicht wahr?«

Womit Hubert, wieder einmal mehr, auf Susanne Sommer anspielte und Holden, zu seiner Freude, spürbar beunruhigte. Das war ein Vorgang zwischen ihnen, der erregt lauernde Signale auszusenden vermochte. Doch in welchem Ausmaß wirklich, konnte noch keiner von ihnen erkennen.

Vater Winter, also der seiner Tochter Irene, hatte eine seiner großen dreitägigen Halbeuropatouren, diesmal nahezu in Rekordzeit, hinter sich gebracht. Nun starrte er entspannungswillig auf seinen Fernsehapparat. Dieser produzierte Bilder in Farbe; und die dabei erreichbaren Stationen, hier sechs, ließen sich durch ein Schaltgerät von seinem Sessel aus einstellen.

So was konnte er sich ohne weiteres leisten. Er war schließlich, als bestbewährter Fernlastfahrer seiner Firma, der ›Transit-Spedition‹, ein Spitzenverdiener der Mittelklasse. Da reichte sogar einer seiner Schwager, der Fliesenleger, schon lange nicht mehr heran. Ein anderer, der Polizist, schon gar nicht. Und der einstige Verehrer seiner Frau, den er seinerzeit kräftig ausgestochen hatte, war inzwischen auch nur Studiendirektor geworden. Sie, seine Gemahlin, hatte eben richtig gewählt – also ihn; was sie gewiß, meinte er, dankbar zu würdigen habe.

Doch um diese Zeit, so etwa zwischen 19 und 20 Uhr, spuckten sämtliche Kanäle nichts als Reportagen, Berichte und Nachrichten aus – was ihn maßlos anödete. Also ergriff er die fernsehgünstige Gelegenheit, sich seiner Familie zu widmen, die sich um ihn versammelt hatte, das heißt hinter ihm saß.

Seine liebe Frau und seine nette Tochter! Seine Frau Helga begann langsam leicht fett zu werden; sie bevorzugte neuerdings Süßigkeiten – Kuchen, Pralinen und Puddings. Er hatte an sich gar nichts dagegen; denn dadurch verstärkten sich ihre an sich schon kraftvollen Formen zu genußspendender Griffigkeit.

Und neben ihr hockte Irene – seine liebe, kleine, hübsche Tochter. Von ihm stets mit Aufmerksamkeiten bedacht: großzügiges Taschengeld; Sonderzuwendungen für einen gefälligen, gefühlvollen Film, plus Eiscreme; dazu Extrageschenke, von seinen weitreichenden Kreuz- und Querreisen mitgebracht: bevorzugt Spielzeugbären, Stoffpuppen, Fabeltiere. Mein Gott, sinnierte er, wie sich dieses Kind freuen konnte! Sie war ein Sonnenschein.

Doch eben diesen ›Sonnenschein‹ betrachtete er nun näher. Irene hockte auf dem Sofa, hatte die Beine unter ihren Körper gezogen und blickte nahezu wie abwesend; und zwar in eine Richtung, in der nicht der Fernsehapparat stand. Sie lehnte sich zurück, wodurch ihr Oberkörper prall deutlich in Erscheinung trat – unter ihrem knallroten Pullover waren ausgeprägte Brüste erkennbar. Und auf diese starrte Winter nun, fast ungläubig.

Selbstverständlich war er sich, selbst jetzt noch, seiner väterlichen Werte, seiner erzieherischen Würde, durchaus bewußt. »Nun, wollen wir mal?« ermunterte er die Seinen. »Und zwar ein deutliches Wort miteinander reden. Darauf bestehe ich – das muß auch mal sein.«

Seine Frau gähnte ihn an, ohne dabei ihren Mund öffnen zu müssen. Seine Tochter Irene schloß den ihren, unendlich gelangweilt. Hinter beiden hingen Bilder, die seine Frau, wohl in einer ausgeprägt schwachen Stunde, ausgesucht hatte: blaue Pferde, grüne Rehe – ein violetter Himmel darüber. Diese Auswahl hatte er hingenommen; großzügig veranlagt, wie er stets zu sein glaubte.

Zumal alles andere ›in seinem Heim‹, wie er diese Mietwohnungsschachtel großzügig bezeichnete – die er möglichst bald in eine ›Eigentumswohnung‹ zu verwandeln gedachte – so gut wie voll und ganz seinen Wünschen zu entsprechen schien: gefällige Schleiflackmöbel, dickste Schafwollteppiche, massive Gläser; Topfblumen, Kühlschrank und Waschmaschine. Bald auch eine Geschirrspülmaschine.

»Bei mir«, verkündete er, diese seine Welt meinend, die für ihn gewiß denkbar beste aller Welten, »ist und hat auch alles wohlgeordnet zu sein! Ich bin der Garant dafür. Und ihr, meine Lieben, braucht euch nur mir anzupassen. Dann läuft hier alles bestens.« Worauf er seine Tochter voll anblickte.

Die lächelte nun – nahezu wie Mona Lisa; sie hatte eine Reproduktion dieses Bildes gesehen und versucht, zunächst vor dem Spiegel, deren Gesichtsausdruck zu kopieren. Was ihr überraschend gelang, er jedoch nicht wissen konnte. Vater Winter hielt dieses hoheitsvoll-wissend und auch sinnlich gedachte Lächeln seiner Tochter für sanfte Verlegenheit.

»Du kennst mich, mein Kind«, redete er weiter auf sie ein, schwungvoll gedacht. »Und du vertraust mir. So muß es auch sein! Denn du benötigst nun wohl dringend von mir Rat und Tat – was ich dir auch zuteil werden zu lassen gedenke.«

»Bitte«, mahnte seine Frau verhalten, »verwirre sie nicht noch mehr! Sie ist in einem Alter . . .«

»Weiß ich! Genau dabei kenne ich mich aus.« Er lehnte seine massige Figur behaglich zurück. »Du bist in einem Alter, mein Kind, in der so manches reichlich kompliziert erscheint, es aber nicht ist – sobald man nur den rechten Weg weiß; wie ich!«

»Und das«, fragte Irene, »glaubst du tatsächlich zu wissen?« Worauf sie dann, zwar leicht zögernd, aber gerade wohl noch rechtzeitig, das Wort »Vater« hinzufügte.

Das stimmte ihn schnell versöhnlich – er wurde respektiert; natürlich auch von seiner Frau, die sich auch diesmal nicht einzumischen versuchte. Seine Stimme röhrte gut eingefettet, oder eben, um in seinem Fernlastfahrerjargon zu bleiben, wie voll eingeölt.

»Worum es hier wirklich geht, ist mir bekannt – in allen erdenklichen Einzelheiten. Das habe ich auch mit unserem verehrten Hausgenossen Hubert eingehend besprochen. Er ist ein großer Kriminalist, den ich sehr schätze und mit dem ich so gut wie befreundet bin. Und Hubert ist, genau wie ich, der Ansicht: Diese Welt ist voller Saukerle, Schweinehunde und Sexualverbrecher! Aber das hat man doch nicht einfach hinzunehmen? Dagegen muß man sich wehren!«

»Wie denn wohl?« fragte nun seine Frau. Und Irene blickte ihn gleichfalls nicht ohne erwartungsvolle Neugier an.

»Dieses Leben«, erklärte er ungetrübt weiter, »ist Kampf. Dabei muß man sich bewähren, sich stellen. Wozu ich stets entschlossen gewesen bin. Hätte ich denn sonst so weit kommen können?«

Was er vermutlich unter ›seinem Kampf‹ verstand – und was dann Hubert später mit exakten Details herausfand, unterstützt von Keller mit seinem Hund – sah praktisch etwa so aus: Zunächst die zielstrebige Ausschaltung von unliebsamen Konkurrenten. Die waren preislich zu unterbieten; dann aber auch durch erhöhter Leistungsfähigkeit sowie Übernahme von allen notwendigen Risiken als minderrangig zu degradieren.

Zweitens gehörte dazu die Erstellung bisher noch kaum erreichter Rekorde auf den Fernstraßen des westlichen Europa. Das erforderte Tatkraft und Wagemut, wobei unvermeidliche Opfer mit in Kauf genommen werden mußten: überfahrene Tiere, etwa Hunde oder Rehe; abgedrängte Kleinkraftfahrer. Letztere hatten gegen einen Laster seiner Größenordnung sowieso nicht die geringsten Chancen; versuchten sie es dennoch, blieben sie als Schrotthaufen zurück. Die bisherige Bilanz, zwei Verkehrstote, drei Schwerverletzte, deren Selbstverschuldung er jedoch nachweisbar machen konnte.

»Dieses Leben«, behauptete er, sich souverän erfolgreich fühlend, »wird immer gefährlicher. Womit ich immer noch bei meinem eigentlichen Thema bin – also bei dir, meine liebe Tochter. Du bist gefährdet! Du könntest, eben in dieser total versauten Welt, leicht zu einem Opfer werden. Dagegen mußt du dich mit aller Entschiedenheit wehren – mit meiner Hilfe, selbstverständlich. Sobald du mich brauchst, bin ich zur Stelle!«

Die auf ihn mit gebotener Aufmerksamkeit gerichteten Blicke seiner Frau und Tochter wurden immer ratloser. Er genoß die Situation, die Signale seiner herrlichen Überlegenheit.

»Du, Irene, mein Kind, bist das denkbar gelungene Produkt deiner Eltern. Von deiner Mutter hast du alles, was eine Frau anziehend macht; und von mir, will ich hoffen, einen geraden, aufrechten Charakter!«

»Und was, bitte«, wollte Irene, nun wieder ganz Mona-Lisa-Mädchen, wissen, »könnte oder sollte sich daraus ergeben – deiner Ansicht nach?« Und erneut fügte sie, was ihn beschwingt erfreute, das Wort »Vater« hinzu.

Seine glattglänzende Dickspeckvisage bekam rosarote Fleischfarbtöne. »Also, mein liebes Kind, schließlich habe ich dich bereits aufgeklärt. Und daher weißt du auch: Diverse Kerle werden versuchen, dich umzulegen; also zunächst einmal dich zu befummeln. So was ist natürlich; für diese schäbigen Kerle, die in ungeregelten Verhältnissen leben und vor Geilheit kaum noch richtig laufen können. Aber eben für dich darf das nicht natürlich sein. Du mußt dich also stets bemühen, dich zu bewahren.«

»Wofür denn?« wollte sie ein wenig voreilig wissen.

»Für das Leben, mein Kind! Also auch für den Mann, der irgendwann einmal auf dich zukommen wird und der dann deiner würdig sein muß. Blicke nur auf uns – auf deine liebe Mutter, auf mich! Wir haben uns gesucht und gefunden – und das war eben die Erfüllung; die denkbar totalste!«

Nunmehr gähnte seine Frau ungeniert – diesmal mit weit geöffnetem Mund. Winter bemerkte es nicht, denn er konzentrierte sich weiter auf seine bildnishaft lächelnde Tochter. Ihr letzte Erfahrungslektionen in intimen Bereichen zu geben, schien ihn nach dem Gespräch mit Hubert als unbedingt notwendig.

»Also, mein liebes Kind, falls dich etwa jemand zu befummeln versuchen sollte, wo auch immer – manche fangen mehr oben damit an, andere gleich unten, aber Säue sind sie alle – dann stoße sie zurück! Haue ihnen auf die Pfoten! Und wenn sie dann immer noch nicht aufhören wollen, dann hilft nur noch eins: tritt ihnen in die Eier – wollte sagen: in den Geschlechtsteil! Ganz scharf und direkt; mit dem Knie. So was wirkt immer, garantiert – das weiß ich.«

»Wenn aber nicht, Vater – was dann?«

»Dann kratze, schlage und beiße dich frei! Und dann, Irene, kommst du zu mir. Ich werde dann den elenden Saukerl schon fertigmachen – bis er nur noch Blut und Knochen kotzt! Den rotte ich aus – wie er das verdient hat.«

Und das Fatale an dieser explosivartigen Behauptung war, daß sie tatsächlich stimmte. Winter meinte genau das, was er sagte. Und er würde es beweisen.

»Du mußt dich mir nicht anvertrauen!« versicherte Karl Hubert seinem Freund Richard Holden. »Schon gar nicht, wenn es sich um höchst intime Vorgänge handeln sollte. Darüber sind wir uns stets sehr einig gewesen – so was vermag unser gemeinsames Leben nicht zu berühren. Oder sollte es etwa diesmal doch der Fall sein?«

Es handelte sich also um Susanne Sommer; nach wie vor. Sie schien für beide ein Thema von beherrschender Zwangsläufigkeit geworden zu sein. Jeder von ihnen vermochte das zu erkennen. Also versuchten sie auch diesmal einander mit völliger Aufrichtigkeit zu begegnen.

»Wie soll ich es dir das erklären, Karl? Ich bin voller Unsicherheit.«

»Ich jedenfalls vermag nicht anzunehmen, mein lieber Richard, daß es jemals einem weiblichen Wesen gelingen könnte, unsere Freundschaft zu trüben, oder uns gar auseinanderzubringen. Das ist selbst deiner ersten Frau nicht gelungen – trotz heftiger Anstrengungen. Warum also sollte es ein anderes weibliches Wesen auch nur annähernd so weit bringen?«

Richard Holden wehrte diese Vermutung verdächtig lautstark ab. »Noch handelt es sich lediglich um allererste Annäherungen, es ist völlig offen, wohin die führen könnten. Ich weiß bisher nur soviel, Karl – diese Susanne ist ein überaus anziehendes und auch höchst attraktives Wesen.«

»Was an sich«, stellte Hubert fest, wie lässig-gelangweilt dasitzend, »noch nicht allzuviel besagen will. Wenn auch begehrte Geschlechtsobjekte als überaus verzaubernd zu wirken vermögen – am Morgen danach existierte doch nichts als eine graue Maus. Oder etwa nicht – in deinem Fall?«

»Nichts Derartiges ist bisher geschehen!« versicherte Holden. »Lediglich eine sich anbahnende Harmonie; eine wohl sehr bedeutsame, auf beiden Seiten. Weiter jedoch – nichts.«

»Na, wie schön«, meinte Hubert, erfahrungsgemäß skeptisch. »Ihr habt also miteinander harmoniert – vermutlich sehr weitgehend.«

»Keinesfalls«, versicherte Richard Holden – und daran glaubte er in diesem Moment sogar. Er versuchte einfach, in Gegenwart dieses forschend-fordernden Freundes, sich nicht mehr an Einzelheiten zu erinnern. Er wollte nicht daran denken, daß Susannes Lippen die seinen nicht nur berührt hatten, sondern sich ihnen heftig entgegengepreßt. Dabei waren sie geöffnet gewesen, wenn auch nur schmal, jedoch ausreichend, um ihre Zunge vorzuschieben – in seinen Mund hinein. Er war wie betäubt von sinnenvollem Glücksgefühl gewesen.

»Jedenfalls, Karl, stimme ich dir in dem entscheidenden Punkt zu: Niemand vermag unser einzigartiges brüderliches Verhältnis zu stören oder gar zu zerstören. Auch sie nicht!«

»Das, Richard, ist genau meine Ansicht! Auch wenn ich weiß, wozu weibliche Wesen wirklich fähig sind, wohl sein müssen. Denn immer wieder haben sie eben den Versuch zu wagen, sich von dieser selbstgefällig männlich geprägten Welt nicht völlig vereinnahmen zu lassen. Sie müssen sich ihrer Haut wehren, die gewiß sehr schön sein kann – wie wohl in Susannes Fall. Mein Lieber – ich habe doch nichts gegen Frauen. Aber gar nicht selten können sie einem Mann nichts als Komplikationen bereiten; und zwar gekonnt.«

»Solltest du etwa«, fragte nun Holden weiter ablenkend, mit milder Ironie, »Ärger mit deiner Damen vom Sittendezernat haben?«

»Nie! Sie will schließlich nur das, was ich auch will. Das hält natürlich selbst sie nicht davon ab, immer wieder den Versuch zu unternehmen, letzte Gefühlsanwandlungen zielstrebig, wie den Inhalt von bereitliegenden Konservendosen, abzukochen. So sind sie eben alle!«

»Susanne nicht.«

»Na gut, Richard – das glaubst du! Und ich bin wohl der letzte, der es dir nicht gönnen würde. Dennoch habe ich dabei – ganz allgemein gesprochen – kein sonderlich gutes Gefühl.«

»Was befürchtest du denn?«

»Das weiß ich nicht – noch nicht. Mein Instinkt kann sich täuschen; meine Fantasie ist auch nicht sonderlich groß. Doch ich erinnere mich an jene Erfahrungen, die du schon einmal machen mußtest – mit deiner ersten Frau. Und ich kann nur hoffen, sehr hoffen, sie wiederholen sich nicht.«

»Das kannst du! Schließlich habe ich daraus meine Lehren gezogen. Mit deiner Hilfe.«

»Auf die du stets zählen kannst!«

4

Jene Tage des sich anbahnenden Frühlings in dieser westeuropäischen Großstadt waren voll zitternder Unruhe, durchwuchert von heftigem Verlangen, geprägt von aufkochenden Temperaturen. Die Mietskasernen standen gleich scharf-konturigen Steinklötzem da; vielfach aufgeschichteten Grabplatten ähnlich. Eng umgeben von fahlgrauen Asphaltbändern. Sie signalisierten nichts als Abnutzung, Ausnutzung, Benutzung.

»Eine Atmosphäre, die sich mir auf den Magen schlägt«, sagte der Journalist Frank Schwarz. Er öffnete weit sein Jackett aus irischer Wolle, mit schottischem Muster.« Ich brauche dringend einen großen Schnaps!«

»Den können Sie sich bestellen«, empfahl ihm Karl Hubert. »Auf Ihre Rechnung.«

»Na klar, auf meine Rechnung.« Schwarz lachte überlegen auf. »Schließlich sind meine Honorare mindestens doppelt, wenn nicht dreifach so hoch wie Ihr Gehalt – doch eben das könnten Sie vervielfachen, wenn wir weiter so gut zusammenarbeiten. Jedenfalls war mein prächtiger Selbstmordartikel – ›Zu Tode gequält; ein Frauenschicksal unserer Zeit‹ – ein großer Erfolg. Dank Ihres Materials, Herr Hubert. Noch vier Zeitungen haben sich sofort angehängt.«

»Na, wie schön«, meinte der Kriminalist fast versonnen. »Für Sie.«

»Auch für Sie!« versicherte der Journalist werbend. »Nicht nur, daß ich zielstrebig damit anfange, Sie in der Öffentlichkeit als einzigartigen Superkriminalisten aufzubauen – ich beteilige Sie auch sonst gern an den durch Sie ermöglichten finanziellen Errungenschaften. Ein Viertel davon – ein Drittel? Oder falls Sie etwa königlich zu speisen wünschen – das nächste Zweisternerestaurant gehört Ihnen; dank meiner vorzüglichen Beziehungen. Außerdem sollen Sie Champagner bevorzugen, hat man mir gesagt – welche Marke bitte? Wie viele Kartons davon? Äußern Sie Ihre Wünsche, Herr Hubert – ungeniert!«

»Zunächst lediglich ein Glas Mineralwasser, Herr Schwarz – auf meine Kosten. Falls Sie mir dann jedoch, was ich erhoffe, eine schöne Geschichte erzählen könnten, ließe sich möglicherweise meine Genußbereitschaft erheblich steigern. Können Sie?«

»Klar – kann ich! Schließlich ergänzen wir uns glänzend. In dieser Stadt haben Sie die Kriminellen im Griff – und ich die Gesellschaft! Wenn wir uns zusammentun, legen wir hier so gut wie alle aufs Kreuz.«

Sie hatten sich im sogenannten ›City-Pub‹ getroffen, einem Lokal in der Stadtmitte; überregional westeuropäisch anmutend. Also ein fatal zu nennender Einheitsstall von glänzender Oberflächlichkeit: glattkalt, funkelnd, blitzend, verchromt. Eine Art Vermischung aus Londoner und Berliner Kneipe, Osteria und Bistro. Von allem etwas – doch eben nichts ganz! Aber hier fühlte sich Frank Schwarz, der Journalist, offensichtlich sehr wohl.

»Sie haben mich da«, sagte er, »auf eine gewisse Dame angesetzt.« Er meinte Susanne Sommer. »Und das selbstverständlich, wie wohl von Ihnen erwartet, nicht ohne Erfolg.«

Karl Hubert zeigte sich durchaus interessiert, jedoch nicht mit verräterischer Bereitwilligkeit – er konnte abwarten und zuhören. Er betrachtete die Poster an den Wänden.

Unter dem Modeschlagwort ›Nostalgie‹ vereint: Marlene Dietrich – in der betörend männerverbrauchsbereiten Nachtkneipenpose des ›Blauen Engel‹. Daneben Marilyn Monroe – puppenlustig über einem Windkanal stehend, der ihren kunststoffseidigen Rock weit über ihre Schenkel hochwehte. Dann Jane Russell, die sich der Kamera entgegenzuwölben schien – wobei ihre Brüste bildbeherrschend in den Mittelpunkt rückten; sie muteten wie besteigungsbereite Bergrücken an.

»Lassen Sie mich, Herr Schwarz«, sagte Hubert, »zunächst einmal eines klarstellen: Ich habe nichts von Ihnen verlangt; lediglich einige Anregungen vorgebracht, im Grunde völlig unverbindliche. Es sei denn, Sie wären hier auf eine Art Goldader gestoßen – mit der sich einiges anfangen ließe.«

»Was dabei, lediglich nach allerersten Recherchen, zum Vorschein gekommen ist, könnte man getrost als eine Menge Lebensmist bezeichnen – einen starkparfümierten noch dazu. Ist es das, was Sie hören wollten? Im Hinblick auf eine Susanne Sommer?«

»Ich habe da keine bestimmte Vorstellung, Herr Schwarz. Ich wünsche lediglich, möglichst aufschlußreich informiert zu werden.«

»Das versuche ich. Dabei könnten Sie mich sicher in zwei Punkten stark ergänzen – was ich sehr hoffe. Denn je mehr ich mich mit dieser Dame beschäftige, um so neugieriger werde ich.«

Karl Hubert schloß seine Augen spaltbreit. »Kennen Sie etwa dieses weibliche Wesen bereits schon persönlich?«

»Nein – noch nicht.«

»Erscheint es Ihnen als verlockend, sie kennenzulernen?«

»Aber ja – genau richtig geraten!« Frank Schwarz wurde sehr lebhaft. »Warum sollte ich das nicht wollen? So, wie die aussieht! Falls Sie das jedoch nicht wünschen, würde ich mich selbstverständlich nach Ihren Anregungen richten.«

Hubert schüttelte eindeutig verneinend den Kopf. »Wie sieht die denn aus?«

»Sie ist klein, zierlich, geschmeidig; sie wirkt ausgesprochen sinnlich, auf sehr katzenhaft-anschmiegsame Weise. Und so gut wie alles an ihr ist verlockend dunkel getönt: die Haare, die Augen, die Haut. Dabei habe ich sie bisher nur ein einziges Mal gesehen – im ›Wiener Café‹, gestern nachmittag, wo sie sich mit einer Freundin traf; einem mehr männlichen Typ.«

Diese von Frank Schwarz versuchte Denkanregung begriff Karl Hubert mühelos. »Was meinten Sie denn damit, daß ich Ihre Recherchen in zwei Punkten ergänzen könnte? Doch nicht etwa durch Einblicke in Polizeiakten?«

Frank Schwarz reagierte nun geradezu entzückt. »Ihnen entgeht offenbar nichts. Sie achten ganz scharf auf jede noch so nebensächlich klingende Bemerkung. Das gefällt mir.«

»Also, dann nennen Sie mal Namen, Zeitpunkte und die entsprechende Verfolgungskategorie. Nach wem habe ich zu suchen?«

»Der Name ist in beiden Fällen Hiltensperger. Er müßte erstmals, vor etwa zehn Jahren, bei Ihnen im Präsidium, und zwar im Betrugsdezernat, aufgetaucht sein. Dann erneut vor sechs Jahren; diesmal jedoch im Sittendezernat – anläßlich der Ermordung eines angeblichen Freudenmädchens.«

»Heißt das, diese beiden Namen könnten miteinander in engen Zusammenhang zu bringen sein? Also – Hiltensperger und Sommer?«

»Stimmt genau!« bestätigte der Journalist dem Kriminalisten in kameradschaftlich gedachter Anerkennung. »Denn Sommer ist der Mädchenname dieser Susanne – und den hat sie neuerdings wieder angenommen. Doch durch Heirat – fast genau zu der Zeit, als Holdens Ehe begann – wurde sie Frau Hiltensperger. Ihr Mann entpuppte sich bald als talentierter Krimineller; er hatte sich auf schamlos schnelle betrügerische Manipulationen spezialisiert. Susanne wurde dann, was wohl einiger Gewaltanstrengungen bedurfte, von ihrem Mann geschieden – und dabei half ihr, vermutlich sehr tatkräftig, die damalige Holdenfrau.«

Karl Hubert öffnete nun seine Augen weit. Derartige Lebensvorgänge muteten ihn wie eng und dicht und beharrlich geknüpfte Teppiche an; aus Tausenden von Einzelheiten ergab sich das Muster. Doch nur wenige waren jemals von webender Harmonie. »Und was hatte die damalige Susanne Hiltensperger mit jenem Nuttenmord zu tun?«

»Nichts! Offiziell nicht das geringste, Herr Hubert. Nicht direkt. Was Ihre Akteneinsicht gewiß bestätigen wird. Aber dabei werden Sie wohl dies herausfinden: Susanne ist mit diesem ermordeten Freudenmädchen, einem ehemaligen bildschönen Mannequin, das zumeist in mehr männlicher Kleidung posierte, eng befreundet gewesen.«

»Derartige sogenannte Freundschaften sind doch meist kaum

mehr als Zweckverbindungen auf Zeit und zu gegenseitigem Vorteil.« Karl Hubert zeigte bei diesem Thema eine leichte, doch kaum mißzuverstehende Verächtlichkeit. »Dabei schleimen sich diese Typen in aller Öffentlichkeit aus und bezeichnen ihre derzeitigen Beischlafgenossen als ständige Begleiter oder Lebensgefährten. Ist dabei auch Susanne Sommer zu registrieren?«

»Es gibt dabei, grob gesehen, drei Gruppen: Erstens die bereits genannten, sich in jede erreichbare Druckerschwärze hereinsuhlenden Innenlebenausbreiter. Zweitens die sich an deren Positionen fleißig heranstrampelnden Möchtegernvorzeiger. Drittens dann Leute mit sehr viel Geld, also zahlungskräftige Lustgewinnler; das jedoch möglichst ohne jede Öffentlichkeit.«

Karl Hubert nickte sachverständig. »Und zu welcher Kategorie, meinen Sie, gehört diese Susanne Sommer?«

»Vermutlich zu den Gruppen zwei und drei zugleich – leicht pendelnd. Dabei scheint diese Dame erheblichen Wert auf nachweisbar getrennte Hotelzimmer und Schiffskabinen gelegt zu haben, also nicht gleich als käuflich zu gelten; auch nicht andeutungsweise. Wohl läßt sie sich verwöhnen, macht Reisen mit, läßt sich in allerbeste Restaurants ausführen, vermutlich auch in großzügigster Weise beschenken.«

Karl Hubert hatte erhebliche Mühe, nicht gleich zu verraten, wie überaus bestürzt er war. Denn üblicherweise war ansonsten das meist anzutreffende halbwegs ›Normale‹ auch zugleich das verwertbar Übersichtlichste bei diesen Verbraucher- und Gebrauchskategorien der Geschlechtsgeschäftswelt: die süße Kleine – die ausgekochte Nutte – die lustbereite Gelegenheitsarbeiterin in diesem Metier! Doch diese Susanne Sommer schien von verwegener Vielseitigkeit zu sein, unberechenbar, also reichlich undurchschaubar – und eben deshalb überaus gefährlich. Für einen Holden gewiß.

»Wie sehen denn die speziellen Interessengebiete dieser Dame aus?« wollte Hubert nunmehr wissen. »Haben Sie diesbezügliche Adressen herausgefunden?«

»Allererste Adressen – doch zunächst ohne jene Vollständigkeit. Denn um die registrieren zu können, benötige ich noch ein wenig Zeit. Vorweg, auf Jahre verteilt: ein Großhotelier mit weit verzweigten Geschäftsverbindungen; ein international anerkannter Modeschöpfer, wenn auch von geschlechtlicher Zweigleisigkeit. Weiter ein Düsseldorfer Industrieller mit hohen finanziellen Möglichkeiten, natürlich unverstanden im familiären Bereich. Ferner ein Motorbootbauer in Holland mit amerikanischen und britischen Lizenzen und angeblich gleichfalls zerrüttetem Familienleben. Sodann ein kaufmännisch kalkulierender Patentauswerter im optischen Bereich, mit Briefkästen in Wien, Brüssel und Lichtenstein; Besitzer einer mittelgroßen Motoryacht im Mittelmeer. Genügt Ihnen das – für den Anfang?«

»Völlig! Und mit allen diesen Personen – und wer weiß, mit welchen sonst noch, was Sie aber herausfinden werden – hatte Susanne Sommer ein Verhältnis? Sie schlief also, grob und geradeheraus gesagt, mit denen herum?«

»Das eben, Herr Hubert, läßt sich nicht einwandfrei nachweisen – auch wenn es durchaus anzunehmen ist. Wobei wohl vermutet werden kann: Sie wollte heiraten, oder eben geheiratet werden.«

»Verstehe. Das aber eben auf eine möglichst vielversprechende, also sich für sie lohnende Weise.«

»Das wünschen sich doch wohl eine ganze Menge weiblicher Wesen. Etwa wenn sie behaupten, nur zu ersehnen, nicht wie eine geliebte Frau und liebende Mutter zu sein. Wobei jedoch der von ihnen angepeilte Partner möglichst weitgehend sämtliche Vorzüge bieten sollte: mächtig wie Amerikas Präsident, reich wie ein Ölscheich und dann noch sexuell unbegrenzt leistungsfähig wie angeblich einer jener internationalisierten Playboys.«

Karl Hubert lachte trocken auf. Es hörte sich fachmännisch-zustimmend und lässig-überlegen an, das traf jedoch nicht zu. Hubert versuchte die gehörten Fürchterlichkeiten zu überspielen, doch seine hart ineinander verschränkten Hände verrieten, wie besorgt er jetzt war.

Denn bereits diese ersten Berichte des Journalisten ließen wohl keinen Zweifel daran, daß diese Susanne Sommer vermutlich als ebenso berechnend wie aber auch, im Endeffekt, als völlig unberechenbar eingestuft werden mußte. Sie besaß offenbar ähnliche Ambitionen wie Holdens erste Frau, mit der sie gewiß nicht zufällig eng befreundet gewesen war; sie verfügte jedoch über ungleich größere Erfahrungen. Ein Richard Holden – reiner Tor, der er war, mit seinen traumhaft-wuchernden Gefühlen – mußte dieser Frau völlig ausgeliefert sein.

»Da Sie sich für diese Person, Herr Hubert, offensichtlich stark interessieren, nehme ich an, daß ich nun auch weiterhin, wie man so sagt, am Ball bleiben soll. Richtig?«

»Richtig, Herr Schwarz. Zumal ich wohl annehmen darf, daß Ihnen die Beschäftigung mit dieser Dame dennoch einiges Vergnügen bereitet. Und das können Sie getrost noch wesentlich weiter ausbauen, von mir aus sogar bis in letzte, privateste Bereiche hinein.«

»Mache ich! Für Sie, Herr Hubert, mache ich so gut wie alles – wenn ich dabei auf gegenseitiges Entgegenkommen hoffen darf.«

»Dürfen Sie. Und das gleich nach dem nächsten Glas Champagner, den Sie nun, auf Ihre Rechnung, bestellen können.«

Das angekündigte ›Entgegenkommen‹ des Kriminalbeamten Hubert dem Journalisten Schwarz gegenüber schien tatsächlich zu erfolgen; unmittelbar noch im ›City-Pub‹. Diese Übereinkunft sah, in den wesentlichsten Einzelheiten, folgendermaßen aus:

Hubert: »Sie kennen vermutlich einige Details jener drei Fälle, die ich derzeit bearbeite. Doch einer davon ist, rein äußerlich, der spektakulärste, also der für Sie wohl brauchbarste. Radikal vereinfacht bezeichnet als: der Mitternachtsmörder mit den Blumen!«

»Eine Konstellation immerhin, die gleichermaßen zutiefst makaber, als auch höchst romantisch anmutet. Denn Blut und Blumen, also das im Tod bekränzte Opfer, suggeriert zwangsläufig allerletzte Gefühlsregungen!«

»Selbst so was ist bei Mördern denkbar. Denn daß sogenannte Liebe in lebensvernichtendem Verlangen enden kann, ist eine Erkenntnis, so alt wie diese Welt. Worauf ich mich jedoch dabei allein zu konzentrieren versuche, ist – der Täter!«

»Kennen Sie ihn?«

»Ziemlich genau. Nur vermag ich ihn nach Lage der Dinge nicht absolut einwandfrei zu überführen. Nicht mit den mir gegebenen polizeilichen Möglichkeiten und Mitteln. Doch ein Journalist wie Sie könnte sich dabei ungleich weit mehr leisten – an Vermutungen, Andeutungen, hinweisenden Behauptungen. Die dann wie zu einer Falle werden.«

»Welche?«

»In diesem Fall existieren Aussagen einer Person in unmittelbarer Nachbarschaft von einer der Blumentoten. Diese Aussagen sind bisher allein der Polizei bekannt. Und von der dürfen Sie die Hinweise natürlich nicht haben.«

»Verstehe. Dann muß ich mich also an diese Zeugin direkt heranmachen. Aber Sie geben mir deren Adresse? Offiziell habe ich die selbstverständlich nicht von Ihnen.«

Er bekam sie. Worauf Frank Schwarz, mit nun geradezu schwindelerregender Sicherheit, überzeugt davon war, sich einen Partner sondersgleichen eingehandelt zu haben. Und dieser ließ ihn bereitwilligst in diesem Glauben.

Richard Holden, der Rechtsanwalt, hatte die Ehre und das Vergnügen, wie man so schön sagt, eine Dame auszuführen, also ihr ein Abendessen zu offerieren, was er mit Wonne tat.

Susanne Sommer an seiner Seite zu wissen, erfüllte ihn nicht nur mit menschlicher Freude, auch mit männlichem Stolz. Sie war, wie meist, seidig-dunkel gekleidet; sie bevorzugte Hosenanzüge, die verlockend hautnah wirkten – ihre unterste Unterwäsche war hauchdünn und ein Büstenhalter bei ihr völlig überflüssig. Sie wurde nicht nur von Richard Holden angestaunt, schien aber diskret gekonnt darüber hinwegzusehen.

»Richard«, hatte sie zu ihm gesagt – geduzt hatten sie sich schon, als er noch mit ihrer Freundin, seiner ersten Frau, verheiratet gewesen war –, »im Grunde, mußt du wissen, bin ich ein sehr einfacher Mensch. Ich kann mich mit ein Paar Würstchen an einer Bretterbude oder mit einer Gulaschsuppe in einem Kellerlokal begnügen. Doch manchmal liebe ich es, groß auszugehen, in erlesenen Lokalen zu speisen – besonders wenn ich in froher, fast festlicher Stimmung bin; wie neuerdings in deiner Gegenwart. Aber das muß nicht sein – ich meine diese Lokale.«

Damit versuchte sie wohl herauszufinden, ob er sich so etwas leisten konnte – und das auch, für sie, wollte. Holden war zwar ein sogenannter ›bekannter‹ Mann; er wurde in der Presse, nicht nur jener des Boulevard, oft genannt; dort als ›Verteidiger der Bedrängten‹ bezeichnet, ›Schützer der Umwelt‹, ›verläßlicher Freund der Verfolgten‹, auch politischer. Über seinen Lebensstandard besagte das jedoch nicht viel.

»Du brauchst nur zu sagen, Susanne, welche Wünsche du hast – und ich werde sie dir erfüllen.« Für sie war er bereit, sich einiges, wenn nicht so gut wie alles, zu leisten.

Das konnte er auch – da war er sicher! Seine monatlichen Einkünfte aus seiner Anwaltspraxis, bei der sein Freund Hubert für zahlungskräftige, oder eben spektakulär-publikumswirksame Klienten sorgte, waren nicht gering. Hinzu kam, daß er geerbt hatte: seine von ihm ein Leben lang hingebungsvoll betreute Mutter hatte fast alle finanziellen Wohltaten ihres Sohnes sorgfältig gesammelt; auf einem Bankkonto – und das stand ihm nun, nach ihrem Tod durch Herzversagen, zur Verfügung. Eine Summe von einigen zehntausend Mark.

Und die wurden jetzt, wie er glaubte, sinnvoll verwertet. Er hatte sich einen nachtblauen Abendanzug gekauft, einen dazu passenden Mantel, entsprechende Hemden. Er rasierte sich mit britischem Schaum, besprühte sich mit amerikanischem Deodorant, auch benutzte er ein französisches Toilettenwasser. Alles das, wie ihm zugestanden werden mußte, einigermaßen dezent.

Susanne hatte ihre Hand in die seine gelegt, wie innig verlangend danach, sich bei ihm geborgen zu fühlen. So betraten sie das von ihr ausgesuchte Restaurant: ein internationales Kettenluxuslokal mit indonesischer Küche.

In einer der zahlreichen ›hintersten Ecken‹ war ein Tisch für sie reserviert worden. Hier saßen sie nun, eng nebeneinander, auf einer halbrunden Polsterbank. Sie hatte sich ihm dicht genähert, während sie gemeinsam die Speisekarte betrachteten. Die wies gegrillte, gesottene, gekochte Spezialitäten auf – besonders Fischgerichte: Haifischflossen, Scherentiere, Krabbengewimmel.

»Gefällt es dir hier?« wollte sie wissen.

»Ja, sehr!« Er atmete genußbereit ihren Duft ein, der ihn an Flieder in leuchtenden Frühlingsnächten erinnerte. »Es ist schön hier – mit dir, durch dich.«

»Ich freue mich Richard, daß wir nun wieder zusammen sind – das genieße ich sehr.« Sie streichelte, mit fast scheuer Zärtlichkeit, wie ihm schien, seine rechte Hand, die wohl kaum zufällig neben ihrem linken Schenkel lag.

»Auch ich, Susanne, genieße das sehr«, versicherte er, sich wundersam verwirrt fühlend; wohl deshalb hatte er ihre Worte wiederholt. Er glaubte zu erkennen: Offenbar legte sie Wert auf Feingefühl, auf ritterliche Zärtlichkeit – sie wollte und durfte nicht einfach überrannt werden.

Sie lächelte ihn an, saugte an einem betäubend schweren Rumgetränk, um dann mit strahlenden Augen zu versichern: »Du beginnst mir viel zu bedeuten.«

»Nichts wünsche ich mehr, Susanne!«

»Wobei ich dich aber nicht täuschen will, Richard – um nicht, wieder einmal mehr, enttäuscht zu werden. Ich bin schließlich eine Frau mit einer gewissen Vergangenheit.«

»Aber ich bitte dich, Susanne – welche Frau wäre das nicht! Was kann bei einem derartig verlockend wunderschönem Wesen selbstverständlicher sein? Das sehe ich ein – da mache ich mir nichts vor.«

»Wie schön, wenn du das so siehst.« Sie knabberte an kroß überbackenen Hummerschwänzen mit verlockend saugenden, dennoch zierlich schmal wirkenden Lippen. »Aber du mußt auch wissen, Richard, daß ich mich seit damals, als ich noch die Freundin deiner Frau war, nicht unwesentlich verändert habe. Damals mochte es wohl den Anschein haben, als lebte ich ein wenig wahllos dahin – doch inzwischen bin ich wesentlich bewußter, selbstbewußter geworden.«

»Das«, gestand er ihr bereitwillig anerkennend zu, »habe ich erkannt. Gefallen hast du mir immer schon; was dir gewiß nicht entgangen sein wird. Nun aber verehre ich dich – um das, was ich für dich empfinde, sehr vorsichtig, äußerst behutsam auszudrücken.«

»Bitte, Richard«, riet sie ihm voller Wärme, »versuche mich auch weiter mit Vorsicht und Behutsamkeit zu behandeln. Ich bin da wohl sehr empfindlich geworden – aufgrund einiger Erfahrungen, die ich machen mußte. Ich vermag es einfach nicht zu ertragen, daß man in mir irgendein Stück Besitz zu sehen versucht – eine Art Möbel, Gemälde oder ähnliches. Mute mir das, bitte, niemals zu. Versprich mir das!«

»So etwas«, stellte er nicht ohne glücklichen Stolz fest, »auch nur in Erwägung zu ziehen, liegt nicht in meiner Natur.«

»Dann bin ich beruhigt«, sagte sie, anscheinend unendlich erleichtert. »Dann kann alles gut zwischen uns werden – vielleicht sogar sehr gut.«

»Du mußt mir nur sagen, was ich tun soll, für dich, in deinem Sinne – und es wird geschehen!«

»Wie schön«, hauchte sie ihn an, wobei das betäubend schwere, von ihr genossene Rumgetränk erkennbar wurde. Sie wünschte sich noch ein weiteres davon. Es wurde unverzüglich serviert.

»Ich will versuchen, dir eine gute Freundin zu sein; was gar nicht wenig ist. Ich empfinde sehr viel Zärtlichkeit für dich – ich will dir aber auch behilflich sein. Vermutlich weißt du, daß ich über einige, nicht ganz unbedeutsame Beziehungen verfüge – die ich nicht ungern, wenn du erlaubst, für dich aktivieren würde.«

»Das, Susanne, muß wirklich nicht sein!«

»Aber – wenn ich es möchte! In unserem beiderseitigen Interesse, Richard?« Sie saugte ihren duftschweren Rumdrink aus – offenbar noch ein drittes Glas begehrend. Erfahrungsgemäß machte das selbst starke Männer schwach, sie jedoch nicht. »Wärest du bereit, das zu akzeptieren?«

»Einfach alles, was du von mir verlangst.«

Auch an diesem Abend hatte Kriminalhauptkommissar Karl Hubert sein Dienstfahrzeug frühzeitig verlassen, um den Rest des Weges zu seiner Wohnung zu Fuß zurückzulegen: dahinschlendernd, beobachtend, mit bald grimassenhaft-erstarrtem Lächeln.

Denn die Menschen, die an ihm vorbeihasteten, in Schaufenster starrten, wie ziellos einherstreunten, schienen Gesichter vor sich herzutragen, die von frühester Kindheit an vorgezeichnet waren: schweinegleich, kuhartig, pferdetraurig, schafsähnlich, aber auch hundehaft zutraulich – falls sie das Glück hatten, von folgsam-ergebenem Gemüt zu sein und eben deshalb halbwegs zufrieden-freundlich dahinvegetieren durften.

Hubert überkam das Verlangen nach einem stark betäubenden Getränk – einem doppelten Espresso; schwer, schwarz und heiß. Der war in einem Lokal zu haben, das an seinem Weg lag; es nannte sich ›Adria mio‹. Dort dominierte eine italienisch gedachte Ersatzdekoration von beherrschend roten Farben, die jedoch wie zerwaschen, verschmiert, vielfach befleckt anmuteten. An einem der wenigen noch freien Tische ließ er sich nieder.

Er wurde zunächst nicht beachtet, wenn nicht gar leicht verächtlich übersehen – was er durchaus genoß; denn es gefiel ihm ungeheuer, möglichst unauffällig in Erscheinung zu treten, weitgehend unterschätzt zu werden. Und schließlich war er ja auch kein strahlender Richard Holden. Vielmehr nahezu das Gegenteil von diesem. Seine Erscheinung ließ einen biederen Beamten vermuten, einen Aushilfsbuchhalter, einen Vertreter.

Seinen Espresso erhielt Karl Hubert dennoch; und er war bereit, ihn zu genießen. Er beugte sich dicht darüber, fühlte sich wohlig abgelenkt, nahm den ersten schlürfenden Schluck. Doch dann kam eine Stimme, ein Stimmchen auf ihn zu, das ihn anzwitscherte, anpiepste, mit frechmunterer Spatzenhaftigkeit. »Darf ich mich zu Ihnen setzen?«

Vor ihm stand Irene Winter: enger Pullover, noch engere Jeans; dazu trug sie rote halbhohe Stiefel und ein gleichfarbiges Seidentuch um den Hals. Sie setzte sich zu ihm, ohne dazu aufgefordert worden zu sein. Er sagte zunächst nichts.

Sie jedoch versuchte sich ihm mit sprudelnder Bereitschaft mitzuteilen. »Ich bin hier ganz zufällig vorbeigekommen und sah Sie. Welch eine günstige Gelegenheit, dachte ich, um mich mit Ihnen zu unterhalten, über meine speziellen Probleme – Sie wissen schon, welche. Bestellen Sie mir ein Glas Wein?«

»Nein«, sagte Hubert, bemüht gelassen. »Weder Wein noch ein Cola – das eine enthält Alkohol, das andere Coffein. Doch irgendein Saftgetränk spendiere ich Ihnen.«

»Sie behandeln mich wie ein Kind, Herr Hubert!« Irene schien sich mächtig mißverstanden zu fühlen. »Doch das bin ich nicht – nicht nach all dem, was da auf mich zugekommen ist.«

»Na, was denn wohl, Mädchen?«

»Ich würde gerne mit Ihnen über alles reden, Herr Hubert – was mich da so bedrängt. Darf ich das?«

»Wenn Sie unbedingt wollen – ich höre zu.«

Was er dann auch tat. Sie spürte, daß er seine Bereitschaft durchaus ernst meinte. Sie trank von ihrem Traubensaft, neigte sich ihm aufgeregt entgegen, um ihm sodann, in ersehnter Offenheit, ihre Erkenntnisse zu verkünden.

Zunächst diese, wohl mehr allgemeiner Natur: Alle wollen immer nur das eine von mir – nichts anderes. Wieder und immer wieder. Und sie alle behaupten: So ist nun mal das Leben, oder eben die Liebe – also das, was die so nennen. »Muß man da mitmachen?«

»Man muß wohl manchmal so manches tun, was man nicht will, Irene – das jedoch nicht unbedingt.«

»Aber neuerdings, glaube ich, will ich das, gerade das – es drängt auf mich zu, bedrängt mich, droht mich zu überwältigen. Nun gut – dagegen wehre ich mich; aber weshalb, frage ich mich manchmal. Kann man sich diesem Verlangen überhaupt noch entziehen? Allein in unserem Haus, in dem Sie und ich leben, wimmelt es nur so von sexuellen Vorgängen!«

»Schließlich, Mädchen, befinden Sie sich in einem Alter, in dem eine derartige sinnenbetonte Erlebniswilligkeit vorzuherrschen scheint. Doch was glauben Sie denn da so alles bemerkt oder eben erkannt zu haben?«

Und nun schien Irene eine dicke Daunendecke aus traumhaft-honigartig triefenden Bildern von sich abstrampeln zu wollen, diesem Mann gegenüber; dem wohl einzigen, mit dem sie völlig offen reden zu können glaubte. Gleich einer voll aufgedrehten, hoch emporsprudelnden Fontäne versuchte sie alle auf ihr lastenden, sie bedrückenden Erlebnisse, Erkenntnisse, Vermutungen von sich zu sprühem.

Über ihre Eltern: »Die behaupten, sich zu lieben! Doch meist hocken die wie fauligdumpf, ungeniert gähnend nebeneinander. Und jeden siebten Abend, regelmäßig am Sonnabend, schläft er mit ihr – meist nach fünf Flaschen Bier und fünf Stunden Fernsehen; also etwa um Mitternacht. Dabei stöhnt er, und sie scheint zu schreien; um danach ins Klo zu kotzen. Man kann es in der ganzen Umgebung hören.«

Dann über den Schul- und Jugendfreund gleichen Alters, ein Stockwerk tiefer unter ihr: »Der versucht immer wieder mich zu betatschen – er greift mir an die Brust, am liebsten gleich zwischen die Beine, um mir den Schlüpfer herunterzuziehen; mit zitternden Händen, dabei keucht er wie ein Langstreckenläufer. Er versucht seinen Mund gegen den meinen zu pressen, mir seine Zunge hereinzuschieben – doch er riecht schlecht. Und seine Haut ist voller Pickel, seine Augen sind schafsblöd – wie kurz vor dem Abschlachten.«

Weiter über eine Nachbarin, ein Stockwerk darunter: »Als ich sie beim Hauseingang traf, bat sie mich um einen Gefallen: Sie fühle sich nicht sonderlich wohl, ich möge ihr Kopfschmerztabletten besorgen. Das tat ich. Dann empfing sie mich, in einen Bademantel gehüllt, der ziemlich weit geöffnet war – darunter trug sie nichts. Sie sagte: ›Du bist ein liebenswertes Geschöpf.‹ Sie lud mich ein, ihr Gesellschaft zu leisten, wobei sie meinte: ›Wir sollten es uns gemütlich machen, meine Liebe! Männer braucht man nicht dazu!‹ Doch die war schon uralt, mit Hängebrüsten und Kartoffelsackhintern – bestimmt schon Mitte Dreißig!«

Schließlich über den Mann, der jene Selbstmörderin vor deren Ende häufig besucht hatte, also den Sparkassenmenschen: »Den traf ich im Keller, bei den Mülltonnen; dort schütteten wir Abfall hinein – ich meist Obstreste, er eine Menge leerer Flaschen. Er sagte zu mir: ›Du bist mir schon mehrmals aufgefallen – nach so was wie dir habe ich immer schon gesucht!‹ Und ich sagte zu ihm: ›Sie haben doch bereits eine Menge von Weibern! Und denen besorgen Sie es – gründlich!‹

Worauf er meinte: ›Das ist nun mal eine meiner Spezialitäten, die ich auch dir gerne gönnen würde – wenn du nur willst!‹ Doch ich wollte nicht – mitten in diesem Abfall kam mir auch dieser Mensch wie Abfall vor – und ich ebenso. Vermutlich habe ich physische Hemmungen – nennt man das nicht so?«

Sogar Karl Hubert kam noch an die Reihe. »Da hat sich doch erst neulich, kurz vor Mitternacht, eine Person zu Ihnen begeben, der ich zufällig die Haustür aufgeschlossen habe. Ich war von einer sogenannten Dichterlesung in der Autorenbuchhandlung heimgekommen, war aber bloß Gemütsscheiße. Bei dieser Frau jedenfalls handelte es sich ganz eindeutig um eine Nutte. Und sie blieb fast genau eine Stunde bei Ihnen – was wohl die übliche Zeitspanne bei Damen dieses Gewerbes ist.«

Karl Hubert lächelte. Dieses seltsam überreife Kind begann ihn immer mehr zu faszinieren; jedoch auf fatal-makabre Weise. Er glaubte zu dem Schluß kommen zu müssen: Diese Irene war jetzt schon schwer gezeichnet von ihren dschungelhaft-wuchernden Sexualfantasien und den sie überschleimenden Gedankengängen wie ausgeliefert. Sie war bereits so gut wie erledigt.

Nur noch ein einziges auslösendes Moment – das bereits in einem Nebenhaus auf sie zu lauern schien – und sie war fällig. Total. Und da ihr nun offenbar nicht mehr zu helfen war, mußte wohl eben dieser unvermeidlichen Konstellation Genüge getan werden – was zu einer schockartigen Erlösung führen könnte.

Karl Hubert war dazu entschlossen.

Richard Holden hatte seinen Freund Karl Hubert zu sich gebeten – in sein Apartment im ›Exelsior-Center‹. Das war einer der in dieser zweckbetonierten Welt üblichen Zement- und Glaskästen, immerhin jedoch einer der oberen Mittelklasse, mit einer geräumigen Eingangshalle mit zwei Fahrstühlen. Für Sauberkeit sorgte eine offenbar fleißige und nicht an Putzmitteln sparende Reinigungsfirma – zumindest roch es hier weniger nach Menschen, mehr nach Chemikalien.

Hubert beherrschte stets, wenn er seinen Freund aufsuchte, das Gefühl, als durchschreite er eine Klinik für gut zahlende Patienten – bis er das Apartment 403 betrat. Dessen zwei Zimmer hatte Holden in eine sehr persönlich wirkende Wohnung zu verwandeln vermocht; mit wenigen Mitteln, aber erheblichem Geschick. Vorhänge, Möbel und Teppiche harmonierten miteinander; sie muteten norwegisch-bäuerlich an, wirkten kraftvoll, waren jedoch ohne jede plumpe Rustikalität. Hinzu kamen starke, doch keineswegs aufdringliche Farben, vorherrschend war naturhaft gebliebenes Holz.

»Herzlich willkommen!« Bei aller Intimität, die zwischen ihnen herrschte, legte Richard stets Wert darauf, seinen Freund Karl wie einen bevorzugten Gast zu begrüßen. Mit höflich einladenden Gesten geleitete er ihn hinein. »Mache es dir bequem.«

Für Karl Hubert war das eine völlig überflüssige Aufforderung. Er vereinnahmte prompt den besten, also für ihn bequemsten Sessel, zog sich den Rock aus – den Richard sorgfältig über einen Kleiderbügel hing. Weiterhin entledigte sich Hubert seiner Krawatte und dann auch noch seiner Schuhe. Seine Füße, eingehüllt in grauwollige Socken, plazierte er vor sich auf den kleinen Eichentisch.

»Also – du wolltest mich sprechen! Ich bin da. Ich höre.«

»Ich habe da ein Problem, Karl«, gestand Richard Holden, nachdem er dem Freund dessen Lieblingsgetränk – Gin auf Eis – serviert hatte.

»Probleme«, sagte Karl Hubert, »haben wir alle – und so gut wie ständig. Trinken wir darauf – also auf das, was uns dennoch nicht umbringt.«

Karl Hubert genoß es, bei seinem Freund zu sein – was er natürlich niemals deutlich zu zeigen pflegte. Doch er liebte Holdens ausgeprägtes Gefühl für die Schönheiten des Alltags, seine gepflegt anmutende Lebensart. Holdens Wohnung war ein überzeugender Beweis dafür. An der Wand über dem Sofa hing eine Lithografie von Marc Chagall – ›Die Liebenden‹ genannt; erworben von den Honoraren eines mühsamen Prozesses. Auf dem Tisch stand eine afrikanische Specksteinplastik, ›Mutter und Kind‹, Sierra Leone; das Geschenk eines seltenen dankbaren Klienten. Und an der Tür befand sich eine Tanzmaske aus Indien; von einer ihrer gemeinsamen Reisen mitgebracht.

Wieder einmal stellte Karl Hubert fest, wie verschieden sie doch waren. Aber eben wohl deshalb ergänzten sie einander auf wunderbare Weise. Was der eine nicht konnte, vermochte der andere; was dieser nicht besaß, hatte jener. Nur sie beide, gemeinsam, waren von denkbarer Vollkommenheit. Woraus sich dann alles Weitere, mit bestürzender Zwangsläufigkeit, ergab – unvermeidlich ergeben mußte.

»Irgend etwas beunruhigt dich also – was?«

»Ich kann mich irren, Karl – was ich in diesem Fall sehr wünschen würde. Doch bin ich da einem Mann begegnet. Genauer: Er versuchte mit mir Verbindung aufzunehmen. Sein Name ist Lichtenberg, Alfons mit Vorname; manchmal nennt er sich auch Alfonso. Vermutlich hatte er einen deutsch-schweizer Vater und eine italienische Mutter. Außerdem ist sein Wohnsitz Lugano – also im Kanton Tessin, wo Italienisch gesprochen wird.«

»Was immer noch eine gute Adresse zu sein scheint – für Geschäftemacher diverser Spielarten. Doch was will so einer ausgerechnet von dir? Schließlich bist du kein Wirtschaftsexperte, kein Vermögensverwalter, kein Steuerhinterziehungsspezialist. Oder solltest du so etwas in Erwägung ziehen? Es würde sich lohnen, könnte sich auszahlen, ist aber wohl auch nicht ganz ungefährlich. Solltest du neuerdings auf so etwas Wert legen?«

»Natürlich nicht, Karl!«

»Traue ich dir auch nicht zu, Richard! Denn schließlich versuchst du hier der wie dazu geborene Verteidiger für Verfolgte jeder erdenklichen Spielart zu sein – was an sich ja ziemlich sinnlos, also nutzlos ist, mir aber ehrlich imponiert. Um so verwunderlicher, wenn da so ein Alfons oder eben Alfonso, Doktor oder eben Dottore, mit dir in Verbindung zu treten versucht. Was erwartet er denn ausgerechnet von dir?«

»Vermutlich dies: mich als eine Art geschäftliche Zwischenstation auf anwaltlicher Basis einzuschalten – mit sicheren und wahrlich nicht geringen Vermittlungshonoraren. Doch ich mißtraue ihm.«

»Warum, Richard – möglichst genau?«

»Weil mir seine beabsichtigte Aktionen, oder eben Transaktionen, nicht ganz unbedenklich anmuten wollen. So was aber, Karl, glaube ich nicht mit meinem Gewissen vereinbaren zu können.«

»Wie konnte denn überhaupt eine derartig fragwürdige Person an dich herantreten?«

»Nun, ich nehme an, dieser Lichtenberg ist auf mich aufmerksam gemacht worden. Sicherlich im guten Glauben.«

»Von wem?« verlangte Hubert unverzüglich zu wissen. »Von einem Menschen deiner näheren Umgebung etwa?«

»Ist das wirklich wichtig, Karl?«

»Für mich schon, Richard – und für dich gewiß auch. Versuche das zu verstehen. Hier ist ein Pferd erkennbar – nun will ich auch dessen Reiter wissen. Doch die Formation dabei glaube ich bereits zu erkennen. Oder sollte ich mich irren?«

»Vermutlich nicht, Karl.«

»Also war es diese Dame Sommer, die dir diesen dubiosen Klienten zuzuspielen versucht hat? Woraus sich unverzüglich eine Frage ergibt: Wie kam sie dazu?«

»Ich werde selbstverständlich alle deine Fragen beantworten, Karl. Dabei muß ich dich aber bitten, von fragwürdigen Formulierungen wie ›zuspielen‹ im Zusammenhang mit Susanne Abstand zu nehmen.«

»Akzeptiert. Also – wie kam es dazu?«

»Ich lernte diesen Dr. Lichtenberg zufällig kennen, bei einer kleinen Gesellschaft, die von einer Freundin von Susanne veranstaltet wurde. Dabei kamen wir ins Gespräch.«

»Wer ist denn diese Freundin deiner Freundin?«

»Eine gewisse Simone Jahr – Schauspielerin. Eine nette, angenehme, sich stets hilfreich bemühende Person. Sehr selbstlos.«

»Und diese beiden haben dich für diesen Lichtenberg zu vereinnahmen versucht?«

»Ich muß dich sehr bitten, das nicht so zu sehen!« Holden erklärte das mit einiger Entschlossenheit. »Diese Simone Jahr ist für mich ein unbeschriebenes Blatt – doch zwischen Susanne und mir, mußt du wissen, besteht nunmehr eine schöne Harmonie, die ich mir nicht zerstören lassen will. Susanne Sommer ist eine ungewöhnliche Frau – versuche das bitte nicht anzuzweifeln!«

»Will ich auch nicht!« versicherte Hubert prompt; und das sogar mit ausgebreiteten, wie segnungswilligen Händen. Seine Augen funkelten jedoch. Denn solche Worte kannte er; sein Freund hatte sie, fast genau vor zehn Jahren, auf seine erste Frau angewendet.

»Halten wir also fest, mein Freund: Dieser Lichtenberg, mit Wohnsitz und Büro in Lugano, will dir als reichlich fragwürdig erscheinen. Normalerweise hättest du ihn, also seine Geschäftsmethoden, der Polizei, oder eben der Staatsanwaltschaft, als verdächtig melden müssen.«

»Was jedoch die Schweigepflicht eines Rechtsanwaltes nicht zuläßt. Er hat sich mir als Klient angeboten – doch ich gedenke ihn abzulehnen.«

»Nun, Richard, da du ihn abzulehnen gedenkst, hat er auch niemals zu deinen Klienten gehört. Dennoch versuchst du anwaltlich das zu sein, was gemeinhin loyal genannt wird – aus welchen Beweggründen auch immer. Und zu denen gehört gewiß auch deine Dame Sommer, was ich zu berücksichtigen versuchen werde.«

»Ein Vorgang, Karl, mit dem Susanne unter keinen Umständen belastet werden darf. Darauf bestehe ich – ganz entschiegen.«

Diese Forderung schien Hubert zu akzeptieren – mit geradezu herzlich entgegenkommender Freundschaft. »Da kannst du dich da ganz auf mich verlassen – das erledige ich schon. In deinem und in unserem Sinne!«

Die versuchte ›Erledigung‹ dieser Vorgänge schien, in ihren Anfängen, geradezu ein Musterbeispiel für wirksamste kriminalpolizeiliche Internmethoden zu sein. Die daran beteiligten Fachleute spielten sich durchaus gekonnt alle erreichbaren Bälle zu.

Karl Hubert, der im Präsidium stets höchst respektierte, wenn nicht gar oftmals bestaunte Mördderergreifer, suchte den Chef des dortigen Betrugsdezernates auf. Zunächst mit ausgesucht kollegialer Herzlichkeit, welche jedoch schnell in eine Atmosphäre amtlicher Verschwörungsbereitschaft ausartete.

»Der Zielname, über den ich Auskunft erbitte, lautet: Lichtenberg, Alfons; oder eben Alfonso. Das könnte möglicherweise in deinem Bereich registriert sein. Kannst du das feststellen?«

»Dieser Name«, meinte der Weißkragenkriminalist, »kommt mir bekannt vor.« Er roch nach klebrigendem Leim und ausgetrockneter Tinte; er besaß ein irritierend dummgutmütiges Gesicht, aber zugleich einen computerhaft schnell und sicher funktionierenden Verstand. »Solltest du etwa Doktor Lichtenberg, Lugano, meinen?«

»Genau den, Kollege!«

»Den hätte ich lieber in deinem Bereich, Karl. Eine reine Berufsfreude für mich, wenn du ihm einen Mord anhängen könntest; noch besser, wenn der als Leiche in deine Hände geraten würde. Doch das ist wohl des Guten zuviel erhofft – wie?«

Karl Hubert war ungemein neugierig geworden. »Der scheint offenbar eine ganz prächtige Type zu sein.«

»Eine meiner prächtigsten« bestätigte der Betrugsspezialist, nachdem er sich seine ›Spezialkartei‹ geangelt hatte, einen kleinen rollenden Aktenschrank. Das gelang ihm, ohne seinen Sessel verlassen zu müssen, was er, wie amtsbekannt, nicht gerne tat; es sei denn, um Kantine oder Toilette aufsuchen zu müssen.

Er zog mit sicherem Griff eine Schublade auf und von dort einige geheftete Blatt Papier hervor. »Dieser Lichtenberg gehört zu meinen gesuchtesten Kunden – das ist eine Finanzsau sondersgleichen!«

»An die du aber nicht herankommst«, erkannte Hubert prompt.

Der Chef des Betrugsdezernates nickte höchst widerwillig zustimmend. Er litt sichtlich darunter, einen offenbar schweren Kriminellen nicht überführen zu können. Dabei mutete das von ihm gesammelte Material ziemlich vielversprechend an.

»Also – Lichtenberg, Alfonso, Lugano. Er ist übrigens berechtigt, sich Doktor zu nennen – er hat diesen Titel in Mailand erworben; und der hilft natürlich mit, seine Spielchen zu spielen. Seine Spezialität sind internationale Geschäfte; bei zielstrebiger Ausnutzung eventuell bestehender Gesetzeslücken zwischen diversen Ländern. Dafür ist sein Lugano eine Art Drehscheibe – bevorzugt zwischen Italien und Frankreich einerseits sowie der Bundesrepublik, England und den Niederlanden andererseits. Sichere Voraussetzungen für schnelle, gewinnbringende Transaktionen!«

»Doch den kannst du nicht festnageln?«

»Nein«, mußte dieser ansonsten wirksam erfolgreiche Bekämpfer der sogenannten Weißkragenkriminalität zugeben. »Denn die immer sicherer und wirkungsvoller werdenden Tricks dieser Typen bestehen darin, Zwischenmitglieder einzuschalten und denen dann die ganze Verantwortung zuzuschieben.«

»In meinem Bereich«, stellte Karl Hubert sanft provozierend fest, »läßt sich so was kaum jemals machen.«

»Leider«, meinte der Betrugsspezialist geradezu versonnen, »ist bei mir alles anders. Zu einem Opfer, bei dir, gehört ein Täter; in meinem Metier jedoch muß ziemlich umfangreichen Täterketten nachgespürt werden. Und bei diesem unendlich verfilzt anmutenden Fall Alfonso Lichtenberg spielen auch mißbrauchte Politiker mit, geile Geschäftemacher – und in allererster Linie törichte Rechtsanwälte.«

Nun reagierte Hubert hellwach. »Sagtest du – Rechtsanwälte?«

»Sagte ich«, schnaufte der Betrugsspezialist auf. »Denn derartige Rechtsbewahrer lassen sich oftmals sehr leicht, vielleicht nur in Unkenntnis der Sachlage, zu schnellen Geldgewinnen verführen. Doch eben damit geraten sie dann prompt in diese Lichtenberg-Falle. Der läßt sie zunächst kassieren, schiebt aber, sobald dann der unvermeidliche, einkalkulierte Zusammenbruch kommt, alle Verantwortung auf sie ab. Das immer wieder mit der Masche: Sie, die doch die Gesetze ihres Landes kennen müßten, hätten ihn getäuscht, hintergangen, wenn nicht gar betrogen! So einfach ist das.«

Karl Hubert schloß nun, wie stark geblendet, seine Augen. Sekundenlang dachte er intensiv an Richard Holden, den Freund. Um dann unverzüglich folgende Überlegungen vorzubringen:

»Eine ziemlich vielversprechende Praxis dabei, lieber Kollege, würde doch wohl so aussehen: Man müßte versuchen, diesem Dottore einen ihm gemäßen, aber dir in möglichst allen Einzelheiten bekannten Partner unterzujubeln. Falls die dann beginnen, gemeinsame Sachen zu machen, mit alsbald erkennbaren Adressen, sind sie auch ziemlich gut überwachbar; und das dann sicherlich auch mit Amtshilfe der Schweizer Polizei. Dann hättest du sie bald im Sack!«

»Jawohl – das wäre gewiß die brauchbarste Methode. Und ich kenne auch einige Kandidaten dieser Größenordnung, die ganz prächtig zu unserem Alfonso passen würden. Jedoch – wie bringe ich die zusammen?«

»Nenn mir einen Namen«, forderte nun Karl Hubert. »Aber den denkbar besten, der zu diesem Betrugsschwein passen konnte, wie die Faust aufs Auge.«

»Kann ich machen. Sogar gerne! Doch – was dann?«

»Dann könnte ich dafür sorgen, daß dessen Adresse diesem Alfonso zugespielt wird. Und zwar denkbar zufällig, absolut unverdächtig neutral. Etwa durch eine Dame der von ihm bevorzugten Gesellschaft. Das Ganze dann noch von einer dritten Person angeregt – also weder von dir noch von mir. Einverstanden?«

Ohne nun auch nur im geringsten zu zögern, durchblätterte daraufhin der Betrugsspezialist des Amtes, sichtlich genau wissend, was er suchte, einige Teile seiner Kartei. Dann nickte er vor sich hin, um schließlich fachgerecht schlicht festzustellen:

»Der.« Er nannte einen Namen und die dazugehörige Adresse; sehr langsam und deutlich.

Selbstverständlich beherrschte Karl Hubert diesen Teil der absicherungsbewußten kriminalen Branchenspiele vollkommen, also jede irgendwie gewünschte Auskunft unter Kollegen unter vier Augen. Doch da er ein exakt funktionierendes Gedächtnis besaß, reichte es vollkommen aus, wenn dieser Name und dessen Adresse lediglich mündlich weitergegeben würden.

»Ruf mich aber an«, ermunterte ihn der Betrugsexperte. »Falls diese Verbindung klappen sollte, erledige ich dann den Rest. Mit Wonne.«

Unmittelbar begab sich Karl Hubert im Polizeipräsidium zwei Stockwerke tiefer. Zum Chef des Dezernates Sitte. Also zu Kommissar Krebs – dem exzellenten Kenner aller erdenklichen Spielarten des außerehelichen Geschlechtslebens.

Dieser Krebs schien, wie völlig entgegengesetzt zum rein äußerlich unendlich gelassen anmutenden Betrugsspezialisten dieses Amtes, stets von höchstnervöser Unruhe erfaßt zu sein. Es war, als verschmähte er Sitzgelegenheiten – zumeist wieselte er durch sein Büro und dessen Nebenräume, anscheinend jederzeit bereit, daraus auszubrechen. »Was«, verlangte er unverzüglich besorgt von Hubert zu wissen, »willst du von mir – ausgerechnet du!«

»Lediglich einige Auskünfte; sehr spezielle, Kollege Krebs.«

»Die kannst du haben – falls du zu begründen vermagst, warum.«

Sie harmonierten wahrlich nicht miteinander – nicht im Grundsätzlichen. Denn Hubert war ein erbarmungsloser Verfolger, Krebs ein bemühter Bewahrer. Der eine schien auf endgültige Erledigung aus zu sein, der andere erstrebte eine einfühlsam vorbeugende Verbrechensbekämpfung. Doch deshalb waren sie keinesfalls ›Feinde‹ – sie blieben Kollegen.

Krebs: »Was du auch immer von mir wissen willst – spekuliere bitte niemals darauf, daß ich bereit sein könnte, dir ohne exakte Begründung, Daten und Erkenntnisse meines Sittendezernates für deine Mordkommission zu liefern. Denn sittliche Entgleisungen sind Krankheiten, vielfach-verwirrende, mit Erscheinungsformen, die nicht automatisch dem Täterbild eines Gewaltverbrechers gleichgestellt werden dürfen!«

Hubert: »Rege dich wieder ab, Kollege Krebs! Ich bin nicht hier als Chef einer Mordkommission – sondern fast ausschließlich privat. Aus Sorge um einen Freund, meinen wohl einzigen.«

Diese Versicherung akzeptierte Krebs unverzüglich. Sie traf seinen Nerv für sehr menschliche Reaktionen. Fast murmeltierhaft lauschend wollte er jetzt wissen: »Worauf, bitte, kommt es dir dabei an?«

»Auf einen Einblick in deine Spezialkartei.«

Diese stellte, über das Amt weit hinaus international bekannt, nahezu ein Musterbeispiel westeuropäischer Gründlichkeit dar; sie war von einer Vollkommenheit sondersgleichen. In vielfacher Hinsicht so gut wie unfehlbar angelegt: Namen, Vornamen, Rufnummern, ›Spezialitäten‹, dazugehörige Adressen. Also so gut wie alles registriert, was jemals in diesem denkbar scheußlichen Bereich irgendwie präsent geworden war.

»Was mich besonders interessiert, Krebs, ist die Wienerwaldstraße, und dort ein Haus mit der Nummer 43. Kannst du mir darüber Auskunft geben?«

Wobei es sich exakt um jenes Haus handelte, in dem auch Susanne Sommer wohnte. Doch sie erwähnte Karl Hubert dabei mit keinem Wort. »Dieser Bereich interessiert mich ungemein. Gehen deine Recherchen so weit?«

Das taten sie, selbstverständlich. Krebs stellte fest: »In manchen großen Mietshäusern scheint sich das sogenannte Gunstgewerbe zu ballen. Diese Wohnkasernen muten wie gut funktionierende Eros-Center mit Außenbetrieb an. Bei dieser Adresse wohl auch.« Dann nannte er drei Namen – der von Susanne Sommer war nicht darunter.

»Also – nicht wie eine Ansammlung von Nutten!«

»Da muß ich dich doch wohl sehr um Verständnis bitten, verehrter Kollege Hubert. Selbst bei den von dir summarisch als Nutten bezeichneten Lebewesen vermögen ganz erhebliche Unterschiede zu existieren. Darunter befinden sich auch Frauen, denen sogar ein gewisses Feingefühl nicht abzusprechen ist, die also von recht angenehmem Wesen sind; intelligent auch. Nur eine in ein wenig andere Konstellation in ihrem Leben – und sie wären prächtige Ehefrauen, wenn nicht gar repräsentative Weggefährten angesehener Leute geworden.«

»Falls dort etwa auch ein derartiges Exemplar in jener Wienerwaldstraße existiert – so würde mich das ungemein interessieren.«

»So was existiert dort allerdings. Dabei handelt es sich um eine gewisse Uta. Die hat einige Semester Kunstgeschichte studiert, geriet dann jedoch, ihm anscheinend schnell hörig, an einen äußerst schäbigen Kerl, der jetzt irgendwo wegen Rauschgiftschmuggel im Gefängnis sitzt. Doch der machte ihr ein Kind, bevor er sie verließ. Ihre Eltern haben sie rausgeworfen. Doch sie versucht sich durchzuschlagen – nicht zuletzt für ihr Kind. Durchaus tapfer, wenn auch höchst fragwürdig, sie macht nun so gut wie alles – aber eben doch nicht alles –, um irgendwie zu überleben. Immerhin: Anruf genügt!«

»Welche Rufnummer?« wollte Karl Hubert wissen.

Auch die wurde ihm mitgeteilt: 34 13 35. »Was gedenkst du damit anzufangen?«

»Zumindest eines, Kollege Krebs, kann ich dir dabei versichern: Ich merke mir diese Telefonnummer nicht, um als Mordspezialist in deine offenbar sehr gepflegt verständniswütigen Bereiche einzudringen. Vielmehr darfst du tatsächlich annehmen, daß ich aus sehr persönlichen Gründen an dieser Person interessiert bin.«

»In deinem Bereich«, vermutete Krebs vorsichtig, »scheinen Mörder wohl unvermeidlich zu sein. Wie manchmal Freunde auch. Ist es das?«

Auf diese Frage zu antworten zeigte sich Karl Hubert nicht bereit.

5

Die sternenklare, betörend leuchtende Frühlingsnacht in diesem Jahr wollt nicht nur für Meteorologen reichlich ungewöhnlich anmuten. Auch jene Menschen, die ein noch nicht voll abgetötetes Naturgefühl besaßen, spürten es. Karl Hubert wollte zu ihnen gehören; zumindest, als er seinen Freund Richard Holden anrief.

»Achte auf diese Nacht! Sie scheint einen Anhauch von wohliger Körperwärme zu besitzen, wie umflutet zu sein von allererstem Sommerglanz. Sie läßt uns aufatmen – ganz tief und endlich wieder vom Winter befreit.«

»Ich würde diese Nacht«, versicherte Richard Holden aufrichtig, »gerne mit dir verbringen, Karl.«

Das hatten sie, nahezu Jahr für Jahr, immer wieder getan: Die Überwindung des Winters, das Hervorbrechen des Frühlings, die sich dann anbahnende Sommerherrlichkeit vermochte sie zu intensiven, sich einander bestätigenden Gesprächen zu verführen. Das sie beherrschende Thema dabei: der ewige Wechsel; eine wie endlose Kette aus Dahinsterben und Wiedergeburt; selbst noch der Tod, ganz gleich auf welche Art, mutete wie etwas Positives an. Wundersamste Blumen vermochten zu erblühen; und um dann zu verwelken.

»Dabei wollte ich dir den Vorschlag machen, Karl, gemeinsam mit uns zu speisen – mit Susanne und mir. Ich habe im Restaurant ›Royal‹ einen Tisch bestellt – die Küche dort ist absolut erstklassig. Und Susanne will dich unbedingt kennenlernen; ich habe ihr viel von dir erzählen müssen. Und ich glaube, es wäre gut, wenn auch du sie kennenlernst.«

»Später einmal!« Hubert gab sich verständnisvoll zurückhaltend. Dabei vergaß er jedoch nicht zu registrieren: Dieses Restaurant war nicht nur seiner Küche wegen bekannt, auch wegen seiner enormen Preise – offenbar war seinem Freund für diese Dame nichts zu teuer. »Weiß sie schon, daß du den von ihr dir zugeführten Klienten, diesen Dr. Lichtenberg, abzulehnen gedenkst?«

»Nein, das habe ich ihr noch nicht gesagt. Doch ich vermute, sie wird sehr enttäuscht sein.«

»Sage es ihr trotzdem. Etwa nach dem Abendessen, beim Kaffee. Und damit sie nicht allzu sehr enttäuscht ist, habe ich für dich eine Adresse besorgt, die ich dir anschließend durchgeben werde. Es handelt sich dabei um den wohl idealsten Geschäftspartner für diesen Dottore aus Lugano. Die kann sie ihm übermitteln!«

»Doch nicht etwa in deinem Auftrag?« wollte Richard Holden wissen.

Karl Hubert konnte nur noch lachen. »Du kennst doch die dazugehörigen Spielregeln: Die Polizei ist kein Adressenlieferant! Und ein Rechtsanwalt sollte das möglichst auch nicht sein. Du gibst Frau Sommer lediglich einen persönlichen, privaten Hinweis – sozusagen aus Freundschaft; und den kann sie dann weitergeben. Wobei ich wohl nur eines fast so gut wie garantieren kann: Dr. Lichtenberg wird von diesem Partner und dessen Möglichkeiten geradezu entzückt sein; also ihr dankbar.«

»Nun gut«, entschied Holden. »Dann mache ich das also – weil diese Anregung von dir kommt. Und du willst uns wirklich nicht ins ›Royal‹ begleiten?«

»Ich kann nicht. Zumindest bis Mitternacht bin ich im Präsidium blockiert – ich habe Bereitschaftsdienst, warte also hier auf irgendeinen nächsten Mord. Und falls der geschehen sollte, muß ich mich erfahrungsgemäß bis zum Morgengrauen mit den Produktionsmöglichkeiten von Leichen beschäftigen. Deine Art von Vergnügen dürfte da wohl wesentlich anderer Natur sein – gönnen wir jedem das seine!«

In jenem Haus, in dem Karl Hubert die kargen Reste seiner freien Zeit zu verbringen pflegte, bahnte sich, fast gleich zu Beginn dieser Nacht, eine Serie von scheinbar vielschichtig komplizierten

Vorgängen an. Doch diese sollten alsbald, wie bei derartigen heimtückisch-gefährlichen Konstellationen fast immer, reichlich banal anmuten.

Es begann in der Wohnung des erfolgreichen Fernlastfahrers Winter. Dieser war voller Unwillen – und zwar abermals über mangelhafte Leistungsfähigkeit: jener des Fernsehens. Wobei er allerdings nicht unzufrieden registrieren konnte, daß seine interne Mannschaft, also seine Familie, vom gleichen Geist beherrscht zu sein schien. Auch sie, Frau ebenso wie Tochter, teilten ganz offensichtlich seine unwillige Empörung – über derartige TV-Zumutungen.

Denn auf allen erreichbaren fünf Kanälen kein Krimi, keine Unterhaltung, kein Spielfilm. Vielmehr immer wieder nur dies: Politgeschwätz, Nabelbeschausozialismus, Unterleibsliteratur, Emanzipationsonanien, tiefsinnige Terrorismusandeutungen. »Einfach zum Kotzen – das alles! Hätten wir eine Ordnung, wie es sich gehört, brauchten die nicht darüber zu quatschen!«

Frau Winter bestätigte seine Ansicht unverzüglich. Vollfleischig, mit träger Lässigkeit, blinzelte sie ihn an; um dann zu erklären: »Ich gehe. In ein Kino. Mit meiner Freundin. Was dagegen?«

»Mach' das!» stimmte er ihr zu. Was sich großzügig-verständnisvoll anhörte, doch nicht ohne ihm hoffnungsvoll erscheinenden Hintergedanken war. »Meinen Lieben gönne ich einfach alles!«

Frau Winter behauptete, sich gemeinsam mit ihrer Freundin, die in den Augen des Fernlastfahrers eine noch größere Kuh war, einen Film ansehen zu wollen, von dem nunmehr ›alle Welt‹ sprach. Darin ein Riesenaffe von überdimensionaler Gewaltigkeit, der ein zierliches weibliches Wesen bis zu seinem Tode, qualvoll verblutend, verteidigte.

Ein derartiges Erlebnis gönnte er ihr – zumal er sie damit für etwa drei Stunden losgeworden war; eine Zeitspanne, mit der sich gewiß einiges anfangen ließ. »Meinen Segen hast du!«

Allerdings vermochte er sich nicht im geringsten vorzustellen, was diese beiden angeblich kuhartigen Freundinnen tatsächlich zu unternehmen gedachten. Nämlich den Besuch eines in der Nähe gelegenen italienischen Restaurants, in dem, neben brauchbarer Küche, auch noch eine Spezialität ganz besonderer Art geboten wurde: Einige der dort beschäftigten Kellner waren von großer Bedienungsbereitschaft, falls sich das auszahlte – die Gemeinschaftstoilette dieser Lokalität war ein vielfach benutzungsfähiger Raum.

Nachdem sich also diese Mutter, sehr bereitwillig, aus der Winter-Wohnung entfernt hatte, blieben nun dort zurück: der zutiefst fernsehgelangweilte Vater und seine überaus unzufrieden wirkende Tochter. Sie sahen aneinander vorbei; wie um sich nicht erkennen zu müssen. Lauernde Minuten vergingen so.

»Totale Scheiße!« sagte Winter dann; ein von ihm vielbenutztes Kraftwort, nicht nur dem Fernsehen gegenüber. »So was, meine Tochter, solltest du dir ersparen! Mach' Schularbeiten.«

»Habe ich schon gemacht.«

»Dann vervollständige, überprüfe sie – strebe beständig nach Höherem. Lies ein gutes Buch, versuche Handarbeiten zu machen, dich künstlerisch zu betätigen; so was wirkt immer.«

»Auf wen denn?«

»Auf mich, deinen dich liebenden Vater. Ich will stolz auf dich sein – wie du das ja auch auf mich sein kannst. Mach' mir bloß keine Schande!«

»Was, bitte, verstehst du darunter?«

Ihr diese Frage zu beantworten, hielt er für völlig überflüssig. »Ich jedenfalls«, erklärte er, sich aus seinem Sessel stemmend, »muß nun mal. Dringend. Ein Bier trinken gehen.«

Eine fast eingeübt anmutende Bekundung des Vaters Winter, welche besagte: Wenn das gebotene Fernsehprogramm einigermaßen brauchbar war, eben seiner hier gewiß maßgeblichen Ansicht nach, hatte seine Tochter Irene bierbesorgend in Erscheinung zu treten. Drohten sich jedoch diese Televisionsdarbietungen als hoffnungslos unerfreulich zu erweisen, dann zog er selbst aus, um in den Genuß der von ihm erstrebten Biere zu gelangen; zusätzlich einiger magenfreundlicher Schnäpse.

Das dabei von ihm neuerdings bevorzugte Lokal befand sich

gleich an der nächsten Straßenecke und besaß den schlicht-vielversprechenden Namen ›Die Kneipe‹. Ein abgedunkelter Stall, mit Naturholz und Kutscherlaternen; gemütvoll verwahrlost. Er fühlte sich hier sozusagen sauwohl.

Dieses Gefühl vermittelte ihm wahrlich nicht zuletzt die prall-selbstgefällige Bedienung in dieser Männertränke: blaßblond und bleichgesichtig, mit gierenden Augen und Falten wie Ackerfurchen um die Mundwinkel. Ihre Stimme war von rauhfröhlicher Animierbereitschaft; und wenn sie ihren Hintern schwenkte, erinnerte ihn das an paarungswillige Stuten.

Winter reagierte auf sie, wie stets, mit scheinbar empörter Ablehnung – er gab vor, sie zu verachten. Sie war eben wie alle Weiber. »Wieviel«, fragte er nach dem dritten Pils und dem vierten Schnaps, »kostest du eigentlich?«

Sie reagierte völlig unbeeindruckt, nachsichtig auch. »Ich bin nicht verfügbar«, sagte sie. Um dann, nach nur kurzem Zögern, hinzuzufügen: »Jedenfalls nicht gleich. Bis ein Uhr früh muß ich hier bedienen.«

»Zu spät! So lange kann ich nicht warten. Heute nicht.«

Währenddessen speisten Susanne Sommer und Richard Holden im Restaurant ›Royal‹. Und hier schien so gut wie alles voller Harmonie zu sein – nicht nur die Raffinessen der sogenannten neuen französischen Küche, auch die immer intensiver werdende Zuneigung, die sie füreinander zu empfinden schienen.

Einfach alles mutete von unverfälschter Reinheit an: der Salat schien gerade erst gepflückt; das Fischgericht duftete nach dahinströmenden Flüssen; der Lammbraten war unvergleichlich. Sie genossen das mit erklärtem Verständnis für das bewußt Reine, Saubere, Urnatürliche.

Susanne pflegte täglich zu baden und dabei die Haut »am ganzen Körper« zu bürsten und einzuölen. »Bei einer Frau«, hatte sie gesagt, vertraulich, wenn nicht gar intim, »muß man jederzeit überall herankommen können.«

Sie neigte sich ihm entgegen. »Ich genieße diese Stunden mit dir sehr, Richard.«

»Was mich beglückt, Susanne! Es ist wunderbar, daß es dich gibt. Ich küsse dich – in Gedanken.«

Sie lächelte ihn an. »Warum nur in Gedanken. Tue es!«

»Hier?« fragte er mit bestürztem Glücksgefühl und blickte in den rostrot bestrahlten Glanz um sich. Dort saßen Menschen, als hätten sie sich zu einem Ritual versammelt: feierlich, steif, nahezu lautlos hingegeben.

»Warum nicht hier? Küsse mich – auf den Mund, zu meinem Ohr hin, meinen Nasenflügeln entgegen. Wohin auch immer. Was hindert dich daran?«

»Nichts!« sagte er mit schnell ausgelöster freudiger Mutwilligkeit. Er berührte mit seinen Lippen ihr Ohr und streichelte es mit der Zunge. »Du bist – so einmalig!«

Es war ihr inzwischen gelungen, eine ganze Anzahl von Hemmungen, Sperren, sogar Vorurteilen bei ihm abzubauen. Und das war, was er jedoch nicht zu erkennen vermocht hatte, mit planvoller Zielstrebigkeit erfolgt – sie verstand es, ihre vielfältigen Erfahrungen geschickt auszuwerten.

Die Stationen, im Hinblick auf ihn, dabei:

Einmal ihre offenbar wachsende Bereitschaft, ihm ihr Gesicht in verlockendem Entgegenkommen hinzuhalten: die zierlich-schmalen, doch überaus sinnlich wirkenden Lippen, die sich ihm entgegenzusaugen schienen – ein wie verschwenderisch voll aufblühender Mund, zu dem auch Gaumen und Zunge gehörten; feuchtnaß, austerngleich, von sanft-heftiger Zärtlichkeit.

Dann die Regionen darum herum, ihre leicht bebenden Nasenflügel; ihre verlockend formenreich geschwungenen Ohren; ihre großen Augen, die sie wie zutiefst beglückt schloß, wenn seine Lippen sie berührten. Die dann abwärts gleiten durften, zu ihrem Hals hin, ihren Schultern entgegen. »Beiß mich!« hatte sie ihm zugeflüstert, als sein Mund bei ihrem Nacken angelangt war. »Wie Tiere einander beißen – um gewisse Rangordnungen herzustellen. Versuche es!«

Schließlich der Bereich darunter, den sie ihm, wie auf zwei Gleitbahnen, zu ertasten erlaubte. Einmal über die Rückenzone hinweg, die straff muskulös wirkte und dann in Wölbungen endete, die sich seinen aufzitternden Händen entgegenschmiegten. Dann auch über die Vorderfront hinweg, die sie für ihn entblößte; dabei ihm jedoch suggerierte: er entblößte sie!

Sein erster großer Haltepunkte bei dieser ihm abenteuerlich-verwegen erscheinenden, jedoch sichtlich erlaubten Besitzergreifung, waren ihre Brüste: immer noch ertastbar straff, leicht birnenförmig, mit sehr schnell sich aufsteilenden Warzen, sobald er dorthin gelangte. Eine Beschäftigung, bei der er sich lange aufhielt; schon weil er spürte, daß es ihr Freude bereitete.

Nur langsam durfte er sich dann weiter – noch weiter abwärts – tasten. Zu ihrem Bauch hin, der sich leicht aufwölbte – ihr Nabel war weitere Verlockung und konnte niemals übergangen werden. Erst später gelang es ihm dann, ihre untersten Regionen zu erreichen – ihren wahren Mittelpunkt. Und der duftete, wollte ihm erscheinen, fast genauso wie ihr naßfeuchter Mund.

Dabei hatte er unsagbar herrliche Gefühle empfunden, wie noch niemals zuvor bei einer Frau. Alle reine Frauen –, zusammengenommen, waren wie Varianten vielfach erscheinender Hingabemöglichkeiten gewesen – Susanne jedoch allein vereinigte alles in Vollkommenheit. Sie war der erkannte Höhepunkt seines Daseins – sein ersehntes, erträumtes Endziel.

Diesen Zustand zu erreichen, bei dem noch eine allerletzte Erfüllung fehlte, hatte einige Tage und etliche Nächte gedauert; Stunden mit sinnvoll sinnlichen Gesprächen, Viertelstunden einer stufenweisen Annäherung ihrer Körper. Wobei sie ihm signalisiert hatte, manchmal sogar fast warnlichthaft deutlich: Nichts ist einfach, nichts darf ganz schnell gehen; keinesfalls bei mir! »Ich liebe deine Zärtlichkeiten. Ich genieße deine Behutsamkeit. Du bist so wunderbar geduldig.«

»Ich liebe dich sehr, Susanne. Dazu gehört aber auch, daß ich dich respektiere; und das werde ich immer tun.«

»Nicht unbedingt immer, Richard«, stellte sie verlockend sanft fest. »Das muß und soll kein Dauerzustand sein. Nicht für uns – jetzt wohl nicht mehr.«

Dabei blinzelte sie in dieses Luxusrestaurant ›Royal‹ hinein.

Hier schien jeder Tisch einer Insel zu gleichen, wenn auch von zahlreichem, stets aufmerksam-betreuungsbereitem Bedienungspersonal umgeben. Das war der hier garantiert exklusive Service: Jede erdenkliche Diskretion war in der Endrechnung mit einbegriffen.

»Komm bitte noch näher, viel näher, zu mir, Richard«, sagte Susanne nun, mit nahezu selbstverständlich klingender Großzügigkeit. »Ich habe es gern, wenn du deine Hand auf meine Schenkel legst – so wie jetzt; in wunderschöner Vertraulichkeit. Doch du mußt deine Hand dort nicht liegen lassen – du darfst mich berühren. Genau dort, wonach es dich verlangt.«

Und das tat er dann auch.

Irene, die Winter-Tochter, war allein in der Mittelklasse-Standardwohnung ihres besitzergreifenden Vaters zurückgeblieben. Und dort starrte sie höchst gelangweilt auf den Fernsehapparat, der unermüdlich auf sämtlichen Kanälen seine Bildfolgen ausspuckte. Alles fürchterlich langweilig.

Also begann Irene, um sich abzulenken, zu telefonieren. Von wuchernder Sehnsüchtigkeit getrieben nach einem männlichen Wesen; irgendeinem! Sie lechzte nach Befriedigung, seit Wochen schon – ein Zustand, der sie immer mehr enthemmte. Was sie für Liebesbedürfnis hielt.

Sie wählte zunächst Karl Huberts Nummer. Denn der imponierte ihr irgendwie. Auch glaubte sie erspürt zu haben, daß auf die treuherzig-vertrauensvolle Mädchen-Tochter-Tour durchaus an den heranzukommen war. Doch Hubert meldete sich nicht.

Dann versuchte sie, leicht nervös, doch unentwegt verlangend, eine Verbindung mit dem Sparkassenangestellten herzustellen, der sich offenbar für sie zu interessieren schien; nun ja – warum nicht. Der war eben ein Kerl! Das hatte erst neulich ihre Mutter in einem von ihr belauschten Intimgeschwätz mit ihrer Freundin festgestellt. Doch auch er meldete sich nicht.

»Scheiße!« stellte Irene lapidar fest, in dieser Hinsicht ganz die Tochter ihres Vaters. Worauf sie dann, jedoch erst nach längerem Zögern, jenen von ihr für kleinpubertär gehaltenen Jüngling im selben Hause anrief. Dieses sie unentwegt angierende, pikkelgesichtige Neutrum, sagte sie sich, war immer noch besser als nichts. Er meldete sich.

»Was machst du denn so?« fragte sie ihn.

Worauf er tief Luft zu holen schien, um dann hervorzusprudeln: »Eigentlich bin ich verabredet. Ich und ein paar Kumpels wollen heute noch einiges aufreißen; du kannst dir wohl schon denken, was.«

»Gib nicht so an«, meinte sie mäßig belustigt. »Vermutlich wollt ihr euch gemeinsam einen abwichsen, wie gewöhnlich; auf irgendeiner U-Bahnhof-Toilette. Was aber diesmal nicht unbedingt sein muß. Du kannst mich besuchen – ich bin sozusagen in Stimmung.«

»Dann Mädchen, zieh' dich schon mal aus und mach' die Beine breit.«

»Werd' nur nicht unverschämt, Kleiner – nicht bei mir!« wies sie ihn zurecht. Schließlich war er nicht gerade das, was sie sich ersehnte – doch als eine Art Ersatz dafür möglicherweise nicht ungeeignet. »Von mir aus kannst du mich befummeln, was du ja auch immer wieder versucht hast; allerdings nicht sehr überzeugend. Jedenfalls sage ich dir eins: Bumsen lasse ich mich nicht von dir!«

Wobei eine derartige Formulierung lediglich zu den bevorzugten Vokabeln einer zeitgemäßen Jugend gehörte und jede Generation hatte nun mal ihre beherrschenden Reizworte.

Was jedoch Irene, diesem niedlichen, verlangenden, sich bestätigt wissen wollenden Mädchen, keinesfalls klar bewußt war. Sie wollte nichts als ihr Leben leben – ohne ahnen zu können, daß dieses bereits vieltausendfach vorgezeichnet, vorgeprägt, so gut wie endgültig beeinflußt worden war.

»Also, Irenchen, wie ist es nun? Machen wir endlich mal was miteinander?« wollte der von ihr angerufene Jüngling wissen. Die Distanz per Telefon machte ihn mühelos verwegen. »Denn das willst du doch – das kann man spüren. Und ich will das auch – nur das.«

»Ach, du armer Irrer!« rief sie. »Was bildest du dir ein? Aber du kannst dennoch kommen; eben nur auf die Gefahr hin, daß ich dir eine runterhaue. Riskierst du das?«

Selbst das war ihm die Sache wert, behauptete er – freudig, reichlich mutwillig wohl auch.

Die ersten Stunden jener frühlinghaft leuchtenden, betäubend schweren, hochtemperaturigen Nacht verbrachte Karl Hubert in seinem schäbigen Einheitsbüro im Polizeipräsidium. Dort arbeitete er Akten auf, versuchte ›Fälle‹ zum Abschluß zu bringen. Nicht eine Minute seines Daseins schien er untätig verbringen zu wollen – abgesehen von den Stunden seines Schlafes, die sich jedoch neuerdings immer mehr zu verkürzen drohten.

Mit ihm im selben Raum befand sich sein wohl wichtigster Mitarbeiter – Kriminaloberinspektor Kolb. Der kam, wie er, aus der hohen Schule des sogenannten ›großen alten Mannes‹ des Präsidiums, also Keller, des Mannes mit dem Hund. Und der war ein stets zu respektierender Lehrmeister gewesen. Irgendwie standen sie alle immer noch in dem gigantischen Schatten dieses körperlich kleinen Menschen.

Zu den Besonderheiten dieses ›Leichen-Kellers‹ gehörte auch seine Undurchschaubarkeit. Wenn er einen Mordfall zu bearbeiten hatte, pflegte er niemals irgendeine diesbezügliche persönliche Ansicht zu äußern; weder über das Opfer, noch über den vermutbaren Täter. Auch nicht zu seinen ›Kollegen‹, wie er jeden zu bezeichnen pflegte, der mit ihm zusammen arbeitete. Keller pflegte lediglich kurze Anregungen, sachliche Hinweise zu geben, stand aber dann meistens scharf beobachtend, dabei reichlich unscheinbar wirkend, in irgendeiner Ecke.

Diese bemüht gepflegte Verhaltenheit hatten auch Hubert und Kolb von diesem, ihrem sagenhaften Vorbild übernommen – und glücklicherweise nicht nur das. Jedenfalls vermochte Hubert durchaus wie ein Verwaltungsbeamter irgendeiner Registratur zu wirken. Und Kolb schien ihn darin noch übertreffen zu wollen – er machte zumeist einen nullgesichtig-desinteressierten Eindruck. Doch sein Verstand vermochte messerscharf zu arbeiten – und eben deshalb hatte Hubert ihn sich ausgesucht.

»Noch Fragen zu dem gestern angefallenen Mord?«

»Keine«, bestätigte Kolb erwartungsgemäß.

Dabei handelte es sich um eine sogenannte Schauspielerin – gelegentlich beschäftigt im Kabarett, in Boulevardkomödien und beim Fernsehen; nunmehr jedoch von der Skandalpresse unverzüglich schlagzeilenträchtig zum ›Filmstar‹ hochgejubelt. Sie hatte ihren wesentlich jüngeren Freund erschossen.

»Für diese dubiose Dame«, meinte Hubert leicht sarkastisch, »wird sich gewiß alsbald eine unserer populären Prozeßhyänen einfinden, um dann als vielpublizierter Rechtsbewahrer in Erscheinung zu treten.«

Kolb nickte. »Natürlich. Und dann den ›unglücklichen Zufall‹ auftischen, um an einer Mordanklage für seine Klienten vorbeizukommen.«

»Das könnte dieser Mistwelt so passen!« sagte Hubert in plötzlich hervorbrechendem Zorn. »Von wegen Zufall! Von wegen sich plötzlich lösender Schuß oder ähnlicher Quatsch! Dieses sexbesessene, besitzgierige Weibsbild!«

»Nun ja«, meinte Kolb; wobei er Mühe hatte, nicht zu zeigen, wie sehr ihn dieser Ausbruch seines Chefs überraschte. Wohl kannte er hinreichend Huberts Ansichten über die total verdorbenen Moral- und Sittenbegriffe – nur hatte der sie bisher noch niemals in direkter Verbindung zu einem ganz bestimmten Fall geäußert. »Jedenfalls sind die Ergebnisse unserer Untersuchungen einwandfrei – es war Mord. Zumindest Totschlag ist absolut sicher nachzuweisen. Daran wird auch ein sogenannter Staranwalt nichts ändern können.«

»Das wäre auch noch schöner!« Hubert schien, wenn auch nur kurz, in blutrot aufwallende Nebelfelder zu blicken. Dann ordnete er sachlich an: »Überprüfen wir noch einmal alle Ergebnisse; fundamentieren wir sie – bis hin zu einer tatsächlich absoluten Sicherheit! Diese Dame darf uns nicht von der Schippe springen.«

»Wird erledigt«, bestätigte Kolb.

»Aber so gründlich, wie nur irgend möglich!« Hubert versuchte zu erklären: »Das wohl Fatalste in unserer Zeit, Kolb, ist diese benebelnde Sucht, einfach alles als Krankheit erklären zu wollen. Das ist wie ein im voraus ausgestellter Freibrief – für Hörigkeitsexplosionen, für Sexualexzesse, für diese fürchterliche, sich seuchenhaft ausbreitende Konstellation: entweder totale Erfüllung oder absolute Vernichtung!«

»Diese Welt ist sehr krank, gewiß«, gestand Kolb seinem Chef zu. »Aber damit müssen wir uns wohl abfinden.«

»Nicht abfinden – fertigwerden!«

Eine Antwort hierauf blieb Kriminalinspektor Kolb erspart. Ein nächster Mordfall kam auf sie zu. Der Tod eines jüngeren Mannes. Seine Leiche war in der Wohnung der Eltern aufgefunden worden. »Na, dann wollen wir mal wieder«, ermunterte Hubert seinen Kollegen.

»Na, dann will ich mal wieder!« verkündete Vater Winter, wobei er sich in dem Etablissement ›Die Kneipe‹ seine leicht herabgerutschten Hosen mit kraftvollen Griffen hochzog. »Mal sehen, was sich da noch so alles anbietet!«

Sichtlich gestärkt durch eine entsprechende Menge alkoholischer Getränke, spürbar angewidert auch von dieser dreisten, doch eben nicht genug entgegenkommenden Bedienung, verließ er das Lokal. Und er trottete wohlig trunken jenem Haus entgegen, in dem er wohnte – mit Frau und Tochter.

Ihm war heiß – er hatte sich wohl zu dick angezogen. Diese Vorfrühlingsnacht beengte ihn. Er entfernte seine Krawatte und öffnete sein Oberhemd weit. Dann streichelte er, wie anerkennend, seine stark behaarte Brust. Irgendwo hatte er gelesen: So was war ein eindeutiges Symbol wahrer Männlichkeit. Das gibt Auftrieb.

Also begab er sich ungemein munter gestimmt in das Haus hinein – jedoch nicht zu jener Tür hin, auf der sein Name prangte: M. Winter. Und zwar in vergoldeter Schrift auf silbernem Grund – allerbeste Handarbeit, ausgesprochen dekorativ; ihm angemessen. An diesem Prunkstück schritt er vorüber. Zum nächsten Stockwerk hoch.

Dort klopfte er an eine Wohnungstür; mehrmals, wie im Marschrhythmus. Dabei lehnte er sich durchaus erwartungsvoll gegen die nächste Wand. Nach etlichen Sekunden erzeugte er abermals derartige Geräusche, nunmehr jedoch leicht dröhnend; mit der flachen Hand betrommelte er die Türfüllung in hastiger Unwilligkeit. Ihm wurde geöffnet.

Was Winter nunmehr vor sich erblickte, war wohl genau das, was er erwartet hatte: ein weibliches Wesen; vielversprechend kompakt, aber auch, nicht minder vielversprechend in seinen Augen, ziemlich schlampig wirkend – in einen Bademantel gehüllt, der reichlich strapaziert wirkte. Das Kaninchengesicht dieser Frau bibberte. Vermutlich vor Erregung bei seinem Anblick.

»Herr Winter!« rief sie ihm abweisend zu. »Sie hier – um diese Zeit! Ich war gerade dabei, schlafen zu gehen.«

»Na – wie sich das trifft!« stellte er augenzwinkernd fest. »Wenigstens weißt du schon, wie ich heiße – aber deshalb kennst du mich noch lange nicht! Und wenn du nun gerade in dein Bett steigen willst – warum nicht? Ich schließe mich an.«

»Sie!« stieß nun diese Frau, die Erika Schönfeld hieß, höchst ablehnend hervor. »Sie sind offenbar völlig betrunken!« Sie versuchte, die Tür vor ihm zuzuschlagen.

Doch er stellte seinen Fuß dazwischen, beugte sich vor, ihr entgegen; wobei er dann, nahezu sanft säuselnd sagte: »Nun hör mir mal gut zu, Erika! Es stimmt – ich habe einen getrunken! Also bin ich in Stimmung, worüber du dich freuen solltest. Du weißt sicherlich genau, warum.«

»Wenn Sie hier nicht sofort verschwinden, Herr Winter«, drohte sie ihm an, »dann schreie ich um Hilfe!«

Er winkte mit gemüthafter Schwergewichtigkeit ab. »Versuch das nicht, Erika. Das ganze Haus und sogar die Polizei könnten alarmiert werden. Aber wenn schon – von mir aus! Dann werde ich denen eben erklären, daß du darauf aus gewesen bist, meine Tochter Irene zu verführen.«

»Das«, versicherte sie wie beschwörend, »ist ein Irrtum.«

»Dann kläre den mal auf!«

Erika Schönfeld gab nunmehr die Tür zu ihrer Zweizimmerwohnung frei. Er marschierte an ihr vorbei, unmittelbar in ihr Schlafzimmer hinein. Und hier ließ er sich auf ihrem Bett nieder, das reichlich strapaziert wirkte.

»Was wollen Sie von mir?«

»Na – was denn wohl? Im Grund nichts als das, was auch du willst – wie alle Weiber!« Winter lehnte sich zurück. »Oder – bist du nicht so veranlagt? Also eben anders; mithin scharf auf kleine Mädchen?«

»Bin ich nicht!« behauptete sie prompt.

»Wirklich nicht?« Er grinste sie hämisch an. »Wenn das stimmt, wäre es gut – für dich. Auch für mich. Doch behauptet wird da ganz was anderes – falls ich diverse Andeutungen richtig verstanden habe, die mir meine liebe Tochter Irene gemacht hat. Solltest du etwa versucht haben, sie zu vernaschen?«

»Habe ich nicht!«

»Wenn das aber zutreffen sollte, wie es den Anschein hat, könnte es ziemlich fatal werden – für dich. Denn meine Irene, mußt du wissen, erfreut sich allerhöchster Protektion. Offenbar hat sogar ein Superkriminalbeamter hier im Hause – du weißt schon wer – sozusagen ein Auge auf sie geworfen; in allen Ehren versteht sich, und mit meinem Segen, wenn er will. Der ist schließlich eine prima Partie. Aber was meinst du, was passieren könnte, wenn ich ihm von deinen schlüpfrigen lesbischen Anträgen erzähle? Dann macht der dich fertig – garantiert!«

»Aber ich bin nicht so – veranlagt. Das war ich noch nie. Wirklich nicht!«

»Na schön, Erika – dann beweise mir das mal! Ganz direkt, völlig eindeutig, absolut unmißverständlich. Schau mich an – ich bin ein Mann! Und was für einer. Erkennst du das? Ja? Also dann mal los, nichts wie ran. Zeig mir jetzt mal, daß du eine richtige Frau bist.«

Das versuchte sie denn auch. Ebenso angestrengte wie eifrige Minuten vergingen – wortlose, doch nicht lautlose; sie gab sich erhebliche Mühe. Unmittelbar danach wollte sie dann wissen: »Nun – habe ich dich überzeugt?«

»Hast du! Und zwar davon, daß du bist, wofür man dich hält!«

Er schlug ihr in das ihn ungläubig anstarrende Gesicht. Dann zog er sich die Hosen hoch.

Nach dem köstlichen und zugleich kostspieligen Souper im ›Royal‹ – die Rechnung dafür übertraf den Wochenlohn eines Spezialarbeiters mühelos – hatten sie sich ins Freie begeben: Susanne Sommer und Richard Holden. Hand in Hand.

Nun drohte sie auch diese sanft-seidige Frühlingsnacht zusätzlich zu berauschen – ihre Wirkung verstärkte noch jene des genossenen Champagners. Sie suchten nach einem Taxi, aber sie ließen sich Zeit dabei. Sie drängten sich aneinander, sie umarmten und küßten sich. Er spürte ihren ganzen Körper – von den Lippen bis zu ihren Schenkeln hin.

»Soll ich dich bis zu deinem Haus begleiten, Susanne?«

»Fahren wir zu dir, Richard – wenn du willst.«

Sie gab vor, seine kleine, doch erlesen ausgestattete Wohnung zu lieben, sich darin ungemein wohl zu fühlen. Sie streckte sich unverzüglich auf der breit-bequemen Couch aus, nachdem sie ihre Schuhe abgestreift hatte. »Komm zu mir!« forderte sie ihn auf, wobei sie ihre Arme ausstreckte, mit nun bereits leicht geschlossenen Augen. »Komm ganz dicht zu mir.«

Er kniete sich vor ihr hin. Und wieder einmal mehr rollte das zwischen ihnen fast wie eingeübte Zeremoniell der entgegenkommenden Entblößungen ab. Beginnend bei ihrem Mund, dann über Nasenflügel, Ohren und Hals zu ihren Brüsten hin. Das ohne jede manuelle Schwierigkeit – sie trug kaum Unterwäsche, auch im Winter nicht, wie sie ermunternd versichert hatte, sie war nicht anfällig für Erkältungen; manchmal war ihr bereits ein Slip zuviel. So wie jetzt auch.

Ohne sich selbst noch eines Kleidungsstückes entledigt zu haben, bewegte er sich bei ihr abwärts. Er ertastete sie in allen, in fast allen Einzelheiten. Er glitt über sie, klammerte sich an ihr fest, preßte ihr seinen Körper entgegen. »Du – bist wunderbar!«

Susanne reagierte mit überraschendem Entgegenkommen; auf beglückende Weise überraschend für ihn. Ihre Stimme war von sinnlicher Direktheit: »Du willst wohl ganz in mich hinein?«

»Ja«, bekannte er, leicht keuchend; wobei er sich auf ihr in zustoßendem Rhythmus bewegte.

»Dann tun wir es eben!« sagte sie. »Ich ziehe mich aus.«

Es war Mitternacht.

Ebenfalls um Mitternacht betrat Karl Hubert, Chef der Mordkommission eins, dicht gefolgt von seinem Mitarbeiter Kolb, den neu ›angefallenen‹ Tatort: ein Reihenhaus in der Siedlungsvorstadt Ost. Vermutlich vor etwa zwanzig Jahren erbaut, doch nunmehr bereits dem Verfall nahe: verwitterte Hausfront, brüchige Eingangstreppe, strapazierte Haustür – die jedoch war weit geöffnet.

Davor und dahinter hatte sich das versammelt, was Keller, der große alte Mann des Präsidiums, wohl greisenhaft munter, als ›Spurenvernichtungskommission‹ zu bezeichnen pflegte: fleißig absperrende, kreuz und quer herumtrampelnde Polizisten – einige leicht verfettet, andere ein wenig verwahrlost; dicker Rippenspeck und lange Haare vertrugen sich nicht mit Uniformen. Sie waren eifrig, nicht selten übereifrige Platzmacher für die noch vor dem Chef der Mordkommission eintreffenden Spezialisten.

Diese Kripospezialisten waren gekleidet wie Finanzbeamte der mittleren Laufbahn mit Kundenkontakt: sorgfältig gebügelte Hosen, nicht ganz zu den blanken Schuhen reichend; ausgebeulte Jacken, jedoch fleckenlos sauber; dazu Weißkragenhemden mit dunklen Schlipsen. Sie wirkten übermüdet, schienen bemüht zu sein, höchst gleichmütig zu wirken – was lediglich eine Art Abwehraktion war, um sich von Leichen nicht beeindrucken zu lassen. Sie waren Fachleute für Fingerabdrücke, Blutproben, Pulverrückstände, Ein- und Ausschußkanäle, Stoffaserreste und so weiter und so fort.

Ihr Oberbeamter, ein liliputanerhafter Brillenträger, jedoch ein großer Kenner seiner Materie, wieselte Hubert unverzüglich entgegen und verkündete ihm, vertraulich flüsternd, bereits an der Haustür: »Ein ziemlich klarer Fall, Herr Hauptkommissar.«

»Mal sehen«, sagte Hubert, »ob Sie wieder einmal mehr recht

haben, Herr Kollege.« Worauf er sich, begleitet von Kolb, in das Haus hineinbegab.

Die schnell erkennbare Ordnung darin war das denkbar krasse Gegenteil der Verwahrlosung des Äußeren: Die Böden waren intensiv gescheuert, die Wände schneeweiß gekalkt, die Hartholzmöbel auf Hochglanz poliert. Keine Teppiche, keine Bilder, keine Glasvitrine mit Familienkitsch. Alles war klar, kühl, sauber.

»Die Leiche befindet sich oben – in einer Kammer. Und dort hält sich auch der mit Sicherheit zu vermutende Täter auf. Doch er sagt kein Wort.«

Hubert nickte lediglich – weder zustimmend noch ablehnend. Er stieg, gefolgt von Kolb und dem obersten Spurensicherer, die Treppe hoch. Die Stufen unter ihren Füßen knarrten, stöhnten, ächzten wie unendlich strapaziert auf. Die Tür zu einem schlauchartigen, niedrigen Raum, der ›Kammer‹, war offen – durch Suchscheinwerfer verstärktes Licht flutete ihnen entgegen.

Und dort fand sich nun: eine Leiche, männlich, etwa Mitte Zwanzig, voll bekleidet, auf einer Liege lang ausgestreckt, wie sich an diese klammernd, mit letzter Kraft – mit blau gewordenen Händen. Das Gesicht, der Kopf mutete völlig zerstört an, schien nur noch eine Masse aus blutigem Brei zu sein. Das wies offenbar auf folgenden Tatbestand hin: erschossen aus allernächster Nähe; die dabei benützte Waffe war in Höhe der Schläfe angesetzt worden.

Unmittelbar neben dieser Leiche saß, wie dort Totenwache haltend, ein Mann zunächst unbestimmbaren Alters – anscheinend völlig steif und als ob er gar nicht mehr atmen würde. Auf seinem erstarrten Gesicht zeichnete sich jene unendlich hilflosergebene, aber auch quälend-lächerliche Ahnungslosigkeit der ganz und gar Ehrenwerten ab: Gläubigkeit – ohne zu wissen, woran; Sehnsucht – ohne zu ahnen, wonach; Hoffnung auch – aber worauf?

Hinter diesem Menschen – der vermutlich der Vater dieses Toten war –, wie zu ihm stehend, auch jetzt noch, eine Frau, die

Mutter wahrscheinlich. Gebeugt, vorgebeugt, hingebeugt – zu Mann und Sohn. Als habe sie ein Leben lang so dagestanden. Ihre Augen wirkten, obgleich sie nicht weinte, wie von Tränen zerspült.

Karl Hubert erspähte in nur wenigen Sekunden, womit er hier konfrontiert wurde: Ein Vater hatte seinen Sohn getötet. Und die Mutter war bereit, diesen Vorgang zu bejahen. Auch die Leiche ihres Sohnes änderte nichts daran, daß sie die Frau ihres Mannes war.

Der Chef der Mordkommission bewegte sich jetzt langsam auf die Leiche zu – und vor dieser setzte er sich hin; damit entzog er den Toten den starren Blicken seines Vaters. Und diesem stellte er nunmehr eine Frage, die aus einem einzigen Wort bestand: »Warum?«

Hubert sah in das einfache, ihm gütig erscheinende, doch von unendlichen Qualen gezeichnete Gesicht. Er sah lange in dieses Gesicht. Dann sagte dieser Mann, mit leiser, beklemmender Eindringlichkeit, mit einer rauh-heiseren wie sprechungewohnten Stimme:

»Er war nicht mehr würdig, noch länger zu leben. Er mußte also gerichtet werden. Und von wem sonst, wenn nicht von mir.«

Karl Huberts aufmerksames Gesicht veränderte sich nicht im geringsten. Seine Augen jedoch schienen aufzuleuchten. Dann war es, als nicke er – fast zustimmend, zumindest verständnisvoll. Worauf sich sein Blick auf die Frau hinter diesem Mann, auf die Mutter, richtete – und auch ihr stellte er nun die gleiche Frage. »Warum?«

»Wir haben«, sagte sie tonlos, »immer nur das Beste für ihn gewollt. Immer. Auch das – gehört wohl dazu.«

Karl Hubert nickte, zum Erstaunen von Kolb, diesen beiden Menschen zu, als verstehe er sie. »Weil so etwas sinnvoll ist, glauben Sie – nicht wahr?« Er sagte es versonnen, gleichsam vor sich hin. Dann erhob er sich mit entschlossener Plötzlichkeit.

Im Untergeschoß dieses Hauses angelangt, nahm dann Hubert den inzwischen eingetroffenen ›Hintergrundbericht‹ der

Karteisammler des Präsidiums entgegen. Und der besagte: Der Tote war mehrfach vorbestraft; Rauschgifthandel, Verführung Minderjähriger, Einbrüche und Diebstähle. Sodann vermutete Beteiligung an einem Raubmord, auch an einer Entführung.

Dazu kam der vorläufige Befund des Polizeiarztes: »Der Tote darf als hochprozentig rauschgiftsüchtig gelten; er war wie vollgepumpt mit Heroin! Den hätte man gar nicht erst zu erschießen brauchen – er wäre vermutlich auch so draufgegangen.«

Worauf der Kriminalhauptkommissar mit der ihm eigenen, keine Hindernisse anerkennenden Energie unverzüglich entschied: »Unternehmen Sie die noch notwendigen Klärungen in diesem Fall, Kollege Kolb. Wobei Sie – ganz in meinem Sinne, und gewiß auch Ihren Erkenntnissen entsprechend, hoffe ich – alles Erdenkliche tun sollten, um diesen Menschen, diesen Vater, zu entlasten. Der verdient es.«

»Wenn Sie meinen, Chef, dann will ich das versuchen.«

»Nicht nur versuchen, Kolb – *machen*! Unsere Beiträge zur Gerechtigkeit sollten nicht nur denkbar perfekt, sondern auch überzeugend sein. Sie erledigen das also?«

Kolb bekräftigte das.

Inzwischen war knapp eine Stunde vergangen. Das Hubert-Team arbeitete wieder einmal äußerst erfolgreich. Er, der Chef, zog sich zurück. »Falls irgendwelche Komplikationen eintreten sollten, was ich aber nicht annehme, bin ich jederzeit in meiner Wohnung zu erreichen.«

Als Winter, der erfolgreiche Fernlastfahrer, in dieser Nacht schließlich wieder nach Hause kam, brüllte er freudig-gemütlich, wie meist, wenn er gut gelaunt war, drei Fragen hervor: Wo ist ein kühles Bier? Was macht meine liebe Frau? Wo steckt meine hübsche Tochter? Und zwar stets in dieser Reihenfolge. Doch diesmal fand er nur Irene in seiner Wohnung vor.

Sie starrte er an, wobei er im Türrahmen seines Wohnzimmers stehenblieb, ganz massives Familienoberhaupt. »Wie kommst du mir denn vor?« Denn sein Kind machte einen reichlich verwahrlosten Eindruck: ihre Jeans waren geöffnet; und die Bluse, eine sehr modische, indisch-seidene, hatte sie ausgezogen. Sie lag auf dem Fußboden. »Schämst du dich nicht?«

»Nein«, sagte Irene und gähnte. »Mir war eben heiß. Und daß im Kühlschrank kein Bier mehr ist, weißt du – nur noch Weißwein; italienischer. Und Mutter befindet sich vermutlich immer noch im Kino, dort läuft ein ganz langer Film. Und danach wollte sie noch zu ihrer Freundin, wegen derem kranken Kind, hat sie gesagt. Und ich finde einfach alles zum Kotzen!«

Das traf zu. Denn nicht nur, daß ihre Telefongespräche praktisch echolos geblieben waren; auch dieser schäbig-unentschlossene Pubertätsjüngling hatte sich als eine blindwütige, also ziel- und planlos herumfummelnde Sexualnull erwiesen. Sie hatte ihn hinausgefeuert.

Am liebsten wäre sie danach ins Freie gerannt. Suchend, sehnsuchtsvoll, hingebungsbereit. Um dann dort, mitten auf der Straße, aus sich herauszuschreien: Bin ich denn nichts – will mich denn niemand – erkennt denn keiner, wonach es mich verlangt und was ich zu bieten habe?

»Bedecke zunächst einmal deine Blößen!« forderte ihr Vater streng; getreu seiner Rolle als Erziehungsberechtigter. »Und dann hol mir eben diesen schäbigen Weißwein – ich bin durstig.«

Irene erschien bald wieder, in den Bademantel ihrer Mutter gehüllt. Sie trug, auf einem Tablett, eine dickbauchige Zweiliterflasche mit Frascati-Wein, dazu zwei Gläser. Das alles stellte sie vor Winter ab. Dann setzte sie sich zu ihm auf das Sofa.

»Hat dir Mutter erlaubt, ihre Sachen zu tragen?« fragte er leicht unwillig, aber auch irgendwie nervös.

»Sie hat es mir nicht verboten«, sagte Irene, wobei sie näher auf ihn zurückte, wohl um sein Glas vollschenken zu können. »Und ich bin nun fast schon ein wenig größer wie sie – wenn auch nicht ganz so voll; nicht oben, aber unten, hinten, beinahe schon. Was meinst du?«

Winter trank fast hastig sein Glas leer – es wurde ihm unverzüglich wieder nachgefüllt. Er schien ins Schwitzen geraten zu sein; diese lauwarme Nacht drohte zu einem Brutofen zu werden. Der Anblick seiner verdammt hübschen Tochter verwirrte ihn leicht, glücklicherweise nur leicht – denn schließlich hatte er seine Gefühle inzwischen kräftig abreagieren können. Also vermochte er nun so gut wie uneingeschränkte väterliche Ansichten zu demonstrieren.

»Du mußt immer daran denken, Irenchen, mein Kind«, tönte er sie an, nach dem dritten Glas greifend, dessen Inhalt ihn angenehm erschlaffte, »daß du geliebt wirst. Von mir, deinem Vater; von deiner Mutter auch, versteht sich. Wir haben uns, ganz bewußt, nur ein einziges Kind zugelegt. Um ihm eben alles zukommen zu lassen, was irgendwie im Bereich unserer gar nicht geringen Möglichkeiten liegt.«

Aber das, Mann, Vater, ist doch Scheiße, sagte sie sich. Und genauso, als habe sie es ausgesprochen, blickte sie ihn nun auch an. Er war von bornierter Ahnungslosigkeit. Was wußte er denn schon, was in ihr vorging? »Nun gut, ja, kann sein – ich werde also geliebt. Aber ich will auch lieben – und eben nicht nur meine Eltern. Nicht als Eltern.«

Winter, der Vater, räusperte sich heftig. Er zog die Flasche mit dem Weißwein an sich; dessen hintergründige Süße widerte ihn an, war ihm dennoch willkommen – wie nun wohl einfach alles, was seine vielfache Unruhe zu betäuben vermochte. »Du bist sehr gefährdet, Irene«, sagte er, als äußere er schwere und bedeutsame Gedanken. »Du bist inzwischen ziemlich fraulich geworden – oder eben weiblich.«

»Merkt man das?« fragte sie erfreut.

»Leider«, bestätigte er, wahrlich nicht unbesorgt. »Dennoch bist du geistig ein Kind – aber eben nun in einem Stadium, das wie Blütenstaub für Bienen ist; und ich weiß, wovon ich rede. Denn mein Vater, wenn auch wohl ansonsten ein Trottel, wie meine Mutter mehrfach behauptet hat, ist dennoch ein großer Imker gewesen; mit zeitweise sechzig Bienenstöcken in der Heide.«

»Na, wie schön! Aber was, bitte, habe ich damit zu tun?«

»Auch du wirst nun umschwärmt.« Er trank jetzt direkt aus der Flasche. »Aber du hast keine Blüte zu sein, an der einfach jeder herumsaugen kann.«

»Wer denn?« wollte sie höchst neugierig wissen, als erwarte sie, daß ihr Adressen genannt wurden. Sie zur Kenntnis zu nehmen, war sie nur allzu bereit.

»Ganz egal, wer! Ob nun irgendein Frühlustgreis, eine verkappte Lesbierin oder ein unterentwickelter Jüngling bei ersten Besteigungsversuchen – gegen solche Schmeißfliegen verteidige ich dich. Sozusagen mit Klauen und Zähnen. Dich will ich als strahlende, glückliche Braut sehen! Und ich könnte mir auch schon vorstellen, mit wem. Falls dich jedoch, mein schönes Kind, irgend jemand frühzeitig zu verderben versuchen sollte – dann bringe ich den um!«

Richard löste sich mit taumelnder, doch unendlich beglückter Erschöpfung von Susanne. Sie blieb wie regungslos liegen. Das Licht der mit einem Tuch überdeckten Nachttischlampe ließ ihren nackten Körper flamingorosarot erglänzen.

»Du bist einfach wundervoll!« sagte er, ermattet.

»Für dich bin ich das gern«, hauchte sie, womit sie gleichsam zu erkennen gab, daß auch sie denkbar letzten, erschöpfenden Genuß empfunden hatte. »Das habe ich schon immer gewollt – mir ersehnt.«

Richard Holden war zutiefst überzeugt davon, die irgendwie vorstellbar vollkommenste Erfüllung seines Daseins gefunden zu haben: das Ineinandertauchen ihrer Körper; als ob sich zwei Ströme vereinigten, die in wilder Freude einander entgegengestürzt waren, um sich dann gemeinsam in unendliche Meeresfluten fallen zu lassen. Sie lagen nebeneinander – wie auf ewig untrennbar, dachte er.

»Dich liebe ich«, bekannte er dann, nach einer ihrer Hände tastend, »wie ich noch niemals einen Menschen geliebt habe. Es gibt einfach nichts mehr, Susanne, was danach noch kommen kann – es sei denn, ein Leben mit dir.«

Sie antwortete darauf nicht – vermutlich war sie zu erschöpft; vielleicht auch zu lebenserfahren, um dieses herrliche Bekenntnis unbedenklich zu bejahen. Für sie hatte es immer nur Übergänge gegeben – von einer Situation in eine andere, von einem

Mann zu einem nächsten; Frauen dazwischen. Ihr Leben schien wie gezeichnet von Zufällen.

Sie wurde begehrt, sie ließ sich begehren. Für sie wurde investiert; sie duldete das. Sie wurde geliebt, sie liebte. Sie liebte die Wonnen, die ihr bereitet wurden, ebenso wie das Glücksgefühl, daß sie anderen zu vermitteln vermochte. Jedoch niemals mehr vorbehaltlos! Das hatte sie sich nach einer Kette von bitteren Enttäuschungen geschworen; und das gedachte sie auch nicht wieder zu vergessen. Auch jetzt nicht.

Richard jedenfalls vermochte in dieser Situation lediglich eines zu registrieren: Er hatte – bei dieser oder eben durch diese wunderbare Frau – den wohl absolutesten Hochhimmel seiner Gefühle erreicht und endlich genossen. Das traf tatsächlich zu. Nur eben, daß er nicht vermochte, die gültige, fast wie endgültige Bedeutung dieses Vorganges zu erkennen.

Nämlich das, was an sich völlig logisch und unvermeidbar war: Nach einem erkannten und erklärten absoluten Höhepunkt war schließlich nur noch eines vorstellbar: ein Abgleiten, ein Entgleiten, ein zwangsläufiger Fall. Hochgefühle lassen sich eben niemals stabilisieren. Sie vermögen lediglich den Anfang eines unvermeidbaren Endes zu signalisieren.

Nur einer erahnte – oder erhoffte – hier wohl die Zusammenhänge. Um seines Freundes willen. Karl Hubert.

Karl Hubert war in seiner Wohnung angekommen. Dort schaltete er sämtliche Lampen ein – als vermöge er dadurch klarer, deutlicher zu sehen. Das traf jedoch nicht zu. Er vermochte nur noch mühsam zu atmen – er roch immer noch die Toten dieser Nacht. Er öffnete die Fenster weit.

Die Nachtluft strömte auf ihn zu; hautwarm. Doch zugleich damit drängten sich ihm brodelnde Gemenge von Auspuffgasen, Küchenresten und Abfallfäulnis entgegen. Er schloß die Fenster wieder – was ein knallend-hartes, fast pistolenartiges Geräusch erzeugte. Dann legte er eine Schallplatte auf – Schuberts ›Unvollendete‹. Doch gleich nach den ersten Takten schaltete er wieder ab. Seine Unruhe schien grenzenlos.

Minutenlang blickte er, wie zutiefst nachdenklich, vor sich hin. Dieses Leben war voller Scheußlichkeiten, schon immer gewesen – und das nicht nur allein berufsbedingt. Er versuchte auch schon lange nicht mehr, sich einzureden, daß es ihm jemals gelingen könnte, davon loszukommen. Es blieb ihm wohl nur noch, andere Menschen davor zu bewahren, in diese vergiftenden, erstickenden Daseinssümpfe, die er kannte, hineinzugeraten.

Denn immerhin: Er besaß einen Freund! Und ihn bewunderte er nicht nur – ihn liebte er. Dessen bisher so logisches Denkvermögen, dessen immer noch ungetrübtes herzliches Menschlichkeitsverlangen, dessen strahlende männliche Schönheit! Richard Holden verkörperte seinen heimlichsten und herrlichsten Wunschtraum. Und den wollte und mußte er sich erhalten.

Er zog sein Notizbuch aus der Brusttasche und blätterte es auf. Er fand die Eintragung, die er dem Kollegen Krebs verdankte, dem Chef der Sitte: ein Vorname, eine Telefonnummer. Und die rief er an: Ute – 34 13 35. Sie meldete sich unverzüglich.

»Was bitte, kann ich für Sie tun?«

»Ich würde mich gern, wenn Sie Zeit haben, ein wenig mit Ihnen unterhalten.«

»Was auch immer! Bitte nennen Sie mir Ihre Adresse und Ihre Telefonnummer. Ich rufe zurück, um Ihre Bestätigung zu erbitten. Danach komme ich; sofort.«

Hubert lächelte nahezu anerkennend vor sich hin. Diese Ute kannte sich aus. Sie wußte noch, was Absicherung war. Er schätzte Personen, die ihr Metier beherrschten – welches auch immer. Zumal ihre Stimme recht angenehm geklungen hatte, ohne jede nuttenhafte Aufdringlichkeit. Vermutlich stimmte der Hinweis des Kollegen Krebs: Sie paßte nicht in das übliche Schema.

Ute rief unverzüglich zurück und fragte: »Ich nehme an, daß Sie vorher meinen Preis wissen wollen? Der beträgt sechzig Dollar – beziehungsweise den Gegenwert in jeder westeuropäischen Währung. Einverstanden?«

Er bestätigte es ihr, leicht belustigt. Und knapp zwanzig Minuten später traf dann diese Ute bei ihm ein: hoch gewachsen, sichtlich gut proportioniert, mit recht angenehm wirkendem Gesicht, wiegenden Bewegungen und wohltuend unkomplizierter Direktheit. »Da bin ich«, sagte sie. Sie blickte ihn abschätzend an, anscheinend mit schnell wachsender Zufriedenheit. »Sage mir nur, was ich machen soll – und ich mache es. Zumal mit einem Kunden wie dir – du bist mir sympathisch.«

Hubert wies auf einen Sessel in seinem Wohnzimmer. »Mach es dir bequem.« Er hielt ihr einige Geldscheine hin. »Hier ist dein Honorar. Zähl nach.«

Sie warf einen kurzen Blick auf die Banknoten und meinte dann erfreut: »Guter Wechselkurs! Solche Kundschaft habe ich gern – und wenn halbwegs normal, dann möglichst öfters. Ausgefallene Sachen mache ich übrigens nicht – habe ich dir das schon gesagt?«

»Das hast du nicht gesagt. Aber das hättest du mir auch nicht zu sagen brauchen. Mich interessieren Frauen von Format. Von welchem auch immer – also keinesfalls schnell parate Gebrauchsartikel. Versuch das zu verstehen.«

»Das verstehe ich nicht nur, so was erhoffe ich auch immer. Meist leider vergeblich.«

Diese Ute war tatsächlich so, wie sie Krebs, der Sittenchef, beschrieben hatte; also nicht nur einigermaßen attraktiv, vielmehr auch ziemlich gescheit und geschickt – also wohl genau das, was er gebrauchen konnte für seine speziellen Zwecke. »Ich gedenke, dich zunächst lediglich kennenzulernen – dich anzuschauen und ein wenig mit dir zu plaudern.«

»Was anschauen – worüber plaudern?« fragte Ute aufmerksam. Sie war offenbar bereit, für ihr Honorar auch einen überzeugend gefälligen Gegenwert zu leisten. Sie war eben ein Vollblutprofi.

Karl Hubert erkannte es hoffnungsvoll, wobei er zugleich über seine sehr persönlichen sexuellen Sperren zu lächeln vermochte. Wohl hatte es in seinem Leben etliche weibliche Wesen gegeben – mit Erfolg genossene –, doch eben keine käuflichen. Bei ihnen hatte er stets, in geradezu groteskem Ausmaß, versagt. Die von ihm höchst selten besuchten Freudenhäuser vermochten sich eben, in jeder Hinsicht und verblüffend schnell, als faulige, gefühlsabtötende Schuttabladeplätze zu erweisen.

Doch selbstverständlich kannte er, eben als vielerfahrener Kriminalist, die in diesem Metier wohl unvermeidlichen Verfahrensregeln: Das in Erscheinung tretende Objekt wollte anerkannt werden. Also forderte er Ute auf: »Zeig mir deine Brüste.«

Das tat sie. Dabei brauchte sie lediglich ihren Pullover hochzuziehen. Was dabei zum Vorschein kam, war erstklassig kompakt. Er nickte mit Kennermiene. »Und nun deinen Po.«

Auch das geschah mit entgegenkommender Schnelligkeit. Sie streifte ihre Blue jeans herunter und mit ihnen ihren Slip. Sie ließ Hubert dabei nicht aus den Augen. Sie wußte, was sie zu bieten hatte, und wollte die Wirkung beobachten. Und die war wie von ihr erwartet: Auch dieser Kunde bezeugte volle Anerkennung.

»Ganz außerordentlich! Eins der schönsten Exemplare dieser Art, die ich jemals erblickt habe; einschließlich im Kino. Danke, Ute! Wie wäre es jetzt mit einem Glas Sekt?«

»Wunderbar!« bestätigte sie. »Soll ich so bleiben?«

»Du kannst dich wieder anziehen. Wieviel Zeit habe ich für mein Geld? Eine Stunde?« Er sah sie bestätigend nicken. »Gut, die wollen wir dann nutzen.«

Und das tat Hubert denn auch. Gleich nach dem ersten Glas Sekt wünschte er Einzelheiten aus ihrem Leben zu wissen. Wobei ihre Angaben hierzu exakt den ihm von Krebs, dem Chef der Sitte, mitgeteilten Details entsprachen. Sie verschwieg also nichts, setzte nichts hinzu, versuchte nichts irgendwie zu beschönigen oder zu erklären. So war es! Fertig. Sie gefiel ihm immer mehr.

Nach dem zweiten Glas Sekt kam er dann auf sein eigentliches Anliegen zu sprechen. »Das Haus in dem du wohnst, Ute, ist sozusagen eine stadtbekannte Adresse. Ein Apartmentgebäude, in dem noch andere weibliche Wesen deiner Profession leben – mindestens drei.«

»Kann sein«, sagte sie, nun sehr vorsichtig geworden. »Aber die kenne ich kaum. Außerdem sind die doch wohl nicht mit mir zu vergleichen; es gibt auch dabei gewisse Klassenunterschiede. Sollte dich etwa eine davon interessieren?«

»Nicht unbedingt, Ute«, versicherte er besänftigend. Er nannte dann, wohl zu seiner taktischen Absicherung, drei beliebige Namen; drei erfundene. Sie kannte keinen davon. »Schade«, sagte er – und wollte dann wissen: »Und was ist mit einer gewissen Susanne Sommer, die auch dort wohnt? Ist die dir bekannt?«

»Die?« Ute reagierte nun leicht gereizt. »Warum sollte ich die kennen oder kennen wollen! Ich weiß nur so viel: Sie wohnt ein Stockwerk über mir – aber ich mag sie nicht! Du – etwa?«

»Ich habe sie noch niemals gesehen; ich weiß also weder wie sie aussieht, noch was sie so treibt. Wenn ich mich dennoch nach ihr erkundige, dann lediglich – eines Freundes wegen.«

»Eines sehr reichen, vermutlich! Hast du einen von dieser Sorte?«

»Müßte er das sein – im Hinblick auf Susanne Sommer, deiner Ansicht nach?«

Ute war nun nicht wenig erregt – die Befragung über diese Person behagte ihr offenbar ganz und gar nicht. »Nun ja, diese Sommer ist immerhin noch recht attraktiv, trotz ihres Alters. Und so gut wie attraktiv ist auch nahezu alles bei ihr und um sie herum, beispielsweise dieser kleine Hochrassehund, den sie gelegentlich mit sich herumschleppt. Auch ihre Kleidung von sogenannten besten Häusern – sie trägt Kleider, für die ich mindestens drei Abende investieren muß. Dann diverse Freunde mit Klassewagen; mindestens Mercedes, wenn nicht gar Jaguar. Dazu gehören auch fast täglich dicke Blumensträuße, die dann vor ihrer Tür liegen – meist verwelkend, bevor sie mal heimkommt.«

»Und davon – lebt sie?«

»Aber nicht doch! Die doch nicht. Offiziell hat sie eine Halbtagsbeschäftigung – bei einem Börsenmakler. Vier- bis fünfmal in der Woche, jeweils vier Stunden. Was sie dort tatsächlich macht, weiß niemand. Aber denken kann sich das jeder. Und so eine interessiert dich?«

»Für mich, Ute, wie gesagt, ist sie lediglich ein Objekt. Eines Freundes wegen.«

»Was auch immer. Jedenfalls vermag ich mir kaum vorzustellen, daß du auf die hereinfallen könntest. Denn die ist bestimmt nicht dein Typ. Und du bist nicht der ihre.«

»Wie müßte der denn aussehen?«

»Auf das Aussehen kommt es dabei wohl nicht so sehr an – obgleich keiner ihrer Männer irgendwie schäbig oder gar mies wirkt. Worauf sie jedoch besonderen Wert zu legen scheint, sind ein paar andere Dinge – ein gewisser Luxus, ein stattliches Bankkonto oder eben sich auszahlende Beziehungen.«

»Tatsächlich?« Karl Hubert genoß diese Unterredung sehr, besonders Utes giftgelbe Verachtung Susanne Sommer gegenüber. Wenn die auch möglicherweise nicht ohne wuchernden Neid war. »Eine kalt berechnende Person also?«

»Aber nein, nein!« Utes ehrlicher Leistungswille durfte bei ihr niemals angezweifelt werden. Nicht bei entsprechender Bezahlung – zumal hier von ihr keine horizontale Darbietung, sondern Auskünfte erwartet wurden. »Zumindest sieht sie keinesfalls so aus. Mehr lieb und nett, nahezu katzenhaft; aber eben in Luxusausgabe. Ich nehme an, du kannst dir vorstellen, was ich damit sagen will.«

»Kann ich mir vorstellen, Mädchen! Du jedenfalls magst sie nicht.«

»Vielleicht beneide ich sie sogar. Durchaus möglich, daß auch ich gelegentlich gern so leben würde; manchmal aber auch nicht. Weißt du, was ich vermute? Die schläft sehr unehrlich herum. Etwa im Vergleich zu mir. Meine Devise lautet: Jede Leistung hat ihren Preis! Die Sommer jedoch, vermute ich, ist allein auf ihren persönlichen Vorteil aus – und zwar um jeden Preis. Sie schafft sich also das an, was wir abzuschaffen versuchen: hoffnungslos hörige Kerle. Und eben damit ist sie wohl eine von jenen, die das Geschlechtsleben so unerhört kompliziert machen.«

»Darüber, Ute, würde ich gern noch etwas mehr wissen wollen – so viel wie nur irgendwie möglich. Wärst du bereit, mir dabei behilflich zu sein?«

»Warum nicht – wenn ich dir damit einen Gefallen tun kann?«

»Kannst du! Du brauchst nur zu versuchen, so viel wie möglich über diese Person herauszufinden. Es gibt dabei so gut wie nichts, was mich nicht interessiert. Nach etwa drei oder vier Tagen werde ich dich wieder zu mir bitten, falls du dazu bereit sein solltest. Bei erhöhtem Honorar. Einverstanden?«

Sie war es.

In derselben Nacht – nunmehr jedoch schon nahe den frühen Morgenstunden – suchte Frank Schwarz, der Journalist, die angebliche Schauspielerin Simone Jahr auf. Diese gab eine ›Party‹, die jetzt langsam verendete. Für ihn war es die dritte derartige Veranstaltung in dieser Nacht – er war eben ein vielbeschäftigter, da einflußreicher Mann. Und als solcher gern gesehen, in gewissen Kreisen ganz besonders.

Jetzt also noch diese dritte Party, veranstaltet von Simone Jahr, einer durchaus als erfolgreich zu bezeichnenden Person: zumindest in internen bis intimen Bereichen, was sich herumgesprochen hatte. Sie war übrigens tatsächlich eine exzellente Gastgeberin: Auf erlesene Getränke, gepflegte Delikatessen, muntere Atmosphäre legte sie Wert. Und das konnte sie sich auch leisten.

Bei dem von ihr großzügig-vereinnahmend als ›mein Mann‹ bezeichneten Versorger handelte es sich um einen ehemaligen Filmproduzenten, der mit seinen überaus gemütsträchtigen Streifen gerade noch zur rechten Zeit Millionen gemacht hatte. Und einen Teil davon, wohl keinen geringeren, zweigte sie nun für sich ab – was wohl, irgendwie, als ziemlich ausgleichende Gerechtigkeit anmutete.

Jedenfalls hatte diese Simone in ihrem Penthouse – das zu einer der allerbesten Adressen dieser Stadt gehörte – einige von denen um sich geschart, die sich hier so gut wie jederzeit mobilisieren ließen, falls sie nicht gerade anderweitig beansprucht wurden. Also wieder und immer wieder in Klatschspalten publizierte Namen. Diesmal versammelt etwa drei Dutzend. Und dabei eben dann auch noch er, Frank Schwarz.

Ihm eilte Simone entgegen. Das geschah geradezu rauschend. Denn sie bevorzugte wallende, knisternde Seide, möglichst mit Edelpelzbesatz. Sie streckte umarmungsbereit ihre Hände aus, an denen stets einige Ringe steckten, die auch noch bei schwächerer Beleuchtung als kostbar funkelnd zu erkennen waren. »Wie schön, Frank, mein Lieber, daß endlich auch du gekommen bist.«

»Zu dir, Simone, komme ich immer wieder gern!« versicherte er. Wobei er, als sie ihn umarmte, amüsiert ihre vollen Brüste spürte, den Geruch eines gewiß sehr teuren Parfüms einatmete. »Kaum jemand vermag so viele Besonderheiten zu bieten wie du!«

Sie sagte nun nicht, wozu es sie drängte: Du läßt dich viel zu selten bei mir blicken, obwohl ich dich immer wieder eingeladen habe. Sie sagte lediglich: »Hauptsache, du bist gekommen.« Simone wirkte jetzt entschlossen betreuungsbereit. Denn dieser Mann, das wußte sie, vermochte durch sozusagen unbezahlbare Schlagzeilen das zu erzeugen, was dann ›Prominenz‹ genannt wurde. »Was kann ich dir anbieten?«

Er ließ sich ein Glas Champagner reichen, der erwartungsgemäß von hoher Qualität war und ganz genau die richtige Temperatur hatte. Er trank mit Genuß und sah sich dann um. Er registrierte: das übliche!

Also ein international anerkannter Modemacher, eindeutig homosexuell; mit Ferienvilla und entsprechenden Bedienungsknaben, eben arabischen, in Algerien. Dann eine unzerstörbar erscheinende Filmschauspielerin der dreißiger Jahre, die damals ihre Generation reihenweise zu Tränen gerührt hatte, jetzt allerdings etwas zu prallrosig wirkte. Weiter ein angeblich weltbekannter Autor, der in seinem Leben nur ein einziges, zeitbedingt Aufsehen erregendes Buch geschrieben hatte. Er hockte ziemlich kläglich herum. Die übrigen Partygäste waren von ähnlichem Kaliber.

»Sehr nette Leute!« versicherte Frank Schwarz ungeniert.

»Kann ich dich mit jemandem bekannt machen?« wollte Simone Jahr höchst entgegenkommend wissen.

»Die kenne ich alle«, sagte er mit lauerndem Lächeln. »Alle, bis auf einen.« Dabei wies er auf einen zwischen zwei überreifen Filmschauspielerinnen sitzenden und auf sie einredenden Menschen. Er war gut frisiert, italienisch gekleidet, kosmetisch aufpoliert. Leicht überfressen auch, doch bemüht munter. »Wer ist denn das?«

»Ein Dr. Lichtenberg – Lugano, Vaduz und Liechtenstein. Internationale Geschäfte, millionenschwere. Grundstücke, Devisenhandel und Öl. Willst du ihn kennenlernen?«

»Vielleicht später.« Frank Schwarz erlaubte ihr, sein Glas mit Champagner nachzufüllen – bei Simone Jahr leistete er sich die leicht gönnerhafte Tour. Schließlich wollte sie etwas von ihm, und zwar Zeitungszeilen über sich. »Doch weit und breit nichts Neues im weiblichen Bereich«, stellte er fest. Was zutraf.

»Nun ja, Frank – nicht gerade Neues, aber immer wieder Brauchbares.«

»Dabei sollst du aber«, sagte er dann, wie nebensächlich, »seit einigen Jahren schon eine ganz spezielle, sehr besondere Freundin besitzen, die du ›Body‹ nennst. Eine gewisse Susanne Sommer.«

»Wie kommst du ausgerechnet auf die?« Simone vermochte nicht zu verbergen, daß sie leicht alarmiert war. Sie blickte zu Dottore Lichtenberg hin, der seinen italienisch angehauchten Charme mit angelernter Schweizer Behaglichkeit vertriefte. »Was weißt du denn, oder glaubst du zu wissen von ihm – im Zusammenhang mit ihr?«

»Gibt es da Zusammenhänge?« Der jagdhundsichere Spürsinn des Frank Schwarz funktionierte vorzüglich. »Und wenn – warum? Wofür – wogegen?«

»Aber ich bitte dich, Frank – wo denkst du hin!« Sie versuchte mit Eifer ihren möglicherweise voreiligen Fehler zu verdecken. »Meine Freundin Susanne ist ein Mensch, der sich niemals auf irgendwelche fragwürdigen Dinge einlassen würde.«

Er stieß sofort nach. »Was ist denn hier fragwürdig? Etwa die Geschäfte dieses Lichtenberg?«

»Weiß ich nicht. Es ist aber vielleicht nicht ganz ausgeschlossen – sagt mein Mann.« Also ihr augenblicklicher Versorger. »Doch falls es dich interessiert, diesen Menschen kennenzulernen . . .«

»Nur langsam, Simone! Deine Freundin Susanne jedenfalls kennt also diesen offenbar vielversprechenden Geldschweizer – wie gut denn wohl?«

»Das weiß ich nicht, Frank, und ich will es auch nicht wissen – das hat mich nichts anzugehen. Doch immerhin kenne ich Susanne. Und von der weiß ich genau, daß sie sehr wählerisch ist, und nichts überstürzt. Bei der, mein Lieber, ist so gut wie nichts zu machen; nicht auf die schnelle Tour. Sie ist nicht zufällig meine beste Freundin.«

Genau das, sagte sich Frank Schwarz, erklärte so manches. Wie ein Fuchs spürte er weiter. »Wo befindet sich denn diese offensichtlich so überaus bemerkenswerte Dame? Hier, bei dir ja wohl leider nicht.«

»Sie bemüht sich, hat sie mir gesagt, um einen kranken Menschen. Sie ist sehr hilfsbereit veranlagt – was wohl manche Männer ausgenutzt haben; aber eben nicht auf die Dauer.«

»Na – wie vielversprechend, das alles! Könntest du mir ihre Bekanntschaft vermitteln?«

»Du weißt ja, Frank«, versicherte sie ihm nach kurzem Zögern, »wie gerne ich dir einen Gefallen tue; zumal du ja auch immer einiges für mich tust. Aber in einer Hinsicht, mein Freund, kann ich dich nur warnen: Versprich dir nicht allzu viel davon.«

»Zumindest nicht das, Simone, liebe Freundin, was du zu vermuten scheinst. Denn im Hinblick auf die Masse dieser stets präsenten Weiber bin ich mehr als eingedeckt. Mit einer Susanne jedoch würde ich gerne ein wenig plaudern.«

»Nun gut, das werde ich arrangieren – bei meiner nächsten Party, in einer Woche. Du bist herzlich eingeladen.«

»Nicht erst dann – gleich morgen; oder eben heute, da ja Mitternacht schon lange vorüber ist.«

»Ich weiß nicht recht, Frank . . .«

»Du machst das schon, Simone, wie ich dich kenne. Und wie

du mich kennst, werden dann, spätestens übermorgen, einige Zeilen über dich in meinem Blatt stehen; mindestens fünf, garantiert. In der üblichen Machart. Also eindeutig positiv-prominenzgemäß.«

Wobei ›die übliche Machart‹ war: ›. . . empfing sie den oder die, diese oder jenen . . . begegneten sich die einen oder anderen . . . ergab sich dann daraus . . .‹ Und so weiter und so fort. Gesellschaftspudding, Prominentenklatsch, Publikumsaufgeilung. Unter Rubriken wie: ›Privat-privat‹ – ›Leute von heute‹ – ›Mitmenschen von denen man spricht‹. Diverse Reporter waren wie süchtig auf jeden diesbezüglich verwertbaren Hinweis. Und die lieferte ihnen Schwarz dutzendweise.

»Nun ja, Frank«, gestand sie ihm zu, »selbstverständlich kannst du stets mit mir rechnen. Dann versuche ich das also zu arrangieren.«

»Fein, Simone. Und das versuchst du nicht nur – das machst du, wie ich dich kenne. Vielen Dank.«

»Nichts zu danken, mein Lieber.« Simone Jahr zögerte niemals, einiges, in diesem Fall sogar reichlich weitzeugendes, für ihr sogenanntes Image zu tun; ohne Rücksicht auf mögliche Verluste – bei anderen. »Wie viele Zeilen über mich, hast du gesagt, Frank – fünf oder zehn?«

»Fünf garantiert, Simone. Doch warum nicht auch zehn? Es kommt darauf an.«

»Worauf – bitte?«

»Einmal auf das Gespräch mit Susanne Sommer, das du arrangieren wirst. Dann auch, ob sich dieser Dottore Lichtenberg als verwertbar entpuppt; wie auch immer. Mach mich jetzt mit ihm bekannt.«

Das geschah, als sich bereits allererste, wenn auch noch wie mühsam hervorquälende rosablasse Aufgangssonnenfarben selbst in dieses Penthouse hineindrängten. Die Gesichter der Versammelten wirkten bleich und ersterbend erschlafft. Der neue, nächste Tag war unvermeidlich.

6

Der Mann, den Hubert gerochen hatte, in einem Haus in der Nebenstraße, stand nun dort seit einer Viertelstunde im Eingang herum und betrachtete die Menschen, die an ihm vorübertrotteten: Hängehintern und Wabbelbäuche, Lastträgerschultern, bleichfette Visagen mit hilflos ausgelieferten Hundeaugen. Er verachtete sie – alle!

Er verachtete sie wohl auch deshalb, weil sie darstellten, was ihm bevorstand – im Grunde verachtete er sich selbst. Denn dieses Leben war, glaubte er erkannt zu haben, nichts als ein Meer voller Scheiße; bis zu allen Horizonten hin. Es quälte ihn unsagbar, darin existieren zu müssen. Er haßte das.

Und dieser sein aufgestauter Haß mutete grenzenlos an – ließ keine Ausnahme mehr zu. Er galt seiner waschweibartigen Frau, seinen plärrenden Kindern; diesen schleimig dahinkriechenden Firmenkollegen und dem dort feist selbstherrlichen Rindvieh von Chef. Nichts als schäbige Kreaturen, wohin er auch blickte.

Er hätte wohl schon längst auf dem Weg zu seinem Büro sein müssen, um dort Daten in Maschinen einzuspeisen oder sie von ihnen abzufordern – inmitten weißer Wände, grau verklebter Fenster, schmutzigbraunem Bodenbelag. Doch er stand immer noch hier, im Eingang des Hauses, in dem er wohnte – wie leblos hinausstarrend.

Da war wieder das fürchterlichste Exemplar; ein ihn ungemein erregendes, also seinen Abscheu heftig herausforderndes Geschlechtstierwesen – dieses Mädchen. Ach was, Mädchen! Nichts als eine kleine schäbige Nutte aus dem Haus in der Nachbarstraße. Hüftenschwenkend, brüstebewußt; mit verlogen niedlichem Gesicht. Eine unter vielen.

Doch von ihr wußte er immerhin einiges, er hatte ihr nachgespürt. Sie hieß Irene, mit Nachnamen Winter. Ihren Tagesablauf kannte er: Schulbeginn, Schulende; die Stunden danach. Zumindest jene gleich nach dem Essen, in denen sie herumgierte – mit albernen Freundinnen, mit aufdringlich lauten Knaben. Aber dabei konnte man sehen, wie ihre Augen verlangend blinzelten, ihr Gang sich einer erhofften Befriedigung entgegenschob und ihre Hände dabei wie zugreifbereit flatterten.

Ihr schlich er jetzt nach – wie schon einigemal vorher. Sie schwang ihre Schultasche im Rhythmus ihrer Hüften. Er starrte wie gebannt auf ihre dabei weit auspendelnden, wie raffiniert einladend wirkenden Bewegungen.

Ein Anblick, bei dem sich ihm in letzter Zeit immer stärker, immer heftiger werdende Visionen aufdrängten: Er sah sie unter sich – dann über sich, freudig, durchaus schon gekonnt und völlig schamlos. So wie er das in Pornofilmen gesehen hatte, die er gleichfalls ungemein verabscheute, zutiefst haßte, auch wenn er sie sich häufig ansah – besonders, wenn es sich dabei um Schulmädchen handelte.

Er bewegte sich näher auf sie zu. Doch sie bemerkte ihn nicht – sie blickte niemals zurück. Dann hatte Irene das Tor ihrer Schule erreicht. Sie entfernte sich wie hüpfend von ihm. Er starrte ihr nach – also auf ihr ihm ungemein prall vorkommendes, verführerisch gekerbtes Hinterteil. Sekundenlang wirkte er wie völlig regungslos – dann spuckte er aus.

Er kam mit fast einer Stunde Verspätung in seiner Bürohalle mit den gefräßigen Datenverarbeitungsmaschinen an. Vor diesen stand sein derzeitiger Chef. Der blickte auf die Uhr des Betriebes, dann auf jene an seinem linken Handgelenk. »Glauben Sie sich das leisten zu können?« fragte er vorwurfsvoll.

»Ach, Mann, Sie können mich mal!« erwiderte der Angesprochene äußerst gereizt, nahezu vernichtungswillig streitbar. »Was wissen Sie schon davon, was wirkliche Freiheit ist! Auf die aber bin ich scharf!«

»Diese Worte werde ich mir merken«, sagte der Chef würdig verweisend.

Und er merkte sie sich. Er gab sie sogar bald danach sozusagen ›zu Protokoll‹. Und das hatte seine Auswirkungen.

Karl Hubert suchte, nach erledigter Vormittagsarbeit, seinen Freund Richard Holden in dessen Anwaltskanzlei auf. Die Kanzlei bestand aus drei karg möblierten Räumen in einem Altbau nahe der Innenstadt: einem Warteraum, klein, dem hier anfallenden Klientenbetrieb durchaus angemessen; dann dem Vorzimmer der Sekretärin, einer ältlichen, wohltuend neutral wirkenden Person; schließlich Holdens Büro, fast so groß wie die beiden anderen Zimmer zusammen.

»Ich komme gerade zufällig vorbei«, behauptete Karl Hubert. »Und da dachte ich: Ich sage dir schnell mal guten Tag. Oder störe ich dich?«

»Niemals!« versicherte der Freund mit der bei ihm üblichen Herzlichkeit, die nunmehr geradezu ins Gigantische gesteigert wirkte. »Du bist mir stets willkommen.«

Karl Hubert ließ sich im Sessel des Rechtsanwaltes nieder und betrachtete den Freund mit steigendem Wohlgefallen. »Du machst einen überaus zufriedenen Eindruck, Richard.«

»Nicht nur das – ich bin glücklich!«

»Das gönne ich dir. Wenn einer das verdient hat – dann du.« Karl Hubert meinte das genau so wie er es sagte. Das erkennbare, fast leuchtend zu nennende Glücksgefühl seines Freundes erfreute und bewegte ihn, bereitete ihm aber auch nicht wenige Sorgen. »Und der Grund?«

»Susanne«, bekannte Richard Holden. »Sie ist wunderbar.«

Hubert nahm es hin – ohne jeden erkennbaren Vorbehalt, ohne irgendeine bohrend-fragende Bemerkung vorzubringen, zu der er sich heftig versucht fühlte; das jedoch nur kurz. Er betrachtete Richard Holden, als sehe er sich in einem Spiegel – und er sah sich unsagbar gern darin.

Der Freund hielt ihm ein Glas von dem besten Getränk hin, das er besaß: einen edlen spanischen Brandy, ›Gran Duque d'Alba‹; Geschenk und Honorar eines dankbaren Klienten, eines aus Barcelona stammenden Kellners. Für ihn hatte er einen Prozeß angestrengt – wegen etlicher Monatsgehälter. Einer der typischen Fälle in seiner Kanzlei, die er dennoch stets mit Hingabe zu erledigen pflegte. Der Advokat als Menschenfreund.

»Freue dich mit mir, Karl!«

Dazu schien Hubert unverzüglich bereit. »Also – du liebst sie«, stellte er nahezu ergeben fest, um dann schnell hinzuzufügen: »Nun, warum nicht – wenn sie dich auch liebt, ist alles in Ordnung.«

»Susanne«, bekannte Holden abermals, sein Glas hebend, »bedeutet mir unendlich viel. Ihr begegnet zu sein, ist wie die endliche Erfüllung eines Lebens. Und ich kann nur hoffen, du verstehst das – nichts wünsche ich mehr.«

»Wenn einer es versteht, Richard – dann ich!« Davon war Hubert überzeugt. Er trank auf Holdens Wohl. »Deine Freuden erfreuen auch mich; dein Glück beglückt mich. Wir sind wie Brüder.«

»Für diese Worte danke ich dir.«

»Es sind für mich die selbstverständlichsten Worte der Welt – dir gegenüber. Wenn diese Susanne dich wirklich glücklich macht, dann bin ich der Allererste, der das akzeptiert.« Karl Hubert trank sein Glas leer und stand auf. »Wenn sie dich aber nicht glücklich macht, dann bin ich auch der Allererste, der die Konsequenzen daraus ziehen wird. Dann werde ich wie ein Racheengel sein – deinetwegen.«

»Das wirst du niemals sein müssen, mein Freund. Denn alles, was ich jetzt erlebe – mit ihr, aber auch mit dir –, ist unsagbar herrlich! Sie liebt mich, und du bist mein Freund – was will man mehr?«

Sie umarmten sich, geradezu feierlich – es war wie ein Versprechen.

Karl Hubert ließ sich diesmal von einem der zahlreichen, ihm stets zur Verfügung stehenden Dienstfahrzeuge unmittelbar bis zu jenem Haus fahren, in dem er wohnte. In seinen Räumen angekommen, entledigte er sich seiner Bekleidung – er hüllte sich in einen dicken, dunkelblauen, maßlos strapaziert anmutenden Bademantel.

Dann legte er sich auf den harten Fußboden, streckte Arme und Beine weit von sich und starrte gegen die einst kalkweiße, nunmehr graugelblich wirkende Zimmerdecke – wie in ein weitflächiges Nichts hinein. Ihn beherrschte Ratlosigkeit – eine zersetzende, bedrohliche, ihm äußerst fragwürdig vorkommende Ratlosigkeit. Verursacht durch dieses offenbar durch nichts zu trübende Glücksgefühl des Freundes.

Wie nebelhaft verschleiert bedrängte ihn nunmehr das wuchernde Gefühl, an dem vielleicht entscheidenden Wendepunkt seines Daseins angekommen zu sein. Er befahl sich, nachzudenken; mit präzisester Gründlichkeit. Um zu versuchen, eine Art Bilanz zu ziehen.

Seit er denken konnte, besaß er diesen Freund – erst als Kind in einem Nachbarhaus, dann in der Schule auf der Bank neben sich, schließlich in gemeinsamen Jugendjahren: das erste Glas Alkohol, die ersten Mädchen, die sich fast genau gleichenden familiären Verhältnisse – stets gemeinsam genossen; oder eben erduldet.

Dabei sein Vater – ein scheinbar gemütlich wirkender, dickbauchiger Mensch, mit volltönender Weinfaßstimme. Er war verantwortlich für die Stahldrahtproduktion eines großen Werkes; ein Fachmann sondersgleichen, jedoch nur ein Angestellter mehr. Mit seinen Fähigkeiten hatte er seinem Arbeitgeber Millionengewinne ermöglicht. Doch irgendwie stolz darauf vermochte er nicht zu sein – dazu war er zu klug.

Immer wieder bekam der Sohn, wenn sie alleine waren, von ihm zu hören: »Diese Welt, mein Junge, ist nicht in Ordnung. Die Guten werden ausgenutzt, die Begabten ausgebeutet, die Rechtschaffenen werden zur Beute der Skrupellosen. Was, mein Sohn, folgerst du daraus?«

»Doch nicht etwa, Vater, daß man mit den Wölfen heulen, sich also unter die Nutznießer, die Ausbeuter, die Skrupellosen mengen soll?«

»Das selbstverständlich nicht, mein Sohn! Du mußt der Unordnung dieser Welt deine eigene Ordnung entgegensetzen. Also versuchen, dir eine Welt aufzubauen, die es dir ermöglicht, mit diesem Hyänendasein fertigzuwerden.«

Worauf dann eines Tages dieser so intensiv präparierte Sohn

seinem Vater mitteilte, ein Polizeimensch werden zu wollen, was den Vater geraume Zeit verstummen ließ. Nur mühsam begann er schließlich seine Bedenken zu erläutern:

»Vermutlich hast du mich mißverstanden, mein Junge. Ich habe weder gesagt: heule mit – aber auch nicht: spucke zurück, wenn man dich anzuspucken versucht; tritt um dich, wenn man dich zu zertrampeln versucht. Ich habe lediglich gesagt: Halte dich zurück, nimm Abstand, vermeide es, in die Schußlinien der professionellen Treiber und Jäger hineinzugeraten – also zwischen Kanzeln und Konzerne, Profiteure, Meinungsmacher und Meineidsbeamte.«

»Eben deshalb, Vater, erscheint es mir sinnvoll, dennoch eine mögliche Gerechtigkeit zu erstreben – einen denkbar vollkommenen Vollzug derselben.«

»Mein Gott, mein Sohn – solltest du etwa versessen darauf sein, einem irrealen, fragwürdigen Wunschtraum nachzujagen? Was oder wer hat dich dazu inspiriert? Doch nicht etwa dein Freund Richard Holden?«

»Bisher, Vater, hast du noch niemals irgend etwas gegen ihn einzuwenden gehabt.«

»Habe ich auch nicht, Karl – immer in der Hoffnung, meine Ansicht über ihn stimmt: Er ist anständig, ehrlich, ausgleichend, neutral und durchaus real veranlagt. Sollte er sich nun etwa als eine Art Traumtänzer entpuppen – und du, wie in seinem Sog, mit ihm? Falls das zutrifft, ist er nichts als Ballast für dich. Er könnte dich mit hineinziehen – in seine angeblich ehrenwerten Abgründe erklärter Gerechtigkeitsgefühle. Hüte dich davor.«

Diese sich ihm massiv aufdrängenden Erinnerungen an seinen Vater und dessen Lebensweisheiten, schien nun Karl Hubert von sich abschütteln zu wollen – ähnlich einem in Regen geratenen Hund, der versucht, jede Nässe von seinem Fell wegzusprühen. Er griff zum Telefon, um drei Gespräche zu führen.

Das erste mit Kriminaloberinspektor Kolb, seinem engsten Mitarbeiter. Dieser konnte ihm berichten: »Alles verläuft weisungsgemäß. Jedes erdenkliche Entlastungsmaterial, diesen Vater betreffend, ist gesammelt worden – es scheint ausreichend zu sein. Zugleich ließ sich das Belastungsmaterial über jene Frau, die ihren Geliebten erschossen hat, verstärken – fast mühelos.«

Karl Hubert leistete sich daraufhin höchst seltene, anerkennende Worte. Dann rief er unverzüglich Richard Holden an. »Wie fühlst du dich, mein lieber Freund – immer noch gut?«

Holden korrigierte ihn heiter – er fühle sich nicht nur gut, vielmehr überaus glücklich, und er freue sich sehr, daß sich der Freund dafür interessiere.

»Bleib so!« sagte Karl Hubert, eindeutig ermunternd.

Darauf führte er ein Telefongespräch mit dem Journalisten Frank Schwarz. »Vielleicht sollten wir jetzt einen Teil unserer internen Abmachungen fallenlassen, mein Lieber, sozusagen begraben – Susanne Sommer betreffend. Lassen wir sie sausen!«

»Heißt das etwa, Herr Huber«, fragte der andere nahezu bestürzt, »Sie steigen aus unserem Geschäft aus?«

»Das heißt es nicht, Herr Schwarz. Wir bleiben selbstverständlich in Verbindung – und ich werde Ihnen gern weitere brauchbare Anregungen liefern. Aber auch ohne von Ihnen gelieferte Details über diese Dame Sommer. Kapiert?«

»An sich schon, Herr Hubert. Nur eben daß ich bereits eine Verabredung mit dieser Person getroffen habe – ich bin so gut wie auf dem Weg dazu. Doch wenn ich sie einfach sitzenlassen soll, dann mache ich das – falls Sie es wünschen. Aber vielleicht entgeht uns dann – oder Ihnen – einiges, was vielleicht nicht uninteressant sein könnte. Soll ich also – oder nicht?«

»Nun ja, Schwarz, nun ja – wenn Sie bereits mit dieser Dame verabredet sind, dann von mir aus. Aber dezent, wenn ich bitten darf.«

»Selbstverständlich. Und danach erstatte ich Ihnen Bericht. Mal sehen, was dabei noch zum Vorschein kommt.«

In den ersten Nachmittagsstunden dieses wie kosmisch angeheizten Frühlingstages traf sich der Journalist Frank Schwarz mit Susanne Sommer. Die Begegnung hatte Simone Jahr bereitwillig arrangiert. Sie fand im Carlton-Teeraum statt, der eine für Damen im gewissen Alter wohltuend dezente Beleuchtung besaß.

Er erkannte sie sofort, als sie das Lokal betrat. Und das nicht nur, weil er bei Simone Jahr ein Foto von ihr entdeckt hatte; ein höchst unzulängliches, wie sich nun herausstellte. Er hatte sie bereits vor zwei Tagen gesehen, allerdings aus einiger Entfernung. Was jetzt auf ihn zukam, mutete ungemein zierlich und dabei sanft sinnlich an. Sie war sich ganz unverkennbar ihrer Wirkung sehr wohl bewußt.

»Sie gefallen mir ungemein«, versicherte Frank Schwarz, wobei er sich über ihre Hand beugte – ihr Parfüm war exquisit. »Sie sind noch weitaus attraktiver, Frau Sommer, als ich bisher geahnt habe.«

»Da täuschen Sie sich vermutlich – und zwar sehr.« Susanne bevorzugte nunmehr, wie immer in verschleiert-unklaren, möglicherweise vielleicht auch fragwürdigen Situationen, die wohlberechnet ganz deutliche Tour. »Ich bin schließlich fast fünfundvierzig Jahre alt und damit wohl wesentlich älter als Sie.«

Davon ließ er sich, wohl erwartungsgemäß, nicht abschrekken. Denn Schwarz pflegte sich nicht sonderlich gern mit heftig hemmungslosen Mädchen zu beschäftigen; mit deren dringendem Entjungferungsbedürfnis oder haltlos pubertärem Bestätigungsverlangen. Vielmehr bevorzugte er reife, ausgeglichene, vielerfahrene Frauen – wohl entsprechend dem sich als wirkungsvoll erweisenden Verkehrsprinzip: Eingefahrene, voll funktionierende, über jede Anfangsmängel hinausgebrachte mobile Untersätze wurden von Kennern fabrikneuen Modellen stets vorgezogen.

»Entscheidend allein ist wohl«, versicherte er, »was dabei wirksam zum Vorschein kommt. Und das scheint in Ihrem Bereich, verehrte Frau Sommer, wahrlich nicht wenig zu sein. So was weiß ich zu schätzen – man sagt, ich wäre ein Kenner.« Darunter verstand er: das Erscheinungsbild.

Dementsprechend glaubte er sich auch gekleidet zu haben – von Fuß bis Kopf: italienische Lacklederschuhe, halbhohe, von nahezu allererster Qualität; schimmernde Seidenwollsocken aus Irland; eine flauschige Hose in brauchbarer Paßform, wohl ein französisches Produkt; ein anschmiegsamer, die sportlichen

Formen seines Oberkörpers betonender Rollkragen-Kaschmir-Pullover; britisch, London, Bondstreet. Und das alles braun in braun – das war auch die Grundfarbe seines gemusterten Sakkos.

»Ich habe«, behauptete er ungeniert, »schon viel von Ihnen gehört – denkbar Verlockendes in erster Linie. Und deshalb bat ich unsere gemeinsame Freundin Simone, endlich eine Begegnung zwischen uns zu arrangieren.«

»Und zu welchem Zweck, Herr Schwarz?«

»Ich wünsche lediglich, Frau Sommer«, log der Journalist weiter hoffnungsfreudig, »mich ein wenig intensiver mit Ihnen zu unterhalten.«

»Falls das schon alles ist – das wäre wohl zuwenig.«

»Verstehe durchaus! Sie sind schließlich nicht irgend jemand. Doch auch ich, Verehrteste, rangiere nicht unter ferner liefen. Ich bin in meinem Metier gleichfalls einer der ersten – wenn nicht der erste überhaupt.«

»Schön, Herr Schwarz. Doch was geht das bitte mich an?«

Frank Schwarz breitete nun, fächerartig-signalhaft, ein Panorama seiner angeblichen Beziehungen aus, was sich erfahrungsgemäß fast immer als recht wirksam erwiesen hatte. Eben in dieser durch Illustriertengeschwätz, Gazettengeilheit und Fernsehenthüllungen systematisch hochgezüchteten Enthemmungswelt.

Dementsprechend knüpfte er an seinem spinnenartigen Netz, mit dem sich gar nicht wenige, ziemlich mühelos, hatten einfangen lassen. Etwa: diverse Hollywoodstars würden sich geradezu darum reißen, mit ihm befreundet zu sein, also von ihm gewürdigt und publizistisch hochgejubelt zu werden. »Doch ich bin nicht bereit, mich unbedenklich benutzen zu lassen; ich treffe stets sehr bewußt eine gewisse Auswahl.«

»Wie ungemein informativ das alles, Frank! Doch was geht mich das an?«

»Ich gedachte damit lediglich anzudeuten, Susanne, daß ich Ihnen gewiß einiges bieten könnte. Was ich auch sehr gern täte – wenn Sie nur wollen.«

»Was denn wohl, Frank?«

»Tiefere Einblicke, sich lohnende Beziehungen, besondere Erlebnisse. Etwa gleich heute abend. Da bin ich mit dem alten Sam verabredet, einem der wohl erfolgreichsten Filmproduzenten aller Zeiten – kein Objekt unter zehn Millionen Dollar! Der sucht hier nach Talenten für sein neuestes Leinwandopus. Hätten Sie Lust, mich zu begleiten?«

»Sollten Sie tatsächlich darauf Wert legen?«

»Ihre Begleitung wäre für mich ein eindeutiger Gewinn. Denn das Ansehen eines Mannes, was Sie mit Sicherheit wissen, basiert immer auf dem Aussehen und der Ausstrahlung der Frau an seiner Seite. Also – akzeptiert, Susanne?«

»Möglicherweise ja, Frank.« Sie wirkte durchaus entgegenkommend, war jedoch nach wie vor bemüht, auch ihm klarzumachen; sie pflege nichts zu überstürzen, sie wäre betont zurückhaltend veranlagt, sie wisse um ihren Wert. »Erlauben Sie mir zunächst einmal, ein Telefongespräch zu führen, das möglicherweise einiges klären könnte.«

»Es gibt nichts, Susanne, was ich Ihnen nicht erlaube – möglichst im Hinblick auf mich!«

Dieses Telefongespräch fand mit Richard Holden statt, der sich in seiner Kanzlei aufhielt. Er war dort mit einem seiner menschheitsbemühten Minimalfälle beschäftigt: Eine ältere Frau war von unbekanntem Täter überfallen und zusammengeschlagen worden.

Als Richard Holden die Stimme von Susanne Sommer vernahm, reagierte er mit schnell berauschter Innigkeit. »Da bist du ja endlich, mein Liebling! Den ganzen Tag habe ich an dich gedacht, jede Sekunde. Wie geht es dir? Wann kommst du? Ich sehne mich nach dir.«

»Ich mich nach dir auch!« behauptete sie; mit einer Stimme, die sinnlich-versonnen klang. »Und nichts würde ich lieber tun, als zu dir zu kommen. Doch heute abend geht es nicht. Ich muß einer Freundin von mir beistehen. Sie bedarf meiner Hilfe – was du gewiß verstehen wirst, Richard, mein Lieber.«

»Meine Liebste, ich werde mich stets bemühen, einfach alles zu verstehen, was mit dir zusammenhängt – was auch immer.« Er gefiel sich ungemein und völlig bedenkenlos in der von ihm erwählten Rolle als ein rein liebendes Wesen. »Sag mir nur, was du von mir erwartest. Ich werde es tun.«

»Küsse mich!« hauchte sie ins Telefon. »Du weißt schon, wohin.«

Er ging beglückt auf diese Gedankenspielerei ein – mein Gott, sie war wunderbar! »Das mache ich!«

»Mir ist, als spüre ich es – ganz deutlich.«

»Du bist herrlich, Susanne.«

»Bei dir, Richard, bin ich es – durch dich.« Lieblich-verwirrende Mädchentöne, zärtliche Anschmiegsamkeit, vollfraulichste Ausstrahlung – alles das beherrschte sie gekonnt. Dann jedoch: »Was ich dich noch fragen wollte, mein Liebster: Hast du dir inzwischen überlegt, was du für Dr. Lichtenberg tun könntest? Denn der legt, ganz offenbar, äußersten Wert auf deine Ratschläge und deine Mithilfe. Es würde sich vermutlich auch lohnen, also auszahlen – glaubst du nicht?«

»Nein«, sagte er, durchaus behutsam, doch ziemlich entschieden. »Und ich bitte dich sehr, meine über alles geliebte Susanne, dafür Verständnis zu haben. Ich vermag zwischen jenem Herrn und mir kaum irgendwelche Gemeinsamkeit zu erkennen – da scheinen vielmehr Abgründe zu existieren, für die es keine Brücken gibt.«

Sie schwieg sekundenlang. »Wenn ich dich aber bitte, Richard, es dir noch einmal zu überlegen – dann wirst du das auch tun, nicht wahr?«

»Selbstverständlich, wenn du das wünschst.«

»Ich würde es für angebracht halten. Denn ich will nicht, daß dir möglicherweise irgend etwas sehr Gewinnbringendes entgeht.«

»Wann darf ich dich wiedersehen?«

»Ich rufe dich an – vielleicht schon morgen, gegen Mittag. Ist dir das recht? Fein – dann werden wir weitersehen.«

Unmittelbar nach diesem Telefongespräch erklärte Susanne Sommer dem freudig auf sie lauernden Frank Schwarz: »Ich habe es möglich gemacht, Sie heute abend zu begleiten – falls Sie immer noch Wert darauf legen sollten.«

»Das tue ich!« versicherte der Journalist vereinnahmungsbereit entzückt. »Und das, meine Verehrteste, werden Sie nicht zu bereuen haben. Sie brauchen sich mir nur anzuvertrauen.«

Wozu sie bereit zu sein schien.

Karl Hubert, nach wie vor nur mit seinem dunkelblauen, überaus strapaziert wirkenden Bademantel bekleidet, hatte sich in seiner Wohnung an den Schreibtisch gesetzt. Er öffnete die unterste linke Schublade. In der lagen, äußerst sorgfältig übereinander geschichtet, seine sogenannten ›privaten Akten‹.

Dabei handelte es sich um eine Art halbamtliche Sammlung: Sachnotizen, Erkenntnisse, Vermutungen, nicht verwendete Protokolle, Auszüge aus Polizeirecherchen – über kriminelle Vorgänge; zumeist Morde. Eines dieser Aktenstücke, es war das unterste von allen, wohl auch das dünnste, doch inhaltsschwer, zog er mit sicherem Griff hervor. Er legte es auf die klobige, eichene Tischplatte vor sich.

Die Farbe dieser Akte war rot. Auf dem Deckel standen lediglich zwei Buchstaben: R und H. Sie bedeuteten: Rosmarie Holden.

Das war der Name der einstigen Frau seines Freundes Richard gewesen – die im Tessin umgekommen war; umkommen mußte. Offizielle Todesursache: Unfall im Badezimmer; verursacht durch Kurzschluß, bei der Verwendung eines beschädigten Föns. Also scheinbar nichts als einer von etlichen tausend ähnlichen Fällen alljährlich – der Presse nur wenige Zeilen wert. Die Redakteure ahnten gar nicht, was ihnen da so alles entging.

Diese Rosmarie hatte sich als hochgradiger Zerstörungsfaktor bei sogenannten zwischenmenschlichen Beziehungen erwiesen. Richard Holden heiratete diese Person, als er begann – durch einige erste Aufsehen erregende Fälle, die ihm Hubert zugespielt hatte – zu einem interessanten, vielbeachteten Anwalt für

Gewaltopfer zu werden. Um sich dann alsbald wieder – wohl seinem innersten Anliegen entsprechend, seiner eigentlichen Veranlagung – zu einem Rechtsstreiter für die Ärmsten der Armen und für armseligste Verfolgte zurückzuentwickeln; entsprechend minimal honoriert. Das hatte diese Rosmarie wohl nicht vorauszusehen vermocht.

Doch nachdem sie das dann erkennen mußte, war es zwischen beiden zu heftigsten Auseinandersetzungen gekommen. Richard Holden hatte unsagbar darunter gelitten – davon war Karl Hubert überzeugt gewesen. Der kurz darauf erfolgte schwere Verkehrsunfall seines Freundes gehört ganz sicher unmittelbar dazu; auch wenn Richard Holden offiziell völlig schuldlos gewesen war: Der andere Fahrer war auf der Gegenfahrbahn an einem Doppellaster nicht mehr vorbeigekommen.

Danach lag Richard Holden fast zwei Monate lang im Krankenhaus: zertrümmertes rechtes Handgelenk, doppelter Beinbruch, gleichfalls rechts; dazu hatten Glassplitter sein Gesicht zerfetzt. Als er das dann einigermaßen überstanden hatte, war Rosmarie bereits abgereist. »Ich gehöre nicht mehr zu dir«, hatte ihre Erklärung gelautet. »Da gibt es jetzt einen anderen.«

Dieser ›andere‹ war ein vergleichsweise noch jüngerer ›Baulöwe‹, der auf etliche Millionen Privatvermögen geschätzt wurde – mit Villa im Tessin, wo sie dann sterben sollte, einem Penthouse in Paris, einem Apartment in New York. Richard Holden schien monatelang völlig verstummt zu sein, wie gelähmt, dumpf vor sich hinbrütend. Fortan erwähnte er den Namen dieser Rosmarie nie mehr; auch nicht bei ihrem Tod – und sein Freund Karl litt mit ihm; gleichfalls wortlos.

Und jetzt, mußte Karl Hubert sich sagen, konnte das alles, wenn auch in Einzelheiten abgewandelt, sich noch einmal ereignen. Denn Richard Holdens derzeitiger ›Höhenflug‹ mutete, genau wie damals, enorm an. Ein abermaliger Absturz würde den Freund endgültig zerschmettern. Schließlich war doch diese Susanne Sommer wohl nicht zufällig eine der besten Freundinnen seiner Frau Rosmarie gewesen.

Hubert überkam ein würgendes Gefühl. Das lag wohl an den

durch seine weit geöffneten Fenster hereindrängenden abendlichen Mietshausgerüchen: diesem penetranten Gebräu aus Brühwürfelsaucen, Bratenfett und Gemüseölen.

Er schlug die Fenster zu und schaltete einen mittelgroßen Ventilator ein, der wohl für halbtropische Temperaturen gedacht war. Er hatte ihn sich unmittelbar über seinem Schreibtisch montieren lassen. Dann zündete er sich eine bereits vorsorglich beschnittene Zigarre an; aus jener Kiste mit erlesenen holländischen Edelprodukten, die ihm sein Freund geschenkt hatte. Und dabei bemerkte er, ungläubig verwundert, daß seine Hände zitterten – er betrachtete sie, weit ausgestreckt vor sich haltend, mit erheblichem Widerwillen.

Schwer atmend widmete er sich dann wieder seinen Unterlagen: diesem möglichen Doppelfall einer fürchterlichen Zerstörung. Er glaubte, sich vorsorglich nunmehr ein weiteres Aktenstück zulegen zu müssen. Ihm blieb wohl gar keine andere Wahl. Auf dessen Umschlag, einem gleichfalls roten, verzeichnete er abermals lediglich zwei Buchstaben: S. und S. Susanne Sommer also. Womit wohl deren Schicksal so gut wie besiegelt war – er hatte sie in sein Verfolgungsleben eingebracht.

In welchem Ausmaß das tatsächlich zutraf, vermochte selbst er in diesen Augenblicken noch nicht zu erkennen. Ihm war unsagbar übel. Die entsetzlichen Geruchsschwaden dieser Welt drohten ihn zu betäuben.

In den Abendstunden dieses Tages hatte sich der bleiche, bleischwere Himmel über dieser Stadt, wie gegen verschwenderische Neonfluten aufbäumend, blutend rotlichtviolett gefärbt. Irene Winter sah die günstige Gelegenheit gekommen, sich von ihrem permanenten Familienzwang zu befreien.

Das war mit der Behauptung in die Wege geleitet worden: »Ich muß noch schnell mal zu einer Schulfreundin, wegen der Prüfungsarbeit morgen. Darf ich?«

»Warum nicht«, hatte ihre Mutter, wieder einmal leicht gähnend, gesagt. Und der Winter-Vater hatte versichert: »Für seine Bildung muß man eben was tun, mein Kind – bleib am Ball.«

Die Formulierung ›Ball‹ kam dabei nicht ganz zufällig. Winter wollte möglichst ungestört eine Fußballspielübertragung im Fernsehen genießen; Europapokal.

Irene entfernte sich also. Und von diesem Augenblick an sollte dann, nur wenig später, fast jede Minute in diesen Stunden ihres abendlichen Lebens registriert werden. Oder eben versucht, rekonstruiert zu werden – polizeiamtlich.

Die exakt greifbaren Details: ». . . verließ sie ihre elterliche Wohnung . . . begab sie sich dann . . . traf sie dabei!« Dazu Ortsangaben, Uhrzeit, Personalbeschreibungen. Alles soweit eben amtlich für notwendig erachtet.

Selbstverständlich keine vielleicht irgendwie poetisch zu vermutenden Feinheiten dabei – etwa in der Art: Sie entfernte sich leichtfüßig; mit nahezu schwalbenschwanzartigem Wippen ihres Körpers, wobei ihre Augen erlebnisfreudig funkelten. So was hatte die Polizei nicht zu interessieren – auf derartige Einzelheiten ließ sich dort auch niemand ein.

Mit vielleicht nur einer Ausnahme: Keller, der alte große Mann des Präsidiums, der sich nur noch mit seinem gleichfalls uralten Hund zu beschäftigen schien. Ein Vorgang, der irrtümlicherweise so manchen Kriminellen und auch Kriminaler ruhiger schlafen ließ. Aber das war kein Dauerzustand – nicht in diesem Fall und nicht bei diesem Mann.

Der ›Fall‹ begann harmlos: Irene schien entschlossen, die nächsten Viertelstunden ihrer Freiheit von Mutter und Vater – letzterem ganz besonders – einigermaßen zu genießen. Was jedoch gar nicht so einfach zu realisieren war.

Doch auch nicht ohne schnell vermutete Lächerlichkeiten. Denn als Irene in ein Dekorationsgeschäft hineinstarrte, stand neben ihr ein älterer Mann, gutgekleidet. Der betrachtete sie, als erblicke ein Kenner ein schönes Bild – mit Kaufinteresse. Sie lächelte auch jetzt noch, leicht böse, da sie sich belästigt fühlte; allerdings auch ein wenig geschmeichelt. Doch dann streunte sie erlebnissehnsüchtig weiter – zum nächsten Schaufenster.

Dabei war sie bei einer ›Zoohandlung‹ angekommen, wo tagsüber kleine, wie flehend um Befreiung winselnde Hunde in erbarmungswürdig engen Käfigen zum Verkauf angeboten wurden. Auch jetzt noch bewegten sich dort, wenn auch im abgedunkelten Raum, Tiere hin und her: ein wippender grellgefiederter Vogel; ein emsig seine Trommel berasender Hamster; ein nervös hüpfender und dann angstvoll vor sich hinmümmelnder Hase. Irene überkam das heftige Verlangen, diese Fenster einzuschlagen, die Gitter zu zerbrechen und die Tiere zu befreien. Jedoch – was dann?

Ein vergleichsweise noch jüngerer Mann hatte sich auf sie zugeschoben – ein fremdländisch wirkender Typ, also durchaus vielversprechend. Balkan vielleicht, bis hin zur Türkei. Breitschultrig, enghosig, mit einem wie jederzeit schnell zu öffnendem Gürtel um die Taille. Aber immerhin.

Er meinte: »Nun, Fräulein – wie wäre es denn so, mit uns beiden? Du gefällst mir. Wenn ich dir auch gefalle, könnten wir eine Menge Spaß miteinander haben. Und für so eine wie dich mache ich Sonderpreise.«

»Hau ab, Mensch!« rief Irene schnell und heftig empört. Seit wann denn auch noch bezahlen? Von ihrem Taschengeld konnte sie sich gerade noch eine Cola und eine Bockwurst leisten. »Verschwinde gefälligst, du Ausbeuter – oder ich trete dir in den Hintern. Oder noch wo anders hin.«

Er verschwand schleunigst. Doch danach kam es zu einer Begegnung, die auch im Polizeibericht exakt registriert werden sollte: Irene Winter hielt sich vor einer Blumenhandlung auf, wo sanft schimmernde morgenrote Rosen ausgestellt waren – und diese betrachtete sie nun mit steigendem Entzücken. Vielleicht stellte sie sich dabei vor, sie würden ihr überreicht – in glühender Liebe. Genußvoll, wie überwältigt von ihrer schönen Fantasie, schloß sie die Augen.

Dabei vernahm sie eine leicht quäkende, reichlich aufdringlich anmutende Stimme, die versicherte: »Welch ein schöner Zufall, Irene, dich zu sehen!«

»Was soll denn schön daran sein?« Ihre nun wieder ganz groß blickenden Augen musterten den pubertären Jüngling aus ihrem Haus. Verklemmt, aber eben deshalb wohl betont großspurig –

doch auch mit der Ergebenheit eines ganz niedlichen jungen Hundes ihr gegenüber. »Was willst du?«

»Dich verwöhnen!« Er zog triumphierend mehrere Geldscheine aus seiner Hosentasche. »Na, ist das etwa nichts?«

Diese Demonstration schien Irene nicht ganz gleichgültig zu lassen. Sie blickte vorsichtig entgegenkommend. »Versprich dir bloß nichts davon. Doch zu einer Limo darfst du mich einladen.«

»Auch vielleicht zu einem Glas Bier – einem Pils?«

»Auch dazu – wenn du dich unbedingt in Unkosten stürzen willst. Aber ohne Gegenleistung. Klar?«

Worauf sie sich in das nächstgelegene Lokal begaben. Es war jenes, das verlockend einfach genannt wurde: ›Die Kneipe‹.

Nach den Polizeirecherchen ergab sich folgendes: In dieser ›Kneipe‹ konsumierten Irene Winter und ihr gleichfalls jugendlicher Begleiter etliche Glas Pils. Insgesamt acht, also jeder von ihnen vier. Wozu denn auch noch für jeden drei ›Klare‹ als magenwärmende Zwischenstationen kamen.

Im Zuge der Ermittlungen kamen auch gleich noch einige weitere strafverfolgungswürdige Einzelheiten zum Vorschein. Einmal: Wie konnte die Besitzerin dieser ›Kneipe‹ Alkohol an Minderjährige ausschenken? Ihre Antwort: »Die kamen mir einfach nicht so vor! Und wenn Sie ganz genau wissen wollen warum nicht – nun, die gierten sich an, als könnten sie es überhaupt nicht abwarten. Besonders dieser Junge; mich hat er auch mit den Augen fast ausgezogen.«

Dann die Frage: Woher hatte der Junge so viel Geld? Das vermochte die Polizei wie nebenbei zu klären: Er hatte diese Scheine entwendet – aus der Ladenkasse seiner Eltern. Um sich – angeblich für Irene – einen guten, gelungenen Abend zu machen. Gar nicht wenige kriminelle Vorgänge pflegen auf gemütsbetonten Wunschtraumanwandlungen zu basieren.

»Versuchst du mich etwa besoffen zu machen?« wollte Irene in der Kneipe wissen.

»Versuche ich nicht!« Er beugte sich stark vorwärts – ihr entgegen; wobei er jedoch das weibliche Wesen hinter der Theke anstarrte. »Denn schließlich bedeutest du mir eine ganze Menge.«

»Und so was«, stellte Irene mit aufflackernder Empörung fest, »sagst du und glotzt dabei diese Person hinter der Theke an!«

»Nur um sie mit dir zu vergleichen.«

»Du spinnst wohl!« Irene fauchte fast katzenhaft angriffsbereit. »Mich mit dieser fetten Type vergleichen – Mensch, du bist wohl bescheuert!«

»Komm, beruhige dich wieder«, sagte er. »Vermutlich verträgst du keinen Alkohol. Das hättest du mir sagen müssen.«

Auch diese Bemerkung war dann in einem Polizeiprotokoll nachzulesen. Wobei sich dieser Jüngling dann noch die Vermutung leistete: Es habe tatsächlich den Anschein gehabt, als wäre Irene ziemlich angetrunken gewesen – und aggressiv dazu.

»Du kannst mich mal!« hatte sie zu ihm gesagt. Mit näherem Hinweis darauf, was er sie konnte.

Unmittelbar danach – laut Polizeirecherchen – verließ Irene ›Die Kneipe‹. Sie stürzte sich sozusagen ins Freie. Das wohl mit dem Verlangen, frische Luft zu atmen, wenn auch in dieser von Autoabgasen verpesteten Gegend. Nach übereinstimmenden Berichten schien sie leicht zu schwanken.

Sie entfernte sich von diesem stinkenden Lokal, dem blöden Jüngling und der fetten Kellnerin – und zwar ziemlich hastig. Sie sah auch jetzt nicht zurück, sondern nur nach vorn; jedoch mit leicht gesenktem, wohl ziemlich schwerem Kopf. Sie blickte auf grauschimmernde Pflastersteine und in die fahlen Gesichter der wenigen Menschen, die ihr entgegenkamen.

Dieser Effekt wurde durch die Neonlichter eines Supermarktes erzeugt, dessen Warenregale nun wie Blöcke in einer menschenleeren Montagehalle dastanden. Die grelle Beleuchtung schien in alle Winkel dieser in den späten Abendstunden fast verlassen wirkenden Wohnstraße kriechen zu wollen. Wie versessen darauf, deren lähmende Zwecklosigkeit kraß zu betonen.

Dort angelangt überkam Irene Winter ein sehr menschliches Bedürfnis – nach vier Pils und drei Schnäpsen durchaus verständlich. Sie blickte kurz um sich – sie sah keinen Menschen in der Nähe. Dann hielt sie nach einem brauchbaren Platz Ausschau.

Zwischen zwei Häuserblöcken war eine schmale, doch ziemlich lange Grünfläche, daneben etliche Parkplätze, auf denen sich Autos befanden. Darauf strebte sie zu, mit schneller, aber auch immer kürzer werdenden Schritten.

Bei einem schützenden Busch nahe der Hauswand zerrte sie ihre Jeans abwärts und hockte sich hin.

Dabei wurde sie überfallen.

Die Rekonstruktion – als Tatbestandsaufnahme – war so gut wie eindeutig; der Überfall dabei – wie zwingend zu vermuten – aus sittlichkeitsverbrecherischen Motiven erfolgt.

Der Ablauf: Das Objekt, also Irene Winter, hockte sich, weitgehend entblößt, nieder. Der Täter, noch unbekannt, doch eindeutig männlichen Geschlechts, unbestimmbaren Aussehens und Alters, stürzte sich auf sie, riß sie zu Boden, versuchte sich, mit bestimmbar geschlechtlichen Manipulationen, auf sie zu wälzen. Was nicht ohne Komplikationen vor sich ging.

Denn das Objekt, also Irene Winter, 15, versuchte sich zu wehren. Nicht nur körperlich – was aufgefundene Spuren, am Tatort, bewiesen – auch laut aufschreiend. Eine Zeugin in unmittelbarer Nähe: »Ich vernahm einen Schrei – aber wohl nur einen. Danach war es still.«

Diese danach folgende ›Stille‹ war erklärbar – anhand der Untersuchungen des Polizeiarztes. »Das Opfer ist mit dem Kopf gegen die Hauswand geprallt – oder ihr Kopf wurde brutal dagegen geschlagen –, worauf sich vermutlich eine schwere Betäubung einstellte, glücklicherweise nicht lebensgefährlich. Doch daraus ergab sich wohl beim Objekt ein Zustand weitgehendster Benutzbarkeit – eben in geschlechtlicher Hinsicht.«

Wobei die ›Zeugin in unmittelbarer Nähe‹ nicht untätig geblieben war. Sie hatte die Polizei alarmiert. Diese traf eine knappe Viertelstunde danach ein.

Sie fanden ein bewußtloses, am Hinterkopf stark blutendes Mädchen; mit nahezu völlig entblößtem Unterleib. Und dort dann, schnell erkennbar, Spermaspuren.

»Bringt sie in das gerichtsmedizinische Institut«, entschied der zunächst für diesen Vorgang verantwortliche Beamte – Kriminalkommissar Krebs. Einer der Besten seines Amtes.

7

Karl Hubert wartete – auf das, was kam. Dabei beschäftigte er sich mit seinen privaten Akten. Worauf er dann ein leeres Blatt Papier an sich zog. Er betrachtete es blinzelnd, widerwillig.

Dennoch begann er es zu beschreiben – sehr langsam, fast jeden der so entstehenden Buchstaben abtastend, die zunächst wesentlich größer waren als seine ansonsten kleine, zierlich geschwungene Schrift. Er schrieb, oben rechts, auf den grauweißen Bogen ein S und dann noch ein S. Danach eine Adresse, eine geschätzte Altersangabe, eine angenommene Berufsbezeichnung; dazu etliche Daten und vermutbare Kontaktadressen.

Dann schob er dieses Blatt, mit dem eine neue seiner privaten, halbamtlichen Akten zu entstehen drohte, von sich. Er sträubte sich dagegen, dort nun auch noch zwei weitere Buchstaben hinzuschreiben – ein R und ein H. Die Initialen seines Freundes also. Auch den in seinen Akten aufnehmen zu müssen, war eine fürchterliche Vorstellung. Eine unvermeidliche?

Wie ergeben, doch intensiv lauschte er vor sich hin. Der Ventilator surrte aufdringlich laut. Doch immerhin übertönte es den fernen, spätabendlichen Straßenlärm, auch so manche Geräusche dieses Hauses – aufrauschende Wasserspülungen, knallende Türen, Korridorgespräche. Auch sein Hörvermögen war wohl zu stark ausgeprägt.

Doch diesmal vernahm er, wie in unmittelbarer Nähe, schwache, piepsende, wie nach Hilfe schreiende Töne – die er weder erklären noch gar zu bestimmen vermochte. Sie waren bisher auf der Skala seiner tonlichen Wahrnehmungen nicht verzeichnet. Sie wurden aber offenbar in unmittelbarer Nähe der Tür erzeugt.

Diese Tür öffnete er; sah in den völlig leer erscheinenden Fliesenkorridor hinein, der stromverbrauchsbewußt, also wohl für die Hausverwaltung kostensparend, nur mäßig beleuchtet war.

Dann erst erblickte er, zu seinen Füßen, ein kleines, schwarzes Tier, mit einigen wenigen schneeweißen Flecken über der Nase und an den Pfoten. Eine Katze.

»Wer bist denn du?« fragte er überrascht. »Woher kommst du? Was willst du hier?«

Die Katze schien ihn verständnisvoll anzublinzeln; jedoch nur kurz. Dann bewegte sie sich dicht an seinen Beinen vorüber, wie tänzelnd, in seine Wohnung hinein. Und hier begab sie sich, nahezu zielstrebig, in sein Arbeitszimmer – dort schien sie die Körperwärme seines Schreibtischstuhles zu wittern, sprang hoch und rollte sich zusammen.

Karl Hubert betrachtete diesen Eindringling leicht verwirrt. Was sollte er mit ihm anfangen? Dieses wahrlich nicht unattraktive Geschöpf abspeisen, ihm Milch oder Wasser vorsetzen und es dann wieder abschieben? Dorthin, woher es gekommen war – auf den Korridor hinaus?

Von dort vernahm er nun eine kindlich-weibliche Stimme – die flüsternd und flehend zugleich klang. Die schien lediglich ein einziges Wort zu produzieren, das dann jedoch als ein Name erkennbar wurde: Minka.

Karl Hubert öffnete jetzt die Tür seiner Wohnung sehr weit. Vor ihm stand eine Frau – oder war es noch ein Mädchen? Jedenfalls ein Geschöpf von schlanker, elastischer, nahezu sportlicher Präsenz. Doch was er zunächst, wie beherrschend, registrierte, waren ihre großen, lavendelblauen, ihn anleuchtenden Augen. Und das Gesicht war von zärtlichster Zuneigungsbereitschaft.

»Wenn ich Sie richtig verstanden habe«, sagte er, wobei er sie mit steigendem Wohlgefallen betrachtete, »haben Sie einen Namen genannt, der sich wie Minka angehört hat. Das könnte der einer Katze sein. Eine solche befindet sich bei mir.«

»Wie schön!« sagte sie strahlend dankbar, sichtlich beglückt auch. »Ich muß mich da wohl sehr bei Ihnen entschuldigen. Aber meine Minka ist neuerdings von einem heftigen Freiheitsdrang erfüllt – sobald ich nur die Tür öffne, versucht sie auszureißen. Diesmal ist es ihr gelungen. Doch sie ist ja glücklicherweise in gute Hände geraten. Danke.«

Karl Hubert bat sie zu sich hinein. Sie lief auf ihre Katze zu. Die ließ sich streicheln und in die Arme nehmen. Ein leicht gesträubtes Idyll schien sich anzubahnen. Minka schnurrte heftig – doch mit verlangendem Frageblick auf ihren neuesten, von ihr instinktiv erkannten Beschützer.

»Ihre Minka kann stets zu mir kommen«, versicherte Karl Hubert, etwas verwundert über sein Angebot. »Und Sie können das auch.«

»Danke sehr«, sagte sie, erkennbar ehrlich erfreut. »Sie sind ein wunderbar großzügiger Mensch.«

»Täuschen Sie sich da nicht!« glaubte er sie warnen zu müssen, tat es jedoch lächelnd. »Was wissen Sie denn schon von mir?«

Sie wußten nichts voneinander – obgleich sie, wie sich dann herausstellte, bereits monatelang in engerer Nachbarschaft gelebt hatten; nur wenige Meter einander entfernt. Ihre Wohnung, ein Stockwerk tiefer, war wesentlich kleiner – ihr Vater, berichtete sie eifrig, habe sie für sie gekauft; für ihr Studium – Soziologie.

Sie hielt ihre Minka in den Armen; beide blickten Karl Hubert groß an. Und sie sagte mit spontaner Herzlichkeit: »Ich heiße Margit, mit Nachnamen Müller – ganz einfach Müller. Nennen Sie mich Margit – wenn Ihnen das recht ist.«

»Das ist mir recht.« Worauf dann auch er sich vorstellte – auch er nannte seinen Namen – mit dem Zusatz: Beamter. »Darf ich Ihnen irgend etwas anbieten? Vielleicht sollten wir darauf trinken, daß Sie Ihre hübsche Katze wiedergefunden haben.«

»Sie sind ein überaus verständnisvoller Mensch«, versicherte dieses mädchenhaft-frauliche Wesen spürbar überzeugt.

Hubert ließ sie in diesem Glauben. Er füllte für sie ein kleines Glas mit dem Wein, von dem er trank, einem milden Bordeaux. Margit Müller nippte davon. Dann erzählte sie von sich, und er hörte ihr zu. Sie arbeite viel; meist wäre sie allein, wohl viel zu allein; aber da gebe es Minka, diese Katze, die sie sehr liebe, die aber eben in ihrer kleinen Wohnung keinen rechten Auslauf habe.

»Das ist doch kein Problem, Margit. Minka kann jederzeit zu mir kommen, bei mir stehen ihr alle Räume zur Verfügung.«

»Danke – sehr!« Sie verströmte eine wundersame, kindhaft-naive Harmonie. Ihr Lächeln war von großer Zutraulichkeit.

Das genoß er sehr. Doch bewußt vorsichtig, wie er stets zu sein wünschte, gedachte er ihr sanftes Entgegenkommen nicht auszunutzen. Er trank ihr zu und sagte: »Schön, daß es so etwas wie Sie gibt.« Für ihn war das – sie konnte das kaum wissen – eine Feststellung von großem Seltenheitswert. »Kommen Sie bald wieder.«

Dann geleitete er Margit, diese strahlende, ihn anstrahlende Mädchenfrau, mitsamt ihrer prächtigen Katze Minka bis auf den Korridor hinaus. Dort streichelte er, mit sehr scheuen, sie entzückenden Bewegungen, das Tier – in Wirklichkeit jedoch sie. Dabei atmete er ihren Geruch ein; und das diesmal mit erheblichem Genuß. Sie duftete nach frühem, noch nicht voll erblühtem Flieder – ein Hauch strengerer Körperlichkeit dabei konnte wohl von ihrer Katze erzeugt worden sein.

Margit entfernte sich mit leicht tänzelnden Schritten, Minka in den Armen. Ihre Bewegungen wollten ihm unendlich graziös erscheinen. Und ihre Stimme klang anschmiegsam sanft, als sie sagte: »Bis bald! Hoffentlich.«

Karl Hubert sah ihr beglückt lächelnd nach. Danach begab er sich wieder in seine Wohnung. Er setzte sich hinter seinen Schreibtisch; auf jenen Stuhl, den die Katze Minka mit wohliger Behaglichkeit belegt hatte.

Und dort zog er den wie von sich gestoßenen Aktenbogen, den mit den Kennzeichen S und S, wieder an sich – und zerriß ihn unendlich erleichtert.

Fast unmittelbar danach wurde Huberts Tür regelrecht betrommelt – dumpf-lautstark, fordernd-rücksichtslos, mit verlangender Ausdauer. Er öffnete. Herein drang, äußerst erregt, nahezu bebend der Winter-Vater.

Er verkündete keuchend: »Mein Gott, Herr Hubert – was da passiert ist! Sie werden es kaum glauben!«

»Was auch immer, Herr Winter! Unmöglich in dieser Scheißwelt ist schließlich nichts. Was ist es denn diesmal?«

Dabei mußte sich Karl Hubert abwenden. Denn was ihn da nun mit beklemmender Heftigkeit anatmete, war eine massivbetäubende Geruchsmischung aus Angstschweiß und Preisringerausdünstungen. Kaum zu ertragen – jedenfalls nicht nach dem, was kurz vorher, bei Margit und Minka, ihm zu erspüren gelungen war: fliederhaft-lichtblaue, veilchenhaft-süße, sanft erglühende Körperlichkeit. Dieser Mensch jedoch stank penetrant. »Was bringt Sie denn so völlig außer Fassung?«

»Meine Tochter!«

»Nicht unverständlich, Herr Winter. Doch in welcher Hinsicht, bitte?«

»Sie ist überfallen, brutal niedergeschlagen, dann noch vergewaltigt worden!« brüllte der Vater anklagend auf. »Heute abend. In der Nebenstraße. Wie von Ihnen angekündigt!«

»Das«, sagte nun Hubert, betont reserviert, »habe ich keinesfalls angekündigt – lediglich für möglich gehalten. Falls so was tatsächlich eingetroffen sein sollte, bedauert das niemand mehr als ich.«

»Aber nun machen Sie mal was dagegen! Schließlich, Herr Hubert, sind Sie hier die Polizei. Und noch dazu bei diesem Verein, wie man sagt, einer der Größten!«

»Sagt man, ich weiß. Doch was hat das schon zu bedeuten – in diesem Fall.« Hubert sträubte sich sichtlich, als benutzbares Eingriffsobjekt in Erscheinung zu treten. »Ich bin Mordspezialist. Der von Ihnen geschilderte Vorgang jedoch gehört in den Bereich des Dezernates Sitte.«

»Ach was, Mann – verehrter Herr!« bedrängte ihn Vater Winter massiv. »Sie sind unser Nachbar. Sie kennen meine Irene – schließlich könnte sie auch Ihre Tochter sein. Wenn nicht gar Ihre zukünftige Frau. Ein ganz prächtiges Mädchen jedenfalls – oder etwa nicht? Na also. Doch jetzt von einem Sittenstrolch überfallen! Den Dreckskerl will ich haben. Besorgen Sie ihn mir!«

Karl Hubert hob abwehrend beide Hände. »Nur langsam, Mann! Nur langsam. Wie geht es Irene?«

»Woher soll ich das wissen? Mir sagt hier ja niemand was. Wie soll es ihr schon gehen – verdammt schlecht, vermutlich. Sie haben sie abtransportiert – angeblich wegen medizinischer Untersuchungen. Und ich soll mich nicht aufregen, hat einer von den Polizeibeamten gesagt – zu mir, dem Vater! Und zu meiner Frau hat er gesagt, sie soll sich bereithalten, sie wird abgeholt werden.«

»Das, Herr Winter, ist neuerdings beim Dezernat Sitte die übliche Verfahrensweise; seitdem dort Kommissar Krebs zu bestimmen hat. Er ist übrigens ein außergewöhnlich guter Fachmann. Er pflegt denkbar gründlichste Untersuchungen zu veranstalten und dabei meist die Mutter einzuschalten – nicht den Vater.«

»Und was dann, wenn mein Kind dabei draufgeht? Ich bin voller Sorge, Herr Hubert; aber auch voller Wut. Helfen Sie mit!«

Daraufhin erfolgte ein Telefongespräch. Und zwar zwischen Hauptkommissar Hubert, Mordkommission eins, und Kommissar Krebs, dem Sittenaufklärer des Amtes. Es verlief zunächst ohne jede erkennbare Komplikation. Der Chef des Dezernates Sitte meldete sich unverzüglich, spürbar bereitwillig, stark interessiert auch.

Hubert: »Ich hätte gern eine Auskunft von dir. Und zwar über ein zu vermutendes Sittlichkeitsverbrechen, das heute, in den späten Abendstunden, stattgefunden hat. Das Opfer: eine gewisse Irene Winter. Bekannt?«

Krebs war sichtlich beunruhigt. »Warum, bitte, verlangst du, ausgerechnet du, eine derartige Auskunft von mir?«

Hubert: »Du darfst dabei ein mehr zufälliges, nahezu privates Interesse meinerseits an diesem Fall annehmen. Denn diese Irene Winter wohnt in meiner unmittelbaren Umgebung, und mit ihrem Vater bin ich gut bekannt. Ich bitte dich also lediglich um eine sehr persönliche Auskunft. Geht das in Ordnung?«

Krebs: »Selbstverständlich!« Wobei eine Pause entstand. Der Sittenchef blätterte in den vor ihm liegenden Papieren. Er ließ sich offenbar Zeit.

»Also – lediglich allererste Befunde. Diese Irene hat bei diesen Vorgängen einige Verletzungen erlitten; eine gewisse Zeitspanne muß sie bewußtlos gewesen sein. Doch es besteht offensichtlich kein Grund zu größerer Besorgnis; nicht in körperlicher Hinsicht. Ist es das, was du hören wolltest?«

Hubert: »Das höre ich gerne. Doch ich habe noch eine Bitte, Krebs: Unterrichte dementsprechend auch den Vater dieser Irene Winter. Er sitzt, verständlicherweise überaus beunruhigt, neben mir. Kann ich ihn zu dir schicken?«

Krebs sagte nun sehr zögernd: »Derartige Fürsorgemaßnahmen sind an sich nicht üblich – und du weißt das. Wenn ich dir jedoch damit einen Gefallen tun kann . . . nun gut, dann soll er kommen.«

Karl Hubert betrachtete das erregte Bulldoggengesicht des Winter-Vaters vor sich mit zunehmender Neugier. Zugleich erstrebte er eine möglichst schnelle Befreiung von dessen sprunghaft stark zunehmenden Ausdünstungen.

Er sagte: »Kriminalkommissar Krebs persönlich ist bereit, sich mit Ihnen zu unterhalten. Dabei können Sie an sich ziemlich beruhigt sein – Irene scheint es, den Umständen nach, gut zu gehen. Doch vor dieser Unterredung mit Krebs muß ich Sie warnen, Herr Winter. Sobald der das Gefühl haben sollte, daß Sie eventuell durchdrehen, ob nun aus Sorge oder aus Wut, wird er Sie prompt abwimmeln, also Ihnen so gut wie nichts sagen; keinesfalls das, was Sie möglicherweise von ihm zu vernehmen erhoffen.«

Vater Winter erhob sich, als werde eine mächtige Kiste kraftvoll hochgestemmt. »Da können Sie ganz beruhigt sein, Herr Hubert. Nachdem ich nun weiß, daß unsere Irene nicht in Lebensgefahr schwebt, bin ich kalt wie eine Hundeschnauze. Jedenfalls danke ich Ihnen für Ihre einzigartige Hilfsbereitschaft – die werden Sie nie zu bereuen haben!«

Karl Hubert lehnte sich in seinem Schreibtischstuhl zurück, mit nun völlig geschlossenen Augen. Er sann den Begegnungen nach, die in dieser Nacht auf ihn zugekommen und von seltsamer Vielschichtigkeit gewesen waren. Ungemein beglückende, auch äußerst abstoßende zugleich.

Derartige Betrachtungen, zwischen sonnenhellem Erkenntnistag und tiefstem Nachtdunkeltaumel, wurden gestört durch das Klingeln des Telefons. Er nahm den Hörer dennoch ab. Dabei hoffte er wohl auf einen neuen, ihn von seinen Grübeleien endlich ablenkenden Mordvorgang – als vermöge der ihn zu erlösen.

Doch ganz wider Erwarten meldete sich nicht sein stets kapitalverbrechensaufklärungsbereiter Stellvertreter Kolb im Präsidium, sondern Richard Holden, der Freund. Und dessen Stimme klang bedrückt, besorgt, überaus zögernd. »Ich bitte sehr um Entschuldigung, Karl, wenn ich dich um diese Zeit noch störe.«

»Aber ich bitte dich, Richard! Um welche Zeit auch immer – ich bin stets für dich da. Worum geht es denn?«

»Ich habe lediglich das Bedürfnis, mich mit dir zu unterhalten.«

»Tue das! Und worüber? Über Susanne Sommer?«

»Ja.«

»Also über jene Person, mit der du angeblich so überaus glücklich bist. Dennoch – irgendwelche Komplikationen dabei, mein Freund?«

»Das«, gestand Richard Holden ein, »könnte möglicherweise sein. Doch in welchem Ausmaß wirklich, weiß ich nicht . . .«

»Willst du auch vermutlich gar nicht wissen! Denn in deinen Augen ist sie herrlich. Was sonst noch?«

Holden zögerte mit seiner Antwort. »Nun ja – manchmal mutet sie leicht verwirrend an; wie sicher die meisten Frauen.«

»Und wie, bitte, äußert sich das bei ihr?« Die Unruhe seines Freundes war deutlich – sie flatterte durch manche Worte, durch die Pausen zwischen den Worten, war am stärksten bei der sehr zögernd vorgebrachten Formulierung ›verwirrend‹. »Was beunruhigt dich – was hat sie dir gesagt?«

»Nichts, Karl. Aber eben das ist es wohl. Ich habe mehrfach

versucht, Susanne anzurufen. Doch sie meldete sich nicht.«

»Sie wird ausgegangen sein. Ich bitte dich, bei ihr handelt es sich sozusagen um eine Dame von Welt. Du wirst dich also daran gewöhnen müssen, nichts Verwirrendes an derartigen Vorgängen zu finden.«

»Ich habe versucht, sie anzurufen, um ihr, wie ich glaube, eine angenehme Nachricht zu übermitteln. Als sie dann gegen Mitternacht immer noch nicht zu Hause war, wurde ich besorgt. Sie hatte mir gesagt, sie müsse sich ihrer Freundin widmen, also rief ich auch dort an. Doch Susanne war an diesem Abend gar nicht bei ihrer Freundin gewesen. Vermutlich habe ich mich da geirrt, Susanne falsch verstanden . . .«

Karl Hubert reagierte überraschend nachsichtig; er mußte an die Mädchenfrau mit der Katze denken. »Ach, mein Lieber! Schönheit kann nun mal Unruhe erzeugen – damit muß man sich zwar nicht gleich abfinden, doch stets damit rechnen.« Dann wollte er instinktsicher wissen: »Was war das denn für eine angenehme Nachricht, die du ihr übermitteln wolltest? Darf ich das wissen?«

»Das mußt du sogar, Karl! Denn es handelt sich um diesen Dr. Lichtenberg, Lugano. Susanne hat offenbar auf eine mögliche Verbindung meinerseits mit diesem Herrn erheblichen Wert gelegt – und sie war spürbar verstimmt, als ich sie abgelehnt habe.«

»Was denn, was denn!« Hubert zeigte seinen wuchernden Unwillen nun sehr deutlich. »Soll das etwa heißen, daß du auf diesen Kerl einzugehen gedenkst – nur weil sie das wünscht?«

»Nein, Karl, das sollte es nicht heißen. So was würde ich nicht ohne deine Zustimmung tun; nicht ohne dich zu informieren. Ich wollte Susanne lediglich sagen, gewissermaßen um sie zu beruhigen, daß ich mir diese Konstellation noch einmal zu überlegen gedenke.«

»Verdammt noch mal, Richard – diese Person scheint dich tatsächlich erheblich zu verwirren! Du solltest ein Beruhigungsmittel nehmen, ein möglichst starkes – und dich dann endlich schlafen legen. Damit du für Stunden das alles vergessen kannst; also auch sie. Danach reden wir weiter.«

In dieser Nacht – fast genau zur gleichen Zeit, da dieses Telefongespräch zwischen den Freunden Richard und Karl stattfand – wurde Susanne Sommer von dem Journalisten Frank Schwarz bis zu der Tür des Hauses geleitet, in dem sie wohnte. Auf der Straße wartete das Taxi.

»Soll ich es wegschicken?« fragte Frank ermunternd. »Ich bin noch nicht müde – das bin ich eigentlich nie. Falls mir ein guter Drink oder ein starker Kaffee angeboten werden, möglichst beides, sage ich nicht nein.«

Sie blinzelte ihn an und versicherte: »Auch ich fühle mich noch überaus angeregt. Das ist ein äußerst interessanter Abend gewesen.«

»Ihm werden noch viele andere folgen, Susanne – dafür garantiere ich!«

»Wir wollen nichts überstürzen, Frank«, sagte sie mit verlokkendem Lächeln. »Sie sind ein sehr erfahrener, mir recht bedeutsam erscheinender Mann – aber ganz unerfahren bin ich auch nicht; und unbedeutend will ich gleichfalls nicht sein. Ich gedenke mich also niemals auf das einzulassen, was man, recht gewöhnlich, die schnelle Tour nennt. Das wäre einfach zu wenig – für uns.«

»Akzeptiert!« versicherte er mit geschmeidiger Anerkennung. Da war er wohl, glaubte er sich bereitwillig bestätigen zu können, an eine Klasse-Frau herangeraten – die ließ sich nicht einfach, wie Dutzende andere, glatt umlegen. Für die mußte viel mehr investiert werden: einiges an Geld, eine Menge guter Gelegenheiten, alles Erdenkliche an Beziehungen! »Das entspricht irgendwie, ziemlich genau, meiner Wellenlänge.«

»Nichts anderes habe ich erwartet«, sagte sie. Danach hielt sie ihm, wie seine diesmaligen gesellschaftlich-speziellen Leistungen aufrechnend, ihren Mund hin. Und so schmal der auch erscheinen mochte, er besaß eine betörende, unverzüglich zur vollen Wirksamkeit gebrachte Saugkraft. »Ich bin sehr dankbar veranlagt – muß man wissen.«

Ihre Zungen berührten sich, schienen einander, mit heftigem Wohlgefallen, abzutasten. Seine Hände schoben sich zu ihren

Brüsten vor – doch die entzog sie ihm; sie löste sich mit sanfter Entschlossenheit. »Alles zu seiner Zeit!« sagte Susanne Sommer.

Vater Winter, beherrscht von seinem üblichen Sicherheitsverlangen und Ordnungsbewußtsein, eilte heimwärts. Er kam direkt vom Präsidium. Dort war Kriminalkommissar Krebs, Chef Dezernat Sitte, auf Ersuchen von Hubert persönlich bemüht gewesen, ihm aufklärende Informationen zukommen zu lassen. Das ziemlich vergeblich, wie sich schnell erweisen sollte.

Denn Winter betrat sein Haus nicht etwa, um in seine Wohnung zu gelangen – er lief vielmehr, leicht keuchend, direkt in den dritten Stock. Und hier betätigte er anhaltend einen sirenenartigen Anmeldungsapparat, der jaulende, alarmartige Töne erzeugte. Zugleich pochte er, mit der geballten Faust, gegen die dünne, heftig bebende Holzverkleidung. Ein Fußtritt von ihm, nur ein einziger, sagte er sich, würde ausreichen, diese schäbig unzureichende Lebensraumbegrenzung zu beseitigen.

Doch bevor er das noch zu bewerkstelligen versuchte, wurde ihm diese Tür geöffnet. Sehr weit. Und dort erblickte er zwei Menschen, die er kannte – ein älteres Ehepaar; wie vorzeitig daseinsverbraucht. In beider Gesichter: Leere, Ahnungslosigkeit, kein Funke von Hoffnung.

»Herr Winter«, sagte der Mann. Die Frau wiederholte es. Sie waren aus dem Schlaf gerissen worden. »Was wollen Sie?«

»Von Ihnen will ich nichts!« Der Winter-Vater schob sich auf sie zu, drängte sich wie ein Keil zwischen sie, dividierte sie also auseinander; rein körperlich. »Ich gedenke mich lediglich mit Ihrem Früchtchen von Sohn zu unterhalten. Und ich rate Ihnen nicht, mich daran zu hindern.«

Mit absoluter Sicherheit erreichte er das Zimmer, in dem der Jüngling schlief. Das war an sich nicht weiter erstaunlich; denn diese Standardwohnungen glichen einander, basierten sozusagen alle auf dem gleichen banalen Schnittmuster. Wo bei ihm seine geliebte Tochter zu schlafen pflegte, mußte sich hier dieses Früchtchen aufhalten.

In dessen Zimmer schaltete Winter mit sicherem Griff das Oberlicht ein. Dann stürzte er sich auf den schlafenden Jungen, riß den hoch, dicht zu sich hin. Der Junge taumelte ihm wie hilflos entgegen.

»Du kleines, schäbiges Schwein!« schrie ihn Irenes Vater an, wobei er an ihm rüttelte, als habe er vor sich zu zersprengende Gefängnisgitterstäbe. »Was hast du mit meiner Tochter angestellt?«

»Aber ich doch nicht!« jaulte der angstvoll auf.

»Nicht er!« schrien nun auch die Eltern beschwörend; sie versuchten, Winter von ihrem Sohn zu trennen. »Er ist es wirklich nicht gewesen!«

Der väterliche Gerechtigkeitserzwinger stieß die beiden mit einer Prallbewegung seines Körpers von sich, ohne ihren Sprößling aus den Händen zu lassen. »Wenn er das – das! – getan hätte, dann lebte er nicht mehr!« verkündete Winter dumpf-feierlich. »Aber dieser verkommene, leichtsinnige Lümmel ist nicht schuldlos daran gewesen.«

»Aber wieso denn . . .«

»Du hast«, röhrte Winter den Jungen an, den er nun fest im Griff hatte, »meine Tochter in diese schäbige Kneipe verschleppt! Und dort hast du sie zum Saufen verführt.«

»Das ist nicht wahr!« rief die Mutter des Jungen überzeugt, während der Vater beschwörend forderte: »Sag', daß das nicht wahr ist, mein Sohn – sag' es!«

»Wenn er lügt«, drohte der Winter-Vater glaubhaft, »schlage ich ihn zusammen! Nun – du Früchtchen?«

»Na ja – allerdings«, würgte der Junge hervor, »ein paar Bier, aber kleine . . .«

»Wie viele?«

»Zwei – oder drei. Kaum mehr.«

Der Gerechtigkeitsvertreter seiner Irene nickte nun schwer den verstummten Eltern zu. »Na gut – so was kann vorkommen. Das ist nicht gerade sehr anständig, aber immerhin menschlich verständlich.« Dann wandte er sich ausschließlich wieder dem bebenden Jungen zu, den seine Hände schraubstockartig festhielten. »Du aber, du kleines, schäbiges Schwein, hast es zugelassen, daß sich meine Irene ins Freie begab – allein, ungeschützt, also ausgeliefert! So handelt keiner, der mal ein verantwortungsbewußter Mann werden will!«

»Irene selbst, Herr Winter, bestand darauf . . .«

»Na – und wenn! Sie hatte sich dir anvertraut, du bist für sie verantwortlich gewesen – du aber ließest sie laufen. In ihr Unglück. Und hier ist meine Quittung dafür!«

Er ohrfeigte den ihn vergeblich hilflos-flehend anstarrenden Jungen – kurz, hart zuschlagend, scharfknallend. Links und rechts. Dann stieß er ihn von sich – der fiel auf sein Bett zurück.

»Das«, sagte der Winter-Mensch dann zu den verwirrt-empört blickenden Eltern, »mußte getan werden. Wenn nicht von Ihnen, dann eben von mir. Solche Schweinereien dürfen nicht ungesühnt bleiben. Und das eine kann ich Ihnen versichern: Wenn ich den Kerl erwische, der meine Tochter tatsächlich auf dem Gewissen hat – dann gnade dem Gott!«

Diese Nacht, die nun langsam verendete, war sternenklar gewesen, beherrscht von sanften Temperaturen – »für die Jahreszeit wesentlich zu mild«, formulierten Meteorologen. Umglänzt vom absterbenden Vollmondlicht.

Der wie zögernd heraufdämmernde Morgen erblickte die letzten Stationen des Schlafes. Jene der wuchernden Unruhe, den der angeblichen Gerechten, der erschlafften Sünder, Säufer und Selbstbeflecker. Schläfer, die wie in einem steuerlosen Boot auf einem Todesstrom des bereitwilligen Vergessens dahintrieben.

In dieser Nacht lag Susanne Sommer, völlig unbekleidet, auf ihrem Bett; auf einer Bärenfelldecke, die das Geschenk eines ihrer zahlreichen Freunde war. Eine große, wohl ganz von innen kommende, rein körperliche Wärme erfüllte sie. Sie schien stets wie von Hochtemperaturen heimgesucht zu sein, was sich schon an ihrer sparsamen Unterkleidung ablesen ließ; ihre Männer wußten das und vermochten das auch zu schätzen.

Da Susanne völlige Dunkelheit um sich nicht zu ertragen vermochte, brannte ihre Nachttischlampe, ein sichtlich kostbares venezianisches Glasprodukt, gleichfalls das Geschenk eines ihrer Verehrer. Deren sanftes Licht ließ ihr Gesicht rosig erglühen. Sie lächelte selbst noch im Schlaf; aber so, als lächle sie nur sich allein an.

Richard Holden wälzte sich voller Unruhe von einer Seite auf die andere – als wollte er die Rückenlage vermeiden; denn dabei wachte er stets wieder auf. Auch legte er sich kaum jemals auf Bauch und Brust, so was vermochte seine wuchernden Sehnsüchte bis zu quälenden Erregungen zu verstärken.

Er suchte den erlösenden Schlaf, wobei er sich durch filmhaft flimmernde heraufbeschworene Bildgedanken zu betäuben bemühte: ein wundersam sinnliches Gesicht, dicht über ihn gebeugt – dazu ein entblößter Oberkörper, dessen Brüste ihn fast zu berühren schienen. Sein Kopfkissen wies feuchte Stellen auf – erzeugt von Speichel oder ihm unbewußt entflossenen Tränen?

Karl Hubert lag in seinem Schlafzimmer wie eine regungslose Puppe – jedoch mit weit geöffneten Augen. Er beherrschte die Kunst, vollkommene Entspannung zu erreichen, ohne dabei schlafen zu müssen. Das Licht der in seiner Nähe eingeschalteten Nachttischlampe fiel fast scheinwerferartig auf ein Blatt Papier. Dort standen etliche Namen, wie hingezerrt verkürzt – nur für ihn allein entzifferbar.

»Minka«, sagte er dann vor sich hin – sehr leise, überaus deutlich dennoch. Womit er die Katze jener Mädchenfrau meinte, deren Besuch ihn so ungemein beglückend abzulenken vermocht hatte. Er zog ernsthaft in Erwägung, Katzen zu mögen – und die sich ihnen zugehörig fühlenden Wesen auch. Zumal diese Geschöpfe offenbar noch das Verlangen danach besaßen, ein eigenes, eigenwilliges Leben führen zu wollen.

So was war schließlich von erheblichem Seltenheitswert – in dieser Welt voller ›Anpassungssucht‹; ergebener, gleichgültig erfolgender, auch berechneter. Sogenannte ›Umstände‹ wurden zu ›bewältigen‹ versucht – hingenommen oder eben verwertbar gemacht. Wie wohl auch von dieser Susanne Sommer. Er haßte derartige, alles in sich hineinfressende, verdauen könnende Daseinsgenossen. Und sein Haß denen gegenüber nahm immer mehr zu.

Doch nach derartigen Erkenntnissen schlief er gut, wenn auch nur wenige Stunden. Diese reichten völlig aus, um Karl Hubert abermals wieder mit vernichtender Energie in Erscheinung treten zu lassen.

Das Ende dieser Nacht durchschnarchte der Winter-Vater mit bedrohlich raumfüllend klingenden Holzsägegeräuschen – nicht unzufrieden über seine Leistungen; wobei er wohl noch weitere tatfreudig ausbrütete.

Seine Frau hielt sich währenddessen bei ihrer Tochter Irene auf, im gerichtsmedizinischen Institut. Dort starrte sie auf das schlafende Kind, das unfaßbar unbeeindruckt anmutete. So als wäre nichts geschehen.

Frank Schwarz, der Journalist, vermochte auch in dieser Nacht nicht allein zu schlafen. Diesbezüglich stets verwertbare Adressen lagen dutzendweise bereit – ein Anruf genügte; und welche auch immer er wünschte, sie kam; sie kamen alle! Diesmal betreute ihn eine Barbara; geschickt, komplikationslos, fachfreudenfraulich. Auf alle Forderungen gefaßt, auf jede eingehend. Sie nahm es sogar ziemlich reaktionslos hin, als er sie auf dem Höhepunkt aufstöhnend Susanne nannte.

»Wer ist denn das?« fragte sie lediglich; wobei sie sich unbeirrbar weiter über ihm bewegte.

Diese Barbara besaß das Gesicht einer vielbeschäftigten Nutte; ausgelaugt, faltenscharf, konturenarm. Doch ihr Körper mutete immer noch wie der einer jungen Frau an: straff jugendliche Brüste, Nabel und Bauch darunter samtartig und sauber. Und ihr Po war von hügelartiger Schönheit. Das alles bot sie ihm dar: gekonnt geschäftig, mithin geschäftstüchtig auch.

»Sollte die – also diese Susanne – das etwa noch überbieten können?«

»Na und wenn«, murmelte er. »Doch das wohl nur mit einiger

Anstrengung. Aber warum sollte die sich nicht anstrengen?« Er wollte damit wohl sagen, das hatten schließlich bisher alle weiblichen Wesen in seinem Bereich getan. Seine besonderen Werte stets würdigend.

Er schlief dennoch schnell ein; wie über Barbara zusammengefallen. Sie schob sich unter ihm hervor, ohne ihn noch einmal anzusehen – sie betrachtete ihre Armbanduhr, um festzustellen, daß sie wie üblich prompte Arbeit in der dafür vorgesehenen Zeitspanne geleistet hatte.

Das Honorar dafür erhielt sie, wie bei Frank üblich, in Form von sechs Tagesanzeigen in seiner Zeitung: »Bei mir oder bei Ihnen. 349878.« Der Gegenwert dieser Annoncen machte ungefähr ihren halbnächtlichen Preis aus; wobei Frank Schwarz Sonderrabatt erhielt.

Der neue, unvermeidliche Tag breitete sich nun mit besitzergreifender Helligkeit aus. Er drängte sich unhemmbar in alle Fenster hinein. Selbst ödeste Mietskasernen schienen jetzt aufzuglühen. Das Morgenlicht legte flimmernden Goldschimmer über schweißfeuchte Körper.

An diesem Morgen traf Karl Hubert bereits eine Viertelstunde vor acht Uhr, seinem alltäglichen Dienstbeginn, im Präsidium ein. Diesmal hatte er die U-Bahn benutzt. Beim Portier rief er seine Dienststelle an – um das zu erfahren, was er hören wollte: keine Besonderheiten.

»Gut. Dann suche ich inzwischen D 5 auf.«

Was ›Dezernat fünf‹ hieß, das für Sittlichkeitsverbrechen. Und wenn sich der Chef der Mordkommission eins dort aufzuhalten gedachte, dann natürlich gleich beim zuständigen ›Obermacher‹, also Kriminalkommissar Krebs. Dieser wurde unverzüglich über den sich nahenden Besucher verständigt – vorsorglich amtsintern.

Dementsprechend waren alle Türen für Karl Hubert geöffnet – auch jene des Dienstzimmers, in dem Krebs hauste. Dort befand sich ein wie überfüllt wirkender Schreibtisch; unmittelbar daneben ein kleines, doch gleichfalls wie vollgestopftes Regal. Und die Wände rundherum waren dicht bedeckt – von Stadtplänen, Tatortskizzen, Statistiken, Fotos, Namenverzeichnissen. Krebs, mittendrin, machte einen rosigen, nahezu gemütvollen, doch unentwegt einsatzbereiten Eindruck.

Er war der große, wenn auch körperlich recht kleine Nachtarbeiter dieses Amtes – auch vom Präsidenten, anerkennend scherzend, »unsere herrliche, hellwache Nachteule« genannt. Kommissar Krebs pflegte seine Arbeit erst am späten Nachmittag eines jeden Tages zu beginnen, um dann die ganze Nacht hindurch – »in den Stunden meiner Hauptkunden« – wach, also wachsam, zu bleiben; bis weit in den nächsten Tag hinein. Er wirkte auch jetzt nicht im geringsten übermüdet, als er seinen ihm angekündigten Kollegen begrüßte.

»Setze dich zu mir, Hubert!« rief er ihm einladend zu. »Ich habe die dich möglicherweise interessierenden Unterlagen bereitgelegt.«

Karl Hubert war von diesem Angebot nicht im geringsten überrascht. So was gehörte mit zu den großen Selbstverständlichkeiten der wahren Fachleute seiner Branche. Diese vermochten über Andeutungen weit hinauszudenken, noch so vage erscheinende Anregungen zu realisieren, lediglich ein Kennwort in Erkenntnisgruppen zu verwandeln. Und einer von diesen kriminalistischen Hellhörern war Krebs – wie ja auch Hubert. Beide kamen aus der kriminalistischen Hochschule eines Keller.

Hubert zog also die für ihn bereitliegenden Ergebnisse erster Ermittlungen an sich – er blätterte sie durch; er war ein schneller, doch überaus gründlicher Leser. Danach sagte er, ohne jede möglicherweise aufdringlich scheinende Anerkennung: »Ausgezeichnete Recherchen, Krebs – aber das ist ja ganz selbstverständlich bei dir.«

Krebs lauerte weiterhin wachsam. »Habe ich immer noch anzunehmen, Hubert, daß dein Interesse an diesem Fall mehr persönlicher Natur ist?«

»Nimm das ruhig an!« bestätigte Hubert und sah dabei die Unterlagen weiter durch. »Wie ich dir schon gesagt habe, ich kenne zufällig diese Irene Winter – und auch, ein wenig genauer, deren Vater. Den ich zu dir geschickt habe.«

»Den du mir in dieser Nacht zugemutet hast! Mein Lieber, der scheint mir ein ganz fürchterlicher, ordnungsbesessener, gerechtigkeitsgewaltiger Kerl zu sein. Warum hast du mir ausgerechnet diese Type auf den Hals gehetzt?«

»Lediglich in der Annahme, Krebs, daß du ihn zu durchschauen vermochtest – was dir ja auch einigermaßen gelungen zu sein scheint. Wenn auch leider nicht hundertprozentig.«

»Was versuchst du damit zu behaupten, Hubert?«

»Einige deiner Andeutungen scheinen Winter in Richtung auf diesen Kneipenjüngling dirigiert zu haben. Und den hat er zusammengeschlagen. Nur kurz, aber ziemlich kräftig. Außerdem gewiß nicht ganz unverdient. Nimm so was also nicht gleich tragisch.«

»Worauf willst du hinaus, Hubert?« Krebs vermochte seinen wachsenden Unwillen gegen diesen ihm rücksichtslos erscheinenden Einbruchsversuch in seine mühsam-bemüht geregelte Verbrechenswelt kaum noch zu verbergen. »Du versuchst hier offenbar eine Art Spiel zu betreiben – mit mir?«

»Nichts dergleichen!« versicherte Hubert. Er war nunmehr bei einem erfreulich real begrenzten Verzeichnis möglicher Verdächtiger angelangt. Dieses wies, recht gründlich recherchiert, bemüht vollständig zusammengetragen, an die vier Dutzend Namen auf. Wie kreuz und quer durch die Gegend ersammelt.

»Deine Leute werden immer besser, Krebs.« Hubert nickte anerkennend. »Du bist ein vorzüglicher Lehrmeister; aber hoffentlich nicht nur in psychologischen Bereichen. Was du für deine Praxis benötigst, sind keine Seelsorger, sondern Spürhunde. Aber wenigstens einen vielversprechenden Kandidaten hast du ja bereits herausgefunden.«

»Was veranlaßt dich zu dieser Ansicht?«

Hubert tippte nun auf einen von den fast fünfzig angesammelten Namen. »Das hier ist ein Volltreffer, mein Lieber! Diesen Mann solltest du dir näher ansehen – vor allen anderen.«

Krebs blickte seinen Kollegen groß an; doch keinesfalls sonderlich verwundert. Schließlich kannte Hubert das Opfer, den Tatort, dessen Umgebung – warum also sollte ein so hellwacher, erfahrener Kriminalist nicht noch mehr erkennen oder eben zwingend vermuten? Hubert besaß, wie oft erwiesen, einen geradezu tödlich-sicheren Instinkt.

»Weißt du, mein Lieber, wozu ich jetzt große Lust hätte? Mit dir eine regelrechte Vernehmung zu veranstalten! Um herauszubekommen, warum du ausgerechnet auf diesen einen Namen hingewiesen hast. Warum du dabei so sicher bist und was dich dazu veranlaßt hat.«

Hubert lachte unbekümmert auf. »Laß dich nicht von Nebensächlichkeiten ablenken, Kollege Krebs. Nimm dir diesen Burschen, auf den ich dich hingewiesen habe, vor – taste den ab, kremple ihn um. Dann werden wir weiter sehen.«

Der Sittenchef schüttelte, sehr bedächtig, seinen Kopf. »Du wirst gewiß meinen Unterlagen entnommen haben, daß Irene Winter so gut wie keine brauchbaren, also juristisch verwendungsfähige Angaben machen kann über den Mann, der sie überfallen hat.«

»Beklagenswert, aber nebensächlich – für unser Metier«, entschied Hubert. »Schaue dir diesen Kerl genauer an, befrage ihn mit deinen Methoden, am sichersten noch mit meinen – und du wirst schnell erkennen, ob er der Täter ist oder nicht.«

»Kann sein, daß ich das danach weiß. Doch was ist damit erreicht? Dann muß ich das erst einmal zu beweisen versuchen, was verdammt schwer sein wird – nach dem bisher vorliegenden Material.«

»Das habe ich erkannt, Krebs. Aber ich kenne dich ziemlich gut. Und daher weiß ich, daß du nichts unversucht lassen wirst, um einen einmal in deine Hände geratenen Sittenstrolch festzunageln. Und besonders einen von dieser Sorte. Wenn ich nicht irre, ist deine Tochter jetzt fast genauso alt wie diese Irene.«

»Das ist natürlich kein maßgebliches Argument – lediglich ein Hinweis«, stellte Krebs lächelnd fest. »Also gut, Hubert – dann werde ich mir den vornehmen. Solltest du den Wunsch haben, bei seiner Vernehmung anwesend zu sein?«

»Falls du das nicht als störend empfindest, Kollege Krebs – werde ich mich gern dabei einfinden. Denn du gehörst zu jenen wenigen Menschen unseres Metiers, von denen sogar ich noch einiges lernen kann.«

Das war durchaus ehrlich gemeint, denn hier im Präsidium hatten sie die beharrlich-intensiven Methoden ihres großen Lehrmeisters Keller, des alten Mannes mit dem Hund, zu übernehmen versucht: dessen sanfte, ungemein beharrliche Seelenbohrungsversuche – zu denen unendliche Ausdauer ebenso gehörte wie auch geschickteste Formulierungsfallenstellerei. Und dann eben noch das vielleicht absolut Entscheidende dabei: der Instinkt.

»Ich verständige dich, Hubert, wenn es soweit ist.«

»Da bist du ja endlich, meine Liebste!« rief Richard Holden hastig beglückt aus, als er endlich wieder die Stimme seiner Susanne Sommer vernahm; per Telefon. »Ich habe die ganze Nacht und den halben Tag versucht, dich zu erreichen. Vergebens.«

»Solltest du mir etwa deshalb irgendeinen Vorwurf machen?« wollte sie wissen, anscheinend überaus verwundert.

»Aber nein, nein, mein Liebes!« versicherte er eilig. »Mich beherrschte lediglich der Wunsch, deine Stimme zu hören, mit dir zu sprechen – ist das so schlimm?«

»Aber nein, mein Lieber.« Susanne sagte das unendlich sanft, zutiefst verständnisvoll, dezent warnend aber auch. »Denn ich nehme nicht an, daß du jemals versuchen würdest, mich wie ein jederzeit erreichbares Objekt zu behandeln.«

»So was würde ich mir niemals erlauben, Susanne. Doch ich habe mir Sorgen gemacht – deinetwegen.«

»Völlig überflüssigerweise.« Sie kannte, oder eben erahnte, so gut wie alle eventuelle Komplikationen – erfahrene Praktikerin des Daseins, die sie war. »Gestern abend wollte ich zu meiner Freundin, doch dann rief mich meine Mutter an und behauptete, mich dringend zu benötigen; auch sie kann recht anstrengend sein. Als ich schließlich, reichlich strapaziert, wieder zu Hause war, habe ich das Telefon in mein Bad eingeschlossen – um endlich ungestört schlafen zu können. Das wirst du sicher verstehen.«

Er versicherte ihr das unverzüglich; fast heftig, feierlich. »Meine Verständnisbereitschaft, Susanne, ist sehr ausgeprägt – ganz besonders dir gegenüber. Wann darf ich dich wiedersehen? Heute abend? Gehen wir in ein Restaurant – deiner Wahl. Dann – zu mir?«

»Richard, mein Lieber, das würde ich gerne – sehr gerne; falls es mir bis dahin besser geht.« Und sie fügte mit taubenartig gurrenden Untertönen hinzu: »Du bist so herrlich bemüht um mich – und ich weiß das zu schätzen. Wobei mir einfällt, was ich dich noch fragen wollte: Hast du weiter über die Möglichkeit nachgedacht, diesen Dr. Lichtenberg, Lugano, als deinen Klienten zu betreuen – nur gelegentlich.«

Die Verbindung zwischen ihnen wirkte kurz wie unterbrochen. Dann aber sagte er, sehr behutsam: »Ich glaubte dir einigermaßen deutlich gemacht zu haben, daß mir eine derartige Verbindung nicht sonderlich angenehm wäre. Sie würde, ganz einfach, wohl kaum in meinen juristischen Interessenbereich hineinpassen. Doch um dir einen Gefallen zu tun, habe ich dir eine gewisse Adresse für ihn gegeben.«

»Eine ganz ausgezeichnete! Dr. Lichtenberg versicherte mir, es wäre eine der allerbesten Adressen, die er jemals erhalten habe. Aber eben deshalb ist er nun noch begieriger darauf, mit dir persönlich intensiv in Kontakt zu treten. Er hält dich für einen Menschen mit ganz besonderen Beziehungen.«

Das traf ja auch zu. Jedoch wohl in wesentlich anderer Hinsicht, als in diesem Fall offenbar erhofft wurde. »Du scheinst jedenfalls«, konstatierte er, »erheblichen Wert auf eine derartige Verbindung zu legen.«

»Deinetwegen, Richard – auch unsertwegen.«

»Wobei ich jedoch annehme, Susanne, mein Liebling« – seine Stimme klang jetzt bittend, fast beschwörend –, »daß eine mögliche Ablehnung meinerseits nichts ändern, nichts verändern würde – an dem, was zwischen uns ist. Darf ich das annehmen?«

»Ja«, sagte sie tonlos.

Er registrierte genau ihre maßlose Enttäuschung, ihren fast kalten Tonfall. »Doch wir können durchaus noch einmal darüber sprechen; in aller Ruhe. Also nicht über das Telefon. Vielleicht heute abend? Bei mir?«

»Das, Richard, mein Liebster, würde auch ich sehr wünschen!« Ihre Stimme flackerte nun auf wie nach einem zündenden Funken. »Mich bekümmert nichts so sehr wie mögliche Mißverständnisse zwischen Menschen, die sich lieben. Wie wir. Doch du mußt sehr viel Geduld mit mir haben.«

»Das mußt du mit mir ja auch!« bat er sie fast flehend. »Du bist so ganz anders als jedes andere weibliche Wesen, das ich bisher kennengelernt habe – du bist absolut einzigartig; in jeder Beziehung. Wie ein großes, göttliches Geschenk! Aber dich muß man verdienen, das weiß ich! Verdiene ich dich?«

»Nichts anderes wünsche ich mir, Richard! Aber ich kann dir noch nicht versprechen, daß ich heute abend zu dir komme.« Ihre Stimme besaß nun wieder Untertöne, als wären ihre Worte in kalte, schnelle Gebirgswasserfluten gehüllt. Das entsprach einer ihrer wirksamsten, bisher stets erfolgreich angewendeten Taktiken – ›Wechselbäder für Gefühle‹. »Wir werden also sehen, was sich ergibt.«

Damit beendete Susanne dieses Telefongespräch – und zwar genau mit dem von ihr gewünschten Erfolg: Richard Holden fühlte sich wie von heftigen, pausenlos sich ihm entgegenstürzenden Wellen der Ungewißheit überspült. Er kam sich unendlich hilflos vor und spürte nur noch ein schnell steigendes, würgendes Verlangen, sich davon zu befreien.

In den Mittagsstunden dieses Tages trafen sich abermals der Journalist Schwarz und der Kriminalist Hubert. Das geschah in einem Restaurant, das sich wirksam schlicht ›Bistro‹ nannte. Dort wurden Spezialitäten der Provence, von lässiger Sorge, meisterhaft gekocht, doch höchst lässig serviert.

»Betrachten Sie sich als mein Gast!« Frank Schwarz produzierte eine groß einladende Geste. »Für Sie ist mir einfach nichts zu teuer.«

»Brechen Sie sich nur keine Verzierungen ab«, meinte Karl Hubert munter. »Schließlich kenne ich die Gepflogenheiten Ihres Metiers – und ein paar sehr spezielle, von Ihnen persönlich arrangierte ebenfalls.«

In diesem Fall sah das so aus: Dieser Journalist war im ›Bistro‹ eine Art Stammgast, ein sehr gern gesehener. Und das ohne bezahlen zu müssen. Dafür rührte er bei jeder Gelegenheit die Werbetrommel mit von ihm lancierten ›Gesellschaftsnachrichten‹, die für ein Lokal dieses Genres bares Geld wert waren.

»Warum eigentlich«, fragte Karl Hubert scheinbar nebensächlich, als beschäftige ihn allein die Speisekarte, »taucht bei diesem von Ihnen so intensiv verbreiteten Gesellschaftstratsch so gut wie niemals der Name Susanne Sommer auf?«

»Womit wir wohl beim Thema sind! Doch zunächst sollten wir bestellen – so gut wie alles, was hier erlesen erscheint und auch teuer ist. Fangen wir mit Austern an? Oder bevorzugen Sie Schnecken – hier werden die besten in der ganzen Stadt serviert. Jedenfalls sollten Sie sich stärken – für das, was ich Ihnen sonst noch zu bieten habe.«

Hier im ›Bistro‹ konnten sie sich völlig ungestört unterhalten. Zumindest mittags waren dort nicht viele Gäste da. Sie dürften sich da völlig ungeniert vorkommen.

»Diese Susanne Sommer«, berichtete Frank Schwarz etwas später, wobei er seine Forelle mit Mandeln gekonnt zerlegte, »scheint tatsächlich eine höchst bemerkenswerte Person zu sein. Sie ist wohl einfach zu klug, also bewußt raffiniert genug, sich derartiger Publicitysucht nicht auszuliefern. Die ist eben, auf ihre Weise, Klasse!«

»Tatsächlich? Die Dame scheint also sogar Sie beeindruckt zu haben.«

»Aber doch nicht gleich das, Herr Hubert. Über derartige kleinbürgerliche Kinderkrankheiten bin ich längst hinaus. Mittlerweile bin ich zu einem Kenner geworden – speziell von weiblichen Wesen.«

»Auch von dieser Susanne Sommer –?«

»Die ist vielmehr ein ziemlich außergewöhnliches Exemplar

für eine Frau.« Frank Schwarz ließ sich nunmehr genau auf das ein, was Karl Hubert seiner Meinung nach von ihm erwartete: auf den Versuch einer Analyse.

»Sie ist schließlich nicht mehr die Jüngste, dennoch ein Wesen höchst sinnlicher, überaus vielversprechender Attraktivität. Der Andrang auf sie war und darf immer noch als einigermaßen groß gelten. Dabei scheint sie jedoch stets äußerst geschickt reagiert zu haben. Sie meidet Tagesgrößen und den fragwürdigen Rummel um diese. Vielmehr bevorzugte sie die ungleich leistungsfähigere Solidität von Männern, die nicht lediglich auf schnelle Publicity aus sind, sondern auf die möglichst ungestörte, unbeachtete Vergrößerung ihres Bankkontos. So was ermöglicht schließlich Genußmöglichkeiten, und mit dieser Einstellung läßt sich ungemein viel anfangen. Besonders wenn dabei eine Frau wie Susanne Sommer im Spiel ist.«

Karl Hubert schwieg. Er schien sich jetzt völlig auf seinen halben Hummer zu konzentrieren. Irgend etwas – etwas sehr Wichtiges – schien bei dem, was Frank Schwarz an ihn herantrug, nicht zu stimmen. Wenn die tatsächlich so veranlagt war, wie dieser Schwarz vermutete, warum hatte sie sich dann mit dem eingelassen? Neben Richard Holden.

Frank Schwarz schien diese Gedankengänge zu ahnen. »Susanne richtet sich stets äußerst geschickt auf begehbare, tragfähige Übergänge aus! Menschen werden für sie zu Brücken, zu Trittbrettern, zu sogenannten höheren Möglichkeiten.«

Karl Hubert war der Appetit auf ein gutes Essen gründlich vergangen. »Und Sie sind sicher, Schwarz, sich da nicht zu irren?«

»Absolut sicher, Herr Hubert! Ich bin nach wie vor dabei, dementsprechendes Material zu sammeln. Darunter auch Details über diese Dame Simone Jahr.«

»Wer ist denn das?« fragte er wie überrascht, obgleich er bereits einiges von ihr wußte.

»Bei der handelt es sich um eine überaus geschäftstüchtige, stets absahnungswillige Person; reichlich direkt auf ihren Vorteil aus, überaus kupplerisch veranlagt noch dazu. Doch eben zu ihren intimsten Freundinnen – angeblich ist die sogar die einzige – gehört Susanne Sommer; ein Lockvogel der Sonderklasse! Allerbestens für diesen Gewinnverein geeignet, zu dem Filmkaufleute ebenso gehören wie Bauunternehmer und Modemacher, sofern die mit Millionen operieren können. Mithin alles, was sich möglicherweise schröpfen läßt.«

»Interessant«, sagte Karl Hubert sanft anfeuernd. »Können Sie Namen nennen?«

Das konnte Frank Schwarz. Er nannte deren fünf, die so gut wie stadtbekannt waren. Dann aber auch noch einen sechsten Namen. »Neuerdings scheint sich dort ein gewisser Lichtenberg breitzumachen.«

»Wer ist denn das?« Hubert gab sich desinteressiert, doch eben so, daß Schwarz es merken mußte.

Das Gesicht des Journalisten glänzte prospektreif zufrieden – er glaubte offenbar auf eine Art Goldader gestoßen zu sein; ohne zu ahnen, auf welche wirklich. »Bei diesem Lichtenberg handelt es sich um einen Doktor der Ökonomie, mit Hauptbüro in Lugano. Er scheint seine Aktivitäten hier entfalten zu wollen.«

»Doch nicht etwa in bezug auf Susanne Sommer?« scherzte Hubert neugierig.

»Schon möglich! Jedenfalls paßt er offenbar ganz gut in diesen Verein. Er benutzt und nutzt aus, er bezahlt sogar – alles, was sich ihm als lohnend anbietet. Eine Finanzhyäne mehr – aber eben eine mit internationalen Beziehungen.«

»Verfügen Sie über brauchbare Einzelheiten, Herr Schwarz?«

»Die lassen sich beschaffen, Herr Hubert – zumal Sie Wert darauf zu legen scheinen. Und darüber hinaus wahrscheinlich auch noch einiges!« Er sah den Kriminalisten andeutungsweise, aber unverkennbar zustimmend nicken. »Wir beide sind also voll im Geschäft! Wobei ich nun wohl auf eine gewisse Gegenleistung hoffen darf – sozusagen für meine publizistische Tätigkeit.«

»Selbstverständlich.« Karl Hubert hatte aus einem Futteral eine Brissago-Zigarre hervorgezogen: handlang, schokoladenbraun, mit gänsekielartigem Mundstück. Die beroch er, tastete sie ab, schien sie zu streicheln. Und dabei sagte er: »Da hat gestern nacht ein Überfall stattgefunden – ein Sittlichkeitsverbrecher stürzte sich auf ein Mädchen; fast noch ein Kind.«

Schwarz blickte leicht betrübt auf seinen Gesprächspartner, nicht wenig enttäuscht auch. »Aber ich bitte Sie, verehrter Herr Hubert – so was kommt doch hier alle Tage vor. Oder – sollte dabei diesmal irgend etwas Besonderes sein?«

»Es scheint sich um einen Fall zu handeln, mit dem sich gewiß eine Menge anfangen läßt – falls er in die richtigen Hände gerät. Also in die Ihren. Sehen Sie diesen Vorgang etwa so: Da existiert ein sogenanntes Kind aus dem Volk: lieb, schön, ahnungslos, anschmiegsam, naiv entgegenkommend. Und auf das stürzt sich dann etwas Dumpfes, Dunkles, Geiles, völlig enthemmtes Wesen. Was doch wohl zwingend suggeriert: Unsere Kinder sind zutiefst gefährdet. Alle!«

»Nun ja, gewiß – so etwas ist publizistisch gar nicht unbrauchbar«, erkannte Frank Schwarz. »Denn dabei pflegen erfahrungsgemäß biedere Bürger, angebliche treusorgende Familienväter ebenso wie gemütstriefende Mütter, auf die Barrikaden zu gehen. Wie könnte ich dabei an die Unterlagen herankommen?«

»Die erhalten Sie vom Dezernat Sitte; von Kommissar Krebs. Falls Sie einigermaßen geschickt vorgehen – was ich Ihnen zutraue. Denn Krebs ist schließlich zu Auskünften gegenüber der sogenannten Öffentlichkeit nicht nur berechtigt, vielmehr verpflichtet. Bemühen Sie sich also, ihm diesbezüglich alle erdenklichen Würmer aus der Nase zu ziehen.«

Frank Schwarz erkannte prompt den entscheidenden dunklen Punkt dabei. »Seine sicherlich wichtigsten Erkenntnisse – die über den möglichen Täter – wird der mir doch gewiß nicht mitteilen.«

»Natürlich nicht, Schwarz. Die aber könnten Sie möglicherweise von mir erhalten, sozusagen exklusiv. Damit würden Sie zum Aufklärer, zum Entdecker sogenannter scheußlicher Vorgänge werden. Ich biete Ihnen also möglicherweise diesen Täter an, liefere ihn aus – mit allen diesbezüglichen Einzelheiten: Triebkraft, Funktion, Vorgehen! Ist das ein Angebot?«

Das war es. Frank Schwarz sah sich bereits als Aufspürer seltsam-wirkungsvollster Zusammenhänge. Er rieb sich geschäftig die Hände. Sehr voreilig.

8

Karl Hubert begab sich an diesem Nachmittag – vom ›Diner‹ mit Frank Schwarz kommend – ins Polizeipräsidium. In seinen Büroräumen herrschte gähnende Langeweile vor. Seine Beamten arbeiteten Akten auf.

»Kein interessanter Mord in Sicht!« meldete ihm sein Oberinspektor Kolb fast mürrisch. »Nur die üblichen Routinefälle, bei denen zufällige Kriminelle oder unberechenbare Triebtäter am Werk waren – also nichts für uns, meint der Kriminaldirektor. Sieht fast so aus, als versucht der unsere Arbeitskraft zu schonen – wofür bloß?«

Hubert lachte leicht bösartig auf. »Möglicherweise geht es dem um seine Erfolgsstatistik. Er hat nun mal eine Mordkommission in seinem Bereich, deren Aufklärungsquote hundertprozentig ist – und dieses einzigartige Aushängeschild gedenkt er sich zu erhalten.«

»Weiter so«, meinte Huberts Stellvertreter, »und wir kommen womöglich noch außer Übung.«

»Da dürfen Sie völlig unbesorgt sein, mein Lieber. Mit dem Kriminaldirektor werde ich in den nächsten Tagen ein ernstes Wörtchen reden. Doch zur Zeit soll mir diese interne Betriebspause nur recht sein – uns allen. Sie, Kolb, schließen möglichst alle bisherigen Fälle ab – reif für den Staatsanwalt. Und ich gedenke mich auch zu entspannen; auf meine Weise – indem ich diversen Kollegen mit Wonne ins Handwerk pfusche.«

»Geht in Ordnung, Chef«, bestätigte sein Oberinspektor verständnisvoll. »Bei uns jedenfalls scheint es augenblicklich nur eine einzige Schwierigkeit zu geben, die ich aber erledigen kann.«

»Welche Schwierigkeit?«

»Der Rechtsanwalt dieser sogenannten Schauspielerin, die

ihren Freund über den Haufen geknallt hat, scheint darauf zu spekulieren, diese Person als unzurechnungsfähig zu erklären. Dagegen sollten wir uns absichern.«

»Unzurechnungsfähig«, stellte Karl Hubert grimmig-belustigt fest, »sind fast alle diese Affekthandlungstypen. Aber so was darf niemals zu einem Freibrief werden – nicht für diese von Skandalblättern hochgejubelten prominenten Kriminellen mit ihren publicitysüchtigen Anwälten. Diese Type nehmen wir uns also noch einmal vor.«

»Gleich heute, Chef?«

»Unverzüglich! Stellen Sie dafür eine der bei uns üblichen Checklisten für Fangfragen auf – die gehen wir dann mit dieser Dame durch.«

»Wird vorbereitet, Chef!« Oberinspektor Kolb gehörte zu den eifrigsten, vorbehaltlosesten Bewunderern seines Hauptkommissars. Der wußte noch kriminale Leistungen zu schätzen – also auch wirksam zu würdigen. Wenn hier alles gut und richtig lief – und warum sollte es das nicht? –, würde er, der Oberinspektor, bald Kommissar und selbst Chef einer Mordkommission sein. »Auf mich können Sie sich verlassen.«

»Weiß ich«, bestätigte Hubert lapidar. »Das gleiche ist auch von mir stets zu erwarten.«

Danach telefonierte Karl Hubert zunächst mit dem Experten des Präsidiums für Wirtschaftskriminalität. Den fragte er: »Kommst du weiter – im Fall Lichtenberg?«

»Offenbar ganz erheblich, Hubert. Deine Vermutung scheint zu stimmen: Möglicherweise kann ich den Kerl jetzt über seinen neuesten örtlichen ›Mitarbeiter‹ in den Griff bekommen. Dank deiner Hinweise. Kann ich noch mit weiteren diesbezüglichen Anregungen rechnen?«

»Kannst du, mein Lieber. Du bleibst also, wie man so sagt, am Ball – aber zugleich weiter mit mir in Verbindung. Ich werde sehen, was sich da noch machen läßt. Richtig so?«

Das wurde ihm bestätigt. Worauf Hubert den Chef des Dezernats Sitte anrief, Kommissar Krebs. Von ihm wollte er wissen: »Bist du meiner Anregung gefolgt?«

»Selbstverständlich!« versicherte Krebs entgegenkommend. »Alle erreichbaren Unterlagen über den von dir vermuteten Täter im Fall Irene Winter werden zusammengetragen. In etwa drei Stunden wird er dann hier vorgeführt.«

»In meinem Beisein, Krebs?«

»Wie von dir gewünscht! Wobei ich allerdings noch – sicher mit deinem Einverständnis – zwei weitere Personen hinzugebeten habe, oder eben Persönlichkeiten – wie man es nimmt: Keller mit seinem Hund. Was dagegen einzuwenden?«

»Nein.« Hubert reagierte hellwach. »Ist das ein Zufall? Oder solltest du dir dabei irgend etwas gedacht haben, Krebs?«

»Beides, Hubert. Ich traf Keller zufällig, und wir unterhielten uns – auch über den Fall Irene Winter.«

»Und über mein Interesse daran?«

»Du sagst es. Worauf Keller prompt wie ich der Ansicht war: Wenn du dich dafür interessierst, dann müßte eigentlich etwas ganz Besonderes dahinterstecken. Schließlich bist du hier eine Art Tiger – und der gibt sich nicht ohne weiteres mit Ratten ab.«

»Ach was, Mann!« rief Karl Hubert nun leicht verärgert aus, aber auch etwas geschmeichelt. »Im Grunde ist das doch ganz einfach. Man sollte eben auch Polizeibeamten, sogar mir, gelegentlich menschliche Anwandlungen zutrauen – und dies ist eine.«

»Das nehme ich gerne an. Du kennst dieses überfallene Mädchen. Das hast du schon einmal gesagt, öfter als einmal. Allerdings nicht gleich derartig deutlich.«

»Laß das auch Keller wissen – gleich derartig deutlich. Und möglichst bald. Damit nicht etwa dessen brillante Kombinationsfähigkeit in eine völlig falsche Richtung dirigiert wird.«

»Wird gemacht«, versprach Krebs. Seine Neugierde schien ungebremst. »Wir sehen uns dann also in etwa drei Stunden.«

Diese Zeitspanne gedachte Karl Hubert nicht im Amt zu verbringen – das ließ seine tief im Innern wuchernde Unruhe nicht zu. Er verkündete seinem Oberinspektor: »Ich werde einen kleinen Frühlingsspaziergang unternehmen. Dabei gedenke ich, bei Rechtsanwalt Holden aufzukreuzen und mich danach zu mir nach Hause zu begeben. Zur verabredeten Zeit werde ich mich dann direkt bei Kommissar Krebs einfinden. Erst danach stecke ich wieder meine Nase in unseren derzeit sterilen, langweiligen Stall. Klar, Kolb?«

Der nickte lediglich. Denn damit war der Zeitplan seines Chefs für die vermutlich nächsten vier, fünf Stunden registrierbar geworden: Fußweg eins, 30 – Aufenthalt bei Dr. Holden, 60 – Fußweg zwei, 30 – Aufenthalt Wohnung, 45 – Fahrt ins Amt, 15 – dann Vernehmung Sitte, 45–90. Die von ihm dabei verzeichneten Zahlen waren Erfahrungswerte, errechnet in Minuten. Kolb vermochte Hauptkommissar Hubert ziemlich richtig einzuschätzen – zumindest was dessen berufliche Aktionen betraf.

Karl Hubert hielt sich diesmal nicht sonderlich lange bei einer seiner erklärten Lieblingsbeschäftigungen auf: dem Beobachten, Betrachten, Abschätzen von Menschen. Menschen, die ihm begegneten, denen er nachging, die er manchmal sogar verfolgte, um sie zu ergründen, zu durchschauen, zu analysieren zu versuchen.

Daß Karl Hubert selbst bei derartigen Beschäftigungen immer noch zu lächeln vermochte – wenn auch mit sprunghaft steigender Verachtung –, das, da war er sicher, verdankte er allein seinem Freund Richard Holden. Dieser war noch von großer Gelassenheit, gewachsener Würde und Anständigkeit – Reinheit fast. Ihn zu lieben, war wie eine Erlösung – dennoch. Zu Holden strebte Karl Hubert jetzt hin.

Er betrat den sogenannten Warteraum von dessen Büro. Mehrere Klienten saßen dort, die unverkennbar zu der bemüht treusorgenden Welt seines rechtswahrenden Freundes gehörten: verlassen wirkende Frauen, einsame Mütter, hilflose Zeitgenossen – hoffend, bittend, flehend! Und dazu noch würgend bescheiden.

Ein Anblick, dem sich Hubert rasch entzog. Er eilte in das Vorzimmer hinein, wo Holdens Sekretärin saß. Die war ein älteres, in wohl jeder Hinsicht ungemein um Verständnis bemühtes Wesen, was in diesem Bereich gewiß notwendig war. Außerdem, stellte Hubert wieder einmal mehr fest, roch sie nicht schlecht – wie nach vollreifen, abgelagerten Äpfeln. Und sie lächelte bei seinem Anblick – dezent einladend, außerdem anscheinend mächtig erleichtert.

»Darf man den Meister stören?« wollte Hubert wissen, mit unverbindlich gutgelaunt gedachten Untertönen.

»Gut, daß Sie gekommen sind«, erwiderte sie, sehr spontan, doch durchaus vorsichtig. »Sie werden ihm gewiß sehr willkommen sein.«

»Warum?« fragte Hubert hellhörig. Ihm entging keine irgendwie ungewöhnlich erscheinende Reaktion in seiner Umgebung – im Bereich eines geliebten Freundes schon gar nicht. Und dessen langjährige Sekretärin war stets ein Musterbeispiel an Diskretion gewesen. Doch nun aber leistete sie sich eine behutsame, leicht unsicher anmutende Andeutung. Bestimmt nur ihm gegenüber. »Ist irgend etwas nicht in Ordnung?«

Er wußte, daß er auf eine derartige Frage, keine Antwort von ihr erhalten würde; zumindest keine direkte. Auch sie liebte Holden – wie eigentlich wohl jeder, der auch nur in etwas engere Berührung mit ihm gekommen war. Doch er wußte, daß sie ihn, Hubert, für besitzergreifend hielt. Und er wußte auch, was sie in diesem Spiel sein wollte: eine Bewahrerin!

»Sollte ich möglicherweise irgend etwas angedeutet haben, Herr Hubert, wozu ich nicht berechtigt bin? Das würde mir leid tun.«

»Sie haben! Aber das braucht Ihnen nicht leid zu tun, Verehrteste – eben weil ich es bin, den Sie zu informieren versuchten. Also?«

Karl Hubert blickte sie herzhaft ermunternd an, und in seinen sonst so kühlen, wenn nicht kalt wirkenden Augen schimmerte seltene Wärme auf – so bat ein Freund um wichtig erscheinende Auskünfte. »Also los – springen Sie über Ihren Schatten!«

Holdens Sekretärin bemühte sich sichtlich darum. Und sie wußte, daß sie nicht erst noch zu erklären brauchte, warum sie dabei überhaupt etwas sagte. Denn irgendwie gehörte sie mit dazu – zu diesen Freunden. Als ein nicht unwichtiges Bindeglied. Das schien sie erkannt zu haben, als sie nunmehr mit einiger Offenheit sagte:

»Er kommt mir urplötzlich völlig verändert vor.« ›Er‹ war selbstverständlich Richard Holden. »Doch in welcher Hinsicht er sich verändert hat oder haben könnte, vermag ich nicht zu sagen. Manchmal, glaube ich, wirkt er überaus glücklich – dann aber auch wieder, völlig übergangslos, zutiefst deprimiert. Neuerdings arbeitet er nicht mehr so konsequent-intensiv wie sonst, das spüre ich. Und ich fürchte, auch seine Klienten könnten das alsbald zu spüren bekommen. Doch ich kann mich irren, Herr Hubert. Das würde ich sehr wünschen.«

Karl Hubert bewegte sich nun einige Schritte vorwärts, auf sie zu. Und dann legte er, mit großer, doch sehr zarter, ihm kaum jemals zuzutrauenden Geste seine rechte Hand auf ihren Oberarm. Sie erkannte beglückt, was er damit andeuten wollte. Er sagte, kaum vernehmbar: »Danke!«

Unmittelbar danach begab er sich in das Büro des Rechtsanwaltes – die Tür aufstoßend und die hinter sich zuknallend. Hubert sah den Freund beim Fenster stehen; er setzte sich in dessen Schreibtischsessel. Dann musterte er Holden, als wäre dieser ein nicht leicht erklärbares Ausstellungsobjekt modernster Kunst.

»Ich komme hier gerade zufällig vorbei. Schau mich nicht so ungläubig an – selbstverständlich stimmt die Ausrede nicht. Ich wollte sehen – *sehen*, Richard, nicht per Telefon hören –, wie es dir geht. Also, wie geht es dir?«

»Blendend!« versicherte Richard Holden nur allzu prompt. Wobei er sich mit dem Rücken gegen das Fenster stellte, wie um sein Gesicht nicht den eindringenden Lichtfluten preisgeben zu müssen. »Ich fühle mich prächtig.«

»Mein lieber Richard«, stellte Hubert prüfend unnachsichtig fest, »so hört sich deine Stimme aber gar nicht an – die klingt belegt rauh, fast heiser. Und dein Gesicht mutet müde, enttäuscht und zergrübelt an. So ähnlich fast wie damals, als du in Erwägung ziehen mußtest, dich von deiner Frau zu trennen.«

Holden löste sich von der lichtgrellen Fensterfront. Er bewegte sich in den Raum hinein – auf Hubert zu. Bei ihm angekommen, zog er einen Stuhl herbei, setzte sich – mehr auf den Rand allerdings, wie jederzeit schnell fluchtbereit. »Du hast recht«, stellte er dann tonlos fest, »du kennst mich eben und durchschaust mich. Fast ganz.«

»Was doch wohl zu den Vorrechten, wenn nicht gar zu den Verpflichtungen eines Freundes gehört. Du bist also – unglücklich.«

»Was gewiß ein Irrtum ist«! Richard Holden suchte, wobei sich seine Hände unruhig bewegten, nach den nun wohl angebrachten, notwendigen Ausdeutungen. »Es handelt sich bestimmt nur um Mißverständnisse, Fehldeutungen, fatal voreilige Einschätzungen.«

»Also Susanne Sommer betreffend.« Karl Hubert lehnte sich im Schreibtischstuhl seines Freundes weit zurück. Seine Hände lagen griffbereit auf den Lehnen – als müsse er darauf vorbereitet sein, jeden Augenblick vorzuschnellen, Richard entgegen, sich über ihn zu stürzen, um ihn abzuschirmen mit seinem Körper. Sein Lächeln wirkte gläsern.

»Du bist um mich besorgt, Karl, nicht wahr? Das mußt du nicht sein. Doch ich nehme das als einen Freundschaftsbeweis.«

»Das ist einer, Richard!«

»Wobei du jedoch Susanne nicht richtig siehst, Karl. Das geschieht so gut wie jedem, der Susanne nicht näher oder eben nicht ein wenig genauer kennt. Zu denen gehörst auch du. Schließlich hast du sie noch niemals gesehen – du hast lediglich von ihr gehört.«

»Mach dir bitte eines klar, Richard«, sagte Hubert, den Freund jetzt unnachsichtig bedrängend, »daß sich in meiner Praxis immer wieder folgende Erfahrung ergeben hat: Es ist durchaus möglich, ein menschliches Wesen ziemlich zutreffend zu bestimmen, selbst wenn man ihm noch niemals direkt begegnet ist. Das anhand von amtlichen, wenn auch nur halbwegs korrekten Aktensammlungen.«

»Das, Karl, ist deine Ansicht!« wehrte Richard Holden fast traumatisch entschlossen ab. »Und sie ist der meinen, wie du weißt – oder eben wissen müßtest –, genau entgegengesetzt. Um einen Menschen zu beurteilen, ihn gar verurteilen zu können, muß man den kennen. Doch das willst du offenbar gar nicht. Du bist eben ein verfolgungsentschlossener Durchschauer – ohne jede tiefere Bindung.«

»Außer zu dir.«

»Zu einem dir geradezu polar entgegengesetzten Menschen – wie es den Anschein hat! Dir etwa ist so gut wie nichts heilig – mir nahezu alles. Ich hoffe unentwegt – auf die wahren Schönheiten dieses Daseins; dennoch. Du jedoch verachtest derartige Anwandlungen.«

Karl Hubert schien mechanisch zu nicken, wie weitgehend desinteressiert an derartig blumigen Bekenntnissen. Er zog aus seiner Brusttasche eine Zigarre hervor – eine Fünf-Dollar-Havanna, die ihm der Präsident neulich überreicht hatte. Er tastete sie fast zärtlich versonnen ab und fragte den Freund dann: »Hast du Feuer?«

Holden suchte nach einer Schachtel Streichhölzer, zerrte sie hervor und zündete eins davon sehr hastig an. Er hielt es Karl Hubert entgegen. Der starrte versonnen darauf – wofür er sich Zeit ließ. Die Hände des Freundes zitterten. Wenn auch nur leicht, doch leider unverkennbar deutlich.

Diesen Anblick empfand Karl Hubert als ungemein quälend. Er schien dennoch nachsichtig gelassen, als er nunmehr wissen wollte: »Angenommen, Richard, nur angenommen, ich würde dir eine – zugegeben recht verwegene – Forderung stellen. Und zwar diese: Versuche dich von Susanne Sommer zu lösen; möglichst konsequent, also radikal! Was dir im Augenblick gewiß recht schmerzhaft erscheinen könnte, doch auf die Dauer gesehen jedoch möglicherweise wie endlos erlösend. Wie, mein Freund, würdest du auf eine derartige Forderung reagieren?«

»Mit einer Gegenforderung, Karl: Lerne Susanne kennen! Nur dann wirst du sie zutreffend zu beurteilen vermögen – ihre leuchtende Schönheit, ihre wundersame Hingabebereitschaft, ihre strahlende Selbstverständlichkeit! Sie ist – ganz einfach – einzigartig.«

Hubert gab sich dennoch heiter. »Ich versuche da wohl gegen

Gefühle zu argumentieren! Du liebst sie also – tatsächlich?«

»Ja, Karl.«

»Versuche trotzdem einmal intensiv über sie nachzudenken«, empfahl ihm der Freund, bevor er sich dann, fast fluchtartig, entfernte.

Karl Hubert war sicher, Unheil wittern zu können – und Unheil witterte er nun auch bei seinem Freund. Dessen gequälter Optimismus bedrückte ihn; dessen enthemmt gefühlsbetontes Liebesverhältnis bereitete ihm heftige Unruhe. Er konnte und wollte ihn nicht leiden sehen – ihn nicht.

Doch dann, wie um sich gewaltsam abzulenken, betrat er den Supermarkt in der Nähe seiner Wohnung. Dieser aufgequollene Verkaufsbauch glich einer Vorhölle des gefräßigen Konsums. Zumeist von Frauen bevölkert, verlangend und verlockt, im gelinden Taumel der Bestätigung ihrer Kaufkraft. »Hier ist der Kunde König!« So fühlten sie sich denn auch; wenn sonst nirgendwo – hier schon.

Hubert beeilte sich, seine wenigen Einkäufe hinter sich zu bringen. Das tat er jedoch nicht, ohne einige seiner kleinen, hier sich stets anbietenden Verwirrungsspiele zu betreiben. Und zwar mit seinem Warentransportwagen, dessen permanenter Verschmutzung er mit einer mitgebrachten, eigens zu diesem Zweck gekauften Zeitung abzudecken pflegte. Mit diesem Wagen blockierte er zielstrebig etliche der Einkaufshyänen. Wenn sie gebannt auf Angebote starrten, in denen sie wohl Fernsehreklame freudig wiedererkannten, füllte er ihnen Waren zu. Oder er stellte von ihnen bereits entnommene Kaufobjekte wieder in die Regale zurück; natürlich nicht in die dafür zuständigen. Das war eine wirksam verwirrende Betätigung, deren Enderfolg bestürzte Verunsicherung war. Auch derart genoß er ungemein – so nebenbei.

Doch als er sich diesmal einer der Kassen entgegenbewegte – mit raffinierten Überholmanövern –, prallte er auf ein breitschultrig-blockierendes Wesen. Dieses stellte prompt Vorrechte fest und bestand auch auf ihnen, und zwar mit bedrohlich knurrenden Tönen. »So was verbitte ich mir, Mann – ich war zuerst hier!«

Das war eine massiv-warnende Feststellung, die jedoch unverzüglich korrigiert wurde. Nämlich als erkannt worden war, wer hier eigentlich wem begegnete: Karl Hubert war auf Vater Winter geprallt! Und der rief nun tönend einladend aus: »Sie haben natürlich bei mir immer Vorfahrt!«

»Was jedoch nicht unbedingt notwendig ist, Herr Winter.«

»Aber ich bestehe darauf! Zumindest das bin ich Ihnen schuldig.«

Hubert betrachtete den leicht schwitzenden Fernlastfahrer, der hier zu einem Schwertransporteur mit Familienbetreuungswut geworden war. Er hatte einen Kasten Bier und drei Flaschen Rotwein eingekauft; Tiroler, Kalterer See. Dazu eine Flasche Schnaps, den ›Klaren aus dem Norden‹.

»Na fein, Mann, Sie derartig munter zu sehen.«

»Ich bin zutiefst betrübt«, stellte Winter umgehend richtig. »Denn so weit ist es bereits gekommen! Irgend so ein Sittenstrolch läuft frei herum, und man läßt ihn frei herumlaufen. Mein armes Kind dagegen ist schwer krank, und meine liebe Frau muß sie betreuen. Mir bleibt gar nichts anderes übrig, als mich selbst zu versorgen. Ein Skandal!«

Sie gingen danach nebeneinander auf das Haus zu, in dem sie wohnten. Winter schnaufte leicht unter seiner schweren Getränkelast; Hubert, der lediglich einige wenige Lebensmittel trug, wartete nachsichtig-hoffnungsvoll auf weitere exemplarische Äußerungen seines Begleiters. Er mußte nicht allzu lange warten.

»Weiß die Polizei denn schon, wer dieses Schwein gewesen ist?«

»Noch nicht, Herr Winter, nicht mit Bestimmtheit. Sie müssen wohl dabei ein wenig Geduld entwickeln – und Vertrauen haben. So was geht nicht von heute auf morgen. Jede Gründlichkeit braucht ihre Zeit.«

»In einem Punkt jedoch, Herr Hubert«, behauptete der Winter-Vater, breitbeinig entschlossen dastehend, »sind wir uns gewiß einig: Gerechtigkeit muß sein! Die muß man sogar erzwingen – wenn nichts anderes übrigbleibt. Total! Sobald ich den Täter kenne, erledige ich ihn.«

»Das traue ich Ihnen tatsächlich zu.« Hubert vermochte seine Genugtuung über diese von ihm stets erhoffte Einstellung kaum zu verbergen, wenn er sich auch leicht besorgt gab, wie um Ausgleich bemüht; vorsichtig anfeuernd dennoch. »Immerhin müssen Sie damit rechnen, daß der mögliche Täter unmittelbar in die Hände der Polizei geraten könnte und damit gleich in den Berreich der Justiz. Dadurch wäre er ihrem Zugriff entzogen.«

»Keinesfalls endgültig!« stellte Vater Winter entschlossen bedrohlich fest. »Denn falls der verurteilt werden sollte, was ich sehr hoffe, dann doch nicht auf ewige Zeiten. Sobald dieser Kerl wieder greifbar ist, schnappe ich ihn mir. Am liebsten allerdings – gleich! Bezweifeln Sie das etwa?«

Das bezweifelte Karl Hubert keineswegs – bei seiner bereitwilligen Genußbereitschaft für alles Extreme. Die Weichen waren also gestellt, der dazugehörende Zug so gut wie abgefahren. Dieser Mensch mutete voll programmiert an – also wohl auf sehr zeitgemäße Weise in Funktion gebracht.

Karl Hubert blickte jetzt scheinbar zum Himmel hinauf – jedoch nicht weiter als bis zum vierten Stock jenes Hauses hoch, in dem er wohnte. Damit allerdings weit über diesen Winter hinweg, der sich vermutlich wie ein Fels in der Brandung vorkam – dieser jedoch kaum gewachsen. Dessen bornierte, rechthaberische Beschränktheit war primitiver Alltag.

Nicht jedoch das, was Karl Hubert nunmehr dort oben auf einem Balkon erblickte. Das war diese seltsam strahlende Mädchenfrau mit den innig leuchtenden Augen, dem wallenden Blondhaar und der grazilen, knabenhaften Figur. Und die hob nun, wie ihn freudig erkennend, eine Hand – mit zärtlich-zutraulichem Gruß.

Er starrte entzückt hinauf – diesem wundersamen, lichthellen Wesen entgegen. Der Winter-Vater, unmittelbar vor ihm, der sich nun wieder empört keuchend mit seinen Flaschen abmühte, existierte nicht mehr für ihn. Den roch er nun sogar kaum noch.

Er sah allein sie! Und sie, Margit, beugte sich nun hinunter – wobei sie ihn, nur schnell vorübergehend, aus den Augen zu lassen schien, hatte er den Eindruck. Sie beugte sich dem Boden ihres Balkons zu. Das jedoch nur, um dort ein seidig-schwarzglänzendes Tier aufzugreifen – jene Katze, die Minka hieß. Sie nahm Minka in ihre Arme, und Minka schmiegte sich an sie. Damit bot sie einen Anblick, der ihn ungemein bewegte.

In diesen Sekunden, glaubte er zu erkennen, existierten allein sie beide in dieser seiner Welt. Margit und Minka! Nichts anderes sonst, außer Holden selbstverständlich, zählte; nichts war sonst noch wichtig. Allein sie!

Und er war sicher, noch niemals vorher in seinem Leben ein derartig beglückendes Bild gesehen zu haben.

Kurz nachdem die Abenddämmerung eingesetzt hatte, erschien Susanne Sommer im Büro des Rechtsanwalts Holden. Die Sekretärin im Vorzimmer musterte sie instinktiv besorgt, mit abschätzenden Blicken auch. Denn sie vermochte mühelos zu erkennen:

Diese Person dürfte kaum zu den üblichen Klienten ihres Chefs gehören – nicht vom Typ her, schon gar nicht bei der sichtlich teuren Ausstattung. Die trug einen seidigen Hosenanzug in Schwarz, vermutlich teuerste französische Kreation; dementsprechend auch ihr Parfüm – dezent, süßlich-sanft, sehr sinnlich wirkend. Und ihr Lächeln demonstrierte unentwegt höfliche Freundlichkeit.

Holdens Sekretärin war beeindruckt; sie zögerte dennoch nicht, ihre Position auszuspielen. »Vermutlich wünschen Sie Herrn Holden zu sprechen. In welcher Angelegenheit, bitte? Sie sind, soweit ich das erkennen kann, nicht angemeldet. Und nur nach vorheriger Vereinbarung . . .«

»Ich bin privat hier«, wurde ihr nun versichert, mit völlig unveränderter freundlicher Höflichkeit. »Ich darf wohl annehmen, daß Sie meinen Namen kennen – wir haben bereits miteinander telefoniert. Dabei hatte ich Sie um eine Verbindung mit Herrn

Holden gebeten, die dann auch prompt erfolgte. Ich heiße Sommer.«

Genau das hatte die Sekretärin vermutet. Sie verlor dennoch nichts von ihrem souveränen Vorzimmerselbstbewußtsein. »Ich werde Herrn Holden benachrichtigen. Inzwischen darf ich Sie bitten, Platz zu nehmen.«

»Sehr liebenswürdig«, sagte Susanne Sommer. »Doch ich nehme kaum an, daß ich hier zu warten brauche. Es ist nur notwendig, Richard, Herrn Holden, zu verständigen. Bitte tun Sie das.«

Das geschah. Richard Holden erschien unverzüglich; spürbar beglückt. Mit weit ausgestreckten Armen eilte er seiner Sekretärin voraus – auf Susanne Sommer zu. »Welch eine wunderbare Überraschung!« rief er ihr zu. »Wie schön, dich zu sehen! Komm herein.«

Er legte einen Arm um ihre Schultern, sie schmiegte sich zu ihm hin – und so begaben sie sich in sein Büro. Er brauchte seiner Sekretärin gar nicht erst zu sagen, daß er nunmehr nicht gestört zu werden wünsche. Obgleich sie so etwas bei ihm noch niemals erlebt hatte, mutete alles sehr deutlich an.

Holden schlug die Tür hinter sich und Susanne zu. Er legte, immer noch wie ungläubig-glücklich, beide Hände auf ihre Schultern. Sie schien sich ihm entgegenzustürzen, preßte sich wie sehnsuchtsvoll an ihn. Zunächst völlig wortlos.

»Wie herrlich!« sagte er, sie umarmend. »Ich habe mich so nach dir gesehnt – doch nicht erwartet, dich zu sehen. Und jetzt, mein Liebling, bist du da!«

»Ich mußte ganz einfach kommen, mein Liebster!« behauptete sie; das klang gar nicht unglaubhaft, nicht bei ihrem demonstrierten körperlichen Einsatz. Denn er vermochte jetzt ihre straffen, sich ihm wie entgegendrängenden Schenkel zu spüren. »Ich hatte – Sehnsucht. Nach dir.«

»Du machst mich glücklich, Susanne«, hörte er sich sagen, schon wie versunken in die dunkel-sinnlichen Ausstrahlungen ihres Körpers. Es war, als sauge er sich an ihr fest – wobei sie mit geschickten Manipulationen ihrer Hände gekonnt nachhalf.

Und das in seinem Büro. Neben einer eingeschalteten 100-Watt-Lampe – die jede denkbare Deutlichkeit ermöglichte. Richard Holden schien nur sie mit höchstem Entzücken zu genießen, ohne jeden ablenkenden Blick zu der unverschlossenen Tür hin.

Sie löste sich wieder von ihm, jedoch nicht, ohne unverzüglich wissen zu wollen: »Bist du glücklich?«

»Das bin ich – durch dich.«

»Und nun, nicht wahr, ist alles klar – zwischen uns?«

»Aber ja, ja, meine Geliebte! Alles. Einfach alles ist nun klar.«

Und genau das war es wohl, was sie hatte wissen wollen. Sie küßte ihn, ließ sich von ihm küssen. Dann entfernte sie sich wieder, überaus hoffnungsvoll, ihre und seine Zukunft betreffend. Und das mit voller Berechtigung.

Fast unmittelbar danach fand ein Telefongespräch statt. Diesmal war es Richard Holden, der seinen Freund Karl Hubert anrief. Es begann mit den zwischen ihnen üblichen Wortvorspielen, wie: »Hoffe, dich nicht zu stören . . . möchte ich dir aber gerne mitteilen . . . um mögliche Mißverständnisse zu beseitigen . . .«

»Beseitige sie!« ermunterte Karl Hubert der Freund spürbar gutgelaunt, also bereitwillig entgegenkommend.

Worauf Holden, der Susanne noch nachzugenießen schien, versicherte: »Möglicherweise, Karl, könntest du da vorhin, bei deinem Gespräch mit mir, einem völlig falschen Eindruck erlegen sein. Du weißt schon, wen betreffend.«

»Weiß ich! Und dabei mußte ich wohl registrieren, Richard, daß du überaus besorgt gewesen bist, nahezu verwirrt, wenn nicht gar verstört. Dieser Person wegen.«

»Das könnte vielleicht vor ein, zwei Stunden so ausgesehen haben. Aber jetzt nicht mehr! Jetzt ist wieder alles in Ordnung; in allerbester Ordnung. Glaube mir das!«

»Warum, mein Lieber«, versicherte Karl Hubert mit verständnisvoll klingender Nachsichtigkeit, »sollte ich dir das nicht glauben.« Eine Erklärung, die er vermutlich noch unter dem Eindruck des Anblicks jener Mädchenfrau Margit mit der Katze Minka auf dem Balkon abgab. Doch selbst dieses unsagbar schöne, seltsame beglückend nachleuchtende Bild vermochte ihn nicht zu verlocken, in seiner Wachbereitschaft dem Freund gegenüber nachzulassen.

Zumal der nun noch, wie hervorbrechend–beschwörend, behauptete: »Susanne ist wirklich so ganz anders als du möglicherweise vermutest. Sie ist die denkbar herrlichste Beglükkung.«

»Wenn du das sagst«, meine Hubert gedehnt, »wird das wohl auch stimmen. Doch gerade noch bist du mir jedenfalls ziemlich verstört erschienen. Ihretwegen. Jetzt aber nicht mehr? Was ist denn inzwischen geschehen?«

»Sie hat mich aufgesucht – und überzeugt. Und zwar davon, daß sie allein mich liebt.«

Hubert fragte nun nicht, wie sie das wohl angestellt hatte – seine kriminalistischen Erfahrungen reichten aus, sich das vorzustellen. Mein Gott, mußte er sich wohl sagen, Holden schwankte ja geradezu wie ein Rohr im Winde, der drohte sich beständig zu verfärben, wie Blätter im wechselnden herbstlichen Sonnenlicht, der war wie ein glatter Wasserspiegel, den jeder Windhauch zu zerstören vermochte. Die fürchterlich gefährdende Hingabebereitschaft seines Freundes drohte jetzt ganz zum Vorschein zu kommen. »Solltest du ihr etwa irgendwelche Zugeständnisse gemacht haben?«

»Keine! Aber vielleicht auch alle irgendwie erdenklichen. Was doch selbstverständlich ist – bei einem Menschen, den man liebt und von dem man geliebt wird. Verstehe das, bitte! Du bist der einzige, dem ich so etwas anvertraue.«

»Das kannst du auch, Richard – mußt du sogar!« Huberts Stimme wirkte jetzt, kurz bevor er dieses Telefongespräch fast schroff beendete, unendlich müde. »Du darfst stets sicher sein, daß ich einfach alles tun werde, um dir einen derartigen Zustand, den du dein Glück nennst, zu erhalten. Sofern das sinnvoll ist. Dann bin ich zu jedem diesbezüglichen Entgegenkommen bereit. Doch nur dann!«

Wenig später begann im Polizeipräsidium, Dezernat Sitte, die angekündigte Vernehmung des möglichen Täters im Fall Irene Winter.

Das geschah in einem Raum von höchst strapaziert wirkender, doch kernseifensauber erscheinender Gerechtigkeitsfindungsbürokratie. Dort befanden sich: ein grüngrauglatter, wie tausendfach zertreten anmutender Kunststoffußboden; fahlweiße, abgegriffen wirkende Wände; wenige Möbel – kaum Akten. Also so gut wie nichts, was die Fantasie anzuregen, die Augen abzulenken vermochte.

Und in dieser glattkalten Vernehmungshöhle saßen nun, eng beieinander, auf schäbigen, bei jeder Bewegung knarrenden, jederzeit zusammenzubrechen drohenden Holzstühlen: einmal, dominierend, Kommissar Krebs, der stets wie bedächtig sanftbohrende Sittenexperte; dem jedoch auch jede denkbare Entschlossenheit zuzutrauen war, sobald der komplizierte Ausweitungen witterte. In seiner Nähe dann, fast dicht hinter seinem Rücken, hatte sich Karl Hubert plaziert – wie im Hintergrund, doch stets weitgehendste Übersicht erstrebend. Wobei er sich dann auch noch einige Mühe zu geben schien, gähnend gelangweilt zu wirken.

Der dritte Mann in diesem Raum, gemeinsam mit seinem wohl unvermeidlichen Begleiter – seinem uralten, höchst seltsam verfilzten, doch überaus neugierig wirkenden Hund – war Keller: auch ›Leichenkeller‹ genannt, der ›große alte Mann‹ des Präsidums. Dieser schien eine Position am äußersten Rande angestrebt zu haben; dicht beim Fenster. Über seinem bleichen Greisengesicht lagen, im Gegenlicht, dunkle Schatten; sie erreichten auch seinen Hund, den er sanft beruhigend hinter den Ohren kraulte. Es war, als blinzelten sie einander erwartungsvoll zu.

Der vermutliche Täter wurde hereingeführt. Ein Oberinspektor geleitete ihn zu dem leeren Stuhl vor dem Schreibtisch des Kommissars. Dort ließ er sich nieder. Er blickte unruhig fragend um sich.

Krebs blätterte inzwischen anscheinend intensiv, doch wohl überflüssigerweise, in seinen Akten. Er schien seinen Kollegen ausreichend Zeit lassen zu wollen, die vorgeführte Person näher zu betrachten. Keller zeigte dabei nicht die geringste Reaktion; sein Hund auch nicht. Hubert jedoch lehnte sich in seinem aufächzenden Stuhl weit zurück – er vermochte die Angst des Mannes zu riechen.

Sittenchef Krebs begann seine Vernehmung, wobei er zunächst, mit fast leiser Predigerstimme, einige amtliche Feststellungen traf: Name, Vorname, Geburtstag, Geburtsort, Wohnort. Und dann: Beruf, Familienstand. »Stimmt das – soweit?«

»Stimmt«, bestätigte der Mann. Also: Gesner, Paul, geboren am 4. Mai 1939, in Straßburg, wohnhaft nun hierorts, Friedensstraße 33. Von Beruf: kaufmännischer Techniker, Datenverarbeitung. Verheiratet seit 1960; drei Kinder, alle männlich; sieben, neun und elf Jahre alt. »Nicht vorbestraft!« fügte er unaufgefordert hinzu.

Krebs nickte – wie zustimmend, aber auch leicht irritierend skeptisch; als habe er sagen wollen: noch nicht vorbestraft. Dann verlangte er zu wissen: »Wo, bitte, Herr Gesner, haben Sie sich vorgestern, in den späten Abendstunden, aufgehalten?«

Der Befragte erkannte prompt, mit geradezu tierhaftem Instinkt, die ihn massiv umlauernden Gefahren. Dementsprechend reagierte er unverzüglich aggressiv. »Was soll denn das? Worauf wollen Sie hinaus? Man hatte mir lediglich gesagt, daß hier einige Auskünfte von mir erwartet werden – weiter nichts.«

»Eben diese, Herr Gesner.«

»Sollten Sie etwa versuchen, mich zu verschaukeln? Worum handelt es sich denn dabei – möglichst genau! Habe ich nicht ein Recht, das zu erfahren?«

Das hatte er. Und Krebs, der nicht nur wegen Kellers Anwesenheit erheblichen Wert auf äußerste Korrektheit legte, bestätigte es ihm. »Es handelt sich um eine gewisse Irene Winter, eine Minderjährige – die überfallen und sexuell mißbraucht worden ist.«

»Kann ja sein! So was soll immer wieder vorkommen. Doch was habe ich denn damit zu tun?« fragte Paul Gesner erregt. »Glaubt Sie vielleicht mir irgend etwas beweisen zu können? Da muß ich doch sehr bitten! Außerdem habe ich dann ja wohl das Recht, jede diesbezügliche Frage abzulehnen.«

»Das haben Sie«, bestätigte ihm Krebs mit dennoch nachsichtiger Geduld. Diese flüchtig rechtsaufgeklärten Fernsehbetrachter begannen immer unbequemer zu werden. »Sie können selbstverständlich jede Beantwortung derartiger Fragen verweigern, falls sich dadurch eine Belastung für Sie ergeben sollte. Ist das hierbei der Fall?«

Der vorgeführte Gesner wirkte ungemein strapaziert. Nahezu lebensgefährlich blockiert, gleich einem Hasen, den lauernde Hunde umstellt hatten. Diesmal gleich drei! Und dazu dann noch ein ihn überaus irritierendes viertes Geschöpf; ein wirklicher Hund. Der richtete sich auf, gleichsam ihm entgegen – schien scharf Witterung zu nehmen. Paul Gesner schwieg – beherrscht von fieberhaft-verwirrenden Gedankengängen.

Seine scharfen, wie in schnellen Wellen auf Karl Hubert hinflutenden Ausdünstungen waren für diesen in dem engen Raum kaum noch zu ertragen. Und eben wohl deshalb schaltete er sich vorstoßend ein. »Kennen Sie mich, Herr Gesner?«

Der Mann betrachtete jetzt überaus angestrengt Huberts Gesicht, das ihm glücklicherweise ziemlich nichtssagend vorkommen wollte, also wohl reichlich bedeutungslos. »Woher sollte ich Sie denn kennen?«

»Immerhin kenne ich Sie! Zumindest in einigen Einzelheiten«, klärte ihn Hubert suggestiv bedrohlich auf. »Ich wohne zufällig in Ihrer Nähe – nur einige wenige Häuserblocks von Ihnen entfernt.«

»Wer sind Sie denn?« wollte der vorgeführte Verdächtige alarmiert wissen.

Krebs schnappte instinktsicher zu und übernahm unverzüglich die Vorstellung dieser Person hinter sich: »Hauptkommissar Hubert.« Wobei er dann noch, mit sanft-lauernder Aufmerksamkeit, hinzufügte: »Chef unserer Mordkommission eins.«

Bei dieser, zumindest in Polizeikreisen, lapidaren Eröffnung, zuckte Paul Gesner zusammen, während Hubert ihn gar nicht weiter zu beachten schien. Der blickte vielmehr sehnsuchtsvoll zum Fenster, das er gerne geöffnet hätte – möglichst weit.

Der vorgeführte Hauptverdächtige jedoch atmete heftig; auf seinem Gesicht zeigte sich eine dünne, glänzende Schweißschicht. Er mobilisierte also Abwehrkräfte. Dann rief er gepreßt aus: »Wie weit, meinen Sie, mich denn zu kennen? Was wissen Sie denn wirklich von mir?«

»Eine ziemliche Menge«, stellte Hubert unnachsichtig bedrängend fest. Krebs schloß die Augen fast völlig; und Keller hörte auf, seinen Hund zu streicheln. Sie alle wirkten nun höchst konzentriert. Und Hubert sagte weiter: »Kann sein, daß ich vielleicht ziemlich Entscheidendes von Ihnen weiß – diesen Vorgang betreffend.«

Paul Gesner hatte nunmehr das Gefühl, kurz davor zu sein, in eine Falle hineinzugeraten. Hastig stieß er hervor: »Ich lehne es ab, dazu Stellung zu nehmen! Was ich ja wohl auch nicht muß – oder? Nicht ohne mich mit einem Rechtsanwalt beraten zu haben.«

Das war sein gutes Recht, wie ihm prompt von Kommissar Krebs bestätigt wurde – mit erneut irritierend-entgegenkommender Bereitwilligkeit. Diese Falle, dicht vor ihm, schien sich zu vergrößern, auch zu vertiefen. Doch warum das so war, wußte er nicht.

Doch die Erklärung dafür war wohl höchst einfach. Sie basierte auf langjährigen polizeipraktischen Erfahrungen. Ein derartig massiv tönender Ruf nach einem Rechtsanwalt war nicht selten gleichbedeutend mit einem ersten, indirekten, Schuldbekenntnis. Zumindest signalisierte so das Befürchtungen – die zumeist eine fatal-reale Bezüglichkeit besaßen.

Dementsprechend freundlich-hoffnungsvoll mutete dann auch Krebs an, als er jetzt verkündete: »Dann beraten Sie sich also, Herr Gesner, mit einem Rechtsanwalt. Und zwar möglichst gründlich. Dafür gebe ich Ihnen vierundzwanzig Stunden Zeit.«

Hubert stürzte zum Fenster und öffnete es weit.

Auch an diesem Abend, wie an zahlreichen anderen, hatte Simone Jahr Gäste um sich versammelt. Dabei flatterte sie, gleich einem großrauschenden Vogel in Samt oder eben Seide, vom Hauptraum zur Tür, um dort ihre Besucher zu begrüßen – mit vereinnehmenden Umarmungen, um die dann so Beglückten in den Hauptraum zu geleiten.

Diese Gäste hockten inmitten von Chrom, Kristall und Ebenholz; auf Damast aus Lyon; Perserteppiche neuerer Machart lagen unter ihren teuer beschuhten Füßen. Diese sogenannte ›große Gesellschaft‹, hier angeblich ›tonangebend‹, wenn auch nur zweiter oder gar dritter Wahl, machte sich lauttönend breit.

Schließlich erschien auch Susanne Sommer. Sie wurde von ihrer Freundin Simone anschmiegsam begrüßt. Sie waren spürbar aufeinander eingespielt. Doch wie weit, in welchem Ausmaß wirklich, schien etlichen noch ein Rätsel – ein eventuell fragwürdiges sogar.

Simone flüsterte auf Susanne ein: »Ich brauche dich – dringend!«

»In welcher Hinsicht?«

»Bevor du dich hier auf deine Weise amüsierst, was ich dir gönne, könntest du dich meinem Mann widmen – wenn auch nur kurz.« Sie produzierte für die übrigen Anwesenden ein strahlendes Partylächeln. »Dem solltest du klarmachen, daß wir beide heute nachmittag zwischen vierzehn und siebzehn Uhr einen ausgedehnten Einkaufsbummel unternommen haben. Etwa in der Gegend Cartier und Pucci; ohne dabei irgend etwas zu finden, das uns gefiel.«

Susanne Sommer nickte lediglich. »Wer ist es denn diesmal?«

»Das erzähle ich dir später! Beruhige zunächst meinen Mann. Das mit der gebotenen Vorsicht; der reitet schon wieder einmal seine mißtrauische Tour.«

Das traf tatsächlich zu. Dieser von Simone Jahr ungeniert und in aller Öffentlichkeit als ›mein Mann‹ bezeichnete Mensch, von dem jeder wußte, daß er zwar verheiratet war, aber nicht mit Simone, hockte sichtlich mürrisch in einer Ecke dieses modischen Glanzraumes – mittelgroß, mittelschwer, mittelmäßig gekleidet; ein fleischiges Gesicht mit kleinen, flinken Grauaugen.

Susanne Sommer, ganz Freundin der Simone-Haushaltung,

setzte sich unverzüglich zu ihm, hielt ihm ihr hübsch-sinnliches Gesicht entgegen, um sich dann, wohl rein freundschaftlich, von ihm küssen zu lassen.

»Wie geht es dir denn so, Werner?« fragte sie einfühlsam. »Du machst keinen sonderlich glücklichen Eindruck. Im Augenblick jedenfalls nicht. Warum denn? Schließlich gehört zu dir eine Frau wie Simone – die dich liebt.«

»Mich?« fragte er aufgrollend. »Oder mein Geld?« Eine derartig massive Aufrichtigkeit konnte er sich Susanne Sommer gegenüber, der vertrauten Freundin, leisten. Zumal er erkannt zu haben glaubte, daß Susanne wesentlich anders als seine Simone war – ungleich unauffälliger, wohl auch aufrichtiger, also weit weniger berechnend. Sie wollte geliebt, bewundert, anerkannt werden. »Warum«, fragte er offen, »bin ich nicht an dich geraten?«

Susanne spürte, daß so was wohl eine Art indirektes Angebot war – auf das jedoch einzugehen, auch nur andeutungsweise, gewiß nicht der richtige Zeitpunkt war. Also betätigte sie sich als voll verläßliche Freundin. »Du verkennst sie, Werner. In diesem Punkt bist du wie alle Männer, die Ansehen und Vermögen besitzen – ihr alle glaubt, nur deshalb geliebt zu werden.«

Das hörte dieser ›ihr Mann‹ nicht ungern, zumal Susannes weitere Ausführungen, plauderhaft-plakativ dargeboten, ihn zu ermuntern vermochten. So etwa die Schilderung eines Einkaufsbummels der beiden Freundinnen an diesem Nachmittag. Simone hätte dabei etliches erblickt, was ihr sehr gefallen habe – doch sie wäre vor den Preisen zurückgeschreckt. Das mit den Worten: »Darüber muß ich erst mit meinem Mann sprechen – ohne seine Zustimmung leiste ich mir das nicht.«

Das gefiel Werner ungemein. Er entspannte sich, ergriff dankbar jene von Susannes Händen, die ihm am nächsten lag, tätschelte sie freundschaftlich und widmete sich dann unverzüglich seinem Champagner – der ihm nun wieder mundete. Susanne konnte also weiterziehen.

Und zwar unverzüglich zu Dr. Lichtenberg hin. Dieser hatte ihr bereits bei ihrem Erscheinen verlangend entgegengeblickt und streckte ihr nun beide Hände weit entgegen. Er schob die ihm zugeteilte Gespielin neben sich zur Seite, um für Susanne Platz zu machen. Sein freundlich-harmlos wirkendes Jungengesicht schien Entzücken bekunden zu wollen. Er war eine Hyäne, die sich als Lamm ausgab.

»Sie fahren einen Volkswagen«, sagte er, schnell massiv-geschäftlich, stets erprobt wirksam direkt. »Dabei könnte ich Sie mir viel besser in einem erstklassigen Sportwagen vorstellen – etwa einem Lancia, einem Porsche, einem Jaguar.«

»Gedenken Sie etwa«, sagte sie, irritierend amüsiert, »mir ein derartiges Fahrzeug vor die Haustür zu stellen?«

»Warum nicht!« Jeder Gauner, und dieser Dr. Lichtenberg war gewiß einer, glaubte bedenkenlos an die Wirkung des Geldes; wer Millionen machen wollte, wie er, durfte nicht vor etlichen zehntausend Dollar als Investition zurückschrecken. »Sie brauchen nur Ihre diesbezüglichen Wünsche anzumelden, verehrte Frau Sommer.«

»Bei einer bestimmten, von Ihnen bereits angedeuteten Gegenleistung – nicht wahr?«

»Selbstverständlich meine ich Rechtsanwalt Dr. Holden. Der könnte hier für mich, einen Ausländer, der denkbar beste Partner sein. Sobald er bereit sein sollte, für mich zu arbeiten, mit seiner ganzen Kanzlei, mit seinem erfreulich guten Ruf, dürfen Sie mit jeder erdenklichen Dankbarkeit meinerseits rechnen. Nun, ist das ein Angebot? Ließe es sich realisieren?«

»Könnte sein«, sagte Susanne Sommer gedehnt. Sie war eine Meisterin der vorsichtigen Versprechungen.

Dr. Lichtenberg glaubte nunmehr, seiner Sache sehr sicher sein zu können. »Ich darf also annehmen, verehrte Frau Sommer, daß Sie mich bei meinen Bestrebungen unterstützen werden?«

»Nehmen Sie das an«, sagte sie mit behutsamer Ermunterung und entschloß sich, als das ihr angemessene Honorar einen Jaguar zu akzeptieren.

»Das müßte aber möglichst gleich morgen geschehen«, sagte er, sich ihr entgegenneigend, wie in vollstem Vertrauen. »Ich habe da ein Millionenobjekt an der Hand – bei dem ich jedoch schnell zupacken muß; mit Hilfe einer absolut vertrauenswürdigen Person, die für mich den entscheidenden Vertrag abschließen kann – einen äußerst lohnenden Vertrag auch für diese Person. Die ersten Einhunderttausend zahle ich sofort, weitere alsbald. Sie verstehen?«

Sie verstand. Dabei betrachtete sie sehr versonnen ihre zierlichen, schön geformten, doch auch sehnigen Hände, die kraftvoll zupacken konnten. Diese Hände liebte sie – wie wohl alles an sich. In der sicheren Erkenntnis: Sie hatte, immer noch, einiges zu bieten! In letzter Zeit begann sie sich allerdings zu fragen: wie lange wohl noch?

»Ich werde das also«, sagte sie, mit wohl sehr sanfter, doch ziemlich entschieden wirkender Entschlossenheit, »zu arrangieren versuchen.«

»Ich verlasse mich auf Sie – und Sie können sich auf mich verlassen«, versicherte Dr. Lichtenberg. »Sobald ich, möglichst gleich morgen, etwa mittags, spätestens nachmittags, einen Termin bei Rechtsanwalt Holden bekomme und der sich bereit erklärt, diese Verträge für mich abzuschließen, werde ich mich mit Ihnen in Verbindung setzen, um Ihre speziellen Wünsche zu erfahren.«

»Und welche – erwarten Sie?«

»Außer Anregungen, Ihr Lieblingsfahrzeug betreffend, noch eine von Ihnen zu bestimmende Summe. Eine fünfstellige selbstverständlich. Wobei die erste Zahl davon eine drei sein kann. Sind wir uns einig?«

Sie waren es.

Ungetrübt auch dann noch, als der Journalist Frank Schwarz auftauchte – der nach Susanne Ausschau hielt.

Inzwischen saßen sich in dem steril anmutenden Büroraum des Chefs Dezernat Sitte drei Männer gegenüber; den seltsamen, uralten Hund nicht zu vergessen, der irgendwie ebenso fragend, neugierig und skeptisch zu blicken vermochte.

Krebs, der souveräne Sittenwächter; Hubert, der erbarmungslose Mordaufklärer; schließlich ›Leichenkeller‹, sie alle randgefüllt mit kriminalen Erfahrungen – wie dazu verdammt. Der ihnen vorgeführte Verdächtige, dieser Paul Gesner, war sozusagen ›auf freien Fuß‹ gesetzt worden – zumindest für die nächsten vierundzwanzig Stunden.

Krebs – der hier amtlich maßgebliche Sittenchef – stellte jetzt fest:

»Da hast du nun also versucht, Hubert, mir deine Methoden aufzuzwingen! Methoden, die nicht die meinen sind!«

»Ich habe lediglich deinen Verdächtigen«, stellte der Hauptkommissar fest, »den du mir zu verdanken hast, in die Enge getrieben; was erfahrungsgemäß zu Kurzschlußhandlungen zu führen vermag. Und mehr kannst du nach dem Stand deiner Ermittlungen nicht erwarten.«

Krebs sah den ›großen, alten Mann‹ des Präsidiums an. Der jedoch schien sich bei der Beschäftigung mit seinem Trollhund nicht stören lassen zu wollen; was praktisch bedeutete: Keller gedachte vorerst in dieses Gespräch nicht einzugreifen. Hubert hatte zwar kräftig geblufft, aber ohne jedoch dabei falsche Angaben zu machen, ohne den Vorgeführten zu täuschen, zu belügen – und die Art, wie er so was formulierte, war schließlich seine Sache.

Hubert versuchte seine Ansichten zusätzlich noch zu erklären. »Du mußte das so sehen, Krebs: Nach einer derartig massiven Herausforderung wird dieser Mistkerl, der garantiert der Täter ist, kalte Füße bekommen. Er wird sich also einem Rechtsanwalt anvertrauen. Und wenn der erfährt, mit was und auch mit wem da sein Klient konfrontiert worden ist, wird er diesem, wenn er kein ausgemachter Idiot ist, die Flucht nach vorn empfehlen.«

»Das könnte sein«, sagte nun Keller recht leise, doch überraschend deutlich. »Wenn mein Rechtsanwalt seinen Verdächtigen dazu bringt, sich auf eine Art Eingeständnis einzulassen, kämen wir einen Schritt weiter. Doch entscheidend dabei werden dann die dem Täter eingeübten Aussagen sein.«

»Das ist es!« reagierte Krebs leicht erregt. »Denn hier haben wir es mit einem Sittlichkeitsverbrechen zu tun, das kaum brauchbare Spuren und keinen direkten Zeugen besitzt – lediglich zwei Aussagen, die sich mit Sicherheit auseinanderdividieren ließen. So was ist schließlich alles andere als ein Mord, bei dem sich der Täter unmittelbar neben der von ihm produzierten Leiche aufhält.«

»Ach was, Krebs«, sagte nun Hubert überzeugt, »ich habe schon Morde aufgeklärt, für deren Täter zunächst nicht der geringste Anhaltspunkt existierte! Doch sobald ich dann so ein Schwein zu wittern vermochte, habe ich es an eine Beweiskette gefesselt, von der es niemals mehr loskam. Und so was kannst du auch. Das haben wir gelernt.« Womit er Keller würdigte.

Dieser blinzelte vor sich hin – seinen Hund an. Krebs fühlte sich und seine Arbeit falsch eingeschätzt. »Das sagst du so!« grollte er Hubert an. »Ohne die Akten dieses Falles zu kennen.«

»Akten, Mensch, sind doch kaum mehr als Anhaltspunkte. Du kennst, du hast den Täter – und nun überführe ihn!«

»Das aber, Hubert, würde ich gern auf meine Art und Weise tun – genau und gründlich. Glied für Glied zusammenfügend, ohne eine derartig vorschnelle massive Konfrontation, die vieles an Feinheiten zerstören kann.«

»Verdammt noch mal, Krebs, verehrter Kollege – wir sind doch keine Seelsorger für geistig oder geschlechtlich Gestörte!«

»Sind wir nicht, mein lieber Hubert«, bestätigte ihm nunmehr Keller. »In diesem Punkt hast du recht. Aber unser Freund und Kollege Krebs hat gewiß auch recht; und zwar in seiner Annahme, daß sich Kriminalisten, heutzutage, gegen einfach alles vorbeugend absichern müssen. Also möglichst auch gegen Gutachten ausbrütende Psychologen, die mit Sicherheit versuchen werden, in einem Prozeß, oder auch schon im Vorfeld eines solchen, geistige Sperren einzubauen.«

»Diesmal sogar mit einiger Gewißheit!« rief Krebs aus, sich bestätigt fühlend. »Hubert, du hast lediglich ein Faktum: der Mann ist dieser Irene nachgeschlichen! Und es ist doch nicht ganz ausgeschlossen, daß sie ihn dazu ermuntert hat. Eine Art gegenseitiges Verlangen wäre dabei durchaus denkbar – ein präsentes, anlockendes; dann vollzogenes. Solltest du das für ausgeschlossen halten, Kollege?«

»Nun sage mir mal, Krebs«, provozierte Hubert, »für wen arbeitest du eigentlich? Für diese Sittenstrolche – oder für die Sittlichkeit?«

Krebs nahm diese Provokation, nachdem ihm Keller ermunternd zugelächelt hatte, ziemlich gelassen hin. »Ich versuche lediglich das zu registrieren, was wir feststellen konnten: Irene begab sich auf ein Gelände in der Nähe der Straße. Und er folgte ihr. Jedenfalls ließ sie dort ihre Blue jeans fallen, ohne erst noch einen Schlüpfer herunterziehen zu müssen. Das gibt sie selbst zu – das ist protokolliert worden. Und warum tat sie das – wird man wohl fragen?«

»Weil sie dringend mal mußte! Nach den ihr offerierten Bieren und Schnäpsen ist so was menschlich.«

»Das behauptest du, Hubert. Und so kann und so wird es wohl auch gewesen sein. Deine Irene wirkt ziemlich glaubhaft; aber ein kindlicher, ahnungsloser Unschuldsengel ist sie nicht. Schon gar nicht, da ihre Aussage auf fatale Weise ausgedeutet, verschärft, verdreht werden kann, was einem halbwegs cleveren Rechtsanwalt durchaus gelingen würde. Dann könnte es prompt heißen: Sie habe ihn angelockt, sich ihm angeboten, sogar vor ihm ihre Geschlechtsteile entblößt. Und da konnte der einfach nicht anders . . .«

»Ja, pfui Teufel, Krebs!« rief Karl Hubert empört aus. »Und so was glaubst du?«

»Glaube ich nicht«, versicherte Krebs, wie unendlich nachsichtig. »Aber mit derartigen Argumenten muß ich rechnen und rechne ich!«

»Na gut – tu das!« rief ihm Hubert zu. »Aber wenn sich für den Kerl noch so viele Schlupflöcher anzubieten scheinen – dann mußt du die eben verstopfen!«

»Das will ich versuchen. Doch das wird gar nicht so leicht sein.«

»Falls du dabei meine Hilfe benötigen solltest, die meiner Leute auch – wir stehen zur Verfügung.«

»Danke, Hubert. Doch das, ich hoffe, wird nicht notwendig sein.«

Krebs blickte zu Keller hin. Doch der schien diesem Gespräch nicht mehr zu folgen. Er beschäftigte sich mit seinem Hund.

Eine der letzten Stationen dieses Abends, dieser Nacht: eine weitere Party bei Simone Jahr.

Die drohte nun sehr schnell zu verenden. Der Herr des Hauses, ›ihr Mann‹, der mürrische Finanzier ihrer großen Vergnügungen, hatte durch sein dringliches Verlangen, sich besaufen zu wollen, dementsprechend auch die Gäste animiert. Und die starrte er nun nahezu bösartig blickend an.

Susanne Sommer schob sich, erneut von Simone Jahr angeregt, mit leicht wiegenden Bewegungen auf Werner zu. »Du solltest sehr glücklich sein«, sagte sie, sich zu ihm setzend. »Deine Simone ist nicht nur eine wunderbare Frau – auch eine vollendete Gastgeberin.«

»Ach was!« stieß Werner trunken-boshaft hervor. »Die kann doch nichts als Geld ausgeben.« Womit er unmißverständlich meinte: sein Geld. »Die ist nur wirklich geil, wenn es um ihre Geltungssucht geht. Sie will wer sein! Sie hält sich vermutlich für eine verkannte Greta Garbo, für eine mißverstandene Marlene Dietrich!«

»So was, Werner – solltest du nicht sagen«, riet ihm Susanne dringlich. »Deine Simone ist allein für dich da.«

»Das ist sie nicht!« stieß er schwerzüngig hervor. »Und manchmal frage ich mich, nicht nur neuerdings: Warum bist du denn nicht – an ihrer Stelle? Wenn jemand ein so großzügiges Leben verdient, wie ich es ermöglichen kann – dann du!«

»Das, Werner«, sagte Susanne wie bestürzt, aber auch geschmeichelt, »will ich nicht gehört haben. Simone ist meine beste Freundin.«

»Ich bitte dich«, murmelte er tiefsinnig, »was besagt denn das schon?«

Dieser Abend, konstatierte Susanne zufrieden, war recht erfolgreich gewesen. Und das dachte sie selbst noch, als sich nunmehr Frank Schwarz, der Journalist, mit besitzergreifendem Lächeln auf sie zubewegte.

Im Polizeipräsidium, Dezernat Sitte, das Hubert verlassen hatte, war Kommissar Krebs anhand seiner Akten bemüht, seinen verehrten Lehrmeister Keller über den Fall Irene Winter mit möglichst letzten Einzelheiten zu informieren. Und Keller schien jetzt wieder durchaus intensiv zuzuhören – sein Hund auch.

»Das wäre an sich«, referierte Krebs, »ein völlig alltäglicher Fall; in meinem Bereich in jedem Monat so an die einhundertmal vorstellbar. Wobei jedoch kaum viel mehr als ein Dutzend derartiger Vorgänge angezeigt, also amtlich bekannt werden. Weil falsche Scham im Spiel ist, oder eben sogar die halbwegs richtige Erkenntnis: Bei derartigen sexuellen Vorgängen sind wir, die Polizei, weitgehend machtlos.«

»Bekannt!« bestätigte ihm Keller – wobei auch sein wundersamer Hund wie zustimmend zu nicken schien. »Gefühle, Leidenschaften, oder eben auch Laster, entziehen sich sehr weitgehend jeder brauchbaren kriminalen Bestimmbarkeit. Sie muten wie ein endloses Sumpfgelände an, das sich noch dazu durch zeitbedingte Moralbegriffe wie in ständiger Veränderung befindet. Schwer, da einen gangbaren Weg hindurchzufinden – und nicht nur für Polizeibeamte.«

»Ich versuche es dennoch immer wieder!« gestand Krebs seinem Keller. »Und so mühsam das auch ist – manchmal gelingt es. Nicht jedoch in diesem Fall, befürchte ich. Wenn der auch an sich ziemlich greifbar anmutet.«

»Was du hier offenbar«, reagierte Keller einfühlsam, »als alarmierend empfindest, ist die Tatsache, daß sich da jemand direkt in deinen Bereich einzumischen versucht. Und zwar gleich einer von der enormen kriminalen Größenordnung eines Hubert.«

»Genau das ist es wohl«, bestätigte Krebs, sich verstanden fühlend. »Was veranlaßt Hubert dazu, frage ich mich.«

»Dabei könnten«, meinte der alte Mann bedächtig, »sehr persönliche, sehr menschliche Beweggründe eine Rolle spielen.«

»So was kommt bei Hubert doch wohl kaum in Frage. Der will nichts als die absolute Gerechtigkeit, die versucht er zu erzwingen! Wo immer er auch ein Verbrechen wittert, reagiert er ohne die geringste Rücksichtnahme. Er ist – so ganz anders als wir.«

»Sagen wir, Freund Krebs, er scheint sich verändert zu haben«, korrigierte Keller sanft, wobei er seinen nun eingeschlafenen Hund verständnisvoll betrachtete. »Es könnte sein, daß Hubert nicht mehr das ist, was er war.«

»Kommt dir das auch so vor, Keller?«

»Das ist wohl von jedem zu befürchten – manchmal auch zu erhoffen. Schließlich kann man keinen Menschen nach wenigen Jahren endgültig definieren. Du brauchst nur die schönen, gefälligen Gemeinplätze zu bedenken, die hier im Amt über uns kursieren. Wir werden für eine Art strahlendes kriminalistisches Dreigestirn gehalten. Etwa ich – als der angeblich philosophisch angehauchte große Lehrer seiner Meisterschüler; also der von euch beiden. Du, Krebs, wirst als sanfter, zugleich sicher zupakkender Aufklärer bezeichnet. Während sich unser Hubert die Vermutung gefallen lassen muß, was er offenbar sogar sehr gern tut, ein denkbar rücksichtsloser Verfolger zu sein. Aber was, frage ich dich, stimmt dabei wirklich restlos?«

Das war eine Frage, auf die Krebs keine Antwort wußte. Noch nicht. Und wenn Keller die Antwort bereits zu ahnen schien, so machte er das nicht deutlich.

Die Simone-Jahr-Party löste sich nunmehr in ein zielstrebig erhofftes Wohlgefallen auf. Susanne Sommer und Frank Schwarz gehörten zu ihren letzten Gästen. Simone geleitete beide zur Tür. Sie umarmte ihre Freundin betont innig – ihn aber vorsorglich auch. »Also dann – macht es gut. Was auch immer.«

»Eine herrliche Nacht!« stellte Frank Schwarz fest, als er mit Susanne auf dem nahen Parkplatz angekommen war. Dessen bleicher Zementboden schimmerte im Mondlicht; modisch gedachte Bienenwabenhäuser umstellten ihn. »Was, meinst du, ließe sich in dieser Nacht noch anfangen?«

»Eigentlich«, sagte Susanne, »bin ich sehr müde.«

»Kein Wunder!« meinte er munter. »Schließlich bist du bei dieser Party ziemlich intensiv in Aktion getreten.«

»So – bin ich das?« fragte sie, leicht heiter erwartungsvoll.

Worauf er demonstrierte, daß er ein exzellenter Beobachter war – schließlich lebte er von dieser Fähigkeit, bei recht brauchbaren, aus diversen Quellen fließenden Honoraren. Sein sicherer Instinkt dafür, selbst noch so verdunkelte, möglichst schlüpfrige, also vielversprechende Kreuz- und Querverbindungen aufspüren zu können, machte sich immer mehr bezahlt.

»Bei dir, meine Liebe, hat es sich diesmal offenbar um drei dir recht verwendungsfähig scheinende Zielpunkte gehandelt. Dabei einmal, doch wohl mehr am Rande, dieser andersgeartete Modeschöpfer, der danach giert, auch von Frauen anerkannt zu werden, was du wirkungsvoll getan hast. Womit sich vermutlich erhebliche Sonderpreise für seine Kreationen einbringen lassen.«

»Na und, Frank? Was ist denn schon dabei?«

»Bei dem, was ich da soeben gesagt habe, meine liebe Susanne«, versicherte er unverzüglich, »hat es sich keinesfalls um einen Vorwurf gehandelt, mehr um eine anerkennende Feststellung. Du reagierst bei diesen Leuten ähnlich sicher wie ich.«

»Erkläre mir das näher«, wollte sie nun fast begierig wissen, wobei sie sich lässig gegen seinen knallroten Porsche lehnte. »Sage mir, was du sonst noch herausgefunden zu haben glaubst.«

»Zweitens, Susanne: dein vielversprechend vorsichtiges Eingehen auf diesen Werner, also Simones sogenannten ›Mann‹ – und dessen deutlich enormes Interesse für dich. Bei dem könntest du sie jederzeit ablösen. Ist das deine Absicht?«

Sie lachte spröde auf. »Ich bitte dich! Simone ist schließlich meine beste Freundin!«

»Eine denkbar beste Freundin ist Simone immer – so gut wie jedem gegenüber; sobald sich das irgendwie für sie lohnt. Und drittens: deine intensiven Bemühungen um diesen Lichtenberg – oder eben seine um dich. Auch hier ganz sicherlich von Simone inspiriert.«

»Nun – er war ihr Gast; jemand mußte sich um ihn kümmern.« Susanne reagierte schnell ausweichend. »Doch persönlich oder gar privat ist er mir reichlich gleichgültig. Wäre ich denn sonst hier? Bei dir?«

»Darüber freue ich mich – sehr sogar. Doch vermutlich wollte dieser Lichtenberg irgend etwas von dir. Wenn auch nicht gleich dich, so doch etwas anderes, zu dem du Zugang hast. Was ist das? Wofür interessiert der sich? Schließlich ist er ein Geschäftsmann – ein ziemlich ausgekochter, wie man so flüstert.«

Susanne lächelte ihn an. Sie vermochte seine instinktsichere Gefährlichkeit zu erkennen. Sie sagte, bemüht ablenkend, wie bereit, sich anzuschmiegen – was sie dann auch tat; zunächst an seinen Porsche. »Du bist eben ein Mann, Frank, du siehst in Frauen immer nur das, was du in ihnen sehen willst. Doch zu denen gehöre ich nicht.«

»Irgendwie – bist du absolute Sonderklasse. Zugestanden.«

»In Wirklichkeit«, behauptete sie völlig ungeniert, »ist es so gewesen: Ich habe den ganzen Abend auf dich gewartet. Und inzwischen mußte ich eben das übliche Partygeschwätz über mich ergehen lassen. Weiter war nichts. Das mußt du mir glauben.«

»Das glaube ich dir auch, Susanne – liebend gern!«

Er stellte das überaus bereitwillig fest, um dann jedoch unverzüglich massiv-fordernd vorzustoßen. »Doch wenn das tatsächlich so ist – was hindert dich denn daran, mit mir die nächsten Stunden zu verbringen? Diese Nacht.«

»Nichts«, antwortete Susanne völlig komplikationslos. Was sie ja auch scheinbar im Grunde ihres Wesens war. Doch weiter nichts als horrender Irrtum in dieser vernebelten Welt.

Im Polizeipräsidium, diesmal im Büro der Mordkommission eins, hatte sich Hauptkommissar Karl Hubert wieder einmal mehr eines jener Objekte vorführen lassen, dem ein Mord nachzuweisen war: die Frau, die ihren wesentlich jüngeren Freund vor Tagen über den Haufen geknallt hatte.

Ein völlig eindeutiger Vorgang – in Huberts Augen. Deshalb mußte schleunigst ad absurdum geführt werden, daß es sich hierbei, wie der aufdringlich-publikationssüchtige Anwalt der Angeklagten behauptete, um einen Totschlag im Affekt, wegen Trunkenheit oder bei zeitlicher Geistesgestörtheit, gehandelt haben könnte. Um das möglichst wirksam richtigzustellen, wendete Hubert eine seiner Spezialmethoden an: die Schaffung einer psychischen Zwangslage.

Das hierbei als erfolgssicher erkannte Arrangement begann damit, daß Hauptkommissar Hubert seinem Oberinspektor Kolb zunächst scheinbar völlig freie Hand ließ. Dieser manipulierte unverzüglich fachgerecht mit seinem Fragenkatalog. Lapidar, sachlich, gründlich, noch dazu anscheinend ungemein desinteressiert vorgetragen.

Wobei sich alsbald eine anödende, zermürbende, auf die Dauer selbst stärkste Nerven strapazierende Monotonie ergab: wann – wie – wo – warum – weshalb – weshalb nicht – warum das so – warum das nicht anders – wie wirklich, genau, in allen Einzelheiten – wo erfolgend, mit welchen Worten, Gesten, Bewegungen. Und das stundenlang.

Dann jedoch ersuchte der Hauptkommissar seinen Oberinspektor, nicht ohne diesem anerkennend zugeblinzelt zu haben, eine Pause einzulegen. Praktisch hieß das: Kolb hatte sich zu entfernen. Während dann Hubert, mit seinem bereits schweißnassen, leicht zitternden Objekt, allein in diesem Raum zurückblieb. Minutenlang fiel zwischen ihnen kein Wort – sie sahen sich nur an.

Dann aber sagte Hubert, fast wie nebenbei, ohne jede bedrängende Feststellung: »Sie haben den also über den Haufen geknallt. Offenbar ganz bewußt. Und dazu sind Sie schon mehrmals bereit gewesen.« Eine äußerst gefährliche, aber wohl kaum von ihr erkennbare Feststellung, sie bedeutete: Absicht, Planung, Vorausberechnung sogar. Also die juristisch einwandfreien Konstellationen für einen Mord.

»Ich habe ihn geliebt«, stieß sie erzitternd hervor.

»Selbstverständlich!« gestand ihr der Hauptkommissar unverzüglich zu. »Sie wollten ihn nicht verlieren. Er bedeutete Ihnen unendlich viel, er bestätigte sie, er war ein guter Liebhaber –

in seinem Alter ist man schließlich noch recht leistungsfähig. Doch dabei tauchte eine andere Frau auf.«

Sie wiederholte monoton: »Ich habe ihn geliebt.«

»Aber eben deshalb haben Sie ihn getötet – töten müssen! Denn Sie wollten diese Liebe nicht aufgeben – ihn nicht einer anderen überlassen.«

»So – ist es – wohl gewesen«, versuchte sie sich mühsam zu erklären. »Aber das habe ich nicht gesagt.«

»Sagen Sie das dennoch. Denn das könnte Sie erleichtern«, meinte nun Karl Hubert behutsam ermunternd. »Zumindest mir gegenüber können Sie das getrost sagen – jetzt. Wir befinden uns hier beide sozusagen unter vier Augen. Kein Zeuge ist anwesend; und ich mache mir keine Notizen.« Das hatte Hubert bei seinem exzellenten Gedächtnis auch gar nicht nötig. »Kein Protokoll findet statt, lediglich eine Art Gespräch, eine Aussprache. Und selbst wenn dabei ein Tonband laufen sollte, was aber garantiert nicht der Fall ist – so wären die Aufnahmen dabei ohne jede juristische Beweiskraft. Ich bin da sehr offen.«

»Und warum sind Sie das – mir gegenüber?«

»Weil ich glaube, sogar absolut sicher bin, Sie zu verstehen, Ihre Beweggründe zu begreifen.«

»Aber ich«, stöhnte sie nun wieder vor sich hin, »kann immer wieder nur das sagen: Ich habe ihn geliebt!«

»Aber ja, ja! Davon bin ich nicht nur überzeugt; ich glaube auch zu wissen, was das zu bedeuten hat.« Hubert schien nunmehr seine ureigensten Erfahrungen auszubreiten. »So eine wie endgültig erscheinende Liebe kann eine ebenso wunderbare wie auch fürchterliche Erscheinung sein.«

Durchaus möglich, daß Hubert dabei an Holden dachte, seinen Freund, als er dann weiter sagte: »So eine Liebe, wenn sie in vollem Ausmaß dominiert, vermag die wohl ganze große Skala unserer letzten menschlichen Daseinsgefühle zu umspannen – von der denkbar herrlichsten Erfüllung bis hin zur todesnahen Trauer.«

»Ja«, gestand sie stammelnd ein. »Das ist es wohl.«

»Woraus sich dann«, folgerte er suggestiv, »letzten Endes eine einzige Folgerung beherrschend herauskristallisiert. Und zwar diese: Liebe mich – oder ich sterbe. Und weiter: Versuche, bemühe dich, diese Liebe zu erkennen. Wenn jedoch nicht, bist du ihrer nicht wert. Dann bist du nichts wert. Dann – bist du so gut wie tot.«

»Ja«, bestätigte sie ihm, wie unendlich ergeben und erschöpft.

Diese Formulierung kam einem Geständnis gleich. Denn Karl Hubert glaubte nun genau das zu wissen, was er bisher lediglich, jedoch mit an Sicherheit grenzender Wahrscheinlichkeit, zwingend vermutet hatte. Damit schien auch dieser Fall für ihn so gut wie abgeschlossen zu sein.

Richard Holden vermochte in dieser Nacht nicht zu schlafen. Die wunderbare Begegnung mit Susanne lebte verlockend in ihm nach. Sie war so hinreißend gewesen, hatte ihn zutiefst erregende Zärtlichkeiten verströmt – nun wollte er von ihr träumen.

Er hatte alle in seinem Apartment erreichbaren Kerzen angezündet und sie dann in sein Schlafzimmer gestellt, wo sie ein Art Altar bildeten. Und in diesem schimmernden, wie in Herztönen flackernden Lichtraum, hatte er alles das um sich versammelt, was er liebte: eine mexikanische Tonfigur, die einen denkbar ergebenen Hund in rührender Weise darstellte; ein königliches Kind aus Afrika, aus Holz, pechschwarz getränkt, mit stolz erhobenem Haupt; dann ein kleines Aquarell von Emil Nolde, einen leuchtenden Sonnenuntergang, der sich in blaudunkle Nacht verlor, als ersterbe dabei jedes Licht.

Etliche Jahre Arbeit hatte er dafür geleistet, erhebliche Klientenhonorare investiert. Doch jetzt besaß er diese Dinge. Er betrachtete sie beglückt. Denn endlich glaubte er sicher sein zu wissen: Diese Welt war schön, voller Herrlichkeiten, erfüllt von Wundern. Eben weil es darin eine Susanne Sommer gab!

Und zu ihr träumte er sich hin. Verlangend, hingebend, völlig vorurteilslos. Er war absolut sicher, durch sie die Erfüllung seines Daseins erreicht zu haben. Das glaubte er, daran wollte er glauben.

Er wußte ja auch nicht, daß Susanne Sommer gerade einem

anderen Erfüllung zu bereiten gewillt war. Einen Frank Schwarz. Ein Übergangsmensch mehr für sie – jedoch: wohin?

Als Karl Hubert gegen Mitternacht in seiner Wohnung angekommen war, wirkte er gar nicht, wie ständig von ihm erwartet, wachsam und scharf verfolgungsentschlossen. Schließlich besaß auch er seine heiteren Anwandlungen. Das Gespräch mit dieser Mörderin hatte dazu gehört.

Der angebliche psychologisch-klärende, erklärende Motive einzureden, war ein Kinderspiel gewesen – für ihn ein absolut alltägliches. Denn selbst kaltblütigste Mörder zögerten erfahrungsgemäß niemals, sich möglichst gefühlvoll erklären zu lassen.

Huberts grimmige Heiterkeit schien sich grenzenlos auszuweiten, selbst jetzt, beim Anblick seiner Standardbehausung.

Er ging zum Telefon. Neben dem Apparat lag, auf seinem roten Adressenbuch, ein Zettel – mit einer Nummer und einem Namen: Minka – die Katze, zu der eine seltsam strahlende Mädchenfrau gehörte.

Er rief Margit an. Sie meldete sich prompt, mit einer zart und freundlich klingenden Stimme. »Entschuldigen Sie bitte, falls ich Sie stören sollte«, versicherte er ihr, mit einer bei ihm recht selten anzutreffenden, diesmal jedoch sehr überzeugenden Höflichkeit. »Aber ich habe noch Licht in Ihrer Wohnung gesehen. Ich bin der Nachbar aus dem oberen Stockwerk – erinnern Sie sich noch an mich?«

»Aber ja – gewiß. Wie nett, daß Sie mich anrufen!« versicherte das Katzenmädchen. »Wie geht es Ihnen?«

»Gut«, sagte er. »Und wie geht es Ihnen – und Minka?«

»Auch gut! Nicht zuletzt, weil Sie mich angerufen haben. Kann ich irgend etwas für Sie tun?«

»Ich würde mich gern mit Ihnen unterhalten – wenn Sie erlauben.«

»An sich jederzeit, Herr Hubert!« Ihre betörende Jugendlichkeit flirrte ihn an. »Nur eben nicht jetzt. Sie werden sich vermutlich denken können, warum nicht.«

»Kann ich«, versicherte er ihr, wie selbstverständlich sehr weit entgegenkommend, leicht vertraulich scherzend auch. »Es ist bereits reichlich spät – Sie werden also entsprechend bekleidet sein. Oder aber es kann auch sein, daß ich Sie bei Ihren späten Studien unterbrochen habe – und die wollen Sie ungestört betreiben. Möglich aber auch, daß sich bei Ihnen vielleicht auch eine Art Freund aufhält – selbst für so was habe ich Verständnis.«

»Danke«, sagte Margit mit leichtem, zarten Auflachen. »Sie sind überaus rücksichtsvoll! Und ich würde mich sehr freuen, wenn Sie mich bald wieder anrufen. Vielleicht – schon morgen?«

Das versprach er ihr dankbar und beglückt. Ihn erfreute ungemein die Hoffnung, daß es in diesem an sich scheußlichen Dasein noch Menschen wie sie gab – vielleicht sogar für ihn. Das ließ ihn fast lächelnd einschlafen. Vorübergehend hatte er sogar seinen Freund Richard Holden vergessen – jedoch eben nur vorübergehend.

9

In den Vormittagsstunden des nächsten, nun plötzlich naßkalten Frühlingstages rief Susanne ›ihren‹ Richard in seinem Büro an. Das geschah zunächst mit der innig klingenden Versicherung, sie sehne sich so sehr nach ihm! Das habe sie in allen Stunden getan – in denen der Nacht; auch vorher, nachher, jetzt.

»Liebste, es geht mir genauso!« bekannte Richard Holden. »Auch ich habe immer nur an dich gedacht. Ganz besonders, nachdem du hier gewesen bist.«

Diese Frau vermochte ihm ein Lebensgefühl zu schenken, das ihn völlig zu verändern drohte. »Weißt du, meine wunderbare Liebste, was ich möchte? Einfach ausbrechen, hier alles hinwerfen – und dann einige Tage mit dir verreisen. Wohin du willst! An irgendeinen See, ins Gebirge, nach Südfrankreich.«

»Das wäre einzigartig schön, Richard – wie ein Traum«, versicherte sie ihm unverzüglich begeistert. Dann fügte sie jedoch mit Bedauern hinzu: »Aber leider geht das nicht – ich habe hier im Maklerbüro noch einiges aufzuarbeiten; schließlich hast du mich in den vergangenen Tagen stark abgelenkt; allerdings auf eine mir sehr wohltuende Weise. Außerdem kommen einige andere Verpflichtungen hinzu, wofür du gewiß Verständnis haben wirst.«

»Aber selbstverständlich, Liebste!« Seine Enttäuschung war spürbar, zugleich aber auch sein Bemühen, ihre Entscheidungen stets zu respektieren. »Wann darf ich dich wiedersehen?«

»Vielleicht schon heute mittag, wenn du willst.«

»Und ob ich das will. Ich freue mich jetzt schon.«

»Ich gebe dir noch näheren Bescheid – sobald ich kann. Inzwischen, würde ich dich bitten, setze dich mit Dr. Lichtenberg in Verbindung, er wartet auf deinen Anruf.«

Richard Holden schwieg einige Sekunden betroffen. Sie wartete geduldig. Dann versuchte er ihr behutsam zu erklären: »Meine liebe Susanne – ich glaube doch, dir erst neulich mit einiger Deutlichkeit gesagt zu haben . . .«

»Hast du, Richard, mein Lieber! Und ich habe das auch zur Kenntnis genommen.« Sie schien auf seine Reaktion vorbereitet zu sein. »Doch worum ich dich bitte, ist lediglich, ihn anzurufen und dir von ihm sagen zu lassen, was er dir anzubieten beabsichtigt – nur um dich zu informieren. Nichts weiter sonst – zunächst.«

»Ich weiß nicht recht, Susanne . . .«

»Überleg' dir das, ich bitte dich darum! Es könnte vielleicht sehr wichtig sein – für dich, für uns beide. Wenn wir uns mittags sehen, reden wir weiter darüber. Doch zunächst, bitte, rufe ihn an.«

So ein Telefon, empfand nicht selten auch Richard Holden, schien eine Erfindung des Teufels zu sein, wenn es auch manchmal wie ein Geschenk von irgendwelchen Göttern anmutete. Ein Instrument der schnellen Verbindungen, überfallartiger Gespräche, der Zerstörung versuchter Zeiteinteilungen. Das Endergebnis war nicht selten ausgelieferte Abhängigkeit.

Derartige Vorgänge schienen auch diesmal zu erfolgen, in schneller, erdrutschartiger Folge; unmittelbar hintereinander.

Die erste Phase: Richard Holden rief seinen Freund Karl Hubert im Polizeipräsidium an.

Dieser befand sich zwar mitten in einem neuen schönscheußlichen Mordfall – ein Mann hatte, aus noch zu klärenden Gründen, seine Frau und seine drei kleineren Kinder umgebracht – zögerte aber keine Sekunde, sich seinem Freund zu widmen. »Was kann ich für dich tun?«

Holden: »Du erinnerst dich gewiß noch an unser Gespräch über diesen Dr. Lichtenberg, Lugano. Du hattest mir dringend davon abgeraten, mich mit ihm in Verbindung zu setzen. Ich beabsichtige jetzt dennoch, mit ihm eine Art Informationsgespräch zu führen. Ich bin darum gebeten worden.«

Hubert wußte von wem! Er lachte auf – keinesfalls verächtlich, aber auch kaum noch amüsiert. »Nun gut, wenn du erfolgreich dazu verleitet worden bist – dann tu' das. Aber ohne jedes Zugeständnis – leiste dir auch nicht die Andeutung eines solchen. Berichte mir dann unverzüglich. Danach werden wir weitersehen.«

Die zweite Phase: Richard Holden im Gespräch mit Dr. Lichtenberg, Lugano – derzeit im hiesigen Hilton.

Lichtenberg: »Ich bin erfreut darüber, daß Sie mich anrufen. Ich bin entsprechend, in sehr diskreter Weise, darauf vorbereitet worden – Sie wissen schon, von wem? Und ich beneide Sie um dieses herrliche Wesen. Darüber hinaus hat sich jene Adresse, die Sie mir über diese Dame zukommen ließen, als recht wertvoll erwiesen. Und wenn ich von Werten spreche, meine ich Gelder – in erheblicher Größenordnung. Sie sollten sich diese nicht entgehen lassen. Ihre schöne Frau Sommer weiß da offenbar ganz genau, was Sie ihr wert sind.«

Holden, um Sachlichkeit bemüht: »Und wie würden dabei, Ihrer Ansicht nach, diese Geschäfte im Hinblick auf mich aussehen?«

Lichtenberg: »Ganz einfach, sehr übersichtlich, völlig klar – mit sofortigen ersten großen Gewinnspannen, so an die Einhunderttausend, die sich bald auf das Mehrfache steigern werden. Wie ich Ihnen schon angedeutet habe, benötige ich hierorts ein bevollmächtigtes Büro. Dieses schließt nach meiner Weisung Verträge mit in diesem Land befindlichen Firmen ab – Bau, Industrie, Atomwerke – und dann weiter mit mir, mit meinem Büro in Lugano. Eine übliche Zwischenstation also. Das ist alles.«

Holden: »Sie erlauben mir gewiß, darüber nachzudenken.«

Lichtenberg: »So intensiv Sie nur wollen! Doch, bitte, nicht endlos! Sagen wir: innerhalb von vierundzwanzig Stunden? Ja? Die besten Geschäfte sind erfahrungsgemäß die ganz schnellen. Und solche biete ich Ihnen.«

Unmittelbar danach Phase drei: Holden berichtete Hubert von dem Angebot des Dr. Lichtenberg.

Holden: »Dabei habe ich ihm gegenüber auch nicht die Andeutung einer Zustimmung gemacht – deinen massiven Warnungen entsprechend.«

Hubert: »Gut – sehr gut sogar! Warte ein paar Minuten, dann rufe ich dich wieder an. Und inzwischen bitte keinerlei gefällige Abschweifungen – schon gar nicht im Hinblick auf deine Dame!«

Holden: »Wofür hältst du mich?«

Hubert: »Für ein sehr männliches Wesen – was auch immer darunter zu verstehen sein mag. Und Susanne Sommer kalkuliert das ein.«

Vierte Phase: Telefongespräch zwischen Hubert und dem von ihm geschätzten Amtskollegen vom Dezernat Wirtschaftskriminalität.

Ihm schilderte Hubert, in allen ihm bekannten Einzelheiten, was sich hier anzubahnen schien. Dabei nannte er jedoch lediglich den Namen Lichtenberg – also nicht auch jenen des vorgesehenen Partners. Und er erlebte die Genugtuung, seinen Kollegen nahezu entzückt reagieren zu hören.

»Deine Hinweise auf die Machart stimmen mit meinen Erfahrungen überein. Diese Tour wird von einigen internationalen Geschäftsgangstern neuerdings bevorzugt angewendet: die Bildung einer Kette – Ortsfirma, Zwischenstation, ausländischer Empfänger. Nur eben, daß eine solche Konstellation fast immer erst dann bekannt wird, nachdem alles gelaufen, also der große Betrug geglückt ist. Das wirklich Prächtige an diesem Fall jedoch wäre: Sobald Namen vorliegen, könnten wir endlich einmal rechtzeitig eingreifen, also wirksam zupacken.«

Hubert, sehr aufmerksam: »Bei wem?«

Der Wirtschaftskriminalist: »Zuallererst bei diesem Zwischenvermittler selbstverständlich. Sobald der nachweisbar eingestiegen ist, können wir ihn uns schnappen; erst danach, wenn überhaupt, die anderen. Kennst du ihn?«

Hubert wich dieser direkten Frage aus. »Er wäre also, in jedem Fall, der Dumme?«

»Nicht unbedingt in jedem Fall.« Der Weißkragenkriminellenkiller reagierte recht hellhörig. »Beispielsweise, wenn dieser Zwischenträger, der bei solchen Geschäften stets der am meisten Gefährdete ist, frühzeitig und voll und ganz mit uns zusammenarbeiten würde. Dann könnten wir ihm weitgehendst entgegenkommen, ihn sogar ziemlich absichern.«

»Ziemlich! Aber eben nicht mit letzter Garantie.«

»Die gibt es in unserem Metier nicht – und das weißt du. Aber du kennst auch schließlich meine Methoden, die den deinen nicht unähnlich sind. Wenn dir also, was ich annehme, der Name dieses vorgesehenen Mittelsmannes bekannt ist, auf dessen Schutz du offenbar Wert legst, so solltest du ihn mir dennoch getrost nennen – ich werde für ihn tun, was ich kann. Und dann, Hubert, garantiere ich dir ein Feuerwerk, das so manchen blenden wird. Daran hast schließlich auch du nicht selten Gefallen gefunden. Nennst du mir diesen Namen?«

»Nein!«

Die fünfte Phase: Anruf des Karl Hubert bei Richard Holden.

Hubert, eindeutig fordernd, ganz entschieden, mit nicht unbittenden Untertönen auch: »Nein!«

Holden: »Was – nein? Du versuchst immer wieder, Karl, mich massiv zu beeinflussen – mit gewiß sehr freundschaftlich gedachten Beweggründen. Und ich höre ja auch auf dich. Bestehst du nun wieder darauf?«

Hubert: »In diesem Fall Lichtenberg ganz besonders. Halte dich heraus. Dabei scheint einfach alles faul zu sein.«

Holden: »Deiner Ansicht nach, Karl. Eine für mich, zugegeben, sehr maßgebliche. Aber – erlaube mir bitte diesen Einwand – das ist nicht die einzige Ansicht, die mir zugetragen worden ist. Ich habe wohl auch jene von Susanne Sommer zu berücksichtigen.«

»Was die für dich bedeutet, Richard, vermag ich mir durchaus vorzustellen. Doch ich glaube auch zu wissen, was ich dir bedeute. Sie ist gewiß eine überaus faszinierende Frau – ich jedoch bin Kriminalist, kein sehr schlechter, darf ich annehmen. Aber außerdem bin ich dein Freund.«

Holden: »Und was wäre deiner Meinung nach diesmal daraus zu folgern?«

Hubert: »Trenne ganz entschieden dein Privatleben mit ihr von allen möglichen von ihr geäußerten geschäftlichen Vorschlägen. Deine innerlichsten Empfindungen dürfen nichts mit ihren sonstigen Anregungen zu tun haben. Sind wir uns in dieser Hinsicht einig?«

»Falls du das unbedingt fordern solltest, Karl – dann ja.«

»Ich werde niemals irgend etwas von dir fordern, Richard«, behauptete Hubert. »Ich bitte dich lediglich, meine Erkenntnisse zu akzeptieren – es sind die eines erfahrenen Kriminalisten und die eines bemühten Freundes.«

An diesem Tag trat der Fernlastfahrer Winter mit der ihm eigenen kraftvollen Entschlossenheit abermals in Aktion – und zwar gleich im Polizeipräsidium. Dort drang er bis zum Sittendezernat vor; mehrere Beamte versuchten völlig vergeblich, ihn daran zu hindern. Er rief nach Kriminalkommissar Krebs.

Von diesem wurde er dann auch empfangen; nicht zuletzt, um jeden weiteren ruhestörenden Lärm zu unterbinden. Winter durfte sich in dem kargen Büro des Fachmannes für Sittlichkeitsverbrechen niederlassen – was er schwer schnaufend tat. »Nur Ruhe!« versuchte ihn Krebs zu besänftigen.

»Sie haben gut reden!« legte Winter los, streitbar Gerechtigkeit erstrebend. »Sie sind kein Vater!«

»Ich bin einer«, sagte Krebs, der leiseste Mann des Amtes, mit beruhigender Höflichkeit. »Auch zu mir gehört eine Tochter – sie ist fast genauso alt wie Ihre Irene.«

»Dann werden Sie ja auch verstehen, Herr Kommissar, was mich bewegt.«

Krebs nickte bedächtig, wie zustimmend – sein ernsthaftes Primanergesicht schien einer neuen Fleißaufgabe entgegenzublicken. »Was führt Sie also her?«

»Das ist schnell gesagt, Herr Kommissar. Ich will wissen, ob Sie meine Tochter einfach abgeschrieben haben. Tun Sie nichts mehr für sie?«

»Herr Winter – wir sind keine Verfolgungsbehörde. Wir bemühen uns, Verbrechen aufzuklären. Dazu gehören Beweise, und zwar absolut einwandfreie. Wir sammeln sie, aber das braucht seine Zeit. Sie müssen sich gedulden.«

»Sie haben leicht reden!« glaubte Winter provozierend feststellen zu können. »Sie sind in erster Linie Beamter – während ich vorwiegend Vater bin – und als solcher zu jedem Opfer bereit.«

»Zu welchem denn beispielsweise?« wollte Krebs wissen, immer noch überaus höflich.

»Nun, da ist einmal meine liebe Frau – völlig zusammengebrochen, worauf ich einen Arzt kommen lassen mußte, einen erstklassigen und entsprechend teuren. Währenddessen liegt mein geliebtes Kind mehr tot als lebendig in einem Krankenhaus.« Das hörte sich jedenfalls recht wirkungsvoll an. Tatsache jedoch war, daß sich Irene dort recht wohl fühlte. »Und dann, Herr Kommissar, wurde mir eine ganz große, schnelle Fuhre nach England angeboten, über den Kanal – die mir mindestens einen Tausender eingebracht hätte. Doch ich habe abgelehnt. Nur um endlich zu wissen, welcher Strolch sich da an meiner Tochter vergriffen hat.«

»Das ist schlimm«, gab Krebs zu.

»Letzten Endes wohl nur für dieses Schwein! Wenn es noch eine Gerechtigkeit gibt, auf der ich bestehe. Niemand kann mich daran hindern. Auch Sie nicht – falls es Sie interessiert!«

Krebs, der sanfteste, beharrlich stille Verbrechensaufklärer dieses Amtes, lehnte sich nun, wie leicht erschöpft, in seinem primitiven Bürostuhl zurück. Er betrachtete den erbosten Vater mit schnell steigender Unruhe. Dessen Stiernacken signalisierte fürchterlichste Entschlossenheit. Und dann diese sich nebeneinander bewegenden, kraftvoll-massiven Schlachterhände – sehnig, kraftvoll, muskulös.

»Herr Winter«, sagte Kommissar Krebs vorsichtig, »erlauben Sie mir einen gutgemeinten Rat: Lassen Sie sich niemals auf Gewaltlösungen ein – selbst dann nicht, wenn Sie der Überzeugung sein sollten, sich das leisten zu können, sich sogar dazu berechtigt fühlen. Sie werden dafür kein Verständnis finden.«

»Bei Ihnen offensichtlich nicht!« Was ganz eindeutig hieß: Von anderen jedoch war durchaus ein derartiges Verständnis zu erwarten – für einen Vater, der sich entschlossen für seine mißbrauchte Tochter einsetzte. Etwa – von einem Hubert.

Der einfühlsame Krebs versuchte, Winters Gedankengänge nachzuvollziehen. »Überlassen Sie das uns, rate ich Ihnen – wir werden tun, was wir können.«

»Na – und, was können Sie tun?« Die Antwort darauf brauchte nicht erst ausgesprochen zu werden, nicht für ihn; sie lautete: nichts! »Warum überlassen Sie diesen Kerl nicht einfach mir – sozusagen zu treuen Vaterhänden. Eine Andeutung genügt.«

Worauf sich dann genau das anbahnte, was Krebs schon befürchtete, ohne daß selbst seine Fantasie ausreichte, es sich in allen Ausmaßen vorzustellen. Er war jetzt ohne den alten Keller – und dessen einzigartigen Hund.

In den Mittagsstunden erlaubte Susanne Sommer ihrem Richard Holden, sich mit ihr zu treffen, diesmal in einem Restaurant mit Schweizer Küche.

Dieses Lokal befand sich in der Nähe des Maklerbüros, in dem Susanne so an die vier- bis fünfmal wöchentlich halbtags arbeitete, nicht klar zu erkennen: für wen, um welchen Preis, weshalb wirklich. Doch damit verdiente sie sich vermutlich jenen Teil ihres Lebensunterhaltes, der sie einigermaßen frei machte – von sehr menschlichen Zwängen und allzu männlichen Forderungen. Eine gewisse Unabhängigkeit ergab sich daraus, mit der sie gerne und wirksam jonglierte.

Sie hielten sich bei den Händen und blickten sich an, mit eindringlicher Verhaltenheit. Richard schien sprachlos vor Glück. Zumal Susanne seine Hände an sich zog, sich ihm entgegenlehnte, ihn anlächelte – wie mit großer, erwartungsvoller Freude. Mit einiger Ausdauer auch.

»Wie wunderbar du bist!« versicherte er, sie ertastend. Das sagte er nicht zum erstenmal.

Sie nickte ihm zu, scheinbar intensiv mit der ihr servierten Salatplatte beschäftigt. Dabei ließ sie ihn nicht aus den Augen – aus Augen, die ihn anzustrahlen schienen. Dann wollte sie, wie völlig nebensächlich, wissen: »Was ist mit diesem Lichtenberg – hast du ihn angerufen?«

»Selbstverständlich, Susanne! Schließlich hattest du das angeregt.«

»Und – mit welchem Erfolg?«

»Mit einem leider ziemlich negativen, fürchte ich.« Das begann Richard Holden jetzt tatsächlich zu fürchten. Denn nun lehnte sie sich weit zurück, entzog sich also seinen Händen, und in ihren großen Blauaugen schimmerten gletscherhafte Farben auf.

»Und warum – negativ?«

»Seine Geschäfte scheinen mir nicht sauber genug«, gestand er ihr ein, was ihm sichtlich schwerfiel.

Sie schob ihre Salatplatte fast schroff zurück. Sie sah jetzt nicht nur den ihr offerierten Jaguar in Gefahr, auch alle Summen, die sonst dabei bereitstanden, für ihn und nicht zuletzt auch für sich. »Das kannst du nicht machen, Richard!«

»Muß ich wohl aber – leider.«

»Und wenn ich dich bitte«, sie ergriff erneut zärtlich-innig seine Hände, »es für mich zu tun? Für unsere so wunderschöne Gemeinsamkeit, für ein herrliches Leben zu zweit, für die Erfüllung aller unserer Hoffnungen! Wenn ich dich also bitte, das alles zu bedenken – was dann?«

»Selbst dann, meine Liebste – müßte ich wohl nein sagen.«

»So ganz einfach?« fragte sie ungläubig. Sie betrachtete ihn, als habe sie ihn noch nie vorher, zumindest nicht deutlich genug gesehen. »Sollte das tatsächlich dein letztes Wort sein?«

Er versuchte abermals auszuweichen. »Ich bitte dich, meine liebe Susanne, mir zu glauben, daß ich einiges von diesem Lichtenberg weiß, was dir gar nicht bekannt sein kann. Es könnte ziemlich gefährlich werden, mit einem solchen Menschen in engere Verbindungen zu treten. Darauf hat mich auch mein Freund aufmerksam gemacht.«

Wer das war, brauchte Susanne nicht erst zu fragen – von dem wußte sie einiges. Sie kannte ihn; auch wenn sie ihm noch niemals begegnet war, ihn auch nicht zu sehen begehrte. Offenbar beherrschte er Richard Holden – vermutlich noch ungleich mehr als sie. »Er bedeutet dir wohl sehr viel?«

»Er ist mein Freund – doch du bist die Frau, die ich liebe«, versicherte er und versuchte ihre Hände zu nehmen – die sie ihm jedoch entzog. »Ihr beide gehört zu meinem Leben; gleichermaßen bedeutungsstark. Ich will keinen von euch verlieren.«

»Doch was dann, Richard, wenn dabei eine Situation eintreten sollte, die dich dazu zwingen könnte – zwischen ihm und mir zu entscheiden? Wen würdest du dann wählen?«

»Du kennst ihn nicht!« rief er nun aus; mit großer Abwehrgeste. Und dann ein erneutes Ausweichen. »Auch du würdest ihn, wenn du ihn kennenlernen könntest, akzeptieren.«

»Was vermutlich heißt, mein Lieber – du vermagst dich ganz einfach nicht zu entscheiden, falls so was jemals von dir gefordert werden sollte. Also zumindest nicht gegen ihn.«

»Aber auch niemals gegen dich, Susanne! Bitte, laß uns darüber reden – wann immer du willst. Heute nachmittag bei mir? Ich würde dann alle Termine in meinem Büro absagen.«

»Heute nachmittag«, stellte sie nunmehr betont sachlich fest, wobei es war, als blättere sie in einem Terminkalender, »bin ich bereits verabredet – mit einer Freundin; wegen eines individuellen Urlaubs in Afrika, Südostafrika. Ich nehme nicht an, daß du irgend etwas dagegen einzuwenden hast.«

Das versicherte er ihr unverzüglich mit würgendem Entgegenkommen, wobei ihn das Gefühl beherrschte, er müsse auf einem schmalen Floß einen breiten, schnell dahinströmenden Fluß überqueren. »Und was ist mit heute abend?«

»Da muß ich ein mir sehr liebes, älteres Ehepaar betreuen – wir kennen uns bereits seit Jahren; von Brüssel her; Stahlverarbeitung. Überaus angenehme Menschen, die Wert auf meine Gesellschaft legen. Und die will ich nicht enttäuschen – wie überhaupt niemanden, der mich mag, mich schätzt, mir entsprechend entgegenkommt. Ich glaube noch zu wissen, was wirkliche Verpflichtungen sind.«

Richard Holden vermochte, wenn auch ziemlich mühsam, zu erkennen, was ihm hier demonstriert wurde – auch zu welchem Zweck. Er bemühte sich dennoch, oder eben gerade deshalb, so weit wie nur möglich auf alle ihre Anregungen einzugehen. »So gut wie alles, Susanne, wird von mir akzeptiert, wenn du es wünschen solltest. Ich kann also nur hoffen, daß du einen schönen, harmonischen Abend haben wirst. Wobei ich mir jedoch die Frage erlaube: und danach?«

»Werde ich vermutlich sehr müde sein. Das bitte ich dich zu berücksichtigen, Richard.«

»Selbstverständlich, Susanne!« Sein Entgegenkommen ihr gegenüber war jetzt von nahezu ersterbender Hilflosigkeit. Noch niemals vorher in seinem Leben hatte er sich einem weiblichen Wesen derartig ausgeliefert gefühlt – auch seiner ehemaligen Frau nicht. Von ihr waren wohl damals völlige Verwirrungen ausgegangen, und er hatte unsagbar gelitten. Aber jetzt glaubte er selbst dabei noch bebende Wonnen zu verspüren. Denn er liebte grenzenlos und zutiefst ergeben. »Darf ich dich dann wenigstens heute abend noch anrufen, Susanne?«

»Darüber, mein Lieber«, versicherte sie, schnell und sicher reagierend, »würde ich mich sehr freuen – falls mich dein Anruf erreicht. Du solltest jedoch damit rechnen, daß ich nicht gewillt bin, noch sehr späte Anrufe entgegenzunehmen – ich bin dann einfach zu müde. Du verstärkst das noch – eben weil du dich nicht voll und ganz zu mir bekennen vermagst.«

»Du entziehst dich mir«, erkannte er alarmiert-bestürzt.

»Du übertreibst, mein Lieber. Ich gebe dir lediglich Zeit, ein wenig intensiver über uns nachzudenken, über die Gegebenheiten, die dazu gehören – das scheinst du dringend nötig zu haben.« Sicherlich meinte sie damit auch Lichtenberg.

Darauf entzog sich Susanne Sommer jeder weiteren Diskussion über dieses Thema schroff-entschlossen. Sie küßte ihn flüchtig, beinahe schon wie pflichtgemäß und erhob sich eilig, um sich, wie dahinschwebend, zu entfernen.

Richard Holden starrte ihr bestürzt nach.

Der Journalist Frank Schwarz meldete sich telefonisch mit forsch-freudig klingender Stimme bei Kriminalhauptkommissar Karl Hubert im Polizeipräsidium. »Ich glaube, ich habe da einiges Interessantes für Sie – soll ich Sie aufsuchen?«

Dieses Angebot wurde spürbar begrüßt; allerdings schien Karl Hubert das Polizeipräsidium ganz und gar nicht der passende Ort für eine solche Begegnung. Auf derartige Feinheiten legte er immer noch Wert.

Also schlug er einen Treffpunkt in seiner unmittelbaren Nähe vor – einen Stehausschank, der jedoch von wohltuender Sauberkeit war. Hier konnte selbst noch ein Hubert den Geruch eines kraftvoll würzigen Bieres einatmen; wenn er sich dicht darüber beugte, war dessen Geruch weit stärker als jener des Raumes und der Menschen darin. Hier verkehrten zumeist seine Kollegen, die sich schnell mal ›zwischendurch‹ den täglichen Aktenstaub herunterzuspülen versuchten.

Frank Schwarz mutete denn auch in dieser Umgebung irgendwie deplaciert an. Seine modisch getrimmte Erscheinung – diesmal in leuchtendem Rehbraun, vom Rollkragenpullover bis zu den Lacklederschuhen – wirkte in dieser dunklen Erfrischungshöhle wie ein praller Fremdkörper. Frank Schwarz erkannte das sehr wohl, es schien ihn jedoch nicht sonderlich zu stören – sein Selbstbewußtsein war von erheblicher Belastbarkeit.

Er meinte lediglich: »Dieses ganze Dasein ist doch ziemlich beschissen. Das werden Sie mir gewiß bestätigen.«

»Warum nicht«, sagte Hubert wie zustimmend. »Wobei es wohl auf den Blickwinkel ankommt – und auf das dabei angepeilte Objekt. Also zunächst auf das mich hierbei interessierende – falls ich mich nicht täusche.«

»Diese Susanne Sommer ist genau das, was Sie vermuten, Herr Hubert, also ein ziemlich ausgekochtes Luder – sehr vorsichtig ausgedrückt.«

Hubert wehrte ab. »Ich habe niemals eine derartige Vermutung geäußert, Frank Schwarz – nicht einmal angedeutet.«

»Direkt nicht, zugegeben. Aber für möglich haben Sie es gehalten – oder? Doch gut, gut – Sie sind auf Fakten aus.«

Und diese glaubte nun Frank Schwarz liefern zu können. Er war ziemlich sicher, sich inzwischen auf diesen Hubert eingestellt zu haben, auf dessen Denkweise, dessen Methoden. Er verabscheute intimes Geschwätz, er wollte greifbare Details.

»Die augenblicklichen Konstellationen: Susanne Sommer scheint Eisen im Feuer zu haben. Einmal einen Industriellen, Raum Brüssel, Stahlverarbeitung; er ist vermutlich ihretwegen zu einer Scheidung bereit. Dann jene dubiose Geldmachertype aus Lugano, ein sogenannter ›Scheinwerfer‹ – er blätterte jede Menge Gelder hin, für Gegenleistungen verschiedenartigster Macharten. Schließlich dieser leicht angegraute, jedoch stinkreiche Freund ihrer augenblicklich besten Freundin. Und dann noch gewiß der eine oder andere – ich werde schon noch herausbekommen, wer.«

Karl Hubert schien angesichts dieser Nachrichten, die er bereits zum Teil kannte, wie überwältigt verstummt zu sein. Das jedoch nur, um sich nicht gleich äußern zu müssen. Er fühlte sich wie hin- und hergerissen – zwischen Ekel und Genugtuung, Furcht und Freude, Wissen-wollen und Wissen-müssen. »Allerhand«, sagte er dann lediglich vor sich hin. Dieses scheußliche Bild drohte immer deutlicher zu werden.

Frank Schwarz erkannte, wahrlich nicht ungeschmeichelt, daß ihm hier eine Art Volltreffer gelungen war, und er bemühte sich, ihn noch weiter auszubauen. »Um besagte Person noch etwas näher zu katalogisieren, sozusagen zu Ihrem Hausgebrauch, Herr Hubert: Ich habe die vergangene Nacht mit dieser Dame verbracht – verbringen dürfen, darf ich wohl sagen! Sie ist tatsächlich, ganz unter uns Männern, eine Wucht von Weib.«

»Heißt das – sie hat mit Ihnen geschlafen?« Hubert reagierte wie ein zurückschreckendes Pferd. »Warum?«

Frank Schwarz lächelte nachsichtig. »Sicherlich nicht meiner Schönheit wegen! Und finanziell bin ich für eine Susanne Sommer ziemlich uninteressant; selbst meine Beziehungen zu sogenannten Öffentlichkeitsorganen scheinen ihr reichlich gleichgültig zu sein.«

»Warum – aber dann?«

»Nun, sie wird vermutlich angenommen haben, daß ich einiges weiß, etwas für sie zur Zeit überaus Wichtiges. Und zwar eine gewisse Querverbindung betreffend, bei der sie nicht gestört werden will. Eben deshalb wohl versuchte sie mich abzulenken – oder gar zu vereinnahmen; mit bei ihr gewiß bewährten und sehr gekonnten Methoden.«

»Um welche Art von Querverbindungen könnte es sich dabei gehandelt haben?« wollte nun Hubert fast drängend wissen. Es hörte sich beinahe so an, als gedenke er eine Art Vernehmung durchzuführen.

»Weiß ich nicht!« Schwarz wich prompt aus; er schien erkannt zu haben, daß er einem äußerst heiklen Punkt sehr nahe gekommen war. »Das will ich auch gar nicht wissen. Denn bisher fehlt mir jeder beweiskräftige Überblick – auf den allein Sie ja wohl Wert legen.« Er zögerte, sich da noch weiter in Versuchung führen zu lassen – doch er zögerte suggestiv gekonnt. »Ich könnte Ihnen lediglich eine Vermutung anbieten.«

»Bieten Sie die an!« forderte Hubert erwartungsgemäß.

»Höchst ungern«, versicherte Schwarz, dennoch spürbar entgegenkommend. »Ich bin da wie immer sehr vorsichtig, allerdings auch aufrichtig – Ihnen gegenüber besonders, was Sie gewiß entsprechend zu würdigen wissen werden. Nun gut – also: Da scheint eine intensive Verbindung angestrebt oder bereits ausgebaut zu werden, von ihr – und zwar eben für diesen überaus dubios anmutenden Herrn Lichtenberg. Wollen Sie nun auch wissen, zu wem hin diese Verbindung offenbar geplant ist? Dafür scheint Rechtsanwalt Holden in Frage zu kommen. Ist es das, was Sie hören wollten?«

»Nein!« stellte Hubert schroff ablehnend fest. »Das will ich nicht hören – und das habe ich auch nicht gehört.«

»Verstanden.« Frank Schwarz war unverzüglich bereit, sich Huberts Wünschen anzupassen – zu seinem Vorteil, wie er hoffte. »Ich habe also diesen Teil unseres Gespäches bereits vergessen.« Bis auf weiteres – dachte er. »Aber gut bedient habe ich Sie doch wohl – oder etwa nicht?«

Der Hauptkommissar nickte. »Ich weiß Ihre besonderen Leistungen zu würdigen – auf meine Weise.«

»Womit wir also wieder einmal mitten im Geschäft sind. Ohne Umschweife. Können Sie mir einiges für mich wirkungsvoll Verwertbare anbieten, wie Sie bereits angedeutet haben?«

Auf diesen radikalen Handel ließ sich Hubert ein, ohne sonderlich zu zögern. Um so mehr, als er bereits zu wissen glaubte, wer hierbei letzten Endes auf der Strecke bleiben würde. Er kannte viele, deren Daseinsberechtigung ihm keineswegs einleuchtete, und für einen ganz besonders hatte er seine Raubtierfalle aufgestellt.

»Dabei handelt es sich, wie schon angekündigt, Herr Schwarz, um ein Sittlichkeitsverbrechen – den Fall einer gewissen Irene Winter. Sie haben sich darüber informiert, wie ich Ihnen riet?«

»Habe ich«, bestätigte Frank Schwarz, »ohne etwas Wesentliches herausgefunden zu haben. Wo ist denn der Pferdefuß? Aus diesem Krebs jedenfalls war nicht allzuviel herauszuholen. Ich benötige brauchbare Unterlagen.«

»Die bekommen Sie – von mir. Einschließlich eines Namens.«

»Den des Täters, Herr Hauptkommissar? Wenn ich den wirksam in den Griff bekomme, könnte das durchaus ein Erfolg werden. Ausreichend, um so manchem unserer Kleinbürger das Frühstück genußvoller zu machen.«

»So ungefähr das gedenke ich Ihnen anzubieten. Doch lassen Sie mich zunächst einmal – zur Absicherung für uns beide – ein Telefongespräch führen.«

Das hierauf erfolgende Gespräch per Telefon fand zwischen Hauptkommissar Hubert, Mordkommission eins, und Kriminalkommissar Krebs, Chef des Dezernates Sitte, statt. Es wurde mitgehört von Frank Schwarz, dem Journalisten – wie angeordnet schweigend.

Hubert: »Kommst du weiter – im Fall Irene Winter?«

Krebs: »Dabei entwickelt sich alles leider ziemlich genau so, wie ich das erwartet, oder eben befürchtet habe.«

Hubert: »Du kannst aber den Täter dennoch nicht unmittelbar in den Griff bekommen?«

Krebs: »Nicht direkt, nicht sofort. Zumal dieser Mensch, was vorauszusehen war, durch seinen Rechtsanwalt wirkungsvoll aufgeklärt worden ist. Und das reichlich intensiv. Er versucht jetzt, und zwar gar nicht ungeschickt, sich aus allen Verdächtigungen herauszuwinden.«

Hubert: »Heißt das – er belastet jetzt Irene Winter, sein Opfer? Und dagegen bist du machtlos?«

Krebs: »Nicht auf die Dauer. Aber so was braucht nun mal seine Zeit.«

Hubert: »Glaubst du denn, du hast noch genügend Zeit.«

Frank Schwarz hatte erregt mitgehört und reagierte jetzt hellwach und sichtlich alarmiert – also ganz wie erwartet. Hubert betrachtete ihn hoffnungsvoll prüfend.

»Was soll denn das heißen?« preschte Schwarz vor. »Da existiert offenbar ein bekannter Täter – aber der ist nicht zu überführen?«

»Wie schon angedeutet, nicht mit unseren kriminalistischen Mitteln und Möglichkeiten«, klärte ihn Hauptkommissar Hubert freundlich auf. »Denn die müssen auf einer höchst exakten Beweisführung basieren. Wir besitzen leider nicht die Möglichkeiten der Presse, lediglich Vermutungen zu äußern, sie auszuspielen, also mit den Methoden der indirekten, doch recht massiv möglichen Verdächtigungen zu manipulieren.«

»Dabei helfen wir Ihnen gerne aus – im Interesse der Öffentlichkeit.« Schwarz grinse ungeniert; er schnappte sich mit einiger Heftigkeit diesen ihm dicht vorgehaltenen Köder. »So was wäre durchaus nach meinem Herzen!«

»Ich habe mir nur so als Gedächtnisstütze – den Namen dieses mit Sicherheit anzunehmenden Täters, seine Adresse und diverse diesbezügliche Details auf einen Notizzettel geschrieben.« Hubert zog ihn aus seiner Brusttasche wie ein Zauberer, der ein stattliches Kaninchen hervorangelt. »Ich lege ihn nun hier hin – neben mein Bier. Doch eben diesen Zettel habe ich Ihnen niemals zukommen lassen – kapiert? Und nun muß ich mal kurz hinaus.«

Hubert entfernte sich, worauf Frank Schwarz erwartungsgemäß prompt nach den Notizen griff. Er übertrug sie eilig auf die Rückseite eines Briefumschlages und fühlte sich bereits als totaler journalistischer Aufklärer: Er, Schwarz, Polizeireporter, Gerichtsberichterstatter und Gesellschaftskritiker, in jeder Hinsicht anerkannt, vermochte nunmehr einen Sittlichkeitsverbrecher zu entlarven, ihn zu überführen, festzunageln. Vor aller Öffentlichkeit. Und das noch weit früher als die Polizei!

Als Hubert nach nur wenigen Minuten wieder zurückkam, steckte er seinen Notizzettel ein; mit unbeweglichem Gesicht. Der Handel war also perfekt. Er verlief nach den dabei von beiden Seiten zu beachtenden Spielregeln: Nichts war gesagt, nichts abgesprochen, nichts bestätigt worden. Der Lieferant blieb anonym, der Empfänger würde offiziell versichern: »Wie wir vertraulich aus ungenannten, doch uns bekannte, für maßgeblich zu haltenden Quellen erfahren haben . . .«

Frank Schwarz zeigte sich äußerst dankbar. »Das, Herr Hubert, sind allerbeste Hinweise! Ich bin bereit, mich dafür zu revanchieren. Sie brauchen mir nur zu sagen, auf welche Weise.«

»Das werde ich – wenn es soweit ist. Und wenn ich es Ihnen nicht direkt sage, werden Sie es dennoch merken. Doch jetzt Waidmannsheil. Wobei Sie auf diesen Vater Winter achten sollten; das sage ich Ihnen mit der dabei wohl gebotenen Vorsicht. Der ist scharf wie ein Rudel Reißhunde auf einen Hirsch.«

»Waidmannsdank«, sagte der Journalist unternehmungsfreudig.

In den späten Abendstunden dieses Tages empfing der Polizeipräsident, nach seinem überaus höflichen Ersuchen, den großen, alten Mann seines Amtes, also Keller. Dieser erschien wie unvermeidlich gemeinsam mit seinem vierbeinigen Freund, der ein für Hunde biblisches Alter haben mußte.

»Ich bin besorgt«, erklärte der Polizeipräsident.

»Wer hätte das denn in diesen wie völlig aus den Fugen geratenen Zeiten nicht zu sein«, bestätigte Keller entgegenkommend. »Doch in welcher Hinsicht?«

»Nun ja, lieber Keller, besorgt, wenn auch nicht gleich beunruhigt – angesichts dieser immer massiver, rücksichtsloser, fast brutal werdenden Vorstöße gewisser Teile der Tagespresse – gegen uns!«

»Die«, meinte Keller mit weitem Verständnis, »brauchen ganz direkte, greifbare, begreifbare Zielpunkte – für ihre Leser. Und das eben von uns, der Polizei. Die interessiert alles, was irgendwie nach Sensation riecht. Alles, was irgendwie kriminell anmutet – also auch etwa dahintreibende Pestfahrzeuge auf den Meeren, Öltanker genannt – Verderben vor sich hinbrütende Atomreaktoren, die nicht nur, falls irgend etwas schiefgeht, ihre nähere Umgebung ausrotten können – dahinrasende Flugzeuge und Kraftwagen ebenso, die auf die Dauer fast so viele Todesopfer verursachen, als in noch so massiven Kriegen gelungen ist. Und dann noch dieses besänftigende Geschwafel: Das wären eben so die Opfer, welche der Fortschritt fordert!«

»Diese Welt ist eben zutiefst erkrankt – das spürt man!« Der Polizeipräsident reagierte dabei nicht viel anders, als habe er lediglich die täglichen, immer fürchterlicher werdenden Berichte seiner Dezernate vor sich. »Doch niemand findet sich, kein Politiker, kein sogenannter Staatsmann, der aufrichtig und konsequent dagegen anzugehen gedenkt. Sie alle scheinen Gruppeninteressen nachzugeben, Geldinstituten hörig zu sein, einem bestürzend weit verbreiteten, schnellen, raffgierigen Gewinnstreben anzuhängen. Da sind fürchterliche Angleicher, Ausgleicher, Einebner am Werk. Wobei viele Menschen, die nicht an dieser Fortschrittsgläubigkeit mitverdienen, das zu ahnen beginnen – sie werden unruhig, böse, kommen sich hilflos und verlassen vor.«

»Doch eben zu denen«, sagte Keller bedächtig, »gehören auch Polizisten! Denn die muten oft überstrapaziert und überfordert an. Diese sogenannten Hüter der Ordnung beginnen an sich und ihren Aufgaben zu zweifeln. Sie fangen an, sich zu fragen: Um welche Ordnung handelt es sich denn eigentlich wirklich?«

»Das ist es wohl, Herr Keller, was auch ich zu spüren beginne. Allein zu unserem Bereich, in dieser Stadt, gehören an die viertausend Beamte. Der Großteil davon leistet ganz vorzügliche Arbeit, immer noch – aber wie lange wohl noch, wollen Sie sicher fragen. Und das frage ich mich auch! Denn der zunächst verschwindend geringe Prozentsatz der schwarzen Schafe unter unseren Leuten scheint bestürzend schnell immer größer zu werden. Polizisten als Zuhälter, Einbrecher oder Betrüger – so was ist keine Seltenheit mehr.«

»Das hat es schon immer gegeben, Herr Präsident. Sogar Mörder! Die sind sogar vor einigen wenigen Jahrzehnten in der Nazizeit staatlich gefördert und rechtlich unterstützt worden.« Keller blinzelte seinem hellwachen Hund besänftigend zu. »Das jedoch heutzutage wirklich Bedenkliche scheint sich in zwei Erscheinungen deutlich zu machen: Da ist, einmal, die zunehmende Gleichgültigkeit unserer Beamten gegenüber ihren wahren Aufgaben – sie vertreten nicht mehr überzeugend genug das Gesetz, sie fühlen sich nicht mehr als Helfer der Bedrohten, Verfolgten und Gequälten. Sie scheinen sich nur einen Job zugelegt, eine Verdienstquelle aufgerissen zu haben, sie sind lediglich auf ihre Einkünfte fixiert.«

Der Polizeipräsident nickte zustimmend. Das galt jedoch mehr dem Hund. Sehr zögernd wollte er dann von Keller wissen: »Und die zweite dieser Erscheinungen?«

»Dabei handelt es sich, fast zwangsläufig, um die Funktion des denkbar Extremen. Und zwar bei außergewöhnlichen Menschen von besonderer Eigenwilligkeit. Auch sie sind bei uns vorstellbar. Ihnen etwa, Herr Präsident, sagt man das nach, mir auch, was jedoch nicht ganz zutrifft. Denn Sie sind fixiert auf Ihr Amt, ich bin geprägt durch meine Erfahrungen. Das macht uns vorsichtig. Zumindest wollen wir erhalten und bewahren, und zwar so ziemlich alles, was uns als gut, gerecht, anständig, sauber, lebenswert erscheint. Es könnte durchaus sein, daß wir dabei konservativ anmuten, wenn Sie mir diese Vokabel erlauben. Extrem veranlagt jedenfalls sind wir nicht – also vermögen wir auch nicht dementsprechend zu funktionieren.«

Der Polizeipräsident wollte jetzt offensichtlich keine möglicherweise voreilige Frage stellen. Wie um sich abzulenken, widmete er sich Kellers Hund und füllte Wasser in seine Schale nach.

Dann erst fragte er Keller: »Was, bitte, haben Sie mit dieser Andeutung gemeint? Wollten Sie etwa auf einen ganz bestimmten Vorgang in unserem Bereich anspielen – oder ist das lediglich eine Art Theorie gewesen?«

»Nehmen Sie das letztere an«, empfahl ihm Keller. »Doch immerhin vermag ich mir einen erklärten Mann der Gerechtigkeit, *seiner* Gerechtigkeit – mitten unter uns – durchaus vorzustellen.«

»Ich habe schon immer Ihre Fantasie bewundert, Herr Keller, und sie auch stets als schöpferisch empfunden.«

»Wobei nicht ausgeschlossen ist, Herr Präsident, daß dabei jemand zum Vorschein kommen könnte, der sich bei diesen permanenten Lebenslügen total verraten und verkauft vorkommt. Und damit – herausgefordert. Und der dann, absolut entschlossen und sozusagen auf eigene Faust, dagegen vorgeht – keine Hindernisse mehr anerkennend! Auch nicht sogenannte amtliche.«

»Das befürchte ich auch«, sagte der Präsident, gequält nachdenklich, wie vor seinem eigenen Schatten stehend, den er nicht zu überpsringen vermochte.»Doch davor – gnade uns Gott!«

Der Journalist Frank Schwarz witterte sensationelle Schlagzeilen – zumindest drei, nach seinen Berechnungen; verteilt auf sechs Tage. Er gedachte äußerst planvoll ans Werk zu gehen; mit der ihm eigenen, oft erfolgreichen Direktheit. Also: zum totalen Kahlschlag bereit!

Was ihm auch gelang.

Erste Station dabei:

Frank Schwarz suchte – sozusagen als Fundament für seine Recherchen – den Vater von Irene Winter auf. Dieser saß vor dem Fernsehapparat, während seine Frau in der Küche hantierte. Er gab sich überaus mürrisch.

Schwarz bat berechnend höflich um Entschuldigung dafür, möglicherweise gestört zu haben, worauf Winter meinte, das Programm wäre sowieso eine Zumutung.

Er schaltete den Apparat aus. Mittels Fernbedienung natürlich, um dann Schwarz mit prüfender Verächtlichkeit anzublikken. »Was sind denn Sie für einer? Etwa noch einer von der Kripo? Diese Versager kotzen mich an. Für die ist mein armes Kind nichts als ein Aktenstück, auf dem sie ihren Mittagsschlaf halten. Von denen habe ich die Schnauze voll.«

Frank Schwarz versicherte unverzüglich – sehr wortreich, mit geschicktem Einfühlungsvermögen –, daß er das voll und ganz verstehe. Er war offensichtlich mit einer Art Stier konfrontiert worden, der geradezu danach schrie, in irgendeiner Arena vor tosendem Publikum abgestochen zu werden.

Er erklärte, lediglich Journalist zu sein. Doch eben nicht irgendeiner – vielmehr einer der wohl wesentlichsten, maßgeblichsten, einflußreichsten dieser Stadt. »Mir können Sie sich anvertrauen, Herr Winter.«

Mißtrauisch, wie er nun mal geworden war, nahm Winter das ganz und gar nicht als gegeben hin. »Was denn, was denn – Sie wollen doch nicht etwa meine liebe Tochter, und mich dazu, vor aller Öffentlichkeit in den Dreck zerren?«

»Sie verkennen die Gegebenheiten, Herr Winter.« Schwarz gab sich erstaunt, keineswegs irgendwie gekränkt. »Wenn ich das wollte, brauchte ich mich doch nur an die vorhandenen Unterlagen zu halten und mich dann kreuz und quer durch die Gegend fragen. Aber eben das tue ich nicht – ich bin direkt und vertrauensvoll zu Ihnen gekommen.«

»Und – warum?«

»Um Ihnen, nicht zuletzt angeregt von Herrn Hubert, meine guten Dienste anzubieten und Ihre Mitarbeit zu mobilisieren. Denn ich bin ebenso empört über diese Vorgänge wie Sie.«

»Das kann keiner sein!« protestierte Winter restlos überzeugt. »Ich bin der Vater. Und als solcher fordere ich: Dieser verbrecherische Kerl muß bestraft, unschädlich gemacht werden – für alle Zeiten!«

So etwas hörte Frank Schwarz nicht ungern. »Und eben das kann die Polizei nicht! Denen sind die Hände gebunden; durch Verfügungen, Verordnungen, Bestimmungen des Strafgesetzbuches. Doch auf mich aber trifft das alles nicht zu. Ich kann mich da wesentlich freier bewegen – und sogar, falls ich Ihrer Mithilfe sicher sein darf: direkt auf den Täter zu.«

»Glauben Sie denn eine Chance zu haben, Herr Schwarz«, fragte Winter mit plötzlich hervorgebrochener, scharf lauernder Aufmerksamkeit, »diesen Mistkerl aufzuspüren?«

»Nahezu die Gewißheit, Herr Winter. Ich weiß wesentlich mehr als Sie ahnen.«

»Sie kennen ihn also? Auch seinen Namen? Und den werden Sie mir nennen?«

»Warum nicht – falls Sie mir dabei behilflich sind, ein möglichst übersichtliches Bild der Vorgänge zu erstellen.«

»Wenn ich an dieses Schwein herankomme, bin ich dazu bereit«, versicherte Winter feierlich, entschlossen, der Gerechtigkeit – seiner Gerechtigkeit – zum Sieg zu verhelfen. Er faltete seine leicht bebenden, äußerst kraftvollen Hände wie zum Gebet.

Und damit war dieser Pakt perfekt.

Die zweite Station dieser Vorgänge:

Intensive Befragungen, bereitwillige Auskünfte des Vaters von Irene Winter, aus denen sich dann, im ersten Bericht des Frank Schwarz für sein Boulevardblatt – unter der Schlagzeile ›Mißbrauchte Kinder unter uns‹ – unter anderem folgende journalistischen ›Feinheiten‹ ergaben:

»Ein verzeifelter Vater sitzt einsam in seiner Wohnung. Er wird von bohrenden Fragen gequält: Wie konnte das geschehen? Wie war es möglich, daß sein geliebtes, ahnungsloses, gutgläubiges Kind . . . siehe Foto.«

Hierzu ein Arbeitskollege dieses schwergeprüften Mannes: »Der war die Fröhlichkeit in Person, immer gut gelaunt, stets hilfsbereit. Ein prima Kumpel! Bis dann so was Scheußliches passierte. Danach sah der nur noch rot, wie man so sagt. Er konnte sich eben nicht damit abfinden. Wir, seine Kameraden, haben dafür vollstes Verständnis. So darf es hier einfach nicht weitergehen!«

Station drei sodann:

Nunmehr bereitwillig erfolgende Auskünfte von Frau Winter, die von ihrem danebenstehenden Mann intensiv dazu angeregt wurde. Ein Vorgang, der dann in dem Schwarz-Artikel folgendermaßen nachzulesen war:

»Die Mutter dieses beklagenswerten Opfers ist eine Hausfrau, die ihre Familie mit Hingebung und Sorgfalt betreut. Ihre Sauberkeit und Ordnungsliebe muten vorbildlich, musterhaft an. Diese bemühte Frau und Mutter vermag einfach nicht zu begreifen, was geschehen ist.

›Was habe ich denn nicht alles für mein liebes Kind getan‹, sagte sie mit Tränen in den Augen. ›Ich habe ihr Liebe gegeben, sie zärtlich umsorgt, war stets bemüht, ihr ein glückliches, geborgenes Leben zu bereiten. Doch nun – das!‹«

Der sich unmittelbar an diesen Bericht anschließende Schwarz-Kommentar besagte: »Dabei handelt es sich leider um keinen Einzelfall. Vielmehr spielen sich nahezu tagtäglich bei uns derartige Untaten ab. Jedes unserer Kinder kann zu einem solchen Opfer werden. Ihre Gefährdung wächst bedrohlich an. Das aber dürfen wir nicht dulden! Dagen müssen wir uns wehren. Es muß endlich etwas getan werden, Herr Polizeipräsident!«

Station vier war eine Befragung der immer noch im Zentralkrankenhaus befindlichen Irene Winter. Sie wurde zunächst von der dort diensttuenden Schwester ziemlich energisch abzuschirmen versucht. Doch gegen den vordringenden Vater war selbst sie machtlos – und unmittelbar hinter diesem schob sich auch Frank Schwarz in das Krankenzimmer hinein; weiteren, zeilenträchtigen Erkenntnissen entgegen.

Irene vermochte lediglich dies zu sagen: Sie wisse nicht, nicht genau, was wirklich mit ihr geschehen wäre. Nun ja – jemand habe sich auf sie gestürzt. »Ich habe mich gewehrt, selbstverständlich! Doch dabei bin ich wohl ausgeglitten, möglich auch, daß er mich gestoßen hat, wobei ich dann mit dem Hinterkopf . . . Na ja, so war es wohl – doch mehr kann ich eigentlich gar nicht sagen.«

Was dann im ersten Aufklärungsartikel des Frank Schwarz folgendermaßen beschrieben wurde:

»Im Zentralkrankenhaus, sorgfältig betreut, intensiv gepflegt, liegt einsam dieses Mädchen von noch erkennbarer besonderer Lieblichkeit. Wenn auch jetzt ihr schmal gewordenes Gesicht bleich anmutet, fahl, unendlich erschöpft wirkt. Dieses einst so liebliche Kind ist nunmehr schwer gezeichnet. In ihren dunkelblauen Augen schimmert Angst auf. Sie vermag, diesen Ereignissen noch nachzitternd, kaum Worte dafür zu finden. Sie wirkt zutiefst verwundet – in ihrer Seele verstört.

Nur ein ungemein beklagenswertes Opfer dieser sichtlich fragwürdig gewordenen Zeit. Eines unter vielen anderen. So aber darf das hier nicht weitergehen, Herr Polizeipräsident!«

Bei der fünften Station dieser Vorgänge ergab sich dies:

Frank Schwarz und Vater Winter hielten sich vor dem Haupteingang jenes Krankenhauses auf, in dem Irene lag. Eine sehr lind anmutende Vorführlingsnacht schien sie angenehm erwärmend zu umhüllen. Der Fernlastfahrer öffnete, wie um endlich einigermaßen frei atmen zu können, seine oberen Hemdknöpfe.

»Ich bin erschüttert«, glaubte der Journalist bekennen zu müssen. »Das waren tiefe Einblicke. Das wird ein Artikel werden, der hinhaut.«

»Also«, stellte Winter fest, wie ein Rammbock vor Frank Schwarz dastehend, »habe ich Sie gut bedient – was? Sozusagen bestens! Und was«, fragte er begierig, »ist Ihnen das wert?«

»Nun – genau wohl das, was Sie von mir erwarten.«

Winter schnappte zu, wie ein Hund, dem ein stattlicher Knochen mit erheblichen Fleischresten vorgehalten wird. »Sie nennen mir also den Namen von diesem Kerl?«

»Nicht nur das, Herr Winter – ich geben Ihnen sogar seine Adresse. Wobei Sie jedoch bedenken sollten: Dieser Mann darf, sozusagen offiziell, lediglich als der mögliche Täter gelten – ob er auch der tatsächliche Täter ist, wäre erst noch herauszufinden.«

»Das mache ich schon! Mit Wonne.«

»Ich habe allerdings noch eine Bedingung.«

»Na – welche denn, Mann!« reagierte Winter erregt unwillig. »Wollen Sie etwa versuchen, mir diese Tour zu vermasseln?«

»Aber nicht doch, Herr Winter. Sie bekommen diese Adresse. Und was Sie dann auch immer mit dem Herrn veranstalten sollten – das ist allein Ihre Angelegenheit. Doch unmittelbar danach – und eben das ist meine Bedingung – unterrichten Sie mich darüber. In allen Einzelheiten. Akzeptiert?«

»Wird gemacht!«

Rechtsanwalt Richard Holden verbrachte diesen Abend allein in seinem Büro. Dabei wartete er auf einen Anruf von Susanne Sommer. Während der vergangenen Stunden hatte er mehrfach versucht, sie telefonisch in ihrer Wohnung zu erreichen – nur um zu fragen: Wie geht es dir? Doch sie war wohl, wie von ihr angekündigt, sozusagen beständig unterwegs – um ihr wichtig erscheinende Freundschaften zu pflegen.

So brütete er denn, verheerend unkonzentriert, über einigen von seinen Akten. Und diese, sonst von ihm aufmerksam betreut, wollten ihm nunmehr unendlich nichtssagend, banal, absolut alltäglich vorkommen.

Alles, was sich da auf ihn zudrängte, kam ihm auf einmal fürchterlich fragwürdig vor, abgebrüht hinterhältig, unendlich verdorben. Diese denkbar dunkle Seite des Daseins widerte ihn an – er sehnte sich nach Erlösung davon; also nach Susanne. Voller Hoffnung stürzte er sich auf das Telefon, das nun endlich schrill-dröhnend läutete.

Doch es meldete sich lediglich sein Freund Karl Hubert. Und der wollte wissen: »Wie geht es dir?«

»Sozusagen bestens!« Holden versuchte sich frohgelaunt und optimistisch zu geben.

»Versuche mir nichts vorzumachen, Richard. Dir geht es nicht gut – das spüre ich. Und ich glaube auch zu wissen, warum. Du machst dir Sorgen – und sicherlich nicht ganz unberechtigt – dieser Dame Sommer wegen.«

»Warum sollte ich das?« wehrte Holden heftig ab. »Schließlich ist sie nicht mein Eigentum; selbstverständlich hat sie ein Anrecht darauf, ihr eigenes Leben zu leben. Zumal das nicht ausschließt, daß mich Susanne vertrauensvoll informiert. So etwa weiß ich, daß sie heute abend mit einem ihr befreundeten Ehepaar aus Brüssel verabredet ist. Zum Abendessen.«

»Und zwar im Hilton – nicht wahr?«

»Wo auch immer, Karl – was hat mich das anzugehen? Doch woher weißt du das?«

»Ich habe da so meine Quellen«, erklärte ihm Hubert lässig. »Oder eben das Amt hat sie. Dazu gehören auch diverse Hoteldetektive – von denen kaum einer zögert, mit uns auf Verlangen zusammenzuarbeiten. Und im Hilton läuft gerade eine Observation von uns, also die Überwachung eines Verdächtigen. Doch was dabei rein zufällig als Nebenprodukt zum Vorschein gekommen ist, solltest du dir ein wenig genauer ansehen.«

»Ich muß schon sehr bitten, Karl! Du erwartest doch nicht etwa, ausgerechnet von mir, daß ich meiner Susanne nachspioniere!«

»Du solltest lediglich versuchen dich zu informieren. Denn dort scheint sich deine Susanne Sommer gar nicht, wie sie dir gesagt hat, mit einem Ehepaar getroffen zu haben – vielmehr allein mit einem Mann. Woraus sich dann allerdings möglicherweise ein Ehepaar ergeben könnte – durch ihre Beteiligung.«

»Karl, mein Freund«, sagte nun Holden mit schwerer Stimme, überaus bedrückt wirkend, »kannst du denn niemals aufhören, mich herauszufordern und extremen Situationen zuzutreiben?«

»Ach was, Richard – ich mache dir lediglich einen Vorschlag: Nimm einen Drink in der Bar des Hilton – sieh dich dort um. Das ist zunächst alles.«

Richard Holden erschien, wie von motorischer Unruhe angetrieben, eine knappe halbe Stunde nach diesem Anruf im Hilton. Dort begab er sich in die Bar, ohne sich auf einen der Sessel zu hocken. Stehend bestellte er sich einen Wodka-Tonic; mit viel Eis. Doch den rührte er zunächst nicht an.

Er schob sich, dezent-vorsichtig, zu dem dekorativen Türbogen hin, der einen Überblick auf den daneben befindlichen Grillroom ermöglichte. Und dort sah er sie sitzen. Susanne neben einem Mann von unbestimmbarem Alter, kosmetisch gepflegt, dezent gekleidet; mit leuchtender Gesichtsbräune unter sorgfältig onduliertem Weißhaar. Also wohl, stellte Holden fest, mit so gut wie allem ausgestattet, was man mit Geld kaufen konnte.

Dieser Mann, registrierte Holden weiter, war ganz der Typ eines seriösen, erfolgreichen Geschäftsmannes. Er neigte sich ihr, während sie speisten, gleichsam besitzergreifend beglückt entgegen, näherte seine Lippen ihrem Ohr. Susanne lachte auf; wenn auch unhörbar für Holden, so doch eindeutig diesen Menschen an.

Richard Holden zog sich nun, wie angewidert, zurück. Um dann jedoch erleben zu müssen: Diese beiden erhoben sich; sie verließen das Restaurant, eng nebeneinander, Hand in Hand. Sie durchquerten die Bar – nur wenige Meter von ihm entfernt. Doch sie schienen ihn nicht zu bemerken. Sie sahen offenbar nur noch sich.

Er ging ihnen nach. Sie begaben sich zur Portierloge, wo dieser Mensch, Susanne nicht aus den Händen lassend, seinen Zimmerschlüssel verlangte. Den erhielt er – mit wissend lächelnder Höflichkeit, wofür er einen größeren Geldschein hinblätterte.

Danach gingen die beiden zum Fahrstuhl. Doch bevor sie einstiegen, glaubte Richard Holden dem fürchterlich-fatalen Eindruck ausgeliefert zu sein: Susanne blickte ihn an! Fragend, vorwurfsvoll, nahezu anklagend.

Dann entschwand sie seinen Augen.

Winter, der Vater, der sich überaus bestätigt und auch gestärkt fühlte – nach dem Genuß von fünf Flaschen Bier erst recht –

schien jetzt entschlossen, sich durch nichts und niemanden mehr in seinem Bestreben um Gerechtigkeit aufhalten zu lassen. Er betätigte energisch die Türklingel im Hause Friedensstraße 33, 3. Stock, links. Dort war ein schäbiges Papierschild angebracht worden auf dem stand: Gesner, Paul.

Als ihm diese Tür dann, wie nach längerem Zögern, geöffnet wurde, nur spaltbreit, drängte sich Winter unverzüglich hinein, mit der ihm eigenen massiven, unbremsbaren Energie. Er schob den Menschen, der sich ihm in den Weg zu stellen versuchte, wie eine lästige Fliege zur Seite. Der prallte gegen die nächste Wand.

»Wer sind Sie?« wollte dieses in Winters Augen schmalbrüstige, todblasse, hasenhaft erregt wirkende Geschöpf wissen. »Und was wollen Sie von mir?«

»Ich bin Winter!« verkündete dieser, weiter vordringend. »Der Vater. Und das besagt doch wohl alles, Mensch!«

Worauf er sich gleichsam besitzergreifend in den Räumen dieser Wohnung umsah. Das geschah mit schnell steigender Verächtlichkeit, nichts wirkte sonderlich sauber oder wohlgeordnet – zerwohnte Möbel, abgewetzter Fußbodenbelag, verblaßte rissige Tapten. »Diese Bude sieht Ihnen ähnlich. Hier also hausen Sie – mit Familie, hat man mir gesagt. Führen Sie mir die vor – denn die hätte ich gerne aufgeklärt. Über Sie! Wo ist die?«

»Was geht Sie das denn an!« rief Gesner erregt aus – fast verwegen bereit, den Eindringling anzuspringen.

Seine sogenannte Familie, also seine Frau mit den Kindern, hatte ihn verlassen. Wieder einmal. Das war also an sich keine Besonderheit; das hatte sich sein Eheweib einige Mal in den letzten Jahren geleistet, und zwar mit den üblichen Beweggründen: Sie fühlte sich, auch seelisch, vernachlässigt . . . Vermutlich verdiente er nicht genug, vermochte also keine überzeugende Betreuungsbereitschaft für sie zu entwickeln. Schließlich dann auch Hinweise auf seine schleichend erkennbare Vorliebe für Kinder; leider nicht für die eigenen. Also hatte sie sich ihm entzogen. Und die Mutter seiner Frau stand dann stets mit weit offenen Armen da; geradezu begierig betreuungsbereit.

»Ich bin eben«, behauptete Gesner mühsam, »ein überaus schwergeprüfter Mensch – das dürfen Sie mir glauben! Denn niemand versteht mich. Alle sind gegen mich. Und nun bedrängen auch noch Sie mich! Warum?«

»Was für eine blöde Frage, Mann!« grollte ihn Winter an.

»Verehrter Herr«, sagte Gesner nun, sichtlich um jedes erdenkliche Entgegenkommen bemüht, zugleich aber auch um seine Sicherheit besorgt – er wich Schritt um Schritt zurück. »Ich verstehe Ihre Erregung. Doch die ist unnötig, und sogar unberechtigt! Falls Sie das mit mir unter vier Augen klären wollen, bin ich dazu bereit. Wenn jedoch nicht . . .«

»Na, was dann wohl, Mensch?«

»Dann müßte ich Sie wohl bitten, unverzüglich meine Wohnung zu verlassen! Wenn nicht, könnte ich mich gezwungen sehen, Ihr Eindringen als den Versuch einer Nötigung, als Hausfriedensbruch festzustellen – und zur Anzeige zu bringen. Bedenken Sie das. Darauf könnte Gefängnis stehen!«

»Und so was wagst du Saukerl mir ins Gesicht zu flüstern! Halte gefälligst deine vorlaute schäbige Schnauze – bis du gefragt wirst!« Winter griff nun fast spielerisch, doch mit grimassenhaft erstarrtem Lächeln, nach Gesner. Er zog ihn lässig kraftvoll an sich, ganz dicht – um ihn dann sehr schnell von sich zu stoßen, als habe ihn sein Atem angewidert.

Gesner fiel auf ein Sofa, das heftig aufzuächzen schien – und dort blieb er dann liegen. Mit ausgestreckten Beinen, wie entkräftet baumelnden Armen, leicht keuchend. Doch seine unruhigen Augen funkelten empört. »Das, Herr Winter, hätten Sie nicht tun dürfen!«

»Ich tue immer nur das«, sagte dieser, sprunghaft lauernd dastehend, »was ich für richtig halte. Und was das in diesem Fall ist, weiß ich genau.«

»Sie kennen die Zusammenhänge nicht«, versicherte Gesner nun in besorgter Abwehr.« Denn sonst, Herr Winter, wären Sie nicht hier.«

»Womit du also eingestehst, Mensch, daß du es gewesen bist, der sich an meiner Tochter vergangen hat!«

Paul Gesner hob abwehrend beide Hände – gegen den sich zentimeterweise auf ihn zuschiebenden Winter, der nun maskenhaft bleich wirkte; planierraupenartig bedrohlich. »Sie wissen nicht, was dabei tatsächlich geschehen ist! Alles war anders, ganz anders, als Sie offenbar vermuten.«

»Mir genügt, daß ich jetzt weiß: Du bist es gewesen!« Winter stand felsenhaft starr da, wenn auch wie von heftigen Gefühlswellen bereits weitgehendst unterspült. Er drohte zu stürzen – auf Gesner zu, ihn erschlagend.

Dieser spürte die massiv vernichtende Bedrohung und wehrte sich mit hektischer Heftigkeit weiter. »Urteilen Sie nicht voreilig! Die Kriminalpolizei hat alle Einzelheiten überprüft – doch dann mußten sie mich freilassen. Und mein Rechtsanwalt, einer der allerbesten in unserer Stadt, ist überzeugt davon, daß man mir nichts unterschieben kann. Achten Sie darauf – bitte!«

Winters Beharrlichkeit war unerschütterlich; seine Bedrohlichkeit besaß sendungsbewußtes Format. »Du gestehst also ein, du Schwein, diese Tat begangen zu haben.«

Paul Gesner mobilisierte allerletzte Abwehrkräfte. Und das geschah nun mit einer fast hektisch um sich schlagenden Verteidigungswut.« Was heißt denn da Tat? Ich bin herausgefordert worden! Wobei sogar ein gewisses Einverständnis . . .«

»Was wagst du mir da zu sagen?« fragte Winter mit einer Stimme, die heiser, brüchig, würgend klang. »Behauptest du etwa, sie wäre damit einverstanden gewesen? Meine Tochter! Solltest du das tatsächlich zu behaupten wagen?«

»Aber ja – denn so war es! Und das sollten nun auch endlich Sie einsehen. Ich habe ihr, mein Wort darauf, keinesfalls Gewalt angetan – ich habe mich auf ein Liebesabenteuer eingelassen.«

Winter atmete jetzt unsagbar schwer, mit geschlossenen Augen; was höchst bedrohlich wirkte. Sein massiger Körper schwankte – erneut auf Gesner zu. »Ein Liebesabenteuer, behauptest du Saukerl – mit meiner Tochter?«

»Was doch etwas sehr Schönes sein kann!« versicherte Paul Gesner fast beschwörend. »Zumal dann, wenn so was auf Gegenseitigkeit beruht. Sie zeigte sich dazu bereit – und ich folgte ihr. Alles war ganz natürlich. Sie streifte, mich erwartend, ihr Höschen ab . . .«

»Was – tat sie?«

»Sie entblößte ihren Unterleib! Was ist schon dabei – ich bitte Sie! Ein ganz alltäglicher Vorgang – zwischen Menschen, die sich begehren. Was Liebe ist!«

Da stürzte sich Winter über ihn – gleich einem mächtigen, ins Meer fallenden Eisberg. Er erwürgte ihn. Mit bloßen Händen.

Ein Vorgang, der einem Winter nicht sonderlich viel an Kraftentfaltung abforderte. Ein Fernlaster mußte mit ungleich mehr Energieverbrauch gesteuert werden – über alle Ländergrenzen hinweg. Auf die Erreichung des gesetzten Zieles kam es dabei an.

Nachdem Winter das erledigt hatte, schien er zu lächeln – wohl wirkte er leicht abwesend, aber auch zutiefst ergeben. In sein Schicksal, seine Bestimmung, seine Verpflichtung. Schließlich hatte er nur das getan, tun müssen, was ihm sein Gewissen befahl – und das nun denkbar vollkommen.

Um jetzt auch noch die erstrebte vollendete Gerechtigkeit in letzter Konsequenz zu erreichen, verließ Winter diese Wohnung mit steifen, aber festen Schritten. Er begab sich zu seinem knapp zweihundert Meter entfernt parkenden Auto. Und dieses war, wie eben alles in seinem Bereich zu sein hatte, von glänzender Sauberkeit – auf seinen Lackflächen spiegelte sich ein früher Frühlingsmond.

Dem Fahrzeug entnahm er einen Kanister Benzin – Fassungsvermögen: zwanzig Liter. Diesen schwenkte er nun, als habe er ein Geschenkpaket zu transportieren, lässig neben sich hin. Er trug es in die Wohnung hinein, in der Paul Gesner gleich einer leblosen, gliederarmen, konturlosen Stoffpuppe dalag.

Über dieses Gebilde schüttete er sodann, mit fast segnender Gebärde, den Inhalt des Kanisters. Dann zündete er ein Streichholz an – ohne zurückzutreten. Er warf es von sich.

Ein grellheftiges Feuer brach wild auffauchend hervor.

10

Richard Holden hatte eine nahezu schlaflose Nacht verbracht. Nun starrte er dem aufdämmernden Tag entgegen, der nur bedrückende Schwere zu bieten schien. Er sah ihn so, wie er sich fühlte.

Er erhob sich von seinem Bett, trank ein wenig aus einer bereitstehenden Flasche Mineralwasser und schwankte dann, zutiefst ermüdet in sein Badezimmer und zum Spiegel. Er wollte sein Gesicht sehen. Denn dieses mußte sich, da war er sicher, verändert haben.

Doch so intensiv er sich auch anstarrte – er war nicht irgendwie ›gezeichnet‹. Wohl glänzte sein Gesicht schweißfeucht – wie immer, wenn er schlecht oder zu wenig geschlafen hatte. Auch war ihm, als wirkten seine Augen kleiner; sie schienen fast leicht rötlich zu schimmern. Wie etwa nach einigen der langen, durchzechten, mit heftigen Gesprächen verbrachten Nächten, die sein Freund Karl mit endloser Ausdauer zu betreiben pflegte.

Diesmal jedoch hatte er in den langen Stunden zuvor nichts Alkoholisches getrunken, auch keinerlei Streitgespräche geführt – lediglich zu telefonieren versucht. Wieder und immer wieder. Stundenlang. In Abständen von zehn Minuten. Mit Susanne. Vergeblich.

Und es war ihm gewesen, als habe er nach ihr geschrien – lautlos; wobei seine Stimme durch das eintönig klagende Klingeln des Telefons ersetzt wurde. Diesem lauschte er nach – dessen grelle Monotonie drohte ihn zu betäuben. Die völlige Echolosigkeit seiner Bemühungen machte ihn ratlos, hoffnungslos. Zwischen seinen Anrufversuchen starrte er unendlich ermüdet vor sich hin.

Dabei hatte er sich auch, immer intensiver, an eine der Erkenntnisse seines Freundes Karl erinnert: Was du auch immer zu erblicken glaubst, es ist niemals das Ganze, lediglich ein Teil davon, ein Ausschnitt, höchstens die eine Seite aller Dinge – wobei dann zwangsläufig noch hinzukommt, daß deine vorgefaßten Annahmen, Vermutungen, Vorurteile deine Augen betrügen, dein Gehör verwirren.

Und was hatte er denn zu sehen erwartet? Doch wohl, nach Susannes Ankündigung, dies: sie beim Abendessen mit einem befreundeten Ehepaar. Doch was hatte er gesehen: sie mit einem Mann – einem ihm überaus dekorativ erscheinenden; das hatte ihm voreilig seine wohl als eifersüchtig zu bezeichnende Verstörtheit suggeriert.

Nun gut, ja – sie schienen wie intim miteinander gewesen zu sein; doch immerhin, sie kannten sich schon seit vielen Jahren, was wohl eine Art gewohnheitsmäßige Zärtlichkeit zu erzeugen vermochte. Und wenn sie dann Hand in Hand an ihm vorübergeschritten waren, wie allein aufeinander konzentriert – so was mußte nicht allzuviel bedeuten.

Wenn sich dann Susanne und dieser Mann in dessen Hotelzimmer begeben hatten – so ließe sich selbst das erklären: Dort könnte dessen Frau, vielleicht vorübergehend erkrankt, auf sie gewartet haben; oder sie gedachten noch geschäftliche Dinge miteinander ungestört zu besprechen. Alles das war möglich, denkbar, vorstellbar!

Und eben weil er sich alle diese Vermutungen als mögliche Erklärungen eingeredet hatte, versuchte er in dieser Nacht Susanne mit ergebener Beharrlichkeit anzurufen. Alle zehn Minuten. Denn er sagte sich, sie könnte schließlich jeden Augenblick wieder nach Hause kommen. Wobei er sie wieder störte oder gar belästigte; denn sie legte sich gewiß nicht gleich in ihr Bett, nicht innerhalb von zehn Minuten. Und dann gedachte er ihr nur zu sagen: Schlafe gut – ich liebe dich!

In der beharrlichen Sehnsucht, das, nur das, zu tun, hatte er diese von seinen Anrufsignalen durchdröhnten, endlosen Nachtstunden verbracht. Was ihn dann immer mutloser machte, zermürbend ermüdete, sein quälendes Schlafbedürfnis zerstörte. Warum, warum, fragte er sich, antwortet sie nicht? Wo ist sie?

Was macht sie? Sollte ihr womöglich irgend etwas zugestoßen sein – ein körperlicher Zusammenbruch etwa, sie war sehr zart; oder ein Unfall, ein Verkehrsunfall, auch das war nicht auszuschließen.

Überaus spät dann in dieser beunruhigenden Nacht erinnerte er sich an eine Bemerkung von ihr: ›Ich brauche meine Ruhe. Bitte, rufe mich nicht nach elf Uhr nachts an. Das könnte vergeblich sein – wenn ich schlafen will, stelle ich mein Telefon weit weg.‹

Das also, sagte er sich, war wohl zu berücksichtigen; das vermochte so gut wie alles zu erklären. Er hatte das zu respektieren.

Karl Hubert hatte einen großen Teil der vergangenen Nacht in der Villengegend im Süden der Stadt verbracht – bei einer stattlich zu nennenden Leichensammlung beim Schwimmbad in einem Luxuskeller: vier Tote; eine Frau, drei Kinder. Erschlagen, erschossen, ertränkt. Der vermutliche Täter: ein oftmals beanstandeter, schließlich davongejagter Hausmeister. Zumal dieser sich bereits als vorbestraft erwies; wegen Teilnahme an einem Raubüberfall.

Der Ehemann der Getöteten und ihrer Kinder kam zwar auch als möglicher Verdächtiger in Frage, besonders, weil er nun einziger Erbe seiner millionenschweren Frau geworden war. Doch er behauptete, für die Tatzeit ein einwandfreies Alibi zu besitzen. Ein Dutzend Entlastungszeugen schienen sich dafür anzubieten – in dem von ihm bevorzugten Nachtlokal.

Aber »der stank geradezu nach Schuld«, sagte der Hauptkommissar später lapidar. Und kurz nach der Morgendämmerung hatte er ihn schließlich soweit, nachdem er seine ganze Mannschaft ausschließlich auf dessen Alibigeber konzentriert hatte, um die wirksam unter Druck zu setzen.

Er selbst hatte sich mit der ihm eigenen Rücksichtslosigkeit auf den sich bereits als ›Erbe‹ fühlenden Lebemenschen konzentriert. Er schlüsselte ihn systematisch auf, zerlegte und zerpflückte seine Angaben und Behauptungen. Der Verdächtige mußte sich bald vorkommen wie ein in unendliche Trockenheit geschleuderter Fisch.

Hubert ließ ihn abtransportieren. Er lächelte dabei – doch sein Lächeln wirkte müde. Und die erlebnisfreudig begeisterten, überaus anerkennenden Blicke seiner Mitarbeiter übersah er. Er fühlte sich weder glücklich, noch irgendwie befriedigt.

Diese Welt, sagte er sich, war voll von verendenden Fischen; in den Weltmeeren ebenso wie in jedem Tümpel. Und wenn sie auch völlig lautlos zu sein schienen – die schrien dennoch vor sich hin! Vergiftet, verseucht, tödlich erkrankt. Doch die Taubheit der Menschen vermochte das nicht zu vernehmen. Er jedoch konnte diese Zersetzungssignale hören, sie sogar riechen.

Er griff nach Handtuch und Seife, die stets in dem oberen rechten Fach seines Schreibtisches lagen, und begab sich in den schäbigen, doch ziemlich sauberen Gemeinschaftswaschraum in seinem Stockwerk. Hier ließ er kaltes Wasser in ein Becken laufen, um sein Gesicht damit abzusprühen. Als er dabei in den von Rostflecken zersetzten Spiegel blickte, sah er hinter sich Kommissar Krebs stehen, den Chef des Dezernates Sitte.

Und ohne sich umzuwenden, sagte Hubert, mit mildem Spott: »Was willst du denn hier? Etwa demonstrieren, daß die Sitte allgegenwärtig ist – sogar auf der Toilette des Präsidiums?

»Ich gedenke dich lediglich zu informieren.«

Hubert zögerte, sich Krebs direkt zuzuwenden – er betrachtete immer noch ihr gemeinsames Bild im Spiegel: verzerrte, verwaschene Konturen; die ihre ernstbesorgten Gesichter jedoch nicht auszulöschen vermochten. »Du gedenkst mich also zu informieren, Krebs – hast du gesagt?«

»Um dir dann eine Frage zu stellen, Hubert.«

»Du willst doch nicht etwa versuchen, mich irgendwie anzumisten, was? Na, dann versuch es mal.«

Worauf Krebs sachlich erklärte, so als habe er lediglich den täglichen Wetterbericht zu verkünden: »In der vergangenen Nacht ist dieser Gesner umgebracht worden; erwürgt. Danach wurde er mit Benzin übergossen und verbrannt.«

Nun wandte sich Hubert voll seinem Kollegen Krebs zu; er sah ihn offen und geradezu neugierig an. »Weißt du auch schon, wer sich das geleistet hat?«

»Warum fragst du – du weißt es!«

»Winter also«, stellte Hubert fast anerkennend fest.

»Und was, bitte, hast du dazu zu sagen? Also möglicherweise auszusagen – falls man das von dir fordern würde?«

»Nichts«, erklärte nun Hubert schroff ablehnend. »Was geht mich das an?«

»Bist du da ganz sicher?«

»Völlig, Krebs. Zumal ich wesentlich andere Sorgen habe.«

Unmittelbar nach diesem Waschraumgespräch versuchte Karl Hubert vom Präsidium aus, seinen Freund Richard Holden anzurufen. In dessen Büro. Denn um diese Zeit hielt Holden sich dort gewöhnlich auf.

Seine Sekretärin meldete sich – mit spürbar besorgter Unruhe. Höchst vertrauensvoll auch, eben einem Hubert gegenüber. »Ich kann Sie bedauerlicherweise nicht mit Herrn Holden verbinden. Er ist diesmal leider nicht zur täglich üblichen Zeit in unserem Büro erschienen. Warum – weiß ich nicht.«

»Haben Sie in seiner Wohnung angerufen?«

»Selbstverständlich. Jedoch vergeblich. Dort ist er auch nicht zu erreichen. Er hat entweder seinen Telefonhörer neben den Apparat gelegt – oder er telefoniert pausenlos.«

Hubert vermochte nicht zu unterdrücken, wie überaus besorgt er nun war. »Jetzt mal ganz offen, Mädchen – macht der so etwas öfter?«

»Das ist bei ihm noch niemals vorgekommen; nicht so lange ich ihn kenne. Doch in den letzten Tagen scheint er sich völlig verändert zu haben. Das sage ich Ihnen, da ich ja ganz offen sein darf, Herr Hubert. Und selbstverständlich sage ich so was nur Ihnen.«

»Verändert? In welcher Hinsicht?«

»Auf recht alarmierende Weise!« sprudelte sie nun hervor, dankbar dafür, sich ihm anvertrauen zu können. »Er arbeitet höchst unkonzentriert – falls er überhaupt noch arbeitet. Er vernachlässigt seine Klienten, scheint starken Stimmungsschwankungen ausgeliefert zu sein. Manchmal wirkt er überaus glücklich, dann wieder maßlos deprimiert. Kann man denn da nichts tun? Wenn überhaupt, dann könnten Sie das, Herr Hubert.«

»Mal sehen«, sagte dieser voller Unruhe, »was sich da machen läßt.«

In den Vormittagsstunden dieses Tages beschäftigte sich Susanne Sommer mit einer ihr ungemein wichtigen, weiterzeugenden, sie abzusichern scheinenden Tätigkeit. Sie telefonierte – wie um sich zu befreien. Frei von den vielfachen, sich ihr aufdrängenden Verpflichtungen – ihren gewiß zahlreich zu nennenden Männern gegenüber.

Das geschah vom zentral gelegenen Büro jenes Börsenmaklers aus, für den sie offiziell tätig war. Und während dieser sich in der nahen Börse mit Kursschwankungen abmühte, hatte sie Zeit genug, ihre derzeitigen Jagdgebiete zu inspizieren, auszuloten, abzugrenzen. Auf seine Kosten.

Susanne telefonierte also, und zwar überaus geschickt – mit großer Beharrlichkeit; Vertrauen versichernd, auch erhoffend; mit wohlklingend behaupteter Zärtlichkeit, Zuneigung, wenn nicht gar Hingabebereitschaft signalisierend. Sie wäre, behauptete sie, verständnisvoll, stets freundschaftlich entgegenkommend – auch sehr, sehr lieb! Soweit eine der von ihr als wirksam erkannten Standardformulierungen im Umgang mit ihrer Männerherde.

Weiter sagte sie dann noch, etwa zu Dr. Lichtenberg: »Werden Sie bitte nicht gleich ungeduldig, Alfonso! Ich versuche zu erreichen, was ich kann. Auf mich kann man sich verlassen – doch man darf mich nicht bedrängen.«

Sodann erklärte sie dem Freund ihrer angeblich besten Freundin gegenüber: »Du mußt Geduld haben. Es fällt mir wahrlich nicht leicht, Simone möglicherweise schwer enttäuschen zu müssen – deinetwegen; unsererwegen. Doch zumindest so viel kann ich jetzt schon sagen: Du bedeutest mir nicht wenig!«

Das unverzüglich danach erfolgende Telefongespräch fand mit dem Mann aus Brüssel statt. »Das ist eine ungemein harmonische Nacht gewesen. Wie früher. In Madrid, auch in London.

Ich danke dir für deine Blumen und den beigelegten Scheck für das Poccikleid, den ich wohl zurücksenden werde. Denn das, was zwischen uns ist, sollten wir nicht zerstören oder zerreden; ich jedenfalls würde niemals versuchen, irgendeine Forderung daraus entstehen zu lassen. Das alles, mein Liebster, muß reifen.«

Worauf sie dann auch noch zwei weitere, mehr hastige, Telefongespräche führte. Das eine mit einem Mann, den sie mit ›mein Liliom-Liebling‹ anredete – wohl so genannt nach einer Theaterfigur von Molnar, bei dem ›Liliom‹ ein potenzstarker Rummelplatzausrufer war. Zu ihm sagte sie: »Ich konnte gestern nacht nicht mehr kommen – aber die nächste gehört wieder dir! Du bist einfach alles für mich. Mache mit mir, was du willst!«

Das nächste Gespräch – ein längeres, fast flüsterndes, vogelhaftes zwitscherndes – war ihrer derzeit angeblich besten Freundin zugedacht; also Simone Jahr. Und der versicherte sie: »Was dir da auch möglicherweise zugetragen werden sollte, meine Liebe, etwa im Hinblick auf mich und deinen Freund, deinen Mann – glaube das nicht!«

»Warum denn nicht, Susanne?«

»Weil du weißt, Simone, daß ich dich liebe. Nur dich!«

»Nichts würde ich lieber glauben. Kann ich das?«

»Du kannst. Denn es ist so.«

Karl Hubert drang freudig rücksichtlos, wobei er also wohl versuchte, seine wuchernden Besorgnisse zu verbergen, in die Wohnung seines Freundes Richard Holden ein.

Dort stellte sich Hubert vor Holden auf, als habe er nunmehr einen ihm wichtig erscheinenden Beobachtungsposten bezogen. Intensiv musterte er den Freund, um dann herausfordernd auszurufen:

»So hast du noch niemals ausgesehen! Deine Haut wirkt schlaff und bleich. Deine Augen sind kaninchenhaft gerötet. Und wenn ich von dir fordern würde: strecke deine Hände aus – sie würden zittern. Du bist krank.«

»Das kann sein, Karl. Irgendeine fieberhafte Erkältung vermutlich, wie fast jedes Frühjahr. Jedenfalls habe ich eine äußerst unruhige Nacht verbracht – ich konnte ganz einfach nicht schlafen.«

»Dieser Susanne Sommer wegen – muß ich wohl annehmen. Sie regt dich auf, sie macht dich krank – das spüre ich.«

Holden sagte nur: »Was weißt denn du schon von Susanne – was glaubst du von ihr zu wissen?«

»Noch nicht genug«, bekannte Karl Hubert leise. Der Anblick seines Freundes tat ihm weh. »Doch immerhin glaube ich zumindest eines erkannt zu haben: Du bist wohl noch niemals in deinem Leben, selbst bei deiner Frau nicht, einer derartig großen Gefahr ausgesetzt gewesen – einer nahezu totalen Gefährdung. Du drohst, dich zu verlieren. Sie – zerstört dich! Erkennst du das nicht?«

Holden sah Hubert nicht an, als er nun Worte gebrauchte, die wie unbeirrbar ergeben, bekennend klangen: »Für mich jedenfalls ist allein dies entscheidend: Ich liebe diese Frau! Bedingungslos. Ich kann nicht anders.«

»Richard, du hast auch diese Formulierung ›Liebe‹ gebraucht, als es deine Frau noch für dich gab. Und sie hat damals ein derartiges Bekenntnis schändlich mißbraucht. Ich will das alles nicht noch einmal erleben oder gar heraufbeschwören! Und deshalb rate ich dir jetzt, ich fordere es nun sogar, deinetwegen: Löse dich von dieser Person! Schnell, entschlossen, entschieden! Um zu überleben. Denn sie – kann dein Ende sein.«

Der Journalist Frank Schwarz drang in das Dezernat Sitte ein. Dort fand er Kommissar Krebs vor, der schildkrötenhaft wie immer hinter seinem Schreibtisch hockte – ausdauernd, unbeweglich, scheinbar tatenlos. Ihm legte Schwarz schwungvoll das neueste Exemplar jenes Boulevardblattes vor, das sich seiner Ansicht nach rühmen konnte, ihn als Mitarbeiter zu besitzen.

Auf der ersten Seite stand, frontal in Balkenlettern die Verkündigung: ›Sexualstrolche unter uns!‹ Darunter, nur wenig kleiner gedruckt, eine Art Summierung der im folgenden breitgetretenen Recherchen: ›Kind überfallen. Opfer im Krankenhaus. Eine Familie zerstört. Polizei machtlos. Doch wir klären auf.‹ Schließlich dabei noch, nicht zu übersehen: ›Spezialbericht von Frank Schwarz.‹

»Na – was sagen Sie nun?« wollte der Journalist wissen, seiner ganz besonderen Leistung sehr sicher. »Da staunen Sie wohl – was?«

»Staunen«, sagte Krebs, sehr gemessen, »ist vermutlich nicht der richtige Ausdruck dafür, was ich beim Anblick dieser Ihrer Leistungen empfinde – oder eben empfunden habe. Denn ich kenne Ihren Artikel bereits seit einer Stunde; ich habe ihn gründlich gelesen.«

»Nicht ohne Anerkennung, nehme ich an. Denn Sie haben, hoffe ich, bei dieser Lektüre herausgefunden, daß es stets ratsam für Sie, also die Polizei ist, mit der Presse eng zusammenzuarbeiten – speziell mit vertrauenswürdigen Journalisten wie mir. Was ich, ab sofort, im verstärkten Maße erhoffe. Sie haben doch wohl sicher dabei erkannt: Auch wir haben da so unsere Quellen!«

»Welche – glauben Sie denn zu haben?« fragte Krebs lauernd.

»Allerbeste. Mein Artikel beweist das.« Schwarz war schwungvoll in diesen Nachrichtenhandel eingestiegen.

Krebs lehnte sich jetzt nahezu gemächlich in seinem aufächzenden Beamtenstuhl aus Fichtenholz zurück. »Ich teile Ihnen gerne mit, Herr Schwarz, was ich von derartigen Veröffentlichungen halte. Nämlich nichts! Und nicht nur das. Ich vermag darin lediglich eine unverantwortliche, leichtfertige Aufputschung der Öffentlichkeit zu sehen, eine Vergiftung derselben, eine rücksichtslose Verbreitung von blutiger Gewalt – was zerstörerische Nachfolge erzeugt. Sie versuchen selbst noch ein denkbar schäbiges Verbrechen in eine schlüpfrige Sensation zu verwandeln!«

»Aber, aber, werter Herr!« wehrte Frank Schwarz entrüstet ab. »Sie scheinen offenbar gar nicht zu ahnen, in welcher Rangordnung meine Informanten zu vermuten sind. Das nur so nebenbei: Vor einigen Tagen habe ich mit dem Polizeipräsidenten gespeist. Was aber noch lange nicht alles ist. Das sollten Sie berücksichtigen.«

»Was ich hier wohl allein zu berücksichtigen habe, Herr Schwarz, das sieht, und zwar für Sie, so aus: Sie haben angebliche Informationen, und von wem auch immer, einfach mißbraucht, sie ausgespielt wie bei einer Pokerrunde. So was haben Sie sich vermutlich im Bereich des Dezernats Sitte leisten zu können geglaubt, mit einem, oder einigen, wie Sie andeuteten, gewichtigen Informanten im Hintergrund. Doch jetzt sind Sie bei unserer Mordkommission gelandet.«

»Wo – soll ich da gelandet sein?« Frank Schwarz ahnte, daß er nunmehr einigen Grund hatte, sich beunruhigt zu fühlen. »Da haben Sie sich doch wohl einen Scherz geleistet, Herr Krebs!«

Der Kommissar betrachtete den Journalisten aufmerksam. »Sollten Sie etwa noch gar nicht erkannt haben, was Sie da so alles mit oder eben bei Ihren Nachforschungen inspiriert, angestellt, ausgelöst haben? Im Fachjargon nennt man so was Beihilfe – und diesmal handelt es sich um Mord.«

»Mann Gottes – wovon reden Sie denn da eigentlich?«

»Von einem Vorgang, der sich heute nacht ereignet hat. Dabei ist der Ihnen bekannte Verdächtige Nummer eins jenes Sittlichkeitsverbrechens getötet worden – erwürgt und dann mit Benzin übergossen.«

»Wer?« leistete sich Frank Schwarz zu fragen.

Krebs schüttelte lediglich mißbilligend seinen irritierend bieder wirkenden Beamtenkopf. »Falls es sich bei den Vernehmungen des Winter herausstellen sollte – womit mit einiger Sicherheit zu rechnen ist –, daß Sie es gewesen sind, der ihm den Namen des Ermordeten geliefert hat, vermutlich recht zielbewußt –, was dann?«

»Derartige Unterstellungen«, wehrte der Journalist erregt ab, »muß ich mir entschieden verbitten!« Er vermochte jetzt das Heikle seiner Situation richtig einzuschätzen, sah also genau deren direkte Bedrohlichkeit. Er versuchte unverzüglich, sich massiv abzusichern. »Ich muß energisch fordern, daß derartige Mußmaßungen unterlassen und darüber hinaus sogar unterbunden werden. Und das zwar auch im Interesse des Präsidiums! Achten Sie darauf.«

»Was hat denn das Präsidium«, fragte Krebs, wobei seine lässige Mißbilligung der Methoden dieses Besuchers erheblich zunahm, »mit Ihren Publikationsmethoden und deren Manipulationen zu tun?«

»Nun, immerhin – falls man mich massiv-rücksichtslos zu bedrängen versuchen sollte, könnte ich mich möglicherweise gezwungen sehen, Namen zu nennen. Ganz besonders einen. Können Sie ahnen – welchen?«

»Den ahne ich nicht nur – den kenne ich.« Krebs schien jetzt sogar eine Art Mitleid für seinen Besucher durchblicken zu lassen. »Offenbar glauben Sie, sich auf Hauptkommissar Hubert berufen zu können – nicht wahr?«

»Warum denn nicht?«

»Weil Sie den nicht kennen, Herr Schwarz! Der ist schließlich kein normales Stück Wild, das man einfach abknallen kann, keine Forelle, die sich mühelos angeln läßt – selbst wenn man sich als noch so fähiger Jäger und Fischer fühlen sollte. Derartige Anwandlungen sollten Sie vermeiden – und das selbst noch in Ihren mutwilligsten Träumen.«

Worauf Krebs dann, nahezu erlebnisfreudig heiter, hinzufügte: »Das ist wohl der beste Ratschlag, den ich Ihnen in dieser Hinsicht geben kann – und den scheinen Sie dringend nötig zu haben.« Ein Ratschlag allerdings, wie nun Krebs geradezu erhoffte, den dieser Schwarz nicht befolgen würde.

Nach nahezu stundenlangen vergeblichen Bemühungen gelang es dann Richard Holden endlich, seine Susanne Sommer telefonisch zu erreichen. Sie meldete sich, da sie sich in dem von ihr betreuten Börsenmaklerbüro befand, in freundlich-unverbindlichem Geschäftston. »Ja – bitte.«

»Da bist du ja endlich!« rief er, spürbar beglückt, ihre Stimme zu hören. »Ich habe mich so sehr bemüht, dich zu erreichen!«

»Ich bitte dich, Richard! Schließlich habe ich einiges zu tun. Was du stets respektieren würdest, hast du mir versichert – oder irre ich mich da?«

»Aber nein, meine Liebe, nein!« versicherte er voller Ergebenheit. »Ich bitte dich lediglich, zu bedenken, daß ich so sehr gehofft hatte, daß du mich anrufen würdest – ich habe darauf gewartet. Nicht nur eine ganze lange Nacht lang.«

»Das«, versicherte sie ermunternd und willig entgegenkommend, »höre ich gerne – das klingt gut! Eben weil du es sagst.«

Er vermochte nur noch leise und heiser zu bekennen: »Ich habe Sehnsucht nach dir.«

»Ich nach dir auch.« Wobei sich allerdings ihre Stimme wieder herzlich-geschäftig anhörte. »Doch ich habe hier nun mal meine Arbeit, die ich machen muß, wenn sie mir auch keine reine Freude bereitet – aber schließlich muß ich mir meinen Lebensunterhalt verdienen.«

»Eine Sorge, die ich dir abnehmen könnte – wenn du nur willst.«

Das war, erkannte sie, ein höchst eindeutiges Angebot – die ziemlich sichere Anbahnung eines Eheversprechens. Es war jedoch nicht das einzige, mit dem sie augenblicklich rechnen konnte. Und dann wollte sie natürlich das denkbar beste.

»Ich danke dir, Richard! Dein Angebot macht mich sehr glücklich. Ich empfinde ähnlich wie du. Doch ich habe, wie du weißt, auch noch einige sehr gute, langjährige Freunde zu betreuen, die sich mir verpflichtet fühlen – und ich mich ihnen auch. Das jedoch ohne jede körperliche Beziehung; falls dich das beruhigt.«

»Das beruhigt mich – sehr sogar.«

»Mein lieber Richard, es wäre eigentlich nur mein Wunsch, daß meine Freunde auch die deinen sind – und umgekehrt selbstverständlich auch. Ein Vorschlag, den ich dir schon einigemal gemacht habe – nicht zuletzt, weil sich daraus gewisse Vorteile ergeben könnten. Sagen wir: für unser beiderseitig erstrebtes gemeinsames Leben. Oder – willst du das nicht mehr?«

»Nichts, meine liebe Susanne, könnte ich sehnlicher erhoffen.«

Sie stieß unverzüglich mit fordernder Anregung nach: »Warum sperrst du dich dann, immer noch und immer wieder, gegen einen Lichtenberg? Er könnte dir, und damit uns, sehr nützlich sein.«

»Bitte, Susanne – nicht das! Nicht der!« wehrte er unendlich ermüdet ab. »Verlange, was du willst – das jedoch nicht. Bitte.«

»Ich habe noch niemals irgend etwas von dir verlangt, Richard. Ich habe stets nur gehofft, daß du mich verstehst, meine fürsorgliche, bemühte Liebe zu dir begreifst. Ich will nicht nur deine Geliebte sein – auch deine Gefährtin!«

»Laß uns darüber reden, Susanne – komme zu mir!«

»Nein!« sagte sie fast schroff abweisend. »Zuvor mußt du dich endlich entscheiden. Für oder gegen mich! Oder sollte ich etwa schon aufgehört haben, dir das zu bedeuten, was du mehrfach versichert hast?«

»Du bist mein ein und alles!« rief er ihr in flehend-beschwörender Verzweiflung zu. »Und das ist, in diesem Ausmaß, noch niemals zuvor ein Mensch in meinem Leben gewesen.«

»Dann handele endlich dementsprechend!« forderte sie fast hart und beendete damit das Gespräch.

Hauptkommissar Karl Hubert, Chef der so erfolgreichen Mordkommission eins, das international strahlende Aushängeschild des Präsidiums, das gepflegte Paradestück des Kriminaldirektors und auch des Präsidenten, ließ sich an diesem Tag ausnahmsweise von einem der ihm stets zur Verfügung stehenden Dienstwagen direkt bis zum Eingang seines Hauses fahren. Und dort stieg er fast hastig aus.

Er begab sich in den käfigengen, grell neonbeleuchteten Fahrstuhl. Doch mit dem ließ er sich diesmal nicht zum fünften Stockwerk bringen, in dem sich seine Wohnung befand – er hielt im vierten. Also dort, wo sich diese wundersam strahlende Mädchenfrau Margit mit ihrer Katze Minka befand. Vor ihrer Tür angekommen, klingelte er nur zweimal kurz.

Worauf dann aber nicht, wie erhofft, jenes ungemein zierlich großäugige Wesen zum Vorschein kam; mit ihrer anschmiegsamen Katze in den Armen. Vielmehr zeigte sich ein reichlich robust wirkender Jüngling: frühbärtig, straffblauleinen bekleidet, mit bereitwilligen Aggressionsaugen ausgestattet. »Wer sind denn Sie? Was suchen Sie hier?«

»Keinesfalls Sie!« sagte Hubert mit lässiger Nachsicht. »Ich habe lediglich den Wunsch, jene junge Dame zu sprechen, die hier mit ihrer Katze Minka lebt. Läßt sich das ermöglichen?«

»Nein!« sagte der Jüngling unverändert aggressiv. »Was berechtigt Sie dazu?«

»Nichts«, gab Hubert zu. »Lediglich wohl etwas sehr Zufälliges. Ich wohne ein Stockwerk höher; wir kennen uns. Und ich würde gern wissen, wie es ihr geht.«

»Sie sind das also!« Der bärtige Jüngling wirkte nun wesentlich freundlicher, auch neugierig interessiert. »Von Ihnen habe ich schon gehört – Sie mir jedoch wesentlich anders vorgestellt.«

»Ich Sie mir nicht«, meinte Hubert nachsichtig.

Er lächelte nun – fast herzlich, aber auch bekümmert. »Margit hat mehrfach in der vergangenen Nacht versucht, sich mit Ihnen in Verbindung zu setzen – nach all dem, was da so passsiert war. Aber Sie waren nicht zu erreichen! Doch das scheint auf diesem Scheißglobus kaum jemand zu sein – zumindest nicht dann, wenn er wirklich gebraucht wird. Dann müssen eben die Freunde herhalten – wie ich einer bin. Und wo – waren Sie?«

»Wann?«

»Nun – als das passiert ist!«

»Was?«

»So ganz genau, in allen Einzelheiten, weiß ich es nicht. Etwas scheint jedoch festzustehen: Da hat doch irgendein Irrer, wie sich später herumsprach, in der Nachbarschaft einen Brand gelegt! Jedenfalls war es ein wildflackernder Feuerzauber. Und der störte uns – störte uns auf! Wollen Sie wissen, in welcher Situation? Wollen Sie nicht wissen? Auch gut! Schließlich werden Sie sich denken können, was wir da so unternommen haben – doch ich will Sie nicht schockieren.«

»Was Ihnen wohl auch kaum gelingen dürfte – nicht bei mir.«

»Sie scheinen tatsächlich das zu sein, wofür meine Freundin Margit Sie stets gehalten hat: ein Mann von großer Verständnisbereitschaft, ein prima Vatertyp – eben ein Mensch! Und so was noch heutzutage. Sollten Sie das tatsächlich sein?«

»Na – und wenn schon!« Hubert sagte das wie empfehlend, doch nun bereits mit unruhiger Forderung. Noch immer standen sie einander gegenüber – der eine wie blockierend in der Tür, der andere eindringungsbereit davor. »Sagen Sie mir endlich was geschehen ist!«

»Zunächst lediglich dies: Dieses Feuer störte uns also. Wir waren aber nicht allein auf freiem Feld – da gab es noch dieses fürchterlich aufdringliche Kleintier.«

»Also die Katze namens Minka! Ein überaus dekoratives, höchst eigenwilliges Geschöpf. Und die störte sie – dabei?«

»Nicht gleich. An ihre sich dazwischendrängenden, besitzergreifenden Selbstherrlichkeiten hatte sogar ich mich gewöhnt. Diesmal jedoch, beim Anblick des Feuers, gebärdete sich die Katze wie verrückt! Sie schrie auf, krümmte sich, stürzte sich auf den Balkon, auf dessen Balustrade – vermutlich mit zu großen Schwung. Sie fiel hinunter. Vier Stockwerke tief.«

»Füchterlich«, stellte Hubert fest und wollte dann unverzüglich wissen: »War sie tot?«

»Leider nein – nicht gleich!« wurde ihm berichtet. Und da mit dem brutal-harmlosen Unverständnis eines Menschen, der noch nie ein Tier gehabt hatte. »Sie hatte sich dabei etliche Knochen gebrochen; vermutlich zwei Beine. Sie schrie wie ein entsetzlich gequältes Kind – sah uns dabei mit großflehenden Augen an. Mann, ging die mir auf die Nerven! Ich mußte dann mithelfen, sie zu irgendeinem Tierarzt zu schleppen. Doch der konnte nichts mehr tun – außer sie einschläfern.«

»Ein dunkler, bedrückender Vorgang – wenn auch nicht unbedingt für Sie, so gewiß doch für Ihre Freundin.«

»Margit«, erzählte der Knabe nun, wohl in Würdigung seines Durchstehvermögens, »war völlig durchgedreht! Sie versuchte dann Sie – warum eigentlich Sie? – mehrmals, immer wieder, zu erreichen. Sie rief Sie an, klopfte dann sogar gegen Ihre Tür, schrie förmlich nach Ihnen!«

»Nach mir?« fragte Hubert bestürzt; er fühlte sich seltsam belastet, ungemein beglückt zugleich.

»Das jedenfalls vergeblich! Also hielt sie sich an mich – ich mußte dann diesen hektischen Katzengefühlszirkus über mich ergehen lassen. Wirklich allerhand, was einem das so zugemutet wird.«

»Sie werden es überleben!« stellte Hubert fest. Er wendete sich zur Seite, um diesen Jüngling nicht ansehen zu müssen. »Doch wie geht es ihr – Ihrer Freundin?«

Worauf der frühzeitig Bärtige beruhigend abwehrte – er blokkierte immer noch die Wohnungstür. »Sie hat mir ihre tote Katze übergeben – und die habe ich in einer Mülltonne dieses Hauses deponiert.«

»Mit ihrem Einverständnis?«

»Margit ist panikartig geflüchtet. Zu ihren Eltern, nehme ich an; die irgendwo in den Bergen leben. Und mich hat sie hier zurückgelassen.«

»Eine Reaktion von großer Hilflosigkeit und Trauer.« Hubert hatte jetzt das Bedürfnis, sich zurückzuziehen. Zumal ihn dieser feist-selbstbewußte Jüngling regelrecht anwiderte. »Dann gehe ich wieder.«

»Von mir aus, Mann, hätten Sie hier erst gar nicht aufzukreuzen brauchen!«

»Ihretwegen gewiß nicht!« stellte Karl Hubert fest. »Doch Sie sollten Ihre Freundin Margit, die ich sehr schätze, wenn möglich wissen lassen, daß ich stets für sie da bin. Falls sie mich braucht.«

»In welcher Hinsicht denn wohl, Mann – jetzt noch?«

»Das würden Sie doch nicht verstehen. Aber Margit vielleicht. Berichten Sie ihr bitte von meiner Anteilnahme, von meinem Besuch. Werden Sie das tun?«

»Aber ja doch, sogar mit Wonne. Sie versuchen offenbar so etwas wie eine Art verständnisvollen Opa und personifizierte Gerechtigkeit darzustellen.«

Kommissar Krebs, Chef des Sittendezernats, hatte Keller, den großen, alten Mann des Präsidiums, zu sich gebeten. Und damit auch, absolut unvermeidlich, dessen Hund. Diese beiden belauerten ihn alsbald – fragend intensiv, doch zugleich gutwillig-einfühlsam.

Krebs: »Du mußt mir helfen, Keller, diesen Vorgang zu durchschauen. Mir erscheint es äußerst irritierend, zutiefst beunruhigend. Und zwar, wie du wohl vermutest, im Zusammenhang mit unserem Kollegen Hubert.«

Keller antwortete mit lächelnder Bedächtigkeit: »Ich bitte dich, Krebs – was wäre denn eigentlich im Bereich eines Huberts nicht vorstellbar? Der ist einer der ganz Großen in unserem Metier, ein Spürhund sondersgleichen. Das mit gebotenen Respekt gesagt; ich liebe Hunde!«

»Nun ja – er ist ganz groß, absolut unbeeindruckbar, von einem geradezu herrlichen Selbstbewußtsein erfüllt! Doch wohin, frage ich mich – und dich – könnte das führen?«

»Was vermutest du, Krebs?«

»Seine absolute Bereitschaft, auf einer sogenannten total Gerechtigkeit zu bestehen – sie sogar zu erzwingen!«

»Und wie weit – meinst du, könnte er dabei gehen?«

»Vielleicht sogar bis hin – zur Beihilfe zu einem Mord! Von einem Kriminellen veranstaltet, doch eben von einem Kriminalisten dirigiert, eingerichtet, in Funktion gebracht. Würdest du das für möglich halten?«

»Normalerweise nicht, Krebs. Doch bei ihm – und allein bei ihm – durchaus. Seine Methoden sind neuerdings von einer geradezu totalen Rücksichtslosigkeit – gegen alles und jeden, die Polizei mit eingeschlossen. Sogar – gegen sich selbst.«

»Das, Freund Keller, droht sich irgendwie grandios anzuhören, nahezu heroisch. Aber in meinem Bereich stoße ich immer wieder zwangsläufig auf einen dominierenden Grundbegriff: Triebtäter. Und manchmal, wie jetzt auch, ertappe ich mich dabei, mit diesem Wort spielen zu wollen – bis hin zu dem Begriff: Triebtatenmensch.«

Der große alte Mann nickte bedächtig zustimmend, während sein Hund anscheinend gähnen wollte. »Dazu gehören entscheidend auslösende Elemente, manchmal nur einige wenige, oftmals ganze Ketten – hier aber vielleicht nur eines.«

»Also das, was man als seine schwache, seine verwundbare Stelle bezeichnen könnte«, hakte Krebs sofort ein. Es schien, als habe er darauf gelauert, diese Erkenntnis anbringen zu können. »Das kann etwa eine verehrte Frau sein – oder eben ein geliebter Freund.« Deutlich spielte er dabei auf Richard Holden an. »So was vermag zu sehr weit zeugend verwirrenden Vorgängen zu führen.«

»Durchaus möglich, Krebs. Doch eine erklärte Freundschaft muß ja nicht unbedingt auch gleich fürchterlich fruchtbare Folgen zeitigen – dabei ist auch erlösende Harmonie denkbar.« Worauf Keller augenzwinkernd lächelte. »Wie etwa zwischen mir und meinem Hund.«

»Damit könntest du vielleicht sogar den springenden Punkt dieser Vorgänge deutlich gemacht haben, mein Freund.« Krebs reagierte nun mit schneller, bereitwilliger Fantasie. »Denn einmal angenommen, man würde versuchen, deinen Hund zu schlagen, nach ihm treten, ihn zu quälen – was würdest du dann tun?«

»Sei vorsichtig!« riet ihm Keller, wobei er seinen Hund an sich zog; und dieser schmiegte sich ihm bereitwillig entgegen. »Du hast es bei Hubert mit einem Mann zu tun, der alle erdenklichen Spielregeln unseres Metiers meisterhaft beherrscht.«

»Auch der – kann Fehler machen!«

»Fehler machen wir alle, irgendwann einmal bestimmt. Doch zugleich wissen wir, aufgrund unserer praktischen Erfahrungen, wie sie sich korrigieren lassen.«

»Falls wir sie erkannt haben!«

»Genau das traue einem Hubert zu. Du solltest auch überlegen, was du dir dabei möglicherweise zutraust. Mein Ratschlag jedenfalls lautet – und ich nehme an, daß du ihn nicht befolgen wirst: laß dich auf keine direkte Konfrontation mit einem Hubert ein! Dem ist nur, wenn überhaupt, auf einigen Umwegen, mit erheblichen Winkelzügen und Tricks beizukommen. Und auch das ist für ihn kein sonderliches Problem. Er besitzt offenbar einen doppelten Instinkt – jenen eines Kriminalen und den eines Kriminellen. Und beides investiert er für das , was er als absolute Gerechtigkeit bezeichnet.«

Frank Schwarz, der Journalist, versuchte dringend, Hauptkommissar Karl Hubert zu erreichen. Dieser hielt sich, wie Schwarz nach mehreren Telefongesprächen herausgefunden hatte, in seiner Wohnung auf. Die Klingel war abgestellt – also trommelte der Journalist gegen die Tür, um hineinzugelangen.

Ihm wurde geöffnet. Hubert stand in Hose und Hemd da, mürrisch abweisend. »Was wollen denn Sie hier? Sie stören mich.« Er bat seinen Besucher nicht herein.

Doch der drängte sich vorwärts, an Hubert vorbei. Nachdem er in dessen Arbeitszimmer angelangt war, ließ er sich in einen Sessel fallen – gleichsam demonstrierend: Hier bin ich, und hier bleibe ich! »Ich brauche Sie – dringend!«

»Warum?« Hubert stellte sich vor ihm auf, sah zu ihm hinunter; er schien ihn kühl abzuschätzen.

»Weil wir eine Art Abkommen haben! Und das muß jetzt funktionieren. Die Mordkommission des Präsidenten scheint direkt auf mich zuzukommen. Sie wollen mir Beihilfe oder so was ähnliches anhängen. Dagegen müssen Sie was unternehmen!«

»Was habe ich denn damit zu tun?« Hubert blinzelte vor sich hin. »Sollte ich Ihnen jemals den Ratschlag erteilt haben, sich an kriminellen Vorgängen zu beteiligen? Und sollten Sie etwa bereit sein, so etwas zu behaupten – falls Sie, möglicherweise offiziell, danach befragt werden?«

»Natürlich nicht!« versicherte Schwarz unverzüglich. Denn eine andere Antwort wäre einem Hubert gegenüber kaum ratsam gewesen. »Aber Sie müssen mir helfen! Und das werden Sie doch gewiß auch – unseres Abkommens wegen.«

»Wovon reden Sie eigentlich pausenlos?« Huberts Stimme schien zunehmende, gelassene Gleichgültigkeit auszustrahlen. »Wir haben lediglich eine Art Zusammenarbeit erstrebt.«

»Und sie auch vollzogen.«

»So was allerdings – hatte ich erhofft. Und zwar zu meinen, in meinem Bereich allein verbindlichen Bedingungen. Denn ich bin Kriminalist und als solcher meinen Regeln unterworfen – zu denen jedoch die von Ihnen praktizierten, reichlich brutal anmutenden Aufreißermethoden nicht gehören.«

»Aber ich bitte Sie, Herr Hubert – was meinen Sie denn damit?« Das klang beschwörend, geradezu um Verständnis flehend. »Bin ich denn nicht stets bemüht gewesen, allen Ihren Anregungen und Anforderungen nachzukommen? Habe ich Ihnen denn nicht denkbar prächtigstes Material geliefert? Etwa diese Susanne Sommer betreffend – worauf Sie so scharf waren!«

»Über die, allerdings, wollte ich einiges wissen – eben Auskünfte, Informationen, wie man sie von den Recherchen eines verantwortungsbewußten Journalisten erwarten kann. Doch ich habe Sie keinesfalls aufgefordert, mit ihr ins Bett zu steigen. Das aber haben Sie getan – und eben das gefällt mir gar nicht.«

»Ach, Mann«, versuchte sich Schwarz werbend zu erklären, »was ist denn schon dabei! Ich bin schließlich kein Angehöriger der Polizei; bei uns ist Beischlaf zwecks Nachrichtenerwerb nicht verboten. Außerdem habe ich in diesem Fall mit Sicherheit keine irgendwie höheren oder eben tieferen Gefühle verletzt – bei wem auch immer. Bei dieser Dame jedenfalls ist das auch praktisch gar nicht möglich – die macht so was bei jeder sich bietenden Gelegenheit, diese Sau. Sobald es sich für sie lohnt.«

»Sagten Sie – Sau, Schwarz?«

»Genau das!«

»Sind Sie absolut sicher?«

»Aber ja doch! In dieser Hinsicht kann ich Ihnen, falls Sie Wert darauf legen, auch noch weitere Adressensammlungen bieten. Abermals mit vermutlich einigen Ihnen nicht ganz unbekannten Namen.«

»Das – ist scheußlich!« Huberts Stimme klang rauh, sein übermüdet wirkendes Gesicht glänzte feucht. Er zog sich einige Schritte zurück, wie um sich nicht in heller Deutlichkeit betrachten zu lassen. »So was – gehört nicht zu meiner Welt, hat also darin keine Existenzberechtigung.«

»Na schön. Wie Sie das auch immer betrachten und einschätzen mögen – schließlich habe ich geliefert, was ich konnte; Ihren Anregungen entsprechend. Wobei nun aber wohl eine Art Rechnung, Aufrechnung fällig ist – ich bitte Sie darum. Sie müssen mir beistehen!«

»Verschwinden Sie hier!« sagte Hubert sehr leise, doch mit kobrahaft hervorbrechenden Zischtönen. Er schloß, wie angewidert von dem, was er erblicken mußte, die Augen; jedoch nur kurz. »Mit einem von Ihrer Sorte will ich nichts zu tun haben.«

Schwarz reagierte nunmehr hyänenartig aufknurrend, als wäre ein Stein nach ihm geworfen worden. »So was – können Sie doch nicht machen! Nicht mit mir.«

»Das mache ich aber.«

»Aber doch nicht nach allem, Hubert, was ich so von Ihnen weiß!«

»Einen Dreck wissen Sie, Mensch! Und selbst wenn Sie noch so überzeugt sein sollten, einen ganz dicken Sack voller Vermutungen zu besitzen – Sie haben nicht einen einzigen brauchbaren Beweis. Und wenn Sie versuchen sollten, auch nur mit einer Ihnen halbwegs sicher anmutenden Verdächtigung hausieren zu gehen, dann werde ich Ihnen ins Handwerk pfuschen. Dann lege ich Sie aufs Kreuz, daß es nur so kracht! Scheren Sie sich also zum Teufel!«

»Und das«, fragte Schwarz dunkel, »ist Ihr letztes Wort?« Er mußte erkennen, daß es so war. »Das – werden Sie bereuen, Hubert!«

»Versuchen Sie mich nicht mit Gewalt zu erheitern, Schwarz. Das ist noch niemandem gelungen – schon gar nicht jemanden, der mich anwidert.«

Er öffnete seinem Besucher weit die Tür. Und der stolperte hinaus. Haßerfüllt.

An diesem Abend veranstaltete Simone Jahr abermals eine ihrer zahlreichen, inzwischen schon zahllos anmutenden Partys, mit den üblichen, in allen Teilen dieser pseudo-feudalen Vordergrundwelt schablonenartig auswechselbaren Akteuren.

Dabei leicht gedämpftes Licht; kristallflimmernd, katzensanft matt. Flirrende Gesprächsfetzen, gurrendes Gelächter, Gläserklirren. Menschen mit gelackten, gefärbten, buntmodischen Magazingesichtern. Grelle Munterkeit, mastfeiste Fülle, sanftsinnliches Gurren: Vorzeiger, Hinhalter, Selbstdarbieter, Mitmacher, Aufreißer – jede Sorte von geschlechtlichen Möglichkeiten.

Der sogenannte Ehemann Simones hockte diesmal nicht wie üblich in irgendeiner Ecke, um dort dumpf-böse seinen Champagner anzustarren; wobei er wohl über die Preise derartiger Unternehmungen vor sich hinbrütete. Er hielt interessiert Ausschau – zur Tür hin.

Und er wirkte überaus munter, nahezu unternehmungsfreudig belebt, als er dort Susanne Sommer erblickte. Susanne schob sich gerade mit wiegenden, tänzerischen Schritten in dieses Getöse. Dabei blinzelte sie katzenhaft sinnlich um sich; als sie ihn entdeckte, mit lichterhaftem Aufleuchten ihrer nachtdunklen Augen. Schlafzimmeraugen. Da war er sicher.

Susanne wurde unverzüglich von Simone Jahr in Empfang genommen, gleichsam von ihr blockiert. Das geschah mit innig-vereinnehmenden Umarmungen, mit zärtlich anmutenden Wangenküssen, sehr in Mundwinkelnähe, mit heimlich heftig tastenden Händen. Wobei geflüstert wurde: »Du willst mir doch nicht etwa Schwierigkeiten machen, Susanne, meine Liebe?«

»Warum sollte ich das! Denn schließlich liebst du mich, wie du immer wieder behauptest. Aber eben das könntest du mir ein wenig intensiver zu beweisen versuchen.«

»Jetzt, hier, sofort!« Simone lachte wie stets freudig aktionsbereit auf. »Sollen wir in mein Schlafzimmer gehen – dort stört uns niemand. Und wohl kaum jemand, der uns hier vermissen wird – nicht in der nächsten viertel oder halben Stunde. Die sind alle mit sich selbst beschäftigt!«

»Auch – dein Mann?«

»Den könnten wir mitnehmen – falls dir das angenehm ist. Für dich und ihn tue ich einfach alles. Oder solltest du darauf Wert legen, mit ihm allein zu sein? Ist es das? Das ist es also – tatsächlich!«

Das gurrend-geifernde Partygetöse um sie vermochte ihre heiseren Stimmen dennoch nicht ganz zu übertönen. Und wenn dort die Menschen auch noch in einiger Entfernung beieinander saßen – sie erschienen bereits wie klebrig-verfilzt.

»Diese Weiber«, versuchte Simone Jahr bemüht lässig zu erklären, wobei sie diese rosarote und lilafarbene Gebrauchswelt um sich mit Kennermiene betrachtete, »sind einfach zu allem fähig!« Dabei sah sie ihre Freundin Susanne Sommer nicht an. Und die sah sie auch nicht an; sie blickte zu Simones ›Mann‹ hinüber. Simone sinnierte weiter: »Und diese Kerle sind doch nichts als Objekte – falls sich das irgendwie lohnt. Das wissen wir beide. Und wir sind uns noch niemals in die Quere gekommen. Doch neuerdings habe ich den Eindruck, daß du auf meinen Mann spekulierst!«

»Das, Simone, würde ich von mir aus niemals tun! Was aber bitte, wenn er auf eine andere Frau spekuliert – möglicherweise auf mich? Wie sollte ich wohl darauf reagieren?«

Diese sanft-massive Andeutung verschlug Simone die Sprache; wenn auch nur für wenige Sekunden. »Und das sagst du – mir? So ganz einfach ins Gesicht! Mir – die ich mit dir befreundet bin wie mit keiner anderen Frau sonst? Mir – die ich dich liebe?«

»Ach, Simone, was ist denn schon von Dauer! Und wenn er sich unbedingt von dir trennen will – dann ist es doch immer noch besser, er bleibt in unserem Bereich, bevor er noch an irgendeine dieser gefallsüchtigen Gänse gerät, die du ihm massenweise, wie Kuchenberge, präsentierst.«

»Solltest du tatsächlich bereit sein . . .«

»Nenne das Realitäten, Simone – für die ich nichts kann. Doch sie könnten auf uns zukommen. Und damit muß man sich wohl abfinden – meinst du nicht auch?«

»Was bist du doch für ein fürchterliches Stück Mist, Susanne! Der denkbar letzte Dreck. Du schreckst vor gar nichts zurück?«

In einer geradezu idyllisch gelegenen Anstalt am Rande dieser Betonstadt, für ›Untersuchungshäftlinge‹ reserviert, fand sich Karl Hubert, der Kriminalhauptkommissar, ein. Er gedachte dem dort einsitzenden Winter-Vater einen als amtlich getarnten Privatbesuch abzustatten. Wobei ihm alle Türen unverzüglich weit geöffnet wurden. Für ihn galten hier keinerlei Einschränkungen, kein Reglement – er war eben eine maßgebliche, in

Strafverfolgerkreisen bekannte und anerkannte Amtsperson.

Winter, der Vater, stand in seiner vergleichsweise nicht unkomfortablen Zelle erwartungsvoll da. Und er röhrte beim Anblick von Hubert völlig ungetrübt-selbstbewußt und fordernd: »Da sind Sie ja endlich, Mann! Auf Sie habe ich gelauert. Nun tun Sie mal was für mich!«

Hubert setzte sich auf Winters Bett und forderte ihn auf, neben ihm Platz zu nehmen. Schulter an Schulter betrachteten sie sich äußerst hoffnungsvoll – wenn auch mit sehr verschiedenartigen Beweggründen. »Sie haben ihn also umgebracht?«

»Sozusagen mit Wonne! Das sage ich Ihnen ganz aufrichtig – da Sie mich gewiß verstehen werden.«

»Ich verstehe Sie, Winter. Doch sagen Sie das keinem anderen – nicht so!«

»Wie dann?«

»Vermeiden Sie zumindest Worte wie Wonne, Mensch – unter allen Umständen. Sagen Sie: Wut! Berechtigte Wut. Die hatte sie überfallen, denn der Kerl hatte Sie herausgefordert. Und zwar mit höchst ordinären, Sie bis aufs Blut peinigenden und Ihr Ehrgefühl verletzenden Äußerungen.«

»Stimmt genau! Denn was mir, dem Vater, dieser Sittenstrolch da zugemutet hat, war einfach fürchterlich. Nicht mehr zu verkraften.«

»Exakt das müssen Sie deutlich machen – so deutlich wie nur irgendwie möglich. Am besten wir üben das nachher noch ein wenig.«

»Wird gemacht, Herr Hubert! Und dann – komme ich frei?«

»Nicht gleich unbedingt, Herr Winter. Denn leider haben Sie vor Ihrer Tat nicht meinen Rat gesucht, der Ihnen stets zur Verfügung gestanden hätte. Vielmehr ließen Sie sich reichlich unbedenklich mit einem überaus fragwürdigen Journalisten ein.«

»Aber doch in gutem Glauben, Herr Hubert! Denn ich war sicher, der kam von Ihnen – jedenfalls hat er das gesagt.«

»Gesagt, mein Lieber, wird vieles. Sie hätten mich doch nur anzurufen brauchen – und ich hätte Sie gewarnt und zur Vorsicht ermahnt.«

»Sie sind mir doch nicht etwa böse, Herr Hubert?« fragte Winter nun geradezu treuherzig. »Schließlich habe ich als aufrechter Mann und Vater nichts als meine verdammte Pflicht und Schuldigkeit getan.«

»Eben nicht nur das, Winter! Vielmehr noch einiges weit darüber hinaus. Hätten Sie den Mann zusammengeschlagen, ihm einige Knochen dabei gebrochen – nun gut, das wäre mühelos erklärbar gewesen. Selbst dann noch, wenn diese erregte Auseinandersetzung mit einer Todesfolge geendet hätte. Dann aber, wie zu allem Überfluß, dieser Benzin-Feuer-Zauber! Menschenskind, was haben Sie sich denn dabei gedacht?«

»Das – überkam mich eben so!«

»Wohl eine Art Berufskrankheit – als Fernlastfahrer. Benzin ist für Sie wie Herzblut – was?«

»Kann sein. Da ist mal vor meinen Augen ein Kollege von mir verbrannt – ein ganz prima Kumpel. Einer unserer Besten. Der war wie eine Fackel! Warum denn nicht erst recht dieser schäbige Dreckskerl – werde ich da wohl gedacht haben.«

»Kein besonders glücklicher Gedanke, Winter. Er könnte Ihnen etliche Jahre Gefängnis einbringen – schätzungsweise fünf bis sieben.«

»Na – und wenn! Selbst das nehme ich noch auf mich. Das bin ich meinem geschändeten Kind und meiner verletzten Ehre schuldig!«

»Bleiben Sie so, Mann!« empfahl ihm Hubert leicht erheitert. »Dann könnten Sie erheblichen Eindruck schinden – bei der Öffentlichkeit allemal; vielleicht sogar bei der Justiz.«

Winter empfand nun sichtlich eine plötzliche Besorgnis. »Und was, Herr Hubert, werden Sie für mich tun? Etwa – nichts? Sollten Sie mich aufgeben?«

»Aber nicht doch gleich das, mein lieber Mann! Ich werde für Sie gerne und garantiert wirksam einiges versuchen. Beispielsweise die Anzahl der unvermeidlichen Gefängnisjahre für Sie herabzuschrauben. Etwa auf drei bis vier.«

»Und weniger, meinen Sie, geht nicht?«

»Wahrscheinlich nicht, Winter. Das muß wohl auch nicht sein.

Denn Sie benötigen offenbar eine Menge Gelegenheit, um über sich nachzudenken – auch über Ihre Familie; besonders über Ihre Tochter. Diese Zeitspanne sei Ihnen gegönnt!«

Als Hubert von seinem Abstecher ins Untersuchungsgefängnis zurückgekehrt war, gelang es ihm endlich, seinen Freund Holden zu erreichen. Das glückte ihm jedoch erst nach der Anwendung der zwischen ihnen vereinbarten telefonischen Sonderregelung: Zunächst erfolgte ein Anruf – wobei der Anrufer dreimal klingeln ließ. Unmittelbar danach ein zweiter Anruf – und der wurde dann angenommen.

Hubert, herzlich ermunternd: »Wie geht es dir denn? Was machst du so?«

Holden war spürbar dankbar für das Interesse des Freundes, dennoch wirkte er nicht nur leicht abwesend. »Ich versuche in einem Buch zu lesen – Heinrich Mann. Außerdem höre ich Musik – Haydn.«

Hubert meinte: »Wohl zuviel des Guten auf einmal! Du hättest dich für das eine oder das andere entscheiden sollen. Beides zugleich mutet wie der Versuch einer Betäubung an. Darunter leidet die Konzentration, so was verführt zu angespannten Gefühlen. Und eben das gefällt mir nicht. Hattest du nicht bisher immer versucht, derartige unkontrollierbare Fragwürdigkeiten zu vermeiden?«

Worauf Holden überaus aufrichtig erklärte: »Ich fühle mich sehr müde, völlig erschöpft – doch ich kann nicht schlafen.«

»Dann komm her, Richard, zu mir. Wobei du nicht befürchten mußt, daß ich mit dir eine Art Inquisition veranstalte. Ich verspreche, dir keine möglicherweise unbequemen Fragen zu stellen.«

»Karl, ich bin ganz einfach im Augenblick keinen intensiven Gesprächen gewachsen – worüber auch immer. Vielleicht sollte ich ein paar Schlaftabletten nehmen.«

»Soviel ich weiß, befinden sich bei dir keine derartigen Medikamente. Oder etwa neuerdings doch? Nein? Gut! Schließlich hatten wir uns beide fest versprochen: keinerlei Betäubungs-

oder Aufputschmittel in unserem Bereich – niemals!«

»Ja – das stimmt. Doch ich glaube, ich habe Fieber. Vermutlich doch diese lästige Grippe. Ich könnte zur Apotheke gehen. Die an der Ecke hat Nachtdienst.«

Huberts Stimme klang nun noch um Grade fordernder, bemüht ermunternd auch. »Ach was, vergiß das. Komm zu mir. Ich würde gerne mit dir die Nachtvorstellung eines Theaters besuchen – hier in unmittelbarer Nähe. Es wird dir gewiß gefallen. Zumal wir dort sehr willkommen sind. Zufällig verfüge ich bei einer der Darstellerinnen über vielversprechende Kontakte.«

»Ich weiß nicht recht«, sagte Holden gequält, »ob mir das guttun würde. Ich fühle mich wie unendlich verbraucht. Laß mich zu schlafen versuchen, Karl.«

»Du nimmst sofort ein Taxi«, entschied Hubert mit massiver Ermunterung. »Und dann werden wir uns hier amüsieren – so wie in alten, allerbesten Zeiten; wobei die alten Zeiten nur zwei, drei Wochen her sind, als noch alles zwischen uns und überhaupt normal war. Keine Widerrede! Du kommst.«

Holden kam. Er wurde kurz umarmt, willkommen geheißen, als sei nichts vorgefallen. Kein prüfender Blick, keine irgendwie anmaßend scheinende Frage. Nichts als freundschaftliche Geborgenheit, sich anbietende Herzlichkeit. Sie nahmen zunächst einen Drink – angerauchter schottischer Whisky auf Eis. Und dann begaben sie sich zu dem in der Nähe gelegenen Theater.

Dieses Unternehmen – weit abseits aller prall-verschwenderisch subventionierten Staats- und Stadttheater – war ein stallartig anmutendes Demonstrationsobjekt für extraordinäre, hochgesteigerte literarische Sonderwünsche. Dort wurde in den Nachmittagsstunden versucht, hellhörig gewordene Kinder mit Diskussionsmaterial zu versehen – doch allabendlich, nahezu mitternächtlich, war man bemüht, für angeblich bereits Erwachsene in Aktion zu treten.

»Ich liebe diese herrlich-hoffnungslos anmutenden Verblödungsversuche«, erklärte Karl Hubert dem Freund auf dem Weg dorthin. »Sie beweisen erneut die völlige Vergeblichkeit derartiger schöngeistiger Hirnmassagen. Denn allabendlich brüten hier, in dieser Millionenstadt, einige wenige Dutzend Zeitgenossen bemüht zeugungsträchtig vor sich hin, ohne irgend etwas davon zu begreifen, was ihnen da so geboten wird. Doch das geben die dann als geistiges Erlebnis aus. Du wirst sehen – so was kann umwerfend komisch sein!«

Diesmal erfolgte die Verlesung von Teilen eines Briefwechsels. Im Grunde wohl ziemlich unwichtig, zwischen wem der stattgefunden hatte – auf die Ausschnitte, Auszüge, Auslegungen kam es dabei an. Soweit erkennbar, handelte es sich um eine polnische Gräfin und einen französischen Romancier aus dem vorigen Jahrhundert. Beide behaupteten, sich zu begehren, einander heftig zugeneigt zu sein – also: sich zu lieben! Wobei es ihm wohl um ihr Geld ging, ihr um seinen Ruhm – daran gedachten sie wohl möglichst intensiv Anteil zu nehmen.

Das wahrlich nicht ganz Unraffinierte dieser Darbietung bestand dabei darin, daß diese beiden Briefpartner von zwei weiblichen Wesen dargestellt wurden. Die Ergüsse der Gräfin, einer gewissen Hanska, vermittelte ein sinnlich-vollfleischiges Wesen; die sich nahezu peinlich anbiedernden Verkaufsversuche des Poeten, keines anderen, geringeren als Balzac, stellte ein knabenhaft zartgliedriges Geschöpf dar. An die drei Dutzend Zuschauer bestaunten sie, wie wissend lächelnd; manchmal keuchten sie auch leicht – sie kamen sich vermutlich überaus elitär vor.

Doch unmittelbar nach dieser stark applaudierten literarisch-theatralischen Selbstbefriedigung wurde hier schnell wieder alles ›halbwegs normal‹. Die begeistert erscheinenden Betrachter entfernten sich in die Nacht hinaus, wohl geistvoll Gedachtes ausbrütend. Und die beiden Schauspielerinnen, noch leicht transpirierend nach soviel bereitwillig engagierter Anstrengung, fanden sich an der zu diesem Theater gehörenden Miniaturbar ein.

Dort wurden sie von Hubert, der zumindest eine von ihnen genauer kannte, herzlich willkommen geheißen. Er offerierte ihnen Champagner, was sie akzeptierten. Und dann stellte er ihnen seinen Freund vor.

Dieser schien unverzüglich ihr Wohlgefallen zu erregen. Denn sie sahen, da sie eben sehr weibliche Wesen waren, prompt in ihm das, was vielleicht nur äußerlich, doch sehr zwingend in Erscheinung trat: ein dekorativ männlich wirkendes Gesicht, angenehm ernst, umglänzt wie von sanfter Trauer; mit Augen, in denen helle Nächte aufzuleuchten schienen – Raffael hatte maskulin anmutende Engel ähnlich gemalt. Die Damen jedenfalls prosteten Holden hoffnungsvoll blinzelnd zu.

Die eine von ihnen, jene namens Sally, mutete jetzt noch weit kompakter, massiver, vollfleischig direkter an, als sie bereits schon auf der Bühne in Erscheinung getreten war – doch keinesfalls fett, träge, schwabbelig. Sie durfte vielmehr als prachtvoll animalisch bezeichnet werden, war also eine wundersam-verwirrende, beherrschend starke Mischung.

Während sich die andere, die Magda hieß, ungemein lässig gab, mit wie schwebenden Bewegungen. Ihre helle, reine, pergamentartig straff wirkende Haut umspannte einen knabenhaft-grazilen Körper. Sie schien von glasig-sprödem Wesen zu sein. Sie lehnte ihren breitschultrigen, auch ansonsten wenig weiblich ausgeprägten Oberkörper weit zurück, als biete sie dadurch ihren Unterleib fast vorwärtsdrängend an.

Beide, Sally und Magda, tranken den ihnen offerierten Champagner genußvoll schlürfend. Sie blinzelten sich lediglich zu – in schnellem Einverständnis. Hubert genoß das ungemein. Denn wieder einmal war er beglückt, geradezu stolz auf diesen Freund, auf dessen blendende Erscheinung und magische Anziehungskraft. Holden war eben einfach alles gegeben, was ihm niemals vergönnt gewesen war. Er liebte ihn. Wie den wundersamsten Wunschtraum seines Lebens.

Eine der Schauspielerinnen verkündete jetzt munter blinzelnd – wobei sie für die andere mitsprach: »Ich hoffe, Sie entschuldigen uns – nur für wenige Minuten. Wir müssen uns abschminken und so weiter. Aber dann sind wir ganz da.«

Sie entfernten sich – graziös trabend die eine, mit wiegendem Katzengang die andere. Holden sah ihnen fast traurig nach. Hubert betrachtete allein den Freund.

Dann wollte er von Holden wissen: »Nun – was meinst du? Sind die nicht herrlich!«

»Recht attraktiv, durchaus – auf ihre Weise.«

»Dann los, Richard, suche dir eine von ihnen aus, von mir aus auch alle beide – was natürlich nur ein Scherz ist. Mensch, ich versuche dich eben zu erheitern, abzulenken – was du offenbar dringend notwendig hast.«

»Mag sein«, gestand der Freund und tastete dabei über sein Gesicht, das fiebrig zu glänzen schien. »Doch ich fühle mich nicht gut; ich komme mir völlig ratlos, überfordert und zweckentfremdet vor. Ich weiß vermutlich gar nicht mehr, was ich will oder kann oder tun muß – bis auf eins.«

»Eine ganz bestimmte Person betreffend – nicht wahr?«

»Ja«, sagte Richard Holden bekenntnisschwer. »Was ich auch immer denke, mir vorstelle – sie gehört dazu! Wen ich auch sehe, ich sehe sie unmittelbar daneben, dahinter, wie beherrschend im Raum. Sie ist so – absolut einzigartig!«

»Ach was, Mensch!« rief ihm Karl Hubert robust fordernd zu, mit hoher Besorgnis auch. »Sie ist auch nur eine – unter zahllosen anderen! Nichts als ein Verbrauchsobjekt in dieser Konsumwelt mehr – ganz bewußt auf Nachfrage und Preis getrimmt. Du solltest sie schnellstens vergessen; also versuchen, dich von ihr zu befreien.«

»Kann man sich denn von einem wundersam-webenden Traum befreien?«

»Aber ja – indem man endlich aufwacht! Und dann wieder ganz realistisch zu denken beginnt. Und dazu, mein Freund, gehört auch jene scheinbar lapidare, doch wie ewig maßgebliche Erkenntnis: Nichts ist endgültig! Dieses Leben geht weiter. Alles ist nur ein Übergang.«

»Susanne jedoch nicht!« Holden lächelte dennoch; zerquält und hoffnungsvoll zugleich. Es war, als erblicke er nun, wieder einmal mehr, diese einzigartige, ihn beherrschende Person unmittelbar vor sich! Er sah sie in ihrer glühend sinnlichen Schönheit, die für ihn denkbar vollkommenste Erfüllung war. »Mich von ihr trennen – niemals.«

»Irgendwann einmal, Menschenskind, wirst du es dennoch tun, müssen – früher oder später! Und erfahrungsgemäß sollte das in solchen Fällen so früh wie nur irgend möglich geschehen – bevor dabei noch größere Mengen Herzblut vergossen werden, was zum Tod führen kann.«

»Das aber auch – bei einer Trennung von ihr!«

»Ach was, Richard, mein Freund! Selbst eine Todesanzeige von heute ist doch erfahrungsgemäß, nur wenige Monate später, nichts als eine verblassende Erinnerung an vorgestern. Finde dich damit ab. Schleppen wir also diese Damen auf meine Bude – die kommen bestimmt mit. Und dann werden wir weitersehen. Nun?«

»Nein, Karl – ich kann, ich will das nicht!«

»Was also heißt: dieser Susanne Sommer wegen nicht. Aber das, mein Freund, mutet nahezu irrsinnig an. Denn du vermagst offenbar gar nicht zu ahnen, immer noch nicht, wer und wie die wirklich ist – wozu die fähig sein kann. Willst du mich auch noch dazu zwingen, dich massiv aufzuklären?«

Worauf Holden heftig warnend ausrief: »Mische dich da nicht ein, Karl!«

»Mein Gott, Richard – diese Person mißbraucht, verunsichert, zerstört dich! Ein Blick auf dich genügt – du bist zutiefst gezeichnet. Völlig am Ende.«

Holden löste sich, geradezu fliehend, von seinem Freund. Er stürzte hinaus, ins Freie und lehnte sich, unendlich erschöpft, gegen eine Hauswand. Die Wand war weiß; sein Gesicht schimmerte noch weißer.

Wie erstickt murmelte er: »Ich liebe diese Frau. Und niemand vermag das zu verstehen.«

Hubert, der ihm gefolgt war, betrachtete den Freund mit heftig besorgter Anteilnahme – Holden so überaus hingebungsvoll leiden zu sehen, schmerzte ihn zutiefst. Er litt mit ihm. Er liebte unsagbar diesen, in seinen Augen einzigen wertvollen Menschen. Holdens Stimme bebte jetzt, krankhaft-fiebrig; seine Augen flackerten, seine Hände zitterten wie die Flügel einer schwer verwundeten Taube beim endgültigen Absturz.

»Beruhige dich, bitte – bitte beruhige dich!«

»Ich komme mir vor«, bekannte Richard Holden kaum vernehmbar, kurz davor, in sich zusammenzusinken, »als wäre ich am Ende. Als wäre nun alles um mich und in mir zusammengebrochen. Aber ich will es nicht wahrhaben!«

»Das mußt du auch nicht. Das gedenke ich nicht zuzulassen. Niemals!«

Doch dieses Versprechen vernahm Richard Holden nicht mehr. Also vermochte er auch nicht zu erkennen, welch ein ungeheuerlicher Vorsatz sich dahinter verbarg. Er schloß seine Augen. Sein Gesicht glänzte strichweise wie magisch auf – dort, wo die Tränen darüberliefen.

Dann brach er zusammen. Hubert schleppte ihn ab. Und nun schien auch er zu weinen.

Der Herausgeber und Chefredakteur der örtlichen *Tageszeitung* – sein Name war Gutmann – hatte seine laufende Arbeit kurz nach Mitternacht beendet. Und die begutachtete er nun – also sein neuestes Blatt, das jetzt im Andruck vor ihm lag. Er betrachtete es mit Wohlgefallen, es würde die von ihm erstrebten Verkaufszahlen garantiert nicht sinken lassen.

Denn da war, wie er gemeinhin zu sagen pflegte, »wieder alles drin und dran«! Also: eine schön-erschaudernde Gewalttat dickzeilig auf der ersten Seite – Mann erschlägt Frau und drei Kinder; versucht dann, vergeblich, Selbstmord zu verüben. Weiter: ›Sie verkaufen Liebe und Lust‹ – mithin das neueste Kapitel einer erfolgreichen Serie vom Nachtleben dieser Großstadt. Sodann: Holzhammerkritiken, Gesellschaftsklatschsucht, Marktfrauenfreundlichkeiten, Stammtischhumor, Anzeigenergänzungen durch redaktionelle Schaumschlägereien. Dazu dann noch, einigermaßen vorsichtig, sanfte Anpöbeleien in politischen Bereichen, mit Beihilfe diverser Parteien. Die ließen sich bereitwillig gegeneinander ausspielen.

Das alles genoß Gutmann. Er war eben ein erfolgreicher, zum Teil sogar recht angesehener, zumindest meist respektierter Zeitgenosse. Doch ein so großes Arschloch – hatte er selbst einmal gutgelaunt alkoholisiert gesagt –, um all denen Platz zu bieten, die sich dort hineinzudrängen versuchten, besaß nicht einmal er. Und nun, da er erneut weitzeugend am Werk zu sein gedachte, wollte er auch ein Glas Rotwein genießen – oder eben zwei davon.

Dabei empfand er es zunächst nicht als Störung, als sich Frank Schwarz in sein Büro hereindrängte. Dieser gab sich zwar, wie stets, reichlich forsch, also wohl zu wenig dezent-ergeben ihm gegenüber. Doch immerhin war der ein absolut erstklassiger Mann, von seiner hier maßgeblichen Sicht aus: ein Anschlepper, Aufspürer und Aufreißer mit beachtlichen Talenten. Ein potentieller Auflagesteigerer also. Ihm bot er ein Glas von seinem Rotwein an – eine ungewöhnlich anerkennende Auszeichnung.

»Nun, mein Lieber – was gedenken Sie mir denn diesmal Schönes anzubieten?«

»Nun – vielleicht nicht nur einiges in meiner üblichen Größenordnung.« Schwarz prostete seinem Chefredakteur zu. »Diesmal möglicherweise sogar – erheblich mehr.«

»Fein!« Gutmann reagierte erfreut, aber auch vorsichtig. Denn dieser Schwarz pflegte seine Angebote mit Preisforderungen zu verbinden – der war nicht gerade billig; doch Sonderausgaben lohnten sich in diesem Fall fast immer. »Ihre letzte große Serie – Selbstmord aus Lebensangst und Sittenverwilderung mit Kindervergewaltigung – war Klasse!« Also: allerbestes Lesefutter. »Mit ausgezeichnetem Hintergrundmaterial! Sollten Sie etwa noch mehr davon auf der Pfanne haben?«

»Einen ganz dicken Hund – sozusagen.«

»Dann servieren Sie mir den mal, Schwarz!« Der Journalist erhielt noch ein Glas Rotwein, einen Medoc 66; der Herausgeber bemühte sich sichtlich um ihn. »Am liebsten wäre mir eine ganze Serie – etwa nach dem stets bewährten Slogan: Die Mörder sind mitten unter uns! Die sitzen neben dir im Kino, hocken in derselben Kneipe, lungern bei deinem Wohnblock herum. Jeder – kann es sein!«

»Jeder – jawohl! Sogar ein Polizist.«

»Warum nicht? Schwarze Schafe gibt es schließlich überall. Ich verweise da nur auf den Bericht über einen durchdrehenden Streifenpolizisten, den wir erst neulich publiziert haben. Der war jedoch leider nicht von Ihnen. Dabei hat Ihr bewährter, befeuernder Schreibschwung gefehlt. Jedenfalls hatte bei diesem Vorgang ein sogenannter Hüter der Ordnung einen von ihm gestellten, für verdächtig gehaltenen Passanten brutal zusammengeschlagen; krankenhausreif! Was dann mit Recht mächtigen Staub aufgewirbelt hat. So was nenne ich fortschrittliche Aufklärung. Können Sie ähnliches anbieten?«

»Weit mehr!« versicherte Frank Schwarz hoffnungsfreudig. Zumal er nun seinen Herausgeber Gutmann eine weitere Flasche von diesem blutrot funkelnden Medoc 66 öffnen sah – woraus ihm unverzüglich, randvoll, eingeschenkt wurde. »Was würden Sie denn davon halten: die Polizei – dein Mörder!«

»Hört sich gut an – ist aber an sich nicht ganz neu. Denn Polizisten als Mörder hat es bereits mehrere gegeben, wenn auch zumeist im Privatleben, so doch mit Gebrauch der Dienstwaffe: Frau tot, Freundin tot, Hausgenosse über den Haufen geschossen! So was, ich bitte Sie, ist doch fast Alltag.«

»Aber nicht dann, wenn es sich dabei etwa um den Chef einer Mordkommission handeln sollte – und zwar gleich um den hier wohl maßgeblichsten! Vermögen Sie sich vorzustellen, daß der bei derartigen Fällen nicht nur kräftig mitmischt, sondern sogar selbst einige davon inspiriert? Also veranstaltet. Was würden Sie dazu sagen?«

»Stopp!« rief Gutmann jetzt alarmiert aus. Wenn er hier auch zumeist lediglich Finanzfunktionen ausübte, so zögerte er doch niemals, zu demonstrieren, daß er wichtige Gesellschaftsfunktionen darzustellen gedachte, sich dazu verpflichtet fühlte. »Ich fürchte, mein Lieber – so geht das nicht!«

»Doch – genau das läßt sich machen! Denn ich verfüge da über einiges Material, mit dem sich eine ganze Menge anfangen läßt. Sie brauchen es mich nur ausspielen zu lassen.«

»Mann Gottes – warum sollte ich!« rief Gutmann ehrlich besorgt aus. »Damit könnten wir uns in ein Sumpfgebiet hineinbegeben, in dem wir ersaufen – alle beide!«

»Nicht bei den Unterlagen, die ich Ihnen zu liefern gedenke«, versprach Schwarz. »Es handelt sich um ein Feuerwerk sondersgleichen. Unsere Leser werden da nur noch Bauklötze staunen – dafür garantiere ich! Wollen Sie Einsicht in mein Material nehmen?«

»So was, Mann, ist doch pure Scheiße!« erkannte Gutmann ziemlich unbeirrbar. »Sie übersehen offenbar, wer eigentlich der wohl wichtigste Nachrichtenlieferant für unser Metier ist – eben diese Polizei!«

»Die aber selbst in sich zutiefst verseucht zu sein scheint – was ich zu beweisen gedenke. Und das auch kann. Ich beabsichtige, diese kriminalen Amtsratten aus ihren letzten Schlupflöchern zu locken! Und dazu kann ich Ihnen einfach umwerfende Recherchen anbieten. Sie brauchen mir nur freie Hand zu lassen.«

»In meiner Zeitung, die unter meinem Namen erscheint, für die ich voll verantwortlich bin? Wie stellen Sie sich das vor! Nur ein kleiner Fehler dabei – und die hauen uns in ihre Pfanne, Schwarz.«

»Es darf eben und wird auch keinen Fehler geben, Gutmann! Lassen Sie das meine Sache sein.«

»Ich bin doch nicht behämmert, Mensch! Erwarten Sie denn allen Ernstes von mir, daß ich mich auf eine massive Konfrontation ausgerechnet mit der Polizei einlasse? Soll ich etwa den Ast, auf dem wir ziemlich sicher sitzen, einfach ansägen lassen?«

»Nun ja«, erklärte er dann weiter, »irgendeinen niederen Polizeibeamten können wir immer aufs Korn nehmen. So was kann volkstümlich sein. Doch Sie zielen offenbar gleich bis ganz nach oben – aber das könnte bis in die Politik hineinreichen. Sollten Sie etwa beabsichtigen, den Polizeipräsidenten, mit dem ich so gut wie befreundet bin, über einen seiner allernächsten Mitarbeiter fertigzumachen?«

»Darum, Gutmann, geht es mir nicht!«

»Doch eben das, Schwarz, könnte der dabei zum Vorschein kommende Endeffekt sein, auf den ich mich nicht einzulassen gedenke. Ich jedenfalls stehe einer eindeutig-demokratischen, freiheitlich-meinungsbewußten Zeitung vor. Und die lasse ich nicht in eine mögliche Klärgrube für radikale, vielleicht auch sehr persönlich getönte Daseinsbetrachtungen umfunktionieren! Ich bewahre Sie also, Schwarz, davor, hier horrende Dummheiten zu begehen.«

»Und wenn ich mich mit meinem Material einer anderen Zeitung anvertrauen sollte – was dann?«

»Werden Sie nicht, Schwarz! Denn bei uns verdienen Sie bestens – sowohl durch das, was Sie liefern, aber auch von dem, daß Sie wohl einiges wissen, doch eben nicht darüber schreiben. Das sage ich Ihnen ganz offen. Und genau das wird Ihnen auch jeder andere Zeitungsherausgeber sagen, an den Sie sich möglicherweise heranzuwanzen versuchen. Es gibt eben gewisse Tabus – und eben die sollte ein so cleverer Mann wie Sie schon längst erkannt haben.«

Karl Hubert schien nunmehr lediglich einen morgendlichen Spaziergang zu unternehmen. Er schlenderte, wie einer frühen Arbeit lässig entgegen, durch die Straßen beim Westpark auf ein Miethaus in der Wienerwaldstraße zu; jenem mit der Nummer 43. Also zu diesem kastenartig breitflächigen Gebäude hin, in dem auch Susanne Sommer wohnte.

Er hatte irgendeine der drei in dieser Stadt konkurrierenden Boulevard-Zeitungen an irgendeiner Ecke gekauft – doch nicht darin gelesen. Vielmehr hatte er sie wie automatisch auseinandergefaltet, um ihre penetrant prall-deutliche Frontseite nicht in Erscheinung treten zu lassen. Dort wurde, und zwar freudigempört, von einem Überfall mit Todesfolge berichtet: Terrorgangster mordet Gemüsefrau! Ein Vorgang, der für ihn schäbigster Alltag war. Und als Reklameausträger für Sensationsblättchen gedachte er sich nicht mißbrauchen zu lassen.

Er genoß seine wie hinter dicken Glasscheiben nur mühsam in Erscheinung tretende, also überaus wirksame Unscheinbarkeit – diesmal sogar ganz besonders. Kein Taxifahrer sah in ihm einen Kunden, kein frühes Freudenmädchen blinzelte ihn an oder blickte sich nach ihm um. Selbst nun bereits einsam herumflanierende Frühgreise, einige mit Hund, schienen ihn als völlig unbemerkenswert zu empfinden. Er war eben ein grauer Mann.

Er öffnete die Haupttür jenes Hauses Wienerwaldstraße 43; und zwar mit einem der von ihm gesammelten Nachschlüssel – ohne jede Komplikation. Schließlich existierte für ihn kein Schloß, das sich irgendwie als ein Hindernis erwies. Auch auf diesem Gebiet durfte er als Fachmann sondersgleichen bezeichnet werden. Hubert begab sich in die stehgrabartig schmale Fahrstuhlkiste hinein und ließ sich bis zum fünften Stock hinauf befördern.

Dort stieg er aus und gelangte in einen klebrig-verwohnten, nur flüchtig gereinigten Korridor. Dessen Wände schienen von feuchten, nach Halt suchenden Händen betastet worden zu sein. Es roch stark nach Desinfizierungsmitteln niedrigster Preisklasse – nach nichts anderem zunächst.

Hubert begab sich nunmehr zu jener Tür, auf welcher die Nummer 503 angebracht worden war; in bronzeschimmernden Plastikziffern. Und hier stand er, vorgebeugt, lauschend – mit leicht geschlossenen Augen; jetzt dominierte sein Gehörsinn. Wobei dann sogar das, was man als ›timing‹ bezeichnen würde, von einem Mann wie ihm voll beherrscht wurde.

Denn er wußte: Die Bewohnerin der Nummer 503 – zwei Zimmer, Küche, Bad, kleiner Flur, 82 Quadratmeter insgesamt – pflegte an fünf Tagen in der Woche – und dies war einer davon – gegen neun Uhr das Büro des sie beschäftigenden Börsenmaklers aufzusuchen. Und bei einer stets so überaus bewußt dekorativ in Erscheinung tretenden Person wie dieser Susanne, zumal in derem bereits fortgeschrittenen Alter, bedeutete das: Sie stand gegen sieben Uhr auf.

Dabei ließen sich ihre Tätigkeiten ab diesem Zeitpunkt ziemlich exakt berechnen. Sie waren auch erkennbar, vielmehr hörbar. Etwa durch dabei erzeugte Geräusche, die von der dünnen Tür regelrecht eingefangen wurden.

Geräusche wie diese: Eine Wasserspülung trat heftig gurgelnd in Aktion – also hatte sie ihre Toilette benutzt. Dann wurde Kaffeewasser aufgesetzt – in einem scharf scheppernden Metallkessel, der alsbald kochte. Sodann lief, mit rauschender, fast dröhnender Fülle, Wasser in die Badewanne ein. Fast würgende Stille danach – empfand Karl Hubert. Zu seiner hoffnungsvollen Erleichterung vernahm er dann ein munter klingendes Plätschern – also genau das, worauf er gewartet hatte: Sie war in der Badewanne!

Hubert brauchte sich nicht umzusehen – er horchte um sich herum, in diesen Korridor hinein; der war leer. Er roch keinen Menschen, kein Tier. Die anderen Bewohner in diesem Stockwerk, das wußte er, waren Nachtarbeiterinnen und sonstige Spätaufsteher: ein Kellner, ein Koch, ein Serviermädchen; dazu zwei Musiker, auch eine Art Künstler.

Hubert zog sich fast zeremoniell Lederhandschuhe an. Dann brachte er einen weiteren, wie bereits griffbereit vorhandenen Nachschlüssel hervor. Mit dem öffnete er die Wohnungstür. Geräuschlos. Was er erfahrungsgemäß gar nicht nötig hatte – denn ein Mensch in einer Badewanne befand sich wie in einer ziemlich tönenden, schalldichten Grube.

Er bewegte sich zielstrebig vorwärts. Diese Wohnungen glichen zu Tausenden wie ein Ei dem anderen; sogar die Einrichtungen. Ihm war es gegeben, in seiner Praxis zahlreiche Tatorte exakt beschreiben zu können, ohne sie jemals gesehen zu haben – der Einblick in einen Bauplan genügte dabei völlig. Die von diversen Versandhäusern diktierten Kasernierungen des Daseins reichten bis in Toiletten und Schlafzimmer hinein.

Also betrat er zielstrebig das Bad, dessen Tür weit offen war. Und dort sah er sie liegen. In praller Nacktheit – die zu verbergen sie keinerlei Anstalten machte. Was sie ja auch, erkenntnisgemäß, gar nicht notwendig hatte.

Susanne blickte ihn empört-verweisend an. »Was – erlauben Sie sich? Was – haben Sie hier zu suchen? Wer – sind Sie?«

Hubert schien sie nicht zu beachten, das auch gar nicht zu wollen, besser gesagt, nicht mehr zu müssen. Denn im Bruchteil von Sekunden hatte er erkannt: Was da vor ihm in Erscheinung trat, war eine glattschöngelackte Larve, mit dem Kopf einer sinnlichen Katze, dem Körper eines schuppenlos glänzenden Fisches – stark anziehend und überaus abstoßend zugleich! Von entsetzlicher Unbegreifbarkeit. Kaum ein Anhauch eines menschlichen Geruches dabei.

Karl Hubert blickte nunmehr prüfend um sich – alles sicher registrierend, was er sah. Vor allem die Tischlampe, die auf dem Schminktisch stand, in unmittelbarer Nähe der Badewanne. Auf die ging er zu – die schaltete er ein.

Dann hob er diese Lampe, gleich einer rosigen Fackel, über sich – sie überzog sein strengblasses Gesicht mit morgenrötlich schimmernden Farben. Seine Augen flackerten wie geblendet auf. Doch dann starrten sie, ganz groß, wie einem letzten, endgültigen Ziel entgegen: auf diese Person, deren Dasein für ihn die absolut schamloseste Nacktheit war. Die Frau, die seinen Freund zerstört hatte, war zu zerstören!

Karl Hubert warf die eingeschaltete Lampe mit kraftvollsicherer Bewegung in die Badewanne, in der Susanne Sommer lag.

Und dort zuckten wildgrelle Lichtfetzen auf, die von scharf versengender Zerstörung waren: heftig prasselnd, flächenhaft auflodernd, feuerwerkartig bunt zugleich. Alsbald wie im parfümierten Wasser ertrinkend, von dem aufgesogen, um dort gurgelnd zu ersterben. Ein allerletztes Erzittern schien aufzukommen.

Danach lebte Susanne Sommer nicht mehr.

Richard Holden wurde vierundzwanzig Stunden später in seiner Wohnung, Europa-Center, Apartment 403, tot aufgefunden. Er lag auf dem Fußboden. Auf dem Tisch über ihm befand sich ein aufgeschlagenes Buch mit Bildern von Bosch.

Die wohl zuletzt von ihm betrachtete Reproduktion eines Gemäldes dieses unheimlichen Meisters allerletzter Erkenntnisse war ein Flügel des Triptychons, genannt ›Der Garten der Seligkeit‹. Und zwar der rechte Teil davon – ›die Hölle‹ darstellend. Holdens weit ausgestreckte, nunmehr erstarrte Hand schien darauf hinzuweisen.

11

»Der äußerliche Vorgang, meine Herren, ist Ihnen bekannt. Dabei handelt es sich um ein Schreiben des Journalisten Frank Schwarz an mich. Und in diesem werden, wenn auch wohl mit der gewiß gebotenen Vorsicht, diverse Verdächtigungen vorgebracht, speziell gegen einen leitenden Kriminalisten unseres Hauses.«

Der Polizeipräsident hatte die nach ihm maßgeblichsten Beamten seiner Verfolgungsbehörde zu sich gebeten: den Kriminaldirektor, auch genannt ›das Pferd‹, und den Polizeidirektor, der im Amt, nicht nur scherzhaft gedacht, als ›die Eiche‹ bezeichnet wurde. Beide standen dem Präsidenten, rangordnungsgemäß nahezu gleichwertig, am nächsten – und einer von ihnen würde, falls er versagte, vermutlich sein Nachfolger werden. Beide waren gerne dazu bereit.

»Ist denn diese Angelegenheit immer noch nicht erledigt?« schnaufte der Kriminaldirektor auf. »Schließlich haben Sie bereits diesem Schwarz einen ziemlich scharfen, klärenden Brief geschrieben – und mir eine Kopie davon zukommen lassen, wofür ich danke.«

»Auch ich«, versicherte der Polizeidirektor, wie stets knorrig-unzugänglich wirkend, »habe eine Kopie davon zur Kenntnis genommen. Woraus jedoch zu erkennen war, daß Sie diesem Menschen, Herr Präsident, weitere Aufklärungen, nach intensiven Nachforschungen, in Aussicht gestellt hatten; sehr höflich entgegenkommend.«

»Habe ich, allerdings. Und auf denen besteht er nun!«

»Dann werden wir das wohl auch versuchen müssen, Herr Präsident – wenn wir die Presse nicht, wie man so sagt, vor den Kopf stoßen wollen.«

»Da gibt es doch gar nichts aufzuklären!« rief der Kriminaldirektor empört aus. »Auf so was hat ein notorischer Dreckaufwühler wie dieser Schwarz nicht den geringsten Anspruch. Dem gedenke ich meinen, also unseren besten Beamten nicht auszuliefern. Ich muß doch sehr bitten! Ein Schmierant wie Schwarz und ein kriminalistisches Genie wie Hubert – dazwischen liegen doch Welten!«

»Dazwischen liegt unser Amt!« gab der Präsident zu bedenken. »Und das ist dazu verpflichtet, der sogenannten Öffentlichkeit, von wem auch immer dargestellt, jede gewünschte Auskunft zu erteilen. Bei den auf diese Weise geäußerten Verdächtigungen gegen Herrn Hubert kann man nicht schweigen. Die muß man klären!« Der Polizeipräsident stellte das nicht ohne Bedauern, doch klar fordernd fest. »Bereinigen – so wirksam wie nur irgend möglich.«

»Das«, meinte nun der Polizeichef, demonstrativ unerschütterlich, »ist auch meine Ansicht! Ein Ausweichen würde die schwelenden Verdachtsmomente nur verschlimmern. Ich plädiere für reinen Tisch!«

»Ich auch«, stimmte der Präsident zu.

»Nun gut«, schlug unverzüglich der Kriminaldirektor wie entschlossen vorwärtstrabend vor, »dann empfehle ich die Einsetzung einer Untersuchungskommission. Ich wäre bereit, diesen Vorsitz zu übernehmen.«

»Was als ein recht subjektives Unternehmen bezeichnet werden könnte!« warnte der Polizeidirektor. »Wir müssen allerhöchste Objektivität anstreben – um nicht möglicherweise in den Verdacht zu geraten, daß hier ein Kollege von Kollegen abgeschirmt werden soll.«

»Und so was trauen Sie mir zu?« Der Oberste der Kriminalen wieherte den Boß der Polizisten geradezu streitbar warnend an.

»Ich doch nicht! Aber andere könnten das sehr schnell tun.«

»Stopp, meine Herren!« Der Polizeipräsident hob abwehrend, mit leicht entsetzter Geste, beide Hände. »Im Grunde erstreben Sie beide, und ich ja auch, das gleiche – eine möglichst überzeugende Klärung. Und die kann hier vielleicht nur einer schaffen. Also jener Mann, dem doch wohl unser gemeinsames, uneingeschränktes Vertrauen gehört.« Er brauchte dessen Namen nicht auszusprechen – es war Keller, der große alte Mann mit seinem Hund. »Akzeptiert?«

Keiner der Anwesenden hatte irgendeinen Einwand – einem Keller gegenüber wäre das wohl kaum angebracht gewesen. Der Polizeidirektor war erneut ganz knorrige Eiche; der Kriminaldirektor wieder ein gewichtiges, startbereites Vollblutpferd. Dieser Keller besaß schließlich einen Vorzug sondergleichen: Er war mit Leib und Seele Kriminalist.

»Also – übereinstimmend akzeptiert!« stellte der Polizeipräsident nicht ohne Erleichterung fest. »Dann also – Keller kann kommen!«

Keller kam. Und wie erwartet gemeinsam mit seinem Hund. Dieser streckte sich, im Büro des Polizeipräsidenten angelangt, auf dem Mittelornament des Teppichs aus, während sich sein menschlicher Freund den bequemsten Stuhl aussuchte.

Der Polizeipräsident eröffnete dieses Gespräch nahezu schwungvoll. »Verehrter Herr Keller! Ich gedenke Sie nun – und zwar im völligen Einvernehmen mit meinen beiden Stellvertretern – mit einer höchst heiklen, jedoch auch überaus wichtigen Mission zu betreuen.«

»Wovor ich nur warnen kann, Herr Präsident. Denn ich übe meinen Beruf nicht nach Wünschen und Weisungen aus, vielmehr so, wie ich das verantworten zu können glaube. Sagen wir mal: vor meinem Gewissen.«

»Bekannt, Herr Keller! Das wird Ihnen auch uneingeschränkt zugestanden – und eben deshalb werden Sie mit dieser Aufgabe betreut. Sie wissen zum Teil schon, worum es sich dabei handelt.«

»Um den Journalisten Schwarz, vermutlich.«

»Und eben dazu noch um Kriminalhauptkommissar Hubert. Jener Brief, den Schwarz mir geschrieben hatte, ist Ihnen bekannt; auch meine Antwort darauf. Dabei habe ich Schwarz versprochen, ihn über Ergebnisse weiterer Nachforschungen zu unterrichten. Und darauf besteht er nun.«

»Dann soll er kommen; direkt zu mir. Ich habe, als Todesermittlungsbeamter, den Endvorgang Richard Holden noch einmal intensiv überprüft. Alles dabei ist absolut einwandfrei beweisbar, bis hin zu letzten winzigen Kleinigkeiten. Es war ein Selbstmord.«

»Diese Behauptung, Herr Keller, akzeptiere ich gerne voll und ganz. Denn Ihre Untersuchungsergebnisse haben sich immer wieder sozusagen als rechtsmedizinische Glanzpunkte in unserem Amt erwiesen. Sie werden gewiß auch diesen Schwarz überzeugen – in diesem Punkt bin ich ganz sicher. Doch was, bitte, ist mit den anderen, von diesem Menschen vorgebrachten indirekten Verdächtigungen? Auch die müssen aus der Welt geschafft werden!«

»Heißt das – Sie versuchen mich, ausgerechnet mich, auf Hubert anzusetzen?« Keller wirkte nun leicht erheitert; und auch sein Hund schien belustigt zu blinzeln. »Was, bitte, versprechen Sie sich davon?«

»Eine möglichst letzte Klärung aller dieser Vorgänge! Zumindest jener zwei Todesfälle, die nach Schwarz ganz direkt als zusammenhängend vermutet werden – Sommer und Holden. Und das mit dem behaupteten Bindeglied Hubert. Derartig heikle Verdächtigungen müssen aufgeklärt werden – so oder so. Und das, Herr Kollege Keller, ist die Ihnen gestellte Aufgabe.«

»Glauben Sie denn wirklich zu wissen, wer Hubert ist?«

»Weiß ich. Der nach Ihnen gewiß genialste Kriminalist unseres Amtes. Um so wichtiger erscheint mir eine möglichst endgültige und überzeugende Klärung. Ich stelle Ihnen alles zur Verfügung, was Sie irgendwie benötigen – unseren gesamten Apparat.«

»Und mit welchem erhofften Ergebnis?«

»Herr Keller, Sie klären; klären auf. Denn nur Sie sind – falls sich das als notwendig erweisen sollte – einem Hubert gewachsen! Danach erstatten Sie mir Bericht – in allen Einzelheiten. Das Weitere überlassen Sie mir.«

»Nein, Herr Präsident!« erklärte nun Keller leicht lächelnd, doch schien er lediglich seinen Hund zu meinen. »Wohl bin ich bereit, mich auf diese von Ihnen geforderte Untersuchung einzulassen. Jedoch nur unter einer Bedingung: Das Ergebnis dieser Untersuchung muß als endgültig hingenommen, also entsprechend bestätigt und verwertet werden. Anders mache ich es nicht.«

»Bei jedem anderen, Herr Keller, müßte ich wohl eine derartig weitreichende Forderung als Erpressung bezeichnen. Doch bei Ihnen habe ich das gewiß als einen sehr durchdachten Vorschlag zu registrieren, den ich vermutlich akzeptieren muß.«

»Ich erlaube mir, Ihnen das zu raten, Herr Präsident.«

»Und ich befolge Ihren Ratschlag, Herr Keller.« Das klang vertrauensvoll zustimmend. Doch gleich die nächsten Worte signalisierten dann wieder die besorgte Unruhe, die diesen Herrscher – nicht Beherrscher – von etlichen Tausenden Polizeibeamten überfallen hatte. »Derartige Vorgänge scheinen mir überaus gefährlich. Nicht auszudenken, was geschehen könnte, wenn einer unserer allerbesten Kriminalbeamten überführt werden könnte, in kriminelle Delikte verwickelt zu sein. Dabei würde es auch um mein Amt gehen.«

»Was niemand von uns will.«

»Danke, lieber Herr Keller. So was höre ich gerne; das gibt mir Hoffnung. Welche Zeitspanne glauben Sie zu benötigen, um eine überzeugende Klärung herbeiführen zu können?«

»Etwa drei Tage, und dann noch drei Stunden. Die Tage für die notwendigen Vorbereitungen, Recherchen, Ermittlungen – die Stunden lediglich für ein Gespräch mit Hubert. Danach dürfte vermutlich alles geklärt sein.«

Das ›amtlich klärende‹ Gespräch mit Karl Hubert, Kriminalhauptkommissar dieses Amtes, Chef der Mordkommission eins, fand in dessen Büro statt. Keller suchte ihn auf, gemeinsam mit seinem treuen Begleiter. »Nun ist es wohl soweit.«

Hubert – klein und stämmig wirkend, doch unendlich zäh und gelassen auch – hatte für diese ihm seit langen Jahren vertrauten Besucher alles vorbereiten lassen, was sie erfahrungsgemäß zu erfreuen vermochte: also nicht sprudelndes doch kühles Mineralwasser und dünne Scheiben Tilsiter Käse für den Hund; weiter ein gut gepflegtes Bier für Keller. Beide nahmen das ihnen Offerierte gerne entgegen.

»Du also«, sagte dann Hubert, ebenso aufmerksam wie neugierig, »bist vermutlich gemeinsam mit deinem unvermeidlichen Hund als eine Art Untersuchungskommission über mich eingesetzt worden. Denn seit drei Tagen, wurde mir berichtet, hast du mir nachgespürt. Sozusagen ganz offiziell; was ich akzeptiere, bei dir wohl akzeptieren muß. Doch mit welchem Ergebnis, Keller?«

»Genau mit dem, Hubert, das du von mir erwarten mußt.«

Hubert lachte auf – leicht rauh und auch heftig, wie um seine Gedanken zu verdrängen. »Du weißt also alles – glaubst das zumindest zu wissen; wieder einmal mehr. Und das vermutlich sogar mit erheblicher Berechtigung, wie ich dich kenne. Doch mit welchen Einzelheiten wirklich?«

Keller schlürfte von seinem Bier. Dabei betrachtete er besorgt-anteilnehmend seinen geliebten Hund; der lag lang ausgestreckt da, leicht keuchend. »Das sind reichlich anstrengende Tage für uns gewesen. Mein kleines Kerlchen wollte mir manchmal dabei vorkommen, wie kurz vor einem Herzinfarkt. Zumindest heftige Kreislaufstörungen sind bei dem zu befürchten.«

»Das Keller, mein Verehrter, hättest du ihm und dir ersparen können. Eine aufrichtige Unterredung zwischen uns, also unter vier beziehungsweise sechs Augen, jene deines Hundes mit einbegriffen, hätte genügt. Ich hätte dir dann all das gesagt, was du inzwischen aufgespürt hast.«

»Das glaube ich dir sogar, Hubert. Nur gedachte ich dabei absolut sicherzugehen, also nichts zu übersehen; nichts, was du möglicherweise vergessen willst, was mich aber gerade deshalb interessiert. Ansonsten jedoch nehme ich gern deinen Vorschlag an. Du gedenkst mir also alles zu erzählen? Mit jeder Einzelheit?«

»Warum sollte ich da zögern, Keller? Denn nur dich, dich allein, akzeptiere ich – in diesem Brutstall der ängstlichen Absicherer. Denn ich bin sicher, daß du mich, meine Beweggründe, meine Motive zu begreifen vermagst.«

»Nun gut, Hubert! Dann versuchen wir doch mal, das alles möglichst greifbar zu verdeutlichen. Beginnen wir dabei mit dem Selbstmord deines Freundes Richard Holden – den du sehr geliebt hast, nicht wahr?«

»Den ich sehr geliebt habe, ja!« bestätigte Karl Hubert – doch mit der unüberhörbar eindeutigen Feststellung: Das war Vergangenheit. »Ich habe jedoch niemals, auch in dunkelsten Traumvorstellungen nicht, angenommen, daß er sich selbst umbringen könnte. Dafür reichte wohl selbst meine Fantasie nicht aus.«

»Ein Vorgang also, der dich sehr getroffen hatte.«

»Anfangs schon. Dann bald nicht mehr. Man könnte es so sagen: Ich hatte mich in ihm getäuscht – oder eben: Er hat mich enttäuscht! Maßlos. Er war offensichtlich diesem Dschungeldasein nicht gewachsen, war also keiner von denen, wie ich stets gehofft hatte, die Kraft genug besitzen, dennoch überleben zu wollen. Vielmehr erwies er sich, im Endeffekt, als der geborene Verlierer.«

»Daß du das so sehen würdest, sogar mußt, habe ich mir gedacht.« Keller nickte seinem Hund ermunternd zu – der verspeiste, mit einiger würgender Wonne, mühsam die Reste des ihm offerierten Käses. »Wobei der Selbstmord deines Freundes ein kriminalistisch-juristisch einwandfrei nachweisbarer Vorgang gewesen ist. Was jedoch – frage ich mich, und nun dich – ging dem voraus? Was war der Anlaß dafür? Das sozusagen auslösende Element?«

»Genau das, was du vermutest, Keller – der Tod dieser Susanne Sommer.« Hubert stellte es fest, als habe er lediglich einen Posten irgendeiner Lebensaufrechnung zu fixieren. »Bei der hat es sich jedoch lediglich um einen Unfall gehandelt, ausgelöst durch Elektrizität. Solche Unfälle im häuslichen Bereich kommen jährlich tausendfach vor.«

»Dabei scheint sich aber, Hubert, eine ebenso merkwürdige wie auch wohl recht bemerkenswerte Übereinstimmung zu ergeben. Denn die erste Frau deines Freundes Richard Holden ist, bei Lugano im Tessin, vor etwa zehn Jahren auf fatal ähnliche Weise umgekommen. Wobei du dich, zum Zeitpunkt ihres Todes, dort aufgehalten hast. Und nun – auch hier?«

»Solltest du das etwa zu beweisen versuchen, Keller? Ich bitte dich – die diesbezüglichen Akten in Lugano sind schon längst abgeschlossen; mit dem eindeutigen Beweisergebnis: Es war ein Unfall! Und zu dem gleichen Endergebnis wird man auch hier kommen. Da bin ich sicher – trotz deiner Nachforschungen.«

»Allzu sicher solltest du da lieber nicht sein, Hubert. Ich könnte, wenn ich wollte, in diesen Vorgang etliche Verunsicherungen einbringen. Da ist zum Beispiel registriert worden: die Lieferung von Nachschlüsseln durch das Einbruchdezernat an dich.«

»Das geschah bereits vor einigen Wochen. Und zwar zwecks vergleichender Nachprüfungen in einem noch nicht voll abgeschlossenen Mordfall.«

»Diese Schlüssel passen aber zufällig auch zum Haus und der Wohnung jener Susanne Sommer.«

»Die lassen sich zu neunzig Prozent aller Schlösser passend machen! Dabei handelt es sich um das große Spezialbesteck unseres Einbruchdezernates; von jedem Fachmann mühelos zu handhaben. Ohne irgendwelche Spuren zu hinterlassen.«

»Und dein Alibi – für die fragliche Zeitspanne?«

»Ein unerschütterliches. Ich hatte eine anstrengende Nacht – beruflich – hinter mich gebracht. Danach wollte ich dann nichts wie schlafen.«

»Und wenn ein Zeuge existieren sollte, der behauptet, dich zur möglichen Tatzeit in der Nähe des Tatortes gesehen zu haben? Etwa ein Mann in einem Kiosk, der dir eine Zeitung verkauft hat?«

»Falls du mir das nachzuweisen versuchst, würde ich dich bitten, ein wenig genauer auf meine Worte zu achten. Ich sagte: Ich wollte dann nichts wie schlafen. Wollte! Konnte das aber nicht – ich machte noch einen Spaziergang.«

»In jener Gegend?«

»Genau in jener Gegend. Denn dort hatte sich, vor einiger

Zeit, jener Fall ereignet, der in der Presse sinnigerweise als ›Der Mörder mit den Samthandschuhen‹ bezeichnet wurde. Dort überprüfte ich nun einige Wegstrecken.«

»Und gleichfalls dort in der Nähe existiert auch ein munteres, recht nettes Mädchen, ein ziemlich gescheites noch dazu. An sie bin ich durch Zufall geraten.«

»Ich auch. Denn ich nehme an, daß du genau dasselbe prächtige Stück Weib meinst; Uta genannt. Die jedoch hat praktisch Kommissar Krebs für mich ausgesucht; er nannte mir drei bis vier Namen. Eine solche Person brauchte ich – wegen irgendwelcher fachgerechten Auskünfte für einen meiner Fälle.«

»Und erst danach hast du dann entdeckt, daß diese Uta im gleichen Haus wohnte wie die Freundin von Richard Holden, diese Susanne Sommer? Und selbstverständlich – neugierig von Berufs wegen wie du bist – hast du sie dann auch noch über diese Dame ausgefragt?«

»Du sagst es – und so war es. Und ich vermag mir nicht vorzustellen, daß dieses gescheite Mädchen irgend etwas anderes zu behaupten versucht hat – so wie ich sie einschätze.«

Keller nickte, anscheinend seinem Hund zu. »Du bist eben ein perfekter Fachmann, Hubert. Also das vollendete Beispiel für jene verführerische Theorie, wonach als brillanter Kriminaler eigentlich nur der in Erscheinung treten kann, der auch alle Mittel, Möglichkeiten und Macharten des Kriminellen beherrscht.«

»Sollte das etwa als Kompliment gedacht sein, Keller?«

»Mehr als Warnung. Denn du weißt wie ich, daß es Vorgänge in unserem Bereich gibt, bei denen dann, plötzlich entfesselt, so gut wie einfach alles möglich ist. Dann etwa, wenn es sich um eine hingebungsvolle Liebe sondersgleichen handelt – wie du sie zweifellos für Richard Holden empfunden hast. Und zwar so ähnlich intensiv, fühle ich mich versucht zu sagen, wie ich für meinen Hund.«

Der Hund Anton lag ahnungslos ermüdet da – wie in rührender, vertrauensvoller Hilflosigkeit jetzt; er ließ Keller nicht aus seinen großen, blankdunklen Augen. Hubert betrachtete die beiden nun mit einer ihm sehr fern aufdämmernden Erkenntnis:

Dieses seltsame Verhältnis zwischen dem Hund und seinem Menschen war tatsächlich jenem zwischen Holden und ihm nicht unähnlich. »Du bist also sicher – daß ich sie getötet habe? Seinetwegen.«

»Diese Erkenntnis, Hubert, drängte sich mir auf. Denn ihr beide, Holden und du, seid Freunde von Jugend auf gewesen – und es gibt wohl so gut wie nichts, was ihr nicht gemeinsam durchlebt habt. So etwa hat er dich vor dem Tod durch Ertrinken gerettet – er war der bessere Schwimmer. Dann hast du ihn, im Krieg, aus einem brennenden Panzer herausgezerrt – du verfügtest über die stärkeren Nerven. Auch in der Nachkriegszeit habt ihr einfach alles, was euch irgendwie möglich war, füreinander getan. Dabei hast du, als einfacher Polizeibeamter, sein Jurastudium mitfinanziert – und er hat dich dann, durch zahlreiche nächtliche Lektionen, praktisch daran teilnehmen lassen. Was du dann geworden bist, nämlich ein absolut erstklassiger Kriminalist, noch dazu mit erheblichen juristischen Kenntnissen, verdankst du nicht zuletzt ihm. Ihr beide habt eine unheimliche, bestaunenswerte Einheit dargestellt.«

»Nicht ohne dich, Keller. Denn dieses unser Gespräch wäre wohl schon längst beendet, wenn ich nicht das besitzen würde, was ausgerechnet du mir beigebracht hast. Nämlich die nahezu vollkommene Kenntnis der Grundregeln unseres Metiers; die totale Beherrschung der uns gegebenen Möglichkeiten.«

»Diese, Hubert, vermag ich dir nicht abzusprechen. Schon gar nicht nach jenem Gespräch, das ich inzwischen mit Schwarz geführt habe. Der versuchte mir zwar eine Menge dreckiger Behauptungen zu suggerieren – wobei jedoch klar war: Es hat sich dabei letzten Endes um Gespräche unter vier Augen gehandelt.«

»Er kann also nichts von dem beweisen, was ich ihm angeblich mitgeteilt habe. Weiß der Teufel, woher dieser saudumme Kerl seine behaupteten Weisheiten hat!« Hubert lachte erleichtert und nicht ohne Stolz auf. »Auch das hast du also herausgefunden?«

»Ja. Doch allein das will mir noch nicht sonderlich interessant erscheinen. In meinen Augen existieren vielmehr wesentlich andere Dinge, die ich gern erklärt haben möchte. Etwa dies: jenes aufgeschlagene Buch, mit Bildern von Hieronymus Bosch, das in der Nähe des toten Richard Holden vorgefunden wurde. Ein – Zufall?«

»Keinesfalls, Keller! Vielmehr wohl eine Art Schlüssel; zu allen diesen Vorgängen. Aber damit will ich dich nicht auch noch belasten. Nur so viel mußt du vielleicht wissen: Eine sich dabei herausbildende Weltschau hat sich, in langen Jahren, wie zwangsläufig, zwischen uns ergeben.«

»Ich versuche das zu verstehen, Hubert. Denn auch ich habe diese seltsam-traumhaft-eindringlichen Bilder oftmals betrachtet. Mit der bestürzenden Erkenntnis: Dieser Bosch hatte alle erdenklichen Sumpfgebiete des Daseins durchforscht, aus tiefsten dämonischen Dunkelheiten so gut wie alles in sein Licht gezerrt, was denkbar letzte menschliche Qualen ausmacht; auch die entsetzlichsten Deformierungen des angeblich ebenbildhaft Göttlichen; Schweinepriester, Saumenschen, Sehnsüchtige, geilpralle Darbieter, triefäugige Einkassierer.«

»Erkannt!« bestätigte ihm Hubert, mit schnell aufsteigendem Glücksgefühl .»Du verstehst mich. Vermutlich vermagst nur du zu erkennen: Diese Höllenerkenntnismalereien sind wie ein Signal. Nur ganz wenige andere Bilder dieser Welt muten ähnlich ausdrucksstark an; doch gleichfalls bedrückend hintergründig. Etwa die sogenannten ›schwarzen Malereien‹ eines Goya, die im unteren Stockwerk im Prado in Madrid hängen, teuflische Bedrohungen ausströmend – wer lebt, ist gefährdet! Endlos, tagtäglich, in jeder Sekunde!«

Hubert fuhr dann fort: »Und wohl nur einem Menschen, im Anfang unseres Jahrhunderts, einer gewissen Paula Modersohn-Becker, ist es dann sogar gelungen, selbst die frühesten Anfänge der unendlichen Traurigkeit dieses Daseins einzufangen: Sie gestaltete Kinder in dunklen, glanzlosen, bedrückend erdhaften Farben; arme, erbarmungswürdig verloren wirkende Kinder – auf einer Wiese hockend, an eine Art Birke gelehnt, wie hilflos in ein nebelhaftes Nichts starrend. Ich erinnere mich noch genau: Als Richard gemeinsam mit mir die wesentlichsten ihrer

Bilder in Bremen zu Gesicht bekam, war er zutiefst erschüttert.«

»Er hat diese Signale also erkannt?«

»Die waren von einem so überaus empfindsamen Menschen wie ihm nicht zu übersehen. Er hat dann ja auch aus diesen und ähnlichen Erkenntnissen seine Folgerungen gezogen – auch einstmals von mir mit Freude bewundert. Er wurde sozusagen zu einem Anwalt aller armen Kinder, Mütter, Greise.«

»Doch eben eine derartige Menschheitssehnsucht gefährdete sein Verhältnis zu dieser Susanne Sommer?«

»Wenn die eine Gefahr für Richard Holden werden konnte, so wohl nur, weil er niemals voll und ganz entschlossen und stark genug war, auch noch die allerletzte Konsequenz aus diesen Erkenntnissignalen zu ziehen. Doch allein diese dominieren: Das denkbar Fürchterliche existiert; mitten unter uns – darauf hat man stets gefaßt zu sein, damit muß man leben! Was jedoch nur möglich ist, wenn man entschlossene Abwehrkräfte dagegen mobilisiert, die geradezu entfesselt. Auch ich war eine Zeitlang sicher, daß er das konnte. Bis dann diese Person kam – die erledigte ihn entsetzlich total.«

»Eine überaus bemerkenswerte Begegnung. Manchmal wollte sie mir jedoch vorkommen wie ein späterer Racheakt, wenn auch ein verblüffend gelungener. Und zwar im Hinblick auf dessen erste Frau. Oft war mir, als habe er sich wahrlich nicht zufällig eine Susanne Sommer als Freundin ausgesucht.«

»Stimmt. Diese beiden Geschöpfe waren berechnende, egoistische, zerstörerische Wesen. Geradezu teuflische Weiber!«

»Also ausgestattet mit entsprechend verführerischem Glanz, wenn ich das richtig sehe.«

»Ziemlich zutreffend, Keller. Nur eben wohl noch nicht deutlich genug. Denn die eine war nichts als ein Stück Dreck – und die andere, Susanne, übertraf sie vielleicht noch.«

»Und deshalb hast du sie getötet.«

»Kannst du mir das nachweisen?«

Worauf der ›große alte Mann‹ des Präsidiums sich allein um seinen Hund zu kümmern schien. Keller streichelte ihn sanft und hob ihn zu sich hoch. Wie so oft in den letzten Nächten, in denen er dessen kleinen knochigen Körper, dessen müde gewordenen Hinterbeine, massiert hatte – dem Rhythmus des kranken Herzens entsprechend. »Irgendwie«, bekannte er dann wie ergeben, »sind wir wohl ausgeliefert. Alle!«

»Und das«, wollte Hubert unverzüglich verlangend wissen, »gestehst du auch mir zu?«

»Nicht unbedingt – nicht bedingungslos. Bitte, achte darauf.«

Wobei Hubert das zu erkennen glaubte, was er geahnt, sich gewünscht hatte: Hier schien ihm – dennoch – ein Entgegenkommen sondergleichen signalisiert zu werden. »Du weißt also alles. Doch du willst mich nicht ausliefern. Weil du meine Beweggründe verstehst, zu begreifen vermagst. Du bist prädestiniert dazu, so denken zu können wie ich. Wohl nur du – erlaube mir das zu sagen – bist mein wirklicher Freund!«

Keller lächelte Hubert nun fast nachsichtig an. »Und das behauptest du sogar, ohne daß dein sagenhaft ausgeprägter Geruchssinn dich dabei irgendwie zu irritieren scheint?«

»Der vermag offenbar«, erkannte Hubert, ehrlich verblüfft, »in deiner Gegenwart gar nicht zu existieren. Ich kann dich also nicht erriechen! Und deinen seltsamen Hund auch nicht. Ihr beide seid wohl, außer Richard Holden, die einzigen Lebewesen ohne jede für mich registrierbare Ausdünstung.«

»Uns beide hat das wohl sehr zu ehren, das scheint jedoch, im Bereich meines Hundes, nicht ganz zu stimmen. Denn ein gewisser Geruchssinn gehört vermutlich dazu, seine Bedürfnisse zu erspüren – der meine hat sich auf ihn eingestellt; wohl nur auf ihn. Beispielsweise erkenne ich jetzt, daß er mal muß, dringend sogar. Und das ist, im Augenblick, das wichtigste.«

»Und was – kommt danach? Mich betreffend?«

Keller war aufgestanden und schritt mit seinem Hund auf die Tür zu. Er blieb noch einmal stehen. »Du«, sagte er zu Hubert, »bist von einer denkbar fürchterlichen Konsequenz. Das aber kann ich auch sein, auf meine Weise – die leider deinen Manipulationen gar nicht unähnlich zu sein scheint.«

»Eine Erkenntnis, Keller, die ich als überaus vielversprechend registriere.«

»Nicht auf die Dauer!« meinte der nun eindeutig warnend. »Denn wir sind keine Freunde – wir sind Gegner. Rechne damit – ab sofort. Mit der von dir ausgesuchten Welt wünsche ich nichts zu tun zu haben. Sie ist ein Selbstbetrug sondergleichen!«

»Na – und wenn schon, Keller – deiner Ansicht nach. Doch selbst du kannst nichts dagegen machen!«

Keller suchte – zum scheinbaren Abschluß dieser Vorgänge – den Polizeipräsidenten auf. Diesmal allerdings ohne seinen Hund, was jedoch zunächst gar nicht weiter auffiel. Denn die Erwartung auf das, was Keller zu berichten hatte, überdeckte alles andere. Keller blinzelte, unendlich traurig wirkend, vor sich hin – es war, als wäre er nun sehr einsam.

Er wurde wie gebannt angestarrt – vom Präsidenten, dann auch von dessen beiden Direktoren, die sich diesmal mehr hinter ihm plaziert hatten: ›das Pferd‹, also der Chef des Kriminalwesens; und dann ›die Eiche‹, zuständig für polizeiliche Sicherheit und Einsatz der bewaffneten Ordnungskräfte. Sie blickten fordernd erwartungsvoll.

»Wir hören!« rief der Präsident ermunternd.

»Das mit der sicheren Hoffnung«, meinte der Kriminaldirektor, überzeugt vorprellend, »daß Sie, Herr Keller, eben als einer unserer besten Männer, wenn nicht gar der allerbeste, überzeugende Resultate anzubieten haben.«

»Und zwar ohne jede mögliche Rücksichtnahme!« ergänzte der Polizeidirektor, standhaft beharrlich auf seine ›Reine-Tisch-Theorie‹ getrimmt.

Keller nickte. Dabei betrachtete er suchend den Fußboden – als erwarte er dort seinen Hund zu sehen; doch er sah nichts als einen dicken, strapazierten Orientteppich mit zertretenen Ornamenten. Danach blickte er zu diesen drei Großfassaden der polizeilichen Gerechtigkeit hin. Auch das nun bei ihm aufkommende Lächeln schien von unendlich ergebener Trauer überflutet.

»Meine Herren«, sagte Keller sodann, mit leiser, doch sehr

deutlich klingender Stimme, »wenn ich Ihnen nunmehr einen Bericht meiner Untersuchungen im Hinblick auf Hauptkommissar Hubert anzubieten versuche, so darf ich doch wohl annehmen, daß Sie dabei diesbezügliche Einzelheiten gar nicht sonderlich interessieren.«

»Richtig erkannt, verehrter Keller!« bestätigte ihm der Kriminaldirektor unverzüglich. »Derartige Untersuchungen sind lediglich Routine. Material muß sein; doch allein entscheidend ist der daraus resultierende Tatbestand.«

»Und wie, bitte, sieht der aus?« wollte der Präsident dringend wissen.

»Hoffentlich überzeugend beweiskräftig – also unerschütterlich!« glaubte der Polizeidirektor knorrig zu bedenken geben zu müssen. »Allein darauf kommt es hier an!«

Keller blickte abermals abwärts, zum Mittelornament des Teppichs des Präsidenten hin, aber auch dort lag sein geliebter Hund nicht. »Ich nehme an, daß ich mich auf das Wesentliche beschränken darf. Und das sieht so aus: Einem Hubert ist nichts nachzuweisen! Also keine der gegen ihn vorgebrachten Anschuldigungen, Verdächtigungen, Anmaßungen. Keine. Was wohl, nehme ich an, das hierbei erhoffte Endergebnis ist.«

»Das ist es!« bestätigte ihm der Kriminaldirektor wonnevoll schwer schnaufend – gleich einem Rennpferd weit vor allen anderen in der Zielgeraden. »Nichts anders habe ich schließlich auch erwartet! Nichts wie hinein!«

»Wirklich unerschütterlich?« wollte die Eiche des Amtes wissen. »Also vollkommen – in allen erdenklichen Einzelheiten?«

»In restlos allen!« bestätigte Keller einfach.

»Kein Irrtum dabei möglich?«

»Keiner.«

Worauf nun der Polizeipräsident, unendlich erleichtert und nahezu umarmungsbereit ausrief: »Wenn uns das unser Herr Keller versichert, dann ist hier wohl weitgehendst alles geklärt. Denn ihm vertraue ich – wie hier kaum einem anderen sonst. Sie ja wohl ebenso, meine Herren. Womit ich also erfreut feststellen kann: In unserem Bereich ist einfach alles perfekt!«

Das schien es zu sein und wurde bereitwilligst akzeptiert. »Ich danke Ihnen, meine Herren!« rief der Präsident aus. Die Direktoren, Kriminalwesen und Ordnungspolizei, entfernten sich; in trauter Einheit, gleichsam Schulter an Schulter. Es wirkte geradezu harmonisch – war gewiß jedoch ein schnell vorübergehender Zustand.

Zurück blieben in diesem verwaschen-prunkhaft staatskanzleiartig ausgestatteten Raum der Polizeipräsident und sein ›großer, alter Mann‹. Sie betrachteten sich. Wofür sie sich Zeit ließen.

»Ich habe Ihnen sehr zu danken, verehrter Herr Keller!« versicherte dann der Präsident mit herzlicher Offenheit. »Es ist Ihnen da weit mehr gelungen, als lediglich den denkbar heikelsten Fall in meinem Bereich abschirmend aufzuklären. Dabei war sogar mein Amt in Gefahr!«

»Sie sagten das schon einmal, Herr Präsident«, meinte Keller lapidar. »Und ich habe dazu gesagt, daß wir das gar nicht gerne gesehen hätten.«

»Wie schön, Herr Keller. Jedenfalls bin ich Ihnen nicht nur dankbar, ich fühle mich vielmehr Ihnen gegenüber überaus verpflichtet. Falls Sie irgendeinen Wunsch, ein Verlangen, irgendeine Anregung haben sollten – bitte, lassen Sie es mich wissen. Wobei mir auffällt: Sie haben diesmal Ihren Hund nicht mitgebracht – wie geht es ihm?«

»Er lebt nicht mehr. Er ist vor wenigen Stunden verendet – rücksichtslos überfahren worden. Unmittelbar vor dem Präsidium. Von einer jener Typen, die nicht schnell genug durch ihr Leben kommen können.«

»Wie fürchterlich!« beeilte sich der Präsident anteilnehmungswillig zu versichern. »Sie dürfen mit meinem erklärten Mitgefühl rechnen. Doch immerhin – Ihr Hund war wohl schon sehr alt.«

»Was keine Entschuldigung für den ist, der ihn getötet hat.«

»Natürlich nicht, Herr Keller. Lassen Sie mich wissen, ob ich Ihnen irgendwie bei der Erledigung dieses Vorgangs behilflich sein kann. Etwa dann, wenn es sich dabei um eine Art Fahrerflucht gehandelt haben sollte. Ich würde unverzüglich das zuständige Dezernat mobilisieren. Oder falls Sie etwa einen Brief von mir an die betroffene Versicherung wünschen – den schreibe ich gerne.«

»Danke. Aber das erledige ich selbst.«

»Wie Sie wünschen, mein Lieber. Ganz wie Sie wünschen. Kann ich sonst noch was für Sie tun?«

»Einiges, Herr Präsident«, sagte Keller nun mit leiser Festigkeit. »Jetzt, da mein geliebter Hund nicht mehr lebt, droht meine Freizeit wieder unendlich groß zu werden. Ich könnte mich jetzt also weit mehr engagieren als bisher.«

»Für unser Amt?« fragte der Polizeipräsident, nicht ganz ahnungslos, aber doch erfreut. »Das würde mich, uns alle, sehr beglücken. Doch in welcher Hinsicht wirklich, bitte? Wie Sie wissen, brauchen Sie nur Ihre Wünsche zu äußern.«

»Ich wäre nunmehr bereit, jenes Angebot anzunehmen, das Sie und unser Kriminaldirektor mir immer wieder offeriert haben: die Übernahme einer Mordkommission. Kann ich damit rechnen?«

»Aber ja, ja! Ihre Bereitschaft dazu haben wir uns stets erhofft. Ihr Angebot wird also bereitwillig akzeptiert. Ich empfinde es als einen Glücksfall sondergleichen, nun endlich auch den wohl besten, genialsten Kriminalisten unseres Amtes voll wirksam einsetzen zu können.«

»Und Sie befürchten nicht, das jemals bereuen zu müssen, Herr Präsident?«

»Warum sollte ich das, mein lieber Herr Keller?« Der blinzelte vor sich hin, wie dem nun nicht mehr vorhandenen Hund auf dem Mittelornament seines Teppichs zu. »Denn ich glaube ziemlich genau zu wissen, was Sie damit letzten Endes beabsichtigen.«

»Das, Herr Präsident, traue ich Ihnen auch zu.«

Der Präsident fühlte sich erkannt, also gewürdigt – was um so erfreulicher war, als es durch einen Mann dieses Formates geschah. »Ich habe das aus Ihrem Bericht über Hubert ersehen. An den vermochten Sie nicht heranzukommen nach Lage der Dinge

– aber an den wollen Sie herankommen! Und das läßt sich wohl eben nur ermöglichen, wenn Sie in seiner unmittelbaren Nähe tätig werden können. Nur dann entgeht Ihnen nichts – erst dann vermögen Sie ihn wirklich einzugrenzen; ihn, wenn es denn unbedingt sein muß, zu überführen. Und das scheint wirklich notwendig zu sein, wenn wir hier nicht unser Gesicht verlieren wollen.«

»Das haben Sie richtig erkannt, Herr Präsident. Gedenken Sie es darauf ankommen zu lassen?«

»Habe ich denn eine andere Wahl, Herr Keller?«

Er hatte keine.